L'HEPTAMÉRON

la feü roïne de nauare marguerite

Portrait de Marguerite de Navarre par Clouet.

Collection dirigée par Michel Zink et Michel Jarrety

MARGUERITE DE NAVARRE

L'Heptaméron

INTRODUCTION, CHOIX DE VARIANTES ET NOTES
PAR GISÈLE MATHIEU-CASTELLANI

LE LIVRE DE POCHE
Classique

L'édition du Livre de Poche reproduit le texte du manuscrit fr. 1512, d'après la transcription de Michel François éditée dans la collection Classiques Garnier à laquelle on a apporté plusieurs corrections.

Gisèle Mathieu-Castellani est professeur à l'Université Paris-VII. Parmi d'autres travaux, elle a consacré un livre à *L'Heptaméron* (*La Conversation conteuse*, PUF, 1992) et publié au Livre de Poche une anthologie de poèmes : *La Poésie amoureuse de l'âge baroque*.

ISBN : 978-2-253-16048-9 - 1re publication - LGF

INTRODUCTION

La princesse Marguerite de Valois, reine de Navarre, duchesse d'Alençon et de Berry, comtesse d'Armagnac, sœur unique du très chrétien roi de France, François premier de ce nom — pour reprendre les termes qui désignaient alors celle que nous nommons plus simplement Marguerite de Navarre [1] —, est née au château d'Angoulême en 1492, morte au château d'Odos, près de Tarbes, en 1549 ; si elle eut une vie officielle brillante, remplit plusieurs missions importantes et participa à bon nombre de négociations [2], elle connut aussi une « existence inquiète et tourmentée [3] », marquée par les deuils [4], et diverses difficultés et déceptions [5] :

---

1. Au risque de la confondre avec l'autre reine Marguerite (dite familièrement la reine Margot), la belle Marguerite de Valois, reine de France et de Navarre, née en 1551, morte en 1615, petite-fille du roi François Ier, petite-nièce de Marguerite de Navarre, première épouse d'Henri IV (lui-même petit-fils de Marguerite de Navarre)... **2.** Aux côtés de sa mère Louise de Savoie, elle signe avec Marguerite d'Autriche en 1529 la paix qui fut nommée « la paix des dames ». C'est elle aussi qui négocie en Espagne en 1525 avec l'empereur Charles Quint la libération du roi son frère. **3.** Michel François, *Marguerite de Navarre, L'Heptaméron*, Classiques Garnier, 1996, p. VIII. Voir Raymond Ritter, *Les Solitudes de Marguerite de Navarre (1527-1549)*, Champion, 1953. **4.** Marguerite de Navarre perd son premier époux en 1525, son fils âgé de quelques mois en 1530, sa mère en 1531, son frère bien-aimé en 1547 ; les *Rondeaux* et le *Dialogue en forme de vision nocturne* déplorent la mort de la princesse Charlotte, sa nièce, fille du roi, décédée à huit ans en 1524. **5.** *Le Miroir de l'âme pécheresse*, poème de Marguerite, est interdit par la Sorbonne en 1533. Voir p. 17, n. 1.

« Une enfance retirée, à l'écart de la cour de Louis XII, mais une éducation raffinée qu'elle partage avec son frère, où elle apprend le latin et l'histoire, l'italien et l'espagnol ; des moments où elle tient, selon le mot de Lucien Febvre, "l'emploi de reine de France", mais aussi des difficultés et des épreuves, religieuses ou politiques, et ce que Raymond Ritter a si bien nommé "ses solitudes" ; très tôt, à travers la correspondance avec l'évêque de Meaux, Guillaume Briçonnet, la trace d'une spiritualité exigeante, volontiers inquiète, et souvent, à travers les témoignages des contemporains, l'image d'une princesse à l'aise dans la diplomatie ou la mondanité [1]... »

Cultivée, spirituelle, attentive aux comportements et aux gestes, « se jouant sur les actes de la vie humaine » (comme dit Gruget, l'éditeur de *L'Heptaméron* en 1559), « jamais oisive ne mélancolique » comme son *alter ego* Parlamente, si elle est malicieuse et toujours « encline à rire », elle est aussi inquiète et grave, sachant bien, comme l'un de ses personnages, que « encore n'est pas finée la tragédie qui a commencé par rire ».

Fréquentant les bons et anciens auteurs — elle disposait à Blois de la riche bibliothèque de son grand-père Jean d'Angoulême —, initiée comme son frère par d'excellents professeurs au commerce des Anciens, mais connaissant aussi la littérature médiévale (*Le Roman de la Rose*, les romans de chevalerie de la Table Ronde, les fabliaux, *La Chastelaine de Vergy*...), et les narrations italiennes et françaises des XIVe et XVe siècles (*Le Décaméron* de Boccace, le *Novellino* de Masuccio, *Les Cent Nouvelles Nouvelles*), séduite par le platonisme christianisé diffusé par Marsile Ficin, elle est surtout nourrie par la lecture et la méditation des saintes Écritures. Sa culture, le charme de sa conversation, son esprit enchantaient ses contempo-

---

1. Nicole Cazauran, *L'Heptaméron de Marguerite de Navarre*, 2e éd. revue et corrigée, SEDES, 1991, p. 7.

rains : « Pour parler encore du savoir de cette reine, il était tel, que les ambassadeurs qui parlaient à elle en étaient grandement ravis, et en faisaient de grands rapports à ceux de leur nation à leur retour[1]. » Elle aimait à s'entretenir de médecine, d'histoire ou de philosophie avec « d'autres très érudits personnages, dont sa maison n'était jamais dégarnie[2]. » Auprès d'elle, Clément Marot, Bonaventure des Périers, Antoine Heroët, Antoine Le Maçon, Victor Brodeau, et bien d'autres écrivains et artistes, composent un petit cercle de lettrés qui conviennent à l'humeur et aux talents de cette princesse « de si excellent esprit et de si abstruse et profonde érudition[3] », qui « s'adonna fort aux Lettres en son jeune âge & les continua tant qu'elle vécut, aimant et conversant, du temps de sa grandeur ordinaire à la Cour, avec les gens les plus savants du royaume de son frère[4] ». Et l'on sait que François Ier, le Père des Lettres et des Arts, lui-même poète à ses heures, avait appelé à la Cour de France bon nombre d'artistes français et italiens.

Marguerite a beaucoup écrit et, semble-t-il, très tôt ; à côté des nouvelles dont la publication fut posthume, elle est également l'auteur de chansons et poésies spirituelles (notamment le *Dialogue en forme de vision nocturne*, et *Le Miroir de l'âme pécheresse*), et de comédies (dont *La Comédie de Mont-de-Marsan*), et on publie depuis quelques années son importante correspondance (1521-1524) avec l'évêque Briçonnet[5]. « Elle aimait fort à composer des chansons spirituelles, car elle avait le cœur fort adonné à Dieu », mais elle

---

1. Brantôme, *Recueil des dames*, éd. P. Mérimée et P. Lacour, *Œuvres*, t. X, Librairie Plon, Éditeurs Plon, Nourrit et Cie, 1890, p. 288.   **2.** Charles de Sainte-Marthe, *Oraison funèbre*, éd. Le Roux de Lincy et Montaiglon, Paris, t. I, 1880, p. 76.   **3.** *Ibid.*, p. 80. Comme le disent les éditeurs, cette Oraison publiée (en latin et en français) en 1550 compose « une véritable biographie, très-personnelle et très-singulière » (p. 2).   **4.** Brantôme, p. 284. **5.** Éditée par Christine Martineau et Michel Veissière, avec le concours de Henri Heller, Genève, Droz, 1975 et 1979.

composa « en ses gaietés » un recueil de nouvelles, « la plupart dans sa litière en allant par pays », « où l'on voit un style si doux et si fluant, et plein de si beaux discours et belles sentences », dit Brantôme, qui ajoute : « Je l'ai ouï ainsi conter à ma grand'mère, qui allait toujours avec elle dans sa litière comme sa dame d'honneur, et lui tenait l'écritoire dont elle écrivait, et les mettait par écrit aussitôt et habilement, ou plus que si on lui eût dicté[1]. » Sur les circonstances de la composition et la genèse du recueil, nous ne savons guère que ce que nous dit le Prologue : Marguerite reprendrait un premier projet avorté, celui d'écrire en français un recueil de cent nouvelles à l'imitation du *Décaméron* de Boccace (1349-1351) ; certains indices internes (diverses allusions « historiques » dans les récits, ou la datation de certains événements) invitent à penser que la rédaction s'est étalée sur plusieurs années, mais que l'essentiel a été écrit dans les dernières années de la reine, à partir de 1542 peut-être (quand elle goûte à Nérac une paisible retraite), et que plusieurs nouvelles datent des années 1545-1546 ; le Prologue s'ouvre sur les aventures d'un groupe venu prendre les eaux aux « bains des monts Pyrénées » : on sait que la reine, qui devait aller faire une cure à Cauterets en 1541, y séjourna en septembre 1546[2]. Le recueil est incomplet, soit que Marguerite l'ait laissé inachevé à sa mort, soit que les nouvelles qui devaient composer les 8e, 9e, et 10e journées aient été perdues ; le titre donné par le premier éditeur, Gruget, en 1559, *L'Heptaméron des Nouvelles*, calqué sur le titre italien[3], rappelle que l'on ne dispose que de sept Journées complètes (et de deux nouvelles de la huitième). La structure du recueil, marquée par l'alternance du récit et du discours sur le récit, est parfaitement régulière :

---

1. Brantôme, p. 285 et 296.   **2.** R. Ritter, *Les Solitudes de Marguerite de Navarre (1527-1549)*, Champion, 1953, p. 59-60 et p. 198 (note 57).   **3.** Qui calque le grec : *Décaméron*, dix jours ; *Heptaméron*, sept jours.

après un Prologue qui fixe les règles du genre, et auquel eût répondu un Épilogue si l'œuvre avait été achevée, chaque journée, composée de dix narrations données par les dix personnages qui composent le petit groupe de narrateurs-auditeurs, est précédée d'un prologue et suivie d'un épilogue, et chaque récit donne lieu à un débat auquel participent tous les membres du cercle.

*

L'appréciation dédaigneuse portée par un grand écrivain sur *L'Heptaméron*, « un gentil livre pour son étoffe », accompagnée ailleurs d'une remarque malicieusement misogyne à l'occasion de la lecture d'une nouvelle : « Mais ce n'est pas par cette preuve seulement qu'on pourrait vérifier que les femmes ne sont guère propres à traiter les matières de la Théologie [1] », témoigne à sa façon de la première réception de ce livre, dans lequel on s'est plu à ne voir qu'un recueil de nouvelles comme un autre, plaisant certes, mais bien peu sérieux [2]. Le visage de Marguerite de Navarre a été cependant plus finement dessiné depuis quelques années, et la diversité de ses voix écoutée plus attentivement : *L'Heptaméron* a bénéficié de nombreuses études récentes, ainsi que d'une recension minutieuse des manuscrits [3], et les

---

1. Montaigne, *Les Essais*, éd. Villey-Saulnier, PUF, 1965, II.11, p. 430, et I.56, p. 324, à propos de la 25ᵉ nouvelle. En matière de théologie, Marguerite de Navarre est pourtant au moins aussi compétente que Montaigne ! Mais sans doute son « libertinage moral », selon l'expression de A. M. Schmidt, effarouche-t-il l'auteur des *Essais*. 2. Le recueil eut un grand succès dès les premières publications et connut plusieurs rééditions, mais les lecteurs y ont vu surtout des contes licencieux, des « gayetez », comme dit Brantôme. 3. Voir surtout R. Salminen, Marguerite de Navarre, *Heptaméron*, éd. critique en 2 vol. (I, Texte ; II, Commentaire et apparat critique), Helsinki, Suomalainen Tiedeakatemia, 1991 et 1997 ; et, de la même, « Une nouvelle lecture de *L'Heptaméron* : le manuscrit 2155 de la Bibliothèque nationale », in *Marguerite de Navarre 1492-1992*, textes réunis par N. Cazauran et J. Dauphiné,

manifestations qui ont accompagné en 1992 la célébration du cinq centième anniversaire de la naissance de la
reine, en France et aux États-Unis, favorisées par la
vogue des études féminines, ainsi que l'inscription de
L'Heptaméron au programme de l'agrégation des
lettres, ont eu l'avantage de susciter maints travaux et
débats. Les critiques n'ont d'ailleurs pas borné leurs
études aux nouvelles, mais ont exploré aussi l'œuvre
poétique et spirituelle [1], les épîtres, le théâtre, la correspondance.

En ce qui concerne *L'Heptaméron*, une des « nou-
veautés » de cette relecture réside dans l'attention portée
aux devis [2], et à l'étonnant concert polyphonique qui
déclare dans la discordance et la dissonance la naissance
d'une parole encore inouïe, dont la liberté et l'humour
nous enchantent ; tandis que la discussion tourne souvent à la dispute, comme l'observent les devisants : « Or,
je vous prie, dist Saffredent, laissons ceste dispute, car
elle sent plus sa predication que son compte » (devis de
la nouvelle [= N.] 26) ; « Or, ce dist Parlamente, de
paour d'entrer en dispute, sçachons à qui Hircan donnera
sa voix » (devis de N. 35), les propos qui suivent la narration, même lorsqu'il s'agit de facéties, de farces ou
d'aimables fantaisies, prennent soudain les allures d'un

Éd. InterUniversitaires, 1995 (p. 425-436). Dans le même volume,
on consultera aussi N. Cazauran, « Post-scriptum à propos d'un
manuscrit : New York, Pierpont Morgan Library » (p. 483-490) ;
Lucia Fontanella, « Petites considérations à propos des Nouvelles »
(p. 437-444) ; et Sylvie Lefèvre, « *L'Heptaméron* entre éditions et
manuscrits » (p. 445-482). **1.** Voir notamment Robert Cottrel, « Figures emblématiques
dans *La Coche* », *ibid.* (p. 309-326), et *The Grammar of Silence.
A Reading of M. de Navarre's Poetry*, Washington, Catholic University Press, 1986 (*La Grammaire du silence. Une lecture de la
poésie de Marguerite de Navarre*, Champion, 1995) ; publication
par Georges Dottin des *Chansons spirituelles*, Droz, 1971, et par
N. Cazauran d'une anthologie, *Poésies chrétiennes*, Éd. du Cerf,
1996. **2.** La critique a pris l'habitude de nommer « devis » les
divers propos, débats et disputes, qui suivent l'audition de chaque
conte, et « devisants » les personnages qui participent à cette
conversation.

débat théologique : « Mais regardons, dist Simontault, de là où nous sommes venuz : en partant d'une très grande follye, nous sommes tombez en la philosophie et theologie » (devis de N. 34).

Dans ces ruptures de tons et de registres, le grotesque et le sublime s'allient ici librement, tandis que du choc des opinions contraires naît un discours qui se critique lui-même.

La malice et l'humour mériteraient une étude attentive. Mais le plus surprenant peut-être serait cet autoportrait tout en nuances, ironique et mélancolique [1], que dessine la reine sous le masque de la Narratrice [2], le fameux touret de nez qui cache les pudeurs, les colères, les passions de Parlamente la bien nommée.

Que retenir aujourd'hui de ce « gentil livre » ? D'abord qu'il marque un important jalon dans la poétique de la nouvelle européenne : du *Décaméron* à *L'Heptaméron*, de *L'Heptaméron* aux *Histoires tragiques* d'un Boaistuau, d'un Belleforest ou d'un Rosset, c'est tout un chapitre de l'histoire littéraire du genre narratif bref qui s'écrit, et la « conversation conteuse » de Balzac s'inscrit dans cette tradition. Il faut ajouter que cette œuvre écrite par une femme — n'en déplaise à Nodier [3] — dit quelque chose de la nouvelle représentation du monde et de la différence des sexes qui se constitue à la Renaissance : les contradictions qui se font jour dans le discours des conteurs et des devisants, et en particulier dans celui de Parla-

_____

1. Si Parlamente selon la Narratrice n'était « jamays oisifve ne melencolicque » (Prologue, p. 86), la mélancolie de la reine est sensible tant dans *L'Heptaméron* que dans les poèmes (toujours corrigée, il est vrai, par l'ironie et l'humour). Ne portait-elle pas pour devise la fleur de souci ?   2. Par commodité on affectera ce mot de la majuscule pour distinguer l'auteur de *L'Heptaméron* de Parlamente, narratrice de certaines nouvelles et devisante.   3.- Celui-ci assure que les contes de *L'Heptaméron* dont le style est « abondant, facile, énergique, pittoresque et original » sont l'ouvrage de Bonaventure des Périers (voir Ch. Nodier, *Bonaventure Desperiers, Cyrano de Bergerac*, Genève, Slatkine Reprints, 1967, p. 60-62).

mente conteuse et devisante, ne sont pas l'aspect le moins intéressant pour l'historien des mentalités et des cultures. On sera d'ailleurs sensible à ces discrètes touches d'ironie qui font le charme de la narration ; ainsi Longarine, narrant l'aventure de Bornet, qui se fit cocu lui-même, ajoute-t-elle cette malicieuse glose, lorsqu'elle décrit la nuit d'amour du mari avec son épouse qu'il prend pour sa chambrière : « Et quant il eut demouré avec elle, non selon son vouloir, mais selon sa puissance, qui sentoit le viel marié » (N. 8).

Contant l'histoire de Lorenzaccio, Dagoucin, lorsqu'il présente le duc de Florence, commente par un savoureux « car » l'exquise délicatesse d'un mari trop galant à l'égard de sa trop jeune épouse : « Et, pour ce qu'elle estoit encores si jeune, qu'il ne luy estoit licite de coucher avecq elle, actendant son aage plus meur, la traicta fort doulcement ; car, pour l'espargner, fut amoureux de quelques autres dames de la ville que la nuict il alloit veoir, tandis que sa femme dormoit » (N. 12).

Et Simontault rapporte ainsi les paroles d'un amant trompé au profit d'un évêque : « Mais il luy dist qu'elle estoit trop saincte, aiant touché aux choses sacrées, pour parler à ung pecheur comme luy... » (N. 1).

Mais on appréciera aussi ces remarques tantôt mélancoliques, tantôt furieuses, malicieuses et sombres tout à la fois, qui déclarent la lutte intime de l'ange et du diable, de l'esprit et de la chair[1]. Hircan déclare ainsi hardiment qu'il souhaiterait « que Dieu prît aussi

---

1. Marguerite de Navarre publie à la suite du *Miroir de l'âme pécheresse*, en 1531, le *Discord estant en l'homme par la contrariété entre l'esprit et la chair*... Charles de Sainte-Marthe observe dans son *Oraison funèbre* de la reine, au cours d'une longue comparaison entre les Amazones et la défunte : « Marguerite a couppé toutes ses maulvaises affections comme membres [...] plus nécessaires d'estre couppés, bruslés & mortifiés que les mammelles ou aultres membres du corps [...], & Marguerite a heu guerre mortelle avec cest ennemy que tous portons sur nous, c'est avec la Chair... (p. 93).

grand plaisir à [*ses*] plaisirs » car il lui donnerait « souvent matière de se réjouir », et que, s'il s'est « souventes-fois confessé », il ne s'est guère repenti d'une chose si plaisante ! « Or, Madame, dist Hircan, le peché me desplaist bien, et suis marry d'offenser Dieu, mais le peché me plaist tousjours » (devis de N. 25)[1].

Ni les personnages des nouvelles, ni les personnages des devis, ne sont tout d'une pièce : leur complexité, suggérée plus que décrite, par tel « mot », telle attitude, tel comportement, un rire un peu amer, une rougeur inexpliquée, une toux subite, est peut-être ce qui nous étonnera le plus, alors qu'à cette époque la « psychologie » n'est encore ni une science ni une notion, mais une discipline annexe de la rhétorique. Et l'étonnante composition du personnage d'Hircan, ce libertin tragique partagé entre le cynisme le plus provocateur et une douloureuse méditation sur le néant de l'homme sans la grâce, surprendra d'autant plus qu'il s'agit d'un portrait dessiné par une femme, sensible aux contradictions de l'âme masculine, et par une femme qui, sans doute, déclare ainsi obliquement à son époux son amour et sa souffrance. Celui-ci ne craint point en effet de lancer à tout coup des affirmations provocantes ; ainsi lorsqu'on débat du malheur de Bonnivet, ne parvenant pas à séduire une vertueuse princesse (Marguerite de Navarre elle-même selon Brantôme), à la question de Nomerfide : « Et que eust faict ce pauvre gentil homme, veu qu'il avoit deux femmes contre luy ? » il répond hardiment. « Il devoit tuer la vielle...

---

1. Si la langue et le style de *L'Heptaméron* sont souvent marqués par la lourdeur d'articulations syntaxiques surabondantes, « une pâte mal levée », disait Alexandre Micha — par exemple telle phrase de onze lignes au début de la première nouvelle enchaîne cinq relatives et deux consécutives —, les dialogues sont en général d'une vivacité et d'une alacrité remarquables, et certaines formules frappent par leur subtilité, comme cet aveu d'Hircan, ou celui de Dagoucin : « et mesmes je n'ose penser ma pensée » (devis de N. 8).

et quant la jeune se feut veue sans secours, eust esté demy vaincue » (N. 4).

Mais c'est lui aussi qui lit attentivement et médite les saintes Écritures, reconnaît la nécessité de s'humilier, et de « confesser nostre fragilité » (N. 26). Et souligne régulièrement le tragique de la condition humaine.

Car la comédie de *L'Heptaméron* prend bien souvent les couleurs d'une tragédie, non point seulement à cause de la présence de ces contes noirs, de ces histoires tragiques où la reine excelle (les 23e, 30e, 32e nouvelles par exemple), mais parce que la vision du monde commune à la reine, aux narrateurs et aux devisants, se marque par une conscience tragique. S'il arrive en effet que le drame s'achève en farce, la comédie des erreurs s'achève souvent en tragédie : « Taisez-vous, dist Hircan ; encores n'est pas finée la tragédie qui a commencé par rire » (N. 72).

Les nouvelles et les devis de *L'Heptaméron*, même les plus « licencieux » ou les plus coquins — « Et ne sçavez-vous pas, dit Hircan, que nature est coquine ? » — baignent dans la lumière tragique que leur apporte la Réforme ; on y entend, avec les motifs de la nécessaire humilité, l'écho de la doctrine calvinienne de la prédestination et de la grâce : « Parquoy se fault humillier, car les graces de Dieu ne se donnent poinct aux hommes pour leurs noblesses et richesses, mais selon qu'il plaist à sa bonté : qui n'est point accepteur de personne, lequel eslit ce qu'il veult » (devis de N. 2).

Le « libertinage moral » de la reine n'est pas l'indice d'une indifférence à l'égard des vices et des vertus, mais celui d'une essentielle méfiance, qui porte à renvoyer l'exercice de la vertu à la grâce de Dieu, non aux forces humaines : « Et en cela, ma dame, devez vous humillier devant Dieu, recognoistre que ce n'a pas esté par vostre vertu » (N. 4). « Mais ne sommes pas marries, dist Oisille, dont vous louez les graces de

Nostre Seigneur en nous, car, à dire vray, toute vertu vient de luy » (devis de N. 67).

Le vice le plus détestable consiste dans le « cuider », dans la présomption fustigée par Calvin, lorsque l'homme, « serf du péché », croit par ses seules forces pouvoir triompher de la tentation, comme la folle dévote de la nouvelle 30 : « Voylà, mes dames, comme il en prent à celles qui cuydent par leurs forces et vertu vaincre amour et nature avecq toutes les puissances que Dieu y a mises. [...] Sçachez, dist Parlamente, que le premier pas que l'homme marche en la confiance de soy-mesmes, s'esloigne d'autant de la confiance de Dieu » (devis de N. 30).

La lecture et la méditation de la sainte Écriture, sous l'autorité d'Oisille, cet exercice propre à l'Évangélisme puis à la Réforme, dont nul ne se dispense ici, conduisent d'un même mouvement à se défier de l'homme et à se confier à Dieu seul. Le motif du « trébucher », lui aussi, renvoie à la prédication réformée, qui met en lumière ces accidents propres à démolir les prétentions humaines : « Dieu nous en veulle garder, car, si sa bonté ne nous retient, il n'y a aucun d'entre nous qui ne puisse faire pis ; mais, ayant confiance en luy, il gardera celles qui confessent ne se pouvoir par elles-mesmes garder ; et celles qui se confient en leurs forces sont en grand dangier d'estre tentées jusques à confesser leur infirmité. Et en est veu plusieurs qui ont tresbuché en tel cas... » (devis de N. 32). Et la grande ombre de la transcendance, portée par le postulat réformé de l'obscurité du dessein terrible de Dieu[1], ne

---

1. On sait, et Brantôme le rappelle, que l'on « soupçonnoit » Marguerite « de la relligion de Luther » ; selon Brantôme, « le Connestable de Montmorancy, en sa plus grande faveur [...] ne fist difficulté ny scrupule » de dire au roi François Ier « que, s'il vouloit bien exterminer les hérétiques de son royaume, qu'il falloit commancer à sa cour et à ses plus proches, luy nommant la royne sa sœur ; à quoy le roy respondist : "Ne parlons point de celle là, elle m'ayme trop. Elle ne croira jamais que ce que je croiray, et ne prendra jamais de relligion qui préjudicie à mon estat" », *Œuvres de Branthôme* (sic), éd. P. Mérimée et P. Lacour, Plon,

cesse de projeter sa sombre lueur sur tel conte parfaitement conventionnel, que la lecture théologique transforme en méditation métaphysique [1].

Qu'est-ce qu'une nouvelle ?

La tradition narrative propose un certain nombre de
traits distinctifs qui opposent la nouvelle (italienne et
française) au roman. La nouvelle a pour objet la rela-

1890, t. X, p. 286 et 287. La réponse du roi ne dément nullement
la « sensibilité réformée » de sa sœur, mais se borne à assurer
qu'elle ne fera pas profession explicite de luthéranisme, par amour
pour son frère, et souci de l'unité du royaume. L'univers spirituel
de *L'Heptaméron* est d'ailleurs au moins aussi proche de celui de
Calvin. Cependant, comme l'observe Marguerite Soulié, « la position religieuse de Marguerite de Navarre ne saurait être clairement
définie : elle n'a pas rompu avec l'Église romaine, mais elle a
protégé un Marot, un Calvin à l'heure où la persécution s'organisait
contre les « luthériens ». Elle défend des attitudes religieuses qui
sont celles de la Préréforme, mais elle fonde des couvents et refuse
dans son âge mûr l'autorité spirituelle de Calvin ; il faut dire aussi
que la Réforme ne constituait pas un corps cohérent de doctrines à
l'heure où elle pouvait penser sa foi » (« Le théâtre et la Bible au
XVIe siècle », in *Le Temps des Réformes et la Bible*, sous la dir. de
G. Bedouelle et B. Roussel, Beauchesne, 1989, p. 639-640). Que
les nouvelles de la reine « sentissent » les idées réformées est du
reste confirmé par les nombreuses coupures qu'opère par prudence
Gruget, le premier éditeur. On notera aussi que dans son *Oraison
funèbre* Charles de Sainte-Marthe fait écho aux rumeurs, non pour
les démentir, mais pour justifier l'attitude de la défunte, « la plus
humaine & la plus libérale femme du monde » : « Mais quoy,
pourra dire le détracteur, vouldras-tu excuser, sur ceste simplicité
& candeur, que Marguerite recevoit tréshumainement ceux qui sentoient bien peu chrestiennement de nostre foy et religion ? Certes
je ne te dy cela... » (p. 100).
1. À l'inverse, on remarquera avec amusement que parfois la
« leçon » explicite est récusée au nom du scepticisme ; ainsi, tandis
qu'Ennasuite et Oisille voient en un conte banal une leçon sérieuse
en l'honneur de la vertu féminine, Simontault démolit joyeusement
l'exemplarité du cas : « Par Dieu, dit Simontault, ce n'est pas grand
honneur à une honnête femme de refuser un si laid homme... »
Encore faut-il observer que ce scepticisme est lui-même l'expression d'un postulat théologique, accusant le néant de l'homme sans
la grâce.

tion de faits donnés pour authentiques, authentifiés par un témoin digne de foi. Des faits eux-mêmes « nouveaux », c'est-à-dire survenus récemment, appartenant, sinon à l'immédiate actualité, du moins à un passé tout proche, « de fraîche mémoire ». Des faits qui seraient encore « inouïs », non encore relatés, ou en tout cas non encore écrits. Et dignes d'être racontés, « exemplaires », assez surprenants pour susciter l'intérêt et produire quelque fruit, car la nouvelle répond aux deux critères de la bonne écriture et de la bonne lecture humanistes, donner du plaisir, être délectable, et instruire, profiter.

Si la nouvelle se caractérise par sa brièveté — et la longueur de la nouvelle qui achève la première journée a besoin d'être justifiée et excusée —, c'est que sa structure se fonde sur un petit nombre de « fonctions » — au sens que Propp[1] donne à cette notion — dont la logique est mise en évidence ; ainsi en va-t-il du schéma de l'épreuve, structuré par la succession de trois fonctions enchaînées par la logique : on propose ou on impose au héros une tâche difficile pour le qualifier ; le héros accomplit cette tâche qualifiante ; il est qualifié, reconnu comme héros. Ces formes élémentaires intégrées dans une structure simple ou simplifiée constituent l'armature de la nouvelle, une logique des actions orientée vers le dénouement.

Les procédés de construction ne se confondent pas avec ceux du roman[2] ; le schéma de base se réduit souvent à une figure de rhétorique, dont le récit n'est que l'expansion ; ainsi en va-t-il dans *L'Heptaméron* des deux figures clés de la répétition et de l'inversion. Le conte reste, même lorsque sa longueur est remar-

---

1. Vladimir Propp, *Morphologie du conte*, Éd. du Seuil, coll. « Points », 1970. La fonction : ce que fait un personnage, la tâche qu'il accomplit. **2.** Roman et nouvelle s'opposent alors nettement : le roman représente le monde de la vie rêvée, imaginée ; la nouvelle, du côté de la chronique, a pour objet un petit fait vrai (donné pour tel).

quabie, cette forme élémentaire qui intègre des
« formes simples » [1] : l'anecdote, l'exemple, la fable [2].

Le modèle et ses avatars

   Le Décaméron, dont Marguerite avait commandé à
Antoine Le Maçon son secrétaire une nouvelle traduction, publiée en 1545 [3], est explicitement donné dans le
Prologue pour le modèle du recueil français [4]. Outre
les deux traits qui modifient chez Boccace les genres
narratifs et didactiques de l'Antiquité et du Moyen
Âge, la temporalisation des schémas de l'action et la
problématisation des normes morales [5], le recueil de
nouvelles italien met alors en œuvre un nouveau
contrat narratif : un petit nombre de personnages,
qu'une situation critique contraint de vivre un certain
temps ensemble en un lieu fermé (une île, un château,
une abbaye) à l'écart des rumeurs du monde, choisit
de donner et de recevoir des récits, chacun à tour de
rôle se faisant auditeur et conteur, pratiquant la loi
archaïque de l'échange, donnant donnant ; qui reçoit
un récit doit donner un récit : la règle qu'illustrent *Le*

---

   1. André Jolles, *Formes simples*, Éd. du Seuil, 1972 (trad. de
Einfache Formen, Halle, 1930).   **2.** Pour une analyse plus précise des structures de la nouvelle, je renvoie à ma *Conversation
conteuse* (PUF, 1992, p. 23-38).   **3.** « Il vous pleut me commander de traduire tout le Livre en nostre langue Françoyse, m'asseurant qu'il seroit trouvé beau et plaisant... » Cette traduction, dédiée
à Marguerite de Navarre, a été rééditée par F. Dillaye, Lemerre,
1882-1885 en 5 tomes.   **4.** En ce qui concerne les nouvelles, si
quelques contes de *L'Heptaméron* « ressemblent » à ceux de
l'œuvre modèle, les analogies sont surtout de surface (par exemple
la reprise du schéma de la triple épreuve, ou du trompeur trompé,
ou les aventures de celui, ou de celle, qui couche sans le savoir
avec une autre personne que celle qu'il désire) ; chaque conteur a
son style propre, et sa propre vision du monde.   **5.** Voir Hans-
Jorg Neuschäfer, *Boccacio und der Begin der Novellistik*, Munich,
1969.

Décaméron et *L'Heptaméron* est d'ailleurs celle de la tradition orale du conte[1].

Le Décaméron se définit par la technique de l'emboîtement, à l'intérieur d'un cadre (*cornice*) au caractère tout médiéval[2]. Un récit-cadre initial — la description de la grande peste de Florence, la mortifère pestilence de 1348 — motive la réunion contingente d'un petit groupe de dames et de gentilshommes qui décident d'user, en manière de thérapie et de prévention, d'un divertissement propre à assurer leur santé physique et morale, la production de récits, réglée minutieusement par l'alternance des voix et des registres thématiques.

La décade, indice d'une petite totalité symbole d'une perfection, est alors la figure propre à assurer l'unité du recueil : dix jours (décaméron) de retraite, dix personnages réunis loin de l'air pestilentiel de la ville, dix récits par jour, un par personne. Le produit de la décade par elle-même, la centaine, une unité symbolique, comme celle qui marque le sacrifice avec l'hécatombe, « signifie » à la fois l'achèvement et la perfection. À l'intérieur d'une grande unité dont les parties symétriques, épilogue et prologue, marquent la cohérence, dix petites unités-journées, elles-mêmes ouvertes et fermées par des mini-prologues et mini-épilogues ; et, à l'intérieur des petites unités, des micro-unités-récits, elles aussi ouvertes et fermées par des séquences topiques.

À côté de cette construction rigoureuse, marquée par de puissants effets de symétrie et de duplication qui font de ce cadre un « grandiose édifice gothique » (Vittore Branca), prise dans un mouvement ascensionnel

---

1. Par exemple voici la formule de transition des contes corses : *Fola foletta / Mett'in calzetta / Ditte a vostra, / A mea è detta* (Fable / *récit oral* / petite fable / Mettez-là dans la chaussette / Dites la vôtre / La mienne est dite). **2.** Voir Boccace, *Le Décaméron*, éd. présentée et annotée par Vittore Branca (trad. des notes et de l'introduction par A. Gisselbrecht), Le Club français du livre, 1962, Introduction, p. XXXII.

qui entend élever le lecteur « d'un début atroce et nau-
séabond à une fin heureuse, désirable et délectable[1] »,
un trait décisif : Boccace ménage une série de relais
transitionnels à fonction ornementale. D'un côté les
débuts et fins de journées, où se déploie le pittoresque
de descriptions colorées et chatoyantes, des miniatures
qui disent la beauté du monde visible et son superbe
agencement ; de l'autre, des débuts et fins de récits,
parties « topiques », où un trait suffit à indiquer les
réactions des auditeurs, à annoncer la tonalité du récit
suivant, à capter la bienveillance du public. Si chaque
journée a sa cohérence thématique, annoncée par le
sommaire, de l'une à l'autre un itinéraire jalonné
conduit de la satire à l'éloge, du bas au sublime.

Tel est le modèle qui dicte la composition de *L'Heptaméron*, dans son ensemble — hélas inachevé ! —, et
dans le détail de son agencement. Mais si le cadre est
préservé, la structure est subtilement modifiée par un
élément architectural qui prend ici fonction directrice :
le rythme est scandé par l'alternance régulière de deux
temporalités distinctes, le temps faible des récits, le
temps fort des commentaires[2]. Et les devis prennent
alors une expansion nouvelle : non seulement chaque
récit est suivi d'un débat dialogué, au lieu du simple
relais transitionnel comme chez Boccace, mais il arrive
que les devis (par exemple ceux des 6e, 7e, 29e nouvelles) occupent autant de place que le récit, voire
davantage (ainsi les débats de la 34e, de la 36e, ou de
la 44e nouvelle sont plus longs que les récits) ; et surtout, au lieu d'une simple remarque sur la réception du
conte, les rires, les larmes, les devis laissent entendre
un concert de voix dissonantes, qui mettent en question
non seulement le récit, mais le conteur : a-t-il conté
comme il convenait l'histoire ? n'a-t-il pas orienté sa
narration ? n'a-t-il rien omis de ce qu'il eût fallu dire ?
bref, faut-il croire cette histoire donnée pour véritable ?

1. Voir V. Branca, p. XXXII.   **2.** Voir Harald Weinrich, *Tem-
pus*, Éd. du Seuil, 1980, p. 25-48.

Alors même que la règle de véridicité est constamment rappelée : « Nous avons tous juré de dire vérité... », de discrets indices signalent les failles de la crédibilité : « Je croy, mes dames, que vous n'estes pas si sottes que de croyre en toutes les Nouvelles que l'on vous vient compter » (devis de N. 32).

Le régime de l'alternance ne modifie pas seulement la structure externe en insérant un cadre à l'intérieur du cadre, en donnant davantage d'importance au discours sur le récit ; il ne se borne pas non plus à modifier l'éclairage idéologique en introduisant régulièrement des indices de mise à distance de la narration, il transforme profondément la relation du récit au commentaire qui le suit. Le discours sur le récit met au jour le statut du narrateur, et son double jeu ; ainsi dans la 26e nouvelle, si le conteur dessine un portrait de dame exemplaire, le même, lorsque, son récit achevé, il devient devisant parmi d'autres, critique l'exemplarité de son conte ! Et Longarine narratrice de la 15e nouvelle est moins sévère que Longarine devisante...

Alors que l'œuvre-modèle se construit sur l'opposition du bas et du haut, et se trouve prise dans un mouvement de progression verticale, *L'Heptaméron* se construit sur l'opposition de l'extérieur et de l'intérieur, de la surface et de la profondeur, du découvert et du latent. La Narratrice entend faire voir « ce qui est dessous », ce dedans plein d'ordures qui caractérise le cœur de l'homme sans la grâce.

Ainsi du *Décaméron* à *L'Heptaméron*, du « grandiose édifice gothique » (V. Branca) à l'harmonieux palais de la Renaissance, quelques lézardes menacent la construction ; de discrets signaux déclarent l'entrée dans cette ère du soupçon dont la nouvelle ne sortira pas indemne, et d'abord ces indices de doute, de suspens du jugement, d'ironie, qui témoignent que la confiance dans la parole est minée en même temps que, avec les apports de la Réforme, la confiance en l'homme est remplacée par une défiance aiguë à l'égard des belles conduites et des belles âmes.

Le contrat narratif

Le *Décaméron* fixait les règles d'un double contrat, celui que passe le conteur, dans l'avant-propos, avec ses lecteurs — ou plutôt ses lectrices —, conforme à la topique de la bonne lecture humaniste, unissant le plaisir au profit (« Esquelles plaisantes nouvelles on verra plusieurs estranges cas d'amour & autres adventures advenues, tant de nostre temps qu'anciennement, desquelles les Dames qui les liront pourront prendre, des plaisantes choses en icelles monstrées, plaisir et profitable conseil, d'autant qu'elles pourront congnoistre ce qui est à éviter, & ce qui est à ensuyvre [1] »), et celui qui lie dans l'univers de la fiction les sept dames et les trois jeunes hommes ; après une première journée placée sous le commandement de la « reine » Pampinea, qui « ordonne que chacun soit libre de parler sur le sujet qu'il voudra », et choisit l'ordre d'intervention des narrateurs, chaque personnage est responsable à son tour de l'organisation de la journée, il en fixe le thème, et règle la circulation de la parole en choisissant le conteur.

L'Heptaméron reprend les termes du contrat mais les modifie sensiblement. La reine conserve le cadre naturel propice à la délivrance des récits, « dedans ce beau pré le long de la rivière du Gave », semblable au *locus amoenus* [2] du *Décaméron* : « Et s'en allerent ainsi en un preau, auquel l'herbe estoit verte & grande, sans que soleil y frappast aucunement : & là, sentans venir un doulx & gracieux petit vent, chascun d'eulx s'asseit comme il pleut à la Royne sur l'herbe verte en rond [3]. »

La production des contes est vue, ainsi que dans l'œuvre-modèle, comme un divertissement à vertu thé-

---

1. *Le Décaméron*, trad. A. Le Maçon, t. I, p. 17.   **2.** Dans la topique descriptive fixée par la rhétorique, le *locus amoenus* (lieu agréable, endroit charmant propre au plaisir) est composé de traits constants qui définissent un paysage idéal.   **3.** *Le Décaméron*, éd. cit., p. 52.

rapeutique, soumis pareillement au rythme de la décade, dix conteurs, dix jours, dix récits par jour et par conteur : « Au bout de dix jours aurons parachevé la centaine » (Prologue).

La narratrice fixe, avant la future transcription des contes, la règle de l'oralité, à la fois pour la narration, et pour l'origine même des récits : « là, assiz à noz aises, dira chascun quelque histoire qu'il aura veue ou bien oy dire à quelque homme digne de foy » (*ibid.*), « nous avons juré de ne rien mectre icy qui ayt esté escript » (N. 69).

Mais elle ajoute un article important, lorsqu'elle rappelle dans le Prologue ce premier projet avorté, qui devait produire un *Décaméron* français, « sinon en une chose différente de Boccace », le respect absolu de la vérité de l'histoire, qui doit conduire selon elle à écarter la rhétorique, maîtresse d'erreur et de fausseté : « C'est de n'escripre nulle nouvelle qui ne soit veritable histoire » (Prologue).

Certes, certaines « véritables histoires » reprennent, on le sait, des modèles éprouvés : la nouvelle ne dit pas nécessairement vrai, *elle dit qu'elle dit vrai*, ce qui est un peu différent...

La petite société conteuse se hâte alors d'élaborer ses règles, et d'abord celle de l'égalité, de l'égalité au jeu s'entend, comme l'observe Hircan : « Au jeu, nous sommes tous esgaulx. » À la différence du modèle, la composition du groupe, cinq hommes et cinq femmes, assure l'égalité des sexes — au jeu —, l'alternance régulière des voix féminine et masculine, ainsi que l'alternance des hommes et des femmes dans le commencement / commandement de chaque journée[1] ; et désormais chaque conteur choisit son successeur, en lui donnant quelques indications de régie, et en prenant soin de justifier son choix. La règle de la véridicité, d'autre part, entraîne celle de la liberté de parole : « Puis

---

1. L'exception à la règle est soulignée comme telle par Saffredent (Prologue de la huitième journée).

que nous avons juré de dire la verité, dist Oisille, aussy avons-nous de l'escouter. Par quoy vous povez parler en liberté » (devis de N. 48).

Mais surtout la petite société moderne semble vouloir respecter la loi archaïque de l'échange qui règle dans les sociétés primitives les modalités du don et du contredon [1]. Les trois articles de cette loi sont constamment rappelés par les devisants ; celle de la fermeture, d'abord : on ne doit point sortir du cercle pour échanger ailleurs ; si la présence des moines curieux qui écoutent les récits cachés derrière la haie est tolérée, encore convient-il qu'ils se taisent ! Donner et recevoir des récits reste l'apanage du cercle, de ce petit groupe d'« égaux » qui n'admet en son sein ni moines ni serviteurs. La règle de la circularité ensuite : qui donne doit recevoir, qui reçoit doit donner. Qui reçoit la voix donne la voix : « Puis que je donnay hier soir fin à la dixiesme, c'est à moy à eslire celle qui doibt commencer aujourd'-huy » (Prologue de la 2e journée). Chacun à son tour narre, écoute, commente...

La troisième règle énonce la nécessité de l'équivalence de l'objet du troc : qui reçoit un récit, doit rendre un récit, et chacun « en son rang » respecte l'obligation, qui se définit en termes de dette, de faute, et d'acquittement, ou de réparation : « Ne sçavois-je pas bien, dist Simontault, que Nomerfide ne nous feroit poinct pleurer, mais bien fort rire ; en quoy il me semble que chascun de nous s'est bien acquicté » (N. 34) ; « Vous avez dict, dist Dagoucin, que vous ne racompterez que de follyes, et il me semble que je n'y ai pas failly » (devis de N. 72).

Donner un récit consiste en effet à s'acquitter d'une dette, à se libérer d'une obligation, parfois à réparer ou à « rhabiller » une faute : « Si vous ne distes quelque chose pour faire rire la compaignye, je ne sçay nulle

1. Voir Marcel Mauss, « L'essai sur le don », in *Sociologie et anthropologie*, PUF, 1980.

d'entre vous qui peust rabiller à la faulte que j'ay faicte de la faire pleurer » (devis de N. 2).

Conteurs et devisants entrent ainsi dans un circuit d'échange, dont la circulation réglée de la parole est le premier indice.

La mise en doute du récit et de la narration

La structure d'alternance met en évidence l'opposition de deux temps : *le temps de la croyance*, celui de l'audition du récit, où narrateur et narrataires, respectant le protocole de la nouvelle, croient ou feignent de croire aux histoires qu'ils racontent ou qu'on leur raconte, et où chacun s'efforce d'accorder « bonne audience » ; *le temps du soupçon*, celui du commentaire, où la vérité de l'histoire est mise en doute, et où la véridicité du narrateur devient aux yeux des devisants plus douteuse. L'une des formules récurrentes moyennant d'infimes modifications déclare ce changement de perspective, la naissance du soupçon, que signale le *mais* : « Vous en croirez *ce qu'il vous plaira*, dist Oisille ; *mais...* » (N. 14), « Vous me le paindrez, dist Hircan, *comme il vous plaira ; mais...* » (N. 26).

Selon les termes du contrat, chacun reçoit en effet, avec la voix du narrateur précédent, le droit de peindre *comme il lui plaît*, en toute liberté ; mais chacun reçoit aussi, dès la fin du récit, le droit de l'interpréter comme il l'entend.

Le narrateur proposait non seulement une histoire (vraie), mais un cas exemplaire, et les séquences topiques (débuts et fins de récits) fournissaient un apparent protocole de lecture : « Je prie à Dieu, mesdames, que cet exemple vous soit si profitable... » (N. 40), « Voylà, mes dames, une histoire qui est bien pour monstrer... » (N. 22).

Les narrataires démolissent joyeusement et l'exemplarité de la narration et même son authenticité, mettant en cause la « peinture » qu'en a faite le conteur : « Pour ce que je les trouve si grandes que je ne les pourrois croyre [les vertus de l'héroïne], sans le grand serment que nous avons faict de dire verité, je ne trouve pas sa vertu telle que vous la peignez, dist Hircan » (devis de N. 42).

Il leur arrive de demander des comptes de son conte au narrateur : « Puisque l'amour estoit si honneste, dist Geburon, comme vous nous la paignez, pourquoy la falloit-il tenir si secrette ? » (devis de N. 70) ; « Il me semble, dit Longarine, puis qu'elle avoit choisy, un mary à sa fantaisye, qu'elle ne debvoit craindre de perdre l'amityé de tous les autres ? » (devis de N. 53) ; « Et, après que Parlamente eut eu bonne et longue audience, elle dist à Hircan : "Vous semble-il pas que ceste femme [...] ayt vertueusement resisté ? — Non, dist Hircan" » (devis de N. 10).

Tantôt l'auditeur conteste l'analyse psychologique des personnages, tantôt il met en doute les motivations que lui prêtait le conteur, tantôt il refuse l'idéalisation et l'exemplarité du conte... Il lui arrive aussi de n'être point satisfait des modalités de la narration, dont il critique les zones d'ombre, et les ambiguïtés : « Si elle avoit ceste volunté [de n'aimer ni d'être aimée], pourquoy luy donnoit-elle quelque esperance après les sept ans passez ? » (devis de N. 24) ; « Et que sçavons-nous, dist Saffredent, s'il estoit de ceulx que ung chappitre nomme *de frigidis et maleficiatis* ? Mais si Hircan eust voulu parfaire sa louange, il nous debvoit compter comme il fut gentil compaignon, quant il eut ce qu'il demandoit ; et à l'heure pourrions juger si ses vertuz ou impuissance le feit estre si saige » (devis de N. 18).

Dans ces débats, deux rôles assurent la présence du soupçon comme meneur de jeu. D'un côté le clan des cyniques, Hircan, Saffredent, Simontault, reçoit de la Narratrice mission de faire naître le doute et la suspicion, en particulier lorsque le narrateur a conté une trop belle histoire idéalisant la nature humaine, ce qui alerte aussitôt sa méfiance vigilante. D'un autre côté, Oisille, naïve et crédule comme le déclare son nom, prête à trouver le fait « très honneste et vertueux » (N. 13)

sans trop s'interroger sur sa réalité, et refusant de
« condanner sans veoir », est pourtant chargée à l'occasion de faire entendre la voix de la défiance. Et de
rappeler que le mal ne se peut trop soupsonner : « Toutesfois, dist Oisille, l'on doibt soupsonner le mal qui
est à eviter, principalement ceulx qui ont charge ; car
il vault mieux soupsonner le mal qui n'est poinct, que
de tumber, par sottement croire, en icelluy qui est »
(devis de N. 46).

Le soupçon est mis en question en particulier dans les
débats qui suivent les 7ᵉ, 46ᵉ et 47ᵉ nouvelles : la présence massive du paradigme signale l'importance du
débat, où s'affrontent partisans et adversaires du soupçon. Mais l'essentiel est pourtant ailleurs que dans cette
discussion ; les devisants font l'expérience du soupçon
non seulement lorsqu'ils commentent son rôle, et définissent ses dangers et ses risques : « j'ay bien veu la
fumée où il n'y avoit poinct de feu. Car aussi souvent est
soupsonné par les mauvais le mal où il n'est poinct, que
congneu là où il est » (devis de N. 7) ; « Et ainsy en
puisse-il prendre, mes dames, à ceulx qui à tort soupsonnent mal de leurs femmes. Car plusieurs sont causes de
les faire telles qu'ilz les soupsonnent [...]. Et qui dict que
le soupson est amour, je lui nye » (devis de N. 47) ; mais
aussi lorsqu'ils mettent en doute les normes morales et
les caractérisations sommaires des narrations. Lorsque
le *peut-être* fait son entrée dans le discours : « Ma dame,
dist Hircan, je ne la condanne poinct [...] ; mais *peult-
estre* que ung moins digne d'estre aymé la tenoit si bien
par le doigt, que l'anneau n'y pouvoit entrer » (N. 13)
« *Peut estre*, dist Nomerfide, qu'elle en aymoit quelque
autre qui ne valloit cest honneste homme-là, et que pour
ung pire elle laissa le meilleur » (N. 24) ; « Aussy *peult
estre* que ceste fille avoit quelque gentil homme comme
elle, qui luy faisoit despriser toute noblesse » (N. 42).

Trois exemples parmi d'autres, où le comportement
d'une héroïne présentée comme vertueuse par le narrateur (la dévote aimée du capitaine de galères, la reine de
Castille, la jeune Françoise poursuivie par un prince)

suscite quelques réserves chez les auditeurs. Le soupçon
guette toujours : ainsi après la nouvelle 40 (le meurtre
commis par le comte de Jossebelin sur la personne de
son beau-frère), Geburon pointe « l'étrange » d'une
conduite qui donne à faire quelques hypothèses sur la
nature exacte de son affection fraternelle. Après la nouvelle 32, Dagoucin s'ébahit du comportement de la
dame adultère si sévèrement punie, et est tout près de
décrire ce couple comme un couple pervers. La « vertu »
de l'héroïne de la 24e nouvelle est déclarée « folie » par
les devisants, tandis que le narrateur de la 26e démolit
lui-même l'exemplarité de son récit.

Le soupçon conduit ainsi à aller voir *dessous*, à soulever le voile ou la couverture, à ôter le masque, à
retrousser la longue robe, pour découvrir ce qu'ils dis-
simulent, l'ordure et la vilenie.

Le soupçon qui est à la fois un schème narratif, et
un motif lié organiquement à la thématique de la couverture, devient ainsi le meneur de jeu. L'instigateur
du spectacle. Et les devisants, loin de se borner à
mettre en doute la vérité et l'exemplarité des récits, et
à en critiquer l'idéalisation, font l'exercice du soupçon
entre eux, dans leurs querelles et leurs disputes, qui
prennent bien souvent un tour personnel, d'où l'allusion venimeuse n'est pas absente.

C'est bien cette méditation sur le mal, sur le péché
enraciné dans le cœur de l'homme depuis la faute, sur
ces sens « obscurs et charnelz par le peché du premier
pere » (N. 19), qui fonde l'exercice du soupçon, d'un
soupçon généralisé, rendant la créature suspecte à elle-
même. Il n'y a dans l'univers tragique de *L'Heptaméron* ni vicieux ni vertueux, mais des êtres à qui Dieu a
refusé ou accordé sa grâce. À la princesse « demeurée
victorieuse » d'une tentative de viol, sa dame d'honneur assure que si elle eut un jour la chance de pouvoir
rester dans le « chemin de vraie honnêteté », elle n'en
doit tirer nulle gloire, mais s'« humillier devant Dieu,
recongnoistre que ce n'a pas esté par [*sa*] vertu »
(N. 4).

Ce postulat métaphysique que nulle voix ne conteste dans *L'Heptaméron* conduit à faire des commentaires le lieu où toute couverture est ôtée ; les ombres des récits, leurs omissions, leurs contradictions, leurs anomalies, leurs ambiguïtés sont alors mises en lumière, éclairées par le doute comme autant de signes de *l'indécidable*. Comment savoir en effet si c'est la vertu ou l'impuissance qui rendit si étonnamment sage le jeune amant de la nouvelle 18 ? Comment savoir si le gentilhomme de la nouvelle 58 est tombé dans un piège, ou a accepté d'amuser la galerie ? Comment faire le partage entre la cupidité et l'amour trop tendre de Jossebelin pour sa sœur ? Toute vérité est provisoire : « Mais les dames ne voulurent recepvoir ceste verité, dont encores en est la matiere en doubte » (N. 58). La matière est toujours en doute, en effet, puisque nul ne saurait apprécier ni juger conduites et comportements, faute de connaître les causes premières, comme dit Geburon (N. 50), et le soupçon porte trace de ce défaut de savoir : il dit aussi l'indécision, le suspens devant des indices obscurs, que Dieu seul peut interpréter. Et juger.

La guerre des sexes[1]

Parmi les modifications que *L'Heptaméron* apporte au *Décaméron*, figure en bonne place la composition de la petite société conteuse, cinq hommes, cinq femmes, qui seront à tour de rôle auditeurs et commentateurs. Dans la *Comédie à dix personnages*, écrite vraisemblablement en 1542, Marguerite mettait en scène deux « filles », deux dames mariées, la Vieille, le Vieillard, et quatre hommes : ces voix diverses permettaient de faire entendre, comme l'observait

---

1. François Billon dans *Le Fort inexpugnable de l'honneur du sexe féminin* (1555) évoque avec passion « cette vieille et odieuse Guerre des deux sexes », soutenant que la seule différence entre eux se voit « és parties corporelles, esquelles estoit requise la nécessaire diversité pour l'usage de la génération ».

V. L. Saulnier[1], « la tendance réaliste et l'aspiration idéaliste en un mixte qui tient de *L'Heptaméron* ». L'alternance des voix masculines et féminines, respectée sans exception dans la distribution de la parole conteuse, est soulignée comme un indice de cette « égalité » que les personnages acceptent de reconnaître le temps d'un jeu : « récit de femme » et « récit d'homme » se succèdent régulièrement, la Narratrice accordant à chaque sexe le droit d'élire un point de vue particulier. Et le nombre égal d'hommes et de femmes engagés dans l'aventure — à la différence du *Décaméron* — permet aussi, dans les débats, de montrer çà et là comment un même récit « engendr[e] diverses opinions », du côté des dames qui, nous dit-on, selon leur coutume, parlent autant par passion que par raison (devis de N. 12), du côté des hommes, qui ne manquent pas non plus de manifester à l'occasion une solidarité de groupe : « Or, leur dist Parlamente, tant plus avant nous entrons en ce propos, et plus ces bons seigneurs icy drapperont sur la tissure de Simontault et tout à noz despens » (devis de N. 20).

Dans les récits, les aventures du désir et les drames ou les comédies de l'amour montrent les divers actes de la pièce qui met aux prises hommes et femmes ; dans les discussions qui suivent chaque narration, parfois fort étoffées, et toujours passionnées, les réactions et les appréciations que suscitent chez les auditeurs les conduites des personnages, ou les propos du narrateur, autorisent chacun, comme dans le choix qu'il fait de son propre récit, à *décharger son cœur* ; ainsi, après l'audition de la cinquième nouvelle contée par Geburon, l'histoire de la pauvre batelière qui sut par ruse empêcher deux cordeliers « fols et malicieux » de la violer, tandis que la discussion s'envenime bien vite, prenant un tour personnel, le conteur, choisissant selon l'usage son successeur, lui passe la parole en ces

1. Marguerite de Navarre, *Le Théâtre profane*, éd. V.-L. Saulnier, Droz, 1960, Introduction, p. 7.

termes : « Je voys bien que Nomerfide a envye de parler ; parquoy je luy donne ma voix, affin qu'elle descharge son cueur sur quelque bonne Nouvelle » (N. 5).

Décharger son cœur sur quelque bonne nouvelle : la narration, en effet, dit toujours quelque chose du narrateur, et la Narratrice, en psychologue avertie, dessine en pointillé un « portrait » de ses personnages en confiant à chacun le genre de récit propre à l'individualiser, et à lui permettre d'exprimer obliquement son désir.

Au centre des récits et des débats : la question de la différence des sexes, et en particulier le rapport de chacun à l'amour, au plaisir, et au désir. Reprenant un thème d'actualité, *L'Heptaméron* met en scène défenseurs et adversaires des dames ; ainsi pour ouvrir la troisième Journée, Parlamente est appelée à dire, comme elle sait si bien le faire, une histoire à la louange des dames ; le récit achevé, elle conclut : « Or, mes dames, je vous prie que les hommes, qui nous veullent peindre tant inconstantes, viennent maintenant icy et me monstrent l'exemple d'un aussy bon mari, que ceste-cy fut bonne femme, et d'une telle foy et perseverance ; je suis seure qu'il leur seroit si difficile que j'ayme mieulx les en quicter » (N. 21).

De même, et symétriquement, lorsque Ennasuite invite Oisille, après l'audition de la 17e nouvelle, à donner sa voix « à quelcun qui dye encores quelque bien des hommes, s'il y en a », la conteuse cède la parole à Hircan en lui indiquant son thème : « Il me semble que vous avez tant accoustumé de dire mal des femmes, qu'il vous sera aisé de nous faire quelque bon compte à la louange d'un homme : parquoy je vous donne ma voix » (N. 17).

Quand le récit s'achève, l'auditoire, avant d'apprécier la justesse de la cause, évalue d'abord la performance de l'avocat. Ainsi Hircan : « Vrayement, Longarine, vous en avez si bien parlé en soustenant l'honneur des dames à tort soupsonnées, que je vous

donne ma voix pour dire la huictiesme Nouvelle »
(N. 7).

Faire un conte à la louange d'un homme, dire une
histoire à la louange d'une femme : voulant, comme
Ennasuite, « faire tout égal », la Narratrice souhaite
donner à entendre un procès contradictoire ; la diversité d'opinions qu'autorise l'alternance sexuelle est du
reste fréquemment soulignée : Simontault usera ainsi
de la « voix » qui lui est donnée par Parlamente pour
imposer le point de vue d'un mâle, blessé d'avoir été
traité de « plaisant », « un nom », dit-il, qu'il « trouve
fort fâcheux » : « et pour m'en venger, je vous monstreray qu'il y a des femmes qui font bien semblant
d'estre chastes envers quelques ungs, ou pour quelque
temps ; mais la fin les monstre telles qu'elles sont,
comme vous verrez » (N. 13).

À l'inverse, Saffredent, accusé d'avoir « remémoré
une si grande vilenie contre les dames », pour « réparer » sa « faute », accorde sa voix à Parlamente, « laquelle, pour son bon sens, sçaura si bien louer les
dames, qu'elle fera mectre en obly », dit-il, « la vérité » de son message. Et celle-ci, ainsi autorisée à *parler
pour* les dames, déclare d'emblée l'intention : « Je
n'entreprens pas, dist Parlamente, de reparer voz
faultes, mais ouy bien de me garder de les ensuivre.
Parquoy, je me delibere, usant de la verité promise et
jurée, de vous monstrer qu'il y a des dames qui en
leurs amityez n'ont cherché nulle fin que l'honnesteté » (Prologue de la 3e journée).

Mais plus encore que les récits à la gloire des dames
ou à l'honneur des hommes, les devis qui accompa-
gnent chaque récit donnent l'occasion à chacun d'apporter son témoignage, et souvent de *parler pour*, de
se faire le porte-parole de son sexe. Il n'est pas rare
que les réactions des auditeurs déclarent le partage des
sexes. Après avoir écouté la triste histoire de la muletière d'Amboise, cette nouvelle Lucrèce qui préféra la
mort à la honte de satisfaire l'amour « bestiale » de
son valet, la Narratrice note le sentiment unanime des

dames : « Il n'y eut dame en la compaignye, qui n'eut la larme à l'œil pour la compassion de la piteuse et glorieuse mort de cette mulletiere. Chascune pensa en elle-mesme que, si la fortune leur advenoit pareille, mectroient peyne de l'ensuivre en son martire » (N. 2).

De même, après avoir entendu l'histoire de Lorenzaccio, hommes et femmes montrent « diverses opinions » : « Les dames disoient qu'il estoit bon frere et vertueux citoyen ; les hommes, au contraire, qu'il estoit traistre et meschant serviteur ; et faisoit fort bon oyr les raisons alleguées des deux costez » (N. 12).

Y aurait-il donc « deux côtés », deux « clans » ? Chaque groupe pourtant n'est pas toujours aussi soudé, et les marques de discordance ou de dissonance ne manquent pas, opposant à l'intérieur de chaque clan cyniques et naïfs, dames vertueuses et jeunes libertines...

Les devis construisent, en effet, d'une nouvelle à l'autre, d'une journée à l'autre, une espèce particulière d'« histoire » ou de « fable » — un conte à l'intérieur des contes —, où se tisse un réseau de relations amoureuses ou amicales, d'alliances, d'hostilités, de sympathies ou d'antipathies entre les dix personnages de la fiction-cadre. La présence de la conversation conteuse, parfois comme dans *Le Décaméron* simple relais transitionnel, mais le plus souvent débat critique où s'expriment les diverses opinions, apporte quelque trouble à la poétique traditionnelle et à ses codes : données pour « vraies », les histoires se trouvent soumises, dès que le conteur a rempli son office, à un questionnement diversifié. Loin de parler d'une seule voix, les devisants, constitués en jury appelé à apprécier et à juger, voire à condamner ou à absoudre non seulement les personnages mis en scène dans les nouvelles, mais la personne même du conteur ou de la conteuse, qui dit quelque chose de lui, quelque chose d'elle, dans le choix du récit et les modalités de la narration, font entendre leurs divergences, leurs intérêts, leurs conflits.

Chaque récit devient ainsi la matière d'un procès tenu devant le petit tribunal des Dix, de ces conteurs-auditeurs-commentateurs entre lesquels circule régulièrement la parole, et où chacun joue à son tour le rôle du défenseur ou du procureur, de l'accusateur ou de l'accusé, du coupable ou de la victime. Parmi les procès instruits par cette mini-cour de justice, celui de la différence des sexes est inscrit à l'ordre du jour, suscitant de vifs débats. Est-il vrai, se demande-t-on, que, comme l'affirment certaines, les femmes aiment mieux que les hommes ? Peut-on soutenir « que les femmes honnestes peuvent laisser honnestement l'amour des hommes, et non les hommes, celle des femmes, comme si leurs cueurs estoient differens » ? demande Hircan (N. 21). Peut-on vraiment croire que, comme le pense Saffredent, « l'on ne sçauroit faire plus d'honneur à une femme de qui l'on desire telles choses, que de la prendre par force » (N. 18) ?

Le rapport des hommes et des femmes à la passion et à la raison, au plaisir et à l'honneur, semble d'abord faire l'objet d'un consensus minimal : tous paraissent admettre que droits et devoirs, tentations et violence diffèrent selon le sexe. Les hommes n'aiment « riens que [leur] plaisir » (N. 15), qui « gist à deshonorer les femmes », comme leur honneur « à tuer les hommes en guerre » (N. 26) ; les femmes, ignorant leurs mauvaises volontés, fondent l'amour « sur Dieu et sur honneur » (N. 21), et comme l'héroïne de la 26ᵉ nouvelle, dont la « vertu fut si grande, que jamais son desir ne passa sa raison », elles mettent leur « honneur » à résister aux tentations... C'est à partir de ce postulat que le clan des hommes et le clan des femmes affirment leur (apparente) différence : tandis que les cyniques, le trio éloquent formé par Hircan, Simontault et Saffredent, reconnaissent le droit masculin à l'inconstance, à la jouissance, voire à la force, les dames vertueuses, sous l'autorité d'Oisille et de Parlamente, plaident en faveur de l'honneur féminin. Mais l'opposition dessine moins le partage des sexes que celui des choix éthiques : des solidarités se nouent entre le clan des dames vertueuses et les champions de l'honneur des dames, comme le sage Dagoucin, moqué par les cyniques, cependant que les jeunes dames amies des plaisirs et des jeux rejoignent le clan des libertins, comme Nomerfide ou Ennasuitte.

Tandis que la différence des jugements donne lieu à des plaisanteries rituelles et à d'innocentes taquineries ou à d'allusives querelles, la représentation du sexe féminin reste parfaitement conventionnelle. Cyniques et vertueux se bornent à « représenter » les stéréotypes contrastés qui définissent la femme selon des traditions fort anciennes ; pour les cyniques, la femme est muable et légère, incapable d'aimer : « Cependant, Dagoucin, dit Simontault, estes-vous encores à sçavoir que les femmes n'ont amour ny regret ? » (N. 32), mais toute prête à céder à la première sollicitation amoureuse, hypocrite, rusée, à prendre de force si elle feint de refuser le déduit ; pour les défenseurs du sexe féminin, la femme se définit par ses vertus de chasteté, d'obéissance, de pudeur, et celle qui ne possède pas ces qualités n'est plus femme, mais homme, ou bête : « Longarine lui respondit : "Je dis que la femme chaste, qui a le cueur remply de vray amour, est plus satisfaicte d'estre aymée parfaitement, que de tous les plaisirs que le corps peult desirer. — Je suis de vostre opinion, dist Dagoucin, mais ces seigneurs icy ne le veullent entendre ne confesser. Je pense que, si l'amour reciprocque ne contente pas une femme, le mary seul ne la contentera pas ; car, en vivant de l'honneste amour des femmes, fault qu'elle soyt tentée de l'infernale cupidité des bestes." » (N. 69).

Le couple que forment Hircan et Parlamente emblématise le discours conventionnel, dans sa version satirique — dans la tradition de la satire VI de Juvénal contre les femmes — ou idéalisante. Voici par exemple que, après avoir entendu l'histoire de la jeune hypocrite Jambicque (N. 43) qui sut se donner du plaisir « couvertement », faisant l'amour avec un gentilhomme sans qu'il pût la voir ni connaître son identité, avant d'être démasquée pour sa honte, et de tomber « en la moquerie de tous », les devisants instruisent son procès : « Voylà, dist Oisille, une vilenye inexcusable ; car qui peut parler pour celle, quant Dieu, l'honneur et mesme l'amour l'accusent ? — Ouy, dist Hircan, le plaisir et la folie, qui sont deux grands advocatz pour les dames. — Si nous n'avions d'autres advocatz, dist Parlamente, que eulx avecq vous, nostre cause seroit mal soutenue ; mais celles qui sont vaincues en plaisir ne se doibvent plus nommer femmes, mais hommes, desquelz la fureur et la concupiscence augmente leur honneur [...]. Mais l'honneur des femmes a autre fondement : c'est doulceur, patience et chasteté » (N. 43).

Notre cause, la cause des femmes, est ici soutenue par une avocate qui reproduit la vision conventionnelle des différences sexuelles, et qui est l'ambassadrice de ce monde ancien où le plaisir est à peu près interdit aux femmes, où la concupiscence, chez elles répréhensible, est titre de gloire pour les hommes. Certes elle saura faire entendre à d'autres moments les plaintes légitimes de la mal mariée, et le « dépris » que lui inspire l'époux « déloyal » : « Il prandra cest exemple, qui vouldra, dist Parlamente ; mais, quant à moy, il ne me seroit possible d'avoir si longue patience, car, combien que en tous estatz patience soit une belle vertu, j'ay oppinion que en mariage admene enfin inimitié, pour ce que, en souffrant injure de son semblable, on est contrainct de s'en separer le plus que l'on peult, et, de ceste estrangetté-là, vient ung despris de la faulte du desloyal ; et, en ce despris, peu à peu l'amour diminue, car, d'autant ayme-l'on la chose, que l'on estime la valleur » (devis de N. 37).

Et, à l'audition d'une nouvelle qui rapporte un cas exemplaire de charité conjugale, loin d'admirer l'abnégation de l'épouse, elle s'écrie : « Voylà une femme sans cueur, sans fiel et sans foie » (devis de N. 38).

Mais même les sursauts de révolte qui la poussent par exemple à s'opposer à Oisille, lorsque celle-ci prêche aux épouses l'extrême patience, ne l'amènent pas à contester l'ordre ancien, car tout en refusant les mauvais traitements, elle ne remet pas en cause la hiérarchie : « C'est raison, dist Parlamente, que l'homme nous gouverne comme nostre chef, mais non pas qu'il nous habandonne ou traicte mal » (N. 37).

Et lorsqu'elle évoque la différence des fardeaux qui pèsent sur chaque sexe : « Ha, Geburon ! dist Parlamente, souvent sont differenz les fardeaulx de l'homme et de la femme » (N. 21), c'est encore pour opposer « l'amour de la femme, bien fondée sur Dieu et sur honneur », « si juste et raisonnable », et « l'amour de la plupart des hommes », « tant fondée sur le plaisir ». L'idéalisation va de pair avec la vision traditionnelle de la différence des sexes et du partage des rôles.

À travers ces actes d'accusation, ces plaidoiries, ces témoignages qui constituent la matière des débats contradictoires, se déroule le procès que les hommes font aux femmes, soupçonnées de légèreté ou d'hypocrisie, de cruauté ou d'inconstance, et les femmes aux hommes, accusés de brutalité ou d'égoïsme ; mais aussi le procès particulier qu'intente souvent, par la voie de l'allusion, tel personnage à tel autre, prenant prétexte d'un récit pour régler, lors des devis, ses comptes personnels, comme après l'audition de la 70e nouvelle : « "Si fault-il, dist Nomerfide, que l'amour soyt grand, qui cause une telle douleur. — N'en ayez poinct de paour, dist Hircan, car vous ne morrez poinct d'une telle fiebvre. — Non plus, dit Nomerfide, que vous ne vous tuerez, après avoir congneu vostre offence." Parlamente, qui se doubtoit le debat estre à ses despens, leur dist, en riant : "C'est assez que deux soient mortz d'amour, sans que l'amour en face battre deux autres, car voilà le dernier son de vespres qui nous departira, veuillez ou non." »

Les époux terribles, Parlamente et Hircan, dans leurs vives disputes comme dans leurs amoureuses déclarations, figurent l'union-désunion de la vertu et du liber-

tinage : l'une défend avec flamme les qualités
(traditionnelles) des femmes, leur honneur, leur naturelle pudeur, leur amour juste et raisonnable ; l'autre,
« accoutumé de dire mal des femmes », et tenant son
rôle avec brio, se plaît à démolir cyniquement les pré-
tendues vertus des nobles héroïnes. Si *L'Heptaméron*
ne proposait que ces images strictement convention-
nelles, et ces discours opposés que l'on doit renvoyer
dos à dos comme symétriques et solidaires, la cause
des femmes qu'entend soutenir Parlamente serait en
effet bien mal défendue : elle reste l'ambassadrice d'un
monde ancien, d'un monde idéalisé où régnerait l'honnêteté féminine, mise à mal par la légèreté ou la violence masculines. Aux uns les plaisirs, et la liberté des
aventures, aux autres les larmes, la pudeur et la vertu.

À se borner à quelques exemples, et surtout à vouloir trop vite identifier Parlamente à la Narratrice Marguerite, on serait amené à croire que la cause des
femmes n'est ici défendue que par des avocats (des
deux sexes) représentant la voix de la *doxa*, et que la
conventionnelle différence des sexes n'est guère
remise en question. Il n'en va pourtant pas tout à fait
ainsi, et l'intérêt de *L'Heptaméron* est d'abord de pré-
senter un débat contradictoire, où s'affrontent non seulement les défenseurs et les adversaires des femmes,
mais aussi, sur ce même terrain, les anciens et les
modernes. Ainsi la quinzième nouvelle, banale histoire
d'une vengeance féminine dans le sommaire qu'en
donne de Thou : « Par la faveur du Roy Françoys, un
simple gentil homme de sa court espousa une femme
fort riche, de laquelle toutesfois, tant pour sa grande
jeunesse que pour ce qu'il avoit son cueur ailleurs, il
teint si peu de conte, que, elle, meue de depit et vaincue de desespoir, [...], avisa de se reconforter autre part
des ennuys qu'elle enduroit avec son mary », compose
en réalité une subtile variation sur le thème du *donnant
donnant* et sur les transgressions de la loi d'échange,
comme l'indique mieux le résumé de l'éditeur Gruget :
« Une dame de la court du Roy, se voyant dedaignée

de son mary qui faisoit l'amour ailleurs, s'en vengea *par peine pareille.* »

L'« histoire » montre exemplairement le conflit entre une structure archaïque profonde, régie par la loi d'échange, présentant un monde où la transgression de la règle du donnant donnant doit être sévèrement sanctionnée — et l'héroïne agit alors conformément au droit (violé par le mari), comme le lui fait déclarer la narratrice Longarine —, et une structuration superficielle moderne, qui transforme un récit original, dont toutes les séquences s'éclairent à la lumière des règles du juste échange, en un récit banal de « vengeance » féminine. La « modernité » est alors du côté de l'archaïsme, qui énonce les règles fondamentales de réciprocité, liant hommes et femmes dans un réseau identique d'obligations, postulant l'égalité des sexes et des conditions. Mais tandis que l'histoire contemporaine recouvre de ses propres traces la structure archaïque du conte en colorant le récit par divers motifs propres à la société « moderne » (le mariage précoce de la jeune fille, la cession de la dot au mari, qui gère comme il l'entend la fortune de son épouse, la tutelle exercée par le mari sur sa femme, la présence de favorites auprès du roi), les devisants, hommes et femmes de la Renaissance, ne voient plus dans cette histoire réglée par *l'éthique* de l'échange qu'un cas *psychologique*, car ils ne « comprennent » plus les codes et les rites qui soutiennent des comportements devenus pour eux aberrants et coupables. La narratrice elle-même qui, dans son récit, partageait le point de vue de son héroïne et déclarait « pleins de vérité » ses propos revendicatifs, retrouve, lorsque le récit est achevé et qu'elle participe au débat, la sévérité d'un juge pour condamner l'adultère, en dépit de circonstances largement atténuantes : « Voylà, mes dames, que sans espargner nostre sexe, je veulx bien monstrer aux mariz que souvent les femmes de grand cueur sont plustost vaincues de l'ire de la vengeance, que de la douleur de l'amour ; à quoy ceste-cy sceut long temps resister, mais à la fin fut vaincue du desespoir. Ce que ne doibt estre nulle femme de bien ; pource que, en quelque sorte que ce soit, ne sçauroit trouver excuse à mal faire. »

Et à sa voix s'accorde celle d'autres femmes, Parlamente et Oisille : l'Histoire, pourrait-on dire, ne peut plus lire l'histoire. La dame de la quinzième nouvelle, cette primitive, héroïne d'une autre modernité, apprend à ses contemporains la nécessaire égalité qui régnait dans les sociétés archaïques soumises à la loi d'échange.

Les narratrices et les devisantes semblent ainsi se rallier aux vues traditionnelles, où se conjuguent les traces de la culture romaine classique (le *pater familias* tout-puissant, la mère gardienne de la « race ») qui impose les modèles de l'exemplaire matrone, Cornélia, et de l'exemplaire épouse, Lucrèce, l'héritage chrétien et la lecture de saint Paul rappelant la soumission des femmes aux maris, et l'*aggiornamento* humaniste dans sa nouvelle conception du mariage ; mais contre cette tradition-là, les « médiévaux » défendent la tradition du réalisme naturaliste, rappelant comme le fait Saffredent la « devise » du *Roman de la Rose* :

Nous sommes faictz, beaulx filz, sans doubtes
Toutes pour tous, et tous pour toutes. (N. 9)

Le clan des cyniques, Hircan, Saffredent, Simontault, le plus ardent à démolir les vertus féminines, et s'opposant avec verve aux « idéalistes » comme Dagoucin, est aussi celui qui plaide éloquemment en faveur de l'égalité des sexes, et du droit des femmes au plaisir : « comme si leurs cueurs estoient differens ; mais combien que les visaiges et habitz le soyent, si croy-je que les voluntez sont toutes pareilles » (devis de N. 21).

Et lorsqu'il s'agit d'apprécier la conduite d'une sage damoiselle qui sut rire au lieu de se fâcher lorsqu'elle trouva son époux en train de « beluter » pour obtenir d'une chambrière malicieuse « ce qu'il en pourchassoit » (N. 69), le débat qui s'engage après l'audition du conte oppose la rigueur d'une femme (Longarine), plaidant en faveur de la chasteté féminine : « Les femmes de bien, dist Longarine, n'ont besoing d'autre chose que de l'amour de leurs mariz, qui seullement les peuvent contenter ; mais celles qui cherchent ung contentement bestial, ne le trouveront jamais où honnesteté le commande », à l'indulgence d'un homme (Geburon), reconnaissant l'égalité des droits et des devoirs : « Appelez-vous contentement bestial, dit Geburon, si la femme veult avoir de son mary ce qui luy appartient ? »

Qui soutient alors le mieux « la cause » des femmes ? Celles qui, comme Oisille et Parlamente, se soumettent aux codes anciens de l'honneur, admettant que « l'homme nous gouverne comme notre chef », celles qui estiment que « nos tentations ne sont pareilles aux vôtres », et que la chasteté convient à l'épouse, puisque « l'amour de la femme » est « fondée sur Dieu et sur honneur », tandis que « l'amour de la plupart des hommes de bien » est « fondée sur le plaisir » (devis de N. 21) ? Ou bien ceux qui reconnaissent aux femmes une « nature » et des désirs pareils à ceux de leurs compagnons ? Le débat a le mérite de montrer que les féministes « ancien style » comme Parlamente ne sont pas les plus audacieux au moment où une nouvelle image de la femme se constitue, mais aussi que les « réalistes » partisans de la violence (et du viol) suscitent la controverse. Et surtout que, dans la vivacité des débats et le choc des opinions contraires, la position personnelle de la Narratrice est plus nuancée (peut-être aussi plus compliquée) qu'on ne pourrait le croire d'abord. Car, dans le brouhaha des opinions contraires, il n'est point si aisé de la distinguer, et d'identifier son rôle.

La Narratrice, en femme à qui l'art dramatique n'est pas étranger, sait individualiser chaque voix narrative ou commentative, et donner à chacun des Dix son « style ». Mais comment reconnaître sa voix à elle dans ce concert discordant qui sent sa dispute ici, sa prédication là ?

Quand s'exprime-t-elle en son propre nom, cette metteuse en scène qui semble se borner à enregistrer récits et conversations, en disparaissant derrière la non-personne ? Confondre la voix de Marguerite avec celle de Parlamente ne saurait suffire, car il n'y a point ici de porte-parole autorisé, et c'est souvent par la voie oblique de l'allusion qu'elle apporte son propre témoignage : elle s'exprime par la bouche d'Hircan comme par celle de Parlamente, elle est « du côté » du sage Dagoucin comme « du côté » de la malicieuse Nomerfide. Dans les devis, le petit tribunal est appelé à juger contradictoirement des causes exposées ; dans les récits, la voix *off* qui glose à l'occasion, interrompant la narration le temps d'un bref commentaire, est résolument diversifiée : voix singulière de la narratrice ou du narrateur délégués au récit, intervenant pour colorer la narration, voix anonyme de la *doxa* énonçant des sentences ou des certitudes, voix malicieuse de la petite communauté partageant un ensemble de « valeurs » aristocratiques, voix autoritaire de l'Histoire critiquant l'histoire ; où situer l'intervention de la Narratrice ?

Au tableau conventionnel de la différence des sexes, qui distribue les rôles conformément à l'opinion commune, les dames prêchant l'honneur et la pudeur, les hommes revendiquant le droit à la liberté et rappelant les exigences d'une chair « dure à dompter », narrations et devis apportent pourtant de subtiles corrections. De différents ordres : d'un côté, les cyniques sont chargés d'affirmer l'égalité des hommes et des femmes et leur commun droit au plaisir et à la jouissance. Par la bouche d'Hircan le scandaleux, scandaleux par la rude audace de ses propos libertins, mais au reste parfaitement fidèle à la foi évangélique et respectant l'esprit de l'Écriture, hommes et femmes lorsqu'ils sont « découverts » dans leur nudité, se révèlent tout pareils devant la faute. À Parlamente qui loue l'héroïne de la 26e nouvelle, la dame vertueuse si sage

« que jamais son désir ne passa sa raison », Hircan répond : « Vous me le paindrez, [...] comme il vous plaira ; mais je sçay bien que toujours ung pire diable mect l'autre dehors, et que l'orgueil cherche plus la volupté entre les dames, que ne faict la craincte, ne l'amour de Dieu. Aussi, que leurs robbes sont si longues et si bien tissues de dissimulation, que l'on ne peult congnoistre ce qui est dessoubz, car, si leur honneur n'en estoit non plus taché que le nostre, vous trouveriez que Nature n'a rien oblyé en elles non plus que en nous. »

Est-ce une malice de la Narratrice ? En tout cas, c'est le mâle sans scrupules, affichant sa virilité avantageuse, qui se fait le champion des dames lorsqu'il s'agit de leur reconnaître, sinon les mêmes droits qu'aux hommes, au moins la même « nature » (les mêmes exigences sexuelles).

Et on n'aura garde d'oublier les plaidoiries audacieuses que la Narratrice met en la bouche de plusieurs de ses héroïnes : à côté de la dame qui sait si hardiment « mettre à la balance » les offenses respectives des époux, et exige amour contre amour (N. 15), Rolandine n'hésite point non plus, « d'un visage [...] joyeux et assuré », à plaider « audacieusement » en faveur de ses droits, bafoués par son père et par sa maîtresse, lorsque son mariage secret est menacé ; elle ne craint guère de s'opposer au commandement du roi, au nom de la liberté de sa conscience : « Elle leur feit responce que en toutes choses elle estoit preste d'obeyr au Roy, sinon à contrevenir à sa conscience ; mais ce que Dieu avoit assemblé, les hommes ne le povoient separer : les priant de ne la tanter de chose si desraisonnable, car si amour et bonne volunté fondée sur la craincte de Dieu sont les vrays et seurs lyens de mariage, elle estoit si bien lyée, que fer, ne feu, ne eaue, ne povoient rompre son lien, sinon la mort » (N. 21).

Ces deux-là opposent à l'alliance fondée sur l'importance des « maisons » et les règles sociales le mariage d'amour, et si l'une et l'autre sont des vic-

times, elles n'en disent pas moins une revendication
pleine de hardiesse.

D'un autre côté, si la différence sexuelle est souvent
thématisée en termes strictement conventionnels, le
postulat métaphysique qui soutient *L'Heptaméron*
déclare l'indifférence du vice et de la vertu, non point
par l'effet d'un amoralisme libertin, ou d'un libertinage
moral, mais tout au contraire par la conséquence rigoureuse du point de vue théologique : Dieu seul connaît
en vérité le cœur de l'homme, et ce que le monde
appelle « vice » ou « vertu » n'est que lecture superficielle des actes, dont les motivations profondes échap-
pent à l'œil humain. La psychologie est récusée au
profit de la métaphysique ; la créature mâle ou femelle,
misérable sans la grâce, ne peut rien par ses propres
forces, comme le rappelle Oisille après avoir narré le
tragique double inceste de la 30e nouvelle : « Voylà,
mes dames, comme il en prent à celles qui cuydent par
leurs forces et vertu vaincre amour et nature avecq
toutes les puissances que Dieu y a mises. Mais le meilleur seroit, congnoissant sa foiblesse, ne jouster poinct
contre tel ennemy, et se retirer au vray Amy et luy
dire avecq le Psalmiste : "Seigneur, je souffre force,
respondez pour moy !" »

La différence des sexes alors s'efface devant leur
commune inanité : « le vice est commun aux femmes
et aux hommes » (N. 38). « Sans faire tort à nul, pour
bien louer à la verité l'homme et la femme, l'on ne
peult faillir de dire que le meilleur n'en vault rien »
(N. 45), « car, pour faire conclusion du cueur de
l'homme et de la femme, le meilleur des deux n'en
vault riens » (N. 21), « Et les hommes et les femmes
sont commungs aux vices et vertuz » (N. 36).

En ces quelques maximes s'exprime le consensus du
groupe : les opinions les plus contradictoires se conci-
lient dans une espèce de synthèse dialectique, où réalisme critique et idéalisme mensonger sont renvoyés
dos à dos comme autant d'erreurs ou de vérités par-
tielles. La « morale » sous la dépendance de la société

peut bien afficher des droits et des devoirs différents pour chaque sexe ; la « psychologie » sous la dépendance de cette éthique peut bien s'ingénier à mettre en lumière vices et vertus masculins ou féminins : le postulat métaphysique incite à déclarer « en vérité » le néant de l'*homo*, créature misérable sans la grâce. Et si certains se plaisent à narrer des contes qui exaltent l'impeccable chasteté féminine, soumise à la violence du brutal désir masculin, tandis que d'autres se spécialisent dans les récits dits « gaulois » comme dans l'interprétation malicieuse des narrations idéalisantes, on ne saurait tenir les premiers pour « féministes », ni les seconds pour « misogynes ». Les uns et les autres postulent le vice de la nature humaine, impuissante sans la grâce divine, et la critique de l'idéalisme est aussi forte que celle du « réalisme » cynique : « Sçachez que, au commencement que la malice n'estoit trop grande entre les hommes, l'amour y estoit si naifve et forte que nulle dissimullation n'y avoit lieu. Et estoit plus loué celluy qui plus parfaictement aymoit. Mais, quant l'avarice et le peché vindrent saisir le cueur et l'honneur, ilz en chasserent dehors Dieu et l'amour ; et, en leur lieu, prindrent amour d'eulx-mesmes, hypocrisie et fiction. Et, voiant les dames nourrir en leur cueur ceste vertu de vraye amour et que le nom d'*ypocrisye* estoit tant odieux entre les hommes, luy donnerent le surnom d'*honneur* » (devis de N. 42).

Aussi bien, défenseurs et détracteurs du sexe féminin, dès que le jeu s'achève, et que la narration se conclut, se trouvent finalement d'accord pour dénier toute pertinence aux différences que les « histoires » mettaient en scène. Le sexe féminin n'est ni supérieur ni inférieur au sexe masculin : la Narratrice ne souhaite ni « épargner notre sexe » — et en cela elle ne confond pas sa voix avec celle de Longarine ou avec celle de Parlamente —, ni laisser dire qu'il est inférieur à l'autre. Tel est le paradoxe des Nouvelles de la reine : alors qu'elles mettent en scène, dans les « histoires », divers aspects des conflits qui animent hommes et femmes dans leurs relations d'amour et de haine, alors même que les devis semblent unir dans une complicité malicieuse les « compagnes » d'un côté, les « compagnons » de l'autre, histoires et devis ont pour commune visée de *mettre à nu* l'ordure et vilenie du cœur humain, sans distinction de sexe. Et çà et là, toujours quelque voix s'élève pour assurer que l'égalité est la loi : « Or, puisque je suis en mon rang, dist Ennasuitte, je n'espargneray homme ne femme, afin de faire tout esgal » (N. 35).

Hommes et femmes, pareillement soumis à la volonté (mauvaise) de dissimulation, ne connaissent que ces différences superficielles que commande la dissemblance des conditions et des contraintes sociales, des mœurs et des codes : « Je sçay bien, ce dist Parlamente, que nous avons tous besoing de la grace de Dieu, pour ce que nous sommes tous encloz en peché ; si est-ce que noz tentations ne sont pareilles aux vostres » (N. 26).

Ce que Nature n'a point oublié sous les longues robes, comme sous les chausses, c'est la nature (le sexe, le désir sexuel), pareillement bonne, ou pareillement mauvaise lorsque le diable hypocrite se glisse en elle : « Pensez, ce dist Saffredent, que voylà une saige femme, qui, pour se monstrer plus vertueuse par dehors qu'elle n'estoit au cueur, et pour dissimuler ung amour que la raison de nature voulloit qu'elle portast à ung si honneste seigneur, s'alla laisser morir, par faulte de se donner le plaisir qu'elle desiroit couvertement ! » (devis de N. 26).

Et c'est le cynique Hircan qui est chargé de rappeler à tous l'horreur que suscite le vice de dissimulation, « d'autant que la malice plus couverte est la pire », et l'impossibilité d'échapper un jour à la découverte, à la mise à nu : « J'ay oy dire, dist Hircan, que ceulx qui, soubs couleur d'une commission de Roy, font cruaultez et tirannyes, sont puniz doublement pour ce qu'ilz couvrent leur injustice de la justice roialle ; aussi, voyez-vous que les ypocrites, combien qu'ilz prosperent quelque temps soubz le manteau de Dieu et de saincteté, si est-ce que, quant le Seigneur Dieu lieve son manteau, il les descouvre et les mect tous nudz. Et, à l'heure, leur nudité, ordure et villenye, est d'autant trouvée plus layde, que la couverture est dicte honnorable » (devis de N. 33).

La guerre des sexes dans *L'Heptaméron* n'est alors qu'un exemple parmi d'autres de la misère de la créature, et des désordres de sa chair (corps et esprit), d'une chair si fragile. Pareils dans le vice, pareils sous le regard du grand Juge, hommes et femmes vivent dans un univers tragique, où s'affrontent ces puissances transcendantes intériorisées dans le cœur et le corps de la misérable créature, l'Ange et le Diable. Et si les ombres risquent à tout moment de vaincre la lumière espérée, tous, les cyniques comme les idéalistes, les libertins comme les chastes, espèrent voir Lux triompher un jour de Nox. Un jour lointain, certes... « Ce seroit belle chose, dist Parlamente, que nostre cueur fust si remply, par foy, de Celluy qui est toute vertu et toute joye, que nous le puissions librement monstrer à chascun. — Ce sera à l'heure, dist Hircan, qu'il n'y aura plus de chair sur noz os » (devis de N. 33).

Tant qu'il y aura de la chair sur nos os, le désir mènera hommes et femmes dans sa ronde diabolique. Et Hircan, qui déclare en avoir vu « assez de telles, qui pleurent leurs pechés et rient leur plaisir tout ensemble », sait bien que « encores n'est pas finée la tragédie qui a commencé par rire » (devis de N. 72) ; la guerre des sexes, dont on entend les échos dans les nouvelles et leurs devis, renvoie hommes et femmes à leur terrible égalité, celle des enfants de Dieu, pécheurs aimant leurs péchés tout en les détestant, et à ce « quelque chose diabolique », comme dit Ennasuite, qui fait d'eux les acteurs d'un drame toujours recommencé.

Le charme de la conversation conteuse

Dans *L'Heptaméron* les particularités du contrat narratif sont l'indice d'une transformation qui affecte le genre : le protocole de délivrance du récit tend à s'étendre aux dépens du récit proprement dit — et ce sera encore davantage évident dans les nouvelles du XIXᵉ siècle, chez Balzac ou Barbey d'Aurevilly. Les parties « topiques » d'un côté, débuts et fins de journées, débuts et fins de récits, les dialogues des devisants de l'autre, composent « d'autres contes », comme dit la Narratrice, en marge des contes. Le conteur déclare obliquement quelque chose de lui et de son désir dans le choix de l'anecdote et dans sa façon de la narrer, choisissant de « parler d'un » pour parler de lui : « Puis que je ne puis ne n'ose, respondit Dagoucin, dire ce que je pense, à tout le moins parleray-je d'un à qui telle cruaulté porta nuysance et puis proffict » (N. 23).

Quand un narrateur ne peut ni n'ose dire ce qu'il pense, voire quand il « n'ose penser [sa] pensée », la voie du conte s'ouvre à lui pour faire entendre quand même sa voix ! Le récit peut prendre les formes d'une vengeance personnelle, comme le déclare Simontault à l'ouverture de la première journée : « Mes dames, j'ay esté si mal recompensé de mes longs services, que, pour me venger d'amour et de celle qui m'est si cruelle, je mectray peine de faire ung recueil de tous les mauvais tours que les femmes ont faict aux pauvres hommes ».

Celle qui lui est si cruelle reçoit bien le message : rougissant au moment où Simontault répond à l'invitation de parler, elle feint, après le récit, « de n'entendre poinct que ce fut pour elle qu'il tenoit tel propos ».

Et il n'est pas rare que tel récit soit reçu de l'un des devisants comme une tentative de séduction, comme une critique, comme une question. Les contes permettent de régler des comptes, et c'est le cas pour les époux terribles, Hircan et Parlamente, qui se taquinent mutuellement, tantôt sur le ton grivois, tantôt sur un ton plus grave. Ainsi lorsque le malicieux Hircan se vante sans discrétion de laisser « l'amour et la dame ensemble » dès qu'on lui fait « si peu de mauvaise chere », Parlamente réplique avec amertume : « Ouy bien, vous, [...], qui n'aymez riens que votre plaisir » (N. 15).

Et lorsque Hircan critique l'idéalisation de l'amour féminin, cette raison forgée sur la « fantaisie » de Parlemente, celle-ci, « avecq un peu de colère, luy dist » : « J'entends bien que vous estimez celles les moins mauvaises, de qui la malice est descouverte ? » (N. 21).

La Narratrice multiplie dans les débats, à côté du choc des opinions diverses, les allusions aux relations d'hostilité et de complicité qui animent le petit groupe, pris dans un réseau de désirs non dits ou à moitié avoués. La meneuse de jeu, Parlamente, tantôt *soup-çonne* une « fantaisie » qui la concerne (N. 8), tantôt *feint* de ne comprendre le propos qui la vise (N. 1), tantôt fait des allusions qui mettent son époux en colère (N. 36), tantôt « se douste » que tel débat se fait « à ses despens » (N. 70). Et la Narratrice note avec finesse ses réactions, la toux subite et la rougeur, le rire, la colère et l'emportement, le jeu avec le touret de nez qui masque son visage.

Le recueil présente l'intérêt de montrer la passion *dans ses signes*, sans se borner à tenir sur elle un dis-cours moralisant ; la Narratrice d'ailleurs estime que les comportements en disent plus que les paroles, tou-jours douteuses : ainsi la vertueuse muletière, lors-qu'elle ne peut plus parler, fait « signe des œilz et des mains », et, interrogée par un prêtre, répond « par signes si evidens, que la parolle n'eut sceu mieulx monstrer son intention » (N. 2).

Les nouvelles offrent deux sites d'observation sur le monde des passions : le discours de la glose, intégré au récit comme voix de la *doxa*, ou occupant son espace propre dans les devis, et la description qui s'at-tache dans la narration aux conduites et aux comporte-

ments, celle-ci plus nuancée que ne le laisse entendre
le commentaire qui l'accompagne. Dans la présentation de cas « tragiques » comme ceux que peignent les
30e et 32e nouvelles, la narration substitue l'éclairage
métaphysique à la philosophie morale : voilà, paradoxalement, qui autorise une réflexion moins conventionnelle, débarrassée des stéréotypes et des clichés.
Car le postulat théologique qui énonce la misère de la
chair (corps et esprit du pécheur à qui la grâce fait
défaut) interdit en un sens et la « psychologie » et la
« morale » ; dans cet univers tragique sur lequel pèsent
des forces transcendantes, on ne saurait distinguer des
vices et des vertus, ni opposer l'honnête au déshonnête,
mais seulement constater la vanité de l'homme et de
ses prétentions, son néant : « les maulx que nous disons
des hommes et des femmes ne sont poinct pour la
honte particulliere de ceulx dont est faict le compte,
mais pour oster l'estime de la confiance des creatures,
en monstrant les miseres où ilz sont subgectz » (devis
N. 48) et admettre qu'il y a sur terre des élus et des
réprouvés, les uns et les autres dans la main de Dieu,
comme l'assurent d'une même voix Hircan et Oisille
lorsqu'ils concluent la narration des 30e et 32e nouvelles.

Ce postulat entraîne l'interdiction de juger — mais
point de condamner ! — si souvent rappelée par la voix
d'Oisille, de Parlamente, d'Hircan, et il autorise la description de cas étranges en les arrachant à l'analyse
stéréotypée des caractères, permettant l'exploration
sans complaisance des ordures et des vilenies. Il s'agit
de mettre à nu la misérable créature, de la déshabiller
en lui ôtant les longues robes tissues de dissimulation
dont elle couvre ses désirs : « Par ma foy, dist Hircan,
il vauldroit mieulx quelque foys monstrer quelque
petite imperfection, que la couvrir si fort du manteau
de vertu » (devis de N. 52).

Les conteurs mettent en lumière, avec le tragique de
la passion, la tragédie de la condition humaine ; héros
et héroïnes y apparaissent comme libres et déterminés,

coupables et innocents, savants et ignorants, conscients et inconscients, pris dans d'intimes contradictions, entre ris et pleurs : « J'en ay veu assez de telles, dist Hircan, qui pleurent leurs pechés et rient leur plaisir tout ensemble » (devis de N. 72).

Chrétienne à qui la grâce a manqué, comme Phèdre, l'héroïne de la 30ᵉ nouvelle, comme la dame de la 32ᵉ, est la proie de Vénus-Aphrodite. Pas de tragique sans la présence d'une transcendance : si plusieurs de ces nouvelles sont tragiques, et non point seulement dramatiques, ce n'est pas que le sang et les larmes y ruissellent, ou que les cruautés et les meurtres rythment les séquences, c'est que pèse sur les acteurs la présence énergique d'une force à la fois supérieure à eux et intériorisée dans leur chair ; le Diable et le bon Dieu se jouent des personnages de la comédie humaine, et même un récit de fabliau fait pour rire (N. 29), le méchant tour que joua un curé à un riche laboureur, s'achève sur une leçon grave : « Mes dames, le Maistre qu'il servoit le saulva pour ceste heure-là, afin de plus longuement le posseder et tormenter ».

Sur la libido et ses ruses, sur la concupiscence et ses fureurs, les nouvelles, mettant en scène le théâtre des passions funestes, en disent plus que le discours des moralistes ; les scénarios de la violence (comme dans la 23ᵉ nouvelle) déroulent l'histoire tragique du désir qui met à nu la créature dans sa fragilité et sa vulnérabilité.

*

La passion de la découverte : tel nous semble être le trait décisif qui anime l'écriture de *L'Heptaméron*. Mettre à nu la créature, dans ses vilenies et ses ordures, soulever les manteaux et les robes tissues de dissimulation, lever les masques, débusquer sous les apparences les plus flatteuses la terrible réalité qui se cache ; un tel projet n'est pas si éloigné de celui des *Essais*, qui disent à la fois le souhait de rebrasser le sot haillon qui couvre nos mœurs, et la terreur du déshabillage devant le grand juge, « qui ne se feint point à nous voir partout, jusques à nos intimes et plus secrètes ordures » (III. v, éd. cit., p. 888).

La métaphore vestimentaire si constamment déployée dans *L'Heptaméron*[1] déclare le projet de découverte, le dessein de mettre à nu une créature dévoilée dans sa « nudité, ordure et villenye [...] d'autant trouvée plus layde, que la couverture est dicte honnorable ». Lorsque les devisants de *L'Heptaméron*, et parmi eux le trio cynique, reçoivent mission de la Narratrice de pratiquer le soupçon, de se méfier de ces belles histoires où héros et héroïnes manifestent d'exemplaires vertus, l'opération de démystification est d'autant plus remarquable que le contrat narratif de la nouvelle compte au nombre de ses articles génériques la « vérité de l'histoire » et suppose sa crédibilité ; lorsqu'ils s'ingénient à *mettre en doute* l'authenticité du récit, et à découvrir la réalité du désir déguisé sous les longues robes des dames vertueuses, « si bien tissues de dissimulation, que l'on ne peult congnoistre ce qui est dessoubz », le rire qui accompagne la nudité enfin dévoilée n'est exempt ni de trouble ni d'angoisse. C'est un rire tragique : comme celles « qui pleurent leurs péchés et rient leur plaisir tout ensemble », les devisants se hâtent de rire d'aventures plaisantes avant de devoir déplorer la noirceur de l'homme, sachant bien quel « grand plaisir » il prend « à tresbucher » (devis de N. 30). Le rire marque alors la « découverte » ; non seulement, comme dira Bergson, la brutale perception d'une mécanique plaquée sur du vivant, mais encore la mise à nu de l'ordure si bien cachée au cœur de l'homme, et que révèle le lapsus ; c'est ainsi que Parlamente explique le rire des dames qui éclate après l'audition d'un conte scatologique : « Nous ne ryons pas pour oyr dire ces beaulx

---

1. Voir Gisèle Mathieu-Castellani, *La Conversation conteuse*, chap. « Des voiles et des masques », PUF, 1992, p. 231-242.

motz ; mais il est vray que toute personne est encline à rire, ou quant elle veoit quelcun tresbucher, ou quant on dict quelque mot sans propos, comme souvent advient la langue fourche en parlant et faict dire un mot pour l'autre, ce qui advient aux plus saiges et mieulx parlantes » (N. 52).

Le rire sanctionne la chute, il dit sans parole le néant de l'homme, guéri de sa sotte présomption, de son fol cuider. Il déshabille.

Robes féminines, couvertures masculines : « Mais nous couvrons nostre diable du plus bel ange que nous pouvons trouver. Et, soubz ceste couverture, avant que d'estre congneuz, recepvons beaucoup de bonnes cheres » (N. 12), appellent en effet un regard lucide qui sache voir au-delà des apparences, et débusquer le diable sous l'ange. Si « le vray et le faulx n'ont que ung mesme langaige », comme l'assure Parlamente (devis de N. 58), ce n'est point sur ses discours qu'il convient d'apprécier un individu, mais sur ses actes ; on ne doit pas « trop croire de vérité » aux uns et aux autres, mais pratiquer une méfiance vigilante ! Au reste, dans cet univers sombre, nul sinon Dieu ne saurait sonder les reins et les cœurs : « Mais Celluy qui congnoist le cueur ne peut estre trompé ; et les jugera non seullement selon les œuvres, mais selon la foy et charité qu'ilz ont eues à luy » (N. 55).

Les nouvelles ne se bornent pas à opposer un extérieur convenable, respectueux des normes sociales et des conventions, à un intérieur plein de trouble et de vices cachés, comme dans le cas exemplaire des moines paillards ; elles mettent en lumière — elles éclairent d'un jour tragique — la force de désirs que le sujet ne reconnaît pas pour tels, l'activité inconsciente de déguisement que la censure impose au moi aveugle. Ainsi la tragique histoire du double inceste (N. 30) met en scène une belle dévote *trop* scrupuleuse, s'interdisant tout divertissement même innocent — « tellement qu'elle faisoit conscience d'assister à nopces ou d'ouyr sonner les orgues en une eglise » —, s'imposant une *trop* sévère discipline, et qui accomplit un beau jour, couchant avec son fils, son désir secret, ignoré de sa conscience, en le couvrant de la prétention vertueuse. Le commentaire intégré à la narration suggère avec subtilité les ruses de l'inconscient cherchant à endormir les scrupules du sur-moi pour accomplir sa volonté : « car elle pensoit que l'occasion faisoit le peché, et ne sçavoit pas que le peché forge l'occasion » (N. 30).

La métaphore « élémentaire » dit alors en code natu-raliste : « Et, tout ainsy que l'eaue par force retenue court avecq plus d'impetuosité quant on la laisse aller, que celle qui court ordinairement, ainsy ceste pauvre dame tourna sa gloire à la contraincte qu'elle donnoit à son corps », ce que le discours théologique énonce en code satanique : « toujours ung pire diable mect l'autre dehors » (N. 26), ce que le discours psycha-nalytique désignera en code scientifique comme le processus de refoulement-défoulement ; l'excessive contrainte peut amener le sujet à libérer les forces ins-tinctives d'Eros : « Quant elle vint à descendre le pre-mier degré de son honnesteté, se trouva soubdainement portée jusques au dernier. Et, en ceste nuict là, engrossa de celluy, lequel elle vouloit garder d'engros-sir les autres » (N. 30).

Les devis éclairent les cas de comportement pervers d'une lumière crue, qu'autorise précisément le postulat théologique de la misère originelle de la créature : per-verse cette dame trop vertueuse (N. 26) qui « s'alla laisser morir, par faulte de se donner le plaisir qu'elle desiroit couvertement ! » Perverse sans doute cette « sotte et folle mere » (N. 46) qui appelle un cordelier — un cordelier ! — pour « chastier » la paresse de sa fille, s'attardant trop au lit, et qui, entendant celle-ci crier « tant qu'il luy fust possible, appellant sa mere à l'ayde », tandis que le cordelier la violait conscientieuse-ment, se borne à crier : « N'en ayez poinct de pitié, monsieur, donnez-luy encores et chastiez ceste mau-vaise garse. » Pervers ce frère trop affectionné (N. 40) qui interdit à sa sœur bien-aimée de se marier, et qui

tue celui qu'elle a épousé secrètement, le prenant pour
un amant : mort « trop cruelle », dit le sage Geburon,
qui trouve « bien estrange, veu que le seigneur n'estoit
son pere ny son mary, mais seullement son frere, et
qu'elle estoit en l'aage que les loys permectent aux
filles d'eulx marier sans leur volunté, comme il osa
exercer une telle cruaulté ». Pervers encore ce couple
sadomasochiste qui, après que le mari a tué l'amant de
sa femme, et puni celle-ci d'une « punition pire que la
mort », la contraignant à boire dans le crâne de son
amant, se donne en spectacle à un tiers, goûtant le plaisir du déplaisir dans une étrange complicité de la « victime » et du « bourreau » (N. 32). Perverse peut-être
cette dame qui, pour être trop secrète et trop pudique,
au point de vouloir entrer toute seule en un retrait,
s'exhibe, à la suite d'un quiproquo, dans sa nudité,
souillée de surcroît, sous les yeux des gentilshommes
ébahis (N. 11), et change « sa collerre à rire comme
les autres ».

Dans tous ces « cas » et quelques autres, la Narratrice,
plus subtile encore dans ses descriptions que dans ses
commentaires, révèle une connaissance aiguë des divers
personnages qui composent la personne, et elle
démasque, sous les voiles de l'hypocrisie et de l'auto-
censure, la réalité de ces forces souterraines que le langage théologique désigne du nom de Satan, déguisé pour
mieux tromper en Ange de lumière. À côté des
remarques de psychologie conventionnelle et des stéréotypes, une lecture plus fine des dissonances et des dis-
cordances attire l'attention sur une image de l'homme
compliquée et diversifiée, entrouvrant le continent obscur des désirs inavoués, des contraintes imposées par le
surmoi au çà, et des stratégies d'occultation de ce que les
cyniques du groupe nomment « la nature ».

C'est encore le mérite de la conteuse d'avoir prêté
attention aux « accidents » qui révèlent soudain le vrai
visage caché sous le masque de décence, et d'avoir su
déchiffrer dans les lapsus la chute du masque ; ainsi
cette dame qui, « faisant un compte de l'amour d'elle-

mesme, parlant en tierce personne, se declara par megarde » (sommaire de N. 62) quand elle raconte le viol dont elle fut victime en attribuant l'aventure à une compagne anonyme : « Et combien qu'elle feit le compte d'une aultre ne se peut garder de dire à la fin : "Jamais femme ne fust si estonnée que moy, quant je me trouvay toute nue." Alors, la dame, qui avoit oy le compte sans rire, ne s'en peut tenir à ce dernier mot, en luy disant : "Ad ce que je voy, vous en povez bien racompter l'histoire !" » Et la narratrice (Longarine) de juger : « Je vous asseure, mes dames, que, si elle eut eu grand desplaisir à faire ung tel acte, elle en eust voullu avoir perdu la memoire. »

Se déclarer : telle est la fin visée, dans la nouvelle comme dans la tragédie. Les récits, dramatiques ou facétieux, narrent en effet *une déclaration*, la mise au jour de la vraie nature cachée par quelque hypocrite comportement : « Il me semble, mes dames, que les finesses du gentil homme vallent bien l'hypocrisie de cette dame, qui, après avoir tant contrefaict la femme de bien, *se declaira* si folle » (devis de N. 14).

Si les conteurs reçoivent mission de faire rire, s'il convient, en produisant un conte plaisant, de « rhabiller la faute » de celui qui fit pleurer et s'émouvoir, chacun sait pourtant, dans l'univers de *L'Heptaméron*, que « encore n'est pas finée la tragédie qui a commencé par rire », et que le rire lui-même, si joyeux soit-il, déshabille la fragile créature, mettant à nu sa vilenie et ses ordures secrètes.

Gisèle MATHIEU-CASTELLANI.

L'HISTOIRE DU TEXTE ET LES ÉDITIONS

Faute de disposer d'un manuscrit autographe et d'une édition publiée sous le contrôle de l'auteur, puisque la première publication est posthume (Marguerite est morte en 1549), l'établissement du texte pose problème. Deux éditions au XVIᵉ siècle : la première, incomplète (67 nouvelles, sans la division en journées) et remaniée, due à Boaistuau, intitulée *Histoires des amans fortunez* (1558) ; la deuxième, qui lui a donné le titre (rappelant qu'il n'y a que sept journées complètes) sous lequel le texte est désormais connu : *L'Heptameron des Nouvelles de tresillustre et tresexcellente Princesse Marguerite de Valois, Royne de Navarre : Remis en son vray ordre, confus au paravant en sa première impression : & dédié à tresillustre & tresvertueuse Princesse Jeanne, Royne de Navarre, par Claude Gruget Parisien* (Paris, 1559) [1]. À quoi s'ajoute le manuscrit soigneusement préparé par de Thou (ms. fr. 1524), daté de 1553, *Le Décaméron de très haute et très illustre princesse Madame Marguerite de Navarre.*

Les manuscrits, au nombre de dix-neuf, peuvent être des transcriptions prises par un secrétaire-scribe sous la dictée — avec tout ce que cela implique d'erreurs d'audition ou de transcription —, des copies ou des

---

1. Édition « complète » avec sept journées et deux nouvelles de la huitième journée, soit soixante-douze nouvelles ; Gruget a substitué aux 11ᵉ, 44ᵉ et 46ᵉ nouvelles trois autres nouvelles que M. François donne en appendice de son édition (p. 429, 432 et 439).

copies de copies. Si les variantes sont multiples (des dizaines de milliers, dit R. Salminen), elles n'ont pas toutes le même intérêt : la plupart sont de simples variantes orthographiques (ex : *dortoir* s'écrit aussi *dortour, dortouer,* ou *dourtoir*), à une époque où, comme on sait, l'orthographe n'était pas fixée ; certaines sont des corrections apportées à un texte mobile, dont les diverses transcriptions et copies produisent soit des incohérences syntaxiques, soit des maladresses et des répétitions ; d'autres, plus intéressantes, concernent des allusions aux convictions de la reine, proches de la Réforme, dont certains manuscrits conservent la trace, tandis que l'éditeur Gruget a volontairement gommé leur caractère critique ; il arrive aussi que les noms propres des héros des nouvelles, présents ici, soit absents là, pour des raisons de discrétion ou de prudence.

Les manuscrits [1] et le choix des éditeurs.

Au xixᵉ siècle, une première édition est publiée sur les manuscrits : *L'Heptaméron des Nouvelles de très haute et très illustre Princesse Marguerite d'Angoulême, Reine de Navarre*, nouvelle édition publiée sur les manuscrits par A.J.V. Le Roux de Lincy, par la Société des bibliophiles françois, Paris, Lahure, 1853-1854 (3 vol.), qui reproduit le texte du ms. fr. 1512. Superbe édition revue et augmentée (addition notamment des farces et de quelques poésies inédites) : *L'Heptaméron...,* publié sur les manuscrits par les soins & avec les notes de MM. Le Roux de Lincy et Anatole de Montaiglon, Paris, Auguste Eudes, 1880 (4 vol.).

---

1. On trouvera la liste et la description des manuscrits dans l'édition citée de M. François, p. xx-xxv, et dans R. Salminen, *Heptaméron*, t. II, p. 9-22.

Éditions modernes [1] :

— Marguerite de Navarre, *L'Heptaméron*, texte établi sur les manuscrits, avec une introduction, des notes et un index des noms propres, par Michel François, collection des Classiques Garnier, 1943 (rééd. en 1967, 1977, 1991 et 1996). L'éditeur reproduit le ms. fr. 1512 (noté A), et le corrige çà et là en usant du manuscrit de Thou (noté T) et de l'édition Gruget (notée G), et en indiquant la plupart des corrections apportées au ms. 1512. L'édition donne les sommaires de A. de Thou en tête, et en note ceux de Gruget.

— Marguerite de Navarre, *Heptaméron*, édition critique établie par Renja Salminen, Helsinki, 2 vol., 1991 et 1997 ; reproduit le texte du ms. fr. 2155, avec les corrections et les variantes. R. Salminen a soigneusement comparé les manuscrits fr. 2155 (noté A), 1512 (noté B), 1513 (noté C).

Autres éditions modernes :

L'Heptaméron, éd. P. Jourda, in *Conteurs français du XVIᵉ siècle*, « Bibliothèque de la Pléiade », Gallimard, 1956.

L'Heptaméron, avec une préface de A. M. Schmidt, Club français du livre, 1962 et 1963 [2].

L'Heptaméron de Marguerite de Navarre, texte de la première édition complète publiée en 1559 par Claude Gruget avec les soixante-douze gravures de la première édition illustrée (orthographe modernisée) ; présentation Claude Mettra, Club des libraires de France, 1964.

Marguerite de Navarre, *Nouvelles*, texte critique établi et présenté par Yves Le Hir, PUF, 1967 (reproduit le texte du manuscrit de Thou, ms. fr. 1524).

---

1. On trouvera dans les bibliographies la liste exhaustive des éditions, dont on ne donne ici que les plus importantes.
2. P. Jourda reproduit le texte de M. François. A. M. Schmidt ne signale pas quel texte il reproduit, mais il est visible que c'est celui qu'a donné M. François, non amendé.

Heptaméron, éd. Simone de Reyff, Garnier-Flammarion, 1982 (ms. 1512).

— Le texte du ms. fr. 1513 (28 nouvelles avec argument et conclusion, sans les devis), sans doute un premier état du recueil [1], a été transcrit par Marie-Paule Hazera-Rihaoui, « Une version des Nouvelles de Marguerite de Navarre : édition commentée du ms. fr. 1513 de la Bibliothèque nationale », thèse de 3e cycle, Lyon-II, 1979 (exemplaire dactylographié).

N.B. On dispose donc aujourd'hui des éditions de trois manuscrits (B. N., Fr. 1512, 1524, 2155), de la transcription du manuscrit 1513, et de la réédition du texte publié par C. Gruget.

Comme Michel François l'avait fait en 1967 pour son édition des Classiques Garnier, nous reproduisons le manuscrit 1512 en le corrigeant en plusieurs endroits. Voir pp. 63 *sqq*.

Le premier sommaire (en romain) est celui d'A. de Thou. Le second (en italique) celui de C. Gruget.

---

1. Le manuscrit 1513 est une des copies parisiennes de la première rédaction : il semble indiquer un premier projet, qui aurait fait conter à dix personnes une nouvelle par jour. Voir Salminen, p. 427.

1. LE TEXTE DE CETTE ÉDITION

Nous reproduisons le texte du ms. B.N. fr. 1512 transcrit par Le Roux de Lincy (en abrégé L.R.L.) dans l'édition de 1853, puis par Michel François (M. F.).

Le texte de l'édition critique procurée par Michel François aux Classiques Garnier, qui reproduit le manuscrit 1512 en le corrigeant en quelques endroits, suit dans l'ensemble fidèlement l'édition Le Roux de Lincy-Montaiglon (sauf pour la ponctuation et la graphie) ; les trois anomalies que R. Salminen (*éd. cit.* tome II, p. 58) note comme des « bourdons » de M. François sont en fait la reproduction de cette édition : « indubitable » au lieu de « inévitable » (N. 40), « diable *demy ange* » au lieu de « diable *de midy* » (N. 46), « son cueur et son vouloir » au lieu de « son *courir ne* son vouloir » (N. 67 ; L.R.L. précise qu'il a suivi l'éd. de 1558 et le ms. B.N. fr. 1520).

De même l'addition au ms. 1512 « furent recous et delivrez » (N. 5) n'est pas un complément de M. F., mais une addition de L.R.L., qui signale qu'il a suivi l'éd. Gruget.

Les divers éléments qui ne figurent, dit R. Salminen, dans aucun manuscrit, suivent encore le texte donné par l'édition L.R.L. : « aymer *et cherir* » (N. 7), et « avec du liege en ses souliers » (N .35) d'après Gruget, et « tout couverts de moust de Bacchus *et de la Déesse Cérès* » (N. 11) d'après le ms. B.N. fr. 1520.

De même, dans les devis de N. 46, le texte de M. F. donne : « par un soupson. — Seullement si vous en sçavez... » en suivant L.R.L., au lieu de : « par un soupson seullement.— Si vous en sçavez... ».

La plupart des corrections du ms. 1512 (A) sont signalées par M. F. en notes ; mais, comme l'a observé R. Salminen, il y a aussi quelques corrections tacites ; ex. N. 27 : *Le dit serviteur* (texte du ms. 1512) est corrigé : *Le dit secrétaire*, sans indication de la correction. Lorsque M. F. signale une omission du ms. 1512, il n'indique pas quel texte il suit pour rétablir le passage ; on s'est borné à indiquer G lorsque le texte que donne M. F. est conforme à l'édition Gruget (ce qui ne signifie pas nécessairement que d'autres ms. ne donnent pas un texte identique), ou à indiquer quelques ms. présentant la leçon retenue.

En dehors de menues corrections non signalées portant sur l'orthographe (*cueur* au lieu de *cœur*, en *embusche* au lieu de *ambusche*, *fust* au lieu de *fut*, *luy* au lieu de *lui*, etc.) ou la ponctuation, ou des rectifications des inévitables coquilles typographiques (comme *mutailles* au lieu de *murailles* (p. 376), l'apothicaire en sa *bouitcque* au lieu de *bouticque* (p. 650), l'amour qu'on *leut* porte, au lieu de qu'on *leur* porte (p. 363), *j'estat* au lieu de *l'estat* (p. 538), etc.), nous avons apporté au texte procuré par Michel François les principales corrections suivantes :

N. 1 p. 100. ceulx qui les ont *eslevés,* au lieu de : *eslevées.* Le texte des ms. 1511, 1512 et 1520 qui portent *eslevées* est moins satisfaisant que celui d'autres manuscrits qui, comme ms. 2155, portent *eslevez* (se rapportant à *bras*).

N. 3. p. 115. Le Roy, retournant en *la* maison, au lieu de : *sa maison* (*sa maison* est attesté par plusieurs manuscrits ; on a choisi la leçon de ms. 2155 S pour éviter l'équivoque : le roi retourne en la maison du gentilhomme, non en la sienne).

N. 6. p. 134. et disoit tout hault *aux varletz*, au lieu de : *au mary*. Le texte de ms. 1512 est manifestement fautif ; les autres manuscrits, l'édition Gruget et l'édition L.R.L., portent *aux varletz* ou *aux gens de leans*.

N. 8 p. 146. fin *à* leurs propos (leçon donnée par la plupart des manuscrits), au lieu de : *en* leurs propos.

N. 10. p. 172. dont il fut *si* desesperé (leçon des ms.), au lieu de : fut desesperé

p. 174. elle se *meit* (ms. 1512), au lieu de : elle se *mect*.

p. 174. suis *deliberée* (leçon des ms.), au lieu de : *deliberé*.

p. 180. luy, *qui* se voyoit du tout désespéré, au lieu de : luy, *que* (coquille).

p. 183. pour estre *mariée* (leçon des ms.), au lieu de : *marié* (coquille).

p. 185. ceste *folle* et audatieuse entreprise (leçon des ms.), au lieu de : ceste *follye* et audatieuse.

N. 12. p. 207. se *mist*, au lieu de : *se mest* (leçon des manuscrits plus conforme au système temporel : *se mist... et print*).

N. 13. p. 215. pour luy compter ce *qu'il avoit* faict (leçon de ms. 2155 plus satisfaisante), au lieu de : ce qu'il *luy* avoit fait.

p. 219. on a ajouté un point au vers 4 après *souffrir la mort*.

p. 221. *lermes* (rimant avec *termes*), au lieu de : *larmes*.

p. 222. Qui *peust* (leçon de ms. 2155 et autres ms.), au lieu de : Qui *puisse*.

225. tenue longtemps pour perdue, et remerciant la religieuse... au lieu de : tenue longtemps pour perdue et, remerciant la religieuse (on a mis une virgule après *perdue*, et supprimé la virgule après *et*, pour rétablir le parallélisme syntaxique : *benissant* Dieu qui [...], *et remerciant* la religieuse qui...).

230. comme j'ay dict, seulement les sots... au lieu de : sotz et comme j'ay dict. Seulement les sots... (en suivant ms. 1255, on a supprimé le point après *dict*, et on l'a remplacé par une virgule ; et substitué à la majuscule de *Seulement* une minuscule).

N. 14. p. 231. faisoient *pause* (tous ms.), au lieu de : *pose* (coquille).

p. 239. le monstre *sans* dissimullation, au lieu de : *dans* dissimullation (coquille).

N. 15. p. 241. il estoit impossible qu'il *ne* l'aymast, au lieu de : qu'il l'aymast.

242. qu'il desira beaucoup *plus* d'estre en sa bonne grace que, au lieu de : qu'il désira beaucoup d'estre en sa bonne grace que (texte conforme aux ms. : omissions de *ne* et de *plus* dans l'éd. M. F.).

p. 244. estre de luy peu *aymée*, au lieu de *aymé* (coquille).

p. 249. d'*une* œuvre, au lieu de : d'un œuvre (si plusieurs manuscrits outre ms. 1512 portent bien *un œuvre* ou *un euvre*, la leçon du ms. 2155 est meilleure, puisque la suite de la phrase dit : *la vostre*).

p. 255. aux maris *que souvent* les femmes de grand cueur... au lieu de : qui sçavent (on a suivi la meilleure version donnée par T et ms. 2155 S, qui donnent une syntaxe correcte).

N. 16. p. 260. de *voix parlans bas*, et d'espées, au lieu de : de voix, parlans bas et d'espées.

N. 18. p. 270. si sçavant *que*, estant en l'eage [...], il sembloit estre... (leçon des ms. et de G.), au lieu de : si sçavant, estant... omission de *que* dans l'éd. M. F.

N. 19. p. 280. non que je *ne* sçaiche très bien (leçon des ms. et de G.) au lieu de : non que je sçaiche.

N. 20. p. 294. le discours de son amityé, la longue fréquentation... (après *amityé* on a rétabli la virgule absente entre *amytié* et *la longue*).

N. 21. p. 307. *sans qu'il* me puisse desheriter (2155 S), au lieu de : sans *ce* qu'il me puisse (ms. 1512).

p. 309. se cacher, où le confesseur *n'eust* esté (plusieurs ms.), au lieu de : *eust* esté (ms. 1512).

— *Amour* leur en trouvoit, au lieu de : *amour*.

des deux corps *de* maison (plusieurs ms.), au lieu de : deux corps *d'une* maison (ms. 1512).

p. 319. par *parolles de present* seulement, au lieu de : par parolles, de present seulement.

N. 22. p 335. vous fustes *mise* ceans, au lieu de : *mises* (coquille).

N. 23. p. 344. c'est que la loy, qui pour les abuz des mariz indiscretz est si rigoureuse, ne veult permettre que ceulx... soient frustrez de l'intelligence, au lieu de : c'est que la loy, qui pour les abuz [...] est si rigoureuse qu'elle ne veult permectre... (on a corrigé le texte de M. F., repris par Jourda, qui donne une phrase syntaxiquement incorrecte, et illogique, en suivant ms. 2155 et l'éd. Gruget).

N. 24. p. 357. Elisor *oyant* (ms. 2155 et autres), au lieu de : Elisor *ayant* (ms. 1512).

p. 359 qu'elle trouva *estre une epistre aussi bien*

faicte (texte des ms.), au lieu de : une estre aussi bien faicte epistre.

p. 362. Si en a il, dist Longarine [...], que l'on a *aymées* plus... au lieu de : aymée (coquille de l'éd. L.R.L. reprise par M. F.).

p. 364. ne peut *endurer*, au lieu de : *en durer*.

N. 26. p. 375. Et *s'alla* addresser (leçon de ms. 2155 S), au lieu de : Et *alla* addresser.

p. 390. Mais Dieu a dict, au lieu de : Mais Dieu *qui* a dict (texte de l'éd. L.R.L. repris par M. F.).

N. 29. p. 414. Prologue de la 4ᵉ journée. *ilz* oyrent, au lieu de : il oyrent (coquille).

N. 32. p. 423. souppé, *se feyt* laver (ms. 1512), au lieu de : *et faict* laver.

p. 428. Si ceste damoiselle aymoit son *amy* (leçon du ms. 2155 S), au lieu de : son *mary* (ms. 1512).

N. 33. p. 432. m'a *touché* (texte du ms. 1512), au lieu de : *m'a toucha*.

N. 35. p. 441. Sommaire (T). son mary, *que*, sans luy declarer, au lieu de : *qui* (coquille).

N. 42. p. 491. ung *expedient*, au lieu de : *expediant*.

p. 492. *excepté* le gentil homme, au lieu de : *exepté*.

p. 493. ung *ver*, au lieu de : ung *vert*.

p. 494. car j'ay mon honneur plus *cher* que ma vie, au lieu de : plus *chair*.

p. 498. l'eussent *laissée*, au lieu de : l'eussent *laissé*.

p. 501. encores qu'*il* les voie (G, T, 2155 S), au lieu de : *qu'ils* les voient.

N. 43. p. 507. Vous avez perdu vostre entendement, *ou* vous estes, au lieu de : *où* vous estes.

N. 46. p. 520. et, *cuydant* la surprendre, au lieu de : et, *suydant* (coquille).

p. 521. mais se *hasta* de monter (ms.), au lieu de : se *haste* de monter (coquille de L.R.L. reprise par M. F.)

p. 523. ce diable de *midy*, au lieu de : ce diable *demi ange* (texte de L.R.L.).

par un soupson seullement. Si vous en sçavez..., au lieu de : par un soupson. Seullement si vous en sçavez.

N. 47. p. 525. *rien* ne sceut empescher (omis par M. F.).

N. 50. p. 546. peut estre que c'est, dist Longarine, que *vostre* plaincte (2155 S), au lieu de : *nostre* plaincte.

N. 52. p. 560. après qu'on *ne* les eust redictes (omission de *ne*).

N. 53. p. 564. *Comment* (leçon des ms.), au lieu de : *Combien*.

p. 578. il y en a qui, au lieu de : y en *y* a qui (coquille).

N. 56. p. 581. qu'il est *d'une* race notable, au lieu de : qu'il est race notable.

N. 59. p. 599. elle n'en sçavoit poinct de *meilleur*, au lieu de *meilleure*.

p. 601. et se cachant derrière l'huys, *escouta*, au lieu de : *escoutant*.

N. 64. p. 632. de sa dame *ne* de ses parens, au lieu de : *en* (coquille).

p. 633. De faire rien où tu *fusse* offensé, au lieu de : *fusses*. (c'est la leçon des ms., qui est la bonne, évitant un vers faux).

p. 636. croyre le conseil *de luy* et de ses amys, au lieu de : le conseil et de ses amys (omission de l'éd. Garnier).

N. 66. p. 641. ne le povant prouver, *ne* l'ay esté dire, au lieu de : ne le povant prover, l'ay esté dire. Le texte de M. F. reprend celui de L.R.L. Le ms. 1512 porte *osté* qui est une mauvaise transcription soit pour *esté*, soit pour *osé* (que donnent d'autres ms., ainsi que *ousé*).

N. 67. p. 645. pour *habiter* le pays de chrestiens, au lieu de : *habituer* le pays de chretiens (coquille).

N. 71. p. 689. le priant *ne* se vouloir desesperer (ms.), au lieu de : *de se* vouloir desesperer.

Appendice

II. p. 710. je *le* trouve grandement louable (*le* omis par M. F.)

III. p. 716. On a rétabli un membre de phrase omis par M. F. : on doit soupçonner le mal qui *est à éviter, car il vaut mieux soupçonner le mal qui* n'est point...

Lorsqu'une annotation reproduit celle de l'édition de Michel François, elle est suivie entre parenthèses des initiales M. F.

On a donné les sommaires de C. Gruget et de A. de Thou.

2. LES VARIANTES

Selon l'examen minutieux pratiqué par R. Salminen, le manuscrit B.N. fr. 1513 et 242 Pierpont Morgan Library donne un premier état du recueil ; les manuscrits B.N. fr. 1514 et 1525, une deuxième rédaction ; les manuscrits B.N. fr. 2155 et fr. 1512, une troisième rédaction.

Il n'a pas paru utile de donner toutes les variantes, qui, comme l'observe Nicole Cazauran, ne modifient pas le visage du texte : « Les autres manuscrits [en dehors du manuscrit de la Pierpont Morgan Library, exclu par R. Salminen de son étude des variantes] nous donnent ce que j'appellerai [...] le même texte. Que les variantes soient multiples, de morphologie, de syntaxe, de vocabulaire aussi, qu'il y ait de menues additions ou omissions, que la distribution des répliques dans les débats ait ses incertitudes, c'est indéniable. [...] Il n'empêche : depuis le B.N. fr. 1513, qui nous donne peut-être le plus ancien état du recueil, jusqu'aux manuscrits plus tardifs, voire jusqu'aux éditions de Boaistuau et Gruget, le lecteur familier de *L'Heptaméron* n'est pas dépaysé » (« Post-scriptum à propos d'un manuscrit », in *Marguerite de Navarre 1452-1582*, 1995, p. 483).

Les variantes n'étant guère plus autorisées les unes que les autres, la sélection pratiquée a retenu deux critères : une meilleure compréhension du texte (ce qui ne signifie pas que l'authenticité soit garantie, bien au contraire !) ; un texte différant sensiblement du texte de base de l'édition M. François (ms. 1512).

Les variantes concernant l'orthographe, la graphie, la ponctuation, ou de menues différences stylistiques n'ont pas été retenues.

Celles qui ont été retenues, précédées par l'astérisque*, portent la mention *ms 1512* lorsqu'il s'agit d'une version non retenue par l'édition M. François, *G* (édition de *L'Heptameron des Nouvelles* donnée par Claude Gruget), *T* (ms. fr. 1524 d'Adrien de Thou), *2155 S* (ms. transcrit par R. Salminen) ; « *add.* » : addition, « om. » : omission, « ms. » : manuscrit.

3. RÉFÉRENCES ET ABRÉVIATIONS

1. Les références aux deux Testaments renvoient à une édition moderne : *La Sainte Bible*, éd. L. Segond, nouvelle édition, La Maison de la Bible, Genève, 1956. Le premier chiffre arabe indique le chapitre, les chiffres arabes suivants les versets.

Pour les livres apocryphes que ne retiennent pas les Bibles protestantes comme celle de Segond, *L'Ecclésiastique, Tobie, Maccabées*, ou le 13e chapitre de *Daniel*, on renvoie à *La Bible de Jérusalem*, Desclée de Brouwer, Paris, 1955.

2. Pour renvoyer à une nouvelle : N. suivi du chiffre arabe (ex. N. 22 : la vingt-deuxième nouvelle).

NOTE SUR L'ONOMASTIQUE ET LES ANAGRAMMES [1]

L'identification n'a guère d'intérêt en soi : il importe à la reine que ses personnages soient reconnus comme des personnes réelles de son entourage familier, sans que

---

1. Voir Pierre Jourda, *Marguerite d'Angoulême*, Champion, 2 vol. 1930 (réimpr. Slatkine 1978), vol. II, p. 761 et suiv., et N. Cazauran, *L'Heptaméron de Marguerite de Navarre*, SEDES, 1991, p. 28-29, pour les diverses identifications proposées. J. Palermo (« L'historicité des devisants de *L'Heptaméron* », *Revue d'histoire littéraire de la France*, 1969, p. 193-202) est le seul à identifier Oisille à Marguerite elle-même, Parlamente à Catherine de Medicis, et Hircan à Henri, fils de François Ier, futur Henri II.

soit pourtant levé leur anonymat, grâce à un masque, sans doute transparent pour le cercle des premiers lecteurs du même petit monde. Et il va de soi que ces personnages, même s'ils ont des « modèles » dans la vie, sont des compositions littéraires, et qu'il serait naïf de reconstituer des détails biographiques à partir des notations : ainsi lorsqu'une aventure concerne la reine elle-même, la Narratrice ne s'interdit point çà et là d'égarer le lecteur, par exemple en disant de l'héroïne qui la représente qu'elle était deux fois veuve.

PARLAMENTE semble bien désigner Marguerite elle-même (une perle ? ou celle qui parle bien ? ou celle qui organise le Parlement des nouvelles ?)

OISILLE (aussi Osille ou Osyle), anagramme approximative de Loyse ; désigne sans doute Louise de Savoie, épouse de Charles d'Orléans, duc d'Angoulême, mère de François Ier et Marguerite de Navarre, veuve depuis 1496, morte en 1531 ; A.J. Krailsheimer avance le nom de Louise de Daillon, la grand-mère de Brantôme, Louise de Savoie étant morte lors de la date (probable) de rédaction des nouvelles. Mais rien n'interdit à l'auteur de mettre en scène un personnage dont le référent n'est plus !

HIRCAN (aussi Hircain), anagramme de *Hanric*, forme béarnaise de *Henri* ; le nom désigne sans doute le second époux de Marguerite de Navarre, Henri d'Albret (1503-1555), roi de Navarre, qui, au témoignage de Brantôme, « la traitait très mal, et eût encore fait pis sans le roi François son frère, qui parla bien à lui, le rudoya fort, et le menaça pour honorer si peu sa femme et sa sœur, vu le rang qu'elle tenait ».

LONGARINE, anagramme approximative de Longray, désignerait la dame de Longray, Anne Motier de la Fayette.

DAGOUCIN, comte d'Agoust ? ou Nicolas Dangu, évêque de Séez, puis de Mende ? (certains proposent Antoine Heroet).

NOMERFIDE, anagramme approximative de Fimarcon (Françoise de).

SAFFREDENT, sans doute Jean de Montpezat, maréchal
de France, chargé de missions diplomatiques auprès
de Charles Quint, époux de Françoise de Fimarcon
(Nomerfide).

ENNASUITE, Anne de Vivonne de la Chasteraigneraie,
épouse de François de Bourdeille, mère de Brantôme,
une des devisantes selon lui.

SIMONTAULT ou SYMONTAUT, François de Bourdeille,
seigneur de Montauris, époux de la précédente, père
de Brantôme, serviteur de Parlamente.

GEBURON (ou GUEBRON), sans doute le seigneur de
Burye, lieutenant-général du roi en Guyenne.

NOTE SUR LA LANGUE DE *L'HEPTAMÉRON*

— accord du verbe avec le sujet le plus rapproché
(comme en latin) : « la pitié et l'amour leur *creut* le
cueur » (Prologue, p. 80), « Quant elle entendit que
[...] excuse, jurement et promesse [...] n'y *servoit* de
rien... » (N. 1, p. 96) ;

— accord du verbe, non avec le sujet, mais avec l'attribut du sujet : « Et le triomphe des obseques *furent* les
larmes, les pleurs, et les crys... » (N. 9, p. 154), « ung
sabot de bois, qui sont des souliers de Gascoigne »
(N. 28, p. 396) ;

-— pas d'accord systématique du complément d'objet
direct avec le participe : « par les plus mauvais chemins qu'il avoit jamais *faict* » (Prologue, p. 83),
« horsmis celle que l'amour et le despit luy avoient
faict au cueur » (N. 4, p. 126) ;

— *que* au lieu de *parce que* : « Non qu'elle fust..., mais
seullement pour... : aussy *qu'elle* était seure que... »
(Prologue, p. 79), « pour ce que... et aussi que... »
(p. 80) ;

— *que* au sens de *quand, au moment où* : « Le premier
jour de septembre, que les baings... » (p. 77) ;

— *que* au lieu de *ce que* : « pour veoir *que* c'estoit » (Prologue, p. 82), « Allons veoir *que* c'est » (N. 1, p. 98), « en demandant *que* j'avois... » (N. 57, p. 588) ;

— *qui* au lieu *ce qui* : « on l'estime aultre que l'on ne veult qu'il soit, *qui* est cause de rompre... » (N. 46, p. 524), « nous deviendrons fascheuses, *qui* est une maladie... » (Prologue, p. 86) ;

— *soi* pour *se* (forme tonique au lieu de l'atone) : « se reconforter [...] de soy estre ainsy retrouvées (de s'être ainsi retrouvées) » (Prologue, p. 82) ;

— pas d'élision vocalique systématique : « se y baigner » (p. 77), « de y demourer » (p. 78), « je en ay » (p. 87) ;

— participe présent non rapporté au sujet de la proposition principale : « Et, en lui demandant des nouvelles de son voiage, dit que... (et comme *ils* lui demandaient des nouvelles, *il* dit que...) » (Prologue, p. 83) ;

— sujet d'une proposition infinitive différent du sujet de la principale : « et, après l'avoir honoré et enrichy à son service, pourchassa le mariage de sa seur... (après que *le seigneur* l'eut honoré [...], *le gentilhomme* pourchassa) » (N. 40, p. 475) ;

— omission des pronoms sujets et changement de sujet avec omission du pronom : « la pluspart de ses gens et chevaulx demorerent mortz par les chemins et arriva à Serrance... (et elle arriva) » (Prologue, p. 79), « trouvant que de plustost *elles* étaient creues et que de longtemps ne pourroient passer... (*elles* : les eaux ; sujet de *ne pourroient : ils*) » (*ibid.*, p. 85) ;

— redoublement du sujet : « Le jeune prince, voiant ceste fille [...], il la regarda longuement » (N. 42, p. 489) ;

— *afin que* peut être suivi de l'indicatif : « à fin que [...] vous leur en donnez » (N. 3, p. 116) ;

— *Il faut que* peut être suivi de l'indicatif : « si faut il que vous regardez... » (Prologue, p. 88), « Il fault que vous entendez » (N. 57, p. 588) ;

— *combien que*... : proposition concessive souvent à l'indicatif (toujours au subj. aujourd'hui) : « combien qu'elle l'aymoit » (N. 50, p. 543) ;

— redoublement fréquent de la conjonction *que* : « Et vous puis dire, ma dame, *que* si le Roy avoit mis sa couronne hors de dessus sa teste, *qu'*il n'auroit nul adventaige sur moi... » (N. 3, p. 112), « Quelcun [...] luy remonstra [...] *que*, si l'amour de son mary ne luy faisoit aymer le proffict de sa maison, *que* au moins elle eust regard à ses pauvres enfans » (N. 37, p. 458) ;

— *pareil que* ou *pareil de* au lieu de *pareil à* : « l'anneau tout pareil *de* celluy » (N. 8, p. 143), « feit pareille office *que* les deux premiers » (N. 49, p. 535) ;

— proposition participe sur le modèle latin : « arriverent trois hommes, *luy estant au lict* (alors que lui était au lit) » (Prologue, p. 83) ;

— proposition infinitive sur le modèle latin : « Et, congnoissant la fin de sa vye approcher... (et se rendant compte que la fin de sa vie approchait...) » (N. 9, p. 152) ;

— proposition complétive par *que* en apposition au sujet : « Cette façon de vivre dura longtemps qu'elle avoit pour son proffict l'evesque et pour son plaisir le dict du Mesnil » (N. 1, p. 94) ;

— antéposition fréquente du verbe : « rendit ce chaste cœur son ame à son Createur (ce chaste cœur rendit son âme) » (N. 2, p. 106) ;

— emplois de l'infinitif à la manière du gérondif latin : « par sottement croire (par une sotte crédulité) » (N. 46, p. 523), « qui est cause de rompre beaucoup de bonnes amityez (ce qui est la cause de la rupture...) » (*ibid.*, p. 524).

L'HEPTAMÉRON

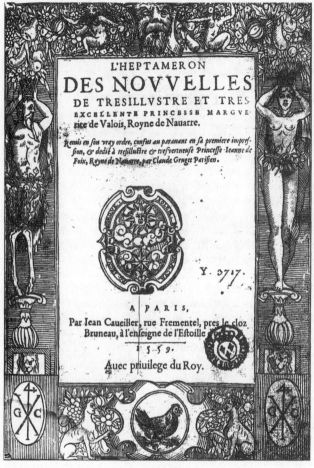

Page de titre de *L'Heptaméron* dans l'édition de Claude Gruget (1559).

PROLOGUE

Le premier jour de septembre, que les baings des montz Pirenées commencent entrer en leur vertu[1], se trouverent à ceulx de Cauderès[2] plusieurs personnes tant de France que d'Espaigne ; les ungs pour y boire de l'eaue, les autres pour se y baigner et les autres pour prendre de la fange[3] ; qui sont choses si merveilleuses[4][*] que les malades habandonnez des medecins s'en retournent tout guariz. Ma fin n'est de vous declarer la scituation ne la vertu desdits baings, mais seullement de racompter ce qui sert à la matiere que je veulx escripre[5]. En ces baings là demeurerent plus de trois sepmaines[6] tous les mallades jusques ad ce que[**], par leur amendement[7], ilz congnurent qu'ilz s'en pouvoient retourner. Mais sur le temps de ce retour vindrent les pluyes si merveilleuses et si grandes, qu'il sembloit

---

1. efficacité.   **2.** Cauterets, sur le gave de Cauterets, aujourd'hui dans le département des Hautes-Pyrénées, station thermale réputée pour ses eaux sulfureuses ; le nom rappelle que les eaux y sont chaudes (*calidae*). Marguerite y séjourna en 1546 et en 1549.   **3.** des bains de boue (recommandés contre les rhumatismes et certaines affections cutanées).   **4.** étonnantes, extraordinaires (pas nécessairement miraculeuses au sens fort du terme).   **5.** Si la narration des nouvelles respecte à quelques exceptions près le pacte de l'oralité, dès le prologue Marguerite de Navarre se présente en écrivain, et définit un projet qui ne consiste pas seulement à transcrire ou à enregistrer des contes oraux.   **6.** Temps prescrit, autrefois comme aujourd'hui, pour une cure thermale.   **7.** guérison, ou amélioration d'un état morbide.

---

[*] myraculeuses (2155 S).   [**] jusques à ce que par les médecins fut ordonné qu'ilz s'en pouvoient retourner (2155 S).

que Dieu eut oblyé la promesse qu'il avoit faicte à Noé
de ne destruire plus le monde par eaue [1] ; car toutes les
cabanes et logis dudit Cauderès furent si remplyes
d'eaue qu'il fut impossible de y demourer. Ceulx qui y
estoient venuz du costé d'Espaigne s'en retournerent par
les montaignes le mieulx qui leur fut possible ; et ceulx
qui congnoissoient les addresses [2] des chemins furent
ceulx qui mieulx eschapperent. Mais les seigneurs et
dames francoys, pensans retourner aussy facillement à
Therbes [3] comme ilz estoient venuz, trouverent les petitz
ruisseaulx si fort creüz que à peyne les peurent-ilz
gueyer [4]. Et quant se vint à passer le Gave Bearnoys [5] qui,
en allant [6], n'avoit poinct deux piedz de proufondeur, le
trouverent tant grand et impetueux qu'ilz se destourne-
rent pour sercher [7] les pontz, lesquelz, pour n'estre que
de boys, furent emportez par la vehemence de l'eaue. Et
quelcuns, cuydans rompre la roideur du cours pour s'assembler plusieurs ensemble [8], furent emportez si promptement que ceulx qui les vouloient suivre perdirent le
povoir et le desir * d'aller après. Parquoy, tant pour sercher chemin nouveau que pour estre de diverses opinions, se separerent. Les ungs traverserent la haulteur
des montaignes et, passans par Arragon, vindrent en la
conté de Roussillon et de là à Narbonne ; les autres s'en
allerent droict à Barselonne où, par la mer, les ungs allerent à Marseille et les autres à Aiguemorte.

Mais une dame vefve, de longue experience, nommée

---

1. Allusion à la Genèse (8, 21), où Dieu dit à Noé : « Je ne
maudirai plus la terre, à cause de l'homme [...] ; et je ne frapperai
plus tout ce qui est vivant, comme je l'ai fait. »   2. les directions
(*Ceux qui congnoissoient les addresses des chemins* : ceux qui
savaient s'orienter dans les chemins, ceux qui savaient où condui-
saient les chemins).   3. Tarbes.   4. franchir par un gué.
5. le gave de Pau.   6. à l'aller.   7. chercher.   8. en se réu-
nissant à plusieurs (pour former une sorte de barrage).

---

* perdirent leur vent et désir (premières versions) ; l'expression
perdre leur vent (perdre la trace, ne plus flairer), mal comprise,
a été transformée en *perdre leur veul (veuil* : vouloir) [note de
R. Salminen].

Oisille [1], se delibera d'oblier toute craincte par les mauvais chemins jusques ad ce qu'elle fut venue à Nostre-Dame de Serrance [2]. Non qu'elle fust si supersticieuse [3] qu'elle pensast que la glorieuse Vierge laissast la dextre de son filz où elle est assise pour venir demorer en terre deserte, mais seullement pour envye de veoir le devot lieu dont elle avoit tant oy parler ; aussy [4] qu'elle estoit seure que s'il y avoit moyen d'eschapper d'un dangier, les moynes le debvoient trouver. Et feit tant qu'elle y arriva, passant de si estranges lieux et si difficilles à monter et descendre que son aage [5] et pesanteur [6] ne la garderent [7] poinct d'aller la pluspart du chemin à pied. Mais la pitié fut que la pluspart * de ses gens et chevaulx demorerent mortz par les chemins et arriva à Serrance avecq ung homme et une femme seullement, où elle fut charitablement receue des religieux.

Il y avoit aussy parmy les François deux gentilz hommes qui estoient allez aux baings plus pour accompaigner les dames dont ilz estoient serviteurs que pour faulte qu'ilz eussent de santé [8]. Ces gentilz hommes icy,

---

1. Sur le nom et l'identification proposée, voir l'Introduction. **2.** Ancienne abbaye des Prémontrés de Sarrance (Notre-Dame d'Arrens), célèbre pour le culte de la Vierge qui y était rendu. Située sur le gave d'Aspe, elle était une étape pour les pèlerins qui se rendaient à Saint-Jacques-de-Compostelle par le Somport (M.F.). **3.** Première marque de défiance à l'égard de certaines croyances et pratiques catholiques, indice des critiques faites au culte de la Vierge par les humanistes évangéliques, et reprises par les chrétiens réformés. La phrase d'ailleurs est omise dans les éditions de 1558 et 1559, comme « sentant trop » les idées réformées, au moment où Henri II réprime avec rigueur le protestantisme. **4.** et aussi parce que. **5.** Nombreuses allusions à la vieillesse d'Oisille, « une ancienne veuve », la plus âgée du groupe des dames. Que Louise de Savoie (née en 1476, décédée en 1531) fût morte au moment où se situent les événements rapportés dans le prologue n'interdit pas de voir en elle le modèle d'Oisille. **6.** poids. **7.** ne l'empêchèrent. **8.** par manque de santé ; parce qu'ils auraient été malades.

---

* la meilleure partie (T).

voyans la compaignie se departir[1] et que les mariz de
leurs dames les emmenoient à part, penserent de les
suyvre de loing sans soy declairer[2] à personne. Mais ung
soir, estant les deux gentilz hommes mariez et leurs
femmes arrivez en une maison d'ung homme plus bandoullier[3]* que paisant et les deux jeunes gentilz hommes
logez en une borde[4] tout joingnant de là, environ la
minuit oyrent un très grand bruict. Ils se leverent avecq
leurs varletz[5] et demanderent à l'hoste quel tumulte
c'estoit là. Le pauvre homme qui avoit sa part de la paour
leur dit que c'estoient mauvays garsons qui venoient
prendre leur part de la proye[6] qui estoit chez leur
compaignon bandoullier ; parquoy les gentilz hommes
incontinant[7] prindrent leurs armes et avecq leurs varletz,
s'en allerent secourir les dames pour lesquelles ilz estimoient la mort plus heureuse que la vie après elles.
Ainsy qu'ilz arriverent[8] au logis, trouverent la premiere
porte rompue et les deux gentilz hommes avecq leurs
serviteurs se deffendans vertueusement[9]. Mais pour ce
que le nombre des bandoulliers estoit le plus grand et
aussy qu'ilz estoient fort blessez, commencerent à se
retirer, aians perdu desja grande partie de leurs serviteurs. Les deux gentilz hommes, regardans aux
fenestres, veirent les dames cryans et plorans si fort que
la pitié et l'amour leur creut le cueur[10] de sorte que,
comme deux ours enraigés descendans des montaignes,
frapperent sur ces bandoulliers tant furieusement qu'il
y en eut si grand nombre de mortz que le demourant ne
voulut plus actendre leurs coups mais s'enfouyrent
où ilz scavoient bien leur retraicte[11]. Les gentilz
hommes ayans deffaict ces meschans dont l'hoste

---

1. se séparer.   2. sans se déclarer, sans déclarer leur intention.
3. brigand,   bandit.   4. métairie,   maison rustique,   ferme.
5. valets.   6. butin.   7. sur-le-champ.   8. Quand ils arrivè-
rent.   9. avec bravoure (italianisme).   10. augmenta tant leur
courage (accord du verbe avec le sujet le plus rapproché, comme
en latin).   11. où ils savaient pouvoir trouver refuge.

---

* bandelier (ms. 1512).

estoit l'un des mortz, ayans entendu que l'hostesse
estoit pire que son mary, l'envoierent après luy[1] par
ung coup d'espée ; et, entrans en une chambre basse,
trouverent un des gentilz hommes marié qui rendoit
l'esprit. L'autre n'avoit eu nul mal, sinon qu'il avoit
tout son habillement persé de coups de traict et son
espée rompue. Le pauvre gentil homme, voyant le
secours que ces deux luy avoient faict, après les avoir
embrassez et remerciez les pria de ne les habandonner
poinct, qui leur estoit requeste fort aisée[*]. Parquoy,
après avoir faict enterrer le gentil homme mort et
reconforté sa femme au mieulx qu'ilz peurent, prindrent le chemin où Dieu les conseilloit, sans savoir
lequel ilz devoient tenir. Et s'il vous plaist sçavoir le
nom des trois gentilz hommes, le maryé avoit nom Hircan et sa femme Parlamente et la damoiselle vefve Longarine et le nom des deux gentilz hommes, l'un estoit
Dagoucin et l'autre Saffredent[2]. Et après qu'ilz eurent
esté tout le jour à cheval, adviserent sur le soir un clo-
chier où le myeulx qu'il leur fut possible, non sans
travail[3] et peine, arriverent. Et furent de l'abbé et des
moynes humainement receuz[4][**]. L'abbaye se nomme
Saint-Savyn[5]. L'abbé qui estoit de fort bonne maison
les logea honnorablement ; et, en les menant à leur

---

1. l'envoyèrent le rejoindre (dans la mort).   2. Sur ces noms,
voir l'Introduction ; ainsi Dagoucin serait le serviteur de Parlamente, qui a aussi pour « très affectionné serviteur » Simontault, et
Saffredent (époux de Nomerfide) celui de la jeune veuve Longarine ; on notera au cours des devis mainte allusion aux jeux amoureux des personnages : la fin de la 5e journée laisse entendre qu'il
y a peut-être aussi quelque intrigue amoureuse entre Simontault
et Longarine.   3. mal, souffrance (de *trapalium*, instrument de
torture).   4. accueillis.   5. Près d'Argelès-Gazost, dans les
Hautes-Pyrénées, célèbre abbaye bénédictine.

---

* fort aisée *à faire* [*à satisfaire*] (G, T) ; *à accorder* (2155 S).
** recuilliz (2155 S).

logis, leur demanda de leurs fortunes [1] et, après qu'il
entendit la vérité du faict [2], leur dict qu'ilz n'estoient pas
seulz qui avoient part à ce gasteau [3] ; car il y avoit en une
chambre deux damoiselles qui avoient eschappé pareil
dangier [4] ou plus grand, d'autant qu'elles avoient eu
affaire contre bestes non hommes [*]. Car les pauvres
dames, à demye lieue deçà Peyrehitte [5], avoient trouvé
ung ours descendant la montaigne, devant lequel avoient
prins la course à si grande haste que leurs chevaux, à
l'entrée du logis tomberent morts soubz elles ; et deux de
leurs femmes qui estoient venues longtemps après leur
avoient compté que l'ours avoit tué tous leurs serviteurs.
Lors les deux dames et trois gentilz hommes entrerent en
la chambre où elles estoient et les trouverent plorans et
congnurent que c'estoit Nomerfide et Ennasuite [6], lesquelles, en s'embrassant et racomptant ce qui leur estoit
advenu, commencerent à se reconforter avecq les exhortations du bon abbé, de soy estre ainsy retrouvées. Et le
matin ouyrent la messe bien devotement, louans Dieu des
perilz qu'ilz avoient eschappez.

Ainsy qu'ilz estoient tous à la messe, va entrer en
l'eglise ung homme tout en chemise, fuyant comme si
quelcun le chassoit, cryant à l'ayde. Incontinant Hircan
et les autres gentilz hommes allerent au devant de luy
pour veoir que c'estoit, et veirent deux hommes après
luy leurs espées tirées, lesquelz, voians si grande
compaigye, voulurent prendre la fuyte ; mais Hircan et
ses compaignons les suiveyrent de si près, qu'ilz y laisserent la vye. Et, quand ledit Hircan fut retourné, trouva
que celluy qui estoit en chemise estoit ung de leurs
compaignons nommé Geburon [7], lequel leur compta

---

1. s'enquit de leur aventure.   2. ce qui s'était passé réellement.
3. avaient leur part du mal (gasteau : dégât, dommage).   4. Construction transitive (échappé à...).   5. Pierrefitte-Nestalas, non loin
de Cauterets.   6. Voir l'Introduction.   7. Guebron chez Gruget.
Le plus âgé des cinq compagnons ; voir l'Introduction.

---

* d'autant qu'aus hommes il y a quelque misericorde, et aus
bestes non (T, G, 2155 S).

comme, estant en une borde auprès de Peyrehitte, arriverent trois hommes, luy estant au lict ; mais, tout en chemise, avecq son espée seullement, en blessa si bien ung qu'il demora sur la place. Et, tandis que les deux autres s'amuserent[1] à recueillir* leur compaignon, voyant qu'il estoit nud et eulx armez, pensa qu'il ne les povoit gaingner sinon à fuyr, comme le moins chargé d'habillement, dont il louoit Dieu et eulx qui en avoient faict la vengeance.

Après qu'ilz eurent oy la messe et disné[2], envoyerent veoir s'il estoit possible de passer la riviere du Gave, et, congnoissans l'impossibilité du passaige, furent en merveilleuse craincte[3], combien que l'abbé plusieurs foys leur offrist la demeure du lieu jusques ad ce que les eaues fussent abbaissées ; ce qu'ilz accorderent pour ce jour. Et au soir, en s'en allant coucher, arriva un vieil moyne qui tous les ans ne failloit[4] poinct à la Nostre-Dame de septembre[5] d'aler à Serrance. Et, en lui demandant des nouvelles de son voiage, deist que**, à cause des grandes eaues, estoit venu par les montaignes, et par les plus mauvais chemins qu'il avoit jamais faict, mais qu'il avoit veu une bien grande pitié : c'est qu'il avoit trouvé un gentil homme nommé Symontault, lequel, ennuyé de la longue demeure[6] quel faisoit*** la riviere à s'abaisser, s'estoit deliberé de la forcer, se confiant à la bonté[7] de son cheval, et avoit mis tous ses serviteurs à l'entour

---

1. s'occupèrent. 2. déjeuné (pris le repas du matin ou de midi). *Cf.* ci-dessous (fin du Prologue) : « s'en allerent disner à dix heures ». 3. très grande crainte. 4. manquait. 5. Lors de la grande fête de la Nativité de la Vierge, le 8 septembre, encore célébrée aujourd'hui en maint endroit par des pèlerinages, et diverses manifestations festives. 6. long temps. 7. les bonnes qualités, la valeur.

---

* à *relever* (2155 S). ** Le texte de ms. 1512 étant défectueux, M. F. reproduit ici le texte de T (qui est aussi celui du ms. 2155). *** que faisoit (2155 S) ; comprendre : ennuyé de voir le temps que mettaient les eaux de la rivière à baisser.

de luy pour rompre l'eaue. Mais, quant ce fut au grand cours, ceulx qui estoient le plus mal montez furent emportez malgré hommes et chevaulx, tout aval l'eaue, sans jamays en retourner. Le gentil homme, se trouvant seul, tourna son cheval dont il venoit[1], qui n'y sceut estre si promptement qu'il ne faillit[2] soubz luy. Mais Dieu voulut qu'il fut si près de la rive, que le gentil homme, non sans boire beaucoup d'eaue, se traynant à quatre piedz, saillit[3] dehors sur les durs cailloux, tant las et foible qu'il ne se povoit soustenir. Et lui advint si bien que ung bergier, ramenant au soir ses brebis, le trouva assis parmy les pierres, tout moillé et non moins triste de ses gens qu'il avoit veu perdre devant luy. Le bergier, qui entendoit myeulx sa necessité[4] tant en le voiant que en escoutant sa parolle, le print par la main et le mena en sa pauvre maison, où avecq petites buchettes[5] le seicha le mieulx qu'il peut. Et ce soir là Dieu y amena ce bon religieux, qui luy enseigna le chemyn de Nostre-Dame de Serrance, et l'asseura que là il seroit mieulx logé que en autre lieu, et y trouveroit une antienne vefve[6] nommée Oisille, laquelle estoit compaigne de ses adventures. Quant toute la compaignye oyt parler de la bonne dame Oisille et du gentil chevalier Symontault, eurent une joye* inestimable, louans le Createur qui, en se contentant des serviteurs, avoit saulvé les maistres et maistresses, et sur toutes en loua Dieu de bon cueur Parlamente, car longtemps avoit qu'elle l'avoit très affectionné serviteur[7]**. Et, après s'estre enquis dilligemment du chemyn de Serrance, combien que le bon vieillard le leur feit fort

---

1. fit retourner son cheval à l'endroit d'où il venait.
2. tomba, chuta.   3. sortit de l'eau.   4. qui comprenait ses malheurs.   5. du petit bois.   6. une femme âgée veuve (Louise de Savoie était veuve de Charles d'Angoulême depuis 1499).   7. elle avait en lui un serviteur plein d'affection ; voici le second amoureux de Parlamente, dont la fin du prologue marquera allusivement la nature des relations qu'il entretient avec elle.

---

* *feirent* une joye (T, G).   ** *elle le tenoit pour* (G, 2155 S).

difficille[1], pour cella ne laisserent d'entreprendre d'y aller ; et dès ce jour là se meirent en chemyn si bien en ordre qu'il ne leur falloit[2] rien, car l'abbé les fournit* de vin et force vivres et de gentilz compaignons pour les mener seurement par les montaignes ; lesquelles passerent plus à pied que à cheval. En grand sueur et travail[3] arriverent à Nostre-Dame de Serrance, où l'abbé[4], combien qu'il fut assez mauvais homme, ne leur osa refuser le logis pour la craincte du seigneur de Bearn, dont il sçavoit qu'ilz estoient bien aimez ; mais luy, qui estoit vray hypocrithe[5], leur feit le meilleur visaige qu'il estoit possible et les mena veoir la bonne dame Oisille et le gentilhomme Simontault.

La joye fut si grande en ceste compaignye miraculeusement assemblée, que la nuict leur sembla courte à louer Dieu dedans l'eglise de la grace qu'il leur avoit faicte. Et, après que, sur le matin, eurent prins ung peu de repos, allerent oyr la messe et tous recepvoir le sainct sacrement de unyon, auquel tous chrestiens sont uniz en ung, suppliant Celluy qui les avoit assemblez par sa bonté parfaire[6] le voiage à sa gloire. Après disner envoyerent sçavoir si les eaues estoient poinct escoulées, et, trouvant que plustost elles estoient creues et que de longtemps ne pourroient seurement passer, se delibererent de faire ung pont sur le bout de deux rochiers qui sont fort près l'un de l'autre, où encore y a des planches pour les gens de pied qui, venans d'Oleron, ne veullent passer par le guey**. L'abbé fut

---

1. bien qu'il leur en dît toute la difficulté.   2. manquait.
3. travail (peine, souffrance).   4. Jean de Capdequi, dont le portrait s'oppose en tous points au bon abbé de Saint-Savin.
5. *qui estoit vray hypocrithe* : supprimé dans les éd. de 1558 et 1559. La critique de l'hypocrisie des religieux « sent » aussi les idées réformées.   6. achever, mener à bien.

---

* des meilleurs chevaus qui fussent en Lavedan, de bonnes capes de Bearn, de force vivres et... (T, G, 2155 S).   ** par le gave (T, G).

bien aise* qu'ilz faisoient ceste despence, afin que le
nombre des pelerins et pelerines augmentast, les four-
nyt d'ouvriers ; mais il n'y meist pas ung denier, car
son avarice ne le permectoit. Et, pour ce que les
ouvriers dirent qu'ils ne sçauroient avoir faict le pont
de dix ou douze jours, la compaignie, tant d'hommes
que de femmes, commença fort à s'ennuyer ; mais Parlamente, qui estoit femme de Hircan, laquelle n'estoit
jamays oisifve ne melencolicque, aiant demandé congé
à son mary de parler, dist à l'ancienne dame Oisille :
« Madame, je m'esbahys [1] que vous qui avez tant d'experience et qui maintenant à nous, femmes, tenez lieu
de mere, ne regardez quelque passetemps [2] pour adoulcir l'ennuy que nous porterons [3] durant notre longue
demeure [4] ; car, si nous n'avons quelque occupation
plaisante et vertueuse, nous sommes en dangier de
demeurer malades**. » La jeune vefve Longarine
adjousta à ce propos : « Mais, qui pis est, nous deviendrons fascheuses [5], qui est une maladie incurable ; car
il n'y a nul ne nulle de nous, si regarde à sa perte***,
qu'il n'ayt occasion d'extreme tristesse. » Ennasuite,
tout en ryant, lui respondit : « Chascune n'a pas perdu
son mary comme vous, et pour perte des serviteurs ne
se fault desesperer, car l'on en recouvre assez. Toutes
foys, je suys bien d'opinion que nous aions quelque
plaisant exercice pour passer le temps ; autrement,
nous serions mortes le lendemain. » Tous les gentilz
hommes s'accorderent à leur avis et prierent la dame
Oisille qu'elle voulsist ordonner ce qu'ilz avoient à faire ; laquelle leur respondeit : « Mes enfans, vous me
demandez une chose que je trouve fort difficile, de vous
enseigner ung passetemps qui vous puisse delivrer de

---

1. m'étonne.   2. ne pensiez à quelque divertissement.
3. supporterons.   4. long séjour.   5. mélancoliques, tristes.

---

* L'abbé, *qui* fut bien ayse [...] affin que le nombre des pellerins
et *presens* augmentast (2155 S).   ** de *devenir* malades
(ms. 2155 ; meilleur sens).   *** s'ilz regardent leur perte
(2155 S). (S'ils pensent à ce qu'ils ont perdu).

vos ennuyctz ; car, aiant chergé [1] le remede toute ma vye,
n'en ay jamais trouvé que ung, qui est la lecture des
sainctes lettres [2] en laquelle se trouve la vraie et parfaicte
joie de l'esprit, dont [3] procede le repos et la santé du
corps. Et, si vous me demandez quelle recepte me tient
si joyeuse et si saine sur ma vieillesse, c'est que, incontinant que je suys levée, je prends la Saincte Escripture et
la lys, et, en voiant et contemplant la bonté de Dieu, qui
pour nous a envoié son filz en terre anoncer ceste saincte
parolle et bonne nouvelle, par laquelle il permect remission de tous pechez, satisfaction de toutes debtes [4] par le
don qu'il nous faict de son amour, passion et merites,
ceste consideration me donne tant de joye que je prends
mon psaultier et, le plus humblement qu'il m'est possible, chante de cueur et prononce de bouche les beaulx
psealmes [5] et canticques que le sainct Esperit a composé
au cueur de David et des autres aucteurs. Et ce contentement là que je en ay me faict tant de bien que tous les
maulx qui le jour me peuvent advenir me semblent estre
benedictions, veu que j'ay en mon cueur par foy Celluy
qui les a portez pour moy. Pareillement, avant soupper,
je me retire pour donner pasture à mon ame de quelque
leçon [6] ; et puis au soir faictz une recollection [7] de tout ce
que j'ay faict la journée passée pour demander pardon de
mes faultes, le remercier de ses graces ; et en son amour,
craincte et paix, prends mon repos asseuré de tous
maulx. Parquoy, mes enfans, voylà le passetemps * auquel

---

1. cherché (* ms 2155). **2.** De l'Écriture sainte, Ancien et
Nouveau Testaments (les citations du *Nouveau Testament*, et
notamment de Paul, *Épître aux Romains*, sont en effet nombreuses
dans *L'Heptaméron*.) **3.** d'où. **4.** Paiement de toutes les
dettes (contractées auprès de Dieu) ; il permet de s'acquitter de
toutes les dettes. **5.** Les cinq livres des Psaumes (de David, des
fils de Koré, d'Asaph, de Salomon...). **6.** Lecture accompagnée
d'un commentaire, ou d'une méditation. **7.** rappel, récapitu-
lation.

---

* le passetemps des passetemps auquel me suys arrestée long
temps (2155 S).

me suis arrestée long temps après avoir cherché en tous autres *, et non trouvé contentement de mon esprit. Il me semble que si tous les matins vous voulez donner une heure à la lecture et puis durant la messe faire voz devotes oraisons, vous trouverez en ce desert la beaulté qui peut estre en toutes les villes ; car qui congnoist Dieu veoit toutes choses belles en luy et sans luy tout laid. Parquoy, je vous prie, recepvez mon conseil si vous voulez vivre joyeusement. » Hircan print la parolle et dist : « Ma dame, ceulx qui ont leu la saincte Escripture, comme je croy que nous tous avons faict, confesseront que vostre dict est tout veritable ; mais si fault il que vous regardez que nous sommes encore si mortiffiez qu'il nous fault quelque passetemps et exercice corporel ; car si nous sommes en noz maisons, il nous fault la chasse et la vollerye [1] qui nous faict oblier mil folles pensées ; et les dames ont leur mesnaige [2], leur ouvraige et quelquesfois les dances où elles prennent honneste exercice ; qui me faict dire (parlant pour la part des hommes) que vous, qui estes la plus antienne, nous lirez au matin de la vie [3] que tenoit nostre Seigneur Jesus-Christ, et les grandes et admirables euvres qu'il a faictes pour nous ; pour après disner jusques à vespres, fault choisir quelque passetemps qui ne soit dommageable à l'ame, soit plaisant au corps ; et ainsy passerons la journée joieusement. »

La dame Oisille leur dist qu'elle avoit tant de peyne de oblier toutes les vanitez, qu'elle avoit paour de faire mauvaise election à tel passetemps, mais qu'il falloit remectre cest affaire à la pluralité d'opinions, priant

---

1. Terme de fauconnerie, la chasse au vol, utilisant des oiseaux de proie qui prennent d'autres oiseaux, le passe-temps favori des gentilshommes.   2. L'ensemble des occupations domestiques, l'administration domestique, la conduite d'une maison ou d'un domaine.   3. nous lirez quelques pages de la vie.

---

* cherché toutes autres choses où n'ay trouvé contentement (G).

Hircan d'estre le premier opinant[1]. « Quant à moy, dist-il, si je pensois que le passetemps que je vouldrois choisir fust aussi agreable à quelcun[2]* de la compaignie comme à moy, mon opinion seroit bientost dicte ; dont pour ceste heure je me tairay et en croiray ce que les aultres diront. » Sa femme Parlamente commença à rougir, pensant qu'il parlast pour elle, et, un peu en collerre et demy en riant, luy dist : « Hircan, peult estre celle que vous pensez qui en debvoit[3] estre la plus marrye[4] auroit bien de quoy se recompenser[5] s'il luy plaisoit ; mais laissons là les passetemps ou deux seullement peuvent avoir part et parlons de celluy qui doibt estre commun à tous. » Hircan dist à toutes les dames : « Puisque ma femme a si bien entendu la glose de mon propos et que ung passetemps particulier ne luy plaist pas, je croy qu'elle sçaura mieulx que nul autre dire celluy où chascun prendra plaisir ; et de ceste heure je m'en tiens à son oppinion comme celluy qui[6] n'en a nule autre que la sienne. » A quoy toute la compaignie s'accorda. Parlamente, voiant que le sort du jeu estoit tombé sur elle, leur dist ainsy : « Si je me sentois aussy suffisante[7] que les antiens, qui ont trouvé les arts, je inventerois quelque passetemps ou jeu pour satisfaire à la charge que me donnez ; mais, congnoissant mon sçavoir et ma puissance, qui à peine peult rememorer les choses bien faictes, je me tiendrois bien heureuse d'ensuivre[8] de près ceulx qui ont desja satisfaict à vostre demande. Entre autres, je croy qu'il n'y a nulle de vous qui n'ait leu les cent Nouvelles de Bocace[9],

---

1. le premier à donner son opinion.   2. Peut désigner indifféremment un masculin ou un féminin.   3. devrait.   4. affligée.   5. se dédommager, tirer compensation.   6. en homme qui.   7. capable, douée.   8. d'imiter.   9. Le *Décaméron* de Boccace (XIVe siècle), traduit en français, après une première traduction due à Laurent de Premierfait, à l'initiative de Marguerite de Navarre par Antoine Le Maçon son secrétaire en 1545 (privilège de 1544), et à elle dédié.

---

* quelcune (ms. 2155).

nouvellement traduictes d'ytalien en françois, que le
roy François, premier de son nom, monseigneur le
Daulphin[1], madame la Daulphine[2], madame Marguerite[3], font tant de cas que si Bocace, du lieu où il estoit,
les eut peu oyr, il debvoit[4] resusciter à la louange de
telles personnes. Et, à l'heure, j'oy les deux dames dessus nommées, avecq plusieurs autres de la court, qui
se delibererent d'en faire autant, sinon en une chose
differente de Bocace : c'est de n'escripre nulle nouvelle qui ne soit veritable histoire. Et promirent les
dictes dames et monseigneur le Daulphin avecq[*] d'en
faire chascun dix et d'assembler jusques à dix personnes qu'ilz pensoient plus dignes de racompter
quelque chose, sauf ceulx qui avoient estudié et
estoient gens de lettres ; car monseigneur le Daulphin
ne voulloit que leur art y fut meslé, et aussy de paour
que la beaulté de la rethoricque feit tort en quelque
partye à la verité de l'histoire. Mais les grandz affaires[5] survenuz au Roy depuis, aussy la paix[6] d'entre luy
et le roy d'Angleterre, l'accouchement[7] de madame la
Daulphine et plusieurs autres choses[8] dignes d'empescher toute la court, a faict mectre en obly du tout[9]
ceste entreprinse, que par nostre long loisir[**] pourra en
dix jours estre mise à fin, actendant que nostre pont

---

1. Henri, fils de François Ier, devenu dauphin à la mort du fils
aîné du roi en 1536.   2. L'épouse d'Henri, Catherine de Médicis.
3. Marguerite de Navarre elle-même.   4. il aurait dû.   5. Mot
souvent au masculin ; allusion à la guerre contre les Impériaux,
et aux divers événements qui la marquèrent (invasion de la
France, victoire de Cerisoles en 1544, puis traité de paix de
Crépy).   6. Le traité d'Ardres en 1546, signé par le roi de France
et Henry VIII.   7. Soit la naissance de François, deuxième fils
d'Henri et de Catherine de Médicis, futur François II, en 1544 ;
soit celle d'Élisabeth sa sœur (future reine d'Espagne) en
1545.   8. événements (en particulier la mort du dauphin Charles,
fils aîné du roi, en 1545).   9. a fait complètement oublier (ou
négliger).

---

* avecq elles (G, 2155 S).   ** qui par nostre oysiveté et long
loisir (2155 S).

soit parfaict[1]. Et s'il vous plaist que tous les jours, depuis midy jusques à quatre heures, nous allions dedans ce beau pré[2] le long de la riviere du Gave, où les arbres sont si foeillez[3]* que le soleil ne sçauroit percer l'ombre ny eschauffer la frescheur, là, assiz à noz aises, dira chascun quelque histoire qu'il aura veue ou bien oy dire à quelque homme digne de foy[4]. Au bout de dix jours aurons parachevé la centaine[5] ; et, si Dieu faict que notre labeur soit trouvé digne des oeilz des seigneurs et dames dessus nommez, nous leur en ferons present au retour de ce voiage, en lieu d'ymaiges[6]** ou de patenostres, estant asseurée*** que si quelcun trouve quelque chose plus plaisante que ce que je deys, je m'accorderay à son oppinion. » Mais toute la compaignie respondit qu'il n'estoit possible d'avoir mieulx advisé[7] et qu'il leur tardoit que le lendemain fut venu pour commencer.

Ainsy passerent joyeusement ceste journée, ramentevant[8] les ungs aux autres ce qu'ilz avoient veu de leur temps. Si tost que le matin fut venu, s'en allerent en la chambre de madame Oisille, laquelle trouverent desja

---

1. achevé. **2.** Comme dans le *Décaméron*, l'endroit choisi pour donner et entendre les contes est un *locus amoenus*, propice au divertissement. **3.** feuillus. **4.** L'un des codes de la nouvelle est en effet son authenticité, attestée soit par le témoignage direct du narrateur, soit par le récit d'un témoin fiable. **5.** Nombre symbolique, produit de la multiplication de la décade par elle-même, comme dans le *Décaméron*, signifiant une petite totalité parfaite. **6.** à la place des images religieuses et des chapelets (*patenostres*) qu'on rapporte habituellement des pèlerinages pour en faire présent aux amis. Encore une petite pointe à l'égard des pratiques « superstitieuses ». **7.** d'avoir donné un meilleur avis, ou conseil. **8.** rappelant, remémorant (ramenant en l'esprit). Sans être encore abandonné, le mot commence à vieillir au milieu du xvie siècle.

---

* feuilluz (2155 S). ** G supprime « en lieu d'ymaiges ou de patenostres », qui sent un peu le fagot. *** vous asseurant qu'ilz auront ce present icy plus aggreable. Toutefois, quoy que je die, si quelqu'un d'entre vous trouve chose plus plaisante, je m'accorderai (T, G, 2155 S).

en ses oraisons. Et, quant ilz eurent oy une bonne heure
sa leçon et puis devotement la messe, s'en allerent disner
à dix heures, et après se retira chascun en sa chambre
pour faire ce qu'il avoit à faire. Et ne faillirent pas à
midy de s'en retourner au pré, selon leur delibération,
qui estoit si beau et plaisant qu'il avoit besoin* d'un
Bocace pour le depeindre à la verité ; mais vous
contenterez** que jamais n'en feut veu ung plus
beau***. Quant l'assemblée fut toute assise sur l'herbe
verte, si noble**** et delicate qu'il ne leur falloit car-
reau¹ ne tappis, Simontault commença à dire : « Qui
sera celluy de nous qui aura commencement sur les
autres ? » Hircan luy respondit : « Puisque vous avez
commencé² la parolle, c'est raison que nous commandez ; car au jeu nous sommes tous esgaulx. — Pleut à
Dieu, dist Simontault, que je n'eusse bien en ce monde
que de povoir commander à toute ceste compaignye ! »
À ceste parolle, Parlamente l'entendit très bien, qui se
print à tousser ; parquoy Hircan ne s'apperceut de la
couleur qui luy venoit aux joucs, mais dist à Simontault***** qu'il commençast ; ce qu'il feit.

---

1. coussin carré.   **2.** On notera l'équivalence entre *commen-*
cer et *commander* : qui commence commande, qui a le commandement est autorisé à commencer.

---

* La var. T et 2155 S *qu'il aurait besoin* semble meilleure
(moins archaïque, comme l'est l'indicatif au lieu du conditionnel
moderne).   ** vous vous contanterez (T, G, 2155 S),
(comprendre : qu'il vous suffise de savoir que...).   *** un pareil
à la vérité (T) ; un pareil (G) ; jamais n'en fut ung plus plaisant
(2155 S).   **** si mole (T, G et 2155 S). *Mol* : adjectif
qualifiant d'ordinaire une rive en pente douce, comme ici.
***** Commencez quelque bonne chose et l'on vous escoutera (T,
G, 2155 S). Simontault, convié de toute la compaignie (T, G) ;
Lequel, conjuré de tout le monde (2155 S), commencea à dire (T,
G, 2155 S).

LA PREMIÈRE JOURNÉE

En la premiere journée est fait un recueuil des mauvais tours que les femmes ont faicts aux hommes et les hommes aux femmes.

PREMIÈRE NOUVELLE

La femme d'un procureur, après avoir esté fort sollicitée de l'evesque de Sées, le print pour son profit, et, non plus contente de luy que de son mary, trouva façon d'avoir pour son plaisir le filz du lieutenant general d'Alençon, qu'elle feit quelque temps après miserablement massacrer par son mary, lequel depuis (non obstant qu'il eut obtenu remission de ce meurtre) fut envoyé aux galeres avec un invocateur nommé Galery, et le tout par la mechanceté de sa femme.

*

Une femme d'Alençon avoit deux amis, l'un pour le plaisir, l'autre pour le profit ; elle fit tuer celuy des deux qui premier s'en apperceut, dont elle impetra remission pour elle et son mari fugitif, lequel depuis, pour sauver quelque argent, s'adressa à un necromancien, et fut leur entreprise descouverte et punie.

*

Par lettre de rémission, le souverain pouvait accorder sa grâce à un coupable. Le Roux de Lincy a découvert aux Archives nationales (et publié dans son édition de *L'Heptaméron*) la lettre de rémission accordée par François Ier en 1526 à Michel de Saint-Aignan, le mari trompé de N. 1.

*

Mes dames, j'ay esté si mal recompensé de mes longs services, que, pour me venger d'amour et de celle qui m'est si cruelle, je mectray peine [1] de faire

---

1. j'aurais bien du mal à, *ou* je prendrai la peine de.

ung recueil[1] de tous les mauvais tours que les femmes ont faict aux pauvres hommes, et si[2] ne diray rien que pure verité[3].

En la ville d'Allençon, du vivant du duc Charles[4], dernier duc, y avoit ung procureur nommé Sainct-Aignan qui avoit espouzé une gentil femme du païs plus belle que vertueuse, laquelle, pour sa beaulté et ligiereté, fut fort poursuivye[5] de l'evesque de Sées[6], qui, pour parvenir à ses fins, entretint si bien le mary, que non seullement il ne s'apperceut du vice de sa femme et de l'evesque, mais, qui plus est, luy feyt oblier l'affection qu'il avoit tousjours eue au service de ses maistre et maistresse, en sorte que, d'un loial serviteur, devint si contraire à[7] eulx, qu'il sercha à la fin des invocateurs[8] pour faire mourir la duchesse. Or, vesquit longuement cest evesque avec ceste malheureuse femme, laquelle luy obeissoit plus par avarice[9] que par amour, et aussy que[10] son mary la sollicitoit de l'entretenir. Mais si est-ce qu'il y avoit ung jeune homme en la ville d'Alençon, filz du lieutenant general, lequel elle aimoit si fort qu'elle en estoit demye enragée, et souvent s'aidoit de l'evesque pour faire donner commission à son mary à fin de povoir veoir à son aise le filz du lieutenant nommé du Mesnil. Ceste façon de vivre dura longtemps qu'elle avoit pour son proffict[11] l'evesque et pour son plaisir le dict du Mesnil, auquel elle juroit que toute la bonne chere[12] qu'elle foisoit à l'evesque n'estoit que pour continuer la leur

---

1. remémorer. **2.** et cependant. **3.** Le serment de véridicité fait partie du contrat de la nouvelle. **4.** Charles d'Alençon, premier époux de Marguerite, mort en 1525. **5.** courtisée. **6.** Jacques de Silly, qui fut évêque de 1511 à 1539. Les éditions de 1558 et 1559 ne donnent pas le nom, mais parlent d'un prélat d'église « duquel je tairay le nom pour la reverence de l'estat ». De même ci-dessous, elles ne donnent pas le nom du jeune homme, du Mesnil. **7.** ennemi de, ou hostile à ; ici plutôt : déloyal envers. **8.** chercha des nécromanciens (qui évoquent l'âme des morts). **9.** cupidité. **10.** et aussi parce que. **11.** Proposition complétive, en apposition à *Ceste façon de vivre* (qui consistait à...). **12.** bon accueil ; faveurs (au sens érotique).

plus librement, et que, quelque chose qu'il y eut,
l'evesque n'en avoit eu que la parolle et qu'il povoit
estre asseuré que jamais homme que luy n'en auroit
autre chose.

Ung jour que son mary s'en estoit allé devers
l'evesque, elle luy demanda congé d'aller aux champs,
disant que l'air de la ville luy estoit contraire[1]*, et,
quand elle fut en sa mestairye, escripvit incontinant à
du Mesnil qu'il ne faillist de la venir trouver environ
dix heures du soir ; ce que feyt le pauvre jeune homme.
Mais à l'entrée de la porte trouva la chamberiere qui
avoit accoustumé de le fere entrer, laquelle luy dist :
« Mon amy, allez ailleurs, car vostre place est prinse. »
Et luy, pensant que le mary fut venu, luy demanda
comme le tout alloit[2]. La pauvre femme, aiant pitié de
luy, le voiant tant beau, jeune et honneste homme,
aymer si fort et estre si peu aymé, luy declaira la folye
de sa maistresse, pensant que, quant il l'entendroit,
cella le chastieroit d'aymer tant. Et luy compta comme
l'evesque de Sées ne faisoit que d'y arriver et estoit
couché avecq elle, chose à quoy elle ne se attendoit
pas, car il n'y devoit venir jusques au lendemain**.
Mais, aiant retenu chez luy son mary, s'estoit desrobé
de nuict pour la venir veoir secretement. Qui fut bien
desesperé, ce fut du Mesnil, qui encores ne le povoit
du tout croyre, et se cachea en une maison auprès et
veilla jusques à trois heures après minuict, tant qu'il
veit saillir[3] l'evesque de là dedans, non si bien desguisé qu'il ne le congneust[4] plus qu'il ne le vouloit.

Et en ce desespoir se retourna à Alençon, où bien
tost*** sa meschante amye alla, qui, le cuydant[5] abbu-
ser, comme elle avoit accoustumé, vint parler à luy.
Mais il luy dict qu'elle estoit trop saincte, aiant touché

---

1. défavorable, nuisible.   2. ce qu'il en était au juste, ce qui
se passait.   3. sortir.   4. reconnut.   5. croyant.

---

* Add. 2155 : *trop* contraire.   ** il n'y devoit venir que le
lendemain (2155 S)   *** bien tost apres (2155 S).

aux choses sacrées, pour parler à ung pecheur comme
luy, duquel la repentance estoit si grande qu'il esperoit
bien tost que le peché luy seroit pardonné. Quant elle
entendit que son cas estoit descouvert et que excuse,
jurement[1] et promesse de plus n'y retourner n'y servoit
de rien, en feit la plaincte à son evesque. Et, après
avoir bien consulté la matiere, vint ceste femme dire à
son mary qu'elle ne povoit plus demorer dans la ville
d'Allençon, pour ce que le filz du lieutenant, qu'il
avoit tant estimé de ses amys, la pourchassoit incessamment de son honneur[2], et le pria de se tenir[3] à
Argentan pour oster toute suspicion[4]. Le mary, qui se
laissoit gouverner par elle, s'y accorda[5]. Mais ilz ne
furent pas longuement au dict Argentan, que ceste malheureuse manda audict du Mesnil qu'il estoit le plus
meschant homme du monde et qu'elle avoit bien sceu
que publicquement il avoit dict mal d'elle et de
l'evesque de Sées, dont elle mectroit peyne[6] de le faire
repentir.

Ce jeune homme, qui n'en avoit jamais parlé que à
elle mesme et qui craingnoit d'estre mis en la malle
grace[7] de l'evesque, s'en alla à Argentan avecq deux
de ses serviteurs et trouva sa damoiselle à vespres aux
Jacobins[8]. Il s'en vint agenoiller auprès d'elle et luy
dict : « Madame*, je viens icy pour vous jurer devant
Dieu que je ne parlay jamais de vostre honneur à personne du monde que à vous mesme ; vous m'avez faict
ung si meschant tour, que je ne vous ay pas dict la
moictyé des injures que vous meritez. Et s'il y a
homme ou femme qui veuille dire que jamais j'en aye
parlé, je suis icy venu pour l'en dementir devant

---

1. serment. **2.** en voulait à sa vertu. **3.** le pria de la laisser
demeurer. **4.** soupçon. **5.** en tomba d'accord. **6.** s'em-
ploierait à. **7.** la mauvaise grâce, la disgrâce ; qui craignait de
tomber en disgrâce auprès de l'évêque. **8.** Au couvent des
Dominicains, qui prit son nom du premier couvent sis rue Saint-
Jacques à Paris.

---

* Madamoiselle (2155 S).

vous. » Elle, voiant que beaucoup de peuple[1] estoit en
l'eglise et qu'il estoit accompaigné de deux bons serviteurs, se contraingnit de parler le plus gratieusement
qu'elle peut, luy disant qu'elle ne faisoit nulle doubte
qu'il ne dist verité et qu'elle l'estimoit trop homme de
bien pour dire mal de personne du monde, et encores
moins d'elle, qui luy portoit tant d'amityé ; mais que
son mary en avoit entendu des propos, par quoy elle le
prioit qu'il voulust dire devant luy qu'il n'en avoit
poinct parlé et qu'il n'en croyast riens[*]. Ce que luy
accorda voluntiers ; et, pensant l'accompaigner à son
logis, la print par dessoubz le bras ; mais elle luy dist
qu'il ne seroit pas bon qu'il vint avecq elle, et que son
mary penseroit qu'elle luy feit porter ces parolles ; et,
en prenant ung de ses serviteurs par la manche de sa
robbe, lui dist : « Laissez-moy cestuy cy, et, incontinant qu'il[2] sera temps, je vous envoiray querir par luy ;
mais, en actendant, allez vous reposer en vostre logis. »
Luy, qui ne se doubtoit poinct de la conspiration, s'y
en alla.

Elle donna à soupper au serviteur qu'elle avoit
retenu, qui luy demandoit souvent quand il seroit temps
d'aller querir son maistre : elle luy respondoit toujours
qu'il viendroit assez tost. Et, quant il fut nuict, envoia
ung de ses serviteurs secretement querir du Mesnil,
qui, ne se doubtant du mal que on luy preparoit, s'en
alla hardiment à la maison du dict Sainct-Aignan,
auquel lieu la damoiselle entretenoit son serviteur, de
sorte qu'il n'en avoit que ung avecq luy. Et, quand il
fut à l'entrée de la maison, le serviteur qui le menoit
luy dist que la damoiselle vouloit bien parler à luy
avant son mary, et qu'elle l'attendoit en une chambre
où il n'y avoit que ung de ses serviteurs avecq elle, et
qu'il feroit bien de renvoier l'autre par la porte de

---

1. beaucoup de gens.   2. dès qu'il.

---

* qu'il n'en croioit rien (qu'il n'en crût rien) [T, 2155 S].

devant. Ce qu'il feit ; et, en montant ung petit degré[1]
obscur, le procureur Sainct-Aignan, qui avait mis des
gens en embusche[2] dans une garde robbe, commencea
à oÿr le bruict, et, en demandant qu'est ce, luy dist que
c'estoit ung homme qui vouloit secretement entrer en
sa maison. A l'heure, ung nommé Thomas Guerin, qui
faisoit mestier d'estre meurtrier, lequel pour faire ceste
execution estoit loué du procureur, vint donner tant de
coups d'espée à ce pauvre jeune homme, que, quelque
deffence qu'il peust faire, ne se peut garder qu'il ne
tombast mort entre leurs mains. Le serviteur qui parloit
à la damoiselle luy dist : « J'oy mon maistre qui parle
en ce degré : je m'en voys à luy. » La damoiselle le
retint et luy dist : « Ne vous soulciez : il viendra assez
tost. » Et, peu après, oiant que son maistre disoit : « Je
meurs et recommande à Dieu mon esprit ! » le voulut
aller secourir ; mais elle le retint, luy disant : « Ne vous
soulsiez : mon mary le chastie de ses jeunesses[3].
Allons veoir que c'est. » Et, en s'appuyant dessus le
bout du degré, demanda à son mary : « Et puys ? est il
faict[4] ? » lequel luy dist : « Venez le veoir. A ceste
heure, vous ay je vengée de cestuy là qui vous a tant
faict de honte. » Et, en disant cella, donna d'un poignard qu'il avoit dix ou douze coups dedans le ventre
de celluy que vivant il n'eust osé assaillir.

Après que l'homicide fut faict, et que les deux serviteurs du trespassé s'en furent fouys[5] pour en dire les
nouvelles au pauvre pere, pensant le dict Sainct-
Aignan que la chose ne povoit estre tenue secrette,
regarda[6] que les serviteurs du mort ne debvoient poinct
estre creuz en tesmoignage et que nul en sa maison
n'avoit veu le faict, sinon les meurdriers, une vielle
chamberiere et une jeune fille de quinze ans, voulut
secrettement prendre la vielle ; mais elle trouva façon

---

1. une marche, par extension un escalier.   2. en embusca-
de.   3. de ses péchés, ou de ses erreurs de jeunesse.   4. est-ce
fait ?   5. enfuis.   6. estima, considéra.

d'eschapper hors de ses mains et s'en alla en franchise [1]
aux Jacobins, qui fut le plus seur tesmoing que l'on eut
de ce meurdre. La jeune chamberiere demora quelques
jours en sa maison ; mais il trouva façon de la faire
suborner par un des meurdriers et la mena à Paris au
lieu publicq [2], affin qu'elle ne fust plus creue en tesmoignage. Et, pour celler son meurdre, feit brusler le
corps du pauvre trespassé. Les os qui ne furent
consommez [3] par le feu, les feit mectre dans du mortier
là où il faisoit bastir en sa maison et envoia à la court
en dilligence demander sa grace, donnant à entendre
qu'il avoit plusieurs fois deffendu sa maison à ung personnaige dont il avoit suspition, qui pourchassoit le
deshonneur de sa femme, lequel, nonobstant sa deffense, estoit venu de nuict en lieu suspect pour parler
à elle ; parquoy, le trouvant à l'entrée de sa chambre,
plus remply de collere que de raison, l'auroit tué. Mais
il ne peut si tost faire despescher sa lettre à la chancel-
lerie que le duc et la duchesse ne fussent par le pauvre
pere advertiz du cas, lesquelz pour empescher ceste
grace envoierent au chancelier [4]. Ce malheureux, voiant
qu'il ne la povoit obtenir, s'enfuyt en Angleterre, et sa
femme avecq lui et plusieurs de ses parens. Mais, avant
partir, dist au meurdrier qui à sa requeste avoit faict le
coup qu'il avoit veu lectres expresses du Roy pour le
prendre et faire mourir ; mais à cause des services qu'il
luy avoit faictz il luy vouloit saulver la vie, et luy
donna dix escuz pour s'en aller hors du royaume. Ce
qu'il feit, et oncques puis ne fut trouvé.

Ce meurdre icy fut si bien parveriffié [5] par les serviteurs du trespassé que par la chamberiere qui s'estoit
retirée aux Jacobins, et par les oz qui furent trouvez
dedans le mortier, que le procès fut faict et parfaict [6]
en l'absence de Sainct-Aignan et de sa femme. Ils

---

1. s'en alla demander droit d'asile.   2. au bordel.   3. con-
sumés.   4. adressèrent un message (ou un courrier) au chancelier.   5. authentifié, accrédité (tant par... que par la
chambrière).   6. mené à son terme.

furent jugés par contumace et condemnez tous deux à la mort, leurs biens confisquez au prince [1] et quinze cens escuz au pere pour les fraiz du procès. Ledict Sainct-Aignan, estant en Angleterre, voiant que, par la justice, il estoit mort en France, feit tant par son service envers plusieurs grands seigneurs et par la faveur des parents de sa femme, que le roy d'Angleterre feit requeste au Roy de luy vouloir donner sa grace et le remectre en ses biens et honneurs. Mais le Roy, ayant entendu le villain et enorme cas, envoya le procès au roy d'Angleterre, le priant de regarder si c'estoit cas qui meritast grace, luy disant que le duc d'Allençon avoit seul ce previlleige en son roiaulme de donner grace en sa duché. Mais, pour toutes ses excuses, n'appaisa poinct le roy d'Angleterre, lequel le prochassa [2] si très instamment, que, à la fin, le procureur l'eust à sa resqueste, et retourna en sa maison, où, pour parachever sa meschanceté, s'accoincta d'un invocateur nommé Gallery, esperant que par son art [3] il seroit exempt de paier les quinze cens escuz * au pere du trepassé.

Et, pour ceste fin, s'en allerent à Paris, desguisez sa femme et luy. Et, voiant sa dicte femme qu'il estoit si longuement enfermé en une chambre avecq ledict Gallery et qu'il ne luy disoit poinct la raison pour quoy, ung matin elle l'espia, et veid que le dict Gallery luy monstroit cinq ymaiges [4] de boys, dont les trois avoient les mains pendantes ** et les deux levées contremont [5]. Et, parlant au procureur *** : « Il nous fault faire de telles ymaiges de cire que ceulx cy, et celles qui auront les bras pendans, ce seront ceulx que nous ferons mourir, et ceulx qui les ont eslevés seront ceulx de qui vous vouldrez avoir la bonne grace et amour. » Et le

---

1. confisqués au profit du prince.　**2.** lui fit de si insistantes demandes. **3.** l'art de nécromancie.　**4.** statuettes, figurines. **5.** vers le haut.

---

* qu'il devoit (add. 2155 S)　** pendantes en terre (add. 2155 S).　*** parlant au procureur, luy disoit (2155 S).

procureur disoit : « Ceste cy sera pour le Roy, de qui je veulx estre aymé, et ceste cy pour mon seigneur le chancellier d'Allençon Brinon[1]. » Gallery luy dist : « Il faut mectre ces ymaiges soubs l'autel où ilz orront[2] leur messe, avecq des parolles que je vous feray dire à l'heure. » Et, en parlant de ceulx qui avoyent les bras baissez, dist le procureur que l'une estoit maistre Gilles du Mesnil, pere du trepassé ; car il sçavoit bien que tant qu'il vivroit il ne cesseroit de le poursuivre. Et une des femmes qui avoit ses mains pendantes estoit ma dame la duchesse d'Allençon[3], seur du Roy, parce qu'elle aymoit tant ce viel serviteur, et avoit en tant d'autres choses congneu sa meschanceté, que, si elle ne mouroit, il ne pouvoit vivre. La seconde femme aiant les bras pendans estoit sa femme, laquelle estoit cause de tout son mal, et se tenoit seur que jamays ne s'amenderoit de sa meschante vye. Quant sa femme, qui voyoit tout par le pertuis de la porte, entendit qu'il la mectoit au rang des trespassez, se pensa[4] qu'elle le y envoiroit le premier. Et, faingnant d'aller emprunccter de l'argent à ung sien oncle nommé Neaufle, maistre des requestes du duc d'Alençon, luy va compter ce qu'elle avoit veu et oy de son mary. Le dict Neaufle, comme bon viellard serviteur, s'en alla au chancellier d'Alençon et lui racompta toute l'histoire. Et, pour ce que le duc et la duchesse d'Allençon n'estoient pour le jour à la court, le dict chancellier alla compter ce cas estrange à ma dame la Regente[5], mere du Roy et de la dicte duchesse, qui soubdainement envoya querir le prevost de Paris, nommé La Barre[6], lequel feit si bonne

---

1. Le chancelier d'Alençon, Jean Brinon, juriste et diplomate, « conseiller, puis premier président du Parlement de Rouen, fut l'homme de confiance de Marguerite et surtout de Louise de Savoie » (M. F.).   2. Verbe *ouïr* : entendront.   3. Marguerite elle-même.   4. se dit.   5. Louise de Savoie, mère de François Iᵉʳ et de Marguerite.   6. Jean de la Barre, prévôt et gouverneur de Paris de 1526 à 1534 ; on le reverra dans N. 63 se prêter à une petite entreprise de séduction pour le compte du roi, dont il était l'homme de confiance.

dilligence qu'il print le procureur et Gallery son invocateur, lesquelz sans genne [1] ne contraincte, confesserent librement le debte [2]. Et fut leur procès faict et rapporté au Roy. Quelques uns, voulans saulver leurs vies, luy dirent qu'ilz ne serchoient que sa bonne grace par leurs enchantemens [3] ; mais le Roy, ayant la vie de sa seur aussy chere que la sienne, commanda que l'on donnast la sentence telle que s'ilz eussent attempté à sa personne propre. Toutesfois, sa sœur, la duchesse d'Alençon, le supplia que la vie fut saulvée au dict procureur et commuer sa mort en quelque peyne cruelle [*] ; ce que luy fut octroyé, et furent envoiez luy et Gallery à Marseilles, aux galleres de Sainct Blanchart [4], où ilz finerent [5] leurs jours en grande captivité et eurent loisir de recongnoistre la gravité de leurs pechez. Et la mauvaise femme, en l'absence de son mary, continua son peché plus que jamais et mourut miserablement.

« Je vous suplie, mes dames, regardez quel mal il vient d'une meschante femme et combien de maulx se feirent pour le peché de ceste cy. Vous trouverez que depuis que Eve feit pecher Adan toutes les femmes ont prins possession de tormenter, tuer et danner les hommes. Quant est de moy, j'en ay tant experimenté la cruaulté, que je ne pense jamais mourir ni estre danné que par le desespoir en quoy une m'a mys. Et suis encore si fol, qu'il faut que je confesse que cest enfer là m'est plus plaisant venant de sa main que le paradis donné de celle d'une autre. » Parlamente, faingnant de n'entendre poinct que ce fut pour elle qu'il tenoit tel propos, luy dist : « Puisque l'enfer est aussy

---

1. Ou gehenne : torture pratiquée lors des interrogatoires judiciaires.   2. la dette : la faute, le crime.   3. pratiques magiques.   4. Les galères étaient commandées par leur général Bernard d'Ornezan, baron de Saint-Blancard (ou Saint-Blancart, ou Saint-Blanchard), ensuite amiral du Levant.   5. achevèrent.

---

* en quelque *autre grieve peyne corporelle* (T, G) ; *peyne civile* (2155 S).

plaisant que vous dictes, vous ne debvez craindre le diable qui vous y a mis. » Mais il luy respondit en collere : « Si mon diable devenoit aussy noir qu'il m'a esté mauvays, il feroit autant de paour à la compaignie que je prends de plaisir à la regarder ; mais le feu de l'amour me faict oblier celluy de cest enfer. Et, pour n'en parler plus avant, je donne ma voix à madame Oisille pour dire la seconde nouvelle, et suis seur que si elle vouloit dire des femmes ce qu'elle en sçait, elle favoriseroit mon opinion. » A l'heure, toute la compaignye se tourna vers elle, la priant vouloir commencer ; ce qu'elle accepta et, en riant, commença à dire :

« Il me semble, mes dames, que celluy qui m'a donné sa voix, a tant dict de mal des femmes par une histoire veritable d'une malheureuse, que je doibtz rememorer tous mes vielz ans pour en trouver une dont la vertu puisse desmentir sa mauvaise opinion ; et, pour ce qu'il m'en est venu une au devant digne de n'estre mise en obly, je la vous vois compter. »

DEUXIESME NOUVELLE

Une muletiere d'Amboyse aima mieus cruelement mourir de la main de son valet que de consentir à sa mechante volonté.

*

Piteuse et chaste mort de la femme d'un des muletiers de la Royne de Navarre.

*

Brantôme fait allusion au viol de la muletière dans son *Recueil des Dames* (*Œuvres*, éd. Prosper Mérimée et Louis Lacour, 1ʳᵉ Partie, t. X, 1890), à propos des gestes déplacés du bourreau de Marie Stuart : « On doubte s'il luy en fist de mesmes comme ce misérable muletier fist dans les *Cent nouvelles* de la Royne de Navarre [...] Il arrive des tentations aux hommes plus estranges que celle-là » (« Discours de la Royne d'Escosse », p. 147).

*

En la ville d'Amboise, y avoit ung mulletier qui servoit la roine de Navarre, seur du roy François, premier de ce nom, laquelle estoit à Bloys, accouchée d'un fils [1]* ; auquel lieu estoit allé le dict mulletier pour estre paié de son quartier [2] ; et sa femme demoura au dict Amboyse, logée delà les pontz. Or, y avoit il long temps que ung varlet de son mary l'aymoit si desesperement, que ung jour il ne se peut tenir de luy en parler ; mais, elle, qui estoit si vraie femme de bien, le reprint si aigrement, le menassant de le faire battre et chasser à son mary, que depuis il ne luy osa tenir propos ne faire semblant [3]. Et garda ce feu couvert en son cueur jusques au jour que son maistre estoit allé dehors, et sa maistresse à vespres à Sainct-Florentin, eglise du chasteaufort, loing de leur maison. Estant demoré seul **, luy vint en fantaisye, qu'il pourroit avoir par force ce que par nulle priere ne service n'avoit peu acquerir. Et rompit ung ais [4] qui estoit entre la chambre où il couchoit et celle de sa maistresse. Mais, à cause que le rideau, tant du lict de son maistre et d'elle que des serviteurs de l'autre cousté, couvroit les murailles si bien que l'on ne povoit veoir l'ouverture qu'il avoit faicte, ne fut point sa malice apparceue, jusques ad ce que sa maistresse fut couchée avecq *** une petite garse [5] de unze à douze ans. Ainsy que la pauvre femme estoit à son premier sommeil entra le varlet, par l'ais qu'il avoit rompu, dedans son lict, tout en chemise, l'espée nue en sa main. Mais, aussy tost qu'elle le sentit près d'elle, saillit [6] dehors du lict, en luy faisant toutes les

---

1. En août 1530, Marguerite accoucha d'un fils, Jean, qui ne vécut que quelques mois.   **2.** recevoir le trimestre de sa rente (*quartier* : le quart, le quart d'une aune, le quart d'une année).   **3.** manifester quelque signe.   **4.** planche de bois utilisée comme cloison.   **5.** fillette ou jeune fille (sans nuance péjorative).   **6.** sortit vivement, bondit.

---

* en couche d'un filz (2155 S).   ** Et luy demeuré tout seul (2155 S).   *** fut couchée et avecques elle une petite garse... (2155 S).

remonstrances qu'il fut possible à femme de bien*. Et luy, qui n'avoit amour que bestialle, qui eut mieulx entendu le langaige des mulletz que ses honnestes raisons, se montra plus bestial que les bestes avecq lesquelles il avoit esté long temps ; car, en voyant qu'elle couroit si tost à l'entour d'une table**, et qu'il ne la povoit prendre, et qu'elle estoit si forte que, par deux fois, elle s'estoit defaicte de luy, desesperé de jamais ne la povoir ravoir vive [1], luy donna si grand coup d'espée par les reings***, pensant que, si la paour et la force ne l'avoit peu faire rendre, la douleur**** le feroit. Mais ce fut au contraire ; car, tout ainsy que ung bon gendarme [2], quand il veoit son sang, est plus eschauffé à se venger de ses ennemys et acquerir honneur, ainsy son chaste cueur se renforcea doublement à courir et fuyr des mains de ce malheureux, en luy tenant les meilleurs propos qu'elle povoit, pour cuyder [3] par quelque moien le reduire à congnoistre ses faultes ; mais il estoit si embrasé de fureur, qu'il n'y avoit en luy lieu pour recepvoir nul bon cousté***** ; et luy redonna encore plusieurs coups, pour lesquelz eviter, tant que les jambes la peurent porter, couroit tousjours. Et quant, à force de perdre son sang, elle senteit qu'elle approchoit de la mort, levant les oeilz au ciel et joingnant les mains, rendit graces à son Dieu, lequel elle nommoit sa force, sa vertu, sa patience et chasteté, luy supplyant prendre en grey [4] le sang qui, pour garder son commandement, estoit respendu en la reverence de celluy de son Filz [5], auquel elle croyoit [6] fermement tous ses pechez estre lavez et effacez de la memoire

---

1. avoir, posséder vivante. 2. soldat. 3. croyant ainsi (parce qu'elle croyait). 4. prendre en gré, agréer. 5. par déférence pour. 6. grâce à qui elle croyait que tous ses péchés étaient lavés.

---

* qu'il luy fut possible de faire, à femme de bien comme elle (2155 S). ** si vite autour de la table (T). *** un grand coup d'estoc par les rains. **** au moins la douleur (2155 S). ***** nul bon conseil (2155 S et autres ms).

de son ire[1]. Et, en disant : « Seigneur, recepvez l'ame qui, par vostre bonté, a esté racheptée ! » tumba en terre sur le visaige, où ce meschant lui donna plusieurs coups ; et, après qu'elle eut perdu la parolle et la force du corps, ce malheureux print par force celle qui n'avoit plus de deffense en elle.

Et, quant il eut satisfaict à sa meschante concupiscence, s'en fouyt[2] si hastivement, que jamais depuis, quelque poursuicte que on en ayt faicte, n'a peu estre retrouvé. La jeune fille qui estoit couchée avecq la mulletiere, pour la paour qu'elle avoit eue, s'estoit cachée soubz le lict ; mais, voiant que l'homme estoit dehors, vint à sa maistresse, et la trouva* sans parolle ne mouvement ; crya par la fenestre aux voisins**, pour la venir secourir. Et ceulx qui l'aymoient et estimoient autant que femme de la ville, vindrent incontinant à elle, et amenerent avecq eulx des cirurgiens, lesquelz trouverent qu'elle avoit vingt cinq plaies mortelles sur son corps et feirent ce qu'ilz peurent pour luy ayder, mais il leur fut impossible. Toutesfois, elle languit encores une heure sans parler, faisant signe des oeilz et des mains ; en quoi elle monstroit n'avoir perdu l'entendement. Estant interrogée, par ung homme d'esglise, de la foy en quoy elle mouroit***, de l'esperance de son salut par Jhesucrist seul, respondoit par signes si evidens, que la parolle n'eut sceu mieulx monstrer son intention ; et ainsy, avecq un visaige joyeulx, les oeilz eslevez au ciel, rendit ce chaste corps son ame à son Createur. Et, si tost qu'elle fut levée**** et ensevelye, le corps mis à sa porte, actendant la compaignie

---

1. colère (la colère divine).   **2.** s'enfuit.

---

* et la *trouvant* [...], crya (2155 S)   ** aux voisines (2155)   *** et de son salut respondit par signes si evidens que la parolle n'eust sceu mieux monstrer que sa confiance estoit en la mort de Jesus-Christ, lequel esperoit voir en sa cité celeste (G). **** lavée (2155 S). L'une et l'autre versions se justifient : on procède à la levée du corps avant l'ensevelissement, mais aussi, préalablement, à la toilette mortuaire.

pour son enterrement, arriva son pauvre mary, qui
veid premier[1] le corps de sa femme mort devant
sa maison, qu'il n'en avoit sceu les nouvelles ; et,
s'enquerant de l'occasion[2], eut double raison de faire
deuil, ce qu'il feit de telle sorte qu'il y cuyda laysser
la vye. Ainsy fut enterrée ceste martire de chasteté
en l'eglise de Sainct-Florentin, où toutes les femmes
de bien de la ville ne faillirent à faire leur debvoir
de l'honorer autant qu'il estoit possible, se tenans
bien heureuses d'estre de la ville où une femme si
vertueuse avoit esté trouvée. Les folles et legieres,
voyans l'honneur que l'on faisoit à ce corps, se
delibererent de changer leur vye en mieulx.

« Voylà, mes dames, une histoire veritable qui doibt
bien augmenter le cueur[3] à garder ceste belle vertu de
chasteté. Et, nous, qui sommes de bonnes maisons,
devrions morir de honte de sentir en nostre cueur la
mondanité[4], pour laquelle eviter une pauvre mulletiere
n'a point crainct une si cruelle mort. Et telle s'estime
femme de bien, qui n'a pas encores sceu comme ceste
cy resister jusques au sang. Parquoy se fault humillier[5],
car les graces de Dieu[6] ne se donnent poinct aux
hommes pour leurs noblesses et richesses, mais selon
qu'il plaist à sa bonté : qui n'est point accepteur de

---

1. qui vit le corps [...] avant d'avoir appris la nouvelle (de sa
mort).   **2.** cause, circonstances.   **3.** inciter davantage le cœur
à.   **4.** les sentiments mondains, l'attachement au monde (par
opposition aux sentiments chrétiens de mépris du monde et de la
chair).   **5.** Le thème de l'humiliation est cher à la prédication
calviniste, qui fustige le « cuyder », la présomption, l'orgueil ; *cf.*
Paul, Épître aux Romains 12, 3.   **6.** Thème constant de *L'Heptaméron* (et de la prédication réformée), appuyé notamment sur la
lecture de saint Paul : le salut ne vient pas des œuvres, mais de la
seule grâce de Dieu ; *cf.* Épître aux Romains 9, 11 : « afin que le
dessein d'élection de Dieu subsistât, sans dépendre des œuvres, et
par la seule volonté de celui qui appelle. » La seule justification :
la foi (*ibid.* 5).

personne[1], lequel eslit ce qu'il veult[2] ; car ce qu'il a esleu l'honore de ses vertuz[*]. Et souvent eslit les choses basses, pour confondre celles que le monde estime haultes et honorables, comme luy mesmes dict : « Ne nous resjouissons de nos vertuz, mais en ce que nous sommes escriptz au livre de Vie[3], duquel ne nous peult effacer Mort, Enfert ne Peché. »

Il n'y eut dame en la compaignye, qui n'eut la larme à l'œil pour la compassion de la piteuse et glorieuse mort de cette mulletiere. Chascune pensa en elle-mesme que, si la fortune leur advenoit pareille, mec-troient peyne de l'ensuivre[4] en son martire. Et, voiant ma dame Oisille que le temps se perdoit parmy les louanges de cette trespassée, dist à Saffredent : « Si vous ne dictes quelque chose pour faire rire la compaignye, je ne sçay nulle d'entre vous qui peust rabiller à la faulte[5] que j'ay faicte de la faire pleurer. Parquoy je vous donne ma voix pour dire la tierce Nouvelle. » Saffredent, qui eut bien desiré pouvoir dire quelque chose qui bien eut esté agreable à la compaignye, et sur toutes à une, dist qu'on luy tenoit tort, veu qu'il y en avoit de plus antiens experimentez[**] que luy, qui

---

1. qui ne fait pas d'acception des personnes. La formule calque la version latine des Actes des Apôtres 10, 34 : *Non est acceptor Deus* (paroles de Pierre à Corneille : « En vérité, je reconnais que Dieu ne fait point acception de personnes, mais qu'en toute nation celui qui le craint et qui pratique la justice lui est agréable ») ; *cf.* Paul, Épître aux Romains : « Car devant Dieu il n'y a point d'ac-ception de personnes » (2, 11), ce qui signifie : Dieu ne fait point de différences entre les personnes (entre le Juif et le Grec), « Il n'y a point de distinction » (3, 23).   2. qui il veut, celui qu'il veut ; thème calviniste de la prédestination.   3. Si la parole semble plu-tôt un condensé de formules bibliques qu'une citation littérale, en revanche la mention du livre de Vie où sont écrits les noms des élus est dans l'Apocalypse 3, 5 et 20, 12 : « Et un autre livre fut ouvert, celui qui est le livre de vie. »   4. auraient bien du mal à l'imiter.   5. réparer la faute.

---

* *et le couronne de sa gloire* (add. 2155 S, T, G).   ** plus anciens *et* experimentez (2155 S)

devoient parler premier que luy[1] ; mais, puisque son sort estoit tel, il en aymoit mieulx s'en despescher[2] ; car plus il y en avoit* de bien parlans, et plus son compte seroit trouvé mauvays.

TROISIESME NOUVELLE

La Royne de Naples joua la vengence du tort que luy tenoit le roy Alphonse, son mary, avec un gentil homme duquel il entretenoit la femme ; et dura cette amityé toute leur vie, sans que jamais le Roy en eut aucun soupçon.

*

Un roy de Naples, abusant de la femme d'un gentil homme, porte en fin luy mesme les cornes.

*

Brantôme fait allusion à l'aventure de la reine de Naples dans le *Recueil des Dames* (éd. Prosper Mérimée et Louis Lacour, 2e partie, t. XI, 1891, p. 99).

*

Pour ce, mes dames, que je me suis souvent soubzhaicté compaignon de la fortune de celluy dont je vois faire le compte, je vous diray que, en la ville de Naples, du temps du roy Alphonce[3], duquel la lasciveté estoit le septre de son Royaulme, y avoit ung gentil homme tant honneste, beau et agreable, que pour ses perfections ung viel gentil homme luy donna sa fille, laquelle en beaulté et bonne grace ne debvoit rien à son mary[4]. L'amitié[5] fut grande entre eulx deux jusques à ung carneval[6] que le Roy alla en masque parmy des maisons, où chascun s'efforceoit de luy faire le meilleur

---

1. avant lui. **2.** se délivrer tout de suite de cette obligation. **3.** Sans doute Alphonse V, roi d'Aragon et de Sicile (1443-1458), mort en 1458, qui avait une cour brillante à Naples, et menait une vie licencieuse (pleine de *lasciveté*). **4.** n'était en rien inférieure. **5.** l'amour. **6.** jusqu'à un carnaval, au cours duquel...

---

* plus il *en auroit* (2155 S). *Par quoy il commencea ainsi son conte* (add. T).

racueil[1] qu'il estoit possible. Et, quant il vint en celle
de ce gentil homme, fut traicté trop mieulx que en nul
autre lieu, tant de confitures[2], de chantres[3], de
musicque, et de la plus belle femme* que le Roy avoit
poinct à son gré veu. Et, à la fin du festin, avecq son
mary, dist une chanson de si bonne grace que sa
beaulté en augmentoit. Le Roy, voiant tant de perfections en ung corps, ne print pas tant de plaisir au doux
accord de son mary et d'elle, qu'il feit à penser comme
il le pourroit rompre. Et la difficulté qu'il en faisoit
estoit la grande amytié qu'il voioit entre eulx deux ;
parquoy il porta en son cueur ceste passion la plus couverte[4] qu'il lui fut possible. Mais, pour la soulaiger en
partie, faisoit force festins à tous les seigneurs et dames
de Naples, où le gentil homme et sa femme n'estoient
pas obliez. Pource que l'homme croit voluntiers ce
qu'il veoit**, il luy sembłoit que les oeilz de ceste dame
lui promectoient quelque bien advenir[5], si la presence
du mary n'y donnoit empeschement. Et, pour essayer[6]
si sa pensée estoit veritable, donna la commission au
mary de faire ung voyage à Romme pour quinze jours
ou trois sepmaines. Et, si tost qu'il fut dehors, sa
femme, qui ne l'avoit encores loing perdu*** de veue,
en feit ung fort grand deuil[7], dont elle fut reconfortée
par le Roy le plus souvent qu'il luy fut possible, par
ses doulces persuasions, par presens et par dons ; de
sorte qu'elle fut non seulement consolée, mais comp-
tante[8] de l'absence de son mary. Et, avant les trois
sepmaines qu'il devoit retourner, fut si amoreuse du
Roy, qu'elle estoit aussy ennuyée du retour de son

---

1. Ou *recueil* : accueil.   **2.** Divers aliments préparés pour la
conservation.   **3.** chanteurs.   **4.** dissimulée.   **5.** quelque future
satisfaction.   **6.** éprouver si (pour savoir si ce qu'il croyait était
exact).   **7.** manifestation de chagrin.   **8.** contente.

---

* tant de confitures... *que* de la plus belle femme
(2155 S).   ** ce qu'il veult (2155 S).   *** long temps perdu
(2155 S).

mary qu'elle avoit esté de son allée [1]. Et, pour ne perdre sa presence *, accorderent ensemble que, quand le mary iroit en ses maisons aux champs, elle le feroit sçavoir au Roy, lequel la pourroit seurement [2] aller veoir, et si secretement, que l'honneur, qu'elle craignoit plus que la conscience, n'en seroit poinct blessé.

En ceste esperance là se tint fort joyeuse ceste dame ; et, quant son mary arriva, luy feit si bon recueil, que combien qu'il eut entendu que en son absence le Roy la serchoit [3] **, si ne peut avoir soupson. Mais, par longueur de temps, ce que fut tant difficille *** à couvrir ce commencea puis après à monstrer, en sorte que le mary se doubta bien fort de la verité, et feit si bon guet qu'il en fut presque asseuré. Mais, pour la craincte qu'il avoit que celluy qui luy faisoit injure luy fist pis, s'il en faisoit semblant [4], se delibera de le dissimuler ; car il estimoit meilleur vivre avecq quelque fascherie, que de hazarder sa vye [5] pour une femme qui n'avoit poinct d'amour. Toutesfois, en ce despit, delibera la rendre s'il en estoit possible [6] **** ; et, sçachant que souvent le despit faict faire à une femme plus que l'amour, principallement à celles qui ont le cueur grand et honorable, print la hardiesse, ung jour, en parlant à la Royne, de luy dire qu'il avoit grand pitié dont elle n'estoit autrement aymée du Roy son mary *****. La Royne, qui avoit oy parler de l'amour du Roy et de sa femme, luy dist : « Je ne puis pas avoir l'honneur et le plaisir ensemble. Je sçay bien que j'ay l'honneur dont une aultre receoit le plaisir ; aussy, celle qui a le plaisir n'a pas l'honneur que j'ay ». Luy, qui entendoit bien

---

1. de son départ.   2. en toute sécurité.   3. la poursuivait de ses assiduités.   4. s'il montrait qu'il le savait.   5. risquer sa vie.   6. rendre la pareille.

---

* sa presence *du Roy* (add. T, G).   ** la cherissoit, si n'en peut-il rien croire (G).   *** ce *feu* tant difficile à couvrir commencea (T, G, 2155 S).   **** pensa de rendre la pareille au Roy s'il luy estoit possible (G, T) ; pensa de le rendre s'il luy estoit possible (2155 S).   ***** aymée et traictée du roy (2155 S).

pour qui ces parolles estoient dictes, luy respondit :
« Ma dame, l'honneur est né avecq vous ; car vous
estes de si bonne maison, que, pour estre Royne ou
Emperiere[1], ne sçauriez augmenter vostre noblesse ;
mais vostre beaulté, grace et honnesteté a tant merité
de plaisir, que celle qui vous en oste ce qui vous appartient se fait plus de tort que à vous ; car, pour une
gloire qui luy tourne à honte, elle pert autant de plaisir
que vous ne dame de ce Royaulme ne sçauriez avoir.
Et vous puis dire, ma dame, que si le Roy avoit mis
sa couronne hors de dessus sa teste, qu'il n'auroit nul
adventaige sur moy de contenter une dame, estant seur
que, pour satisfaire à une si honneste[2] personne que
vous, il devroit vouloir avoir changé sa complexion[3] à
la myenne ». La Royne, en riant, luy respondit :
« Combien que le Roy soit de plus delicate complexion
que vous, si est ce que l'amour qu'il me porte me
contente tant que je la prefere à toute aultre chose. »
Le gentil homme luy dist : « Ma dame, s'il estoit ainsy,
vous ne me feriez poinct de pitié ; car je sçay bien que
l'honneste amour de vostre cueur vous rendroit très
contante, s'il trouvoit en celluy du Roy pareil amour ;
mais Dieu vous en a bien gardée, à fin que, trouvant
en luy[*] ce que vous demandez, vous n'en fissiez vostre
Dieu en terre[4]. — Je vous confesse, dit la Roine, que
l'amour que je luy porte est si grande, que en nul aultre
cueur que au mien ne se peult trouver la semblable.
— Pardonnez moy, ma dame, luy dist le gentil homme ; vous n'avez pas bien sondé l'amour de tous les
cueurs ; car je vous ose bien dire que tel vous ayme,
de qui l'amour est si grande et importable[5], que la

---

1. Impératrice.　2. honorable.　3. tempérament (le malicieux mari fait allusion à sa vigueur sexuelle).　4. vous ne le
teniez pour votre Dieu sur la terre.　5. difficile ou impossible à
supporter.

---

* ne trouvant en luy (T, meilleure version).

vostre au pris de la sienne ne se monstreroit rien[1]*. Et, d'autant qu'il veoit l'amour du Roy faillye[2] en vous, la syenne croit et augmente de telle sorte que, si vous l'avez pour agreable, vous serez recompensée de toutes vos pertes. »

La Royne commencea, tant par ses parolles que par sa contenance[3], à congnoistre que ce qu'il disoit proceddoit du profond du cueur et là rememorer** que, long temps avoit, il serchoit de luy faire service par telle affection, qu'il en estoit devenu melencolicque, ce qu'elle avoit paravant pensé venir à l'occasion de sa femme[4] ; mais maintenant croyoit elle fermement que c'estoit pour l'amour d'elle. Et aussy la vertu d'amour, qui se faict sentir quant elle n'est point faincte, la rendit certaine de ce qui estoit caché à tout le monde. Et en regardant le gentil homme, qui estoit trop plus amyable[5] que son mary, voyant qu'il estoit delaissé de sa femme comme elle du Roy, pressée du despit et jalousie de son mary, et incitée de l'amour du gentil homme, commença à dire, la larme à l'œil, en souspirant : « O mon Dieu ! fault-il que la vengeance gaigne sur moy ce que nul amour n'a sceu faire ! » Le gentil homme, bien entendant ce propos, luy respondit : « Ma dame, la vengeance est doulce qui, en lieu de tuer l'ennemy, donne vie à ung parfaict amy. Il me semble qu'il est tems que la verité vous oste la sotte amour que vous portez à celluy qui ne vous aime poinct ; et l'amour juste et raisonnable chasse hors de vous la craincte, qui jamais ne peult*** demorer en ung cueur grand et vertueux. Or sus, ma dame, mectons à part la grandeur de vostre estat, et regardons que nous sommes l'homme et la femme de ce monde les plus trompez, trahis et mocquez de ceulx que nous avons

---

1. ne serait rien.   2. n'existant plus, manquant, faisant faute.
3. attitude.   4. à cause de sa femme.   5. aimable, désirable.

---

* ne monteroit rien (2155 S).   ** et va rememorer (T, 2155 S).   *** qui jamais ne doibt (2155 S).

plus parfaictement aimez. Revenchons nous [1], ma dame, non tant pour leur rendre ce qu'ilz meritent, que pour satisfere à l'amour qui, de mon costé, ne se peut plus porter [2] sans morir. Et je pense que, si vous n'avez le cueur plus dur que nul chaillou [3] ou dyamant, il est impossible que vous ne sentiez quelque estincelle du feu qui croist tant plus que je le veulx dissimuler. Et si la pitié de moy, qui meurs pour l'amour de vous, ne vous incite à m'aimer, au moins celle de vous mesme vous y doibt contraindre, qui, estant si parfaicte que vous meritez avoir les cueurs [*] de tous les honnestes hommes du monde, estes desprisée [4] et delaissée de celuy pour qui vous avez dedaigné tous les aultres ».

La Royne, oyant ces parolles, fut si transportée, que, de paour de monstrer par sa contenance le troublement de son esprit, s'appuyant sur le bras du gentil homme, s'en alla en ung jardin près sa chambre, où longuement se promena, sans luy povoir dire mot. Mais le gentil homme, la voyant demy vaincue, quant il fut au bout de l'alée, où nul ne les povoit veoir, luy declaira par effect [5] l'amour que si long temps il luy avoit cellée ; et, se trouvans tous deux d'un consentement [6], jouerent la vengeance [7] dont la passion avoit esté importable. Et là delibererent que toutes les foys que le mary iroit en son villaige, et le Roy de son chasteau en la ville, il retourneroit au chasteau vers la Royne [**] : ainsy, trompans les trompeurs, ilz seroient quatre participans au plaisir que deux cuydoient avoir tous seuls. L'accord faict, s'en retournerent, la dame en sa chambre et le

---

1. Vengeons-nous. 2. supporter. 3. caillou. 4. méprisée. 5. Par ses actes, par ses gestes. 6. d'accord. 7. Peut-être une allusion malicieuse à la représentation des mystères au Moyen Âge et au début du XVIe siècle : « Après les mystères de la Passion et de la Résurrection, venait la représentation du mystère de la Vengeance où étaient exposés les malheurs qui avaient poursuivi les responsables de la mort du Christ » (M. F. p. 453, n. 110).

---

* avoir les yeulx et les cueurs (2155 S).   ** veoir la royne (2155 S).

gentil homme en sa maison, avecq tel contentement
qu'ils avoient obliez tous leurs ennuiz passez. Et la
craincte que chascun avoit de l'assemblée[1] du roy et
de la damoiselle estoit tournée en desir, qui faisoit aller
le gentil homme plus souvent qu'il n'avoit accoustumé
en son villaige, lequel n'estoit que à demye lieue. Et,
si tost que le Roy le sçavoit, ne failloit d'aller veoir la
damoiselle ; et le gentil homme, quant la nuict estoit
venue, alloit au chasteau, devers la Royne, faire l'office de lieutenant de Roy, si secretement que jamais
personne ne s'en apperceust. Ceste vie dura bien longuement ; mais le Roy, pour estre personne publicque,
ne pouvoit si bien dissimuller son amour, que tout le
monde ne s'en apperceust ; et avoient tous les gens
de bien pitié[*] du gentil homme, car plusieurs mauvais
garsons luy faisoient des cornes par derriere, en signe
de mocquerie, dont il s'appercevoit bien. Mais ceste
mocquerie luy plaisoit tant, qu'il estimoit autant ses
cornes que la couronne du Roy ; lequel, avecq la
femme du gentil homme, ne se peurent un jour tenir,
voians une teste de cerf[2] qui estoit eslevée en la maison
du gentil homme, de se prendre à rire devant luy
mesmes, en disant que ceste teste estoit bien sceante[3]
en ceste maison. Le gentil homme, qui n'avoit le cueur
moins bon que luy, va faire escripre sur ceste teste : *Io
porto le corna*[4]*, ciascun lo vede ; ma tal le porta, che
no lo crede.* Le Roy, retournant en la maison, qui
trouva cest escripteau[5] nouvellement mis, demanda au
gentil homme la signiffication, ce qu'il luy dist : « Si

---

1. rendez-vous.   2. Le cerf est l'emblème ordinaire du cocua-
ge ; *cf.* l'expression « la confrérie d'Actéon » (héros métamorphosé
en cerf sur l'ordre de Diane) pour désigner les maris cocus.
3. bien à sa place.   4. « Je porte les cornes, chacun le voit ; mais
tel les porte qui croit ne pas les porter ».   5. inscription.

---

* grand pitié (T).

le secret du Roy est caché au serf[1]*, ce n'est pas raison
que celluy du serf soit declaré au Roy ; mais entendez
vous** que tous ceulx qui portent cornes n'ont pas le
bonnet hors de la teste, car elles sont si doulces,
qu'elles ne descoiffent personne ; et celluy les porte
plus legierement, qui ne les cuyde pas avoir ». Le Roy
congneut bien, par ces parolles, qu'il sçavoit quelque
chose de son affaire, mais jamais n'eut soupsonné
l'amitié de la Royne et de luy ; car tant plus la Royne
estoit contente de la vie que son mary menoit, et plus
faingnoit d'en estre marrye. Parquoy vesquirent si longuement d'un costé et d'autre, en cest amityé que*** la
vieillesse y meit ordre.

« Voylà, mes dames, une histoire que voluntiers je
vous monstre icy pour exemple, à fin que, quand vos
mariz vous donnent des cornes de chevreux****, vous
leur en donnez***** de cerf. » Ennasuitte commencea à
dire, en riant : « Saffredent, je suis toute asseurée que
si vous aimez autant que autrefois vous avez faict, vous
endureriez cornes aussi grandes que ung chesne, pour
en randre une à vostre fantaisye[2] ; mais, maintenant
que les cheveulx vous blanchissent, il est temps de
donner treves à voz desirs. — Ma damoiselle, dist Saffredent, combien que l'esperance m'en soit ostée par
celle que j'ayme, et la fureur par l'aage, si n'en sçaurois diminuer la volunté[3]. Mais, puis que vous m'avez
reprins d'un si honneste desir, je vous donne ma voix
à dire la quatriesme Nouvelle, à ceste fin que nous

---

1. Équivoque sur serf-cerf, d'autant plus fondée que les deux
mots s'écrivent indifféremment avec *s* ou avec *c*.   2. pour soumettre une femme à vos désirs (ou bien : pour rendre une corne
contre une corne ?).   3. le désir.

---

* caché au cerf (G).   ** contentez-vous (G, T, 2155 S ; leçon
meilleure que celle du ms. 1512) : qu'il vous suffise de savoir.
*** jusques à ce que (G, T).   **** *cheuvreul* (T, 2155 S) ; che-
vreuils ou chevreaux.   ***** vous leur en *rendez de celles* de
cerf (T).

voyons si par quelque exemple vous m'en pourriez desmentir ». Il est vray que, durant ce propos, ung de la compaignye [1] * se print bien fort à rire, sachant que celle qui prenoit les parolles de Saffredent à son adventaige, n'estoit pas tant aymée de luy, qu'il en eust voullu souffrir cornes, honte ou dommaige. Et quant Saffredent apperceut que celle qui ryoit l'entendoit, il s'en tint trop content, et se teust pour laisser dire Ennasuite, laquelle commença ainsy :

« Mes dames, affin que Saffredent et toute la compaignye congnoisse que toutes dames ne sont pas semblables à la Royne de laquelle il a parlé, et que tous les folz et hazardeurs ne viennent pas à leur fin [2], et aussy pour ne celler l'oppinion d'une dame qui jugea le despit d'avoir failly à son entreprinse pire à porter que la mort, je vous racompteray une histoire, en laquelle je ne nommeray les personnes, pour ce que c'est de si fresche memoire, que j'aurois paour de desplaire à quelcuns des parens bien proches. »

QUATRIESME NOUVELLE

Un jeune gentil homme, voyant une dame de la meilleure maison de Flandre, sœur de son maistre, veuve de son premier et second mary, et femme fort deliberée, voulut sonder si les propos d'une honneste amityé luy deplairoyent ; mais, ayant trouvé reponse contraire à sa contenance, essaya la prendre par force, à laquelle resista fort bien. Et sans jamais faire semblant des dessins et effors du gentil homme, par le conseil de sa dame d'honneur, s'eloingna petit à petit de la bonne chere qu'elle avoit accoutumé luy faire. Ainsy, par sa fole outrecuydance, perdit l'honneste et commune frequentation qu'il avoit plus que nul autre avec elle.

*

---

1. Le pronom renvoie aussi bien à un féminin (*une*) qu'à un masculin. **2.** téméraires n'en viennent pas à leurs fins.

---

* une de la compaignye (2155 S).

*Temeraire entreprise d'un gentil homme à l'encontre d'une prin-
cesse de Flandres et le dommage et honte qu'il en receut.*

*

Brantôme (*Œuvres*, éd. Prosper Mérimée et Louis Lacour, 1858-
1895, 13 vol. : *Les vies des capitaines françois*, t. III, 1859)
consacre un chapitre à l'amiral de Bonnivet (p. 212-220), héros
selon lui de cette nouvelle, et conclut le récit par une pointe :
« Mais, comme dict le conte, il n'en tira d'elle que des esgrati-
gnures : toutesfois c'est asçavoir » ; bien qu'il dise ici ne pas vouloir
donner le nom de la princesse, il la nomme dans un de ses *Recueils
des Dames* (éd. citée, t. XII, p. 168) : « Et si voulez sçavoir de qui
la Nouvelle s'entend, c'estoit de la roine mesme de Navarre et de
l'admiral Bonnivet, ainsi que je tiens de ma feue grande mere :
dont pourtant me semble que ladite roine n'en devoit celer son nom,
puisque l'autre ne peut rien gagner sur sa chasteté » (p. 218). Si la
dame est la reine de Navarre, la Narratrice égare les soupçons en
déclarant l'héroïne deux fois veuve, ce qui n'est pas son cas.

*

Il y avoit au païs de Flandres une dame de si bonne
maison, qu'il n'en estoit poinct de meilleure, vefve de
son premier et second mary, desquelz n'avoit eu nulz
enfans vivans. Durant sa viduité[1], se retira avecq ung
sien frere, dont elle estoit fort aymée, lequel estoit fort
grand seigneur, et mary d'une fille de Roy. Ce jeune
prince estoit homme fort subgect à son plaisir[2], aymant
chasse, passetemps et dames[*], comme la jeunesse le
requeroit ; et avoit une femme fort fascheuse, à
laquelle les passetemps du mary ne plaisoient poinct ;
parquoy le seigneur menoit[3] tousjours, avecq sa
femme, sa seur, qui estoit la plus joyeuse et meilleure
compaigne[**] qu'il estoit possible, toutesfois saige et
femme de bien. Il y avoit, en la maison de ce seigneur,
ung gentil homme[4], dont la grandeur, beaulté et bonne
grace passoit[5] celle de tous ses compaignons. Ce gentil
homme, voyant la seur de son maistre femme joyeuse

---

1. veuvage.   2. esclave de ses plaisir ; très tenu par les plaisirs.
3. emmenait avec lui.   4. Bonnivet était « fort beau et de bonne
grace » selon Brantôme (p. 218).   5. surpassait.

---

* dances (2155 et autres ms).   ** de la plus joyeuse et meilleure *compaignye* (T, G, 2155 S).

et qui ryoit volontiers, pensa qu'il essaieroit pour veoir
si les propos d'une honneste amityé luy desplairoient ;
ce qu'il feit. Mais il trouva en elle responce contraire
à sa contenance [1]. Et combien que sa responce fust telle
qu'il appartenoit à une princesse et vraye femme de
bien, si est-ce que, le voyant tant beau et honneste
comme il estoit, elle luy pardonna aisement sa grande
audace [*]. Et monstroit bien qu'elle ne prenoit point desplaisir, quant il parloit à elle, en luy disant souvent
qu'il ne tinst plus de telz propos ; ce qu'il luy promist,
pour ne perdre l'aise et honneur qu'il avoit de l'entretenir. Toutesfois, à la longue augmenta si fort son affection, qu'il oblia la promesse qu'il luy avoit faicte ; non
qu'il entreprint de se hazarder par parolles [**], car il
avoit trop, contre son gré, experimenté les saiges responces qu'elle sçavoit faire. Mais il se pensa que, s'il
la povoit trouver en lieu à son advantaige, elle qui
estoit vefve, jeune, et en bon poinct, et de fort bonne
complexion [2], prandroit peult-estre pitié de luy et d'elle
ensemble.

Pour venir à ses fins, dist à son maistre qu'il avoit
auprès de sa maison fort belle chasse, et que sy luy
plaisoit y aller prandre trois ou quatre cerfs au mois de
may, il n'avoit point encores veu plus beau passetemps. Le seigneur, tant pour l'amour qu'il portoit à ce
gentil homme que pour le plaisir de la chasse, luy
octroya sa requeste, et alla en sa maison, qui estoit
belle et bien en ordre, comme du plus riche gentil homme [3] qui fut au pays. Et logea le seigneur et la dame
en ung corps de maison, et, en l'autre vis à vis, celle
qu'il aymoit plus que luy-mesmes, la chambre de

_____

1. abord, aspect, attitude.　2. *en bon poinct* : belle apparence,
avenante ; *complexion* : tempérament.　3. comme il convenait à
la maison du plus riche...

_____

* sa trop grant audace (2155 S).　** se hazarder *une autre
foiz* par parolle (2155 S).

laquelle il avoit si bien accoustrée[1]*, tapissée par le
hault, et si bien nattée[2], qu'il estoit impossible de s'apercevoir d'une trappe qui estoit en la ruelle de son lict,
laquelle descendoit en celle ou logeoit sa mere, qui estoit
une vieille dame ung peu caterreuse[3] ; et, pource qu'elle
avoit la toux, craingnant faire bruict à la princesse qui
logeoit sur elle, changea de chambre[4] à celle de son filz.
Et, les soirs**, ceste vieille dame portoit des confitures à
ceste princesse pour sa collation ; à quoy assistoit le gentil homme, qui, pour estre fort aymé et privé[5] de son
frere, n'estoit refusé d'estre à son habiller et deshabiller[6], où tousjours il voyoit occasion d'augmenter son
affection. En sorte que, ung soir, après qu'il eust faict
veiller cette princesse si tard que le sommeil qu'elle
avoit le chassa de la chambre, s'en alla à la sienne. Et,
quant il eut prins la plus gorgiase[7] et mieulx parfumée
de toutes ses chemises, et ung bonnet de nuict tant bien
accoustré qu'il n'y failloit rien[8], luy sembla bien, en soy
mirant[9], qu'il n'y avoit dame en ce monde qui sceut
refuser sa beaulté et bonne grace. Par quoy, se promectant à luy mesmes heureuse yssue de son entreprine, s'en
alla mettre en son lict, où il n'esperoit faire long sejour[10],
pour le desir et seur espoir qu'il avoit d'en acquerir ung
plus honorable et plaisant. Et, si tost qu'il eut envoyé
tous ses gens dehors, se leva pour fermer la porte après
eulx. Et longuement escouta si en la chambre de la princesse, qui estoit dessus, y avoit aucun bruit*** ; et, quant
il se peut asseurer que tout estoit en repos, il voulut
commencer son doulx traveil, et peu à peu abbatit la

---

1. bien décorée, bien meublée.   **2.** recouverte de nattes, de
tapis.   **3.** atteinte de catarrhe (inflammation des muqueuses).
4. échangea sa chambre contre celle de son fils.   **5.** intime,
familier de.   **6.** Les deux moments de la journée où une grande
dame reçoit ceux qu'elle veut honorer.   **7.** élégante.   **8.** ne lui
manquait.   **9.** en se regardant dans un miroir.   **10.** rester longtemps.

---

* si bien tapissée, accoustrée par le haut (G).   ** tous les
soirs (G, 2155 S).   *** si... il orroit aucun bruict (2155 S).

trappe qui estoit si bien faicte et accoustrée de drap, qu'il
ne feit ung seul bruit ; et par là monta à la chambre et
ruelle du lict de sa dame, qui commençoit à dormyr. A
l'heure, sans avoir regard[1] à l'obligation qu'il avoit à
sa maistresse[*], ny à la maison d'où estoit la dame, sans
luy demander congié ne faire la reverence, se coucha
auprès d'elle, qui le sentit plus tost entre ses bras
qu'elle n'apperceut sa venue. Mais, elle, qui estoit
forte, se desfit de ses mains, en luy demandant qu'il
estoit[2], se meit à le fraper, mordre et esgratiner, de
sorte qu'il fut contrainct, pour la paour qu'il eut qu'elle
appellast, luy fermer la bouche de la couverture ; ce
que luy fut impossible de faire, car, quant elle veid
qu'il n'espargnoit riens de toutes ses forces pour luy
faire une honte, elle n'espargnoit riens des siennes pour
l'en engarder[3], et appella tant qu'elle peut sa dame
d'honneur, qui couchoit en sa chambre, antienne[4] et
saige femme, autant qu'il en estoit poinct, laquelle tout
en chemise courut à sa maistresse.

Et, quant le gentil homme veid qu'il estoit descouvert, eut si grand paour d'estre congneu[5] de sa dame,
que le plus tost qu'il peut descendit par sa trappe ; et,
autant qu'il avoit eu de desir et d'asseurance d'estre
bien venu, autant estoit-il desesperé de s'en retourner
en si mauvais estat. Il trouva son mirouer et sa chandelle sur sa table ; et, regardant son visaige tout san-
glant d'esgratineures et morsures qu'elle luy avoit
faictes, dont le sang sailloit sur sa belle chemise, qui
estoit plus sanglante que dorée[6], commença à dire :
« Beaulté ! tu as maintenant loyer[7] de ton merite, car,
par ta vaine promesse, j'ay entrepris une chose impossible, et qui peut-estre, en lieu d'augmenter mon
contentement, est redoublement de mon malheur,

---

1. sans prendre en considération.   2. qui il était.   3. empêcher.   4. âgée.   5. reconnu.   6. cousue   de   fils   d'or.
7. récompense.

---

* à son maistre (2155 S).

estant asseuré que, si elle sçaict que, contre la promesse que je luy ay faicte, j'ay entreprins ceste follie,
je perderay l'honneste et commune frequentation que
j'ay plus que nul autre avecq elle ; ce que ma gloire a
bien deservy[1] ; car, pour faire valloir ma beaulté et
bonne grace, je ne la devois[2] pas cacher en tenebres
pour gaingner l'amour de son cueur ; je ne devois pas
essayer à prandre par force son chaste corps, mais debvois, par long service et humble patience, actendre que
amour en fut victorieux, pour ce que sans luy n'ont
pouvoir toute la vertu et puissance de l'homme ». Ainsi
passa la nuict en tels pleurs, regretz et douleurs qui ne
se peuvent racompter. Et, au matin, voiant son visaige
si deschiré, feit semblant d'estre fort mallade et de ne
povoir veoir la lumiere, jusques ad ce que la compaignye feust hors de sa maison.

La dame, qui estoit demorée victorieuse, sachant
qu'il n'y avoit homme, en la court de son frere, qui eut
osé faire une si estrange entreprinse, que celluy qui
avoit eu la hardiesse de lui declairer son amour, se
asseura que c'estoit son hoste. Et, quant elle eut
cherché avecq sa dame d'honneur[3] les endroictz de la
chambre pour trouver qui ce povoit estre, ce qu'il ne
fut possible, elle luy dist par grande collere : « Asseurez-vous que ce ne peult estre nul aultre que le seigneur
de ceans et que le matin je feray en sorte vers mon
frere, que sa teste sera tesmoing de ma chasteté ». La
dame d'honneur, la voiant ainsi courroucée, luy dist :
« Ma dame, je suis très aise* de l'amour que vous avez
de vostre honneur, pour lequel augmenter ne voulez
espargner la vie d'un qui l'a trop hazardée pour la force
de l'amour qu'il vous porte. Mais bien souvent tel la

---

1. ma vanité a bien mérité.   2. aurais dû.   3. Selon Brantôme, Blanche de Tournon, duchesse de Chastillon, qui sut elle-
même appliquer le sage conseil qu'elle donne à la princesse, « des
plus propres pour fuir scandalle », lors de ses amours avec le cardinal J. du Bellay.

---

* tresayse *de cognoistre* l'amour (2155 S).

cuyde croistre, qui la diminue. Parquoy je vous supplye, ma dame, me vouloir dire la verité du faict[1] ».
Et, quant la dame luy eut compté tout au long, la dame
d'honneur luy dist : « Vous m'asseurez qu'il n'a eu
aultre chose de vous que les esgratinures et coups de
poing ? — Je vous asseure, dist la dame, que non et
que, s'il ne trouve ung bon cirurgien, je pense que
demain les marques y paroistront. — Or, puisque ainsy
est, ma dame, dist la dame d'honneur, il me semble
que vous avez plus d'occasion de louer Dieu, que de
penser à vous venger de luy ; car vous pouvez croire
que, puis qu'il a eu le cueur si grand que d'entreprendre une telle chose, et le despit qu'il a de y avoir
failly, que vous ne luy sçauriez donner mort qu'il ne
luy fust plus aisée à porter. Si vous desirez estre vengée de luy, laissez faire à l'amour et à la honte, qui le
sçauront mieulx tormenter que vous. Si vous le faictes
pour vostre honneur, gardez-vous, ma dame, de tumber
en pareil inconvenient que le sien ; car, en lieu d'acquerir le plus grand plaisir qu'il ait sceu avoir, il a
receu le plus extreme ennuy que gentil homme sçauroit
porter. Aussy, vous, ma dame, cuydant augmenter
vostre honneur, le pourriez bien diminuer ; et, si vous
en faictes la plaincte, vous ferez sçavoir ce que nul ne
sçaict ; car, de son costé, vous estes asseurée que
jamays il n'en sera rien revelé. Et quant Monseigneur
vostre frere en feroit la justice que en demandez, et
que le pauvre gentil homme en vint à mourir, si courra
le bruict partout qu'il aura faict de vous à sa volunté ;
et la plus part diront qu'il a esté bien difficille que ung
gentil homme ayt faict une telle entreprinse, si la dame
ne luy en donne[*] grande occasion. Vous estes belle et
jeune, vivant en toute compaignye bien joieusement ;
il n'y a nul en ceste court, qu'il ne voye la bonne chere
que vous faictes au gentil homme dont vous avez

---

1. ce qui s'est passé en réalité.

---

* ne luy en a donné (G, 2155 S).

soupson : qui fera juger chascun que s'il a faict ceste entreprinse, ce n'a esté sans quelque faulte de vostre costé *. Et vostre honneur, qui jusques icy vous a faict aller la teste levée, sera mis en dispute [1] en tous les lieux là où cette histoire sera racomptée. »

La princesse, entendant les bonnes raisons de sa dame d'honneur, congneut qu'elle luy disoit verité, et que à très juste cause elle seroit blasmée, veue la bonne et privée chere qu'elle avoit tousjours faicte au gentil homme ; et demanda à sa dame d'honneur ce qu'elle avoit à faire, laquelle luy dist : « Ma dame, puis qu'il vous plaist recepvoir mon conseil, voiant l'affection ** dont il procedde, me semble que vous devez en vostre cueur avoir joye d'avoir veu que le plus beau et le plus honneste gentil homme que j'aye veu en ma vie, n'a sceu, par amour ne par force, vous mectre hors du chemyn de vraye honnesteté. Et en cela, ma dame, devez vous humillier devant Dieu, recongnoistre [2] *** que ce n'a pas esté par vostre vertu ; car mainctes femmes, ayans mené vye plus austere que vous, ont esté humiliées par hommes moins dignes d'estre aymez que luy. Et devez plus que jamais craindre de recepvoir propos d'amityé, pource qu'il y en a assez qui sont tombez la seconde fois aux dangiers qu'elles ont evité la premiere. Ayez memoire, ma dame, que Amour est aveugle, lequel aveuglit [3] de sorte que, où l'on pense le chemyn plus seur, c'est à l'heure qu'il est le plus glissant. Et me semble, ma dame, que vous ne debvez à luy ne à aultre faire semblant [4] du cas qui vous est

---

1. discuté, mis en question.   2. Comme dans les devis de N. 2, le rappel de la nécessaire humiliation est un thème de la prédication réformée ; la bonne conduite ne doit rien à la *vertu* dans cet univers tragique, mais tout à la grâce de Dieu. Et il faut se garder de la présomption, que pourrait faire naître un premier succès !   3. rend aveugle (verbe *aveuglir* : aveugler).   4. faire allusion à.

---

* sans grande occasion (2155 S).   ** regardant l'affection (2155 S).   *** recongnoissant (2155 S).

advenu ; et, encores qu'il en voulust dire quelque chose, faindrez du tout de ne l'entendre [1], pour eviter deux dangiers, l'un de la vaine gloire de la victoire que vous en avez eue, l'autre de prandre plaisir en ramentevant [2] choses qui sont si plaisantes à la chair, que les plus chastes ont bien à faire à se garder d'en sentir quelques estincelles, encores qu'elles le fuyent le plus qu'elles peuvent. Mais, aussi, ma dame, affin qu'il ne pense, par tel hazard, avoir faict chose qui vous ayt esté agreable, je suis bien d'advis que peu à peu vous vous esloingniez de la bonne chere [3] que vous avez accoustumé de luy faire, afin qu'il congnoisse de combien vous desprisez [4] sa follie, et combien vostre bonté est grande, qui s'est contentée de la victoire que Dieu vous a donnée, sans demander autre vengeance de luy. Et Dieu vous doinct grace [5], ma dame, de continuer l'honnesteté qu'il a mise en vostre cueur ; et, congnoissant que tout bien vient de luy, vous l'aymiez et serviez mieulx que vous n'avez accoustumé. » La princesse, deliberée de croire le conseil de sa dame d'honneur, s'endormit aussy joieusement que le gentil homme * veilla de tristesse.

Le lendemain, le seigneur s'en voulut aller, et demanda son hoste ; auquel on dit qu'il estoit si mallade qu'il ne povoit veoir la clairté, ne oyr parler personne ; dont le prince fut fort esbahy, et le voulut aller veoir ; mais, sçachant qu'il dormoit **, ne le voulut esveiller, et s'en alla ainsy de sa maison sans luy dire à Dieu, emmenant avecq luy sa femme et sa sœur ; laquelle, entendant les excuses du gentil homme qui n'avoit voulu veoir le prince ne la compaignye au partir, se tint asseurée que c'estoit celluy qui luy avoit faict tant de torment, lequel n'osoit montrer les

---

1. ferez semblant de ne rien comprendre à ce qu'il dit.   2. en vous rappelant.   3. bon accueil.   4. méprisez, ne tenez nul compte de.   5. donne (subj. présent du verbe *donner*), accorde la grâce.

---

* le pouvre gentilhomme (2155 S).   ** saichant qu'il reposoit (2155 S).

marques qu'elle luy avoit faictes au visaige. Et, combien que son maistre l'envoyast souvent querir, si ne retourna il point à la court, qu'il ne fust bien guery de toutes ses playes, horsmis celle que l'amour et le despit luy avoient faict au cueur. Quant il fut retourné devers luy, et qu'il se retrouva devant sa victorieuse ennemye, ce ne fut sans rougir ; et luy, qui estoit le plus audacieux de toute la compaignye, fut si estonné, que souvent devant elle perdoit toute contenance. Parquoy fut toute asseurée que son soupson estoit vray* ; et peu à peu s'en estrangea[1], non pas si finement qu'il ne s'en apparceust très bien ; mais il n'en osa faire semblant, de paour d'avoir encores pis ; et garda cest amour en son cueur, avecq la patience[2] de l'esloingnement qu'il avoit merité.

« Voylà, mes dames, qui devroit donner grande craincte à ceulx qui presument[3] ce qu'il ne leur appartient et doibt bien augmenter le cueur[4] aux dames, voyans la vertu de ceste jeune princesse et le bon sens de sa dame d'honneur. Si à quelqu'une de vous advenoit pareil cas, le remede** y est ja donné. — Il me semble, ce dist Hircan, que le grand gentil homme, dont vous avez parlé, estoit si despourveu de cueur, qu'il n'estoit digne d'être ramentu[5] ; car, ayant une telle occasion, ne debvoit, ne pour vielle ne pour jeune, laisser son entreprinse. Et fault bien dire que son cueur n'estoit pas tout plain d'amour, veu que la craincte de mort et de honte y trouva encores place. — Nomerfide respondit à Hircan : « Et que eust faict ce pauvre gentil homme, veu qu'il avoit deux femmes contre luy ? — Il devoit tuer la vielle, dist Hircan ; et quant la jeune se

---

1. s'en éloigna, marqua ses distances.   2. en supportant patiemment.   3. prétendent à, comptent sur.   4. accroître le courage.   5. digne qu'on rappelât son aventure (*ramentevoir* : rappeler).

* que c'estoit celluy qu'elle avoit soupsonné (2155 S).
** le conseil et remyde (2155 S).

feut veue sans secours, eust esté demy vaincue.
— Tuer ! dit Nomerfide ; vous vouldriez doncques
faire d'un amoureux ung meurdrier ? Puis que vous
avez ceste oppinion, on doibt bien craindre de tumber
en voz mains. — Si j'en estois jusques là, dist Hircan,
je me tiendrois pour deshonoré si je ne venois à fin de
mon intention[1]. » À l'heure Geburon dist : « Trouvez-
vous estrange que une princesse, nourrye[2] en tout honneur, soit difficille à prandre d'un seul homme ? Vous
devriez doncques beaucoup plus vous esmerveiller
d'une pauvre femme qui eschappa de la main de deux.
— Geburon, dit Ennasuicte, je vous donne ma voix à
dire la cinquiesme Nouvelle ; car je pense que vous en
sçavez quelqu'une de ceste pauvre femme, qui ne sera
point fascheuse. — Puis que vous m'avez esleu à partie*, dist Geburon, je vous diray une histoire que je
sçay, pour en avoir faict inquisition[3] veritable sur le
lieu ; et par là vous verrez que tout le sens et la vertu
des femmes n'est pas au cueur et teste des princesses,
ny toute l'amour et finesse en ceulx où le plus souvent
on estime qu'ilz soyent[4]. »

CINQUIESME NOUVELLE

Deus cordeliers de Nyort, passans la riviere au port de Coullon,
voulurent prendre par force la bateliere qui les passait. Mais elle,
sage et fine, les endormit si bien de paroles, que, leur accordant ce
qu'ilz demandoyent, les trompa et mit entre les mains de la justice,
qui les rendit à leur gardien pour en faire telle punition qu'ilz meri-
toyent.

*

*Une bastelière s'eschappa de deux cordeliers qui la vouloient for-
cer, et feit si bien que leur peché fut descouvert à tout le monde.*

---

1. parvenais à exécuter mon projet.   **2.** élevée, éduquée.
3. recherche, enquête.   **4.** qu'elles soient.

---

* esleu à *la* partie (G), à *parler* (2155 S).

*

Au nombre des histoires mettant en scène des cordeliers, Henri Estienne cite celle-ci, « un plaisant conte et venant bien à propos » dans son *Apologie pour Hérodote* (t. II, 1879, p. 12).

*

Au port de Coullon[1], près de Nyort, y avoit une basteliere qui jour et nuict ne faisoit que passer ung chacun. Advint[*] que deux Cordeliers du dict Nyort passerent la riviere tous seulz avecq elle. Et, pour ce que le passaige[2] est ung des plus longs qui soit en France, pour la garder d'ennuyer, vindrent à la prier d'amours[3] ; à quoy elle leur feit la responce qu'elle devoit. Mais, eulx, qui pour le traveil du chemyn[4] n'estoient lassez, ne pour froideur de l'eaue refroidiz, ne aussy pour le refuz de la femme honteux, se delibererent tous deux la prandre par force, ou, si elle se plaingnoit, la jecter dans la riviere. Elle, aussy saige et fine qu'ilz estoient folz et malitieux[5], leur dist : « Je ne suis pas si mal gratieuse que j'en faictz le semblant ; mais je vous veulx prier de m'octroyer deux choses, et puis vous congnoistrez que j'ay meilleure envye de vous obeyr que vous n'avez de me prier. » Les Cordeliers luy jurerent, par leur bon sainct Françoys, qu'elle ne leur sçauroit demander chose qu'ils n'octroiassent pour avoir ce qu'ilz desiroient d'elle. « Je vous requiers premierement, dist-elle, que vous me jurez et promectez que jamais à homme vivant nul de vous ne declarera[**] nostre affaire. » Ce que luy promisrent très voluntiers. Et aussy, elle leur dist : « Que l'un après l'autre veuille prandre son plaisir de moy, car j'aurois trop de honte que tous deux me veissent[***] ensemble. Regardez

---

1. Coulonges-sur-l'Autize, dans les Deux-Sèvres.   **2.** La Sèvre niortaise est très large à la hauteur de Coulonges.   **3.** lui faire d'amoureuses sollicitations.   **4.** fatigue qu'occasionnait le trajet.   **5.** pleins de malice (au sens péjoratif du terme), méchants.

---

* Ung jour, advint (2155 S).   ** decellera (2155 S).
*** me vissiez (G).

lequel me vouldra avoir le premier. » Ilz trouverent sa requeste très juste, et accorda le jeune que le plus vieil commenceroit. Et, en approchant d'une petite isle, elle dist au jeune : « Beau pere, dictes là vos oraisons jusques ad ce que j'aye mené vostre compaignon icy devant en une autre isle ; et si, à son retour, il s'estonne de moy*, nous le lerrons[1] icy et nous en irons ensemble. » Le jeune saulta dedans l'isle, actendant le retour de son compaignon, lequel la bastelliere mena en une aultre. Et quant ilz furent au bort, faignant d'atacher son basteau à ung arbre, luy dist : « Mon amy, regardez en quel lieu nous nous mectrons. » Le beau pere entra en l'isle pour sercher l'endroict qui luy seroit plus à propos : mais, si tost qu'elle le veid à terre, donna ung coup de pied contre l'arbre et se retira avecq son basteau dedans la riviere, laissant ses deux bons peres aux desertz, ausquelz elle crya tant qu'elle peut : « Actendez, messieurs, que l'ange de Dieu vous vienne consoler[2], car de moy n'aurez aujourd'huy chose qui vous puisse plaire. »

Ces deux pauvres religieux, congnoissans la tromperie, se misrent à genoulx sur le bord de l'eaue, la priant ne leur fere ceste honte, et que, si elle les vouloit doulcement mener au port, ilz luy promectoient de ne luy demander rien. Mais, en s'en allant tousjours, leur disoit : « Je serois doublement folle, après avoir eschappé de voz mains, si je m'y remectois. » Et, en entrant au villaige, va appeler son mary et ceulx de la justice, pour venir prandre ces deux loups enraigez, dont, par la grace de Dieu, elle avoit eschappé de leurs

---

1. laisserons. **2.** Comme l'indique N. Cazauran, reprise facétieuse de Luc 22, 43 (Jésus au mont des Oliviers) : « *Apparuit angelus de caelo confortans eum* » : Alors un ange lui apparut du ciel pour le fortifier...

---

* il se loue (G, T, 2155 S).

dentz[*] : qui y allerent[**] si bien accompaignez, qu'il ne
demora grand ne petit, qui ne voulsissent avoir part au
plaisir de ceste chasse. Ces pauvres freres[***], voyans
venir si grande compaignye, se cachoient chacun en
son isle, comme Adan[1] quand il se veid nud devant la
face de Dieu. La honte meit leur peché devant leurs
oeilz, et la craincte d'estre pugniz les faisoit trembler
si fort, qu'ilz estoient demy mortz. Mais cela ne les
garda d'estre prins et mis prisonniers[****], qui ne fut
sans estre mocquez et huez d'hommes et femmes. Les
ungs disoient[*****] : « Ces beaulx peres qui nous
preschent chasteté, et puis la veullent oster à noz femmes ![******] » Et les autres disoient[2] : « Sont sepulchres
par dehors blanchiz, et par dedans plains de morts
et pourriture. » Et puis une autre voix cryoit : « Par
leurs fruictz[3], congnoissez vous quelz arbres sont. »
Croyez que tous les passaiges que l'Evangile dict
contre les ypocrittes furent alleguez contre ces pauvres
prisonniers, lesquels, par le moyen du gardien, furent

---

1. Après avoir commis le péché, Adam voit sa nudité et la cache
avec des feuilles de figuier (*Abscondit se Adam a facie Dei* : il se
cacha de la face de Dieu ; Genèse 3, 8).   2. Ces paroles et les
suivantes sont, comme l'indique le texte, empruntées à l'Évangile,
Matthieu 23, 27 : « Malheur à vous, scribes et pharisiens hypocrites ! parce que vous ressemblez à des sépulchres blanchis, qui
paraissent beaux au dehors, et qui, au dedans, sont pleins d'osse-
ments de morts et de toute espèce d'impureté. »   3. Matthieu 12,
34 : « Car on connaît l'arbre par le fruit », et Luc 6, 44 : « Car
chaque arbre se connaît à son fruit ».

---

* *elle avoit eschappé les dentz* (2155 S ; version plus correcte
grammaticalement).   ** *Ceulx de la justice se y en allerent*
(2155 S), y allerent (T) ; eux et la justice si en allerent
(G).   *** Ces pauvres *fratres* (G, 2155 S).   **** menez prisonniers (ms 1512) ; et menez en prison (2155 S, G).
***** *Fyez vous en* ces beauperes qui... (add. 2155 S).
****** Add. G : Le mary disoit : Ils n'osent toucher l'argent la
main nue, et veulent bien manier les cuisses des femmes qui sont
plus dangereuses.

recoux[1] et delivrez, qui en grand diligence les vint demander, asseurant ceulx de la justice qu'il en feroit plus grande pugnition que les seculiers[2] n'oseroient faire ; et, pour satisfere à partye[3], ilz diroient tant de messes et de prieres qu'on les en vouldroit charger. Le juge accorda sa requeste[*], et luy donna les prisonniers qui furent si bien chappitrez du gardien, qui estoit homme de bien, que oncques puis ne passerent rivieres sans faire le signe de la croix et se recommander à Dieu.

« Je vous prie, mes dames, pensez, si ceste pauvre bastelliere a eu l'esperit[**] de tromper l'esperit de deux si malitieux hommes, que doyvent faire celles qui ont tant leu et veu de beaulx exemples, quant il n'y auroit que la bonté des vertueuses dames qui ont passé devant leurs œilz, en la sorte que la vertu des femmes bien nourryes[4] seroit autant appelée[***] coustume que vertu[****] ? Mais de celles qui ne sçavent rien[*****], qui n'oyent quasi en tout l'an deux bons sermons, qui n'ont le loisir que de penser à gaingner leurs pauvres vyes, et qui, si fort pressées, gardent soingneusement leur chasteté, c'est là où on congnoist la vertu qui est naïfvement[5] dedans le cueur, car où le sens et la force de l'homme est estimée moindre,

---

1. remis en liberté (*cf.* l'expression *recouvrer la liberté*) ; texte de G ; le texte du ms. est ici lacunaire (manque le verbe de la proposition relative « lesquels... »).   2. les juges laïques (par opposition aux moines).   3. Vocabulaire juridique (donner satisfaction à la partie demanderesse, aux plaignants).   4. de bonne éducation.   5. naturellement, de façon innée.

---

* *Furent renvoiez à leur couvent par le juge en enterinant la requeste du gardien qui estoit homme de bien et la furent chapitrez de sorte que* (T).   ** *a eu l'esperit de tromper deux...* (G, 2155 S).   *** *se doit autant appeler* (2155 S ; meilleur texte). **** *quant il n'y auroit [...] vertu* est omis en G. ***** *que doivent faire celles qui, ayant leur vie acquise, n'ont autre occupation que verser és sainctes lettres et à ouyr sermons et predications et à s'appliquer et exercer en tout acte de vertu ?* C'est là (add. G).

c'est où l'esperit de Dieu faict de plus grandes œuvres [1].
Et bien malheureuse est la dame qui ne garde bien soingneusement le tresor qui luy apporte tant d'honneur,
estant bien gardé, et tant de deshonneur au contraire [2]. »
Longarine luy dist : « Il me semble, Geburon, que ce n'est
pas grand vertu de refuser ung Cordelier, mais que plus
tost seroit chose impossible de les aymer. — Longarine,
luy respondit Geburon, celles qui n'ont poinct accoustumé d'avoir de tels serviteurs que vous [*], ne tiennent
poinct fascheux les Cordeliers ; car ilz sont hommes
aussy beaulx, aussi fortz et plus reposez que nous autres,
qui sommes tous cassez du harnoys [3], et si [4] parlent
comme anges, et sont importuns comme diables ; parquoy celles qui n'ont veu robbes que de bureau [5] sont bien
vertueuses, quant elles eschappent de leurs mains. »
Nomerfide dist tout hault : « Ha, par ma foy, vous en direz
ce que vous vouldrez, mais j'eusse myeulx aymé estre
gectée en la riviere que de coucher avecq ung Cordelier. »
Oisille luy dist en riant : « Vous sçavez doncques bien
nouer [6] ? » Ce que Nomerfide trouva bien mauvays, pensant qu'Oisille n'eut telle estime d'elle qu'elle desiroit ;
parquoy luy dist en colere : « Il y en a qui ont refusé des
personnes plus agreables que ung Cordelier, et n'en ont
poinct faict sonner la trompette. » Oisille, se prenant à rire
de la veoir courroussée, luy dist : « Encores moins ont-
elles fait sonner le tabourin [7] de ce qu'elles ont faict et
accordé. » Geburon dist [**] : « Je voys bien que Nomerfide

---

1. Rappel de l'Évangile de Matthieu 5, 3 : « Heureux les pauvres
en esprit, car le royaume des cieux est à eux ! » (Sermon sur la
Montagne).   **2.** dans le cas contraire (s'il n'est pas bien gardé).
3. vieillis sous le harnais, épuisés par le métier des armes (expression souvent prise au sens figuré).   **4.** et en plus.   **5.** bure,
l'étoffe grossière dont étaient faites les robes des moines.   **6.** nager, équivoque érotique.   **7.** tambour.

---

* de *si honnestes* serviteurs que vous (2155 S).   ** *Parlamente* dit : Je voy bien que *Simontault* a desir de parler... (G). La
version des manuscrits est préférable, puisque Simontault a déjà dit
la première nouvelle.

a envye de parler ; parquoy je luy donne ma voix, affin qu'elle descharge son cueur sur quelque bonne Nouvelle. — Les propos passez, dit Nomerfide, me touchent si peu, que je n'en puis avoir ne joye ne envye. Mais, puis que j'ay vostre voix, je vous prie oyr la myenne pour vous monstrer que, si une femme a esté seduicte en bien[1]*, il y en a qui le sont en mal. Et, pour ce que nous avons juré de dire verité, je ne le veulx celer ; car, tout ainsy que la vertu de la bateliere ne honnore poinct les aultres femmes si elles ne l'ensuyvent[2], aussi le vice d'une aultre ne les peut deshonorer. Escoutez doncques. »

SIXIESME NOUVELLE

Un vieil borgne, valet de chambre du duc d'Alençon, averty que sa femme s'estoit amourachée d'un jeune homme, desirant en sçavoir la verité, findit s'en aller pour quelques jours aux champs, dont il retourna si soudain que sa femme, sur laquelle il faisoit le guet, s'en apperceut, qui, la cuydant tromper[3], le trompa luy mesme.

*

Subtilité d'une femme qui fit évader son amy, lorsque son mary (qui estoit borgne) les pensoit surprendre.

*

Si les histoires de maris trompés par leurs épouses, parvenant à faire échapper leurs amants lorsque l'époux rentre au logis, ne sont pas rares (voir *Le Décaméron* VII, 6), ce conte reprend plus précisément l'argument de la 16ᵉ nouvelle des *Cent nouvelles nouvelles*, intitulée « Le Borgne aveugle » (p. 88-91).

*

---

1. amenée vers le bien, conduite à la vertu (<*seducere* : amener, diriger) ; on attendrait plutôt : *a séduit en bien* (a trompé pour la bonne cause). **2.** l'imitent. **3.** alors qu'il croyait la tromper.

---

* Le texte de T et 2155 S : *fine en bien* (rusant pour bien faire), est plus satisfaisant.

Il y avoit ung viel varlet de chambre de Charles[1],
dernier duc d'Alençon, lequel[2] avoit perdu ung œil et
estoit marié avecq une femme beaucoup plus jeune que
luy. Et, pour ce que ses maistre et maistresse l'aymoient autant que homme de son estat qui fust en leur
maison, ne pouvoit si souvent aller veoir sa femme
qu'il eust bien voulu : qui fut occasion dont elle oblya
tellement son honneur et conscience, qu'elle alla aymer
ung jeune homme, dont, à la longue, le bruict[3] fut si
grand et mauvais que le mary en fut adverty. Lequel
ne le pouvoit croire, pour les grands signes d'amityé
que luy monstroit sa femme. Toutesfois, ung jour, il
pensa d'en faire l'experience, et de se venger, s'il pouvoit, de celle qui luy faisoit ceste honte. Et, pour ce
faire, faignist s'en aller en quelque lieu auprès de là
pour deux ou trois jours. Et, incontinant qu'il fut party,
sa femme envoya querir son homme, lequel ne fut pas
demie heure avecq elle* que voicy venir le mary qui
frappa bien fort à la porte. Mais elle, qui le congneut[4],
le dist à son amy, qui fut si estonné qu'il eust voulu
estre au ventre de sa mere, mauldisant elle et l'amour
qui l'avoient mis en tel dangier. Elle luy dist qu'il ne
se soulciast poinct, et qu'elle trouveroit bien moyen de
l'en faire saillir[5] sans mal ne honte, et qu'il s'abillast
le plus tost qu'il pourroit. Ce temps pendant, frappoit
le mary à la porte, appellant le plus hault qu'il povoit
sa femme. Mais elle faingnoit de ne le congnoistre
point, et disoit tout hault au varlet de leans** : « Que
ne vous levez-vous, et allez faire taire ceux qui font ce
bruict à la porte ? Est-ce maintenant l'heure de venir
aux maisons des gens de bien ? Si mon mary estoit icy,

---

1. Voir ci-dessus, note 4 de N. 1, p. 94.   2. A pour antécédent
varlet (valet).   3. la rumeur.   4. reconnut.   5. de le faire
sortir de là.

* avec elle *qui voyt venir* le mary (ms. 1512) ; *que va venir* le
mary (2155 S).   ** Le texte de ms. 1512 (au *mary*) donné par
M.F. étant fautif, on l'a corrigé en suivant Gruget ; *aux varletz*
(2155 S), *aus gens* (ms, 1520).

il vous en garderoit ! » Le mary, oyant la voix de sa femme, l'appela le plus hault qu'il peut : « Ma femme, ouvrez moy ! Me ferez vous demorer icy jusques au jour ? » Et, quant elle veit que son amy estoit tout prest de saillir, en ouvrant sa porte, commencea à dire à son mary : « O mon mary*, que je suis bien aise de vostre venue ! car je faisois ung merveilleux songe, et estois tant aise, que jamais je ne receuz ung tel contantement, pource qu'il me sembloit que vous aviez recouvert[1] la veue de vostre œil. » Et, en l'embrassant et le baisant, le print par la teste, et luy bouchoit d'une main son bon œil, et luy demandant** : « Voiez vous poinct myeulx que vous n'avez accoustumé ? » En ce temps, pendant qu'il ne veoyt goutte, feit sortir son amy dehors, dont le mary se doubta incontinant, et luy dist : « Par dieu, ma femme, je ne feray jamais le guet sur vous ; car, en vous cuydant[2] tromper, je receu la plus fine tromperie qui fut oncques inventée. Dieu vous veulle amender ; car il n'est en la puissance d'homme du monde de donner ordre en la malice[3] d'une femme, qui du tout ne la tuera[4]***. Mais, puis que le bon traictement que je vous ay faict n'a rien servy à vostre amendement, peult-estre que le despris[5] que doresnavant j'en feray vous chastira. » Et, en ce disant, s'en alla et laissa sa femme bien desolée, qui, par le moyen de ses amys****, excuses et larmes, retourna encores avecq luy.

« Par cecy, voyez-vous, mes dames, combien est prompte et subtille une femme à eschapper d'un dangier. Et, si, pour couvrir ung mal, son esprit a promtement trouvé remede, je pense que, pour en eviter ung

---

1. recouvré.   2. croyant.   3. corriger   la   malice.   4. à moins qu'il ne la tue.   5. mépris.

---

* O mon amy (2155 S).   ** et luy *demandoit* : (G) ; et luy *demandoit* : *Je vous prie, dictes moy,* voyez vous (2155 S). *** qui ne la fera mourir (G).   **** *de ses parens,* amis... (add. G).

ou pour faire quelque bien, son esperit seroit encores plus subtil ; car le bon esperit, comme j'ay tousjours oy dire, est le plus fort*. » Hircan luy dist : « Vous parlerez tant de finesses qu'il vous plaira, mais si ay-je telle oppinion de vous, que, si le cas vous estoit advenu, vous ne le sçauriez celer[1]. — J'aymerois autant, ce luy dist elle, que vous m'estimissiez la plus sotte femme du monde. — Je ne le dis pas, respondit Hircan ; mais je vous estime bien celle qui plus tost s'estonneroit d'un bruict, que finement[2] ne le feroit taire. — Il vous semble, dist Nomerfide, que chacun est comme vous, qui par ung bruit en veult couvrir ung autre. Mais il y a dangier que, à la fin, une couverture ruyne sa compaigne, et que le fondement soit tant chargé pour soustenir les couvertures, qu'il ruyne l'edifice. Mais, si vous pensez que les finesses dont chacun** vous pense bien remply soient plus grandes que celles des femmes, je vous laisse mon ranc pour nous racompter la septiesme histoire. Et, si vous voulez vous proposer pour exemple, je croys que vous nous apprendriez bien de la malice. — Je ne suis pas icy, respondit Hircan, pour me faire pire que je suis ; car encores y en a-il qui plus que je ne veulx en dient.*** » Et, en ce disant, regarda sa femme, qui lui dist souldain : « Ne craingnez poinct pour moy à dire la verité ; car il me sera plus facile de ouyr racompter voz finesses, que de les avoir veu faire devant moy, combien qu'il n'y en ait nulle qui sceut diminuer l'amour que je vous porte. » Hircan luy respondit : « Aussy, ne me plains-je pas de toutes les faulses opinions que vous avez eues de moy. Parquoy, puis que nous nous congnoissons l'un l'autre, c'est occasion de plus grande seureté[3] pour l'advenir. Mais si ne suis-je si sot de racompter

---

1. dissimuler.   2. avec ruse, avec subtilité.   3. assurance, confiance.

---

* est plus fort que le mauvais (2155 S).   ** les finesses *des hommes* dont chacun (G, T).   *** en disent encore pis (2155 S).

histoire de moy, dont la verité vous puisse porter
ennuy : toutesfois, j'en diray une d'un personaige qui
estoit bien de mes amys. »

SEPTIESME NOUVELLE

Par la finesse et subtilité d'un marchant une vieille est trompée et
l'honneur de sa fille sauvé.

*

*Un marchant de Paris trompe la mère de s'amie pour couvrir leur
faulte.*

*

On ne donnera pas ici toutes les variantes des divers manuscrits, où
seigneur remplace régulièrement *marchant*, et où on lit notamment,
au lieu de « se saulva sa fille *en une maison auprès...* » : « en la salle
où toutes les damoiselles dansoient, dont le seigneur et elle... » ; et
au lieu de « la finesse des hommes » : « la finesse des personnaiges
d'auctorité ».

*

En la ville de Paris * y avoit ung marchant amoureux
d'une fille sa voisine, ou, pour mieulx dire, plus aymé
d'elle qu'elle n'estoit de luy, car le semblant qu'il luy
faisoit de l'aymer et cherir ** n'estoit que pour couvrir
ung amour plus haulte et honnorable ; mais elle, qui se
consentit *** d'estre trompée, l'aymoit tant, qu'elle
avoit oblyé la façon dont les femmes ont accoustumé
de refuser les hommes. Ce marchant icy, après avoir
esté long temps à prandre la peyne d'aller où il la pouvoit trouver, la faisoit venir où il luy plaisoit, dont sa
mere s'apperceut, qui estoit une très honneste femme,
et luy desfendit que jamais elle ne parlast à ce mar-

---

* *En la court du roy François premier de ce nom* y avoit ung
jeune seigneur amoureux d'une *jeune damoiselle*, ou, pour mieulx
dire... (ms. 1525 et 1514).   ** *et chérir* : add. de M. F. au ms.
1512, suivant G.   *** *contanta* (2155 S) ; *consentoit* selon G (et
certains ms.)

chant, ou qu'elle la mectroit en religion[1]*. Mais ceste
fille, qui plus aymoit ce marchant qu'elle ne craignoit
sa mere, le chercheoit** plus que paravant. Et, ung jour,
advint que, estant toute seulle en une garde robbe, ce
marchant y entra, lequel, se trouvant en lieu commode,
se print à parler à elle le plus privement[2] qu'il estoit
possible. Mais quelque chamberiere, qui le veyt entrer
dedans, le courut dire à la mere, laquelle avecq une
très grande collere se y en alla. Et, quant sa fille l'oyt
venir, dist en pleurant à ce marchant : « Helas ! mon
amy, à ceste heure me sera bien chere vendue***
l'amour que je vous porte. Voycy ma mere, qui
congnoistra ce qu'elle a tousjours crainct et doubté. »
Le marchant, qui d'un tel cas ne fut poinct estonné, la
laissa incontinant, et s'en alla au devant de la mere ;
et, en estandant les bras, l'embrassa le plus fort qu'il
luy fut possible ; et, avecq ceste fureur dont il
commençoit d'entretenir sa fille, gecta la pauvre
femme vielle sur une couchette. Laquelle trouva si
estrange ceste façon, qu'elle ne sçavoit que luy dire,
sinon : « Que voulez-vous ? Resvez-vous[3] ? » Mais,
pour cella, il ne laissoit de la poursuivre d'aussi près
que si ce eut esté la plus belle fille du monde. Et n'eust
esté qu'elle crya si fort que ses varletz et chamberieres
vindrent à son secours, elle eust passé le chemyn[4]
qu'elle craingnoit que sa fille marchast. Parquoy, à
force de bras, osterent ceste pauvre vielle d'entre les
mains du marchant, sans que jamais elle peust sçavoir
l'occasion pourquoy[5] il l'avoit ainsy tormentée. Et,
durant cella, se saulva sa fille en une maison auprès,
où il y avoit des nopces, dont le marchant et elle ont

---

1. la ferait entrer au couvent.   2. de la façon la plus intime.   3. Êtes-vous fou ? (*resver* : délirer, extravaguer).   4. elle
eût pris la route sur laquelle elle craignait que sa fille ne marchât.
5. la raison, le motif pour lequel.

---

* où ne verroit personne (add. 2155 S).   ** le cherissoit (G).
*** cher vendue (G, 2155 S).

maintesfois ri ensemble depuis aux despens de la femme vieille qui jamais ne s'en apparceut.

« Par cecy, voyez-vous, mes dames, que la finesse d'un homme a trompé une vieille et sauvé l'honneur d'une jeune. Mais qui vous nommeroit les personnes, ou qui eut veu la contenance de ce marchant et l'estonnement de ceste vieille, eust eu grand paour de sa conscience, s'il se fust gardé de rire. Il me suffit que je vous preuve, par ceste histoire, que la finesse des hommes est aussi prompte et secourable au besoing que celle des femmes, à fin, mes dames, que vous ne craigniez poinct de tumber entre leurs mains ; car, quant vostre esperit vous defauldra [1], vous trouverez le leur prest à couvrir vostre honneur. » Longarine luy dist : « Vrayement, Hircan, je confesse que le compte est trop plaisant et la finesse grande ; mais si n'est-ce pas une exemple que les filles doyvent ensuivre. Je croy bien qu'il y en a à qui vous vouldriez le faire trouver bon ; mais si n'estes vous pas si sot de vouloir que vostre femme, ne celle dont vous aymez mieulx l'honneur que le plaisir, voulussent jouer à tel jeu. Je croy qu'il n'y en a poinct ung qui de plus près les regardast [2], ne qui mieulx les engardast [3]* que vous. — Par ma foy, dist Hircan, si celle que vous dictes avoit faict un pareil cas, et que je n'en eusse rien sceu, je ne l'en estimerois pas moins. Et si je ne scay si quelcun en a poinct faict d'aussi bons, dont le celer [4]** mect hors de peine. » Parlamente ne se peut garder de dire : « Il est impossible que l'homme mal faisant ne soit soupsonneux ; mais bien heureux celluy sur lequel

---

1. vous fera défaut (au cas où vous manqueriez de présence d'esprit). 2. surveillât. 3. qui sût mieux les empêcher d'agir ainsi. 4. Infinitif substantivé, le fait de taire, le silence.

---

* qui mieulx y mist ordre (G). ** dont le celer *me* mect (G, ms. 1512 et autres ms.) ; dont le celer me *ouste* de peine (2155 S). Comprendre : des aventures qui, si je les ignore, ne m'apportent point de peine.

on ne peult avoir soupçon par occasion donnée. » Longarine dist : « Je n'ai gueres veu grand feu de quoy ne vint quelque fumée ; mais j'ay bien veu la fumée où il n'y avoit poinct de feu. Car aussi souvent est soupsonné par les mauvais le mal où il n'est poinct, que congneu là où il est. » A l'heure, Hircan luy dist : « Vrayement, Longarine, vous en avez si bien parlé en soustenant l'honneur des dames à tort soupsonnées, que je vous donne ma voix pour dire la huictiesme Nouvelle ; par ainsy que [1] vous ne nous faciez poinct pleurer, comme a faict ma dame Oisille, par trop louer les femmes de bien. » Longarine, en se prenant bien fort à rire, commencea à dire : « Puisque vous avez envye que je vous face rire, selon ma coustume, si ne sera-ce pas aux despens des femmes ; et si diray chose pour monstrer combien elles sont aisées à tromper, quant elles mectent leur fantaisye à la jalousye, avecq une estime de leur bon sens de vouloir tromper leurs mariz. »

HUICTIESME NOUVELLE

Bornet, ne gardant telle loyauté à sa femme qu'elle à luy, eut envie de coucher avec sa chambriere, et declara son entreprinse à un sien compagnon, qui, soubz espoir d'avoir part au butin, luy porta telle faveur et ayde, que, pensant coucher avec sa chambriere, il coucha avec sa femme, au desceu de laquelle il feit participer son compagnon au plaisir qui n'appartenoit qu'à luy seul, et se feit coqu soy-mesme, sans la honte de sa femme.

*

Un quidam ayant couché avec sa femme au lieu de sa chambrière, y envoya son voisin qui le feit cocu sans que sa femme en sceut rien.

*

Cette nouvelle reprend assez précisément la 9e des *Cent nouvelles nouvelles*, « Le mary maquereau de sa femme » (p. 64-68) ; mais le thème, traditionnel, a été aussi traité par le fabliau médiéval

---

1. à la condition que.

Le Meunier d'Arleux d'Enguerrant d'Oisy, par la 4ᵉ nouvelle de
la 8ᵉ journée du *Décaméron*, par les *Facéties* du Pogge, d'autres
encore...

*

En la comté d'Alletz[1], y avoit ung homme, nommé
Bornet, qui avoit espouzé une honneste femme de bien,
de laquelle il aymoit l'honneur et la reputation, comme
je croys que tous les mariz qui sont icy font de leurs
femmes. Et combien qu'il voulust que la sienne luy
gardast loyaulté, si ne vouloit-il pas que la loy fust
esgalle à tous deux ; car il alla estre amoureux de sa
chamberiere, auquel change* il ne gaignoit que le plaisir qu'apporte quelquefois la diversité des viandes. Il
avoit ung voisin, de pareille condition que luy, nommé
Sandras, tabourin[2]** et cousturier[3] ; et y avoit entre
eulx telle amytié que, horsmis la femme, n'avoient rien
party ensemble[4]. Parquoy il declaira à son amy l'entreprinse qu'il avoit sur sa chamberiere, lequel non seullement le trouva bon, mais ayda de tout son povoir à la
parachever, esperant avoir part au butin***. La chamberiere, qui ne s'y voulut consentir, se voyant pressée de
tous costez, le alla dire à sa maistresse, la priant de luy
donner congé de s'en aller chez ses parens ; car elle ne
povoit plus vivre en ce torment. La maistresse, qui
aymoit bien fort son mary, duquel souvent elle avoit
eu soupson, fut bien aise d'avoir gaigné ce poinct sur
luy, et de luy povoir monstrer justement qu'elle en
avoit eu doubte. Dist à sa chamberiere : « Tenez
bon****, m'amye ; tenez peu à peu bons propos à mon
mary, et puis après luy donnez assignation[5] de coucher

---

1. Alès, dans le Gard.   2. celui qui bat le tambour, le tambou-
rin.   3. tailleur.   4. n'avaient rien de séparé entre eux (partageaient tout).   5. rendez-vous.

---

* au change de quoy il ne craignoyt rien sinon que la diversité des
viandes plaist (T) ; au change de quoy il ne craignoit rien sinon que
la diversité des viandes ne pleust (G) ; il ne gaignoit, sinon que la
diversité des vyandes plaist (2155 S) ; *viandes* : nourriture.
** tambourineur (G).   ***au gateau (G).   **** Ne vous sou-
ciez (2155 S). Faictes bonne myne (ms. 1511 et 1515).

avecq vous en ma garde-robbe[1] ; et ne faillez à me dire
la nuict qu'il devra venir, et gardez que nul n'en sçache
rien. » La chamberiere feit tout ainsy que sa maistresse
luy avoit commandé, dont le maistre fut si aise, qu'il
en alla faire la feste à son compaignon, lequel le pria,
veu qu'il avoit esté du marché, d'en avoir le demorant[2]. La promesse faicte et l'heure venue, s'en alla
coucher le maistre, comme il cuydoit, avecq sa chamberiere. Mais sa femme, qui avoit renoncé à l'auctorité
de commander, pour le plaisir de servir, s'estoit mise
en la place de sa chambriere ; et receut son mary non
comme femme, mais faignant la contenance d'une fille
estonnée, si bien que son mary ne s'en apparceut
poinct.

Je ne vous sçaurois dire lequel estoit plus aise des
deux, ou luy de penser tromper sa femme, ou elle de
tromper son mary. Et quant il eut demouré avec elle,
non selon son vouloir, mais selon sa puissance, qui
sentoit le viel marié, s'en alla hors de la maison, où il
trouva son compaignon, beaucoup plus jeune et plus
fort que luy ; et luy feit la feste d'avoir trouvé la meilleure robbe[3] qu'il avoit point veue. Son compaignon
luy dist : « Vous sçavez que vous m'avez promis ?
— Allez doncques vistement, dict le maistre, de paour
qu'elle ne se lieve, ou que ma femme ayt affaire d'elle[4]. » Le compaignon s'y en alla, et trouva encores
ceste mesme chamberiere que le mary avoit mescon-
gneue[5], laquelle, cuydant que ce fust son mary, ne le
refusa de chose que luy demandast (j'entends *demander* pour *prandre*, car il n'osoit parler). Il y demoura
bien plus longuement que non pas le mary[*] ; dont la

---

1. Petite pièce réservée à l'intimité, attenante à la chambre.   2. le reste (*d'en avoir le demorant* : d'avoir sa part du marché).   3. affaire (au sens sexuel) ; italianisme, de *roba* : article,
marchandise, affaire.   4. ait besoin d'elle.   5. n'avait pas
reconnue.

---

* bien plus longuement que le mary (G) ; que n'avoit faict le
mary (2155 S).

femme s'esmerveilla fort car elle n'avoit poinct accoustumé d'avoir telles nuictées : toutesfoys, elle eut patience, se reconfortant aux propos qu'elle avoit deliberé de luy tenir le lendemain, et à la mocquerie qu'elle luy feroit recepvoir. Sur le poinct de l'aube du jour, cest homme se leva d'auprès d'elle, et, en se jouant à elle, au partir du lict[1][*], luy arracha ung anneau qu'elle avoit au doigt, duquel son mary l'avoit espousée ; chose que les femmes de ce païs gardent en grande superstition[2], et honorent fort[3] une femme qui garde tel anneau jusques à la mort. Et, au contraire, si par fortune[4] le perd, elle est desestimée[5], comme ayant donné sa foy à aultre que à son mary. Elle fut très contante qu'il luy ostast, pensant qu'il seroit seur tesmoignage de la tromperye qu'elle luy avoit faicte.

Quant le compaignon fut retourné devers le maistre, il luy demanda : « Et puis ? » Il luy respondit qu'il estoit de son oppinion, et que, s'il n'eust crainct le jour, encores y fut-il demouré. Ilz se vont tous deux reposer le plus longuement[**] qu'ilz peurent. Et, au matin, en s'habillant, apperceut le mary l'anneau que son compaignon avoit au doigt, tout pareil de celluy qu'il avoit donné à sa femme en mariaige, et demanda à son compaignon qui le luy avoit donné. Mais, quant il entendit qu'il l'avoit arraché du doigt de la chamberiere, fut fort estonné ; et commencea à donner de la teste contre la muraille, disant : « Ha ! vertu Dieu ! me serois-je bien faict coqu moy-mesme, sans que ma femme en sceut rien ? » Son compaignon, pour le conforter[6], luy dist : « Peult-estre que votre femme baille son anneau en garde au soir à sa chamberiere ? » Mais, sans rien respondre, le mary s'en vat à la maison,

---

1. en quittant le lit.   **2.** avec beaucoup de scrupules.   **3.** Le sujet élidé du verbe est *elles, les femmes* (ou *les gens*) *de ce pays*. **4.** par hasard.   **5.** perd l'estime, est méprisée.   **6.** réconforter (comme dans G et 2155 S).

---

[*] au party du lict (ms. 1512) ; en se partant du lict (G).   [**] le plus *coyement* (paisiblement) (G).

là où il trouva sa femme plus belle, plus gorgiase[1] et plus joieuse qu'elle n'avoit accoustumé, comme celle qui[2] se resjouyssoit d'avoir saulvé la conscience de sa chamberiere, et d'avoir experimenté jusques au bout son mary, sans rien y perdre que le dormir d'une nuict. Le mary, la voyant avecq ce bon visaige, dist en soy-mesmes : « Si elle sçavoit ma bonne fortune, elle ne me feroit pas si bonne chere. » Et, en parlant à elle plusieurs propos, la print par la main, et advisa qu'elle n'avoit poinct l'anneau, qui jamais ne luy partoit du doigt[3] ; dont il devint tout transy ; et luy demanda en voix tremblante : « Qu'avez-vous faict de vostre anneau ? » Mais elle, qui fut bien aise qu'il la mectoit au propos qu'elle avoit envye de luy tenir, luy dist : « O le plus meschant de tous les hommes ! A qui est-ce que vous le cuydez avoir osté ? Vous pensiez bien que ce fut à ma chamberiere, pour l'amour de laquelle avez despendu[4] plus de deux pars de voz biens, que jamays vous ne feistes pour moy ; car, à la premiere fois que vous y estes venu coucher, je vous ay jugé tant amoureux d'elle qu'il n'estoit possible de plus. Mais, après que vous fustes sailly dehors et puis encores retourné, sembloit que vous fussiez ung diable sans ordre ne mesure. O malheureux ! pensez quel aveuglement vous a prins de louer tant mon corps et mon embonpoinct[5], dont par si longtemps avez esté jouyssant, sans en faire grande estime ? Ce n'est doncques pas la beaulté ne l'embonpoinct de vostre chamberiere qui vous a faict trouver ce plaisir si agreable, mais c'est le peché infame de la villaine concupissence qui brusle vostre cueur, et vous rend tous les sens si hebestez, que par la fureur en quoy vous mectoit l'amour de ceste chamberiere, je croy que vous eussiez prins une chevre coiffée pour une belle fille. Or, il est temps, mon mary, de vous corriger, et de vous contanter autant de moy, en me cognoissant

---

1. bien parée, élégante.　　2. en femme qui.　　3. ne quittait son doigt.　　4. dépensé.　　5. belle apparence, beauté physique.

vostre et femme de bien, que vous avez faict, pensant que je fusse une pauvre meschante*. Ce que j'ay faict a esté pour vous retirer de vostre malheurté[1], afin que, sur vostre viellesse, nous vivions en bonne amityé et repos de conscience. Car, si vous voulez continuer la vie passée, j'ayme mieulx me separer de vous, que de veoir de jour en jour la ruyne de vostre ame, de vostre corps et de voz biens, devant mes oeils[2]. Mais, s'il vous plaist congnoistre vostre faulce oppinion[3], et vous deliberer de vivre selon Dieu, gardant ses commande-mens, j'oblieray toutes les faultes passées, comme je veulx que Dieu oblye l'ingratitude à ne l'aymer comme je doibz. » Qui fut bien desesperé, ce fut ce pauvre mary, voyant sa femme tant saige, belle et chaste, avoir esté delaissée de luy pour une qui ne l'aymoit pas et, qui pis est, avoit esté si malheureux, que de la faire meschante sans son sceu, et que faire participant ung autre au plaisir qui n'estoit que pour luy seul, se for-gea** en luy-mesmes les cornes de perpetuelle moc-querie. Mays, voyant sa femme assez courroucée de l'amour qu'il avoit porté à sa chamberiere, se garda bien de luy dire le meschant tour qu'il luy avoit faict ; et, en luy demandant pardon, avecq promesse de chan-ger entierement sa mauvaise vie, luy rendit l'anneau qu'il avoit reprins de son compaignon, auquel il pria de ne reveler sa honte. Mais, comme toutes choses dictes à l'oreille*** et preschées sur le doigt****, quelque temps après, la verité fut congneue et l'appe-loit on *coqu*, sans honte de sa femme[4].

----

1. vice.   **2.** sous mes yeux.   **3.** reconnaître votre erreur. **4.** sans en faire honte à sa femme.

----

* une pauvre *meschine* (servante) [G].   ** *parquoy* se forgea (G).   *** comme toute chose dicte à l'aureille est preschée sur le *toict* (2155 S).   **** *sont* preschées sur le *tect* (G) ; si l'ex-pression « prêcher sur le toit » est topique, on peut cependant admettre celle du ms. 1512, « prêcher sur le doigt » : *désigner du doigt* (cf. « Ce que je ne puis exprimer, je le montre au doigt », Montaigne, *Les Essais* III, ix).

« Il me semble, mes dames, que, si tous ceulx qui ont faict de pareilles offences à leurs femmes estoient pugniz de pareille pugnition, Hircan et Saffredent devroient avoir belle paour. Saffredent luy dist : « Et dea[1], Longarine, n'y en a-il poinct d'autre en la compaignye mariez, que Hircan et moy ? — Si a bien, dist-elle, mais non pas qui voulsissent jouer ung tel tour. — Où avez-vous veu, respondit Saffredent, que nous ayons pourchassé les chamberieres de noz femmes ? — Si celles à qui il touche[2*], dit Longarine, vouloient dire la verité, l'on trouveroit bien chamberiere à qui l'on a donné congé avant son quartier[3]. — Vrayement, ce dist Geburon, vous estes une bonne dame, qui, en lieu de faire rire la compaignye, comme vous aviez promis, mectez ces deux pauvres gens en collere. — C'est tout ung[4], dist Longarine ; mais qu'ilz ne viennent poinct à tirer leurs espées, leur collere ne fera que redoubler nostre rire. — Mais il est bon, dit Hircan, que, si noz femmes vouloient croire ceste dame, elle brouilleroit le meilleur mesnaige qui soyt en la compaignye. — Je sçay bien devant qui je parle, dist Longarine ; car voz femmes sont si saiges et vous ayment tant, que, quant vous leur feriez des cornes aussi puissantes que celles d'un daing[5], encores vouldroient-elles persuader elles et tout le monde, que ce sont chappeaulx de roses. » La compaignye et mesmes ceulx à qui il touchoit se prindrent tant à rire, qu'ilz misrent fin à leurs propos[**]. Mais Dagoucin, qui encores n'avoit sonné mot, ne se peut tenir de dire : « L'homme est bien desraisonnable quant il a de quoy se contanter, et veult chercher autre chose. Car j'ay veu souvent, pour cuyder mieulx avoir et ne se contanter

---

1. Eh bien ! (*cf.* oui-da).   2. Texte de G (celles que cela concerne).   3. avant qu'elle ait fait son temps.   4. Sans doute faut-il comprendre : la colère des deux compagnons est aussi motif de rire.   5. daim.

---

* celles à qui ilz touschent (ms. 1512).   ** à leurs parolles (2155 S).

de la suffisance [1] que l'on tombe au pis ; et si n'est l'on poinct plainct, car l'inconstance est toujours blasmée. » Simontault luy dist : « Mais que ferez-vous à ceulx qui n'ont pas trouvé leur moictyé [2] ? Appelez-vous inconstance, de la chercher en tous les lieux où l'on peut la trouver ? — Pour ce que l'homme ne peult sçavoir, dist Dagoucin, où est cette moictyé dont l'unyon est si esgalle que l'un ne differe de l'autre, il faut qu'il s'arreste où l'amour le contrainct ; et que, pour quelque occasion qu'il puisse advenir, ne change le cueur ne la volunté ; car, si celle que vous aymez est tellement semblable à vous et d'une mesme volunté, ce sera vous que vous aymerez, et non pas elle. — Dagoucin, dist Hircan, vous voulez tomber en une faulse opinion ; comme si nous devions aymer les femmes sans estre aymés ! — Hircan, dist Dagoucin, je veulx dire que, si nostre amour est fondée sur la beaulté, bonne grace, amour et faveur d'une femme, et nostre fin soit plaisir [3], honneur ou proffict, l'amour ne peult longuement durer ; car, si la chose sur quoy nous la fondons default [4], nostre amour s'envolle hors de nous. Mais je suis ferme à mon oppinion, que celluy qui ayme, n'ayant autre fin ne desir que bien aymer, laissera plus tost son ame par la mort, que [5] ceste forte amour saille de son cueur. — Par ma foy, dist Symontault, je ne croys pas que jamais vous ayez esté amoureux ; car, si vous aviez senty le feu comme les autres, vous ne nous paindriez icy la chose publicque de Platon [6], qui s'escript et ne

---

1. de ce qui suffit.   2. Allusion au mythe platonicien de l'androgyne ; chaque moitié, après la division de l'être double originel, cherche sa moitié pour reconstituer l'unité première.   3. La deuxième proposition conditionnelle, à la différence de la première à laquelle elle est coordonnée, est au subjonctif ; comprendre : et à supposer que notre fin soit...   4. manque, fait défaut.
5. Laissera [...] avant que...   6. la *République* de Platon (T, G) ; si dans la *République*, Platon traite du « communisme sexuel », c'est dans *Le Banquet* qu'il expose la doctrine de l'amour à laquelle fait allusion Symontault ; mais la formule *la chose publicque de Platon* désigne l'idéalisme utopique, « qui s'écrit et ne s'expérimente point » (qui est matière à livre, mais qu'on ne saurait pratiquer), tel qu'on le trouve en effet dans *La République*.

s'experimente poinct. — Si j'ay aymé, dist Dagoucin,
j'ayme encores, et aymeray tant que vivray. Mais
j'ay si grand paour que la demonstration face tort à
la perfection de mon amour, que je crainctz que
celle de qui je debvrois desirer l'amityé semblable,
l'entende ; et mesmes je n'ose penser ma pensée[1]*,
de paour que mes oeilz en revelent quelque chose ;
car, tant plus je tiens ce feu celé et couvert, et
plus en moy croist le plaisir de sçavoir que j'ayme
parfaictement. — Ha, par ma foy, dist Geburon, si
ne croy-je pas que vous ne fussiez bien aise d'estre
aymé. — Je ne dis pas le contraire, dist Dagoucin ;
mais, quant je seroys tant aymé que j'ayme, si n'en
sçauroit croistre mon amour, comme elle ne sçauroit
diminuer pour n'estre si très aymé que j'ayme
fort[2]**. » À l'heure, Parlamente, qui soupsonnoit ceste
fantaisye[3], luy dist : « Donnez-vous garde, Dagoucin ;
car j'en ay veu d'aultres que vous, qui ont mieulx aymé
mourir que parler. — Ceulx-là, ma dame, dist Dagoucin, estimay-je très heureux. — Voire, dit Saffredent,
et dignes d'estre mis au rang des Innocens, desquels
l'Église chante : *Non loquendo, sed moriendo confessi
sunt*[4]. J'en ay ouy tant parler de ces transiz d'amours,
mais encores jamays je n'en veis mourir ung. Et puis
que je suis eschappé, veu les ennuiz que j'en ay porté,
je ne pensay jamais que autre en puisse mourir. — Ha,
Saffredent ! dist Dagoucin, où voulez-vous doncques

---

1. Superbe formule.   2. pour n'être pas aimé autant que j'aime.   3. qui avait quelque idée de cet amour (qui se doutait de
l'objet de ce désir). Le Prologue indiquait que Dagoucin était allé
aux bains pour accompagner la dame dont il était serviteur.   4. « Ils ont confessé leur foi, non pas en parlant, mais en
mourant » (paroles dites lors de la messe des Saints Innocents).

---

* Les ms. 1512 et 1515 donnent plus banalement *dire* ma pensée.   ** *aussi peu aymé que j'ayme fort* (G, 2155 S)

estre aymé[1][*] ? Et ceulx de vostre oppinion[2] ne meurent[**] jamais. Mais j'en sçay assez bon nombre qui ne sont mortz d'autre maladye que d'aymer parfaictement. — Or, puisque en sçavez des histoires, dist Longarine, je vous donne ma voix pour nous en racompter quelque belle, qui sera la neufviesme de ceste Journée. — A fin, dist Dagoucin, que les signes et miracles, suyvant ma veritable parolle, vous puissent induire à y adjouster foy, je vous allegueray[***] ce qui advint il n'y a pas trois ans. »

NEUFVIESME NOUVELLE

La parfaicte amour qu'un gentil homme portoit à une damoyselle, par estre trop celée et meconnue, le mena à la mort au grand regret de s'amye.

*

Piteuse mort d'un gentil homme amoureux pour avoir trop tard receu consolation de celle qu'il aimoit.

*

Entre Daulphiné et Provence, y avoit ung gentil homme beaucoup plus riche de vertu, beaulté et honnesteté que d'autres biens, lequel tant ayma une damoyselle, dont je ne diray le nom[3], pour l'amour de ses parens qui sont venuz de bonnes et grandes maisons ; mais asseurez-vous que la chose est veritable. Et, à cause qu'il n'estoit de maison de mesmes elle[4],

---

1. de qui voulez-vous donc être aimé ? **2.** ceux qui partagent votre conception (de l'amour). **3.** Paradoxalement, le refus de nommer les héros d'une histoire est argument d'authenticité, ici comme chez Barbey d'Aurevilly ou d'autres conteurs. **4.** d'aussi grande maison qu'elle, de même rang ; il est de plus « bas lieu » (d'un rang social plus humble).

---

* vous voulez donq estre aymé (2155 S) ; voulez vous donq estre aymé, puisque ceulx de vostre opinion... (G).   ** ne meurent : *n'en* meurent (G, 2155 S ; ne meurent jamais d'amour).   *** je vous reciteray une histoire advenue depuis trois ans (G).

il n'osoit descouvrir son affection ; car l'amour qu'il
luy portoit estoit si grande et parfaicte, qu'il eut mieulx
aymé mourir que desirer une chose qui eust esté à son
deshonneur. Et, se voiant de si bas lieu au pris d'elle,
n'avoit nul espoir de l'espouser. Parquoy son amour
n'estoit fondée sur nulle fin, synon de l'aymer de tout
son pouvoir le plus parfaictement qu'il luy estoit possible ; ce qu'il feyt si longuement que à la fin elle en eut
quelque congnoissance. Et, voiant l'honneste amityé
qu'il luy portoit tant plaine de vertu et bon propos, se
sentoit estre honorée d'estre* aymée d'un si vertueux
personnaige ; et luy faisoit tant de bonne chere[1], qu'il
n'y avoit nulle pretente[2]** à mieulx se contenter. Mais
la malice[3], ennemye de tout repos, ne peut souffrir
ceste vie honneste et heureuse ; car quelques ungs allerent dire à la mere de la fille qu'ilz s'esbahissoient
que ce gentil homme pouvoit tant faire en sa maison,
et que l'on soupçonnoit que la fille*** le y tenoit[4] plus
que aultre chose, avecq laquelle on le voyoit souvent
parler. La mere, qui ne doubtoit en nulle façon de
l'honnesteté du gentil homme, dont elle se tenoit aussi
asseurée que de nul de ses enffans, fut fort marrye
d'entendre que on le prenoit en mauvaise part ; tant
que à la fin, craingnant le scandale par la malice des
hommes, le pria pour quelque temps de ne hanter[5] pas
sa maison, comme il avoit accoustumé, chose qu'il
trouva de dure digestion[6], sachant que les honnestes
propos qu'il tenoit à sa fille ne merytoient poinct tel

---

1. elle lui réservait si bon accueil, lui manifestait tant d'amitié.
2. prétention (qu'il ne pouvait prétendre avoir plus de satisfaction).   **3.** la méchanceté. Le motif des « mauvaises langues »
(des médisants) qui viennent troubler un amour est fréquent dans
la littérature narrative médiévale.   **4.** l'y retenait.   **5.** fréquenter.   **6.** difficile à accepter.

---

* se sentoit *bien heureuse* d'estre (G).   **   que luy qui ne
l'avoit pretendue meilleure, se contentoit très fort (G, T) ; que luy,
qui n'avoit nulle pretente à myeulx, se contantoit tresfort
(2155 S).   *** la beauté de sa fille (T, G, 2155 S).

esloignement. Toutesfois, pour faire taire les mauvaises langues, se retira tant de temps, que le bruict cessa ; et y retourna comme il avoit accoustumé ; l'absence duquel n'avoit amoindry sa bonne volunté. Mais, estant en sa maison, entendit que l'on parloit de marier ceste fille avecq un gentil homme qui luy sembla n'estre poinct si riche, qu'il luy deust tenir de tort[1] d'avoir s'amye plus tost que luy. Et commancea à prandre cueur et emploier ses amys pour parler de sa part, pensant que, si le choix estoit baillé à la damoiselle, qu'elle le prefereroit à l'autre. Toutesfois, la mere de la fille et les parens, pource que l'autre estoit beaucoup plus riche, l'esleurent ; dont le pauvre gentil homme print tel desplaisir, sachant que s'amye perdoit autant de contentement que luy, que peu à peu, sans autre maladye, commencea à diminuer[2], et en peu de temps changea de telle sorte qu'il sembloit qu'il couvrist la beaulté de son visaige du masque de la mort, où d'heure en heure il alloyt joyeusement.

Si est-ce qu'il ne se peut garder le plus souvent d'aller parler à celle qu'il aymoit tant. Mais, à la fin, que la force luy defailloit, il fut contrainct de garder le lict, dont il ne voulut advertir celle qu'il aymoit, pour ne luy donner part de son ennuy. Et, se laissant ainsy aller au desespoir et à la tristesse, perdit le boire et le manger, le dormir et le repos, en sorte qu'il n'estoit possible de le recongnoistre, pour la meigreur et estrange visaige qu'il avoit. Quelcun en advertit la mere de s'amye, qui estoit dame fort charitable, et d'autre part aymoit tant le gentil homme, que, si tous leurs parens eussent esté de l'oppinion d'elle et de sa fille, ilz eussent preferé l'honnesteté de luy à tous les biens de l'autre ; mais les parens du costé du pere n'y vouloient entendre[3]. Toutesfois, avecq sa fille, alla visiter le

---

1. il n'était point assez riche pour lui en vouloir d'avoir... (comprendre : le prétendant n'avait pas de raison de vouloir être préféré au premier serviteur). 2. décliner. 3. ne voulaient s'y résoudre.

pauvre malheureux, qu'elle trouva plus mort que vif. Et, congnoissant la fin de sa vye approcher[1], s'estoit le matin confessé et receu* le sainct sacrement, pensant mourir sans plus veoir personne. Mais, luy, à deux doigtz de la mort, voyant entrer celle qui estoit sa vie et resurrection, se sentit si fortifié, qu'il se gecta en sursault sur son lict, disant à la dame : « Quelle occasion vous a esmeue, ma dame, de venir visiter celluy qui a desja le pied en la fosse, et de la mort duquel vous estes la cause ? — Comment, ce dist la dame, seroyt-il bien possible que celluy que nous aymons tant peust recevoir la mort par nostre faulte ? Je vous prie, dictes-moy pour quelle raison vous tenez ces propos. — Ma dame, ce dist-il, combien que tant qu'il m'a esté possible j'ay dissimulé l'amour que j'ay porté à ma damoyselle vostre fille, si est-ce que mes parens, parlans du mariage d'elle et de moy, en ont plus declairé que je ne voulois, veu le malheur qui m'est advenu d'en perdre l'esperance, non pour mon plaisir particulier, mais pour ce que je sçay que avecq nul autre ne sera jamais si bien traictée ne tant aymée qu'elle eust esté avecq moy. Le bien que je voys qu'elle pert du meilleur et plus affectionné amy qu'elle ayt en ce monde, me faict plus de mal que la perte de ma vie, que pour elle seule je voulois conserver ; toutesfois, puis qu'elle ne luy peult de rien servir, ce n'est grand gaing de la perdre** ». La mere et la fille, oyans ces propos, meirent peyne[2] de le reconforter ; et luy dist la mere : « Prenez bon couraige, mon amy, et je vous

---

1. Proposition infinitive, complément direct du verbe *congnoissant* (sachant que la fin de sa vie approchait).   **2.** s'efforcèrent.

---

* et avoit reçu (leçon plus correcte grammaticalement) (2155 S).   ** ce *m'* est grand gaing (G, T, 2155 S et autres ms. ; meilleur texte). On comprendra soit : ce n'est pas grand-chose (ce n'est rien) de la perdre (ms. 1512), soit : ce m'est grand avantage de la perdre (autres versions) ; peut-être un souvenir de saint Paul : « La mort m'est un gain » (Épître aux Philippiens 1, 21).

promectz ma foy[1] que, si Dieu vous redonne santé, jamais ma fille n'aura autre mary que vous. Et voylà cy presente, à laquelle je commande de vous en faire la promesse ». La fille, en pleurant, meit peyne de luy donner seurté[2] de ce que sa mere promectoit. Mais luy, congnoissant bien que quand il auroit la santé, il n'auroit pas s'amye, et que les bons propos qu'elle tenoit n'estoient seullement que pour essaier à le faire ung peu revenir, leur dist que, si ce langaige luy eust esté tenu il y avoit trois mois, il eust esté le plus sain et le plus heureux gentil homme de France ; mais que le secours venoit si tard qu'il ne povoit plus estre creu ne esperé. Et, quant il veid qu'elles s'esforçoient de le faire croyre, il leur dist : « Or, puis que je voy que vous me promectez le bien que jamais ne peult advenir, encores que vous le voulsissiez, pour la foiblesse où je suys, je vous en demande ung beaucoup moindre que jamays je n'euz la hardiesse de requerir ». A l'heure, toutes deux le luy jurerent, et qu'il demandast hardiment. « Je vous supplie, dist-il, que vous me donnez entre mes bras celle que vous me promectez pour femme ; et luy commandez qu'elle m'embrasse et baise. » La fille, qui n'avoit accoustumé telles privaultez, en cuyda faire difficulté[3] ; mais la mere le luy commanda expressement, voiant qu'il n'y avoit plus en luy sentiment ne force d'homme vif. La fille doncques, par ce commandement, s'advancea sur le lict du pauvre malade, luy disant : « Mon amy, je vous prie, resjouyssez-vous ! » Le pauvre languissant, le plus fortement qu'il peut, estendit[*] ses bras tous desnuez de chair et de sang, et avecq toute la force de ses os embrassa la cause de sa mort ; et, en la baisant de sa froide et pasle bouche, la tint le plus longuement qu'il luy fut possi-

---

1. je vous fais le serment.   2. donner assurance.   3. manifesta d'abord quelques réticences.

---

* Omis dans ms. 1512 ; languissant *le plus fort qu'il peut en son extreme foiblesse*, estendit (G).

ble ; et puis luy dist : « L'amour que je vous ay portée a esté si grande et honneste, que jamais, hors mariage, ne soubzhaictay de vous que le bien que j'en ay maintenant ; par faulte duquel et avecq lequel je rendray joyeusement mon esperit à Dieu, qui est parfaicte amour et charité, qui congnoist la grandeur de mon amour et honnesteté de mon desir ; le suppliant, ayant mon desir entre mes bras, recepvoir entre les siens mon esperit ». Et, en ce disant, la reprint entre ses bras par une telle vehemence, que, le cueur affoibly ne pouvant porter cest esfort, fut habandonné de toutes ses vertuz et esperitz ; car la joye les feit tellement dilater que le siege de l'ame luy faillyt, et s'envolla à son Createur. Et, combien que le pauvre corps demorast sans vie longuement et, par ceste occasion[1], ne pouvant plus tenir sa prinse, l'amour que la demoiselle avoit tousjours celée se declaira à l'heure si fort, que la mere et les serviteurs du mort eurent bien affaire[2] à separer ceste union ; mais à force osterent la vive, pire que morte, d'entre les bras du mort[*], lequel ils feirent honnorablement enterrer. Et le triomphe des obseques furent[3] les larmes, les pleurs et les crys de ceste pauvre damoiselle, qui d'autant plus se declaira après la mort, qu'elle s'estoit dissimullée durant la vie, quasi comme satisfaisant au tort[4] qu'elle luy avoit tenu. Et depuis (comme j'ay oy dire), quelque mary qu'on luy donnast pour l'appaiser, n'a jamays eu joye en son cueur.

« Que vous semble-t-il, Messieurs, qui n'avez voulu croyre à ma parole, que cest exemple ne soit pas suffisant pour vous faire confesser que parfaicte amour mene les gens à la mort, par trop estre[5] celée et mes-

---

1. de ce fait, à cause de cela.   2. bien du mal.   3. Accord du verbe avec l'attribut, non avec le sujet.   4. comme si elle voulait réparer le tort qu'elle lui avait fait (vocabulaire juridique). 5. pour avoir été trop (sens causal).

---

* osterent la vive presque morte d'avec le mort (G).

congneue. Il n'y a nul de vous qui ne congnoisse les parens d'un cousté et d'autre ; parquoy n'en pouvez plus doubter, et nul qui ne l'a experimenté ne le peult croire. » Les dames, oyans cella, eurent toutes la larme à l'œil ; mais Hircan leur dist : « Voylà le plus grand fol dont je ouys jamais parler ! Est-il raisonnable, par vostre foy, que nous morions pour les femmes, qui ne sont faictes que pour nous, et que nous craignions leur demander ce que Dieu leur commande de nous donner ? Je n'en parle pour moy ne pour tous les mariez ; car j'ay autant ou plus de femmes qu'il m'en fault : mais je deiz cecy pour ceulx qui en ont necessité, lesquelz il me semble estre sotz* de craindre celles à qui ilz doyvent faire paour. Et ne voyez-vous pas bien le regret que ceste pauvre damoiselle avoit de sa sottise ? Car, puis qu'elle embrassoit le corps mort (chose repugnante à nature)[1], elle n'eut poinct refusé le corps vivant, s'il eut usé d'aussi grande audace qu'il feit pitié en mourant. — Toutesfoys, dist Oisille, si monstra bien le gentil homme l'honneste amityé qu'il luy portoit, dont il sera à jamays louable devant tout le monde ; car trouver chasteté en ung cueur amoureux, c'est chose plus divine que humaine. — Ma dame, dist Saffredent, pour confirmer le dire de Hircan, auquel je me tiens, je vous supplye croire que Fortune ayde aux audatieux[2], et qu'il n'y a homme, s'il est aymé d'une dame (mais qu'il le saiche poursuivre[3]** saigement et affectionnement), que à la fin n'en ayt du tout[4]*** ce qu'il demande en partye ; mais l'ignorance et la folle craincte font perdre aux hommes beaucoup de bonnes advantures, et fondent leur perte sur la vertu de leur amye, laquelle n'ont jamais experimentée du bout du

1. acte contraire à la nature.   2. Dicton latin *Fortuna audaces juvat*.   3. à condition qu'il sache la solliciter.   4. n'en obtienne entièrement.

* lequelz il me semble qu'ilz sont sotz (2155 S).   ** mais qu'il *la* saiche poursuivre (ou *poursuivir*) (autres ms ; meilleure leçon).   *** du tout [...] ou en partie (G).

doigt seullement ; car oncques place bien assaillye ne
fut, qu'elle ne fust prinse[1]. — Mais, dist Parlamente,
je m'esbahys de vous deux comme vous osez tenir telz
propos ! Celles que vous avez aymées ne vous sont
gueres tenues[2], ou vostre addresse a esté en[3] si
meschant lieu que vous estimez les femmes toutes
pareilles ? — Ma damoiselle, dist Saffredent, quant est
de moy, je suis si malheureux que je n'ay de quoy me
vanter ; mais si ne puis-je tant attribuer mon malheur
à la vertu des dames que à la faulte de n'avoir assez
saigement entreprins ou bien prudemment conduict
mon affaire ; et n'allegue pour tous docteurs, que la
vielle du *Romant de la Roze*, laquelle dict :

> Nous sommes faictz, beaulx filz, sans doubtes,
> Toutes pour tous, et tous pour toutes[4].

Parquoy je ne croiray jamais que, si l'amour est une
fois au cueur d'une femme, l'homme n'en ayt bonne
yssue, s'il ne tient à sa besterie[5]. » Parlamente dist :
« Et si je vous en nommois une, bien aymante, bien
requise[6], pressée et importunée, et toutesfois femme de
bien, victorieuse de son cueur, de son corps, d'amour
et de son amy, advoueriez-vous que la chose veritable
seroit possible ? — Vrayment, dist-il, ouy. — Lors,
dist Parlamente, vous seriez tous de dure foy[7], si vous
ne croyez cest exemple. » Dagoucin luy dist : « Ma
dame, puis que j'ay prouvé par exemple l'amour vertueuse d'un gentil homme jusques à la mort, je vous

---

1. car jamais une place ne fut bien assaillie sans être prise (vocabulaire militaire). **2.** attachées. **3.** ou bien vous vous êtes
adressés à (si méchantes femmes). **4.** Citation à peu près littérale, comme il est indiqué, du *Roman de la Rose* (v. 13886-
13887). **5.** sottise. **6.** requise d'amour comme il convient ;
requérir : adresser une requête amoureuse (vocabulaire de la
fin'amors). **7.** bien incrédules.

supplye, si vous en sçavez quelcune[1][*] autant à l'honneur de quelque dame, que vous la nous veuillez dire pour la fin de ceste Journée ; et ne craignez poinct à parler longuement, car il y a encores assez de temps pour dire beaucoup de bonnes choses. — Et puis que le dernier reste m'est donné, dist Parlamente, je ne vous tiendray poinct longuement en parolles ; car mon histoire est si belle et si veritable, qu'il me tarde que vous ne la sachiez comme moy. Et, combien que je ne l'aye veue, si m'a-t-elle esté racomptée par ung de mes plus grands et entiers amys, à la louange de l'homme du monde qu'il avoit le plus aymé. Et me conjura que, si jamais je venois à la racompter, je voulusse changer le nom des personnes ; parquoy tout cela est veritable, hormys les noms, les lieux et le pays. »

DIXIESME NOUVELLE

Floride, après le décès de son mary, et avoir vertueusement resisté à Amadour, qui l'avoit pressée de son honneur jusques au bout, s'en ala rendre religieuse au monastere de Jesus.

*

Amours d'Amadour et Florinde, où sont contenues maintes ruses et dissimulations, avec la très louable chasteté de Florinde.

*

Cette nouvelle a fait l'objet d'une analyse de Lucien Febvre dans *Autour de L'Heptaméron. Amour sacré, amour profane*, Gallimard, 1944 (pp. 191-202) ; voir le compte rendu critique de Jean Frappier, « Sur L. Febvre et son interprétation psychologique du XVIe siècle », *Mélanges R. Lebègue*, Nizet, 1969 (p. 19-31).

*

En la comté d'Arande[2] en Arragon, y avoit une dame qui, en sa grande jeunesse, demoura vefve du

---

1. quelque exemple (mot indifféremment au masculin ou au féminin).   2. Aranda de Moncayo, dans la province de Saragosse, dans le royaume d'Aragon.

---

* quelcune autre (G).

comte d'Arande avecq ung filz et une fille, laquelle
fille se nommoit Floride *. La dicte dame meyt peine
de nourrir ¹ ses enfans en toutes les vertuz et honestetez
qui appartiennent à seigneurs et gentilz hommes ; en
sorte que sa maison eut le bruict ² d'une des honnorables qui fust poinct en toutes les Espaignes. Elle
alloit souvent à Tollette ³, où se tenoit le roi d'Espaigne ⁴ ; et quant elle venoit à Sarragosse, qui estoit près
de sa maison, demoroit longuement avecq la Royne et
à la cour, où elle estoit autant estimée que dame pourroit estre. Une fois, allant devers le Roy, selon sa coustume, lequel estoit à Sarragosse, en son chasteau de la
Jasserye ⁵ **, ceste dame passa par ung villaige qui
estoit au Vi-Roy de Cathaloigne ⁶, lequel ne bougeoit
poinct de dessus la frontiere de Parpignan, à cause des
grandes guerres ⁷ qui estoient entre les Roys de France
et d'Espaigne ; mais, à ceste heure là, y estoit la paix ⁸,
en sorte que le Vi-Roy avecq tous les cappitaines
estoient venuz faire la reverence au Roy. Sçachant ce
Vi-Roy que la contesse d'Arande passoit par sa terre,

---

1. prit   soin   d'élever.   2. la   réputation.   3. Tolède.
4. Ferdinand le Catholique (1452-1516), époux d'Isabelle, dite aussi
la Catholique. Les faits relatés se situent dans les premières années
du XVIᵉ siècle.   5. Le *Castillo de la Aljaferia*, résidence des rois
d'Aragon.   6. (Ci-dessous Vis-Roy) : Vice-roi de Catalogne : il
s'agit de don Henri d'Aragon, comte de Ribagorce (comté de Riba-
gorza).   7. En janvier 1493, Charles VIII restitue le Roussillon
et la Cerdagne à Ferdinand le Catholique par le traité de Barcelone.
En 1496, les Français s'emparent de Salces ; 1497 : trêve entre la
France et l'Espagne. La Navarre (l'actuel Pays basque français, la
Basse-Navarre, la principauté de Béarn) est enlevée aux Albret en
1512 (et le souverain y est représenté par un vice-roi).
8. Louis XII conclut une trêve avec Ferdinand en février 1504. Le
traité de Blois, signé en septembre 1504, scellait l'alliance de la
maison de France avec la maison d'Autriche : Claude, fille de
Louis XII, devait épouser le futur Charles Quint (mais en 1506 le
projet d'union est rompu, et Claude est fiancée à François d'Angoulême, futur François Iᵉʳ).

---

* Florinde (G).   ** la Jafferie (éd. Boaistuau, G, T, ms.
2155).

alla au devant d'elle, tant pour l'amityé antienne qu'il
luy portoit que pour l'honorer comme parente du Roy.
Or, il avoit en sa compaignye plusieurs honnestes gentilz hommes qui, par la frequentation de longues
guerres, avoient acquis tant d'honneur et de bon bruict,
que chascun qui les pouvoit veoir et hanter[1] se tenoit
heureux. Et, entre les autres, y en avoit ung nommé
Amadour, lequel, combien qu'il n'eust que dix huict
ou dix neuf ans, si avoit-il grace tant asseurée et le
sens si bon, que on l'eust jugé entre mil digne de gouverner une chose publicque[2]. Il est vray que ce bon
sens là estoit accompaigné d'une si grande et naïfve[3]
beaulté, qu'il n'y avoit oeil qui ne se tint contant de le
regarder ; et si la beaulté estoit tant exquise, la parolle
la suyvoit de si près que l'on ne sçavoit à qui donner
l'honneur[4], ou à la grace, ou à la beaulté, ou au bien
parler. Mais ce qui le faisoit encores plus estimer, c'estoit sa grande hardiesse, dont le bruict n'estoit
empesché pour sa jeunesse[5] ; car en tant de lieux avoit
deja monstré ce qu'il sçavoit faire, que non seullement
les Espaignes[6], mais la France et l'Ytallie estimerent
grandement ses vertuz, pource que, à toutes les guerres[7] qui avoient esté, il ne se estoit poinct espargné ;
et, quand son païs estoit en repos, il alloit chercher la
guerre aux lieux estranges[8], où il estoit aymé et estimé
d'amys et d'ennemys.

Ce gentil homme, pour l'amour de son cappitaine,
se trouva en ceste terre où estoit arrivée la contesse

---

1. fréquenter.   2. un État.   3. naturelle (qui ne doit rien à
l'artifice).   4. donner la palme.   5. dont la réputation n'était
pas amoindrie à cause de son jeune âge (une hardiesse que son
jeune âge n'empêchait pas d'être grandement réputée).   6. La
Castille, la Navarre, le Portugal, et la confédération aragonaise
(Aragon, Catalogne, royaume de Valence).   7. Les guerres d'Italie se succèdent de 1494 à 1516 ; en avril 1512, Gaston de Foix,
duc de Nemours, bat les troupes espagnoles et pontificales à Ravenne ; en 1516, après la mort de Ferdinand d'Aragon en janvier de la
même année, François Ier signe avec Charles d'Espagne, seigneur
des Pays-Bas, le traité de Noyon. Leur succèdent les guerres contre
l'Empire à partir de 1521.   8. étrangers.

d'Arande ; et, en regardant la beaulté et bonne grace
de sa fille Floride, qui, pour l'heure, n'avoit que douze
ans, se pensa en luy-mesmes que c'estoit bien la plus
honneste personne qu'il avoit jamais veue, et que, s'il
pouvoit avoir sa bonne grace, il en seroit plus satisfaict
que de tous les biens et plaisirs qu'il pourroit avoir
d'une autre. Et, après l'avoir longuement regardée, se
delibera de l'aymer, quelque impossibilité que la raison
luy meist au devant, tant pour la maison dont elle
estoit, que pour l'aage, qui ne povoit encores entendre
telz propos. Mais contre ceste craincte se fortifioit
d'une bonne esperance, se promectant à luy-mesmes
que le temps et la patience apporteroient heureuse fin
à ses labeurs. Et, dès ce temps, l'amour gentil[1] qui,
sans occasion que[2] par force de luy mesmes, estoit
entré au cueur d'Amadour, luy promist de luy donner
toute faveur et moyen pour y attaindre. Et, pour parvenir[*] à la plus grande difficulté, qui estoit la loingtaineté
du païs où il demeuroit, et le peu d'occasion qu'il avoit
de reveoir Floride, se pensa de se marier, contre la
deliberation qu'il avoit faicte avecq les dames de Barselonne et Parpignan, où il avoit tel credit que peu ou
riens luy estoit refusé ; et avoit tellement hanté ceste
frontiere, à cause des guerres, qu'il sembloit mieulx
Cathelan[3] que Castillan, combien qu'il fust natif
d'auprès de Tollette, d'une maison riche et honnorable ; mais, à cause qu'il estoit puisné, n'avoit riens de
son patrimoyne. Si est-ce que Amour et Fortune, le
voyans delaissé de ses parens, delibererent de y faire
leur chef d'euvre, et luy donnerent, par le moyen de la
vertu, ce que les loys du païs luy refusoient. Il estoit
fort adonné en l'estat de la guerre, et tant aymé de tous
seigneurs et princes, qu'il refusoit plus souvent leurs
biens, qu'il n'avoit soulcy de leur en demander.

---

1. noble, « honnête ».   2. sans autre motif que.   3. Catalan.

---

* pour *pourveoir* à (G, 2155 S) ; pour triompher de, venir à bout
de.

La contesse dont je vous parle arriva aussi en Sarragosse, et fut très bien receue du Roy et de toute sa court. Le gouverneur de Cathaloigne la venoit souvent visiter, et Amadour n'avoit garde de faillir à l'accompaigner, pour avoir seullement le loisir de regarder Floride, car il n'avoit nul moyen de parler à elle. Et, pour se donner à congnoistre en telle compaignie, s'adressa à la fille d'un vieil chevalier voisin de sa maison, nommée Avanturade, laquelle avoit avecq Floride tellement conversé * qu'elle sçavoit tout ce qui estoit caché en son cueur. Amadour, tant pour l'honnesteté qu'il trouva en elle que pour ce qu'elle avoit trois mille ducatz de rente en mariage, delibera de l'entretenir comme celuy qui[1] la vouloit espouser. A quoy voluntiers elle presta l'oreille ; et, pour ce qu'il estoit pauvre et son pere riche, pensa que jamais il ne s'accorderoit à ce mariage, sinon par le moyen de la contesse d'Arande. Dont s'adressa[2] à madame Floride et luy dist : « Ma dame, vous voyez ce gentil homme castelain[3] qui si souvent parle à moy ; je croy que toute sa pretente[4] n'est que de m'avoir en mariage. Vous sçavez quel pere j'ay, lequel jamais ne s'y consentira, si, par la contesse et par vous, il n'en est bien fort prié. » Floride, qui aymoit la damoiselle comme elle-mesme, l'asseura de prendre ceste affaire à cueur comme son bien propre. Et feit tant Avanturade, qu'elle luy presenta Amadour, lequel, luy baisant la main, cuyda s'esvanouyr d'aise ; là où il estoit estimé le mieulx parlant qui fust en Espaigne, devint muet devant Floride, dont elle fust fort estonnée ; car, combien qu'elle n'eust que douze ans, si avoit-elle desja bien entendu qu'il n'y avoit homme en l'Espaigne mieulx disant ce qu'il vouloit et de meilleure grace. Et, voyant qu'il ne luy tenoit

---

1. lui faire la cour en homme qui.   2. Le sujet est *elle* (Avanturade).   3. castillan.   4. prétention, intention.

---

* laquelle avoit esté nourrie d'enfance avec Floride (ou *Florinde*) tellement qu'elle sçavoit (G, T).

nul propos, commencea à luy dire : « La renommée que vous avez, seigneur Amadour, par toutes les Espaignes, est telle, qu'elle vous rend congneu en toute ceste compaignie, et donne desir à ceulx qui vous congnoissent de s'employer à vous faire plaisir ; parquoy, si en quelque endroict je vous en puis faire, vous me y pouvez emploier. » Amadour, qui regardoit la beaulté de sa dame, estoit si très ravy, que à peyne luy peut-il dire grand mercy ; et, combien que Floride s'estonnast de le veoir sans response, si est-ce qu'elle l'attribua plustost à quelque sottise, que à la force d'amour, et passa oultre, sans parler davantaige.

Amadour, cognoissant la vertu qui en si grande jeunesse commençoit à se monstrer en Floride, dist à celle qu'il vouloit espouser : « Ne vous esmerveillez poinct [1] si j'ay perdu la parolle devant madame Floride ; car les vertus et la saige parolle qui sont cachez soubz ceste grande jeunesse m'ont tellement estonné, que je ne luy ay sceu que dire. Mais je vous prie, Avanturade, comme celle qui sçavez ses secretz, me dire s'il est possible que en ceste court elle n'ayt tous les cueurs des gentils hommes ; car ceulx qui la congnoistront et ne l'aymeront, sont pierres ou bestes. » Avanturade, qui desja aymoit Amadour plus que tous les hommes du monde, ne luy voulut rien celer, et luy dist que madame Floride estoyt aymée de tout le monde, mais, à cause de la coustume du pays, peu de gens parloient à elle ; et n'en avoit poinct encores veu nul qui en feist grant semblant, sinon deux princes d'Espaigne, qui desiroient de l'espouser [2], l'un desquels estoit le fils de l'Infant Fortuné [3], l'aultre estoit le jeune duc de

---

1. Ne soyez point surprise.   2. Les mariages précoces étaient courants chez les princes (*cf.* N. 12) ; c'est à treize ans que la fille de Marguerite, Jeanne d'Albret, épousa Guillaume de la Marck, duc de Clèves (union annulée en 1545).   3. L'infant Fortuné est Henri d'Aragon, nommé ainsi parce qu'il avait eu la « fortune » de naître après la mort de son père en 1445 ; son fils est don Alphonse d'Aragon, héritier de la puissante maison de Castille.

Cardonne[1]*. « Je vous prie, dist Amadour, dictes-moy lequel vous pensez qu'elle ayme le mieulx ? » — « Elle est si saige, dist Avanturade, que pour riens elle ne confesseroit avoir autre volunté que celle de sa mere ; toutesfois, ad ce que nous en debvons juger, elle ayme trop mieulx le filz de l'Infant Fortuné, que le jeune duc de Cardonne. Mais sa mere, pour l'avoir plus près d'elle, l'aymeroit mieulx à Cardonne. Et je vous tiens homme de si bon jugement, que, si vous voulliez, dès aujourd'hui, vous en pourriez juger la verité ; car le filz de l'Infant Fortuné est nourry[2] en ceste court, qui est un des plus beaulx et parfaicts jeunes princes qui soit en la Chrestienté. Et si le mariaige se faisoit, par l'opinion d'entre nous filles, il seroit asseuré d'avoir madame Floride, pour veoir ensemble le plus beau couple de toute l'Espaigne. Il fault que vous entendiez que, combien qu'ilz soient tous deux jeunes, elle de douze, et luy de quinze ans, si a-il desja trois ans que l'amour est commancée** ; et, si vous voulez avoir la bonne grace d'elle, je vous conseille de vous faire amy et serviteur de luy. »

Amadour fut fort aise de veoir que sa dame aymoit quelque chose[3], esperant que à la longue il gaingneroit le lieu, non de mary, mais de serviteur ; car il ne craingnoit, en sa vertu***, sinon qu'elle ne voulsist aymer. Et après ces propos, s'en alla Amadour hanter le filz de l'Infant Fortuné, duquel il eut aisement la bonne grace, pource que tous les passetemps que le jeune prince aymoit, Amadour les sçavoit tous faire ; et sur tout estoit fort adroict à manier les chevaulx, et s'ayder

---

1. Sans doute le fils de Remon [Raymond] Folch V, dont le comté de Cardonne [*Cardona*] fut érigé en duché par Ferdinand et Isabelle (notes de M. François et de L. Febvre) ; **2.** élevé. **3.** avait quelque amour.

---

* le duc de Cadouce (G). ** *conjoincte et* commencée (G). *** car il ne craignoit *rien* en sa vertu, sinon qu'elle ne voulust *rien* aymer (G, 2155 S) ; sa vertu ne lui inspirait qu'une crainte, qu'elle refusât d'aimer.

de toutes sortes d'armes, et à tous les passetemps et jeux que ung jeune homme doibt sçavoir. La guerre recommencea en Languedoc [1], et fallut que Amadour retournast avecques le gouverneur ; qui ne fut sans grand regret, car il n'y avoit moyen par lequel il peust retourner en lieu où il peust veoir Floride ; et pour ceste occasion, à son partement [2], parla à ung sien frere, qui estoit maieurdonne [3]* de la Royne d'Espaigne, et luy dist le bon party, qu'il avoit trouvé en la maison de la contesse d'Arande, de la damoiselle Avanturade, luy priant que en son absence feist tout son possible que le mariaige vint à execution, et qu'il y employast le credit de la Royne, et du Roy, et de tous ses amys. Le gentil homme qui aymoit son frere, tant pour le lignaige que pour ses grandes vertuz, luy promist y faire son debvoir ; ce qu'il feit ; en sorte que le pere, vieulx et avaritieux, oblia son naturel pour garder [4] les vertuz d'Amadour, lesquelles la contesse d'Arande, et sur toutes la belle Floride, luy paingnoient devant les oeilz ; pareillement le jeune conte d'Arande, qui commençoit à croistre, et, en croissant, à aymer les gens vertueulx. Quant le mariage fut accordé entre les parens, le maieurdonne de la Royne envoya querir son frere, tandis que les trefves [5] duroient entre les deux Roys.

Durant lequel temps, le Roy d'Espaigne se retira à Madric [6], pour eviter le maulvays air qui estoit en plusieurs lieux ; et, par l'advis de ceulx de son conseil, à la requeste aussy de la contesse d'Arande, feit le

---

1. Peut-être allusion à l'invasion de la Navarre en juillet 1512 ; peu après Ferdinand est proclamé roi de Navarre ; la contre-offensive française échoua. **2.** départ. **3.** majordome. **4.** regarder, prendre en considération. **5.** Peut-être le traité de Noyon en 1516. **6.** Madrid.

---

* *chevalier d'honneur* (T).

mariage de l'heritiere duchesse de Medinaceli[1] avecq
le petit conte d'Arande, tant pour le bien et union de
leur maison, que pour l'amour qu'il portoit à la
contesse d'Arande ; et voulut faire les nopces au chasteau de Madric. A ces nopces se trouva Amadour, qui
poursuivyt si bien les siennes qu'il espouza celle dont
il estoit plus aymé qu'il n'y avoit d'affection[2], sinon
d'autant que ce mariage luy estoit très heureuse couverture[3] et moyen de hanter le lieu où son esperit
demoroit incessamment. Après qu'il fut maryé, print
telle hardiesse et privaulté en la maison de la contesse
d'Arande, que l'on ne se gardoit de luy non plus que
d'une femme. Et combien que à l'heure il n'eust que
vingt deux ans, il estoit si saige que la contesse
d'Arande luy communicquoit tous ses affaires, et
commandoit à son filz et à sa fille de l'entretenir et
croire ce qu'il leur conseilleroit. Ayant gaingné ce
poinct-là ceste grande estime, se conduisoit si saigement et froidement, que mesmes celle qu'il aymoit ne
congnoissoit poinct son affection. Mais, pour l'amour
de sa femme, qu'elle aymoit plus que nulle autre, elle
estoit si privée de luy[4], qu'elle ne luy dissimulloit
chose qu'elle pensast ; et eut cest heur* qu'elle luy
declaira toute l'amour qu'elle portoit au filz de l'Infant
Fortuné. Et luy, qui ne taschoit que à la gaingner entierement, luy en parloit incessamment ; car il ne luy
challoit[5] quel propos il luy tint, mais qu'il eut[6] moyen
de l'entretenir longuement. Il ne demora poinct ung
mois en la compagnye après ses nopces, qu'il fust
contrainct de retourner à la guerre, où il demoura plus

1. Les ducs de Medinaceli (ou Medina Celi) et de Najera (ici
Nageres) étaient chefs du parti castillan qui soutenait l'archiduc de
Bourgogne, Philippe le Beau, contre Ferdinand d'Aragon.
2. plus aimé d'elle qu'il ne l'aimait, lui. **3.** moyen de dissimuler. **4.** si proche de lui, si intimement liée à lui. **5.** ne lui
importait (*cf.* « peu me chaut » : peu m'importe). **6.** à condition
qu'il eût, pourvu qu'il eût.

* gaigna ce point (G).

de deux ans, sans retourner veoir sa femme, laquelle se tenoit tousjours où elle avoit esté nourrye.

Durant ce temps, luy escripvoit souvent Amadour ; mais le plus fort de la lettre estoit des recommandations à Floride, qui, de son costé, ne falloit à[1] luy en randre, et mectoit quelque bon mot de sa main en la lettre que Avanturade faisoit, qui estoit l'occasion de rendre son mary très soigneux de luy rescrire*. Mays, en tout cecy, ne congnoissoit riens Floride, sinon qu'elle l'aymoit comme s'il eust été son propre frere. Plusieurs foys alla et vint Amadour, en sorte que en cinq ans ne veit pas Floride deux moys durant ; et toutesfois l'amour, en despit de l'esloignement et de la longueur de l'absence, ne laissoit pas de croistre. Et advint qu'il feit ung voiage pour venir veoir sa femme ; et trouva la contesse bien loing de la court, car le Roy d'Espaigne s'en estoit allé à l'Andelouzie, et avoit mené avecq luy le jeune conte d'Arande, qui desja commenceoit à porter les armes. La contesse d'Arande s'estoit retirée en une maison de plaisance qu'elle avoit sur la frontiere d'Arragon et de Navarre ; et fut fort aise, quand elle veit revenir Amadour, lequel près de trois ans avoit esté absent. Il fut bien venu[2] d'un chascun, et commanda la contesse qu'il fut traicté comme son propre filz. Tandis qu'il fut avecq elle, elle luy communicqua toutes ses affaires de sa maison, et en remectoit la plus part à son oppinion ; et gaigna ung si grand credit en ceste maison, que, en tous les lieux où il vouloit venir, on luy ouvroit tousjours la porte, estimant sa preud'hommye[3] si grande, que l'on se fyoit en luy de toutes choses comme ung sainct ou ung ange. Floride, pour l'amitié qu'elle portoit à sa femme Avanturade et à luy, le chercheoit** en tous lieux où elle le voioit ; et ne se doubtoit en riens de son intention :

---

1. ne manquait.   2. bien accueilli.   3. sagesse, honnêteté.

---

* de luy rescrire souvent (G).   ** La leçon des ms. est meilleure que celle de G (le *cherissoit* en tous lieux).

parquoy elle ne se gardoit de nulle contenance, pour ce
que son cueur ne souffroit nulle passion, sinon qu'elle
sentoit ung très grand contentement, quant elle estoit
auprès de luy, mais autre chose n'y pensoit. Amadour,
pour eviter le jugement de ceulx qui ont experimenté
la difference du regard des amans au pris des aultres,
fut en grande peyne. Car quant Floride venoit parler à
luy privement, comme celle qui n'y pensoit en nul mal,
le feu caché en son cueur le brusloit si fort qu'il ne
pouvoit empescher que la couleur ne luy montast au
visaige, et que les estincelles saillissent par ses oeilz.
Et à fin que, par frequentation, nul ne s'en peust apparcevoir, se meist à entretenir une fort belle dame, nommée Poline, femme qui en son temps fut estimée si
belle, que peu d'hommes qui la veoyent eschappoient
de ses lyens. Ceste Poline, ayant entendu comme Amadour avoit mené l'amour[1] à Barselonne et à Parpignan,
en sorte qu'il estoit aymé des plus belles et honnestes
dames du païs, et, sur toutes, d'une contesse de Palamos, que l'on estimoit la premiere en beaulté de toutes
les dames d'Espaigne et de plusieurs aultres, luy dist
qu'elle avoit grande pitié de luy, veu que après tant de
bonnes fortunes, il avoit espouzé une femme si layde
que la sienne. Amadour, entendant bien par ces
parolles qu'elle avoit envye de remedier à sa necessité[2], luy en tint les meilleurs propos qu'il fut possible,
pensant que, en luy faisant acroyre une mensonge, il
luy couvriroit[3] une verité. Mais elle, fine, experimentée en amour, ne se contenta de parolles ; toutesfoys,
sentant très bien que son cueur n'estoit satisfaict de
cest amour, se doubta qu'il la voulsist faire servir de
couverture, et, pour ceste occasion, le regardoit de si
près qu'elle avoit tousjours le regard à ses oeilz, qui
sçavoyent si bien faindre qu'elle ne povoit juger que
par bien obscur soupson ; mais ce n'estoit-ce sans
grande peyne au gentilhomme, auquel Floride, ignorant

1. conduit ses intrigues amoureuses.   2. porter remède à son
malheur.   3. dissimulerait.

toutes ces malices, s'adressoit souvent devant Poline si priveement[1] qu'il avoit une merveilleuse peyne à contraindre son regard contre son cueur ; et, pour eviter qu'il n'en vint inconvenient ung jour, parlant à Floride, appuyé sur une fenestre, luy tint tel propos : « M'amye, je vous supplie me conseiller lequel vault mieulx parler ou mourir ? » Floride luy respondit promptement : « Je conseilleray tousjours à mes amys de parler, et non de morir ; car il y a peu de parolles qui ne se puissent amender, mais la vie perdue ne se peult recouvrer. — Vous me promectrez doncques, dist Amadour, que vous ne serez non seullement marrye des propos que je vous veulx dire, mais estonnée[2] jusques à temps que vous entendiez la fin ? » Elle luy respondit : « Dictes ce qu'il vous plaira ; car, si vous m'estonnez, nul autre ne m'asseurera[3]. » Il commencea à luy dire : « Ma dame, je ne vous ay encores voulu dire la très grande affection que je vous porte, pour deux raisons : l'une, que j'entendois par long service vous en donner l'experience ; l'autre, que je doubtois* que vous estimissiez gloire en moy, qui suis ung simple gentil homme, de m'addresser en lieu[4] qu'il ne m'appartient de regarder. Et encores, quant je serois prince comme vous, la loyaulté de vostre cueur ne permectroit que aultre que celluy qui en a prins la possession, filz de l'Infant Fortuné, vous tienne propos d'amityé. Mais, ma dame, tout ainsy que la necessité en une forte guerre contrainct faire le degast de son propre bien, et ruyner le bled en herbe, de paour que l'ennemy n'en puisse faire son proffict, ainsi prens-je le hazard[5] de advancer le fruict que avecq le temps j'esperois cueillir, pour garder que les ennemys de vous et de moy n'en peussent faire leur proffict à vostre dommaige. Entendez,

---

1. avec tant de privautés.　　**2.** choquée.　　**3.** me rassurera.
4. à une personne.　　**5.** le risque.

---

* je doubtais *que penseriez une grande outrecuydance à* moy (T, G).

ma dame, que, des l'heure de vostre grande jeunesse,
je me suis tellement dedié[1] à vostre service, que je
n'ay cessé de chercher les moyens pour acquerir vostre
bonne grace ; et, pour ceste occasion seulle, me suis
maryé à celle que je pensoys que vous aymiez le
mieulx. Et sçachant l'amour que vous portiez au filz
de l'Infant Fortuné, ay mis peine de le servir et hanter
comme vous sçavez ; et tout ce que j'ay pensé vous
plaire, je l'ay cherché de tout mon pouvoir. Vous
voyez que j'ay acquis la grace de la contesse vostre
mere, et du conte vostre frere et de tous ceulx que vous
aymez, tellement que je suys en ceste maison tenu non
comme serviteur, mais comme enffant ; et tout le travail[2] que j'ay prins il y a cinq ans, n'a esté que pour
vivre toute ma vie avecq vous. Entendez, ma dame,
que je ne suys poinct de ceulx qui pretendent par ce
moyen avoir de vous ne bien ne plaisir autre que vertueux. Je sçay que je ne vous puis espouser ; et, quand
je le pourrois, je ne le vouldrois, contre l'amour que
vous portez à celluy que je desire vous veoir pour
mary. Et, aussy, de vous aimer d'une amour vitieuse,
comme ceulx qui esperent de leur long service une
recompense au deshonneur[3] des dames, je suis si loing
de ceste affection, que j'aymerois mieulx vous veoir
morte, que de vous sçavoir moins digne d'estre aymée,
et que la vertu fust admoindrye en vous, pour quelque
plaisir qui m'en sceust advenir. Je ne pretends, pour la
fin et recompense de mon service, que une chose : c'est
que vous me voulliez estre maistresse si loyalle que
jamais vous ne m'esloigniez de vostre bonne grace,
que vous me continuiez au degré où je suis, vous fiant
en moy plus que en nul aultre, prenant ceste seurté[4] de
moy, que, si, pour vostre honneur ou chose qui vous
touchast, vous avez besoing de la vie d'un gentil
homme, la moyenne y sera de très bon cueur employée,
et en pouvez faire estat, pareillement, que toutes les

---

1. donné, voué.   2. peine.   3. être récompensé par le
déshonneur.   4. assurance.

choses honnestes et vertueuses que je feray seront
faictes seullement pour l'amour de vous. Et, si j'ay
faict, pour dames moindres que vous, chose dont on
ayt faict estime, soyez seure que, pour une telle maistresse, mes entreprinses croistront de telle sorte que
les choses que je trouvois impossibles me seront très
faciles. Mais, si vous ne m'acceptez pour du tout
vostre, je delibere de laisser les armes, et renoncer à la
vertu qui ne m'aura secouru à mon besoing. Parquoy,
ma dame, je vous supplie que ma juste requeste me
soit octroyée, puisque vostre honneur et conscience ne
me la peuvent refuser. »

La jeune dame, oyant ung propos non accoustumé,
commencea à changer de couleur et baisser les oeils
comme femme estonnée. Toutesfoys, elle, qui estoit
saige, luy dist : « Puis que ainsy est, Amadour, que
vous demandez de moy ce que vous en avez, pourquoy
est-ce que vous me faictes une si grande et longue
harangue ? J'ay si grand paour que, soubz voz honnestes propos, il y ayt quelque malice cachée pour
decepvoir[1] l'ingnorance joincte à ma jeunesse, que je
suis en grande perplexité de vous respondre. Car, de
refuser l'honneste amityé que vous m'offrez, je ferois
le contraire de ce que j'ay faict jusques icy, que je me
suis plus fyée en vous, que en tous les hommes du
monde. Ma conscience ny mon honneur ne contrevien-
nent poinct à vostre demande, ny l'amour que je porte
au filz de l'Infant Fortuné ; car elle est fondée sur
mariage, où vous ne pretendez riens. Je ne sçaiche
chose qui me doibve empescher de faire response selon
vostre desir, sinon une craincte que j'ay en mon cueur,
fondée sur le peu d'occasion que vous avez de me tenir
telz propos ; car, si vous avez ce que vous demandez,
qui vous contrainct d'en parler si affectionnement[2] ? »
Amadour, qui n'estoit sans response, luy dist : « Ma
dame, vous parlez très prudemment, et me faictes tant

---

1. tromper.   2. avec tant de passion.

d'honneur de la fiance [1] que vous dictes avoir en moy,
que, si je ne me contante d'un tel bien, je suys indigne
de tous les autres. Mais entendez, ma dame, que celluy
qui veult bastir ung edifice perpetuel, il doibt regarder
à prendre ung seur et ferme fondement : parquoy, moy,
qui desire perpetuellement demorer en vostre service,
je doibs regarder non seullement les moyens pour me
tenir près de vous, mais empescher qu'on ne puisse
congnoistre la très grande affection que je vous porte ;
car, combien qu'elle soyt tant honneste qu'elle se
puisse prescher partout, si est-ce que ceulx qui ignorent
le cueur des amans ont souvent jugé contre verité. Et
de cella vient autant mauvais bruict, que si les effects [2]
estoient meschans. Ce qui me faict dire cecy, et ce qui
m'a faict advancer de le vous declairer, c'est Poline,
laquelle a prins ung si grand soupson sur moy, sentant
bien à son cueur que je ne la puis aymer, qu'elle ne
faict en tous lieux que espier ma contenance. Et quant
vous venez parler à moy devant elle si privement, j'ay
si grand paour de faire quelque signe où elle fonde
jugement, que je tumbe en inconvenient dont je me
veulx garder ; en sorte que j'ay pensé vous supplier
que, devant elle et devant celles que vous congnoissez
aussi malitieuses, ne veniez parler à moy ainsy soubz-
dainement ; car j'aymerois mieulx estre mort, que creature vivante en eust la congnoissance. Et n'eust esté
l'amour que j'avoys à vostre honneur, je n'avois poinct
proposé de vous tenir ces propos, d'autant que je me
tiens assez heureux de l'amour et fiance que vous me
portez, où je ne demande rien davantaige que persevé-
rance. »

Floride, tant contante qu'elle n'en pouvoit plus porter [3], commencea en son cueur à sentir quelque chose
plus qu'elle n'avoit accoustumé ; et, voyant les honnestes raisons qu'il luy alleguoit, luy dist que la vertu
et l'honnesteté respondroient pour elle, et lui accordoit
ce qu'il demandoit ; dont si Amadour fut joyeulx, nul

----

1. confiance.   2. les actes.   3. supporter.

qui ayme ne le peult doubter. Mais Floride creut trop plus son conseil[1] qu'il ne vouloit ; car elle, qui estoit crainctifve non seullement devant Poline, mais en tous autres lieux, commencea à ne le chercher pas, comme elle avoit accoustumé ; et, en cest esloignement, trouva mauvais la grande frequentation qu'Amadour avoit avecq Poline, laquelle elle voyoit tant belle qu'elle ne pouvoit croyre qu'il ne l'aymast. Et, pour passer sa grande tristesse, entretint tousjours Advanturade, laquelle commençoit fort à estre jalouse de son mary et de Poline ; et s'en plaignoit souvent à Floride, qui la consoloit le mieulx qu'il luy estoit possible, comme celle qui estoit frappée d'une mesme peste. Amadour s'apperceut bientost de la contenance[2] de Floride, et non seulement pensa qu'elle s'esloignoit de luy par son conseil, mais qu'il y avoit quelque fascheuse oppinion meslée. Et ung jour, venant de vespres d'un monastaire, luy dist : « Ma dame, quelle contenance me faictes-vous ? — Telle que je pense que vous la voulez, respondit Floride. » À l'heure, soupsonnant la verité, pour sçavoir s'il estoit vray, vat dire : « Ma dame, j'ay tant faict par mes journées[3], que Poline n'a plus d'opinion de vous[4]. » Elle luy respondit : « Vous ne sçauriez mieulx faire, et pour vous et pour moy ; car, en faisant plaisir à vous-mesme, vous me faites honneur. » Amadour estima, par ceste parolle, qu'elle estimoit qu'il prenoit plaisir à parler à Poline, dont il fut si desesperé qu'il ne se peut tenir de luy dire en collere : « Ha ! ma dame, c'est bien tost commancé de tormenter ung serviteur, et le lapider de bonne heure ; car je ne pense poinct avoir porté peyne qui m'ayt esté plus ennuyeuse que la contraincte de parler à celle que je n'ayme poinct. Et puis que ce que faictz pour vostre service est prins de vous en autre part, je ne parleray jamais à elle ; et en advienne ce qu'il en pourra adve-

---

1. suivit son avis bien plus... 2. comportement, attitude. 3. j'ai tant fait par mes efforts. 4. ne « se fait plus d'idée » à votre sujet (a cessé de vous soupçonner).

nir ! Et à fin de dissimuller mon courroux, comme j'ay faict mon contentement, je m'en voys en quelque lieu icy auprès, en actendant que vostre faintaisie soit passée. Mais j'espere que là j'auray quelques nouvelles de mon cappitaine de retourner à la guerre, où je demoreray si long temps, que vous congnoistrez que autre chose que vous ne me tient en ce lieu. » Et, en ce disant, sans actendre aultre responce d'elle, partit incontinant. Floride demora tant ennuyée et triste, qu'il n'estoit possible de plus. Et commencea l'amour, poulcée de son contraire[1], à monstrer sa très grande force, tellement que elle, congnoissant son tort, escripvoit incessamment à Amadour, le priant de vouloir retourner ; ce qu'il feyt après quelques jours, que sa grande collere lui estoit diminuée.

Je ne sçaurois entreprendre de vous compter par le menu* les propos qu'ilz eurent pour rompre ceste jalousie. Toutesfoys, il gaingna la bataille, tant qu'elle luy promist que jamais elle ne croyroit non seullement qu'il aymast Poline, mais qu'elle seroit toute asseurée que ce luy estoit ung martire trop importable[2] de parler à elle ou à aultre, sinon pour luy faire service.

Après que l'amour eust vaincu ce premier soupson, et que les deux amans commencerent à prandre plus de plaisir que jamais à parler ensemble, les nouvelles vindrent que le Roy d'Espaigne envoyoit toute son armée à Sauce[3]. Parquoy, celluy qui avoit accoustumé d'y estre le premier, n'avoit garde de faillyr à pourchasser son honneur[4], mais il est vray que c'estoit avecq ung aultre regret, qu'il n'avoit accoustumé, tant de perdre son plaisir qu'il avoit que de paour de trouver mutation à son retour, pource qu'il voyoit Floride pourchassée de grans

---

1. excitée par les obstacles.   **2.** insupportable.   **3.** La place forte de Salces, aujourd'hui Salses (près de Leucate) dans l'actuel département des Pyrénées-Orientales, au nord de Perpignan. **4.** rechercher l'honneur (un motif de gloire).

* *de vous compter par le menu :* omis dans ms. 1512 ; texte rétabli en suivant G.

princes et seigneurs, et desjà parvenue à l'aage de quinze
ou seize ans ; parquoy pensa que, si elle estoit en son
absence maryée, il n'auroit plus d'occasion de la veoir,
sinon que la contesse d'Arande luy donnast Avanturade,
sa femme, pour compaignye. Et mena si bien son affaire
envers ses amys, que la comtesse et Floride luy promirent * que, en quelque lieu qu'elle fust mariée, sa femme
Avanturade yroit. Et combien qu'il fust question à
l'heure de marier Floride en Portugal, si estoit-il deliberé [1] qu'elle ne l'habandonneroit jamais ; et, sur ceste
asseurance, non sans ung regret indicible, s'en partit
Amadour, et laissa sa femme avecq la contesse. Quant
Floride seulle ouyt le departement [2]** de son bon serviteur, elle se meit à faire toutes choses si bonnes et vertueuses, qu'elle esperoit par cella actaindre le bruict [3] des
plus parfaictes dames, et d'estre reputée digne d'avoir
ung tel serviteur que Amadour. Lequel, estant arrivé à
Barselonne, fut festoyé des dames comme il avoit
accoustumé ; mais elles le trouverent tant changé,
qu'elles n'eussent jamais pensé que mariage eust telle
puissance sur ung homme qu'il avoit sur luy ; car il sembloit qu'il se faschoit de veoir les choses [4] que austrefois
il avoit desirées ; et mesme la contesse de Palamos, qu'il
avoit tant aymée, ne sceut trouver moyen de le faire aller
seullement jusques à son logis, qui fut cause qu'il n'arresta à Barselonne que le moins qu'il luy fut possible,
comme celluy à qui l'heure tardoit d'estre au lieu où l'on
n'esperoit que luy. Et quant il fut arrivé à Sauce,
commencea la guerre grande et cruelle entre les deux
Roys, laquelle ne suis deliberée de racompter, ne aussy
les beaulx faictz que feit Amadour, car mon compte
seroit assez long pour employer toute une journée***.

---

1. convenu.   **2.** départ.   **3.** acquérir la renommée.   **4.** les
personnes.

---

* luy *poursuivirent* (ms. 1512) ; texte corrigé suivant
autres ms.   ** Quand Florinde *se trouva seule apres* le departement (G).   *** car *au lieu de compte faudroit faire un bien
grand livre* (G).

Mais sçachez qu'il emportoit le bruict [1] par dessus tous ses compaignons. Le duc de Nageres [2] arriva à Parpignan, ayant charge de deux mil hommes et pria Amadour d'estre son lieutenant, lequel avecq ceste bande feit tant bien son debvoir, que l'on n'oyoit en toutes les escarmouches crier que *Nageres !*

Or, advint que le Roy de Thunis [3] qui de long temps faisoit la guerre aux Espaignols, entendit comme les Roys de France et d'Espaigne faisoient la guerre guerroyable * sur les frontieres de Parpignan et Narbonne ; se pensa que en meilleure saison ne pourroit-il faire desplaisir au Roy d'Espaigne, et envoya un grand nombre de fustes [4] et autres vaisseaux, pour piller et destruire tout ce qu'ils pourroient trouver mal gardé sur les frontières d'Espagne. Ceulx de Barselonne, voyans passer devant eulx une grande quantité de voilles, en advertirent le Vis-Roy, qui estoit à Sauce, lequel incontinant envoya le duc de Nageres à Palamos [5]. Et quant les Maures ** veirent que le lieu estoit si bien gardé, faingnirent de passer oultre ; mais, sur l'heure de minuict, retournerent, et meirent tant de gens en terre, que le duc de Nageres, surprins de ses ennemys, fut emmené prisonnier. Amadour, qui estoit fort vigillant, entendit le bruict, assembla incontinant le plus grand nombre qu'il peut de ses gens, et se defendit si bien que la force de ses ennemys fut long temps sans luy pouvoir nuyre. Mais, à la fin, sçachant que le duc de Nageres estoit prins, et que les Turcs estoient deliberez de mectre le feu à Palamos, et le brusler en la maison qu'il tenoit forte *** contre eulx, ayma mieulx se rendre

---

1. la gloire.   2. Le duc de Najera (ou Nagera), allié de Medinaceli.   3. En 1503, une flotte mauresque avait ravagé les côtes de Catalogne. Les années précédentes, l'Espagne avait fait plusieurs incursions en Berbérie, l'actuelle Afrique du Nord.   4. Bâtiments légers, petites galères.   5. Au nord de Barcelone.

---

* guerre *l'un contre l'autre* (G).   ** *les navires* dans plusieurs ms. et chez G.   *** *où il tenoit fort* contre eux (G).

que d'estre cause de la perdition des gens de bien qui estoient en sa compaignye ; et aussy que, se mectant à rançon, espereroit encores reveoir Floride. À l'heure, se rendit à ung Turc, nommé Dorlin, gouverneur du Roy de Thunis, lequel le mena à son maistre, où il fut le très bien receu et encores mieux gardé ; car il pensoit bien, l'ayant entre ses mains, avoir l'Achilles [1] de toutes les Espaignes.

Ainsi demoura Amadour près de deux ans au service* du Roy de Thunis. Les nouvelles vindrent en Espaigne de ceste prinse, dont les parens du duc de Nageres feirent ung grand dueil ; mais ceulx qui aymoient l'honneur du pays estimerent plus grande la perte de Amadour. Le bruict en vint dans la maison de la contesse d'Arande, où pour l'heure estoit la pauvre Avanturade griefvement mallade. La contesse, qui se doubtoit bien fort de l'affection que Amadour portoit à sa fille, laquelle elle souffroit et dissimulloit pour les vertuz qu'elle congnoissoit en luy, appella sa fille à part et luy dist les piteuses nouvelles. Floride, qui sçavoit bien dissimuller, luy dist que c'estoit grande perte pour toute leur maison, et que surtout elle avoit pitié de sa pauvre femme, veu mesmement [2] la maladye où elle estoit. Mais, voyant sa mere pleurer très fort, laissa aller quelques larmes pour luy tenir compaignye, afin que, par trop faindre, sa faincte ne fust descouverte. Depuis ceste heure-là, la contesse luy en parloit souvent, mais jamais ne sceut tirer contenance où elle peust asseoir jugement. Je laisseray à [3] dire les voiages, prieres, oraisons et jeusnes, que faisoit ordinairement Floride pour le salut de Amadour ; lequel, incontinant qu'il fut à Thunis, ne faillit d'envoyer de ses nouvelles à ses amys, et, par homme fort seur, advertir Floride qu'il estoit en bonne santé et espoir de la reveoir : qui

---

1. Le héros homérique est l'emblème de la vaillance guerrière.
2. surtout.   3. omettrai de.

---

* prisonnier (T).

fut à la pauvre dame le seul moyen de soustenir son ennuy. Et ne doubtez, puisqu'il luy estoit permis d'escripre, qu'elle s'en acquicta si dilligemment, que Amadour n'eut poinct faulte de la consolation de ses lettres et epistres.

Et fut mandée la contesse d'Arande, pour aller à Sarragosse, où le Roy estoit arrivé ; et là se trouva le jeune duc de Cardonne, qui feit poursuicte si grande envers le Roy et la Royne, qu'ilz prierent la contesse de faire le mariaige de luy et de sa fille. La contesse, comme celle qui en riens ne leur voulloit desobeyr, l'accorda, estimant que en sa fille, qui estoit si jeune, n'y avoit volunté que la sienne. Quant tout l'accord fut faict, elle dist à sa fille, comme elle luy avoit choisy le party qui luy sembloit le plus necessaire. La fille, sçachant que en une chose faicte ne falloit poinct de conseil, luy dist que Dieu fust loué du tout ; et, voyant sa mere si estrange envers elle[1], ayma mieulx luy obeyr, que d'avoir pitié de soy mesmes. Et, pour la resjouyr de tant de malheurs, entendit que l'Infant Fortuné estoit malade à la mort ; mais jamais, devant sa mere ne nul autre, n'en feit ung seul semblant[2], et se contraingnit si fort, que les larmes, par force retirées en son cueur, feirent sortir le sang par le nez en telle abondance, que la vie fut en dangier de s'en aller quant et quant[3] ; et, pour la restaurer, espouza celuy qu'elle eut voluntiers changé à la mort[4]. Après les nopces faictes, s'en alla Floride avecq son mary en la duché de Cardonne, et mena avecq elle Avanturade, à laquelle elle faisoit privement ses complainctes, tant de la rigueur que sa mere luy avoit tenue, que du regret d'avoir perdu le filz de l'Infant Fortuné ; mais du regret d'Amadour, ne luy en parloit que par maniere de la consoler. Ceste jeune dame doncques se delibera de mectre Dieu et l'honneur devant ses oeilz[5], et dissimulla si bien ses

---

1. si rigoureuse envers elle.   2. ne manifesta rien de sa douleur.   3. en même temps.   4. échangé contre la mort.
5. d'avoir le seul souci de Dieu et de son honneur.

ennuyz, que jamais nul des siens ne s'apperceut que son mary luy despleust.

Ainsi passa ung long temps Floride, vivant d'une vie moins belle que la mort ; ce qu'elle ne faillit de mander à son serviteur Amadour, lequel, congnoissant son grand et honneste cueur, et l'amour qu'elle portoit au filz de l'Infant Fortuné, pensa qu'il estoit impossible qu'elle sceust[1] vivre longuement, et la regretta comme celle qu'il tenoit pis que morte. Ceste peyne augmenta celle qu'il avoyt ; et eut voulu demorer toute sa vye esclave comme il estoit, et que Floride eust eu ung mary selon son desir, oubliant son mal pour celluy qu'il sentoit que portoit s'amye. Et, pour ce qu'il entendit, par ung amy qu'il avoit acquis à la court du Roy de Thunis, que le Roy estoit delibéré de luy faire presenter le pal, ou qu'il eust à renoncer sa foy[2] pour l'envye qu'il avoit, s'il le pouvoit randre bon Turc[3], de le tenir avecq luy, il feit tant avecq le maistre qui l'avoit prins, qu'il le laissa aller sur sa foy[4], le mectant à si grande rançon qu'il ne pensoit poinct que ung homme de si peu de biens la peust trouver. Et ainsy, sans en parler au Roy, le laissa son maistre aller sur sa foy. Luy, venu à la court devers le Roy d'Espaigne, s'en partit bien tost pour aller chercher sa rançon à tous ses amys ; et s'en alla tout droict à Barselonne, où le jeune duc de Cardonne, sa mere et Floride, estoient allez pour quelque affaire. Sa femme Avanturade, si tost qu'elle ouyt les nouvelles que son mary estoit revenu, le dist à Floride, laquelle s'en resjouyt comme pour l'amour d'elle. Mais, craingnant que la joye qu'elle avoit de le veoir luy fist changer de visaige, et que ceulx qui ne la congnoissoient poinct en prinssent mauvaise opinion, se tint à une fenestre, pour le veoir venir de loing. Et, si tost qu'elle l'advisa[5], descendit par ung escallier

---

1. qu'elle pût.   **2.** abjurer sa religion.   **3.** bon musulman (le Turc est alors l'emblème de la religion islamique).   **4.** le laissa partir en France en lui faisant confiance, en acceptant la promesse faite (de recueillir la rançon auprès de ses amis et de revenir).   **5.** l'aperçut.

tant obscur que nul ne pouvoit congnoistre si elle changeoit de couleur ; et ainsy, ambrassant Amadour, le
mena en sa chambre, et de là à sa belle mere, qui ne
l'avoit jamais veu. Mais il n'y demoura poinct deux
jours, qu'il se feit autant aymer dans leur maison, qu'il
estoit en celle de la contesse d'Arande.

Je vous laisseray à penser les propos que Floride et
luy peurent avoir ensemble, et les complainctes qu'elle
luy feit des maulx qu'elle avoit receuz en son absence.
Après plusieurs larmes gectées du regret qu'elle avoit,
tant d'estre mariée contre son cueur, que d'avoir perdu
celluy qu'elle aimoit tant, lequel jamais n'esperoit de
reveoir, se delibera de prendre sa consolation en
l'amour et seurté qu'elle portoit à Amadour, ce que
toutefois elle ne luy osoit declairer ; mais, luy, qui s'en
doubtoit bien, ne perdoit occasion ne temps pour luy
faire congnoistre la grande amour qu'il luy portoit. Sur
le poinct qu'elle estoit presque toute gaingnée de le
recepvoir, non à serviteur, mais à seur et parfaict amy,
arriva une malheureuse fortune ; car le Roy, pour
quelque affaire d'importance, manda incontinant Amadour ; dont sa femme eut si grand regret, que, en oyant
ces nouvelles, elle s'esvanouyt, et tumba d'un degré[1]
où elle estoit, dont elle se blessa si fort, que oncques
puis n'en releva. Floride, qui, par ceste mort, perdoit
toute consolation, feyt tel dueil que peult faire celle qui
se sent destituée[2] de ses parens et amys. Mais encores
le print plus mal en gré Amadour ; car, d'un costé, il
perdoit l'une des femmes de bien qui oncques fut, et
de l'autre, le moyen de povoir jamais reveoir Floride ;
dont il tomba en telle tristesse, qu'il cuida soubdainement morir. La vielle duchesse de Cardonne incessamment le visitoit, luy allegant les raisons des
philosophes, pour luy faire porter ceste mort patiemment. Mais riens ne servoit ; car, si la mort, d'un costé,
le tourmentoit, l'amour, de l'autre costé, augmentoit le
martire. Voyant Amadour que sa femme estoit enter-

---

1. marche d'un escalier.   2. privée.

rée, et que son maistre le mandoit, parquoy il n'avoit plus occasion de demorer, eut tel desespoir en son cueur, qu'il cuyda perdre l'entendement. Floride, qui, en le cuydant consoler, estoit sa desolation, fut toute une après disnée à luy tenir les plus honnestes propos qu'il luy fut possible, pour luy cuyder diminuer la grandeur de son dueil, l'asseurant qu'elle trouveroit moyen de le povoir veoir plus souvent qu'il ne cuydoit. Et, pour ce que le matin debvoit partyr, et qu'il estoit si foible qu'il ne se povoit bouger de dessus son lict, la suplia de le venir veoir au soir, après que chascun y auroit esté ; ce qu'elle luy promist, ignorant que l'extremité de l'amour ne congnoist nulle raison. Luy, qui se voyoit du tout desesperé de jamais la povoir recepvoir, que si longuement l'avoit servie et n'en avoit jamais eu nul autre traictement que vous avez oy, fut tant combatu de l'amour dissimullée et du desespoir qui luy monstroit tous les moyens de la hanter perduz, qu'il se delibera de jouer à quicte ou à double, pour du tout [1] la perdre ou du tout la gaingner, et se payer en une heure du bien qu'il pensoit avoir merité. Il feit encourtiner [2] son lict, de sorte que ceulx qui venoient à la chambre ne le povoient veoir, et se plaignit beaucoup plus qu'il n'avoit accoustumé, tant que tous ceulx de ceste maison ne pensoient pas que il deust vivre vingt quatre heures.

Après que chascun l'eut visité, au soir, Floride, à la requeste mesmes de son mary, y alla, esperant, pour le consoler*, luy declarer son affection, et que du tout elle le vouloit aymer, ainsy que l'honneur le peult permectre. Et se vint seoir en une chaise qui estoit au chevet de son lict, et commencea son reconfort par pleurer avecq luy. Amadour, la voyant remplye de tel regret, pensa que en ce grand torment pourroit plus facilement venir à bout de son intention, et se leva de

1. entièrement. 2. entourer de courtines, de rideaux.

* pour le *conseiller* (ms. 1512 ; corrigé selon G).

dessus son lict ; dont Floride, pensant qu'il fust trop foible, le voulut engarder[1]. Et se meist à deux genoulx devant elle, luy disant : « Faut-il que pour jamais je vous perde de veue ? » Se laissa tumber entre ses bras, comme ung homme à qui force default[2]. La pauvre Floride l'embrassa et le soustint longuement, faisant tout ce qui luy estoit possible pour le consoler ; mais la medecine qu'elle luy bailloit, pour amender sa douleur, la luy rendoit beaucoup plus forte ; car, en faisant le demy mort et sans parler, s'essaya à chercher ce que l'honneur des dames deffend. Quant Floride s'apperceut de sa mauvaise volunté, ne la pouvoit croire, veu les honnestes propos que tousjours luy avoit tenuz ; luy demanda que c'estoit qu'il vouloit ; mais Amadour, craignant d'ouyr sa response, qu'il sçavoit bien ne povoir estre que chaste et honneste, sans luy dire riens, poursuivit, avecq toute la force qu'il luy fut possible, ce qu'il chercheoit ; dont Floride, bien estonnée, soupsonna plus tost qu'il fust hors de son sens, que de croyre qu'il pretendist à son deshonneur. Parquoy elle appela tout hault ung gentil homme qu'elle sçavoit bien estre en la chambre avecq elle ; dont Amadour, desesperé jusques au bout, se regecta dessus son lict si soubdainement, que le gentil homme cuydoit qu'il fust trespassé. Floride, qui s'estoyt levée de sa chaise, luy dist : « Allez, et apportez vistement quelque bon vinaigre. » Ce que le gentil homme feyt. A l'heure, Floride commencea à dire : « Amadour, quelle follye est montée en vostre entendement ? et qu'est-ce qu'avez pensé et voulu faire ? » Amadour, qui avoit perdu toute raison par la force d'amour, luy dist : « Ung si long service merite-il recompense de telle cruaulté ? — Et où est l'honneur, dist Floride, que tant de foys vous m'avez presché ? — Ha ! ma dame, dist Amadour, il n'est possible de plus aymer pour vostre honneur* que

---

1. empêcher.   2. défaille.

---

* de plus aymer vostre honneur (autres ms.).

je faictz ; car, avant que fussiez mariée, j'ay sceu si
bien vaincre mon cueur, que vous n'avez sceu
congnoistre ma volunté ; mais, maintenant que vous
l'estes, et que vostre honneur peult estre couvert, quel
tort vous tiens-je de demander ce qui est mien ? Car,
par la force d'amour, je vous ay si bien gaignée que
celluy qui premier a eu vostre cueur a si mal poursuivy
le corps, qu'il a merité de perdre le tout ensemble. Celluy qui possede vostre corps[1] n'est pas digne d'avoir
vostre cueur : parquoy, mesmes le corps ne luy appartient. Mais, moy, ma dame, qui durant cinq ou six ans,
ay porté tant de peynes et de maulx pour vous, que
vous ne pouvez ignorer que à moy seul appartiennent
le corps et le cueur, pour lequel j'ay oblyé le mien. Et
si vous vous cuydez defendre par la conscience, ne
doubtez poinct que, quant l'amour force le corps et le
cueur, le peché soyt jamais imputé[2]. Ceulx qui, par
fureur, mesmes viennent à se tuer, ne peuvent pecher
quoiqu'ils fassent ; car la passion ne donne lieu à la
raison[3]. Et, si la passion d'amour est la plus importable[4] de tous les autres, et celle qui plus aveugle tous
les sens, quel peché vouldriez-vous attribuer à celluy
qui se laisse* conduire par une invincible puissance ?
Je m'en voys, et n'espere jamais de vous veoir**. Mais,

---

1. Écho de la doctrine dite « courtoise » de l'amour, distinguant
la possession du corps, pour le mari, et la possession du cœur,
pour l'ami.   2. ne craignez point que cela puisse être imputé à
péché.   3. n'accorde aucune place à la raison.   4. insupportable.

---

* Le texte fautif de ms. 1512 (qui *ne* se laisse) est corrigé selon
d'autres manuscrits.   ** Ne doubtez point que ceux qui ont
esprouvé les forces d'amour ne rejettent le blasme sur vous qui
m'avez tellement ravy ma liberté et esblouy mes sens par vos
divines graces que, ne sçachant desormais que faire, je suis
contrainct de m'en aller, sans espoir de jamais vous reveoir, asseuré
toutesfois que, quelque part où je sois, vous aurez tous les jours
part du cueur qui demeurera vostre à jamais soit sur terre, soit sur
eaue ou entre les mains de mes plus cruels ennemis. Mais... (G).

si j'avoys avant mon partement la seurté [1] de vous que ma grande amour merite, je serois assez fort pour soustenir en patience les ennuictz de ceste longue absence. Et, s'il ne vous plaist m'octroyer ma requeste, vous orrez bien tost dire que vostre rigueur m'aura donné une malheureuse et cruelle mort. »

Floride, non moins marrye que estonnée de oyr tenir telz propos à celluy duquel jamais n'eust eu soupson de chose semblable, luy dist en pleurant : « Helas ! Amadour, sont-ce icy les vertueux propos que durant ma jeunesse m'avez tenuz ? Est-ce cy l'honneur et la conscience que vous m'avez maintesfoys conseillé plustost mourir que de perdre [*] mon ame ? Avez-vous oblyé les bons exemples que vous m'avez donnez des vertueuses dames qui ont resisté à la folle amour, et le despris [2] que vous avez tousjours faict des folles ? Je ne puis croire, Amadour, que vous soyez si loing de vous-mesmes, que Dieu, vostre conscience et mon honneur soient du tout mortz en vous. Mais, si ainsy est que vous le dictes, je loue la Bonté divine, qui a prevenu le malheur où maintenant je m'alloys precipiter, en me monstrant par vostre parolle le cueur que j'ay tant ignoré. Car, ayant perdu le filz de l'Infant Fortuné, non seullement pour estre mariée ailleurs, mais pour ce que je sçay qu'il en ayme une autre, et, me voyant mariée à celluy que je ne puis, (quelque peine que je y mecte), aymer et avoir agreable, j'avois pensé et deliberé de entierement et du tout mectre mon cueur et mon affection à vous aymer, fondant ceste amityé sur la vertu que j'ay tant congneue en vous, et laquelle, par vostre moyen, je pense avoir attaincte : c'est d'aymer plus mon honneur et ma conscience que ma propre

---

1. assurance.   2. mépris.

---

* plustot mourir que perdre ? (G, 2155 S ; texte plus correct grammaticalement).

vie. Sur ceste pierre d'honnesteté[1], j'estois venue icy, deliberée de y prendre ung très seur fondement ; mais, Amadour, en un moment, vous m'avez monstré que en lieu d'une pierre necte et pure, le fondement de cest ediffice seroit sur sablon legier ou sur la fange infame. Et combien que desja j'avois commencé grande partie du logis ou j'esperois faire perpetuelle demeure, vous l'avez soubdain du tout ruyné. Parquoy, il fault que vous vous deportiez[2] de l'esperance que avez jamays eue en moy, et vous deliberez, en quelque lieu que je sois, ne me chercher ne par parolle, ne par contenance, ny esperer que je puisse ou vuelle jamays changer ceste opinion. Je le vous dictz avecq tel regret, qu'il ne peult estre plus grand ; mais, si je fusse venue jusque à avoir juré parfaicte amityé avecq vous, je sens bien mon cueur tel, qu'il fust mort en ceste rancontre[3]* ; combien que l'estonnement que j'ay de me veoir deceue[4] est si grand, que je suis seure qu'il rendra ma vie ou briefve ou doloreuse. Et, sur ce mot, je vous dictz à Dieu, mais c'est pour jamais ! »

Je n'entreprendz poinct vous dire la douleur que sentoit Amadour escoutant ces parolles ; car elle n'est seulement impossible à escripre, mais à penser, sinon à ceulx qui ont experimenté la pareille. Et, voiant que, sur ceste cruelle conclusion, elle s'en alloit, l'arresta par le bras, sçachant très bien que, s'il ne luy ostoit la mauvaise oppinion qu'il luy avoit donnée, à jamais il la perdroit. Parquoy, il luy dist avecq le plus fainct visaige[5] qu'il peut prendre : « Ma dame, j'ay toute ma vie desiré d'aymer une femme de bien ; et pour ce que j'en ay trouvé si peu, j'ay bien voulu vous experimen-

---

1. À partir de cette image d'allure biblique, se développe la métaphore architecturale (le *logis ruiné* pourrait être un souvenir des *Confessions* de saint Augustin, présentant son âme comme une *domus ruinosa*, une maison en ruine). **2.** vous abandonniez. **3.** à cette occasion. **4.** abusée, trompée. **5.** visage hypocrite.

---

* en *telle rompure* (G).

ter, pour veoir si vous estiez, par vostre vertu, digne
d'estre autant estimée que aymée. Ce que maintenant
je sçay certainement, dont je loue Dieu, qui addresse
mon cueur à aymer tant de perfection ; vous suppliant
me pardonner ceste folle et audatieuse entreprinse, puis
que vous voyez que la fin en tourne à vostre honneur
et à mon grand contentement. » Floride, qui comman-
çoit à congnoistre la malice des hommes par luy, tout
ainsy qu'elle avoyt esté difficille à croire[1] le mal où il
estoit, ainsi fut-elle et encores plus, à croyre le bien où
il n'estoit pas, et luy dist : « Pleust à Dieu que eussiez
dict la verité ! Mais je ne puis estre si ignorante, que
l'estat de mariage où je suis ne me face congnoistre
clerement que forte passion et aveuglement vous a faict
faire ce que vous avez faict. Car, si Dieu m'eust lasché
la main, je suis seure que vous ne m'eussiez pas retiré
la bride[2]. Ceulx qui tentent pour chercher la vertu
n'ont accoustumé prendre le chemin que vous avez
prins. Mais c'est assez : si j'ay creu legierement
quelque bien en vous, il est temps que j'en congnoisse
la verité, laquelle maintenant me delivre de voz
mains. » Et, en ce disant, se partit Floride de la
chambre, et, tant que la nuict dura, ne feit que pleurer,
sentant si grande douleur en ceste mutation, que son
cueur avoit bien à faire à soustenir les assaulx du regret
que amour luy donnoit. Car, combien que, selon la raison, elle estoit deliberée de jamays plus l'aymer, si est-
ce que le cueur, qui n'est poinct subject à nous[3], ne
s'y voulut oncques accorder : parquoy, ne le pouvant
moins aymer qu'elle avoit accoustumé, sçachant
qu'amour estoit cause de ceste faulte, se delibera, satisfaisant à l'amour, de l'aymer de tout son cueur, et,

---

1. avait eu du mal à croire, il lui avait été difficile de croire.
2. freinée ; métaphore empruntée à l'art de l'équitation ; on préfé-
rerait à *retirer la bride*, qui veut plutôt dire lâcher la bride, *recueillir en bride* (maîtriser un cheval) ; mais il faut comprendre *retirer
la bride* comme *ne plus tenir en bride (ne pas freiner)*.   3. que
nous ne maîtrisons pas.

obeissant à l'honneur, n'en faire jamays à luy ne à
autre semblant[1].

Le matin, s'en partyt Amadour, ainsy fasché que
vous avez oy ; toutesfois, son cueur, qui estoit si grand
qu'il n'avoit au monde son pareil, ne le souffryt desesperer, mais luy bailla nouvelle invention de reveoir
encores Floride et avoir sa bonne grace. Doncques, en
s'en allant devers le roy d'Espaigne, lequel estoit à
Tollede, print son chemyn par la conté d'Arande, où,
ung soir, bien tard, il arriva ; et trouva la contesse fort
malade d'une tristesse qu'elle avoit de l'absence de sa
fille Floride. Quant elle veid Amadour, elle le baisa et
embrassa, comme si ce eut esté son propre enfant, tant
pour l'amour qu'elle luy portoit, que pour celle qu'elle
doubtoit qu'il avoit à Floride, de laquelle elle luy
demanda bien soingneusement des nouvelles ; qui luy
en dist le mieulx qu'il luy fut possible, mais non toute
la verité ; et luy confessa l'amityé d'eulx deux, ce que
Floride avoit tousjours celé, la priant luy vouloir ayder
d'avoir souvent de ses nouvelles, et de retirer bien tost
Floride avecq elle. Et dès le matin s'en partyt ; et après
avoir faict ses affaires avecq le Roy, s'en alla à la
guerre, si triste et si changé de toutes conditions, que
dames, cappitaines, et tous ceulx qu'il avoit accoustumé de hanter, ne le congnoissoient plus ; et ne se
habilloit que de noir, mais c'estoit d'une frize[2] beaucoup plus grosse qu'il ne la failloit pour porter le deuil
de sa femme, duquel il couvroit celluy qu'il avoit au
cueur. Et ainsy passa Amadour trois ou quatre années,
sans revenir à la court. Et la comtesse d'Arande, qui
ouyt dire que Floride estoit changée, et que c'estoit
pitié de la veoir, l'envoya querir, esperant qu'elle
reviendroit auprès d'elle. Mais ce fut le contraire ; car,
quant Floride sceut que Amadour avoit declairé à sa
mere leur amityé, et que sa mere, tant saige et vertueuse, se confiant en Amadour, la trouva bonne, fut
en une merveilleuse perplexité, pour ce que, d'un

---

1. en manifester quelque signe.   2. étoffe de laine à poil frisé.

cousté, elle voyoit qu'elle l'estimoit tant, que, si elle
luy disoit la verité, Amadour en pourroit recepvoir
mal*, ce que pour morir n'eust voulu, veu qu'elle se
sentoit assez forte pour le pugnir de sa follye, sans y
appeller ses parens ; d'autre costé, elle veoyoit que,
dissimullant le mal que elle y sçavoit, elle seroit
contraincte de sa mere et de tous ses amys de parler à
luy et luy faire bonne chere, par laquelle elle craignoit
fortiffier sa mauvaise oppinion. Mais, voyant qu'il
estoit loing, n'en feit grand semblant, et luy escrivoit
quant la contesse le luy commandoit ; toutesfois, c'estoient lettres qu'il povoit bien congnoistre venir plus
d'obeissance que de bonne volunté ; dont il estoit
autant ennuyé en les lisant, qu'il avoit accoustumé se
resjouyr des premieres.

Au bout de deux ou trois ans, après avoir faict tant
de belles choses que tout le papier d'Espaigne ne les
sçauroit soustenir, imagina une invention très grande,
non pour gaingner le cueur de Floride, car il le tenoit
pour perdu, mais pour avoir la victoire de son ennemye, puis que telle se faisoit[1] contre luy. Il meit arriere
tout le conseil de raison**, et mesme la paour de la
mort, dont il se mectoit en hazard ; delibera*** et
conclud d'ainsy le faire. Or feit tant envers le grand
gouverneur, qu'il fut par luy deputé pour venir parler
au Roy de quelque entreprinse secrette qui se faisoit
sur Locatte[2] ; et se feit commander de communiquer
son entreprinse à la contesse d'Arande, avant que la
declairer au Roy, pour en prendre son bon conseil. Et
vint en poste tout droict en la conté d'Arande, où il
sçavoit qu'estoit Floride, et envoya secretement à la
contesse ung sien amy luy declarer sa venue, luy priant

---

1. puisqu'elle se comportait ainsi (en ennemie). 2. Leucate,
près de Salses.

---

* *quelque desplaisir* (2155 S, G).   ** Le texte fautif du ms.
1512 (le conseil de rançon) est corrigé suivant G.   *** *sa pensée
conclute et delibérée*, feit tant (T, G, 2155 S).

la tenir secrette, et qu'il peust parler à elle la nuict,
sans que personne en sceust riens. La contesse, fort
joyeuse de sa venue, le dist à Floride, et l'envoya
deshabiller en la chambre de son mary, afin qu'elle
fust preste quant elle la manderoit et que chacun fut
retiré. Floride, qui n'estoit pas encores asseurée de sa
premiere paour, n'en feyt semblant à sa mere, mais
s'en alla en ung oratoire se recommander à Nostre Seigneur, et luy priant vouloir conserver son cueur de
toute meschante affection, pensa que souvent Amadour
l'avoit louée de sa beaulté, laquelle n'estoit poinct
diminuée, nonobstant qu'elle eust esté longuement
malade ; parquoy, aymant mieulx faire tort à son
visaige, en le diminuant *, que de souffrir par elle le
cueur d'un si honneste homme brusler d'un si
meschant feu, print une pierre qui estoit en la chappelle, et s'en donna par le visaige si grand coup, que
la bouche, le nez et les œilz en estoient tout difformez [1].
Et, à fin que l'on ne soupsonnast qu'elle l'eut faict,
quant la contesse l'envoya querir, se laissa tomber en
sortant de la chappelle le visaige contre terre et en
cryant bien hault. Arriva la contesse, qui la trouva en
ce piteux estat, et incontinant fut pansée et bandée par
tout le visaige.

Après, la contesse la mena en sa chambre, et luy
dist qu'elle la prioit d'aller en son cabinet entretenir
Amadour, jusques ad ce qu'elle se fut deffaicte de
toute sa compaignye ; ce que feit Floride, pensant qu'il
y eust quelques gens avecq luy. Mais, se trouvant toute
seulle, la porte fermée sur elle, fut autant marrie que
Amadour content, pensant que, par amour ou par force,
il auroit ce qu'il avoit tant désiré. Et, après avoir parlé
à elle, et l'avoir trouvée au mesme propos en quoy il
l'avoit laissée, et que pour mourir elle ne changeroit
son oppinion, luy dist, tout oultré de desespoir : « Par

---

1. déformés, enlaidis.

---

* tort à *sa beaulté* en *la* diminuant (T, G, 2155 S).

Dieu ! Floride, le fruict de mon labeur ne me sera poinct osté par vos scrupules ; car, puis que amour, patience et humble priere ne servent de riens, je n'espargneray poinct ma force pour acquerir le bien qui, sans l'avoir[1], me la feroit perdre. » Et, quant Floride veit[*] son visaige et ses oeilz tant alterez, que le plus beau tainct du monde estoit rouge comme feu, et le plus doulx et plaisant regard si orrible et furieux qu'il sembloit que ung feu très ardant estincellast dans son cueur et son visaige ; et en ceste fureur, d'une de ses fortes et puissantes mains, print les deux delicates et foibles de Floride. Mais elle, voyant que toute defense lui defailloit, et que piedz et mains estoient tenuz en telle captivité, qu'elle ne povoit fuyr, encores moins se defendre, ne sceut quel meilleur remede trouver, sinon chercher s'il n'y avoit poinct encores en luy quelque racine de la premiere amour, pour l'honneur de laquelle il obliast sa cruaulté : parquoy, elle luy dist : « Amadour, si maintenant vous m'estimez comme[2] ennemye, je vous supplie, par l'honneste amour que j'ay autresfoys pensée estre en vostre cueur, me voulloir escouter avant que me tourmenter ! » Et, quant elle veid qu'il luy prestoit l'oreille, poursuivyt son propos, disant : « Helas ! Amadour, quelle occasion vous meut de chercher une chose dont vous ne povez avoir contentement, et me donner ennuy le plus grand que je sçaurois recepvoir ? Vous avez tant experimenté ma volunté, du temps de ma jeunesse et de ma plus grande beaulté, sur quoy vostre passion povoit prendre excuse, que je m'esbahys que en l'aage et grande laydeur où je suys, oultrée d'extreme ennuy, vous cherchez ce que vous sçavez ne povoir trouver. Je suis seure que vous

---

1. qui, si je ne l'obtenais pas...   2. me tenez pour.

---

* La phrase est incomplète. G rétablit la construction syntaxique en faisant une seule (longue) phrase : « Quand Florinde vit [...], *et qu'*en ceste fureur [...], *voyant que* toutes defenses [...], ne sut quel remede trouver [...] sa cruaulté. »

ne doubtez poinct que ma volunté ne soyt telle qu'elle
a accoustumé ; parquoy ne povez avoir par force ce
que vous demandez *. Et, si vous regardez comme mon
visaige est accoustré [1], vous, en obliant la memoire du
bien [2] que vous y avez veu, n'aurez poinct d'envye
d'en approcher de plus près. Et s'il y a encores en vous
quelques reliques [3] ** de l'amour passée, il est impossible que la pitié ne vaincque votre fureur. Et, à icelle *** que j'ay tant experimentée en vous, je faictz ma
plaincte et demande grace, à fin que vous me laissez
vivre en paix et en l'honnesteté que, selon vostre
conseil, j'ay deliberé garder. Et, si l'amour que vous
m'avez portée est convertye en hayne, et que, plus par
vengeance que par affection, vous vueillez me faire la
plus malheureuse femme du monde, je vous asseure
qu'il n'en sera pas ainsy, et me contraindrez, contre
ma deliberation, de declairer vostre meschante volunté **** à celle qui croyt tant de bien de vous ; et, en
ceste congnoissance, povez penser que vostre vie ne
seroit pas en seureté. » Amadour, rompant [4] son propos,
luy dist : « S'il me fault mourir, je seray plustost quicte
de mon torment ; mais la difformité de vostre visaige,
que je pense estre faicte de vostre volunté, ne m'em-
peschera poinct de faire la mienne ; car quant je ne
pourrois avoir de vous que les oz, si les vouldrois-je
tenir auprès de moy. » Et quant Floride veid que
prieres, raison ne larmes ne luy servoient, et que en
telle cruaulté poursuivoit son meschant desir, qu'elle
n'avoit enfin force de y resister, se ayda du secours
qu'elle craingnoit autant que perdre sa vie, et, d'une
voix triste et piteuse, appella sa mere le plus hault qu'il
luy fut possible. Laquelle oyant sa fille l'appeller d'une

---

1. orné (dit ici ironiquement), fait, arrangé. **2.** de la beauté.
3. restes. **4.** interrompant.

---

* ne povez avoir *que* par force ce que (G, T ; meilleure version).
** Texte de ms. 1512 fautif (*replicques*) corrigé selon G. *** à
ceste pitié et honnesteté (G, 2155 S). **** vostre meschanceté
et appetit desordonné (G).

telle voix, eut merveilleusement grand paour de ce qui estoit veritable, et courut le plus tost qu'il luy fut possible, en la garde-robbe. Amadour, qui n'estoit pas si prest à morir qu'il disoit, laissa de si bonne heure son entreprinse, que la dame, ouvrant le cabinet, le trouva à la porte, et Floride assez loing de là. La contesse luy demanda : « Amadour, qui a-il ? Dictes-moy la verité. » Et, comme celluy qui n'estoit jamais desporveu d'inventions, avecques un visaige pasle et transy, luy dist : « Helas ! ma dame, de quelle condition est devenue madame Floride ? Je ne fuz jamais si estonné que je suis ; car, comme je vous ay dict, je pensois avoir part en sa bonne grace ; mais je congnois bien que je n'y ay plus riens. Il me semble, ma dame, que du temps qu'elle estoit nourrye avecq vous, elle n'estoit moins sage ne vertueuse qu'elle est ; mais elle ne faisoit poinct de conscience [1] de parler et veoir ung chascun ; et, maintenant que je l'ay voulu regarder, elle ne l'a voulu souffrir. Et quand j'ay veu ceste contenance, pensant que ce fust ung songe ou une resverie [2], luy ay demandé sa main pour la baiser à la façon du païs, ce qu'elle m'a du tout refusé. Il est vray, ma dame, que j'aye eu tort, dont je vous demande pardon : c'est que je luy ay prins la main quasi par force, et la luy ay baisée, ne luy demandant autre contentement ; mais elle, qui a, comme je croy, deliberé ma mort, vous a appellée, ainsy comme vous avez veu. Je ne sçauroys dire pourquoy, sinon qu'elle ayt eu paour que j'eusse autre volunté que je n'ay. Toutesfois, ma dame, en quelque sorte que ce soit, j'advoue le tort estre mien ; car, combien qu'elle debvroit aymer tous voz bons serviteurs, la fortune veult que, moy seul plus affectionné, soys mis hors de sa bonne grace. Si est-ce que je demoureray tousjours tel envers vous et elle que je suis tenu, vous suppliant me vouloir tenir en la vostre, puis que, sans mon demerite, j'ay perdu la sienne. » La

---

1. elle n'avait pas scrupules à.   2. une fantaisie, une folie passagère.

contesse, qui, en partye le croyoit et en partie doubtoit, s'en alla à sa fille et luy dist : « Pourquoy m'avez-vous appellée si haut ? » Floride respondit qu'elle avoit eu paour. Et combien que la contesse l'interrogeast de plusieurs choses par le menu, si est-ce que jamays ne luy feit aultre responce ; car, voyant qu'elle estoit eschappée d'entre les mains de son ennemy, le tenoit assez pugny de luy avoir rompu son entreprinse.

Après que la contesse eut longuement parlé à Amadour, le laissa encores devant elle parler à Floride, pour veoir quelle contenance il tiendroit ; à laquelle il ne tint pas grandz propos, sinon qu'il la mercia de ce qu'elle n'avoit confessé verité à sa mere, et la pria que, au moins, puis qu'il estoit hors de son cueur, ung autre ne tinst poinct sa place. Elle luy respondit, quant au premier propos : « Si j'eusse eu autre moyen de me defendre de vous que par la voix, elle n'eust jamais esté oye ; mais, par moy, vous n'aurez pis, si vous ne me y contraingnez comme vous avez faict. Et n'ayez pas paour que j'en sceusse aymer d'autre ; car, puisque je n'ay trouvé au cueur que je sçavois le plus vertueux du monde le bien que je desirois, je ne croiray poinct qu'il soit en nul homme. Ce malheur sera cause que je seray, pour l'advenir[*], en liberté des passions que l'amour peult donner. » En ce disant, print congé d'el-le[**]. La mere, qui regardoit sa contenance, n'y sceut rien juger, sinon que, depuis ce temps là, congneut très bien que sa fille n'avoit plus d'affection à Amadour, et pensa pour certain qu'elle fust si desraisonnable qu'elle haïst toutes les choses qu'elle aymoit. Et, dès ceste heure-là, luy mena la guerre si estrange, qu'elle fut sept ans sans parler à elle, si elle ne s'y courrou-çoit[1], et tout à la requeste d'Amadour. Durant ce temps-là, Floride tourna la craincte qu'elle avoit

---

1. sauf pour se mettre en colère contre elle.

---

* pour jamais (G).   ** congé de luy (G).

d'estre avecq son mary en volunté de n'en bouger*,
pour les rigueurs que luy tenoit sa mere. Mais, voyant
que riens ne luy servoit, delibera de tromper Amadour ;
et, laissant pour ung jour ou pour deux son visaige
estrange[1], luy conseilla de tenir propos d'amityé à une
femme qu'elle disoit avoir parlé de leur amour. Ceste
dame demoroit avecq la Royne d'Espaigne, et avoit
nom Lorette. Amadour la creut, et, pensant par ce
moyen retourner encores en sa bonne grace, feit
l'amour[2] à Lorette, qui estoit femme d'un cappitaine,
lequel estoit des grands gouverneurs du Roy d'Espaigne. Lorette, bien aise d'avoir gaingné ung tel serviteur, en feit tant de mynes, que le bruict en courut
partout ; et mesmes la contesse d'Arande, estant à la
cour, s'en apperceut : parquoy depuis ne tormentoit
tant Floride, qu'elle avoit accoustumé. Floride oyt ung
jour dire que le cappitaine mary de Lorrette estoit entré
en une si grande jalousie, qu'il avoit deliberé, en
quelque sorte que ce fust, de tuer Amadour ; et elle
qui, nonobstant son dissimulé visaige, ne povoit vouloir mal à Amadour, l'en avertyt incontinant. Mais, luy,
qui facillement fut retourné à ses premières brisées, luy
respondit s'il luy plaisoit l'entretenir trois heures tous
les jours, que jamais il ne parleroit à Lorette ; ce
qu'elle ne voulut accorder. « Doncques, ce luy dist
Amadour, puisque ne me voulez faire vivre, pourquoy
me voulez-vous garder de morir ? Sinon que vous
esperez me tormenter plus en vivant que mille morts
ne sçauroit faire. Mais combien que la mort me fuye,
si la chercheray-je tant, que je la trouveray ; car, en ce
jour-là seullement, j'auray repos. »
  Durant qu'ilz estoient en ces termes, vint nouvelles
que le Roy de Grenade commençoit une grande guerre
contre le Roy d'Espaigne, tellement que le Roy y
envoya le prince son fils, et avecq luy le connestable

---

1. hostile. 2. courtisa.

---

* Texte de ms. 1512 (de s'en *venger*) corrigé suivant G.

de Castille et le duc d'Albe, deux vieilz et saiges seigneurs. Le duc de Cardonne et le conte d'Arande ne
voulurent pas demorer et supplierent au Roy leur donner quelque charge ; ce qu'il feit selon leurs maisons,
et leur bailla, pour les conduire seurement, Amadour,
lequel, durant la guerre, feit des actes si estranges, que
sembloient autant de desespoir que de hardiesse. Et,
pour venir à l'intention de mon compte, je vous diray
que sa trop grande hardiesse fut esprouvée[1] par la
mort ; car, ayans les Maures faict demonstrance de
donner la bataille, voyans l'armée des Chrestiens si
grande, feirent semblant de fuyr. Les Espaignolz se
meirent à la chasse ; mais le viel connestable et le duc
d'Albe, se doubtans de leur finesse[2], retindrent contre
sa volunté le prince d'Espaigne, qu'il ne passast[3] la
riviere ; ce que feirent, nonobstant la desfense, le conte
d'Arande et le duc de Cardonne. Et quant les Maures
veirent qu'ils n'estoient suiviz que de peu de gens, se
retournerent, et d'un coup de symeterre[4] abbatirent
tout mort le duc de Cardonne, et fut le conte d'Arande
si fort blessé, que l'on le laissa comme tout mort en la
place. Amadour[*] arriva sur ceste defaicte, tant enraigé
et furieux, qu'il rompit toute la presse ; et feit prendre
les deux corps qui estoient mortz et porter au camp du
prince, lequel en eut autant de regret que de ses propres
freres. Mais, en visitant leurs playes[5], se trouva le
conte d'Arande encores vivant, lequel fut envoyé en
une lictiere en sa maison, où il fut longuement malade.
De l'autre costé, renvoya à Cardonne le corps du mort.
Amadour, ayant faict son effort de retirer ces deux
corps, pensa si peu pour luy, qu'il se trouva environné
d'un grand nombre de Mores ; et luy, qui ne vouloit
non plus estre prins qu'il n'avoit sceu prendre s'amye,

---

1. prouvée.   2. ruse.   3. afin qu'il ne franchît.   4. cime-
terre.   5. lorsqu'on examina leurs plaies.

---

* *Amadour [...] ces deux corps* est omis dans ms. 1512, rétabli
suivant G.

ne faulser sa foy envers Dieu, qu'il avoit faulsée envers
elle, sçachant que, s'il estoit mené au Roy de Grenade,
il mourroit cruellement ou renonceroit la chrestienté[1],
delibera ne donner la gloire ne de sa mort ne de sa
prinse à ses ennemys ; et, en baisant la croix de son
espée, rendant corps et ame à Dieu, s'en donna ung tel
coup, qu'il ne luy en fallut poinct de secours[2]*. Ainsy
morut le pauvre Amadour, autant regretté que ses vertuz le meritoient. Les nouvelles en coururent par toute
l'Espaigne, tant que Floride, laquelle estoit à Barselonne, où son mary autresfois avoit ordonné estre
enterré, en oyt le bruict[3]**. Et, après qu'elle eut faict
ses obseques honorablement, sans en parler à mere ne
à belle-mere, s'en alla randre religieuse au monastere
de Jesus*** prenant pour mary et amy Celuy qui l'avoit
delivrée d'une amour si vehemente que celle d'Amadour, et d'un ennuy si grand que de la compagnye d'un
tel mary. Ainsy tourna toutes ses affections[4] à aymer
Dieu si parfaictement, que après avoir vescu longuement religieuse, luy rendit son ame en telle joye, que
l'espouse a d'aller veoir son espoux.

« Je sçay bien, mes dames, que ceste longue nouvelle[5] pourra estre à aucuns fascheuse ; mais, si j'eusse
voulu satisfaire à celluy qui la m'a comptée, elle eut

---

1. abjurerait le christianisme.   **2.** qu'il n'eut besoin du coup
de grâce.   **3.** en entendit parler.   **4.** elle métamorphosa ses
amours humaines en amour de Dieu.   **5.** La longueur fait en effet
exception à l'une des lois de la nouvelle ; bien qu'elle ait été
d'avance justifiée au moment de la passation de parole par Dagoucin (« et ne craignez poinct à parler longuement, car... »), elle fait
cependant l'objet d'une excuse en fin de narration (elle peut être
fascheuse : ennuyeuse). En dépit de sa longueur, N. 10 n'est pas un
« petit roman » puisqu'elle est le récit d'événements dits véritables,
transmis par un narrateur digne de foi, et qu'elle est « exemplaire ».

* qu'il ne fut besoing y retourner pour le second
(G).   ** Omis dans ms. 1512, G, T, 2155 s ; texte des ms. 1511,
1515.   *** Jesus, *le* prenant pour mary et *pour* Celluy (texte de
ms. 1512).

esté trop plus que longue, vous suppliant[1], en prenant exemple de la vertu de Floride, diminuer ung peu de sa cruaulté, et ne croire poinct tant de bien aux hommes, qu'il ne faille, par la congnoissance du contraire, à eulx donner cruelle mort et à vous une triste vie. »

Et, après que Parlamente eut eu bonne et longue audience, elle dist à Hircan : « Vous semble-il pas que ceste femme ayt esté pressée jusques au bout, et qu'elle ayt vertueusement resisté ? — Non, dist Hircan ; car une femme ne peult faire moindre resistance que de crier ; mais, si elle eust esté en lieu où on ne l'eust peu oyr, je ne sçay qu'elle eust faict ; et si Amadour eut esté plus amoureux que crainctif, il n'eust pas laissé pour si peu son entreprinse. Et, pour cest exemple icy, je ne me departiray de la forte opinion que j'ay, que oncques homme qui aymast parfaictement, ou qui fust aymé d'une dame, ne failloit d'en avoir bonne yssue, s'il a faict la poursuicte comme il appartient[2]. Mais encores fault-il que je loue Amadour de ce qu'il feit une partie de son debvoir. — Quel debvoir ? ce dist Oisille. Appellez-vous faire son debvoir à ung serviteur qui veult avoir par force sa maistresse, à laquelle il doibt toute reverence et obeissance ? » Saffredent print la parolle et dist : « Ma dame, quant noz maistresses tiennent leur ranc en chambres ou en salles, assises à leur ayse comme noz juges, nous sommes à genoulx devant elles ; nous les menons[*] dancer en craincte ; nous les servons si diligemment, que nous prevenons leurs demandes ; nous semblons estre tant crainctifs de les offenser et tant desirans de les servir, que ceulx qui nous voient ont pitié de nous, et bien souvent nous

---

1. Le participe présent ne se rapporte pas au sujet de la proposition (*elle*), mais à un *je* implicite.　　2. comme il faut.

---

* et quand nous les menons dancer [...], et servons [...], nous semblons... (G, T).

estiment plus sotz que bestes[1], transportez d'entendement ou transiz, et donnent la gloire à noz dames, desquelles les contenances sont tant audatieuses[2] et les
parolles tant honnestes, qu'elles se font craindre, aymer
et estimer de ceulx qui n'en veoient que le dehors.
Mais, quant nous sommes à part[3], où amour seul est
juge de noz contenances, nous sçavons très bien
qu'elles sont femmes et nous hommes ; et à l'heure, le
nom de *maistresse* est converti[4] en *amye*, et le nom de
serviteur en *amy*. C'est là où le commung proverbe
dist :

> De bien servir[5][*] et loyal estre,
> De serviteur l'on devient maistre.

Elles ont l'honneur autant que les hommes, qui le
leur peuvent donner et oster, et voyent ce que nous
endurons patiemment ; mais c'est raison aussy que
nostre souffrance soit recompensée quand l'honneur ne
peult estre blessé. — Vous ne parlez pas, dist Longarine, du vray honneur qui est le contentement de ce
monde ; car, quant tout le monde me diroit femme de
bien, et je sçaurois seulle le contraire, la louange aug-
menteroit ma honte et me rendroit en moy-mesme plus
confuse ; et aussy, quant il me blasmeroit et je sentis-
se[6] mon innocence, son blasme tourneroit à contentement ; car nul n'est content que de soy-mesme. — Or,
quoy que vous ayez tous dict, ce dist Geburon, il me
semble qu'Amadour estoit ung aussy honneste et ver-

---

1. plus sots que des bêtes. **2.** l'air... si hautain. Contenances
et paroles appartiennent au « dehors », aux fausses apparences.
3. en privé. **4.** changé. **5.** *Qui docte servit, partem domina-
tus tenet*, sentence assez souvent citée en effet pour être répertoriée
dans Maloux, *Dictionnaire des proverbes, sentences et maximes*,
Larousse, 1970 (R. Salminen, t. II, p. 84). **6.** alors que je senti-
rais (que je saurais en mon for intérieur) que je suis innocente...

---

* Le bien servir et loyal estre / Le serviteur faict estre maistre
(T) ; Faict le serviteur estre maistre (2155 S).

tueulx chevalier qu'il en soit poinct ; et, veu que les noms sont supposez[1], je pense le recongnoistre. Mais, puis que Parlamente ne l'a voulu nommer, aussi ne feray-je. Et contentez-vous que, si c'est celluy que je pense, son cueur ne sentit jamais nulle paour, ny ne fut jamais vuyde d'amour ni de hardiesse. »

Oisille leur dist : « Il me semble que ceste Journée soyt passée si joyeusement, que, si nous continuons ainsi les aultres, nous accoursirons[2] le temps à faire[3] d'honnestes propos. Mais voyez où est le soleil, et oyez la cloche de l'abbaye, qui, long temps a, nous appelle à vespres, dont je ne vous ay point advertiz ; car la devotion[4] d'oyr la fin du compte estoit plus grande que celle d'oyr vespres. » Et, en ce disans, se leverent tous, et, arrivans à l'abbaye, trouverent les religieux qui les avoient attenduz plus d'une grosse heure. Vespres oyes, allerent souper, qui ne fut tout le soir sans parler des comptes qu'ils avoient oys, et sans chercher par tous les endroictz de leurs memoires, pour veoir s'ilz pourroyent faire la Journée ensuyvante aussi plaisante que la première. Et, après avoir joué de mille jeux dedans le pré, s'en allerent coucher, donnans fin très joyeuse et contente à leur première Journée.

FIN DE LA PREMIÈRE JOURNÉE

---

1. déguisés, changés.   2. raccourcirons, abrégerons   3. en faisant.   4. le désir. Oisille, pour une fois, fait passer le plaisir avant le zèle dévot !

LA DEUXIESME JOURNÉE

En la deuxiesme journée [1], on devise de ce qui promptement tombe en la fantaisie d'un chacun.

PROLOGUE

Le lendemain, se leverent en grand desir de retourner au lieu où le jour precedent avoyent eu tant de plaisir ; car chascun avoit son compte si prest, qu'il leur tardoit qu'il ne fust mis en lumiere. Après qu'ilz eurent ouy la leçon [2] de madame Oisille, et la messe, où chascun recommanda à Dieu son esperit, afin qu'il leur donnast parolle et grace de continuer l'assemblée, s'en allerent disner, ramentevans [3] les ungs aux autres plusieurs histoires passées.

Et, après disner [4], qu'ilz se fussent reposez en leurs chambres, s'en retournerent, à l'heure ordonnée, dedans le pré, où il sembloit que le jour et le temps favorisast leur entreprinse. Et, après qu'ilz se furent tous assis sur le siege naturel de l'herbe verte, Parlamente dist : « Puis que je donnay hier soir fin à la dixiesme, c'est à moy à eslire celle qui doibt commen-

---

1. Le sommaire rappelle celui de la première journée du *Décaméron* : « Cy commence la premiere journee du Decameron, en laquelle [...] on devise sous le gouvernement de ma Dame Pampinée de ce qui plus vient à gré à chacun. » (trad. A. Le Maçon, *éd. cit.*, t. 1, p. 21).   **2.** la lecture commentée de la Sainte Écriture, qu'Oisille pratique quotidiennement, comme elle le disait dans le Prologue.   **3.** rappelant.   **4.** Aujourd'hui le déjeuner (le dîner : *le souper*).

cer aujourd'huy. Et, pour ce que madame Oisille fut la
premiere des femmes qui parla, comme la plus saige et
antienne[1], je donne ma voix à la plus jeune, je ne dictz
pas à la plus folle, estant asseurée que, si nous la suy-
vons[2] toutes, ne ferons pas actendre vespres si longuement que nous feismes hier. Parquoy, Nomerfide, vous
tiendrez aujourd'huy les rancs[3] de bien dire. Mais, je
vous prie, ne nous faictes point recommancer nostre
Journée par larmes. — Il ne m'en falloit poinct prier, dist
Nomerfide ; car une de nos compaignes* me feit choisir** ung compte que j'ay si bien mis en ma teste que je
n'en puis dire d'autre ; et, s'il vous engendre tristesse,
vostre naturel sera bien melancolicque. »

ONZIESME NOUVELLE

Madame de Roncex, estant aux Cordeliers de Thouars, fut si pressée
d'aler à ses affaires[4], que, sans regarder si les anneaux du retraict[5]
estoyent netz, s'ala seoir en lieu si ord[6], que ses fesses et abillemens
en furent souillez, de sorte que, cryant à l'aide et desirant recouvrer
quelque femme pour la netoyer, fut servye d'hommes, qui la veirent
nue et au pire estat que femme ne sçauroit montrer.

En la maison de madame de la Trimoïlle, y avoit une
dame nommée Roncex, laquelle, ung jour que sa mais-

---

1. âgée.   2. suivons son exemple.   3. serez le meneur de
jeu des contes, puisque, comme on l'a indiqué à la fin du Prologue,
qui commence commande. Parlamente rappelle la loi de l'alternance, et les règles de la circulation de la parole dans le groupe.
4. faire ses besoins.   5. cabinets d'aisances.   6. sale, plein
d'ordures.

---

* car *je m'y estois desja toute resolue, me souvenant d'un
compte qui me fut faict l'année passée par une bourgeoise de
Tours, natifve d'Amboise qui m'afferma avoir été présente aux pré-
dications du cordelier dont je veulx parler* (G) ; la variante correspond à la modification apportée par G, substituant à N. 11 que l'on
va lire la nouvelle donnée dans l'Appendice (n° 1), *Propos facetieux d'un Cordelier).   ** me fist *arsoir* (hier soir) (2155 S).

tresse estoit allée aux Cordeliers de Thouars, eut une
grande necessité d'aller au lieu où on ne peult envoyer sa
chamberiere. Et appella avecq elle une fille, nommée La
Mothe, pour luy tenir compaignye ; mais, pour estre honteuse et secrette[1], laissa ladite Mothe en la chambre, et
entra toute seulle en un retraict assez obscur, lequel estoit
commun à tous les Cordeliers, qui avoient si bien randu
compte[2] en ce lieu de toutes leurs viandes[3]*, que tout le
retraict, l'anneau et la place et tout ce qui estoit estoient
tout couvert de moust de Bacchus et de la deesse
Cerès[4]**, passé par le ventre des Cordeliers. Ceste pauvre
femme, qui estoit si pressée, que à peyne eut-elle le loisir
de lever sa robbe pour se mectre sur l'anneau, de fortune[5], s'alla asseoir sur le plus ord et salle endroict qui fust
en tout le retraict. Où elle se trouva prinse mieulx que à
la gluz, et toutes ses pauvres fesses, habillemens et piedz
si merveilleusement gastez[6], qu'elle n'osoit marcher ne
se tourner de nul cousté, de paour d'avoir encores pis.
Dont elle se print à crier tant qu'il luy fut possible : « La
Mothe, m'amye, je suis perdue et deshonorée ! » La
pauvre fille, qui avoit oy autresfois faire des comptes de
la malice des Cordeliers, soupsonnant que quelques ungs
fussent cachez là dedans, qui la voulsissent prendre par
force, courut tant qu'elle peut, disant à tous ceulx qu'elle
trouvoit : « Venez secourir madame de Roncex, que les
Cordeliers veullent prendre par force en ce retraict. »
Lesquelz y coururent en grande diligence ; et trouverent
la pauvre dame de Roncex, qui cryoit à l'ayde, desirant
avoir quelque femme qui la peust nectoier. Et avoit le

---

1. comme elle était pudique et discrète.   2. rendu (vomi).
3. nourritures.   4. le *moust* (moût) : jus de raisin qui vient d'être
exprimé et n'a pas encore fermenté ; par extension le vin, dont
Bacchus est le dieu. *Cérès* : déesse du blé. Les deux dieux emblé-
matisent boisson et nourriture.   5. par hasard, par malchance.
6. grandement souillés.

---

* vendanges (2155 S), vendange (T).   ** *et de la déesse
Cérès* est une addition de M. F. au texte de ms. 1512 suivant
ms. 1515, 1516, 1520.

derriere tout descouvert, craignant en approcher ses
habillemens, de paour de les gaster. A ce cry-là, entrerent les gentilz hommes, qui veirent ce beau spectacle,
et ne trouverent autre Cordelier qui la tormentast, sinon
l'ordure dont elle avoit toutes les fesses engluées. Qui ne
fut pas sans rire de leur costé, ni sans grande honte du
cousté d'elle ; car, en lieu d'avoir des femmes pour la
nectoier, fut servie d'hommes qui la veirent nue, au pire
estat que une femme se porroit monstrer. Parquoy, les
voiant, acheva de souiller ce qui estoit nect[1] et abessa
ses habillemens, pour se couvrir, obliant l'ordure où elle
estoit pour la honte qu'elle avoit de veoir les hommes.
Et, quant elle fut hors de ce villain lieu, la fallut despouiller[2] toute nue et changer de tous habillemens, avant
qu'elle partist du couvent. Elle se fut voluntiers corroucée du secours que luy amena La Mothe ; mais, entendant que la pauvre fille cuydoit qu'elle eust beaucoup
pis, changea sa collerre à rire comme les autres.

« Il me semble, mes dames, que ce compte n'a esté ne
long, ne melencolicque, et que vous avez eu de moy ce
que vous en avez esperé ? » Dont la compaignie se print
bien fort à rire. Et luy dist Oisille : « Combien que le
compte soyt ord et salle, congnoissant les personnes à qui
il est advenu, on ne le sçauroit trouver fascheux. Mais
j'eusse bien voulu veoir la myne de La Mothe et de celle
à qui elle avoit admené si bon secours ! Mais, puis que
vous avez si tost finy, ce dit-elle à Nomerfide, donnez
vostre voix à quelqu'un qui ne passe pas si legierement. »
Nomerfide respondit : « Si vous voullez que ma faulte
soyt rabillée[3], je donne ma voix à Dagoucin, lequel est si
saige, que, pour mourir, ne diroit une follye. » Dagoucin
la remercia de la bonne estime qu'elle avoit de son bon
sens et commencea à dire : « L'histoire que j'ay deliberé
de vous racompter, c'est pour vous faire veoir comme

---

1. propre.   2. déshabiller.   3. rachetée, réparée.

amour aveuglist [1] les plus grands et honnestes cueurs, et comme meschanceté est difficile à vaincre par quelque benefice [2] ne biens que ce soit. »

DOUZIESME NOUVELLE

Le duc de Florence, n'ayant jamais peu faire entendre à une dame l'affection qu'il luy portoit, se decouvrit à un gentil homme frere d'elle, et le pria l'en faire jouyr : ce qu'après plusieurs remontrances au contraire, luy accorda de bouche seulement ; car il le tua dedans son lit, à l'heure qu'il esperoit avoir victoire de celle qu'il avoit estimée invincible. Et ainsi, delivrant sa patrie d'un tel tyran, sauva sa vie et l'honneur de sa maison.

*

L'incontinence d'un Duc et son impudence pour parvenir à son intention, avec la juste punition de son mauvais vouloir.

Première version française d'un drame dont s'inspireront George Sand pour sa scène historique *Une conspiration en 1537*, puis Musset pour *Lorenzaccio*. La principale source de Sand et de Musset, que n'a pu consulter la reine, se trouve dans *La storia fiorentina* de Benedetto Varchi (1503-1565), rédigée à partir de 1547, publiée seulement au XVIIIᵉ siècle : Varchi assure avoir entendu le récit du meurtre de la bouche même de Lorenzo et de celle de Scoronconcolo, son complice. Pour le cadre historique et politique, voir M.M. Fontaine, « Les enjeux de pouvoir dans l'*Heptaméron* », cahiers *Textuel*, nᵒ 10, 1992, p. 133-160 (avec une liste des documents contemporains sur Lorenzino de Medicis).

*

Depuis dix ans en çà [3], en la ville de Florence, y avoit un duc de la maison de Medicis [4], lequel avoit

---

1. rend aveugles.　　**2.** bienfait.　　**3.** il y a de cela dix ans ; la nouvelle daterait donc de 1547, l'assassinat du duc ayant eu lieu en 1537.　　**4.** Alexandre de Médicis, bâtard de Laurent II de Médicis ou, selon Varchi, du pape Clément VII qui le nomma duc de Florence, et le fit *signore assoluto* de la ville, épousa en 1536 une fille naturelle de Charles Quint, Marguerite, âgée de quinze ans ; il fut assassiné en 1537 (janvier 1536, calendrier ancien) par son cousin Lorenzo de Medicis (1514-1548), dit Lorenzino parce qu'il était maigre et d'aspect fragile, lui-même assassiné en 1548 à Venise sur l'ordre de Cosme de Médicis.

espousé madame Marguerite, fille bastarde de l'Empereur. Et, pour ce qu'elle estoit encores si jeune, qu'il ne luy estoit licite de coucher avecq elle, actendant son aage plus meur *, la traicta fort doulcement ; car, pour l'espargner, fut amoureux de quelques autres dames de la ville que la nuict il alloit veoir, tandis que sa femme dormoit. Entre autres, le fut d'une fort belle, saige et honneste dame, laquelle estoit seur d'un gentil homme[1] que le duc aymoit comme luy-mesme, et auquel il donnoit tant d'autorité en sa maison, que sa parolle estoit obeye et craincte comme celle du duc. Et n'y avoit secret en son cueur qu'il ne luy declarast, en sorte que l'on le pouvoit nommer le second luy-mesmes[2].

Et voyant le duc sa seur[3] estre tant femme de bien qu'il n'avoit moien de luy declarer l'amour qu'il luy portoit, après avoir cherché toutes occasions à luy possibles, vint à ce gentil homme qu'il aymoit tant, en luy disant : « S'il y avoit chose en ce monde, mon amy, que je ne voulsisse faire pour vous, je craindrois à vous declarer ma fantaisye[4], et encores plus à vous prier m'y estre aydant[5]. Mais je vous porte tant d'amour, que, si j'avois femme, mere ou fille qui peust servir à saulver vostre vie, je les y emploirois, plustost que de vous laisser mourir en torment ; et j'estime que l'amour que vous me portez est reciprocque à la mienne ; et que si moy, qui suys vostre maistre, vous portois telle affection, que pour le moins ne la sçauriez porter moindre. Parquoy, je vous declaireray un secret, dont

---

1. Catherine Ginori selon Varchi, non pas sœur mais tante de Lorenzo (chez Sand elle est sa sœur, chez Musset sa tante). Le gentilhomme non nommé ici est Lorenzo de Médicis, fils de P. François de Médicis et Maria Soderini.   **2.** un autre lui-même, son *alter ego*.   **3.** la sœur du gentilhomme.   **4.** mon désir.   **5.** m'apporter votre aide en cette affaire.

---

* *plus meur* [*mûr*], est omis dans ms. 1512 (et dans T, 2155 S) ; restitué suivant G.

le taire[1] me met en l'estat que vous voyez, duquel je
n'espere amandement que par la mort ou par le service
que vous me pouvez faire. »

Le gentil homme, oyant les raisons de son maistre,
et voyant son visaige non fainct[2], tout baigné de
larmes, en eut si grande compassion, qu'il luy dist :
« Monsieur, je suis vostre creature ; tout le bien et
l'honneur que j'ay en ce monde vient de vous : vous
pouvez parler à moy comme à vostre ame, estant seur
que ce qui sera en ma puissance est en vos mains. » A
l'heure, le duc commença à luy declarer l'amour qu'il
portoit à sa seur, qui estoit si grande et si forte, que, si
par son moyen n'en avoit la jouissance, il ne voyoit
pas qu'il peust vivre longuement. Car il sçavoit bien
que envers elle prieres ne presens ne servoient de riens.
Parquoy, il le pria que, s'il aymoit sa vie autant que luy
la sienne, luy trouvast moyen de luy faire recouvrer[3] le
bien que sans luy il n'esperoit jamais d'avoir. Le frere[*], qui aymoit sa seur et l'honneur de sa maison plus
que le plaisir du duc, luy voulut faire quelque remonstrance, luy suppliant en tous autres endroictz l'employer, horsmys en une chose si cruelle à luy, que de
pourchasser le deshonneur[4][**] de son sang ; et que son
sang[***], son cueur ne son honneur ne se povoient
accorder à luy faire ce service. Le duc, tout enflambé[5]
d'un courroux importable[6], mint le doigt à ses dentz,
se mordant l'ungle, et luy respondit par une grande
fureur : « Or bien, puisque je ne treuve en vous nulle
amityé, je sçay que j'ay à faire. » Le gentil homme,
congnoissant la cruaulté de son maistre, eut craincte et
luy dist : « Mon seigneur, puis qu'il vous plaist, je
parleray à elle et vous diray sa reponse. » Le duc luy

---

1. Infinitif substantivé, la dissimulation.   **2.** non hypocrite.   **3.** obtenir.   **4.** rechercher le déshonneur.   **5.** enflammé.   **6.** insupportable.

---

* le gentilhomme (2155 S).   ** Ms. 1512 porte *pourchasser*
l'honneur : s'en prendre à l'honneur.   *** *et que son sang* omis
dans autres ms. et dans G.

respondit, en se departant[1]. « Si vous aymez ma vie,
aussi feray-je la vostre. »

Le gentil homme entendit bien[2] que ceste parolle
vouloit dire. Et fut ung jour ou deux sans veoir le duc,
pensant à ce qu'il avoit à faire. D'un costé, luy venoit
au devant l'obligation qu'il devoit à son maistre, les
biens et les honneurs qu'il avoit receuz de luy ; de
l'autre costé, l'honneur de sa maison, l'honnesteté et
chasteté de sa seur, qu'il sçavoit bien jamais ne se
consentir à telle meschanceté, si par sa tromperie elle
n'estoit prinse ou par force ; chose si estrange que à
jamays luy et les siens en seroient diffamez[3]. Si print
conclusion de ce different[4], qu'il aymoit mieulx mourir
que de faire ung si meschant tour à sa seur, l'une des
plus femmes de bien qui fust en toute l'Itallie ; mais
que plustost debvoit delivrer sa patrye d'un tel tyran[5],
qui par force vouloit mettre une telle tache en sa maison ; car il tenoit tout asseuré que, sans faire mourir le
duc, la vie de luy et des siens n'estoit pas asseurée.
Parquoy, sans en parler à sa seur, ny à creature du
monde, delibera de saulver sa vie et venger sa honte
par ung mesme moyen. Et, au bout de deux jours, s'en
vint au duc et luy dist comme il avoit tant bien practic-
qué[6] sa seur, non sans grande peyne, que à la fin elle
s'estoit consentye à faire sa volunté, pourveu qu'il luy
pleust tenir la chose si secrette, que nul que son frere
n'en eust congnoissance.

Le duc, qui desiroit ceste nouvelle, la creut facillement. Et, en ambrassant le messaigier, luy promectoit
tout ce qu'il luy sçauroit demander ; le pria de bien
tost executer son entreprinse, et prindrent le jour[7]
ensemble. Si le duc fut ayse, il ne le fault poinct

1. en s'en allant.   2. comprit bien ce que.   3. déshonorés.
4. Débat (différend) mettant en cause deux points de vue différents
(« d'un costé... de l'autre costé »).   5. L'*Apologia* de Lorenzino
de Medicis, écrite en 1538 à Paris, met l'accent sur cet argument,
justifiant le tyrannicide ; voir le résumé dans M. M. Fontaine,
art. cité, p. 157.   6. gagné à sa cause, su persuader.
7. fixèrent la date.

demander. Et, quand il veid approcher la nuict tant
desirée où il esperoit avoir la victoire de celle qu'il
avoit estimée invincible, se retira de bonne heure avecq
ce gentil homme tout seul ; et n'oblia pas de s'acous-
trer[1] de coeffes et chemises perfumées le mieulx qu'il
luy fut possible. Et, quant chascun fut retiré, s'en alla
avecq ce gentil homme au logis de sa dame, où il arriva
en une chambre bien fort en ordre. Le gentil homme
le despouilla de sa robbe de nuict et le meyt dedans le
lict, en luy disant : « Mon seigneur, je vous vois querir
celle qui n'entrera pas en ceste chambre sans rougir ;
mais j'espere que, avant le matin, elle sera asseurée de
vous[2]. » Il laissa le duc et s'en alla en sa chambre, où
il ne trouva que ung seul homme de ses gens[3], auquel
il dist : « Aurois-tu bien le cueur de me suyvre en ung
lieu où je me veulx venger du plus grand ennemy que
j'aye en ce monde ? » L'autre, ignorant ce qu'il vouloit
faire, luy respondit : « Ouy, Monsieur, fust-ce contre
le duc mesmes. » A l'heure le gentil homme le mena
si soubdain, qu'il n'eut loisir de prendre autres armes
que ung poignart qu'il avoit. Et, quant le duc l'ouyt
revenir, pensant qu'il luy amenast celle qu'il aymoit
tant, ouvrit son rideau et ses oeilz, pour regarder et
recepvoir le bien qu'il avoit tant actendu ; mais, en lieu
de veoir celle dont il esperoit la conservation de sa vie,
va veoir la precipitation de sa mort, qui estoit une
espée toute nue que le gentil homme avoit tirée, de
laquelle il frappa le duc qui estoit tout en chemise ;
lequel, denué d'armes et non de cueur, se mist en son
seant, dedans le lict, et print le gentil homme à travers
le corps, en luy disant : « Est-ce cy la promesse que
vous me tenez ? » Et, voiant qu'il n'avoit autres armes

---

1. se parer. La mention des *coeffes et chemises perfumées*
deviendra chez Musset, selon les indications de Varchi, celle des
gants parfumés.   2. elle recevra de vous de quoi se rassurer.
3. Michel del Favolaccino (ou Tovalaccino selon les éditions) cité
dans la chronique de B. Varchi, surnommé Scoronconcolo ; le personnage apparaît sous ce nom dans *Lorenzaccio* comme « spadas-
sin ».

que les dentz et les ongles, mordit le gentil homme au
poulce, et à force de bras se defendit, tant que tous
deux tomberent en la ruelle du lict. Le gentil homme,
qui n'estoit trop asseuré[1], appela son serviteur ; lequel,
trouvant le duc et son maistre si liez ensemble qu'il ne
sçavoit lequel choisir, les tira tous deux par les piedz,
au millieu de la place, et avecq son poignard s'essaya
à[2] couper la gorge du duc, lequel se defendit jusques
ad ce que la perte de son sang le rendist si foible qu'il
n'en povoit plus. Alors le gentil homme et son serviteur le meirent dans son lict, ou à coups de poignart le
paracheverent de tuer. Puis tirans le rideau, s'en allerent et enfermerent le corps mort en la chambre.

Et, quand il se veid victorieux de son grand ennemy,
par la mort duquel il pensoit mettre en liberté la chose
publicque[3], se pensa[4] que son euvre seroit imparfaict[5],
s'il n'en faisoit autant à cinq ou six de ceulx qui
estoient les prochains[6] du duc. Et, pour en venir à fin[7],
dist à son serviteur, qu'il les allast querir l'un après
l'autre, pour en faire comme il avoit faict au duc. Mais
le serviteur, qui n'estoit ne hardy ne fol, luy dist : « Il
me semble, monsieur, que vous en avez assez faict
pour ceste heure, et que vous ferez mieulx de penser à
saulver vostre vie, que de la vouloir oster à aultres.
Car, si nous demeurions autant à deffaire chascun[8]
d'eulx, que nous avons faict à deffaire le duc, le jour
descouvriroit plustost nostre entreprinse, que ne l'au-
rions mise à fin, encores que nous trouvassions noz
ennemys sans deffense. » Le gentil homme, la mauvaise conscience duquel le rendoit crainctif, creut son
serviteur, et, le menant seul avecq luy, s'en alla à ung
evesque[9] qui avoit la charge de faire ouvrir les portes

---

1. rassuré (sûr de l'emporter). 2. tenta de. 3. la république (au sens ancien), l'État. 4. se dit. 5. inachevé, incomplet. 6. proches. 7. en venir à bien, mener jusqu'à son terme
l'entreprise. 8. si nous mettions autant de temps à nous défaire
de chacun. 9. Lorenzino demanda en effet à l'évêque de Marzi
l'ouverture des portes de la ville en prétextant la maladie de son
frère Julien.

de la ville et commander aux postes [1]. Ce gentil homme luy dist : « J'ay eu ce soir des nouvelles que ung mien frere est à l'article de la mort ; je viens de demander mon congé au duc, lequel le m'a donné : parquoy, je vous prie mander aux postes me bailler deux bons chevaulx, et au portier de la ville m'ouvrir. » L'evesque, qui n'estimoit moins sa priere que le commandement du duc son maistre, luy bailla incontinant ung bulletin, par la vertu duquel la porte luy fut ouverte et les chevaulx baillez, ainsi qu'il demandoit. Et, en lieu d'aller voir son frere, s'en alla droict à Venise, où il se feyt guerir des morsures que le duc luy avoit faictes, puis s'en alla en Turquie [2].

Le matin, tous les serviteurs du duc, qui le voyoient si tard demorer à revenir, soupsonnerent bien qu'il estoit allé veoir quelque dame ; mais, voyans qu'il demeuroit tant, commencerent à le chercher par tous costez. La pauvre duchesse, qui commençoit fort à l'aymer, sçachant qu'on ne le trouvoit poinct, fut en grande peyne. Mais, quant le gentil homme qu'il aymoit tant ne fut veu non plus que luy, on alla en sa maison le chercher. Et, trouvant du sang à la porte de sa chambre, l'on entra dedans ; mais il n'y eut homme ne serviteur qui en sceust dire nouvelles. Et, suivans les trasses du sang, vindrent les pauvres serviteurs du duc à la porte de la chambre où il estoit qu'ilz trouverent fermée ; mais bien tost eurent rompu l'huys. Et, voyans la place toute plaine de sang, tirerent le rideau du lict et trouverent le pauvre corps, endormy, en son lict, du dormir sans fin. Vous pouvez penser quel deuil menerent ses pauvres serviteurs, qui apporterent le

---

1. (Masculin) : messagers, courriers ; soldats placés à un poste de guet. **2.** Après le meurtre, Lorenzino partit en effet pour Venise où se trouvait le républicain ennemi des tyrans Filippo Strozzi (mis en scène aussi par Musset), puis à Constantinople, ensuite en France où il séjourna de 1537 à 1544 et où il écrivit son *Apologia*, avant de regagner Venise où il fut assassiné, un an après la rédaction de cette nouvelle si l'on en croit les premières indications du texte (« Depuis dix ans en ça »).

corps en son pallais, où arriva l'evesque, qui leur
compta comme le gentil homme estoit party la nuict
en dilligence, soubz couleur d'aller veoir son frere.
Parquoy fut congneu clairement que c'estoit luy qui
avoit faict ce meurdre. Et fut aussy prouvé que sa
pauvre seur jamais n'en avoit oy parler ; laquelle,
combien qu'elle fust estonnée du cas advenu, si est-ce
qu'elle en ayma davantaige son frere, qui n'avoit pas
espargné le hazard de sa vie[1], pour la delivrer d'un si
cruel prince ennemy. Et continua de plus en plus sa vie
honneste en ses vertuz, tellement que, combien qu'elle
fust pauvre, pour ce que leur maison fut confisquée[2],
si trouverent sa seur et elle des mariz autant honnestes
hommes et riches qu'il y en eust poinct en Itallie ; et
ont toujours depuis vescu en grande et bonne reputation.

« Voylà, mes dames, qui vous doibt bien faire
craindre ce petit dieu, qui prent son plaisir à tormenter
autant les princes que les pauvres, et les fortz que les
foibles, et qui les aveuglit jusque là d'oblier Dieu et
leur conscience, et à la fin leur propre vie. Et doibvent
bien craindre les princes et ceulx qui sont en auctorité,
de faire desplaisir à moindres que eulx ; car il n'y a
nul qui ne puisse nuyre, quand Dieu se veult venger
du pecheur, ne si grand qui sceust mal faire[3] à celuy
qui est en sa garde*. »

Ceste histoire fut bien ecoutée** de toute la compaignye, mais elle luy engendra diverses[4] oppinions ; car
les ungs soustenoient que le gentil homme avoit faict
son debvoir de saulver sa vie et l'honneur de sa seur,

---

1. manqué de risquer sa vie.   2. Tous leurs biens furent en
effet confisqués, et la maison de Lorenzino détruite. Les deux
sœurs épousèrent les frères Strozzi, fils du banquier Filippo Strozzi.   3. il n'y a pas de si grand personnage qui pût faire du mal
à celui que garde Dieu.   4. des opinions contraires, opposées.

---

* en sa garde : en la garde de Dieu (2155 S).   ** *estimée* :
ms. 1512, corrigé suivant autres versions.

ensemble d'avoir[1] delivré sa patrie d'un tel tirant[2], les autres disoient que non, mais que c'estoit trop grande ingratitude de mectre à mort celluy qui luy avoit faict tant de bien et d'honneur. Les dames disoient qu'il estoit bon frere et vertueux citoyen ; les hommes, au contraire, qu'il estoit traistre et meschant serviteur ; et faisoit fort bon oyr les raisons alleguées des deux costez. Mais les dames, selon leur coustume, parloient autant par passion que par raison, disans que le duc estoit si digne de mort, que bien heureux estoit celluy qui avoit faict le coup. Parquoy, voyant Dagoucin le grand debat qu'il avoit esmeu[3], leur dist : « Pour Dieu, mes dames, ne prenez poinct querelle d'une chose desja passée ; mais gardez que voz beaultez ne facent poinct faire de plus cruels meurdres que celluy que j'ay compté. » Parlamante luy dist : « La *Belle dame sans mercy*[4] nous a aprins à dire que si gratieuse malladye ne mect gueres de gens à mort. — Pleust à Dieu, ma dame, ce luy dist Dagoucin, que toutes celles qui sont en ceste compaignye sceussent combien ceste opinion est faulse ! Et je croy qu'elles ne vouldroient poinct avoir le nom d'estre sans mercy, ne resembler à ceste incredule, qui laissa morir un bon serviteur par faulte d'une gratieuse response. — Vous vouldriez doncques, dist Parlamente, pour saulver la vie d'un qui dict nous aymer, que nous meissions nostre honneur et nostre conscience en dangier ? — Ce n'est pas ce que je vous dis, respondit Dagoucin, car celluy qui ayme parfaicte- ment craindroit plus de blesser l'honneur de sa dame, que elle-mesme[5][*]. Parquoy il me semble bien que une response honneste et gratieuse, telle que parfaicte et

---

1. tout   en   ayant.   **2.** tyran.   **3.** provoqué,   suscité.
4. *La Belle dame sans mercy* (sans pitié) est un poème célèbre (1424, 1re éd. 1489) d'Alain Chartier, dont Parlamente cite textuel- lement deux vers : « Si gracieuse... Ne met... » (v. 265-266, strophe XXXIV). *Cf.* aussi N. 56.   **5.** qu'elle même ne le craint.

---

* que elle dame (texte du ms. 1512, corrigé en suivant autres manuscrits et G).

honneste amityé requiert, ne pourroit qu'accroistre
l'honneur et amender la conscience ; car il n'est pas
vray serviteur, qui cherche le contraire. — Toutesfois,
dist Ennasuite, si est-ce tousjours la fin de voz oraisons[1], qui commencent par l'honneur et finissent par
le contraire. Et si tous ceulx qui sont icy en veullent
dire la verité, je les en croy en leur serment. » Hircan
jura, quant à luy, qu'il n'avoit jamais aymé femme,
horsmis la sienne, à qui il ne desirast faire offenser
Dieu bien lourdement. Autant en dist Simontault, et
adjousta qu'il avoit souvent souhaicté toutes les
femmes meschantes, hormis la sienne. Geburon luy
dist : « Vrayment, vous meritez que la vostre soyt telle
que vous desirez les autres ; mais, quant à moy, je puis
bien vous jurer que j'ay tant aymé une femme, que
j'eusse mieulx aymé mourir, que pour moy elle eust
faict chose dont je l'eusse moins estimée. Car mon
amour estoit fondée en ses vertuz, tant que, pour
quelque bien que je en eusse sceu avoir, je n'y eusse
voulu veoir une tache. » Saffredent se print à rire, en
luy disant : « Geburon, je pensoys que l'amour de
vostre femme et le bon sens que vous avez, vous eussent mis hors du dangier d'estre amoureux, mais je
voys bien que non ; car vous usez encores des termes,
dont nous avons accoustumé tromper les plus fines et
d'estre escoutez des plus saiges. Car qui est celle qui
nous fermera ses oreilles quant nous commancerons à
l'honneur et à la vertu ? Mais, si nous leur monstrons
nostre cueur tel qu'il est, il y en a beaucoup de bien
venuz[2] entre les dames, de qui elles ne tiendront
compte. Mais nous couvrons nostre diable* du plus bel
ange que nous pouvons trouver. Et, soubz ceste couverture, avant que d'estre congneuz, recepvons beau-

---

1. prières, demandes.   2. beaucoup d'hommes favorablement
accueillis.

---

* nous *conjurons* nostre diable *au* (ms. 1512, texte corrigé par
M. F. en suivant autres manuscrits et G).

coup de bonnes cheres. Et peut-estre tirons les cueurs
des dames si avant que, pensans aller droict à la vertu,
quand elles congnoissent le vice, elles n'ont le moyen
ne le loisir de retirer leurs pieds. — Vrayement, dist
Geburon, je vous pensois autre que vous ne dictes, et
que la vertu vous feust plus plaisante que le plaisir.
— Comment ! dist Saffredent, est-il plus grande vertu
que d'aymer comme Dieu le commande ? Il me semble
que c'est beaucoup mieulx faict d'aymer une femme
comme femme, que d'en ydolatrer plusieurs comme on
fait* d'une ymaige[1]. Et quant à moy, je tiens ceste
oppinion ferme, qu'il vault mieulx en user que d'en
abuser. » Les dames furent toutes du costé de Geburon,
et contraignirent Saffredent de se taire ; lequel dist :
« Il m'est bien aisé de n'en parler plus, car j'en ay esté
si mal traicté, que je n'y veulx plus retourner.
— Vostre malice, ce luy dist Longarine, est cause de
vostre mauvais traictement ; car qui est l'honneste
femme qui vous vouldroit pour serviteur, après les propos que nous avez tenuz ? — Celles qui ne m'ont
poinct trouvé fascheux, dist Saffredent, ne change-
roient pas leur honnesteté à la vostre[2], mais n'en parlons plus**, afin que ma collere ne face desplaisir, ny
à moy, ny à autre. Regardons à qui Dagoucin donnera
sa voix. » Lequel dist : « Je la donne à Parlamente ;
car je pense qu'elle doibt sçavoir plus que nul autre,
que c'est que d'honneste et parfaicte amityé. — Puis
que je suis choisye, dist Parlamante, pour dire la tierce
histoire, je vous en diray une advenue à une dame qui
a esté toujours bien fort de mes amyes et de laquelle
la pensée ne me fut jamais celée. »

---

1. image pieuse, icône.   **2.** n'échangeraient pas leur honnêteté
contre la vôtre.

---

* *plusieurs* comme *on fait* est omis dans ms. 1512, 2155 et chez
T ; idolatrer comme *plusieurs autres* (G).   ** *n'en parlons plus*
est omis dans T, qui ouvre N. 13 ainsi : « Afin que la colere de
Saffredant ne feit desplaisir ny à luy ni à autre, laissèrent ce propos
et regardans à qui... »

TREIZIESME NOUVELLE

Un capitaine de galeres, fort serviteur d'une dame, lui envoya un dyamant qu'elle renvoya à sa femme, et le feit si bien profiter à la decharge de la conscience du capitaine, que, par son moyen, le mary et la femme furent reunis en bonne amytié.

*

Un capitaine de galeres, soubs ombre de devotion[1], *devint amoureux d'une damoiselle, et ce qui en advint.*

*

En la maison de madame la Regente[2], mere du Roy François, y avoit une dame fort devote, maryée à un gentil homme de pareille volunté. Et, combien que son mary fust viel, et elle, belle et jeune, si est ce qu'elle le servoit et aymoit comme le plus beau et le plus jeune homme du monde. Et, pour luy oster toute occasion d'ennuy, se meist à vivre comme une femme de l'aage dont il estoit, fuyant toute compaignye, accoustremens[3], danses et jeux, que les jeunes femmes ont accoustumé d'aymer ; mectant tout son plaisir et recreation au service de Dieu. Parquoy, le mary meist en elle une si grande amour et seureté[4], qu'elle gouvernoit luy et sa maison, comme elle vouloit. Et advint, ung jour, que le gentil homme luy dist que, dès sa jeunesse, il avoit eu desir de faire le voyage de Jerusalem, luy demandant ce qu'il luy en sembloit. Elle, qui ne demandoit qu'à luy complaire, luy dist : « Mon amy, puisque Dieu nous a privez d'enfans et donné assez de biens, je vouldrois que nous en missions une partye à faire ce sainct voyage ; car, là ny ailleurs que vous allez, je ne suis pas deliberée de jamais vous habandonner. » Le bon homme en fut si ayse, qu'il luy sembloit desjà estre sur le mont du Calvaire.

---

1. sous couleur de, sous prétexte de, feignant (la dévotion).
2. Louise de Savoie, régente après l'avènement de François Ier en 1515, puis, lorsqu'il fut retenu en captivité en Italie après la défaite de Pavie, de 1523 à 1526. Les faits relatés semblent se situer lors de la première Régence (allusions au séjour de la cour en Normandie en 1517, et aux guerres contre les Turcs).   3. parures.   4. confiance.

Et, en ceste deliberation, vint à la court un gentil homme, qui souvent avoit esté à la guerre sur les Turcs[1], et pourchassoit envers le Roy de France une entreprinse[2] sur une de leurs villes, dont[3] il povoit venir grand proffict à la chrestienté. Ce viel gentil homme luy demanda de son voyage. Et, après qu'il eut entendu ce qu'il estoit deliberé de faire, luy demanda si après son voyage il en vouldroit bien faire ung aultre en Jerusalem, où sa femme et luy avoient grand desir d'aller. Ce capitaine fut fort ayse d'oyr ce bon desir et luy promist de l'y mener et de tenir l'affaire secret. Il luy tarda bien qu'il ne trouvast sa bonne femme, pour luy compter ce qu'il avoit faict ; laquelle n'avoit gueres moins d'envie que le voyage se parachevast[4] que son mary. Et, pour ceste occasion, parloit souvent au cappitaine, lequel, regardant[5] plus à elle que à sa parolle, fut si fort amoureux d'elle, que, souvent, en luy parlant des voyages qu'il avoit faictz sur la mer, mesloit l'embarquement de Marseille avecques l'Archipelle, et, en voulant parler d'un navire, parloit d'un cheval, comme celluy qui estoit ravy et hors de son sens[6] ; mais il la trouva telle, qu'il ne luy en osoit faire semblant[7]. Et sa dissimullation luy engendra ung tel feu dans le cueur, que souvent il tomboit malade, dont la dicte dame estoit aussy soingneuse comme de la croix et de la

---

1. la guerre contre les Turcs : au traité de Cambrai (1508) signé par Charles Quint et Louis XII, était prévue une ligue contre les Turcs ; en 1520 une flotte française débarque à Beyrouth (et échoue dans sa tentative). Mais les relations de la France avec la Turquie au XVIᵉ siècle sont compliquées, de la quête d'appui à la collaboration (sans aller jusqu'à l'alliance officielle), par exemple au siège de Nice en 1543, et lors de l'hivernage de la flotte ottomane à Toulon. 2. poursuivait pour le compte du roi de France une offensive (contre une ville aux mains des Turcs). 3. d'où. 4. que le projet de voyage se réalisât. 5. portant attention à. 6. en extase, et comme insensé. 7. manifester ses sentiments.

guyde [1] de son chemin ; et l'envoyoit visiter si souvent
que, congnoissant qu'elle avoit soing de luy, il gueris-
soit sans aultre medecine [2]. Mais plusieurs personnes,
voyans ce cappitaine qui avoit eu le bruict [3] d'estre plus
hardy et gentil compaignon que bon chrestien, s'emer-
veillerent [4] comme ceste dame l'accointoit si fort [5]*.
Et, voyans qu'il avoit changé de toutes conditions [6],
qu'il frequentoit les eglises, les sermons et confessions,
se douterent que c'estoit pour avoir la bonne grace de
la dame ; ne se peurent tenir de luy en dire quelques
paroles. Ce cappitaine, craingnant que, si la dame en
entendoit quelque chose, cella le separast de sa presence, dist à son mary et à elle comme il estoit prest
d'estre despesché du Roy [7] et de s'en aller, et qu'il
avoit plusieurs choses à luy dire ; mais, à fin que son
affaire fust tenu plus secret, il ne vouloit plus parler à
luy et à sa femme devant les gens, mais les pria de
l'envoyer querir, quand ilz seroient retirez tous deux.
Le gentil homme trouva son oppinion bonne, et ne falloit [8] tous les soirs de se coucher de bonne heure et
faire deshabiller sa femme.

Et, quant tous leurs gens estoient retirez, envoyoient
querir le cappitaine, et devisoient là du voyage de Jerusalem, où souvent le bon homme en grande devotion
s'endormoit. Le cappitaine, voyant ce gentil homme
viel endormy dans un lict, et luy dans une chaize
auprès elle qu'il trouvoit la plus belle et la plus honneste du monde, avoit le cueur si serré entre craincte
de parler et desir, que souvent il perdoit la parolle.

---

1. se souciait de lui autant que de la croix et du guide ; la croix
portée par les pèlerins servait aussi de signe de ralliement aux parti-
cipants ; *la guide* : l'itinéraire balisé. On peut comprendre aussi :
se souciait de lui parce qu'il était celui qui devait servir de signe
de ralliement et de guide pour ce voyage (M. F.). **2.** traitement
médical. **3.** la réputation. **4.** s'étonnèrent. **5.** fréquentait
tant, était en relations si suivies. **6.** comportement. **7.** envoyé en mission par le roi. **8.** ne manquait pas.

---

* l'acostoit (G).

Mais, à fin qu'elle ne s'en aperceust, se mectoit à parler des sainctz lieux de Jerusalem, où estoient les signes de la grande amour que Jesus-Christ nous a portée. Et, en parlant de ceste amour couvroit la sienne[1], regardant ceste dame avecq larmes et souspirs, dont elle ne s'apperceust jamais. Mais, voyant sa devote contenance, l'estimoit si sainct homme, qu'elle le pria de luy dire quelle vie il avoit menée, et comme il estoit venu à ceste amour de Dieu. Il luy declaira comme il estoit un pauvre gentil homme, qui, pour parvenir à richesse et honneur, avoit oblyé sa conscience et avoit espousé une femme trop proche son alliée, pource qu'elle estoit riche, combien qu'elle fust layde et vielle et qu'il ne l'aymast poinct ; et, après avoir tiré tout son argent, s'en estoit allé sur la marine[2] chercher ses advantures et avoit tant faict par son labeur, qu'il estoit venu en estat honorable. Mais, depuis* qu'il avoit eu congnoissance d'elle, elle estoit cause, par ses sainctes parolles et bon exemple, de luy avoir faict changer sa vie, et que du tout se deliberoit, s'il povoit retourner de son entreprinse, de mener son mary et elle en Jerusalem, pour satisfaire en partie à ses grandz pechez où il avoit mis fin, sinon que encores n'avoit satisfaict à sa femme à laquelle[3] il esperoit bientost se reconcilier. Tous ses propos pleurent à ceste dame, et surtout se resjouyst d'avoir tiré[4] ung tel homme à l'amour et craincte de Dieu. Et, jusques ad ce qu'il partist de la court, continuerent tous les soirs ces longs parlemens[5], sans que jamais il ausast declarer son intention. Et luy fit present de quelque crucifix de

---

1. dissimulait la sienne. **2.** sur mer. **3.** n'avait réparé ses torts envers sa femme avec laquelle. **4.** amené. **5.** conversations.

---

* Mais, *que* depuis (2155 S), meilleur texte (que depuis [...] et que...).

Nostre Dame de Pitié [1] [*], la priant que en le voyant elle eust tous les jours memoire de luy.

L'heure de son partement [2] vint, et, quant il eut prins congé du mary, lequel s'endormyt, il vint dire adieu à sa dame, à laquelle il veid les larmes aux oeilz pour l'honneste amityé [**] qu'elle luy portoit, qui luy randoit sa passion si importable [3], que, pour ne l'oser declarer, tomba quasi esvanouy, en luy disant adieu, en une si grande sueur universelle [4], que non ses oeilz seullement, mais tout le corps, jectoient larmes. Et, ainsy, sans parler, se departyt, dont la dame demora fort estonnée ; car elle n'avoit jamais veu ung tel signe de regret. Toutesfois, poinct ne changea son bon jugement envers luy et l'accompaigna de prieres et oraisons. Au bout d'un mois, ainsy que la dame retournoit en son logis, trouva ung gentil homme qui luy presenta une lettre de par le cappitaine, la priant qu'elle la voulust veoir à part ; et luy dist comme il l'avoit veu embarquer, bien deliberé de faire chose agreable au Roy et à l'augmentation de la chrestienté [5] [***] ; et que, de luy, il s'en retournoit à Marseille, pour donner ordre aux affaires du dict cappitaine. La dame se retira à une fenestre à part, et ouvrit sa lettre, de deux feuilles de papier escriptes de tous costez, en laquelle y avoit l'epistre qui s'ensuict :

---

1. Un des noms de la Vierge miséricordieuse (la Pietà, la Vierge portant le corps du Christ mort sur ses genoux, si souvent peinte et sculptée). 2. départ (et ci-dessous *se departyt* : s'en alla). 3. difficile, ou impossible à supporter ; insupportable. 4. une sueur qui couvre tout le corps. 5. l'expansion du christianisme ; le capitaine présente son entreprise comme une croisade contre les infidèles...

---

* La leçon de 2155 S est meilleure : « quelque crucifix et Notre Dame de Pitié ». ** pour l'honnesteté et amityé (texte de ms. 1512, corrigé par M. F. en suivant G). *** l'augmentation de la foy (G).

Mon long celer[1], ma taciturnité
Apporté m'a telle necessité[2],
Que je ne puis trouver nul reconfort,
Fors[3] de parler ou de souffrir la mort.
Ce Parler-là, auquel j'ay defendu
De se monstrer à toy, a actendu
De me veoir seul et de mon secours loing ;
Et lors m'a dict qu'il estoit de besoing[4]
De le laisser aller s'esvertuer[5],
De se monstrer ou bien de me tuer.
Et a plus faict, car il s'est venu mectre
Au beau millieu de ceste myenne lettre,
Et dit que, puis que mon oeil ne peult veoir
Celle qui tient ma vie en son povoir,
Dont le regard sans plus me contantoit,
Quand son parler mon oreille escoutoit,
Que maintenant par force il saillira[6]
Devant tes oeilz, où poinct ne faillira
De te monstrer mes plainctes et mes clameurs[*],
Dont le celer est cause que je meurs.
Je l'ay voulu de ce papier oster,
Craingnant que poinct ne voulusse escouter
Ce sot Parler, qui se monstre en absence,
Qui trop estoit crainctif en ta presence ;
Disant : « Mieulx vault, en me taisant, mourir,
Que de vouloir ma vie secourir
Pour ennuyer celle que j'aime tant
Que de mourir pour son bien suis content ! »
D'autre costé, ma mort pourroit porter
Occasion de trop desconforter[7]
Celle pour qui seullement j'ay envye
De conserver ma santé et ma vye.

---

1. ma longue dissimulation, mon long silence.   2. situation malheureuse.   3. sinon.   4. nécessaire.   5. se fortifier.   6. il sortira, il se manifestera.   7. attrister, peiner.

---

* Vers faux, correct en G : *mes plaintes et douleurs* ; et en 2155 S : *mes plains et mes clameurs*.

Ne t'ay-je pas, o ma dame, promis
Que, mon voiage à fin heureuse mis,
Tu me verrois devers toy retourner,
Pour ton mary avecq toy emmener
Au lieu où tant as de devotion,
Pour prier Dieu sur le mont de Syon ?
Si je me meurs, nul ne t'y menera,
Trop de regret ma mort ramenera,
Voyant à riens tournée l'entreprinse [1],
Qu'avecques tant d'affection as prinse [2].
Je vivray doncq, et lors t'y meneray
Et en brief temps à toy retourneray.
La mort pour moy est bonne, à mon advis,
Mais seullement pour toy seulle je veiz.
Pour vivre doncq, il me fault alleger
Mon pauvre cueur, et du faiz [3] soulager,
Qui est à luy et à moy importable,
De te monstrer mon amour veritable
Qui est si grande et si bonne et si forte,
Qu'il n'y en eut oncques de telle sorte.
Que diras-tu ? O Parler trop hardy,
Que diras-tu ? Je te laisse aller, dy ?
Pourras-tu bien luy donner congnoissance
De mon amour ? Las ! tu n'as la puissance
D'en demonstrer la milliesme part :
Diras-tu point, au moins, que son regard
A retiré mon cueur de telle force,
Que mon corps n'est plus qu'une morte escorce,
Si par le sien je n'ay vie et vigueur ?
Las ! mon Parler foible et plein de langueur,
Tu n'as povoir de bien au vray luy paindre
Comment son oeil peult un bon cueur contraindre !
Encores moins à louer sa parolle
Ta puissance est pauvre, debille et molle,
Si tu pouvois au moins luy dire ung mot,
Que, bien souvent, comme muet et sot,

---

1. voyant échouer le projet.　　2. que tu as tant prise à cœur.
3. fardeau... insupportable.

Sa bonne grace et vertu me randoit,
Et, à mon oeil qui tant la regardoit,
Faisoit gecter par grande amour les lermes*,
Et à ma bouche aussy changer ses termes ;
Voire et en lieu dire que je l'aymois,
Je luy parlois des signes[1] et des mois
Et de l'estoille Arcticque et Antarcticque[2]**.
O mon Parler ! tu n'as pas la practicque[3]
De luy compter en quel estonnement
Me mectoit lors mon amoureux torment,
De dire aussy mes maulx et mes douleurs !
Il n'y a pas en toi tant de valleurs,
De declairer ma grande et forte amour,
Tu ne sçaurois me faire ung si bon tour !
A tout le moins, si tu ne peuls le tout
Luy racompter, prens-toy à quelque bout,
Et diz ainsy : « Craincte de te desplaire
M'a faict longtemps, maulgré mon vouloir, taire
Ma grande amour qui devant ton merite
Et devant Dieu ne peult estre descrite***
Car ta vertu en est le fondement,
Qui me rend doulx mon trop cruel tourment,
Veu que l'on doibt ung tel tresor ouvrir
Devant chascun et son cueur descouvrir.
Car qui pourroit ung tel amant reprendre
D'avoir osé et voulu entreprendre
D'acquerir dame, en qui la vertu toute
Voire et l'honneur faict son sejour sans doubte[4].
Mais, au contraire, on doibt bien fort blasmer
Celluy qui voyt ung tel bien, sans l'aymer.
Or, l'ay je veu et l'ayme d'un tel cueur,

---

1. des constellations du zodiaque.　**2.** les étoiles polaires (des pôles Nord et Sud).　**3.** la possibilité, l'occasion.　**4.** sans aucun doute.

---

* *lermes* : leçon du ms. 2153, meilleure, à cause de la rime, que *larmes* (1512).　** de l'estolle polarticque, antartique (2155 S).　*** *Et devant Dieu et le Ciel estre dicte* (2155 S, T) ; *Et devant Dieu et Ciel doit estre dite* (G).

Qu'amour sans plus en a esté vaincqueur.
Las ! ce n'est poinct amour legier ou fainct
Sur fondement de beaulté fol et painct :
Encores moins cest amour qui me lye
Regarde en riens [1] la villaine follye.
Poinct n'est fondée en villaine esperance [2] *
D'avoir de toy aucune joissance ;
Car rien n'y a au fondz de mon desir,
Qui contre toy soubzhaicte nul plaisir.
J'aymerois mieulx morir en ce voyaige,
Que de te sçavoir moins vertueuse ou saige,
Ne que pour moy fust moindre la vertu
Dont ton corps est et ton cueur revestu.
Aymer te veulx comme la plus parfaicte
Qui oncques fut ; pourquoy, rien ne soubhaicte
Qui peust oster ** ceste perfection,
La cause et fin [3] de mon affection ;
Car plus de moy tu es saige estimée,
Et plus aussy parfaictement aymée.
Je ne suis pas celui qui se console
En son amour et en sa dame folle.
Mon amour est très saige et raisonnable ;
Car je l'ay mis en dame tant aymable,
Qu'il n'y a nul Dieu, ne ange de paradis ***,
Qu'en te voyant ne dist ce que je diz
Et si de toy je ne puis estre aymé
Il me suffit au moins d'estre estimé
Le serviteur plus parfaict qui fut oncques ;
Ce que croyras, j'en suis très seur, adoncques [4]
Que la longueur du temps te fera veoir
Que de t'aymer je faictz loyal debvoir.
Et si de toy je n'en reçois autant,

---

1. *riens :* en quelque chose ; cet amour n'a rien à voir avec.
2. basse, digne d'un vilain (*vs* gentil, digne d'un noble cœur).
3. but.   4. lorsque, quand.

---

* Poinct   n'est   fondée   en   la   vaine   esperance
(2155 S).   ** Texte de ms. 1512 (Que pour oster) corrigé par
M. F. en suivant G.   *** Qu'il n'y a Dieu, ny ange en paradis (G).

A tout le moins de t'aymer suis content,
En t'asseurant que rien ne te demande,
Fors seullement que je te recommande
Le cueur et corps bruslant pour ton service
Dessus l'autel d'amour pour sacrifice.
Croy hardiment que, si je reviens vif[1],
Tu reverras ton serviteur naïf[2],
Et, si je meurs, ton serviteur[*] mourra,
Que jamais dame ung tel n'en trouvera.
Ainsy, de toy s'en va emporter l'unde[3]
Le plus parfaict serviteur de ce monde.
La mer peult bien ce mien corps emporter,
Mais non le cueur que nul ne peult oster
D'avecq toy, où il faict sa demeure,
Sans plus vouloir à moy venir une heure.
Si je pouvois avoir, par juste eschange,
Ung peu du tien, pur et clair comme ung ange,
Je ne craindrois d'emporter la victoire,
Dont ton seul cueur en gaigneroit la gloire.
Or vienne doncques ce qu'il en adviendra !
J'en ay gecté le dé[4], là se tiendra
Ma volunté sans aucun changement.
Et pour mieulx peindre au tien entendement
Ma loiaulté, ma ferme seureté,
Ce diamant, pierre de fermeté[5],
En ton doigt blanc, je te suplie prendre :
Par qui pourras trop plus qu'heureux me rendre :
O diamant, dy : « Amant[6] si m'envoye,

---

1. vivant. **2.** sincère, dépourvu d'artifice. **3.** *L'unde* (l'onde) est le sujet de *s'en va* (emporter loin de toi). **4.** le sort en est jeté (*alea jacta est*). **5.** Les pierres ont valeur symbolique, et le diamant « signifie » en effet fermeté (solidité et fidélité). **6.** La décomposition du syntagme nominal *diamant* en *dy, amant* avait déjà illustré une séquence du *Pantagruel* (chap. 24) ; un tel cliquetis verbal rappelle surtout les jeux des Grands Rhétoriqueurs, et de Marot.

---

[*] *tel* serviteur (2155 S) ; *un* serviteur (G).

Qui entreprend ceste doubteuse [1] voye,
Pour meriter, par ses œuvres et faictz,
D'estre du rang des vertueux parfaictz ;
À fin que ung jour il puisse avoir sa place
Au desiré lieu de ta bonne grace. »

La dame leut l'epistre tout du long, et de tant plus s'esmerveilloit de l'affection du cappitaine, que moins elle en avoit eu de soupson. Et, en regardant la table [2] du diamant grande et belle, dont l'anneau estoit emmaillé [3] de noir, fut en grande peyne de ce qu'elle en avoit à faire. Et, après avoir resvé [4] toute la nuict sur ces propos, fut très aise d'avoir occasion de ne luy faire response par faulte de messaigier, pensant en elle-mesme, qu'avecq les peynes qu'il portoit pour le service de son maistre, il n'avoit besoing d'estre fasché de la mauvaise response qu'elle estoit deliberée de luy faire, laquelle elle remeist à son retour. Mais elle se trouva fort empeschée [5] du diamant ; car elle n'avoit poinct accoustumé de se parer aux despens d'autres que de son mary. Parquoy, elle, qui estoit de bon entendement, pensa de faire profficter cest anneau à la conscience de ce cappitaine. Elle despescha ung sien serviteur, qu'elle envoya à la desolée femme du capitaine, en faingnant que ce fust une religieuse de Tarascon qui luy escripvit une telle lettre :

« Madame, monsieur vostre mary est passé par icy bien peu avant son embarquement, et, après s'estre confessé et receu son Createur comme bon chrestien, m'a decelé [6][*] ung faict qu'il avoit sur sa conscience : c'est le regret de ne vous avoir tant aymée comme il debvoit. Et me pria et conjura, à son partement, de

---

1. risquée, hasardeuse.　　2. Le diamant taillé en table présente une face horizontale, sur laquelle on peut porter quelque inscription. 3. garni d'émaux.　　4. avoir songé (pensé) à ces propos (*resver* : imaginer, divaguer).　　5. embarrassée.　　6. déclaré, avoué.

---

* déclaré *un faix* (T, 2155 S).

vous envoyer ceste lettre avecq ce diamant, lequel je
vous prie garder pour l'amour de luy, vous asseurant
que, si Dieu le faict retourner en santé, jamais femme
ne fut mieulx traictée que vous serez ; et ceste pierre
de fermeté vous en fera foy pour luy. Je vous prie
l'avoir pour recommandé en voz bonnes prieres, car
aux miennes il aura part toute ma vie. »

Ceste lettre, parfaicte[1] et signée au nom d'une religieuse, fut envoyée par la dame à la femme du cappitaine. Et, quant la bonne vielle veid la lettre et
l'anneau, il ne fault demander combien elle pleura de
joye et de regret d'estre aymée et estimée de son bon
mary, de la veue duquel elle se voyoit estre privée. Et,
en baisant l'anneau plus de mille fois, l'arrousoit de
ses larmes benissant Dieu qui, sur la fin de ses jours,
luy avoit redonné l'amityé de son mary, laquelle elle
avoit tenue longtemps pour perdue, et remerciant la
religieuse qui estoit cause de tant de bien, à laquelle
feit la meilleure response qu'elle peut, que le messaigier rapporta en bonne dilligence à sa maistresse, qui
ne la leut, ny n'entendit ce que lui dist son serviteur,
sans rire bien fort. Et se contenta d'estre defaicte de
son diamant par ung si proffitable moyen, que, de reu-
nir le mary et la femme en bonne amityé, il luy sembla
avoir gaingné ung royaulme.

Ung peu de temps après, vindrent nouvelles de la
defaicte et mort du pauvre cappitaine[2], et comme il fut
habandonné de ceulx qui le devoient secourir, et son
entreprinse revelée par les Rhodiens, qui la devoient
tenir secrette ; en telle sorte que luy avecq tous ceulx
qui descendirent en terre, qui estoient en nombre de
quatre vingtz, furent tous tuez[*] : entre lesquelz estoit

---

1. achevée, terminée.   2. En 1520 un capitaine français, Christophe Le Mignon, partit au secours des chevaliers de Rhodes ; sa
flotte arriva devant Beyrouth, mais l'expédition échoua, et le capitaine et ses compagnons furent tués.

---

* *furent tous tuez* est omis dans G, T et ms. 1512.

un gentil homme, nommé Jehan et ung Turc tenu sur
les fondz[1] par la dicte dame, lesquelz deux elle avoit
donnez au cappitaine, pour faire le voyage avecq luy.
Dont l'un morut auprès de luy, et le Turc, avecq quinze
coups de fleche, se saulva à nouer[2] dedans les vaisseaulx françois. Et par luy seul fut entendue la verité de
tout cest affaire ; car ung gentil homme, que le pauvre
cappitaine avoit prins pour amy et compaignon, et
l'avoit advancé envers le Roy[3] et les plus grands de
France, si tost qu'il veid mectre pied à terre au dict
cappitaine, retira bien avant en la mer ses vaisseaulx.
Et, quant le cappitaine veid son entreprinse descouverte et plus de quatre mil Turcqs, se voulut retirer
comme il debvoit. Mais le gentil homme, en qui il
avoit eu si grande fiance, voyant que par sa mort la
charge luy demouroit seulle de ceste grande armée et
le profict, meit en avant[4] à tous les gentils hommes
qu'il ne falloit pas hazarder les vaisseaulx du Roy, ne
tant de gens de bien qui estoient dedans, pour saulver
cent personnes seulement ; et ceulx qui n'avoient pas
trop de hardiesse furent de son oppinion. Et, voyant
le dict cappitaine que plus il les appelloit et plus ils
s'esloignoient de son secours, se retourna devers les
Turcqs, estant au sablon jusques au genoil[5], où il feit
tant de faictz d'armes et de vaillances, qu'il sembloit
que luy seul deust deffaire tous ses ennemys, dont son
traistre compaignon avoit plus de paour que desir de
sa victoire. A la fin, quelques armes[6] qu'il sceust faire,
receut tant de coups de fleches de ceulx qui ne
povoient approcher de luy que de la portée de leurs
arcs, qu'il commencea à perdre tout son sang. Et lors
les Turcs, voyans la foiblesse de ces vraiz chrestiens,

---

1. sur les fonts baptismaux (au cours de la cérémonie de baptême,
lors de la conversion du Turc au christianisme). **2.** trouva
son salut en nouant (nageant, à la nage) jusqu'aux vaisseaux.
3. et dont il avait favorisé l'avancement auprès du roi.
4. fit valoir. **5.** enlisé dans le sable jusqu'au genou.
6. faits d'armes.

les vindrent charger * à grands coups de cymeterre ; lesquelz, tant que Dieu leur donna force et vie, se defendi-
rent jusques au bout. Le cappitaine appella ce gentil
homme, nommé Jehan, que sa dame luy avoit donné,
et le Turcq aussy, et, en mectant la poincte de son
espée en terre, tombant à genoil auprès, baisa et
embrassa la Croix, disant : « Seigneur, prens l'ame en
tes mains, de celluy qui n'a espargné sa vie pour exalter ton nom ! » Le gentil homme nommé Jehan voyant
que avecq ses parolles la vie luy deffailloit, embrassa
luy et la croix de l'espée qu'il tenoit, pour le cuyder
secourir [1], mais ung Turcq, par derriere, luy couppa les
deux cuisses, et, en criant tout haut : « Allons, cappitaine, allons en paradis veoir Celluy pour qui nous
mourons ! » fut compaignon à la mort, comme il avoit
esté à la vie du pauvre cappitaine. Le Turcq, voyant
qu'il ne povoit servir à l'un ny à l'autre, frappé de
quinze flesches, se retira vers les navires, et, en demandant y estre retiré [2], combien qu'il fust seul eschappé
des quatre vingtz, fut refusé par le traistre compaignon.
Mais, luy, qui sçavoit fort bien nager, se gecta dedans
la mer, et feit tant, qu'il fut receu à ung petit vaisseau,
et, au bout de quelque temps, guery de ses plaies. Et,
par ce pauvre estrangier, fut la verité congneue entierement à l'honneur du cappitaine et à la honte de son
compaignon, duquel le Roy et tous les gens de bien,
qui en oyrent le bruict, jugerent la meschanceté si
grande envers Dieu et les hommes, qu'il n'y avoit mort
dont il ne fust digne. Mais, à sa venue, donna tant de
choses faulses à entendre, avecq force presens, que non
seullement se saulva de pugnition, mais eut la charge
de celluy qu'il n'estoit digne de [3] servir de varlet.

Quant ceste piteuse nouvelle vint à la court, madame

---

1. le prit dans ses bras ainsi que la croix de l'épée en s'apprêtant à
lui porter secours.   2. à y être accueilli.   3. reçut la charge de
celui à qui il n'était digne...

---

* Texte de ms. 1512 (*chercher*) corrigé par M. F. en suivant G.

la Regente, qui l'estimoit fort, le regretta merveilleusement[1] ; aussy feit le Roy et tous les gens de bien qui
le congnoissoient. Et celle qu'il aymoit le mieulx,
oyant une si estrange, piteuse et chrestienne mort,
changea la dureté du propos qu'elle avoit deliberé luy
tenir, en larmes et lamentations ; à quoy son mary luy
tint compaignye, se voyans frustrez de l'espoir de leur
voyage. Je ne veulx oblier que une damoiselle qui
estoit à ceste dame, laquelle aymoit ce gentil homme
nommé Jehan, plus que soy-mesme, le propre jour que
les deux gentils hommes furent tuez, vint dire à sa
maistresse, qu'elle avoit veu en songe celluy qu'elle
aymoit tant, vestu de blanc, lequel luy estoit venu dire
adieu, et qu'il s'en alloit en paradis avecq son cappitaine. Mais, quant elle sceut que son songe estoit veritable, elle feyt un tel deuil, que sa maistresse avoit
assez à faire[2] à la consoler. Au bout de quelque temps,
la court alla en Normandye, d'où estoit le gentil
homme, la femme duquel ne faillyt de venir faire la
reverence à madame la Regente. Et, pour y estre presentée, s'addressa à la dame que son mary avoit tant
aymée. Et, en actendant l'heure propre dedans une
eglise, commencea à regretter et louer son mary, et,
entre autres choses, luy dist : « Helas, ma dame ! mon
malheur est le plus grand qui advint oncques à femme,
car, à l'heure qu'il m'aymoit plus qu'il n'avoit jamais
faict, Dieu me l'a osté. » Et, en ce disant, luy monstra
l'anneau qu'elle avoit au doigt comme le signe de sa
parfaicte amityé, qui ne fut sans grandes larmes : dont
la dame, quelque regret qu'elle en eust, avoit tant d'envye de rire, veu que de sa tromperie estoit sailly[3] ung
tel bien, qu'elle ne la voulut presenter à madame la
Regente, mais la bailla[4] à une autre et se retira en une
chappelle, où elle passa l'envye qu'elle avoit de rire.

---

1. eut d'extrêmes regrets.   2. beaucoup de mal.   3. sorti,
venu.   4. confia.

« Il me semble, mes dames, que celles à qui l'on presente de telles choses, devroient desirer en faire œuvre qui vint à aussy bonne fin[1] que feyt ceste bonne dame ; car elles trouveroient que les bienfaictz sont les joyes des bien faisans. Et ne fault poinct accuser ceste dame de tromperie, mais estimer de son bon sens[2], qui convertit en bien[3] ce qui de soy ne valloit riens. — Voulez-vous dire, ce dist Nomerfide, que ung beau dyamant de deux cens escuz ne vault riens ? Je vous asseure que, s'il fust tumbé entre mes mains, sa femme ne ses parens n'en eussent riens veu. Il n'est rien mieulx à soy, que ce qui est donné. Le gentil homme estoit mort, personne n'en sçavoit rien : elle se fust bien passée de faire tant pleurer ceste pauvre vieille. — En bonne foy, ce dist Hircan, vous avez raison, car il y a des femmes qui, pour se monstrer plus excellentes que les autres, font des œuvres apparantes contre leur naturel, car nous sçavons bien tous qu'il n'est riens si avaritieux[4] que une femme. Toutesfois, leur gloire passe[5] souvent leur avarice, qui force leurs cueurs à faire ce qu'ilz ne veullent. Et croy que celle qui laissa ainsy le diamant n'estoit pas digne de le porter. — Holà ! holà, ce dist Oisille, je me doubte bien qui elle est ; parquoy, je vous prie, ne la condannez poinct sans veoir. — Ma dame, dist Hircan, je ne la condanne poinct, mais, si le gentil homme estoit autant vertueux que vous dictes, elle estoit honorée d'avoir ung tel serviteur et de porter son anneau ; mais peultestre que ung moins digne d'estre aymé la tenoit si bien par le doigt, que l'anneau n'y pouvoit entrer. — Vrayement, ce dist Ennasuitte, elle le povoit bien garder, puisque personne n'en sçavoit rien. — Comment ? ce dist Geburon : toutes choses à ceulx qui ayment sont-elles licites, mais que[6] l'on n'en sache

---

1. qui eût aussi bon résultat.   2. porter le fait au crédit de sa sagesse.   3. changea en bien.   4. cupide (et ci-dessous *avarice* : cupidité).   5. dépasse, est plus grande que.   6. à condition que.

riens ? — Par ma foy, ce dist Saffredent, je ne veiz
oncques meffaict pugny, sinon la sottise ; car il n'y a
meurtrier, larron, ny adultere, mais qu'il soyt aussy
fin[1] que maulvais, qui jamais soit reprins par justice,
ny blasmé entre les hommes. Mais souvent la malice
est si grande, qu'elle les aveugle ; de sorte qu'ilz
deviennent sotz et comme j'ay dict, seulement les sots
sont punis, et non les vicieux. — Vous en direz ce
qu'il vous plaira, ce dist Oisille : Dieu peult juger[2] le
cueur de ceste dame ; mais, quant à moy, je treuve le
faict très honneste et vertueux. Pour n'en debatre plus,
je vous prie, Parlamente, donnez vostre voix à quelcun.
— Je la donne très volontiers, ce dist-elle, à Symontault ; car, après ces deux tristes nouvelles, il ne fauldra[3] de nous en dire une qui ne nous fera poinct
pleurer. — Je vous remercye, dist Simontault ; en me
donnant vostre voix, il ne s'en fault gueres que ne me
nommez plaisant, qui est ung nom que je trouve fort
fascheux ; et pour m'en venger, je vous monstreray
qu'il y a des femmes qui font bien semblant d'estre
chastes envers quelques ungs, ou pour quelque temps ;
mais la fin les monstre telles qu'elles sont, comme
vous verrez par une histoire très veritable. »

QUATORZIESME NOUVELLE

Le seigneur de Bonnivet, pour se venger de la cruauté d'une dame
milanoyse, s'accointa d'un gentil homme italian, qu'elle aymoit,
sans qu'il en eut encores rien eu que bonnes paroles et asseurance
d'estre aymé. Et, pour pervenir à son intention, luy conseilla si bien,
que sa dame luy accorda ce que tant il avoit pourchassé. Dont le
gentil homme avertit Bonnivet, qui, après s'estre fait couper les
cheveux et la barbe, vestu d'abillemens semblables à ceux du gentil
homme, s'en ala sur le mynuyt mettre sa vengeance à execution :

---

1. à condition qu'il soit aussi rusé.   2. Dieu seul peut juger ;
sonder les reins et les cœurs n'appartient qu'à lui, non aux hommes.
3. il ne manquera pas.

qui fut cause que la dame (après avoir entendu de luy l'invention
qu'il avoit trouvée pour la gaigner) luy promit se departir de l'amytié de ceux de sa nation et s'arreter à luy.

*

*Subtilité d'un amoureux qui, soubz la faveur du vray amy, cueilla
d'une dame Milannoise le fruict de ses labeurs passez.*

*

Dans leur édition des *Œuvres* de Brantôme, Mérimée et Lacour
suggèrent que l'héroïne de cette nouvelle est la señora Clerice, maîtresse de Bonnivet (*Les vies des capitaines français*, t. III, 1859,
p. 218). Selon Brantôme, Bonnivet n'aurait conseillé au roi une
nouvelle expédition en Italie que pour pouvoir retrouver sa maîtresse milanaise !

*

En la duché de Millan, du temps que le grand-
maistre de Chaulmont[1] en estoit gouverneur, y avoit
ung gentil homme, nommé le seigneur de Bonnivet[2],
qui depuis, par ses merites, fut admiral de France.
Estant à Millan, fort aymé du dict grand-maistre et de
tout le monde pour les vertuz[3] qui estoient en luy, se
trouvoit voluntiers aux festins où toutes les dames se
assembloient, desquelles il estoit mieulx voulu que ne
fut oncques François[4], tant pour sa beaulté, bonne
grace et bonne parolle, que pour le bruict[5] que chascun
luy donnoit d'estre ung des plus adroictz et hardys aux
armes qui fust poinct de son temps. Ung jour, en
masque, à ung carneval, mena danser une des plus
braves et belles dames qui fust poinct en la ville ; et,
quant les hautzboys faisoient pause, ne failloit[6] à luy
tenir les propos d'amour qu'il sçavoit mieulx que nul
aultre dire. Mais, elle, qui ne luy debvoit rien de luy

---

1. Charles d'Amboise, seigneur de Chaumont, neveu du cardinal
Georges d'Amboise, le ministre de Charles XII, se trouva à la tête de
l'armée chargée de défendre le Milanais, et fut nommé gouverneur
de Milan en 1507. Amiral, grand maître et maréchal de France, il
entra avec Louis XII à Gênes en 1504 et mourut empoisonné en 1510
(M. F.).   2. Déjà mis en scène, selon Brantôme, dans N. 4 (voir la
notice préliminaire et p. 118, n. 4).   3. l'ensemble des qualités.
4. mieux accueilli (mieux considéré) que ne le fut jamais un Français.   5. la réputation.   6. ne manquait de.

respondre[1], luy voulut soubdain mectre la paille au
devant[2] et l'arrester, en l'asseurant qu'elle n'aymoit ni
n'aymeroit jamais que son mary, et qu'il ne s'y atten-
dist en aucune maniere. Pour ceste responce, ne se tint
le gentil homme refusé, et la pourchassa[3] vivement
jusques à la my karesme. Pour toute resolution, il la
trouva ferme en propos de n'aymer ne luy ne autre :
ce qu'il ne peut croire, veu la mauvaise grace que son
mary avoit et la grande beaulté d'elle. Il se delibera,
puisqu'elle usoit de dissimulation, de user aussy de
tromperie ; et dès l'heure, laissa la poursuicte qu'il luy
faisoit, et s'enquist si bien de sa vie, qu'il trouva
qu'elle aymoit ung gentil homme italien, bien saige et
honneste.

Le dict seigneur de Bonnivet accoincta[4] peu à peu
ce gentil homme, par telle doulceur et finesse[5], qu'il
ne s'apperceut de l'occasion[6], mais l'ayma si parfaictement, que après sa dame c'estoit la creature du monde
qu'il aymoit le plus. Le seigneur de Bonnivet, pour luy
arracher son secret du cueur, faingnit de luy dire le
sien, et qu'il aymoit une dame où jamais n'avoit pensé[7], le priant le tenir secret, et qu'ilz n'eussent tous
deux que ung cueur et une pensée. Le pauvre gentil
homme, pour luy monstrer l'amour reciprocque, luy
vat declarer tout du long celle qu'il portoit à la dame,
dont Bonnivet se vouloit venger ; et, une foys le jour[8],
se assembloient en quelque lieu tous deux, pour rendre
compte des bonnes fortunes advenues le long de la
journée ; ce que l'un faisoit en mensonge, et l'autre en

---

1. qui n'était pas en reste pour lui répondre ; *devoir* ou *en
devoir* : être inférieur à.   2. arrêter par un obstacle, comme on
arrête un cheval en lui présentant du fourrage (Littré et Brunot ont
pour seule référence de l'expression cette phrase de *L'Heptaméron*).
3. poursuivit de ses assiduités.   4. devint le familier de, se mit
à fréquenter.   5. ruse.   6. ne se douta pas du motif (de cette
fréquentation).   7. qu'il n'aurait jamais cru pouvoir aimer.
8. une fois par jour.

verité*. Et confessa le gentil homme avoir aymé trois
ans ceste dame, sans en avoir riens eu, sinon bonne
parolle et asseurance d'estre aymé. Le dict de Bonnivet
luy conseilla tous les moyens qu'il luy fut possible
pour parvenir à son intention ; dont il se trouva si bien,
que, en peu de jours, elle luy accorda tout ce qu'il
demanda ; il ne restoit que de trouver le moyen ; ce
que bien tost, par le conseil du seigneur de Bonnivet,
fut trouvé. Et, ung jour, avant soupper, luy dist le gentil
homme : « Monsieur, je suis plus tenu à vous qu'à
tous les hommes du monde, car, par vostre bon conseil,
j'espere avoir ceste nuict ce que tant d'années j'ay
desiré. — Je te prie, mon amy, ce luy dist Bonnivet,
compte-moy la sorte de ton entreprinse[1], pour veoir
s'il y a tromperie ou hazard[2], pour te y servir de bon
amy. » Le gentil homme luy vat compter comme elle
avoit moyen de faire laisser la grande porte de la maison ouverte, soubz coulleur de quelque maladie**
qu'avoit l'un de ses freres***, pour laquelle à toutes
heures falloit envoyer à la ville querir ses necessitez[3] ;
et qu'il pourroit entrer seurement[4] dedans la court,
mais qu'il se gardast de monter par l'escallier, et qu'il
passast par ung petit degré[5] qui estoit à main droicte,
et entrast en la premiere gallerye qu'il trouveroit, où
toutes les portes des chambres de son beau pere et de
ses beaulx freres se rendoient[6] ; et qu'il choisist bien la
troisiesme plus près du dict degré, et, si en la poulsant
doulcement, il la trouvoit fermée, qu'il s'en allast,
estant asseuré que son mary estoit revenu, lequel toutesfoys ne devoit revenir de deux jours ; et que, s'il

1. les détails de ton entreprise.   2. risques.   3. ce qui lui
était nécessaire.   4. en toute sécurité.   5. escalier.   6. où
donnaient toutes les portes.

* La leçon de ms. 1512, *en vertu*, est corrigée par M. F. suivant
celle des autres manuscrits et de G.   ** sous couleur [sous pré-
texte] de *quelque malade*, auquel à toutes heures falloit envoyer
en ville... (2155 S).   *** Omis dans ms. 1512, rétabli par M. F.
en suivant autres manuscrits et G.

la trouvoit ouverte, il entrast doulcement, et qu'il la refermast hardyment au coureil[1], sachant qu'il n'y avoit qu'elle seulle en la chambre, et que surtout il n'obliast de faire faire des soulliers de feustre, de paour de faire bruict ; et qu'il se gardast bien d'y venir plus tost que deux heures après minuict ne fussent passées, pource que ses beaulx freres, qui aymoient fort le jeu, ne s'alloient jamays coucher, qu'il ne fust plus d'une heure. Le dict de Bonnivet luy respondit : « Va, mon amy, Dieu te conduise ; je le prie qu'il te garde d'inconvenient : si ma compaignie y sert de quelque chose, je n'espargneray riens qui soit en ma puissance. » Le gentil homme le mercia bien fort, et luy dist qu'en ceste affaire il ne pouvoit estre trop seul[*] ; et s'en alla pour y donner ordre[2].

Le seigneur de Bonnivet ne dormit pas de son costé ; et, veoyant qu'il estoit heure de se venger de sa cruelle dame, se retira de bonne heure en son logis, et se feit coupper la barbe de la longueur et largeur que l'avoit le gentil homme ; aussy, se feit coupper les cheveulx, à fin que à le toucher on ne peust congnoistre leur difference. Il n'oblia pas les escarpins de feustre et le demorant[3] des habillemens semblables au gentil homme. Et, pour ce qu'il estoit fort aymé du beau-pere de ceste femme, ne craignit d'y aller de bonne heure, pensant que s'il estoit apperceu il yroit tout droict à la chambre du bon homme avecq lequel il avoit quelque affaire. Et, sur l'heure de minuict, entra en la maison de ceste dame, où il trouva assez d'allans et de venans[4] ; mais, parmy eulx, passa sans estre congneu et arriva en la gallerye. Et, touchant les deux premieres portes, les trouva fermées, et la troisiesme non, laquelle doulcement il poussa. Et, entré qu'il fut en la chambre

---

1. verrou.   2. la préparer, l'organiser.   3. le reste.   4. de gens qui allaient et venaient.

---

* Ms. 1512 et 2155 portent *trop seur* ; corrigé par M. F. en suivant G.

de la dame, la referma au coureil, et veit toute ceste chambre tendue de linge blanc, le pavement[1] et le dessus de mesmes, et ung lict, de thoille fort delyée[2], tant bien ouvré de blanc[3] qu'il n'estoit possible de plus ; et la dame seulle dedans avecq son scofyon[4] et la chemise toute couverte de perles et de pierreries ; ce qu'il veit par ung coin du rideau, avant que d'estre apperceu d'elle ; car il y avoit ung grand flambeau de cire blanche, qui rendoit la chambre claire comme le jour. Et, de paour d'estre congneu[5] d'elle, alla premierement tuer le flambeau[6]*, puis se despouilla[7]**, et s'alla coucher auprès d'elle. Elle, qui cuydoit que ce fust celluy qui si longuement l'avoit aymée, luy feit la meilleure chere qui luy fut possible. Mais, luy, qui sçavoit bien que c'estoit au nom d'un autre, se garda de luy dire ung seul mot, et ne pensa qu'à mectre sa vengeance à execution : c'est de luy oster son honneur et sa chasteté, sans luy en sçavoir gré ni grace. Mais, contre sa volunté et deliberation, la dame se tenoit si contente de ceste vengeance, qu'elle l'estimoit recompensé de tous ses labeurs jusques ad ce que une heure après minuyct sonna qu'il estoit temps de dire adieu. Et, à l'heure, le plus bas qu'il luy fut possible, luy demanda si elle estoit aussy contente de luy comme luy d'elle. Elle, qui cuydoit que ce fust son amy, luy dist que non seullement elle estoit contante, mais esmerveillée de la grandeur de son amour, qui l'avoit gardé une heure sans luy povoir respondre***. A l'heure, il se print à rire bien fort, luy disant : « Or sus, ma dame, me refuserez-vous une autre fois, comme vous avez accoustumé de faire jusques icy ? » Elle, qui le congneut à la

---

1. *le pavement* : le sol, le carrelage ; *le dessus* : les plafonds.
2. fine.   3. fait, ouvragé d'étoffe blanche.   4. coiffe de femme, foulard.   5. reconnu.   6. éteindre le flambeau.
7. se déshabilla.

---

* esteingnit premierement le flambeau qui ardoit en sa chambre (G).   ** se despoilla *en chemise* (G, 2155 S).   *** sans parler à elle (G).

parolle et au riz, fut si desesperée d'ennuy et de honte, qu'elle l'appella plus de mille foys *meschant, traistre* et *trompeur*, se voulant gecter du lict à bas pour chercher ung cousteau, à fin de se tuer, veu qu'elle estoit si malheureuse qu'elle avoit perdu son honneur pour ung homme qu'elle n'aymoit poinct et qui, pour se venger d'elle, pourroit divulguer ceste affaire par tout le monde. Mais il la retint entre ses bras, et, par bonnes et doulces parolles, l'asseurant* de l'aymer plus que celluy qui l'aymoit et de celler ce qui touchoit son honneur, si bien qu'elle n'en auroit jamais blasme. Ce que la pauvre sotte creut ; et, entendant de luy l'invention qu'il avoit trouvée et la peyne qu'il avoit prinse pour la gaingner, luy jura qu'elle l'aymeroit mieulx que l'autre qui n'avoit sceu celler son secret ; et qu'elle congnoissoit bien le contraire du faulx bruict que l'on donnoit aux François[1] ; car ilz estoient plus saiges, perseverans et secretz que les Italiens. Parquoy, doresnavant elle se departoit de[2] l'oppinion de ceulx de sa nation, pour se arrester à luy. Mais elle le pria bien fort que pour quelque temps il ne se trouvast en lieu ne festin où elle fust, sinon en masque ; car elle sçavoit bien qu'elle auroit si grande honte, que sa contenance la declaireroit[3] à tout le monde. Il luy en feit promesse, et aussy la pria** que, quand son amy viendroit à deux heures, elle luy feist bonne chere, et puis peu à peu elle s'en pourroit deffaire. Dont elle feit si grande difficulté, que, sans l'amour qu'elle luy portoit, pour riens ne l'eust accordé. Toutesfois, en luy disant adieu, la rendit si satisfaicte qu'elle eust bien voulu qu'il y fust demoré plus longuement.

Après qu'il fut levé et qu'il eut reprins ses habillemens, saillit hors de la chambre, et laissa la porte

---

1. elle reconnaissait d'expérience aux Français les qualités inverses de celles qu'on leur prêtait à tort. 2. elle abandonnait. 3. trahirait (devant tout le monde).

---

* *l'asseura* (G, 2155 S). ** Omis dans ms. 1512, rétabli par M. F. en suivant G.

entr'ouverte comme il l'avoit trouvée. Et, pour ce qu'il estoit près de deux heures, et qu'il avoit paour de trouver le gentil homme en son chemyn, se retira au hault du degré, où bientost après il le veid passer et entrer en la chambre de sa dame. Et, luy, s'en alla en son logis, pour reposer son travail[1] ; ce qu'il feit de sorte que neuf heures au matin le trouverent au lict : où, à son levé, arriva le gentil homme, qui ne faillit à luy compter sa fortune, non si bonne comme il l'avoit esperée, car il dist que, quant il entra en la chambre de sa dame, il la trouva levée en son manteau de nuict, avecques une bien grosse fiebvre, le poulx fort esmeu, le visaige en feu et la sueur qui commençoit fort à luy prendre, de sorte qu'elle le pria s'en retourner incontinant ; car, de paour d'inconvenient, n'avoit osé appeler ses femmes, dont elle estoit si mal, qu'elle avoit plus besoing de penser à la mort que à l'amour, et d'oyr parler de Dieu que de Cupido, estant marrye du hazard[2] où il s'estoit mis pour elle, veu qu'elle n'avoit puissance en ce monde de luy rendre ce qu'elle esperoit faire en l'autre bientost. Dont il fust si estonné et marry, que son feu et sa joye s'estoient convertiz[3] en glace et en tristesse, et s'en estoit incontinent departy[4]. Et, au matin, au poinct du jour, avoit envoyé sçavoir de ses nouvelles, et que pour vray elle estoit très mal. Et, en racomptant ses douleurs, pleuroit si très fort, qu'il sembloit que l'ame s'en deust aller par ses larmes. Bonnivet, qui avoit autant envye de rire que l'autre de plorer, le consola le mieulx qu'il luy fut possible, luy disant que les amours de longue durée ont tousjours ung commencement difficille, et qu'amour luy faisoit ce retardement pour luy faire trouver la joissance meilleure ; et, en ces propos, se departirent. La dame garda quelques jours le lict ; et, en recouvrant sa santé, donna congé à son premier serviteur, le fondant

---

1. pour se reposer de sa fatigue. 2. étant désolée des risques qu'il avait courus. 3. changés, métamorphosés. 4. l'avait quittée sur le champ.

sur la craincte qu'elle avoit eue de la mort et le remors
de sa conscience, et s'arresta au seigneur Bonnivet,
dont l'amityé dura, selon la coustume, comme la
beaulté des fleurs des champs [1].

« Il me semble, mes dames, que les finesses du gentil homme vallent bien l'hypocrisie de cette dame, qui,
après avoir tant contrefaict [2] la femme de bien, se
declaira [3] si folle. — Vous direz ce qu'il vous plaira
des femmes, ce dist Ennasuitte, mais ce gentil homme
feit ung tour meschant. Est-il dict que si une dame en
aymoit ung, l'autre la doyve avoir par finesse ?
— Croyez, ce dist Geburon, que telles marchandises
ne se peuvent mectre en vente, qu'elles ne soient
emportées par les plus offrans et derniers encheris-
seurs. Ne pensez pas que ceulx qui poursuyvent les
dames prennent tant de peyne pour l'amour d'elles ;
car c'est seullement pour l'amour d'eulx et de leur
plaisir. — Par ma foy, ce dist Longarine, je vous en
croy ; car, pour vous en dire la verité, tous les serviteurs que j'ay jamais eu, m'ont tousjours commencé
leurs propos par moy, monstrans desirer ma vye, mon
bien, mon honneur ; mais la fin en a esté par eulx,
desirans leur plaisir et leur gloire. Parquoy, le meilleur
est de leur donner congié dès la premiere partye de
leur sermon ; car, quant on vient à la seconde, on n'a
pas tant d'honneur à les refuser, veu que le vice de
soy [4], quant il est congneu, est refusable [5]. — Il fauldroit doncques, ce dist Ennasuitte, que, dès que ung
homme ouvre la bouche, on le refusast sans sçavoir
qu'il veult dire ? » Parlamente luy respondit : « Ma
compaigne ne l'entend pas ainsy ; car on sçaict bien

---

1. Comparaison fréquente dans l'Ancien Testament ; voir
Esaïe 40, 7 : « Toute chair est comme l'herbe, / et tout son éclat
comme la fleur des champs./ L'herbe sèche, la fleur tombe... » ;
Psaume 102, 5 : « Mon cœur est frappé et se dessèche comme
l'herbe » ; ou Job 14, 2 : « L'homme [...] naît, il est coupé, comme
une fleur ».   2. imité, fait semblant d'être.   3. se révé-
la.   4. en soi, en lui-même.   5. facile à refuser.

que au commencement une femme ne doibt jamais
faire semblant d'entendre où l'homme veult venir, ny
encores, quant il le declaire, de le povoir croyre ; mais,
quant il vient à en jurer bien fort, il me semble qu'il
est plus honneste aux dames de le laisser en ce beau
chemyn, que d'aller jusques à la vallée. — Voire mais,
ce dist Nomerfide, debvons-nous croyre par là qu'ils
nous ayment par mal[1] ? Est-ce pas peché de juger son
prochain ? — Vous en croirez ce qu'il vous plaira, dist
Oisille ; mais il fault tant craindre qu'il soit vray, que,
dès que vous en appercevez quelque estincelle, vous
devez fuyr ce feu, qui a plus tost bruslé ung cueur,
qu'il ne s'en est apparceu. — Vrayement, ce dist Hircan, voz loix sont trop dures. Et si les femmes vouloient, selon vostre advis, estre si rigoureuses,
ausquelles la doulceur est tant seante, nous changerions
aussy nos doulces supplications en finesses et forces.
— Le mieulx que je y voye, dist Simontault, c'est que
chacun suyve son naturel. Qui ayme ou qui n'ayme
poinct le monstre sans dissimulation ! — Pleust à
Dieu, ce dist Saffredent, que ceste loy apportast autant
d'honneur qu'elle feroit de plaisir ! » Mais Dagoucin
ne se sceut tenir de dire : « Ceulx qui aymeroient
mieulx mourir, que leur volonté fust congneue, ne se
pourroient accorder à vostre ordonnance. — Mourir !
ce dist Hircan ; encor est-il à naistre le bon chevalier
qui pour telle chose publicque[2] vouldroit mourir. Mais
laissons ces propos d'impossibilité, et regardons à qui
Simontault donnera sa voix. — Je la donne, dist
Simontault, à Longarine, car je la regardois tantost
qu'elle parloit toute seulle ; je pense qu'elle recordoit[3]
quelque bon roolle[4], et si n'a poinct accoustumé de
celler la verité soit contre femme ou contre homme.
— Puis que vous m'estimez si veritable[5], dist Longarine, je vous racompteray une histoire, que, nonobstant

---

1. par méchanceté, par pure malice. **2.** chose commune,
ordinaire. **3.** se rappelait. **4.** épisode, histoire. **5.** véridique, disant vérité.

qu'elle ne soit tant à la louange des femmes[*] que je vouldrois, si[1] verrez-vous qu'il y en a ayans aussy bon cueur, aussy bon esprit, et aussy plaines de finesses que les hommes. Si mon compte est un peu long, vous aurez patience. »

QUINZIESME NOUVELLE

Par la faveur du Roy François, un simple gentil homme de sa court espousa une femme fort riche, de laquelle toutesfois, tant pour sa grande jeunesse que pour ce qu'il avoit son cueur ailleurs, il teint si peu de conte, que, elle, meue de depit et vaincue de desespoir, après avoir cerché tous moyens de luy complaire, avisa de se reconforter autre part des ennuys qu'elle enduroit avec son mary.

*

Une dame de la court du Roy, se voyant dedaignée de son mary qui faisoit l'amour ailleurs, s'en vengea par peine pareille.

*

En la court du Roy François premier, y avoit ung gentil homme, duquel je congnois si bien le nom que je ne le veulx poinct nommer. Il estoit pauvre, n'ayant poinct cinq cens livres de rente, mais il estoit tant aymé du Roy pour les vertus dont il estoit plain, qu'il vint à espouser une femme si riche, que ung grand seigneur s'en fust bien contanté. Et, pour ce qu'elle estoit encores bien jeune, pria une des plus grandes dames de la court de la vouloir tenir avecq elle ; ce qu'elle feyt très voluntiers. Or, estoyt ce gentil homme tant honneste, beau et plain de toute grace, que toutes les dames de la court en faisoient bien grand cas. Et, entre aultres, une que le Roy aymoit, qui n'estoit si jeune ne si belle que la sienne. Et, pour la grande amour qu'il

_____

1. néanmoins.

_____

[*] *et moins à leurs advantages* (add. T) ; *à l'advantaige* des femmes *que je vouldrois* (2155 S), *comme je le voudrois* (ms. 1511 et 1515).

luy portoit, tenoit si peu de compte de sa femme, que
à peyne en ung an couchoit-il une nuict avecq elle. Et
ce qui plus luy estoit importable[1], c'est que jamais il
ne parloit à elle, ne luy faisoit signe d'amityé. Et,
combien qu'il jouyst de son bien, il luy en faisoit si
petite part, qu'elle n'estoit pas habillée comme il luy
appartenoit[2], ne comme elle desiroit. Dont la dame
avecq qui elle estoit, reprenoit souvent le gentil
homme, en luy disant : « Vostre femme est belle, riche
et de bonne maison, et vous ne tenez non plus compte
d'elle, que si elle estoit tout le contraire ; ce que son
enfance et jeunesse a supporté jusques icy ; mais j'ay
paour que, quant elle se verra grande et telle que son
mirouer luy monstrera, que quelcun qui ne vous
aymera pas luy remonstre[3]* sa beaulté si peu de vous
prisée, et que, par despit, elle face ce que, estant de
vous bien traictée, n'oseroit jamais penser. » Le gentil
homme, qui avoit son cueur ailleurs, se mocqua très
bien d'elle et ne laissa, pour ses enseignemens, à continuer la vie qu'il menoit. Mais, deux ou trois ans passez, sa femme commencea à devenir une des plus
belles femmes qui fust poinct en France, tant qu'elle
eut le bruict[4] de n'avoir à la court sa pareille. Et plus
elle se sentoit digne d'estre aymée, plus s'ennuya[5] de
veoir que son mary n'en tenoit compte : tellement,
qu'elle en print ung si grand desplaisir, que, sans la
consolation de sa maistresse, estoit quasi au desespoir.
Et, après avoir cherché tous les moyens de complaire
à son mary qu'elle pouvoit, pensa en elle-mesme qu'il
estoit impossible qu'il ne l'aymast, veu la grande
amour qu'elle luy portoit, sinon qu'il eut quelque autre

---

1. difficile à supporter.   **2.** comme il convenait (à son rang et
à sa fortune).   **3.** montre.   **4.** elle acquit la réputation.
5. se désola, souffrit.

---

* *belle et grande et que son mirouer et quelqu'un qui ne vous
aymera pas luy remontreront sa beaulté* (G, T) ; *luy remonstre*
(2155 S).

fantaisie en son entendement[1], ce qu'elle chercha si subtillement, qu'elle trouva la verité, et qu'il estoit toutes les nuictz si empesché[2] ailleurs, qu'il oblyoit sa conscience et sa femme.

Et, après qu'elle fut certaine de la vie qu'il menoit, print une telle melencolye, qu'elle ne se vouloit plus habiller que de noir, ne se trouver en lieu où l'on feist bonne chere. Dont sa maistresse, qui s'en apperceut, feit tout ce qui luy fust possible pour la retirer de ceste oppinion, mais elle ne peut. Et, combien que son mary en fust assez adverty, il fut plus prest à s'en mocquer, que de y donner remede. Vous sçavez, mes dames, que, ainsi que extreme joye est occupée par pleurs, aussi extreme ennuy prend fin par quelque joye[*] ? Parquoy, ung jour, advint que ung grand seigneur, parent proche de la maistresse de ceste dame et qui souvent la frequentoit, entendant l'estrange façon dont le mary la traictoit, en eut tant de pitié qu'il se voulut essayer à la consoler ; et, en parlant avecq elle, la trouva si belle, si saige et si vertueuse, qu'il desira beaucoup plus d'estre en sa bonne grace, que de luy parler de son mary, sinon pour luy monstrer le peu d'occasion[3] qu'elle avoit de l'aymer.

Ceste dame, se voyant delaissée de celluy qui la debvoit[4] aymer, et d'autre costé aymée et requise[5] d'un si beau prince, se tint bien heureuse d'estre en sa bonne grace. Et, combien qu'elle eust tousjours desir de conserver son honneur, si prenoit-elle grand plaisir de parler à luy et de se veoir aymée et estimée ; chose dont quasi elle estoit affamée. Ceste amityé dura quelque temps, jusques à ce que le Roy s'en apparceut, qui portoit tant d'amour au gentil homme, qu'il ne vou-

---

1. à moins qu'il n'eût quelque autre amour en tête.   2. retenu.   3. le peu de raisons.   4. qui aurait dû.   5. recherchée (amoureusement), courtisée.

---

* *qu'ennuy occupe joye et aussi qu'ennuy par joye prend fin* (G).

loit souffrir que nul luy feist honte ou desplaisir. Parquoy, il pria bien fort ce prince d'en vouloir oster sa fantaisye[1], et que, s'il continuoit, il seroit très mal contant de luy. Ce prince, qui aymoit trop mieulx la bonne grace du Roy que toutes les dames du monde, luy promist, pour l'amour de luy, d'habandonner son entreprinse, et que dès le soir il yroit prendre congé d'elle. Ce qu'il feyt, si tost qu'il sceut qu'elle estoit retirée en son logis, où logeoit le gentil homme en une chambre sur la sienne. Et, estant au seoir à la fenestre, veid entrer ce prince en la chambre de sa femme, qui estoit soubz la sienne ; mais le prince, qui bien l'advisa[2], ne laissa d'[3]y entrer. Et, en disant adieu à celle dont l'amour ne faisoit que commencer, luy allegua pour toutes raisons le commandement du Roy.

Après plusieurs larmes et regretz qui durerent jusques à une heure après minuict, la dame luy dist pour conclusion : « Je loue Dieu, Monseigneur, dont il luy plaist que vous perdiez ceste oppinion[4], puisqu'elle est si petite et foible, que vous la povez prendre et laisser par le commandement des hommes. Car, quant à moy, je n'ay poinct demandé congé ny à maistresse, ny à mary, ni à moymesmes, pour vous aymer ; car Amour, s'aydant de vostre beaulté et de vostre honnesteté, a eu telle puissance sur moy, que je n'ay congneu autre Dieu ne autre Roy que luy. Mais, puis que vostre cueur n'est pas si remply de vray amour, que craincte n'y trouve encores place, vous ne povez estre amy parfaict, et d'un imparfaict, je ne veulx poinct faire amy aymé parfaictement, comme j'avois deliberé faire de vous. Or adieu, Monseigneur, duquel la craincte ne merite la franchise de mon amityé ! » Ainsi s'en alla pleurant ce seigneur, et, en se retournant, advisa encores le mary estant à la fenestre, qui l'avoit veu

---

1. renoncer à l'amour qu'il avait pour elle.   **2.** qui l'avait bien remarqué (qui s'était bien aperçu que le mari le voyait entrer dans la chambre de son épouse).   **3.** ne renonça pas à.   **4.** renonciez à ces sentiments.

entrer et saillyr. Parquoy, le lendemain, luy compta l'occasion pourquoy il estoit allé veoir sa femme et le commandement que le Roy luy en avoit faict : dont le gentil homme en fut fort content et en remercia le Roy. Mays, voyant que sa femme tous les jours embellissoit, et luy devenoit viel et admoindrissoit sa beaulté, commencea à changer de roolle, prenant celluy que long temps il avoit faict jouer à sa femme ; car il la chercheoit plus qu'il n'avoit de coustume, et prenoit garde sur elle [1]. Mais, de tant plus elle le fuyoit, qu'elle se voyoit cherchée de luy, desirant luy rendre partye des ennuictz qu'elle avoit euz pour estre de luy peu aymée. Et, pour ne perdre si tost le plaisir que l'amour luy commençoit à donner, se vat addresser à ung jeune gentil homme, tant si très beau, bien parlant, et de tant bonne grace, qu'il estoit aymé de toutes les dames de la court. Et, en luy faisant ses complainctes de la façon comme elle avoit esté traictée, l'incita d'avoir pitié d'elle, de sorte que le gentil homme n'oblia riens pour essayer à la reconforter. Et, elle, pour se recompenser de la perte d'un prince qui l'avoit laissée, se meist à aymer si fort ce gentil homme, qu'elle oblia son ennuy passé, et ne pensa sinon à finement [2] conduire son amityé. Ce qu'elle sceut si bien faire, que jamays sa maistresse ne s'en apperceut, car, en sa presence, se gardoit bien de parler à luy. Mais, quant elle luy vouloit dire quelque chose, s'en alloit veoir quelques dames qui demoroient à la court, entre lesquelles y en avoit une dont son mary faingnoit estre amoureux.

Or, ung soir, après soupper, qu'il faisoit obscur, se desroba la dicte dame, sans appeller nulle compaignye, et entra en la chambre des dames, où elle trouva celluy qu'elle aimoit mieulx que elle-mesmes ; et, en se asseant auprès de luy, appuyez sur une table, parloient ensemble, faingnans de lire en ung livre. Quelcun que le mary avoit mis au guet, luy vint rapporter là où sa

---

1. faisait attention à elle, la surveillait attentivement.   **2.** habilement.

femme estoit allée ; mais luy, qui estoit saige, sans en faire semblant[1], s'y en alla le plus tost qu'il peut. Et, entrant en la chambre, veid sa femme lisant le livre, qu'il faingnit ne veoir poinct, mais alla parler tout droict aux dames qui estoient de l'autre costé. Ceste pauvre dame, voyant que son mary l'avoit trouvée avecq celluy auquel devant luy elle n'avoit jamais parlé, fut si transportée, qu'elle perdit sa raison, et, ne pouvant passer par le banc, saulta sur la table, et s'enfuit, comme si son mary, avecq l'espée nue, l'eust poursuivye ; et alla trouver sa maistresse, qui se retiroit en son logis.

Et, quant elle fut deshabillée, se retira la dicte dame, à laquelle une de ses femmes vint dire que son mary la demandoit. Elle luy respondit franchement qu'elle ne yroit point, et qu'il estoit si estrange et austere[2], qu'elle avoit paour qu'il ne luy feist ung mauvais tour. A la fin, de paour de pis, s'y en alla. Son mary ne luy en dist ung seul mot, sinon quant ilz furent dedans le lict. Elle, qui ne sçavoit pas si bien dissimuller que luy, se print à pleurer. Et, quant il y eut demandé pourquoy c'estoit, elle luy dist qu'elle avoit paour qu'il fust courroucé contre elle, pource qu'il l'avoit trouvée lisant avecq ung gentil homme. A l'heure, il luy respondit que jamais il ne luy avoit defendu de parler à homme, et qu'il n'avoit trouvé mauvais qu'elle y parlast, mais ouy bien de s'en estre enfouye devant luy, comme si elle eut faict chose digne d'estre reprinse, et que ceste fuicte seullement luy faisoit penser qu'elle aymoit le gentil homme. Parquoy il luy defendit que jamais il ne luy advint de luy parler, ny en public[*], ny en privé, luy asseurant que, la premiere fois qu'elle y parleroit, il la tueroit sans pitié ne compassion. Ce qu'elle accepta très voluntiers, faisant bien son compte[3] de n'estre pas une autre foys si sotte. Mais, pource que

---

1. sans rien manifester.　**2.** rigoureux et sévère.　**3.** se promettant bien de, étant bien résolue à.

---

* de parler à homme en public ni en privé (G).

les choses où l'on a volunté[1], plus elles sont defendues et plus elles sont desirées, ceste pauvre femme eust bientost oblyé les menaces de son mary et les promesses d'elle ; car, dès le soir mesmes, elle, estant retournée coucher en une autre chambre, avec d'autres damoiselles et ses gardes[*], envoya prier le gentil homme de la venir veoir la nuict. Mais le mary, qui estoit si tormenté de jalousie qu'il ne pouvoit dormir, vat prendre une cappe et ung varlet de chambre avecq luy, ainsi qu'il avoit ouy dire que l'autre alloit la nuict, et s'en vat frapper à la porte du logis de sa femme. Elle, qui n'attendoit riens moins que luy, se leva toute seulle et print des brodequins fourrés et son manteau qui estoit auprès d'elle ; et, voyant que trois ou quatre femmes qu'elle avoit estoient endormyes, saillit de sa chambre et s'en vat droict à la porte où elle ouyt frapper. Et, en demandant « Qui est-ce ? » luy fut respondu le nom de celluy qu'elle aymoit ; mais, pour en estre plus asseurée, ouvrit ung petit guichet, en disant : « Si vous estes celluy que vous dictes, baillez-moy la main, et je la congnoistray[2] bien. » Et quant elle toucha à la main de son mary, elle le congneut, et, en fermant vistement le guichet, se print à cryer : « Ha ! monsieur, c'est vostre main ! » Le mary luy respondit par grand courroux : « Ouy, c'est la main qui vous tiendra promesse ; parquoy, ne faillez à venir, quant je le vous manderay. » En disant ceste parolle, s'en alla en son logis, et elle retourna en sa chambre, plus morte que vive, et dist tout hault à ses femmes : « Levez-vous, mes amyes ; vous avez trop dormy pour moy, car, en vous cuydant tromper, je me suis trompée la première. » En ce disant, se laissa tumber au millieu de la chambre, toute esvanouye. Ces pauvres femmes se leve-

---

1. que l'on souhaite.   2. reconnaîtrai ; *elle le congneut* : elle le reconnut.

---

* *estant retournée [...] ses gardes* est omis dans ms. 1512, rétabli par M. F. suivant G.

rent à ce cry, tant estonnées de veoir leur maistresse,
comme morte, couchée par terre, et d'ouyr ces propos,
qu'elles ne sceurent que faire, sinon courir aux remedes
pour la faire revenir. Et, quant elle peut parler, leur dist :
« Aujourd'huy voyez-vous, mes amyes, la plus malheureuse creature qui soit sur la terre ! » et leur vat compter
toute sa fortune, les prians la vouloir secourir, car elle
tenoit sa vie pour perdue.

Et, en la cuydant reconforter, arriva ung varlet de
chambre de son mary, par lequel il luy mandoit qu'elle
allast incontinant à luy. Elle, embrassant deux de ses
femmes, commencea à crier et pleurer, les prians ne la
laisser poinct aller, car elle estoit seure de morir. Mais le
varlet de chambre l'asseura que non et qu'il prenoit sur
sa vie qu'elle n'auroit nul mal. Elle, voyant qu'il n'y
avoit poinct lieu de resistence, se gecta entre les bras de
ce pauvre serviteur, luy disant : « Puis qu'il le fault,
porte ce malheureux corps à la mort ! » Et à l'heure,
demy esvanouye de tristesse, fut emportée du varlet de
chambre au logis de son maistre ; aux piedz duquel
tumba ceste pauvre dame, en luy disant : « Monsieur, je
vous supplie avoir pitié de moy, et je vous jure la foy que
je doibs à Dieu, que je vous diray la verité du tout[1]. » A
l'heure, il luy dist comme ung homme desesperé : « Par
Dieu, vous me la direz ! » et chassa dehors tous ses gens.
Et, pource qu'il avoit tousjours congneu sa femme
devote, pensa bien qu'elle ne se oseroit parjurer sur la
vraye Croix[2] : il en demanda une fort belle, qu'il avoit ;
et quant ilz furent tous deux seulz, la feit jurer dessus
qu'elle luy diroit la verité de ce qu'il luy demanderoit.
Mais, elle, qui avoit desja passé les premieres apprehen-
sions de la mort*, reprint cueur[3], se deliberant, avant que

---

1. entièrement.   **2.** Balzac se souviendra de ce motif dans sa
nouvelle *La Grande Bretèche* (s'inspirant par ailleurs de N. 32).
3. courage.

---

* de la craincte de la mort (ms. 1512) ; de la craincte de mourir
(G, 2155 S).

morir, de ne luy celler la verité, et aussy de ne dire chose dont le gentil homme qu'elle aymoit peust avoir à souffrir. Et après avoir oy toutes les questions qu'il luy faisoit, luy respondit ainsy : « Je ne veulx poinct, monsieur, justiffier, ne faire moindre envers vous l'amour que j'ay portée au gentil homme dont vous avez soupson, car vous ne le pourriez ny ne devriez croire, veu l'experience que aujourd'huy vous en avez eue ; mais je desire bien vous dire l'occasion de ceste amityé [1]. Entendez, monsieur, que jamays femme n'ayma autant mary que je vous ay aymé ; et depuis que je vous espousay jusques en cest aage icy, il ne sceut jamais entrer en mon cueur autre amour que la vostre. Vous sçavez que, encores estant enffant, mes parens me vouloient marier à personnaige plus riche et de plus grande maison que vous, mais jamais ne m'y sceurent faire accorder, dès l'heure que j'euz parlé à vous ; car, contre toute leur oppinion, je tins ferme pour vous avoir et sans regarder ny à vostre pauvreté, ny aux remonstrances que ilz m'en faisoient. Et vous ne povez ignorer quel traictement j'ay eu de vous jusques icy, et comme vous m'avez aymée et estimée ; dont j'ay porté tant d'ennui et desplaisir que, sans l'ayde de la dame avecq laquelle vous m'avez mise, je fusse desesperée. Mais, à la fin, me voyant grande et estimée belle d'un chascun, fors que de vous seul, j'ay commencé à sentir si vivement le tort que vous me tenez, que l'amour que je vous portois s'est convertye [2] en haine, et le desir de vous obeyr en celluy de vengeance. Et sur ce desespoir me trouva ung prince, lequel, pour obeyr au Roy plus que à l'amour, me laissa à l'heure que je commençois à sentir la consolation de mes tormens par ung amour honneste. Et, au partir de luy [3]*, trouvay cestuy-cy, qui n'eut poinct la peyne de me prier ; car sa beaulté, son honnesteté, sa grace et ses vertuz meritoient

---

1. les raisons de cet amour.   2. changée.   3. à son départ, après notre séparation.

---

* au party de luy (ms. 1512, corrigé par M. F. suivant G).

bien estre cherchées et requises de toutes femmes de bon
entendement. A ma requeste et non à la sienne, il m'a
aymée avecq tant d'honnesteté, que oncques en sa vie ne
me requist chose que l'honneur ne luy peust accorder. Et
combien que le peu d'amour que j'ay occasion de vous
porter me donnoyt excuse * de ne vous tenir foy ne
loyaulté, l'amour seul que j'ay à Dieu seul et à mon honneur m'ont [1] jusques icy gardée d'avoir faict chose dont
j'aye besoing de confession ne de honte **. Je ne vous
veulx poinct nyer que, le plus souvent qu'il m'estoit possible, je n'allasse parler à luy dans une garde-robbe [2],
faingnant d'aller dire mes oraisons ; car jamais, en
femme, ne en homme, je ne me fiay de conduire cest
affaire [3]. Je ne veulx poinct aussy nyer que, estant en ung
lieu si privé et hors de tout soupson, je ne l'aye baisé de
meilleur cueur que je ne faictz vous. Mais je ne demande
jamais mercy [4] à Dieu, si entre nous deux il y a jamais
eue autre privaulté plus avant, ne si jamais il m'en a pressée, ne si mon cueur en a eu le desir ; car j'estois si aise
de le veoir, qu'il ne me sembloit poinct au monde qu'il
y eust un aultre plaisir. Et vous, monsieur, qui estes seul
la cause de mon malheur, vouldriez-vous prendre vengeance d'une œuvre [5], dont si long temps a, vous m'avez
donné exemple, sinon que la vostre estoit sans honneur
et conscience ? Car, vous le sçavez et je sçay bien que
celle que vous aymez ne se contente poinct de ce que
Dieu et la raison commandent. Et combien que la loy des
hommes donne grand deshonneur aux femmes qui
ayment autres que leurs mariz, si est-ce que la loy de

---

1. Le pluriel est incorrect ; on pourrait lire : « l'amour... et mon
honneur m'ont gardée ».   2. Petite pièce réservée à l'intimité.
3. pour conduire cette entreprise.   4. pitié, pardon ; *je ne
demande* : subj. présent (formule du serment).   5. d'un comportement, d'un acte.

---

* *me donnoyt excuse* : me donnoit *volonté* (2155 S) ; *occasion*
(G) ; de ne vous tenir foy : vous *donner* foy (ms. 1512), vous
garder foy (G, 2155 S).   ** ou crainte de honte (G).

Dieu[1] n'exempte poinct les mariz qui ayment autres que leurs femmes. Et, s'il fault mectre à la balance[2] l'offense de vous et de moy, vous estes homme saige et experimenté et d'eage, pour congnoistre et eviter le mal ; moy, jeune et sans experience nulle de la force et puissance d'amour. Vous avez une femme qui vous cherche, estime et ayme plus que sa vie propre, et j'ay ung mary qui me fuit, qui me hait et me desprise[3] plus que chamberiere. Vous aymez une femme desja d'eage et en mauvais poinct[4] et moins belle que moy ; et j'ayme ung gentil homme plus jeune que vous, plus beau que vous, et plus aymable que vous. Vous aymez la femme d'un des plus grands amys que vous ayez en ce monde et l'amye de vostre maistre *, offensant d'un cousté l'amityé et de l'autre la reverence[5] que vous devez à tous deux ; et j'ayme ung gentil homme qui n'est à riens lyé, sinon à l'amour qu'il me porte. Or, jugez sans faveur[6] lequel de nous deux est le plus punissable ou excusable, ou vous **, estimé homme saige et experimenté, qui, sans occasion donnée de mon costé[7], avez, non seullement à moy, mais au Roy auquel vous estes tant obligé, faict ung si meschant tour ; ou moy, jeune et ignorante, desprisée et contennée[8] de vous, aymée du plus beau et du plus honneste gentil homme de France, lequel j'ay aymé, par le desespoir de ne povoir jamais estre aymée de vous ? »

Le mary, oyant ces propos pleins de verité, dictz

---

1. « Que le mari rende à sa femme ce qu'il lui doit, et que la femme agisse de même envers son mari [...] Ne vous privez point l'un de l'autre » (1ʳᵉ Épître aux Corinthiens 7, 3-5). 2. peser. 3. méprise. 4. déjà âgée, et peu séduisante. 5. respect. 6. sans parti pris. 7. sans que je vous aie donné un motif d'agir ainsi. 8. dédaignée.

---

* *et l'amye de vostre maistre* est omis en G, ainsi que ci-dessous « avez, non seullement à moy, mais au Roy [...] ung si mechant tour. » ** ou vous ou moy. Je n'estime homme sage ny experimenté qui ne vous donne le tort, veu que je suis jeune et ignorante, desprisée... (G).

d'un si beau visaige, avecq une grace tant asseurée et audatieuse, qu'elle ne monstroit ne craindre ne meriter nulle pugnition, se trouva tant surprins d'estonnement, qu'il ne sceut que luy respondre, sinon que l'honneur d'un homme et d'une femme n'estoient pas semblables. Mais, toutesfois, puis qu'elle luy juroit qu'il n'y avoit poinct eu, entre celluy qu'elle aymoit et elle, autre chose, il n'estoit poinct deliberé de luy en faire pire chere ; par ainsy qu'elle[1] n'y retournast plus, et que l'un ne l'aultre n'eussent plus de recordation[2] des choses passées ; ce qu'elle luy promist, et allerent coucher ensemble, par bon accord.

Le matin, une vieille damoiselle, qui avoit grand paour de la vie de sa maistresse, vint à son lever et luy demanda : « Et puis, ma dame, comment vous va ? » Elle luy respondit en riant : « Croyez, m'amye, qu'il n'est poinct ung meilleur mary que le mien, car il m'a creue à mon serment. » Et ainsy se passerent cinq ou six jours et le mary prenoit de sy près garde à sa femme, que nuict et jour il avoit guet après elle. Mais il ne la sceut si bien garder, qu'elle ne parlast encores à celluy qu'elle aymoit, en ung lieu fort obscur et suspect[3]. Toutesfois elle conduisit son affaire si secretement, que homme ne femme n'en peut sçavoir la verité. Et ne fut que ung bruyct[4] que quelque varlet feyt d'avoir trouvé ung gentil homme et une damoiselle en une estable soubz la chambre de la maistresse de ceste dame. Dont le mary eut si grand soupson, qu'il se delibera de faire morir le gentil homme ; et assembla ung grand nombre de ses parens et amys pour le faire tuer, s'ilz le povoient trouver en quelque lieu ; mais le principal de ses parens estoit si grand amy du gentil homme qu'il faisoit chercher, que en lieu de le surprendre, l'advertissoit de tout ce qu'il faisoit contre luy ; lequel, d'aultre costé, estoit tant aymé en toute la

---

1. de la traiter plus mal, à condition qu'elle...   2. souvenir.
3. capable d'éveiller les soupçons.   4. Et il n'y eut que les propos que tint un valet, disant qu'il avait trouvé...

court, et si bien accompaigné, qu'il ne craingnoit
poinct la puissance de son ennemy ; parquoy, il ne fut
poinct trouvé. Mais il s'en vint en une eglise trouver
la maistresse de celle qu'il aymoit, laquelle n'avoit
jamais rien entendu de tous les propos passez ; car,
devant elle, n'avoient encores parlé ensemble. Le gentil homme luy compta le soupson et mauvaise volunté
que avoit contre luy le mary, et que, nonobstant qu'il
en fust innocent, il estoit deliberé de s'en aller en
quelque voyage loing, pour oster le bruict[1] qui
commençoit fort à croistre. Ceste princesse, maistresse
de s'amye, fut fort estonnée d'ouyr ces propos ; et jura
bien que le mary avoit grand tort d'avoir soupson
d'une si femme de bien, où jamays elle n'avoit
congneu que toute vertu et honnesteté. Toutesfois, pour
l'auctorité où le mary estoit et pour estaindre ce
fascheux bruict, luy conseilla la princesse de s'esloin-
gner pour quelque temps, l'asseurant qu'elle ne croyoit
riens de toutes ces follyes et soupsons. Le gentil
homme et la dame, qui estoient ensemble avecq elle,
furent fort contens de demeurer en la bonne grace et
bonne oppinion de ceste princesse. Laquelle conseilla
au gentil homme, que avant son partement, il debvoit
parler au mary ; ce qu'il feyt selon son conseil. Et le
trouva en une gallerye près la chambre du Roy, où,
avecq un très asseuré visaige, luy faisant l'honneur qui
appartenoit à son estat, luy dist : « Monsieur, j'ay toute
ma vie eu desir de vous faire service ; et pour toute
recompense, j'ay entendu que hier au soir me feistes
chercher pour me tuer. Je vous supplie, Monsieur, penser que vous avez plus d'auctorité et de puissance que
moy, mais, toutesfois, je suis gentil homme comme
vous. Il me fascheroit fort de donner ma vie pour riens.
Je vous supplie penser que vous avez une si femme de
bien[2], que, s'il y a homme qui vuelle dire le contraire,
je luy diray qu'il a meschamment menty. Et quant est

---

1. les rumeurs médisantes.   2. une femme si vertueuse ; et
plus bas, *si homme de bien* : homme si vertueux.

de moy, je ne pense avoir faict chose dont vous ayez occasion de me vouloir mal. Et, si vous voulez, je demoureray vostre serviteur, ou sinon, je le suis du Roy, dont j'ay occasion de me contanter. » Le gentil homme à qui le propos s'adressoit, luy dist que veritablement il avoit eu quelque soupson de luy, mais qu'il le tenoit si homme de bien, qu'il desiroit plus son amityé que son inimityé ; et, en luy disant adieu, le bonnet au poing, l'ambrassa comme son grand amy. Vous povez penser ce que disoient ceulx qui avoient eu le soir de devant[1] commission de le tuer, de veoir tant de signes d'honneur et d'amityé : chacun en parloit diversement. Ainsy se partyt le gentil homme ; mais, pource qu'il n'estoit si bien garny d'argent que de beaulté, sa dame luy bailla une bague que son mary luy avoit donnée de la valleur de trois mil escuz, laquelle il engagea pour quinze cens.

Et, quelque temps après qu'il fut party, le gentil homme mary vint à la princesse maistresse de sa femme, et luy supplia de donner congé à sa dicte femme pour aller demorer quelque temps avecq une de ses seurs. Ce que la dicte dame trouva fort estrange ; et le pria tant de luy dire les occasions[2], qu'il luy en dist une partye, non tout. Après que la jeune maryée eut prins congé de sa maistresse et de toute la court, sans pleurer ny faire signe d'ennuy, s'en alla où son mary voulloit qu'elle fust, à la conduicte d'un gentil homme, auquel fut donnée charge expresse de la garder soingneusement ; et surtout qu'elle ne parlast poinct par les chemins à celluy dont elle estoit soupsonnée. Elle, qui sçavoyt ce commandement, leur bailloit tous les jours des alarmes, en se mocquant d'eulx et de leur mauvais soing. Et, ung jour entre les autres, elle trouva au partyr du logis ung Cordelier à cheval, et elle, estant sur sa haquenée, l'entretint par le chemyn depuis la

---

1. la veille au soir.   2. motifs.

disnée jusques à la souppee[1]. Et, quand elle fut à ung
quart de lieue du logis, luy dist : « Mon pere, pour la
consolacion que vous m'avez donnée ceste après disnée,
voylà deux escus que je vous donne, les quelz sont dans
ung papier, car je sçay bien que vous n'y oseriez toucher ;
vous priant que, incontinant que vous serez party d'avecq
moy, vous en alliez à travers le chemyn *, et vous gardez
que ceulx qui sont icy ne vous voyent. Je le dis pour
vostre bien et pour l'obligation que j'ay à vous. » Ce Cordelier, bien ayse de ses deux escuz, s'en vat à travers les
champs le grand galop. Et quant il fut assez loing, la
dame commencea à dire tout hault à ses gens : « Pensez
que vous estes bons serviteurs et bien soingneux de me
garder, veu que celluy qu'on vous a tant recommandé, a
parlé à moy tout au jourd'huy, et vous l'avez laissé faire !
Vous meritez bien que vostre maistre, qui se fye tant à
vous, vous donnast des coups de baston au lieu de voz
gaiges. » Et quant le gentil homme qui avoit la charge
d'elle ouyt telz propos **, il eut si despit qu'il n'y povoyt
respondre ; picqua son cheval, appellant deux autres
avecq luy, et feit tant, qu'il attaingnit le Cordelier, lequel,
les voyant venir, fuyoit au mieulx qu'il povoit, mais,
pource qu'ilz estoient mieulx montez que luy, le pauvre
homme fut prins. Et luy, qui ne sçavoit pourquoy, leur
crya mercy ; et descouvrant son chapperon pour plus
humblement les prier teste nue, congnurent bien que ce
n'estoit pas celluy qu'ilz cherchoient, et que leur maistresse s'estoit bien mocquée d'eulx ; ce qu'elle feit
encores mieulx à leur retour, disant : « C'est à telles gens
que l'on doit bailler dames à garder : ils les laissent parler
sans sçavoir à qui, et puis, adjoustans foy à leurs parolles,
vont faire honte aux serviteurs de Dieu. »

---

1. du déjeuner au dîner ; plus bas : *ceste après disnée* : cette
après midi.

---

* à travers champs le beau galop. Et quand il fut assez loin (G).
** propoz, sy despit qu'il ne pouvait respondre, picque son cheval... (2155 S).

Après toutes ces mocqueries, s'en alla au lieu où son mary l'avoit ordonnée, où ses deux belles seurs et le mary de l'une la tenoient fort subjecte[1]. Et, durant ce temps, entendit le mary comme sa bague estoit en gaige pour quinze cens escuz, dont il fut fort marry ; et, pour saulver l'honneur de sa femme et la recouvrer, luy feit dire par ses seurs qu'elle la retirast et qu'il paieroit quinze cens escuz. Elle, qui n'avoit soulcy de la bague, puis que l'argent demoroit à son amy, luy escripvit comme son mary la contraingnoit de retirer sa bague, et que, à fin qu'il ne pensast qu'elle le fist par diminution de bonne volunté, elle luy envoyoit ung dyamant, que sa maistresse luy avoit donné, qu'elle aymoit plus que bague qu'elle eust. Le gentil homme luy envoya très voluntiers l'obligation du marchant, et se tint content d'avoir eu les quinze cens escuz et ung dyamant, et demeuré asseuré de la bonne grace de s'amye, combien que depuis, tant que le mary vesquit, il n'eut moyen de parler à elle que par escripture[2]. Et, après la mort du mary, pource qu'il pensoyt la trouver telle qu'elle luy avoit promis, meist toute sa dilligence de la pourchasser en mariage[3], mais il trouva que sa longue absence luy avoit acquis ung compaignon myeulx aymé que luy : dont il eut si grand regret, que, en fuyant les compaignyes des dames, qu'il cherchea les lieux hazardeux[4], où, avecq autant d'estime que jeune homme pourroit avoir, fina ses jours[5].

« Voylà, mes dames, que sans espargner nostre sexe, je veulx bien monstrer aux mariz que souvent les femmes de grand cueur sont plustost vaincues de l'ire de la vengeance, que de la douleur de l'amour ; à quoy ceste-cy sceut long temps resister, mais à la fin fut vaincue du desespoir. Ce que ne doibt estre nulle femme de bien ; pource que, en quelque sorte que ce soit, ne sçauroit trouver excuse à mal faire. Car, de tant plus les occa-

---

1. privée de liberté.   2. par lettres.   3. demander en mariage.   4. dangereux.   5. perdit la vie (*fina* : termina).

sions en sont données grandes, de tant plus se doyvent
monstrer vertueuses à resister et vaincre le mal en bien [1],
et non pas rendre mal pour mal : d'autant que souvent
le mal que l'on cuyde randre à aultry retombe sur soy.
Bienheureuses celles en qui la vertu de Dieu se monstre
en chasteté, doulceur, patience et longanimité ! » Hircan
luy dist : « Il me semble, Longarine, que ceste dame dont
vous avez parlé a esté plus menée de despit que de
l'amour, car, si elle eust autant aymé le gentil homme
comme elle en faisoit semblant, elle ne l'eust habandonné pour ung aultre ; et, par ce discours, on la peut
nommer despitte [2], vindicative, opiniastre et muable.
— Vous en parlez bien à vostre aise, ce dist Ennasuitte à
Hircan ; mais vous ne sçavez quel crevecueur c'est
quant l'on ayme sans estre aymé ? — Il est vray, ce dit
Hircan, que je ne l'ay guere experimenté ; car l'on ne me
sçauroit faire si peu de mauvaise chere, que incontinant
je ne laisse l'amour et la dame ensemble. — Ouy bien,
vous, ce dist Parlamente, qui n'aymez riens que votre
plaisir ; mais une femme de bien ne doibt ainsy laisser
son mary. — Toutesfois, respondit Simontault, celle
dont le compte est faict a oblyé, pour ung temps, qu'elle
estoit femme ; car ung homme n'en eust sceu faire plus
belle vengeance. — Pour une qui n'est pas saige, ce dist
Oisille, il ne fault pas que les autres soient estimées
telles. — Toutesfois, dit Saffredent, si estes-vous toutes
femmes, et quelques beaulx et honnestes accoustremens
que vous portiez, qui vous chercheroit bien avant soubz
la robbe vous trouveroit femmes [*]. » Nomerfide lui dit :

---

1. « Ne te laisse pas vaincre par le mal, mais surmonte le mal
par le bien » (Épître aux Romains 12, 21).   2. dépitée, susceptible ; *muable* : inconstante, légère.

---

[*] N. 15 s'achève ici en T, qui commence N. 16 ainsi : « Nomerfide, à qui il tardoit d'oyr une histoire plus advantageuse pour les
femmes que la precedente, voyant que la compagnie ne prenoit
grand gout au propos de Saffredent et que, si on le vouloit ecouter,
la journée passeroit en querelle, pria Longarine de donner sa voix
à quelcun, laquelle regardant Geburon luy dist... »

« Qui vous vouldroit escouter, la Journée se passeroit en querelles. Mais il me tarde tant d'oyr encores une histoire, que je prie Longarine de donner sa voix à quelcun. » Longarine regarda Geburon et luy dist : « Si vous sçavez riens [1] de quelque honneste femme, je vous prie maintenant le mectre en avant. « Geburon luy dist : « Puis que j'en doibtz faire ce qu'il me semble [*], je vous feray ung compte advenu en la ville de Millan. »

SEIZIESME NOUVELLE

Une dame de Milan, veuve d'un conte Italien, deliberée de ne se remaryer ny aymer jamais, fut troys ans durant si vivement prouchassée d'un gentil homme François, qu'après plusieurs preuves de la perseverance de son amour, luy accorda ce qu'il avoit tant desiré, et se jurerent l'un à l'autre perpetuelle amytié.

*

Une dame milannoise approuva [éprouva] la hardiesse et grand cueur de son amy dont elle l'aima depuis de bon cueur.

Selon Brantôme qui rapporte l'anecdote en citant les *Cent Nouvelles de la reine de Navarre*, le héros est encore M. de Bonnivet, depuis amiral de France (*Recueil des Dames*, éd. P. Mérimée et Louis Lacour, Seconde Partie (suite), t. XII, 1894, p. 352-353), déjà mis en scène dans les 4e et 14e nouvelles. Il apparaît à nouveau dans un rôle épisodique dans la nouvelle suivante.

*

Du temps du grand-maistre de Chaumont [2], y avoit une dame estimée une des plus honnestes femmes qui fust de ce temps-là en la ville de Millan. Elle avoyt espousé ung conte [3] italien et estoit demeurée vefve, vivant en la maison de ses beaulx-freres, sans jamais vouloir ouyr parler de se remarier ; et se conduisoit si

---

1. quelque chose, quelque histoire.   2. Voir le début de N. 14 (p. 231).   3. comte.

---

* ce qu'il m'en semble (2155 S).

saigement et sainctement, qu'il n'y avoit en la duché
Françoys ny Italien qui n'en feist grande estime. Ung
jour que ses beaulx-freres et ses belles seurs feirent
ung festin au grand-maistre de Chaulmont, fut
contraincte ceste dame vefve de s'y trouver, ce qu'elle
n'avoyt accoustumé en autre lieu. Et quant les François
la veyrent, ilz feirent grande estime de sa beaulté et de
sa bonne grace, et sur tous autres ung dont je ne diray
le nom[1], mais il vous suffira qu'il n'y avoit Françoys
en Italie plus digne d'estre aymé que cestuy-là, car il
estoit accomply de toutes les beaultez et graces que
gentil homme pourroit avoir. Et, combien qu'il veist
ceste dame, avecq son crespe noir, separée de la jeunesse en ung coing, avecq plusieurs vielles, comme
celluy à qui[2] jamais homme ne femme ne feyt paour,
se meist à l'entretenir, ostant son masque et habandon-
nant les dances pour demorer en sa compaignye. Et,
tout le soir, ne bougea de parler à elle et aux vielles
toutes ensemble, où il trouva plus de plaisir que avecq
toutes les plus jeunes et braves[3] de la court[*] ; en sorte
que, quant il fallut se retirer, il ne pensoit pas encores
avoir eu le loisir de s'asseoir. Et, combien qu'il ne
parlast à ceste dame que de propos commungs qui se
peuvent dire en telles compaignyes, si est-ce qu'elle
congneut bien qu'il avoit envie de l'accoincter[4], dont
elle delibera de se garder le mieulx qu'il luy seroit
possible ; en sorte que jamais plus en festin ny en
grande compaignye ne la peut veoir. Il s'enquist de sa
façon de vivre et trouva qu'elle alloit souvent aux
eglises et religions[5], où il meict si bon guet qu'elle
n'y pouvoit aller si secretement qu'il n'y fust premier

---

1. Que son nom soit tu, comme ici et dans N. 4, ou révélé
comme dans N. 14, Bonnivet est toujours présenté en termes louan-
geurs, identiques chez Marguerite et Brantôme ; voir à propos de
N. 4 la notice préliminaire, p. 118 et n. 4.   2. en homme à qui.
3. élégantes.   4. de faire partie de ses familiers, de la fréquenter.   5. monastères.

---

* la troupe (T, 2155 S).

qu'elle[1] et qu'il ne demourast autant à l'eglise qu'il povoit avoir le bien de la veoir ; et tant qu'elle y estoit, la contemploit de si grande affection, qu'elle ne povoit ignorer l'amour qu'il luy portoit. Pour laquelle eviter, se delibera pour ung temps de feindre se trouver mal et oyr la messe en sa maison : dont le gentil homme fut tant marry[2] qu'il n'estoit possible de plus ; car il n'avoit autre moyen de la veoir que cestuy-là. Elle, pensant avoir rompu[*] ceste coustume, retourna aux eglises comme paravant ; ce que Amour declaira incontinant au gentil homme françoys, qui reprint ses premieres devotions ; et, de paour qu'elle ne lui donnast encores empeschement, et qu'il n'eust le loisir de luy faire sçavoir sa volunté[3], ung matin qu'elle pensoit estre bien cachée en une chappelle, s'alla mectre au bout de l'autel où elle oyoit la messe, et, voyant qu'elle estoit peu accompaignée, ainsi que[4] le prestre monstroit le *corpus Domini*[5], se tourna devers elle, et, avecq une voix doulce et plaine d'affection, luy dist : « Ma dame, je prends Celluy que le prebstre tient[**] à ma dannation[6], si vous n'estes cause de ma mort ; car, encores que vous me ostez le moyen de parolle, si ne povez-vous ignorer ma volunté, veu que la verité la vous declare assez par mes œilz languissans, et par ma contenance morte[7]. La dame, faingnant n'y entendre riens, luy respondit : « Dieu ne doibt point ainsy estre prins[8] en vain ; mais les poetes dient[9] que les dieux se ryent des juremens et mensonges des

---

1. qu'il n'y arrivât avant elle.   2. désolé.   3. son désir.
4. au moment où.   5. au moment de l'élévation, où chacun doit garder les yeux baissés.   6. je prends à témoin... sous peine d'être damné.   7. par l'air que j'ai d'un mort.   8. être invoqué légèrement.   9. Rappel d'Ovide, *Ars Amatoria (L'Art d'aimer)* : « Juppiter ex alto perjuria ridet amantum... » (livre I, v. 631) et Scève, *Délie* (1544) : « Peuvent les Dieux ouyr Amantz jurer, / Et rire apres leur promesse mentie ! » (diz. XX).

---

* pensant *par intermission* avoir rompu (add. T).   ** que le prestre tient entre ses mains (2155 S).

amantz : parquoy, les femmes qui ayment leur honneur, ne doibvent estre credules ne piteuses[1]. » En
disant cela, elle se lieve et s'en retourne en son logis.

Si le gentil homme fut courroucé de ceste parolle,
ceux qui ont experimenté choses semblables diront
bien que ouy. Mais luy, qui n'avoit faulte de cueur[2],
ayma mieulx avoir ceste mauvaise response, que
d'avoir failly à declarer sa volunté : laquelle il tint
ferme trois ans durans, et par lettres et par moyens la
pourchassa[3], sans perdre heure ne temps. Mais, durant
trois ans, n'en peut avoir autre response, sinon qu'elle
le fuyoit comme le loup fait le levrier[*], de quoy il doibt
estre[**] prins, non par hayne qu'elle luy portast, mais
pour la craincte de son honneur et reputation ; dont il
s'apperceut si bien, que plus vivement qu'il n'avoit
faict, pourchassa son affaire. Et, après plusieurs refus,
peynes, tormentz et desespoirs, voyant la grandeur et
perseverance de son amour, ceste dame eut pitié de luy
et luy accorda ce qu'il avoit tant desiré et si longuement actendu. Et quant ilz furent d'accord des moyens,
ne faillit le gentil homme françois à se hazarder[4] d'aller en sa maison, combien que sa vye y povoit estre en
grand hazard, veu que les parens d'elle logeoient tous
ensemble. Luy, qui n'avoit moins de finesse[5] que de
beaulté, se conduisit si saigement qu'il entra en sa
chambre à l'heure qu'elle luy avoit assigné, où il la
trouva toute seulle couchée en ung beau lict ; et, ainsy
qu'il se hastoit de se deshabiller pour coucher avecq
elle, entendit à la porte ung grand bruict de voix parlans bas, et d'espées que l'on frottoit contre les
murailles. La dame vefve luy dist, avecq ung visaige
d'une femme demye-morte : « Or, à ceste heure est

---

1. accessibles à la pitié.   2. ne manquait pas de hardiesse.   3. la poursuivit de ses assiduités.   4. se risquer (*hazard* :
danger).   5. habileté.

---

* *le louvier* (le louvetier) [ms. 1512].   ** duquel il doubte
estre (T) ; duquel il doibt estre (G).

vostre vie et mon honneur au plus grand dangier qu'ils pourroient estre, car j'entendz bien que voylà mes freres qui vous cherchent pour vous tuer ! Parquoy, je vous prie, cachez-vous soubz ce lict ; car, quant ilz ne vous trouveront poinct, j'auray occasion de me courroucer à eulx de l'alarme que, sans cause, ilz m'auront faicte. » Le gentil homme, qui n'avoit jamais encores regardé la paour, luy respondit : « Et qui sont voz freres, pour faire paour à ung homme de bien ? Quant toute leur race[1] seroit ensemble, je suis seur qu'ilz n'actendront poinct le quatriesme coup de mon espée ; parquoy, reposez en vostre lict et me laissez garder ceste porte. » A l'heure, il meist sa cappe à l'entour de son bras et son espée nue en la main, et alla ouvrir la porte, pour veoir de plus près les espées dont il oyoit le bruict. Et quant elle fut ouverte, il veit deux chamberieres, qui, avecq deux espées en chascune main, luy faisoient ceste alarme, lesquelles luy dirent : « Monsieur, pardonnez-nous, car nous avons commandement de nostre maistresse de faire ainsi, mais vous n'aurez plus de nous d'autres empeschemens. » Le gentil homme, voyant que c'estoient femmes, ne leur sceut pis faire que, en les donnant à tous les diables, leur fermer la porte au visaige ; et s'en alla le plus tost qu'il luy fut possible coucher avecq sa dame, de laquelle la paour n'avoit en rien diminué l'amour ; et, oblyant lui demander la raison de ces escarmouches, ne pensa que à satisfaire à son desir. Mais, voyant que le jour approchoit, la pria de luy dire pourquoy elle luy avoit faict de si mauvais tours, tant de la longueur du temps qu'il avoit actendu, que de ceste derniere entreprinse. Elle, en riant, luy respondit : « Ma deliberation estoit de jamais n'aymer ; ce que depuis ma viduité[2] j'avois très bien sceu garder ; mais vostre honnesteté, dès l'heure que vous parlastes à moy au festin, me feyt changer propos et vous aymer autant que vous faisiez moy. Il est vray que l'honneur, qui tousjours m'avoit

---

1. famille. **2.** veuvage.

conduicte, ne vouloit permectre que amour me feist faire chose dont ma reputation peust empirer. Mais, ainsy comme la bische navrée à mort[1] cuyde, en changeant de lieu, changer le mal qu'elle porte avecq soy, ainsi m'en allois-je d'eglise en eglise, cuydant fuyr celluy que je portois en mon cueur, duquel a esté la preuve de la parfaicte amityé qui a faict accorder l'honneur avecq l'amour. Mais, à fin d'estre plus asseurée de mectre mon cueur et mon amour en ung parfaict homme de bien, je vouluz faire ceste derniere preuve[2] de mes chamberieres, vous asseurant que, si, pour paour de vostre vye ou de nul autre regard[3], je vous eusse trouvé crainctif jusques à vous coucher soubz mon lict, j'avois deliberé de m'en lever et aller dans une aultre chambre, sans jamais de plus près vous veoir. Mais, pource que j'ay trouvé en vous plus de beaulté, de grace, de vertu et de hardiesse que l'on ne m'en avoit dict, et que la paour n'a eu puissance en riens de toucher à vostre cueur, ny à reffroidir tant soy peu l'amour que vous me portez, je suis deliberée de m'arrester à vous pour la fin de mes jours, me tenant seure que je ne sçaurois en meilleure main mectre ma vie, et mon honneur, que en celluy que je ne pense avoir veu son pareil en toutes vertuz. » Et, comme si la volunté de l'homme estoit immuable, se jurerent et promirent ce qui n'estoit en leur puissance : c'est une amityé perpetuelle, qui ne peult naistre ne demorer au cueur de l'homme ; et celles seulles le sçavent, qui ont experimenté combien durent telles oppinions[4] !

« Et pour ce, mes dames, si vous estes saiges, vous garderez de nous, comme le cerf, s'il avoit entendement, feroit de son chasseur. Car nostre gloire, nostre felicité et nostre contentement, c'est de vous veoir prises et de

---

1. L'image vient de l'*Énéide* (comparaison de Didon amoureuse et d'une biche atteinte d'une flèche : « *Dido..., qualis conjecta cerva sagitta* », livre IV, v. (69-73) ; *navrée* : blessée. **2.** épreuve. **3.** quelque autre considération. **4.** telles résolutions.

vous oster ce qui vous est plus cher que la vie.
— Comment, Geburon ! dist Hircan : depuis quel temps
estes-vous devenu prescheur ? J'ay bien veu que vous ne
teniez pas ces propos. — Il est bien vray, dist Geburon,
que j'ay parlé maintenant contre ce que j'ay toute ma vie
dict, mais pour ce que j'ay les dentz si foibles que je ne
puis plus mascher la venaison, je advertiz les pauvres
bisches de se garder des veneurs, pour satisfaire sur ma
viellesse aux maulx [1] que j'ay desirés en ma jeunesse.
— Nous vous mercions [2], Geburon, dist Nomerfide, de
quoy vous nous advertissez de nostre proffict [3] ; mais si [4]
ne nous en sentons pas trop tenues à vous, car vous
n'avez poinct tenu pareil propos à celle que vous avez
bien aymée : c'est doncques signe que vous ne nous
aymez gueres, ny ne voullez encores souffrir que nous
soyons aymées. Si pensions-nous [5] estre aussy saiges et
vertueuses que celles que vous avez si longuement chas-
sées en vostre jeunesse ; mais c'est la gloire des vielles
gens qui cuydent tousjours avoir esté plus saiges que
ceulx qui viennent après eulx. — Et bien, Nomerfide,
dist Geburon, quant la tromperie de quelcun de voz serviteurs vous aura faict congnoistre la malice des
hommes, à ceste heure-là croirez-vous que je vous auray
dict vray ? » Oisille dist à Geburon : « Il me semble que
le gentil homme, que vous louez tant de hardiesse,
devroit plus estre loué de fureur d'amour, qui est une
puissance si forte, qu'elle faict entreprendre aux plus
couartz du monde ce à quoi les plus hardiz penseroient
deux foys. » Saffredent lui dist : « Ma dame, si ce n'estoit qu'il estimast les Italiens gens de meilleur discours
que de grand effect [6], il me semble qu'il avoit occasion
d'avoir paour. — Ouy, ce dist Oisille, s'il n'eust poinct
eu en son cueur le feu qui brusle craincte. — Il me
semble, ce dist Hircan, puis que vous ne trouvez la har-

---

1. réparer les maux, donner réparation des maux (vocabulaire
juridique). **2.** savons gré. **3.** pour notre bien. **4.** mais
pourtant. **5.** Nous pensions pourtant. **6.** gens plus habiles à
parler qu'à agir.

diesse de cestuy-cy assez louable, qu'il fault que vous en sçachiez quelque autre qui est plus digne de louange. — Il est vray, dist Oisille, que cestuy-cy est louable ; mais j'en sçay ung qui est plus admirable. — Je vous suplie, ma dame, ce dist Gesburon, s'il est ainsy, que vous prenez ma place et que vous le dictes. » Oisille commencea : « Si ung homme *, pour sa vie et l'honneur de sa dame s'estant montré asseuré [1] contre les Milannois, est estimé tant hardy, que doibt estre ung qui, sans necessité, mais par vraie et naifve [2] hardiesse, a faict le tour que je vous diray ? »

DIX SEPTIESME NOUVELLE

Le Roy Françoys, requis de chasser hors son royaume le comte Guillaume que l'on disoit avoir prins argent pour le faire mourir, sans faire semblant qu'il eut soupçon de son entreprinse, luy joua un tour si subtil que luy-mesme se chassa, prenant congé du Roy.

*

Le Roy François monstra sa generosité au comte Guillaume qui le vouloit faire mourir.

*

Sur le personnage du comte Guillaume de Furstemberg, voir Brantôme, *Les vies des grands capitaines estrangers*, éd. cit., t. II, livre I, chap. XVII, 43, p. 14-17 : « estimé bon et vaillant capitaine », mais « léger de foy, trop avare et trop adonné à la pillerie », il fut « soupçonné d'avoir voulu attenter sur la personne du roy » ; Brantôme renvoie à *L'Heptaméron*. Selon Le Roux de Lincy, l'aventure se serait passée dans la forêt d'Argilly au mois de juillet 1521, lors du séjour de François Ier à Dijon, et selon le témoignage de Marguerite dans une lettre à son frère, le comte de Furstemberg reconnut et regretta ses « fautes passées ».

*

---

1. sûr de lui, hardi.   **2.** naturelle, spontanée.

---

* Si un homme pour sa vie *hayt* l'honneur... (ms. 1512, sans doute faute de transcription pour « sa vie *et* l'honneur ») ; Si un homme s'estant montré asseuré contre les Milannoys pour sauver sa vie et l'honneur de sa dame est estimé de vous tant hardy... (T) ; S'il est ainsy qu'un homme, pour sa vie et l'honneur (G).

En la ville de Dijon, au duché de Bourgoingne, vint au service du Roy Françoys ung conte[1] d'Allemaigne, nommé Guillaume, de la maison de Saxonne, dont celle de Savoie est tant alliée, que antiennement n'est que une*[2]. Ce compte, autant estimé beau et hardy gentil homme qui fust poinct en Allemaigne, eut si bon recueil[3] du Roy, que non seullement il le print à son service, mais le tint près de luy et de sa chambre[4]. Ung jour[5], le gouverneur de Bourgoingne[6], seigneur de la Trimoïlle, ancien chevalier et loyal serviteur du Roy, comme celluy qui estoit soupçonneux[7] ou crainctif du mal et dommaige de son maistre, avoit tousjours espies[8] à l'entour de son gouvernement, pour sçavoir ce que ses ennemys faisoient ; et s'y conduisoit si saigement que peu de choses lui estoient celées[9]. Entre autres advertissemens, luy escripvit l'un de ses amys que le conte Guillaume avoyt prins quelque somme d'argent, avecq promesse d'en avoir davantaige, pour faire morir le Roy en quelque sorte que ce peust estre. Le seigneur de la Trimoïlle ne faillit poinct incontinant de l'en venir advertir et ne le cella à Madame sa Mere

---

1. *conte* ou (ci-dessous) *comte* : comte ; *Guillaume* : comte de Furstemberg, célèbre capitaine de lansquenets au service de François Ier.   2. L'Artois, la Flandre et le Charolais sont au début du XVIe siècle possessions de la maison de Bourgogne ; Louis XI et Charles VIII possédaient la Bourgogne ducale, qui devint « la pomme de discorde » entre Charles Quint et François Ier.   3. accueil.   4. la Chambre du roi, l'ensemble des familiers employés pour le service personnel du roi dans sa maison ; les chefs des principaux services (outre la Chambre : la Chapelle, la Bouche, l'Écurie, la Vénerie), constamment présents autour du roi, étaient amenés à jouer le rôle de conseillers.   5. Cette indication est sans doute une interpolation (cf. ci-dessous « un jour qu'il alloit... »).   6. Louis II de la Tremoïlle, vicomte de Thouars, prince de Talmont, nommé gouverneur de Bourgogne par Louis XII en 1501, puis Amiral de Guyenne et Bretagne, mort à Pavie en 1525.   7. en homme méfiant.   8. *espies* : des espions ; *gouvernement* : pays régi par un gouverneur.   9. inconnues ; plus bas, *cella* : cacha.

---

* n'*estoient* que une *maison* (2155 S).

Loise de Savoye, laquelle oblya l'alliance[1] qu'elle avoit à cest Allemant, et supplia le Roy de le chasser bien tost ; lequel la requist de n'en parler poinct, et qu'il estoit impossible que ung si honneste gentil homme et tout homme de bien entreprinst une si grande meschanceté. Au bout de quelque temps, vint encores ung autre advertissement, confirmant le premier. Dont le gouverneur, bruslant de l'amour de son maistre, lui demanda congé ou de le chasser ou d'y donner ordre[2], mais le Roy lui commanda expressement de n'en faire nul semblant[3], et pensa bien que par autre moyen il en sçauroit la verité.

Ung jour qu'il alloit à la chasse, print la meilleure espée qu'il estoit possible de veoir pour toutes armes, et mena avecq luy le conte Guillaume, auquel il commanda le suyvre de près ; mais, après avoir quelque temps couru le cerf[4], voyant le Roy que ses gens estoient loing de luy, hors le conte seullement, se destourna hors de tous chemins. Et, quant il se veid seul avec le conte au plus profond de la forest, en tirant son espée, dist au conte : « Vous semble-il que ceste espée soit belle et bonne ? » Le conte, en la maniant par le bout, luy dist qu'il n'en avoit veu nulle qu'il pensast meilleure. « Vous avez raison, dist le Roy, et me semble que si ung gentil homme avoit deliberé de me tuer et qu'il eust congneu la force de mon bras et la bonté de mon cueur, accompaignée de ceste espée, il penseroit deux fois à m'assaillyr[5] ; toutesfois, je le tiendrois pour bien meschant, si nous estions seul à seul sans tesmoings, s'il n'osoit executer ce qu'il auroit osé entreprendre[6]. » Le conte Guillaume luy respondit

---

1. « Il était allié de madame la regente, à cause de la maison de Saxe, d'où est sortie celle de Savoie » (Brantôme, p. 15) ; *cf.* ci-dessous : Louise de Savoie « l'avoit reçeu comme parent et amy ». 2. d'y mettre bon ordre. 3. de paraître tout ignorer. 4. fait la chasse aux cerfs ; en cet usage propre au vocabulaire cynégétique, *courir* est un verbe transitif. 5. il y réfléchirait à deux fois avant de m'attaquer. 6. par opposition à *exécuter*, faire le projet de.

avecq ung visaige estonné : « Sire, la meschanceté de
l'entreprinse seroit bien grande, mais la follye de la vouloir executer ne seroit pas moindre. » Le Roy, en se prenant à rire, remist l'espée au fourreau, et, escoutant[1] que
la chasse estoit près de luy, picqua après le plus tost qu'il
peut. Quant il fut arrivé, il ne parla à nul de cest affaire, et
se asseura que le conte Guillaume, combien qu'il fust ung
aussy fort et disposé[2] gentil homme qu'il en soit poinct,
n'estoit homme pour faire une si haulte entreprinse. Mais
le conte Guillaume, cuydant estre decellé ou soupsonné
du faict, vint le lendemain au matin dire à Robertet[3],
secretaire des finances du Roy, qu'il avoit regardé aux
bienfaicts[4] et gaiges que le Roy luy vouloit donner pour
demorer avecq luy ; toutesfois que ilz n'estoient pas suffisans pour l'entretenir la moictié de l'année, et que, s'il ne
plaisoit au Roy luy en bailler au double[5], il seroit
contrainct de se retirer ; priant le dict Robertet d'en sçavoir le plus tost qu'il pourroit la volunté du Roy, qui luy
dist qu'il ne sçauroit plus s'advancer[6] que d'y aller sur
l'heure incontinant. Et print ceste commission voluntiers,
car il avoit veu les advertissemens du gouverneur. Et,
ainsy que le roy fust esveillé, ne faillyt à lui faire sa
harangue, present Monsieur de La Trimoïlle et l'admiral
de Bonnivet, lesquelz ignoroient le tour que le Roy lui
avoit faict le jour avant. Le dict seigneur, en riant, leur
dist : « Vous avez envye de chasser le conte Guillaume,
et vous voyez qu'il se chasse luy-mesmes. Parquoy, luy
direz que, s'il ne se contente de l'estat qu'il a accepté en
entrant à mon service, dont plusieurs gens de bonnes maisons se sont tenuz bien heureux, c'est raison qu'il cherche
ailleurs meilleure fortune ; et quant à moy, je ne l'em-
pescheray poinct, mais je seray très contant qu'il trouve
party tel qu'il y puisse vivre selon qu'il le merite. »

---

1. entendant.   **2.** propre à l'action, capable d'agir.   **3.** Flo-
rimond Robertet, trésorier de France, secrétaire des Finances sous
les rois Charles VIII, Louis XII et François Ier, mort en 1527 (Marot
a écrit en son honneur, à sa mort, la *Deploration de F. Robertet*).
4. rémunérations, avantages (financiers).   **5.** donner deux fois
plus.   **6.** mieux faire ; l'antécédent de *qui* est Robertet.

Robertet fut aussy diligent de porter ceste response au
conte, qu'il avoit esté de presenter sa requeste au Roy. Le
conte dist que, avecq son bon congé, il deliberoit
doncques de s'en aller. Et, comme celluy que la paour
contraingnoit de partir, ne la sceut porter[1] vingt quatre
heures, mais, ainsy que[2] le Roy se mectoit à table, print
congé de luy, faingnant avoir grand regret, dont sa necessité[3] luy faisoit perdre sa presence. Il alla aussy prendre
congé de la mere du Roy, laquelle luy donna aussy joyeusement qu'elle l'avoit reçeu comme parent et amy ; ainsy
s'en retourna en son païs. Et le Roy, voyant sa mere et ses
serviteurs estonnez de ce soubdain partement, leur
compta l'alarme qu'il luy avoit donnée, disant que,
encores qu'il fust innocent de ce que on luy mectoit à
sus[4], si avoit esté sa paour assez grande pour s'esloigner
d'ung maistre dont il ne congnoissoit pas encores les
complexions[5].

« Quant à moy, mes dames, je ne voy point que autre
chose peust esmouvoir le cueur du roy à se hazarder
ainsy seul contre ung homme tant estimé, sinon que, en
laissant la compaignie et les lieux où les Roys ne trouvent nul inferieur qui leur demande le combat, se voulut
faire pareil à celluy qu'il doubtoit son ennemy[6], pour se
contanter luy-mesmes d'experimenter la bonté et la hardiesse de son cueur. — Sans poinct de faulte, dist Parlamente, il avoit raison* ; car la louange de tous les
hommes ne peult tant satisfaire ung bon cueur, que le
sçavoir et l'experience qu'il a seul des vertuz que Dieu a
mises en luy. — Il y a long temps, dist Geburon, que les
antiens** nous ont painct[7] que, pour venir au temple de
Renommée, il falloit passer par cellui de Vertu. Et,

---

1. put supporter.   2. au moment où.   3. de ce que ses
besoins financiers...   4. de ce dont on l'accusait.   5. le tempérament, les mœurs.   6. qu'il soupçonnait d'être son ennemi ;
plus bas *pour se contanter... d'experimenter* : pour avoir la satisfaction... d'éprouver.   7. représenté, montré.

---

* vous avez raison (T).   ** les poètes et autres (G).

moi, qui congnois les deux personnaiges dont vous avez fait le compte, sçay bien que veritablement le Roy* est ung des plus hardiz hommes qui soit en son royaulme. — Par ma foy, dist Hircan, à l'heure que le comte Guillaume vint en France, j'eusse plus crainct son espée, que celles des quatre plus gentils compaignons italiens qui fussent en la court ! — Nous sçavons bien, dict Ennasuitte, qu'il est tant estimé que noz louanges ne sçauroient actaindre à son merite, et que nostre Journée seroit plus tost passée que chacun en eust dict ce qu'il luy en semble. Parquoy, je vous prie, ma dame, donnez vostre voix à quelcun qui dye encores quelque bien des hommes, s'il y en a. » Oisille dist à Hircan : « Il me semble que vous avez tant accoustumé de dire mal des femmes, qu'il vous sera aisé de nous faire quelque bon compte à la louange d'un homme : parquoy je vous donne ma voix. — Ce me sera chose aysée à faire, dist Hircan, car il y a si peu que l'on m'a faict ung compte à la louange d'un gentil homme, dont l'amour, la fermeté et la patience est si louable, que je n'en doibtz laisser perdre la memoire. »

DIX HUICTIESME NOUVELLE

Un jeune gentil homme escolier, espris de l'amour d'une bien belle dame, pour pervenir à ses attaintes, vainquit l'amour et soy-mesme, combien que maintes tentations se presentassent suffisantes pour luy faire rompre sa promesse. Et furent toutes ses peines tournées en contentement et recompense telle que meritoit sa ferme, patiente, loyale et perfaicte amitié.

*

Une belle jeune dame experimente la foy d'un jeune escolier, son amy, avant que luy permettre advantage sur son honneur.

*

Brantôme fait allusion à cette aventure : « J'ay ouy parler d'une fort belle et honneste dame, qui donna assignation à son amy de coucher

---

* le Roy n'est point renommé à tort car c'est l'un... (T).

avec elle, par tel si qu'il ne la toucheroit nullement et ne viendroit aux prises ; ce que l'autre accomplit, demeurant toute la nuict en grand'stase, tentation et continence ; dont elle luy sceut si bon gré, que quelque temps après luy en donna jouissance, disant pour ses raisons qu'elle avoit voulu esprouver son amour... » (*Recueil des Dames*, éd. Prosper Mérimée et Louis Lacour, 2ᵉ Partie, t. XI, 1891, p. 14)

*

En une des bonnes villes du royaulme de France, y avoit ung seigneur de bonne maison, qui estoit aux escolles [1], desirant parvenir au sçavoir par qui la vertu et l'honneur se doibvent acquerir entre les vertueux hommes. Et, combien qu'il fust si sçavant que, estant en l'eage de dix-sept à dix-huict ans, il sembloit estre la doctrine et l'exemple des aultres, Amour toutesfoys, après toutes ses leçons, ne laissa pas de luy chanter la sienne. Et, pour estre mieulx ouy et receu, se cacha dessoubz le visaige et les œilz de la plus belle dame qui fust en tout le païs, laquelle pour quelque procès estoit venue en la ville. Mais, avant que Amour se essayast à vaincre ce gentil homme par la beaulté de ceste dame, il avoit gaingné le cueur d'elle, en voyant [2] les perfections qui estoient en ce seigneur ; car, en beaulté, grace, bon sens et beau parler, n'y avoit nul, de quelque estat qu'il fust, qui le passast [3]. Vous, qui sçavez le prompt chemyn que faict ce feu quant il se prent à ung des boutz du cueur et de la fantaisie *, vous jugerez bien que entre deux si parfaictz subjectz n'arresta gueres Amour, qu'il ne les eust à son commandement, et qu'il ne les rendist tous deux si remplis de sa claire lumière, que leur penser, vouloir et parler n'estoient que flambe [4] de cest Amour. La jeunesse, qui en luy engendroit craincte, luy faisoit pourchasser son

---

1. qui était étudiant.　**2.** Se rapporte à *elle* (*lorsqu'elle vit* les perfections...).　**3.** surpassât.　**4.** flamme, feu.

---

* fantaisie, *sautant incontinent jusques à l'autre*, jugerez (add. T).

affaire[1] le plus doulcement qu'il luy estoit possible.
Mais elle, qui estoit vaincue d'amour, n'avoit poinct
besoing de force. Toutesfois, la honte qui accompaigne
les dames le plus qu'elle peult, la garda pour quelque
temps de monstrer sa volunté[2]. Si est-ce que à la fin la
forteresse du cueur, où l'honneur demeure, fut ruynée
de telle sorte que la pauvre dame s'accorda en ce dont
elle n'avoit poinct esté discordante[3]. Mais, pour experimenter[4] la patience, fermeté et amour de son serviteur, luy octroya ce qu'il demanda avecq une trop[5]
difficille condition, l'asseurant que, s'il la gardoit[6], à
jamays elle l'aymeroit parfaictement, et que, s'il y falloit, il estoit seur de ne l'avoir de sa vie : c'est qu'elle
estoit contante de parler à luy, dans ung lict, tous deux
couchés en leurs chemises, par ainsy qu'il[7] ne luy
demandast riens davantaige, sinon la parolle et le baiser[8]. Luy, qui ne pensoit poinct qu'il y eust joye digne
d'estre accomparée à celle qu'elle luy promectoit, luy
accorda. Et, le soir venu, la promesse fut accomplie ;
de sorte que, pour quelque bonne chere qu'elle luy
feist, ne pour quelque tentation qu'il eust, ne voulust
faulser son serment[9]. Et, combien qu'il n'estimoit sa
peyne moindre que celle du purgatoire, si fut son
amour si grand et son esperance si forte, estant seur de
la continuation perpetuelle de l'amityé que avecq si
grande peyne il avoit acquise, qu'il garda sa patience,
et se leva de auprès d'elle sans jamais luy faire aucun

---

1. mener son entreprise (de séduction). 2. vœu,
désir. 3. se résolut à accorder ce à quoi elle ne s'opposait point.
4. mettre à l'épreuve. 5. très, extrêmement. 6. s'il la rem-
plissait (cette condition) ; plus bas, *s'il y falloit* : s'il y manquait
(s'il ne l'observait pas). 7. à condition qu'il. 8. Comme la
métaphore de la forteresse du cœur ci-dessus, ces motifs rappellent
la doctrine médiévale, dite « courtoise », de la *fin'amors*, et les
« cinq points » en amour. La *fin'amors* autorise toutes les joies
érotiques (contemplation du corps nu de la dame, baisers, caresses)
sauf — en principe — la consommation physique. Voir M. Lazar,
Amour courtois et fin'amors, Klincksieck, 1964. Le cinquième
point est précisément l'union physique. 9. manquer à son
serment.

desplaisir[*]. La dame, comme je croys[1], plus esmerveillée que contente de ce bien, soupsonna incontinant, ou
que son amour ne fust si grande qu'elle pensoit, ou
qu'il eut trouvé en elle moins de bien[2] qu'il n'estimoit,
et ne regarda pas à[3] sa grande honnesteté, patience et
fidelité à garder son serment.

Elle se delibera de faire encores une autre preuve[4]
de l'amour qu'il luy portoit, avant que tenir sa promesse. Et, pour y parvenir, le pria de parler à une fille
qui estoit en sa compaignye, plus jeune qu'elle et bien
fort belle, et qu'il luy tint propos d'amityé[5], affin que
ceulx qui le voient venir en sa maison si souvent, pen-
sassent que ce fust pour sa damoiselle et non pour elle.
Ce jeune seigneur, qui se tenoit seur estre autant aymé
comme il aymoit, obeyt entierement à tout ce qu'elle
luy commanda, et se contraignit, pour l'amour d'elle,
de faire l'amour[6] à ceste fille, qui, le voyant tant beau
et bien parlant, creut sa mensonge plus que une autre
verité, et l'ayma autant comme si elle eut esté bien fort
aymée de luy. Et, quant la maistresse veyt que les
choses en estoient si avant et que toutesfois ce seigneur
ne cessoit de la sommer de sa promesse[7], luy accorda
qu'il la vint veoir à une heure après minuict, et qu'elle
avoit tant experimenté l'amour et l'obeissance qu'il luy
portoit, que c'estoit raison qu'il fust recompensé de sa
longue patience. Il ne fault poinct doubter de la joye
qu'en receut cest affectionné serviteur, qui ne faillit de
venir à l'heure assignée. Mais la dame, pour tenter[8] la

---

1. Hircan commente malicieusement cet « émerveillement » (cet
étonnement), avec son habituel sens critique, et son scepticisme
quant à la chasteté féminine !   2. moins de beautés.   3. ne
prit pas en considération.   4. épreuve.   5. propos amoureux.
6. courtiser.   7. la sommer de respecter sa promesse.   8. Voici
la troisième épreuve ; comme dans le roman médiéval, le nombre 3
a valeur symbolique, désignant une forme de perfection. L'amant,
comme le chevalier, pour être qualifié, doit subir trois épreuves, ni
plus ni moins.

---

* sans jamais la prier de chose contre sa promesse (T).

force de son amour, dist à sa belle damoiselle : « Je sçay bien l'amour que ung tel seigneur vous porte, dont je croy que vous n'avez moindre passion que luy ; et j'ay telle compassion de vous deux, que je suis deliberée de vous donner lieu et loisir de parler ensemble longuement à voz aises. » La damoiselle fut si transportée, qu'elle ne luy sceut faindre son affection ; mais luy dist qu'elle n'y vouloit faillir. Obeissant doncques à son conseil, et par son commandement, se despouilla[1], et se meist en ung beau lict toute seulle en une chambre, dont la dame laissa la porte entre ouverte, et alluma de la clairté dedans, pourquoy[2]* la beaulté de ceste fille povoit estre veue clairement. Et, en faignant de s'en aller, se cacha si bien auprès du lict, qu'on ne la povoit veoir. Son pauvre serviteur, la cuydant trouver comme elle luy avoit promis, ne faillit à l'heure ordonnée d'entrer en la chambre le plus doulcement qu'il luy fut possible. Et, après qu'il eut fermé l'huys[3] et osté sa robbe et ses brodequins fourrez, s'en alla mectre au lict où il pensoit trouver ce qu'il desiroit. Et ne sceut si tost advancer ses bras pour ambrasser celle qu'il cuydoit estre sa dame, que la pauvre fille, qui le cuydoit tout à elle, n'eust les siens à l'entour de son col, en luy disant tant de parolles affectionnées et d'un si beau visaige, qu'il n'est si sainct hermite qu'il n'y eust perdu ses patenostres[4]**. Mais, quant il la recongneut, tant à la veue qu'à l'ouye, l'amour, qui avecq si grande haste l'avoit faict coucher, le feit encores plus tost lever, quant il congneut que ce n'estoit celle pour qui il avoit tant souffert. Et, avecq ung despit tant contre la maistresse que contre la damoiselle, luy dist : « Vostre follye et la malice de celle qui vous a mise là,

---

1. se deshabilla. 2. par quoi. 3. la porte. 4. si saint ermite qui n'y eût... ; *ses patenostres* : ses *Pater noster*, par extension, les prières.

---

* par quoy (G, 2155 S).   ** qu'il n'y avoit hermite qui n'y eust perdu sa patenostre (2155 S).

ne me sçauroient faire aultre que je suis ; mais mectez peyne[1] d'estre femme de bien ; car, par mon occasion, ne perdrez poinct ce bon nom. » Et, en ce disant, tant courroucé qu'il n'estoit possible de plus, saillyt hors de la chambre, et fut longtemps sans retourner où estoit sa dame. Toutesfois, Amour, qui jamais n'est sans esperance, l'asseura que plus la fermeté de son amour estoit grande et congneue par tant d'experience, plus la joïssance en seroit longue et heureuse. La dame qui avoit veu et entendu tous ces propos, fut tant contante et esbahye de veoir la grandeur et fermeté de son amour, qu'il luy tarda bien qu'elle ne le povoit reveoir[2], pour luy demander pardon des maulx qu'elle luy avoit faictz à l'esprouver. Et, si tost qu'elle le peut trouver, ne faillyt à luy dire tant d'honnestes et bons propos, que non seulement il oblia toutes ses peynes, mais les estima très heureuses, veu qu'elles estoient tournées à la gloire de sa fermeté et à l'asseurance parfaicte* de son amityé. De laquelle, depuis ceste heure-là en avant, sans empeschement ne fascherye, il eut la fruition[3] telle qu'il la povoit desirer.

« Je vous prie, mes dames, trouvez-moy une femme qui ait esté si ferme, si patiente et si loyalle en amour que cest homme icy a esté ! Ceulx qui ont experimenté telles tentations, trouvent celles que l'on painct en sainct Anthoine[4] bien petites au pris ; car qui peult estre chaste et patient avecq la beaulté, l'amour, le temps et le loisir des femmes, sera assez vertueux pour

---

1. prenez soin.　　2. il lui parut bien long de ne pouvoir le revoir ; elle eut hâte de le revoir.　　3. jouissance.　　4. Le saint (IIIe siècle après J.-C.), fondateur de la vie monastique en Orient, est surtout connu par l'épisode (souvent représenté par les peintres) des tentations sous forme de visions que lui envoya le Seigneur pour l'éprouver, alors qu'il était au désert ; *au pris* : en comparaison.

---

* Le texte de ms. 1512 (à l'*asseurante personne*) est corrigé par M.F. suivant autres manuscrits et G.

vaincre tous les diables. — C'est dommaige, dist
Oisille, qu'il ne s'adressa à une femme aussy vertueuse
que luy ; car ce eust esté la plus parfaicte et la plus
honneste amour, dont l'on oyst jamais parler. — Mais
je vous prie, dist Geburon, dictes lequel tour vous trouvez le plus difficille des deux [1] ? — Il me semble, dist
Parlamente, que c'est le dernier ; car le despit est la
plus forte tentation de toutes les autres. » Longarine
dist qu'elle pensoit que le premier fust le plus mauvais
à faire ; car il falloit qu'il vaincquist l'amour et soy-
mesmes pour tenir sa promesse. — Vous en parlez bien
à voz aises, dist Simontault ; mais nous, qui sçavons
que la chose vault [2], en debvons dire nostre oppinion.
Quant est de moy, je l'estime à la premiere fois sot et
à la dernière fol ; car je croy que, en tenant promesse
à sa dame, elle avoit autant ou plus de peyne que luy.
Elle ne luy faisoit faire ce serment, sinon pour se
faindre plus femme de bien qu'elle n'estoit, se tenant
seure que une forte amour ne se peult lyer [3], ne par
commandement, ne par serment, ne par chose qui soit
au monde. Mais elle vouloit faindre son vice si vertueux [4], qu'il ne povoit estre gaigné que par vertuz
heroïcques. Et la seconde fois, il se monstra fol de laisser celle qui l'aymoit et valoit mieulx que celle où il
avoit serment au contraire [5], et si [6] avoit bonne excuse
sur le despit de quoy il estoit plain. » Dagoucin le
reprint, disant qu'il estoit de contraire opinion et que,
à la premiere fois, il se monstra ferme, patient et veritable, et, à la seconde, loyal et parfaict en amityé. — Et
que sçavons-nous, dist Saffredent, s'il estoit de ceulx

---

1. Les devisants ne voient que deux épreuves, comptant pour une
seule la cour faite sur ordre à la demoiselle et le piège nocturne.
2. qui savons ce que vaut la chose, qui connaissons le vrai prix de ces
choses. **3.** laisser contraindre. **4.** donner à son vice une telle
apparence de vertu. **5.** celle qui lui faisait le serment opposé. **6.** et de surcroît.

que ung chappitre nomme *de frigidis et maleficiatis*[1] ?
Mais si Hircan eust voulu parfaire sa louange[2], il nous
debvoit compter comme il fut gentil compaignon[3],
quant il eut ce qu'il demandoit ; et à l'heure pourrions
juger si ses vertuz ou impuissance le feit estre si saige[4]*. — Vous povez bien penser, dist Hircan, que, s'il
le m'eust dict, je ne l'eusse non plus cellé que le
demourant. Mais, à veoir sa personne et congnoistre sa
complexion[5], je l'estimeray tousjours avoir esté
conduict plustost de la force d'amour que de nulle
impuissance ou froideur. — Or, s'il estoit tel que vous
dictes, dist Simontault, il debvoit[6] rompre son serment.
Car, si elle se fut courroucée pour si peu, elle eust esté
legierement appaisée. — Mais, ce dist Ennasuitte, peut
estre que à l'heure elle ne l'eust pas voulu ? — Et puis,
dist Saffredent, n'estoit-il pas assez fort pour la forcer,
puisqu'elle luy avoit baillé camp[7] ? — Saincte Marie !
dist Nomerfide, comme vous y allez ! Est-ce la façon
d'acquerir la grace d'une qu'on estime honneste et saige ? — Il me semble, dist Saffredent, que l'on ne sçauroit faire plus d'honneur à une femme de qui l'on
desire telles choses, que de la prendre par force, car il
n'y a si petite damoiselle qui ne veulle estre bien long
temps priée. Et d'autres encores à qui il fault donner
beaucoup de presens, avant que de les gaingner ;

---

1. « Au sujet des impuissants et des victimes d'enchantements » ;
allusion à un chapitre des *Decrétales* du pape Boniface VIII traitant
des peines à faire subir à ceux qui, par des sortilèges et des pratiques
magiques, s'efforçaient de « nouer les aiguillettes » d'un homme (de
le rendre impuissant). Saffredent suggère évidemment que le jeune
homme manquait de virilité.   2. rendre sa louange parfaite
(complète).   3. bon amant.   4. juger s'il devait sa si grande
sagesse à ses vertus ou à son impuissance.   5. son tempérament.
6. il aurait dû.   7. laissé le champ libre, ouvert la place ; le vocabulaire militaire est souvent employé pour décrire les stratégies et les
actions du vaillant amant (*cf.* ci-dessous *gaigner, avoir la victoire*, et
assieger des places).

---

* si c'est vertu ou impuissance qui le fist (2155 S) ; si c'estoit
(G).

d'autres qui sont si sottes, que par moyens et finesses on ne les peult avoir et gaingner ; et, envers celles-là, ne fault penser que à chercher les moyens. Mais, quant on a affaire à une si saige, qu'on ne la peut tromper, et si bonne qu'on ne la peult gaingner par parolles, ne presens, n'est-ce pas la raison de chercher tous les moyens que l'on peult pour en avoir la victoire ? Et quant vous oyez dire que ung homme a prins une femme par force, croyez que ceste femme-là luy a osté l'esperance de tous autres moyens ; et n'estimez moins l'homme qui a mis en dangier sa vie, pour donner lieu à[1] son amour. » Geburon, se prenant à rire, dist : « J'ay autres fois veu assieger des places et prendre par force, pource qu'il n'estoit possible de faire parler par[2] argent ne par menasses ceulx qui les gardoient ; car on dict que place qui parlamente est demy gaingnée. — Il me semble, dist Ennasuitte, que toutes les amours du monde soient fondées sur ces follyes ; mais il y en a qui ont aymé et longuement perseveré, de qui l'intention n'a poinct esté telle. — Si vous en sçavez une histoire*, dist Hircan, je vous donne ma place pour la dire. — Je la sçay, dist Ennasuitte, et la diray très voulentiers. »

DIX NEUFVIESME NOUVELLE

Pauline, voyant qu'un gentil homme qu'elle n'aymoit moins que luy elle, pour les deffenses à luy faictes de ne parler jamais à elle, s'estoit allé rendre religieux en l'Observance, entra en la religion de saincte Claire où elle fut receue et voylée, mettant à execution le desir qu'elle avoit eu de rendre la fin de l'amytié du gentil homme et d'elle, semblable en abit, estat et forme de vivre.

*

---

1. permettre la réalisation de. **2.** parlementer en usant de.

---

* *histoire* est omis dans ms. 1512, 2155, et en G ; texte des ms. 1511, 1515, 1520.

De deux amans qui, par desespoir[1] d'estre mariez ensemble, se rendirent en religion, l'homme à sainct François et la fille à saincte Claire[2].

*

Au temps du marquis de Mantoue[3], qui avoit espousé la seur du duc de Ferrare, y avoit, en la maison de la duchesse, une damoiselle nommée Poline, laquelle estoit tant aymée d'un gentil homme serviteur du marquis, que la grandeur de son amour faisoit esmerveiller tout le monde, veu qu'il estoit pauvre et tant gentil compaignon, qu'il devoit[4] chercher, pour l'amour que lui portoit son maistre, quelque femme riche ; mais il luy sembloit que tout le tresor du monde estoit en Poline, lequel[5], en l'espousant, il cuydoit posseder. La marquise, desirant que, par sa faveur, Poline fust mariée plus richement, l'en degoustoit[6] le plus qu'il luy estoit possible et les empeschoit souvent de parler ensemble, leur remonstrant que, si le mariage se faisoit, ilz seroient les plus pauvres miserables de toute l'Itallye. Mais ceste raison ne pouvoit entrer en l'entendement du gentil homme. Poline, de son cousté, dissimuloit le mieulx qu'elle pouvoit son amityé ; toutesfois, elle n'en pensoit pas moins. Ceste amityé dura longuement avecq ceste esperance que le temps leur apporteroit quelque meilleure fortune : durant lequel vint une guerre, où ce gentil homme fut prins prisonnier avec ung François qui n'estoit moins amoureux en France que luy en Itallie. Et quant ilz se

---

1. désespérant de pouvoir se marier.   2. l'homme se fit franciscain, et la fille clarisse.   3. Jean-François II de Gonzague, marquis de Mantoue, époux d'Isabelle d'Este, fille du duc de Ferrare Hercule Ier et sœur du duc de Ferrare Alphonse Ier d'Este ; il s'agit des familles les plus illustres d'Italie : Ferrare et Mantoue avaient, à la Renaissance, des cours particulièrement brillantes et étaient des hauts lieux de la culture et des arts.   4. qu'il aurait dû.   5. a pour antécédent *trésor*.   6. l'en détournait, lui en ôtait le goût, le désir.

trouverent compaignons de leurs fortunes[1]*, ilz commencerent à descouvrir leurs secretz l'un à l'autre. Et confessa le Françoys, que son cueur estoit ainsy que le sien prisonnier, sans luy nommer le lieu[2]. Mais, pour estre tous deux au service du marquis de Mantoue, sçavoit bien ce gentil homme françois, que son compaignon aymoit Poline, et, pour l'amitié qu'il avoit en son bien et proffict, luy conseilloit d'en oster sa fantaisie[3]. Ce que le gentil homme italien juroit n'estre en sa puissance ; et que, si le marquis de Mantoue, pour recompense de sa prison et des bons services qu'il luy avoit faict, ne luy donnoit s'amye, il se iroit rendre Cordelier et ne serviroit jamais maistre que Dieu. Ce que son compaignon ne povoit croire, ne voyant en luy ung seul signe de la religion, que la devotion qu'il avoit en Poline. Au bout de neuf moys, fut delivré le gentil homme françois, et par sa bonne diligence fit tant, qu'il meist son compaignon en liberté, et pourchassa[4] le plus qu'il luy fut possible, envers le marquis et la marquise, le mariage de Poline. Mais il n'y peut advenir ny rien gaigner, luy mectant devant les œilz[5] la pauvreté où il leur fauldroit tous deux vivre**, et aussy que de tous costez les parens n'en estoient d'opinion[6]***, et luy defendoient qu'il n'eust plus à parler à elle, à fin que cette fantaisie s'en peut aller par l'absence et impossibilité.

Et, quand il veid qu'il estoit contrainct d'obeyr, demanda congé à la marquise de dire adieu à Poline, et puis, que[7] jamais il ne parleroit à elle ; ce que luy fut accordé, et à l'heure il commencea à luy dire :

---

1. compagnons de fortune ; *fortune* désigne aussi bien la bonne que la mauvaise fortune. **2.** sans lui dire de qui il était amoureux. **3.** de cesser de la désirer. **4.** essaya d'obtenir. **5.** ceux-ci lui mettant sous les yeux. **6.** les parents des deux côtés n'y étaient pas favorables. **7.** Phrase elliptique : promettant que...

---

* compaignons de leurs infortunes (2155 S). ** où *illec* fauldroit *tousjours* vivre (ms. 1512). *** n'en estoient *pas contents ny* d'opinion (G).

« Puis que ainsy est[1], Poline, que le ciel et la terre*
sont contre nous, non seullement pour nous empescher
de nous marier ensemble, mais, qui plus est, pour nous
oster la veue et la parolle, dont nostre maistre et maistresse nous ont faict si rigoureux commandement,
qu'ilz se peuvent bien vanter que en une parolle ilz ont
blessé deux cueurs, dont les corps ne sçauroient plus
faire que languyr, monstrans bien, par cest effect, que
oncques amour ne pitié n'entrerent en leur estomac[2].
Je sçay bien que leur fin est de nous marier chascun
bien et richement ; car ilz ignorent que la vraye
richesse gist au contentement ; mais si m'ont-ilz faict
tant de mal et de desplaisir, qu'il est impossible que
jamais de bon cueur je leur puisse faire service. Je croy
bien que, si je n'eusse poinct parlé de mariage, ilz ne
sont pas si scrupuleux, qu'ilz ne m'eussent assez laissé
parler à vous, vous asseurant que j'aymerois mieulx
morir, que changer mon opinion en pire**, après vous
avoir aymée d'une amour si honneste et vertueuse, et
pourchassé envers vous ce que je vouldrois defendre
envers tous. Et, pour ce que en vous voyant je ne sçaurois porter[3]*** ceste dure penitence, et qu'en ne vous
voyant, mon cueur, qui ne peult demeurer vuide, se
rempliroit de quelque desespoir dont la fin[4] seroit malheureuse, je me suis deliberé et de long temps de me
mectre en religion[5] : non que je ne sçaiche très bien
qu'en tous estatz l'homme se peut saulver, mais pour
avoir plus de loisir de contempler la Bonté divine,

---

1. La longue phrase est inachevée (manque la proposition principale). 2. poitrine, cœur. 3. tolérer, supporter. 4. Allusion
au suicide, interdit par la religion chrétienne. 5. entrer en
religion.

---

* que la fortune a assemblé le ciel et la terre contre nous
(2155 S). ** en pire, et apres vous avoir aymée d'une amour si
honnette et vertueuse, prouchasser envers vous ce que je vouldroie
defendre envers tous (T). *** Texte de ms. 1512 (en vous
ayant, je ne scaurois *avoir*) corrigé par M. F. suivant autres manuscrits et G.

laquelle, j'espere, aura pitié des faultes de ma jeunesse, et changera mon cueur, pour aymer autant les choses spirituelles qu'il a faict les temporelles. Et si Dieu me faict la grace de pouvoir gaingner la sienne[1]*, mon labeur sera incessamment employé à prier Dieu pour vous. Vous supliant, par ceste amour tant ferme et loyalle qui a esté entre nous deux, avoir memoire de moy en voz oraisons et prier Nostre Seigneur, qu'il me donne autant de constance en ne vous voyant poinct, qu'il m'a donné de contentement en vous regardant. Et, pour ce que j'ay toute ma vie esperé d'avoir de vous par mariaige ce que l'honneur et la conscience permettent**, je me suys contenté d'esperance ; mais, maintenant que je la perdz, et que je ne puis jamais avoir de vous le traictement qui appartient à ung mary, au moins pour dire adieu, je vous supplye me traicter en frere[2], et que je vous puisse baiser. » La pauvre Poline, qui tousjours luy avoit esté assez rigoureuse, congnoissant l'extremité de sa douleur et l'honnesteté de sa requeste que en tel desespoir[3]*** se contentoit d'une chose si raisonnable, sans luy respondre aultre chose, luy vat gecter les bras au col, pleurant avecq une si grande vehemence, que la parolle, la voix et la force luy defaillirent, et se laissa tumber entre ses bras esvanouye : dont la pitié qu'il en eut, avecq l'amour et la tristesse, luy en feirent faire autant, tant que une de ses compaignes, les voyant tumber l'un d'un costé et l'autre de l'autre, appella du secours, qui à force de remedes les feyt revenir.

Alors Poline, qui avoit desiré de dissimuller son affection, fut honteuse, quant elle s'apperceut qu'elle

---

1. d'obtenir sa grâce.   2. Allusion au baiser fraternel, au saint baiser de dilection que doivent se donner les frères en Christ selon saint Paul : « Saluez-vous les uns les autres par un saint baiser » (2ᵉ Épître aux Corinthiens 13, 12). Voir aussi Epître aux Romains 16, 16 et 1ʳᵉ Épître aux Corinthiens 16, 20.   3. puisque...

---

* la science (G, ms. 1512 et 1514).   ** promettent (ms. 1512).   *** *et* que (G), *qui* (2155 S et autres ms.).

l'avoit monstrée si vehemente. Toutefois, la pitié du pauvre gentil homme servit à elle de juste excuse, et, ne povant plus porter[1] ceste parolle de dire adieu *pour jamais, s'en alla vistement, le cueur et les dentz si serrez, que en entrant en son logis, comme ung corps sans esperit, se laissa tumber sur son lict, et passa la nuict en si piteuses lamentations, que ses serviteurs pensoient qu'il eust perdu parens et amys et tout ce qu'il povoit avoir de biens sur la terre. Le matin se recommanda à Nostre Seigneur, et, après qu'il eut departy à ses serviteurs le peu de bien qu'il avoit ** et prins avecq luy quelque somme d'argent, deffendit à ses gens de le suyvre, et s'en alla tout seul à la religion de l'Observance[2] demander l'habit, deliberé de jamais n'en partir. Le gardien, qui autresfois l'avoit veu, pensa, au commencement, que ce fust mocquerie ou songe[3], car il n'y avoit gentil homme en tout le pays qui moins que luy eust grace ou condition de Cordelier[4], pource qu'il avoit en luy toutes les bonnes et honnestes vertuz que l'on eust sceu desirer en ung gentil homme. Mais, après avoir entendu ses parolles et veu ses larmes coulans sur sa face comme ruisseaulx, ignorant dont[5] en venoit la source, le receut humainement. Et bien tost après, voyant sa perseverance, luy bailla l'habit, qu'il receut bien devotement : dont furent advertiz le marquis et la marquize, qui le trouverent si estrange, que à peyne le pouvoient-ilz croire. Poline, pour ne se montrer subjecte à nulle amour, dissimula le mieulx qu'il luy fut possible le regret qu'elle avoit de luy ; en sorte que chascun disoit qu'elle avoit bien tost oblyé la

---

1. Le sujet non exprimé est *le pauvre gentilhomme*.   2. le monastère des Franciscains (réformé par le concile de Constance en 1415).   3. folie, fantaisie.   4. *grace de Cordelier* : la mine d'un cordelier ; ensuite, *pource qu'il avoit en luy* : encore une pointe contre les Cordeliers.   5. d'où.

---

* *de dire adieu* est omis dans ms. 1512 ; version de plusieurs manuscrits et de G.   ** *le peu de bien qu'il avoit* est omis dans ms. 1512 ; version de plusieurs manuscrits et de G.

grande affection de son loyal serviteur. Et ainsy passa
cinq ou six mois, sans en faire autre demonstrance [1].
Durant lequel temps luy fut, par quelque religieux,
monstré une chanson que son serviteur avoit composé
ung peu après qu'il eut prins l'habit. De laquelle le
chant est italien [2] et assez commun ; mais j'en ay voulu
traduire les motz en françoys le plus près qu'il m'a
esté possible, qui sont telz :

> Que dira-elle,
> Que fera-elle,
> Quant me verra de ses œilz
> Religieux ?

> Las ! la pauvrette,
> Toute seullette,
> Sans parler longtemps, sera
> Eschevelée,
> Deconsolée [3] ;
> L'estrange cas pensera :
> Son penser, par adventure,
> En monastere et closture
> À la fin la conduira.

> Que dira-elle, etc.

> Que diront ceulx
> Qui de nous deux
> Ont l'amour et bien privé,
> Voyans qu'amour,
> Par ung tel tour,
> Plus parfaict ont approuvé ?
> Regardans ma conscience [*],
> Ilz en auront repentance,

---

1. démonstration (sans donner d'autre signe de sa grande affection).   2. R. Salminen donne le texte italien de la ritournelle
(t. II, p. 93).   3. désespérée (italianisme ; *sconsolata* : sans
consolation, désespérée).

---

* Regardans nostre constance (2155 S).

Et chacun d'eulx en pleurera[*].

Que dira-t-elle, etc.

Et s'ils venoient,
Et nous tenoient[**]
Propos pour nous divertir,
Nous leur dirons
Que nous mourrons
Icy, sans jamais partir :
Puis que leur rigueur rebelle
Nous feyt prendre robe telle,
Nul de nous ne la lairra[1].

Que dira-elle, etc.

Et si prier
De marier
Nous viennent, pour nous tenter,
En nous disant
L'estat plaisant
Qui nous pourroit contanter,
Nous respondrons que nostre ame
Est de Dieu amie et femme,
Qui poinct ne la changera.

Que dira-elle, etc.

O amour forte,
Qui ceste porte
Par regret m'as faict passer,
Faictz que en ce lieu,
De prier Dieu
Je ne me puisse lasser ;
Car nostre amour mutuelle
Sera tant spirituelle,
Que Dieu s'en contentera.

---

1. laissera.

---

* Et chacun d'eus pleurera (T). ** Et s'ils viennent/ Et nous tiennent (T).

Que dira-elle, etc.

Laissons les biens
Qui sont liens
Plus durs à rompre que fer ;
Quictons la gloire
Qui l'ame noire
Par orgueil mene en enfer ;
Fuyons la concupiscence,
Prenons la chaste innocence
Que Jesus nous donnera.

Que dira-elle, etc.

Viens donques, amye,
Ne tarde mye
Après ton parfaict amy ;
Ne crains à prendre
L'habit de cendre,
Fuyant ce monde ennemy :
Car, d'amityé vive et forte,
De sa cendre fault que sorte
Le phoenix [1] qui durera.

Que dira-elle, etc.

Ainsy qu'au monde
Fut pure et monde [2]
Nostre parfaicte amityé ;
Dedans le cloistre
Pourra paroistre
Plus grande de la moictié ;
Car amour loyal et ferme,
Qui n'a jamais fin ne terme,
Droict au ciel nous conduira.

Que dira-elle, etc.

_____

1. L'oiseau fabuleux, éternel mais non immortel, qui se brûle sur un bûcher d'aromates lorsque son plumage étincelant commence à se ternir, pour renaître de ses cendres, plus brillant qu'avant.
2. sans tache (*vs* immonde).

Quant elle eut bien au long leu ceste chanson, estant à part en une chappelle, se mist si fort à pleurer, qu'elle arrouza tout le papier de larmes. Et n'eust esté la craincte qu'elle avoit de se monstrer plus affectionnée qu'il n'appartient, n'eust failly de s'en aller incontinant mectre en quelque hermitaige, sans jamais veoir creature du monde. Mais la prudence qui estoit en elle la contraingnit encores pour quelque temps dissimuller. Et, combien qu'elle eust prins resolution de laisser entierement le monde, si faingnit-elle tout le contraire, et changeoit si fort son visaige, qu'estant en compaignye, ne resembloit de rien à elle-mesme. Elle porta en son cueur ceste deliberation[*] couverte cinq ou six moys, se monstrant plus joyeuse qu'elle n'avoit de coustume. Mais, ung jour, alla avecq sa maistresse à l'Observance, oyr la grand messe ; et, ainsi que[1] le prebstre, diacre et soubz-diacre sailloient du revestiaire[2] pour venir au grand autel, son pauvre serviteur, qui encores n'avoit parfaict l'an de sa probation[3], servoit d'acolite[4], portoit les deux canettes en ses deux mains couvertes d'une thoile de soye, et venoit le premier, ayant les oeilz contre terre. Quand Poline le veid en tel habillement où sa beaulté et grace estoient plustost augmentées que diminuées, fut si esmue et troublée, que, pour couvrir la cause de la couleur qui luy venoit au visaige, se print à toussyr[5]. Et son pauvre serviteur, qui entendoit mieulx ce son-là que celluy des cloches

---

1. tandis que.   **2.** sortaient de la sacristie (le lieu où le prêtre *revêt* la chasuble).   **3.** n'avait achevé le temps du noviciat (temps durant lequel le novice *fait la preuve* de l'authenticité de sa vocation religieuse).   **4.** L'acolyte est un clerc promu à l'un des ordres mineurs, et dont l'office est de porter les cierges, de préparer les burettes (les *canettes*) et l'encensoir, ainsi que le vin de messe, et de servir à l'autel le prêtre, le diacre et le sous-diacre. **5.** tousser.

---

[*] *ceste délibération* : omis dans ms. 1512 qui donne : « Elle porta son cueur couvert » ; version de la majorité des manuscrits et de G.

de son monastere, n'osa tourner sa teste, mais, en passant devant elle, ne peut garder ses oeilz qu'ilz ne prinssent le chemin que si longtemps ilz avoient tenu. Et, en regardant piteusement [1] Poline, fut si saisy du feu qu'il pensoit quasi estainct, qu'en le voulant plus couvrir qu'il ne vouloit, tomba tout de son hault à terre devant elle. Et la craincte qu'il eut que la cause en fust congneue luy feit dire que c'estoit le pavé de l'eglise qui estoit rompu en cest endroict. Quant Poline congneut que le changement de l'habit ne luy pouvoit changer le cueur, et qu'il y avoit si longtemps qu'il s'estoit randu, que chacun excusoit qu'elle l'eust oblyé, se delibera de mectre à execution le desir qu'elle avoit eu de rendre la fin de leur amityé semblable en habit, estat et forme de vivre, comme elle avoit esté vivant en une maison, soubz pareil maistre et maistresse. Et, pource qu'elle avoit plus de quatre mois par avant donné ordre à tout ce qui luy estoit necessaire pour entrer en religion, ung matin, demanda congé à la marquise d'aller oyr messe à Saincte Claire [2], ce qu'elle luy donna, ignorant pourquoy elle le demandoit. Et, en passant devant les Cordeliers, pria le gardien de luy faire venir son serviteur, qu'elle appelloit son parent. Et, quand elle le veit en une chapelle à part, luy dist : « Si mon honneur eust permis que aussy tost que vous je me fusse osé mectre en religion, je n'eusse tant actendu ; mais, ayant rompu par ma patience les oppinions de ceulx qui plus tost jugent mal que bien, je suis deliberée de prendre l'estat, la robbe et la vie telle que je voy la vostre, sans m'enquerir quel il y faict [3]. Car, si vous y avez du bien, j'en auray ma part ; et, si vous recepvez du mal, je n'en veulx estre exempte ; car, par tel chemyn que vous irez en paradis, je vous veulx suivre : estant asseurée que Celluy qui est le vray, parfaict et digne d'estre nommé Amour, nous a tirez à son service [4], par une amityé honneste et raisonnable,

---

1. tristement. **2.** le couvent des Clarisses. **3.** sans chercher à savoir quelle vie on mène au couvent. **4.** nous a attirés à son service, amenés à le servir.

laquelle il convertira, par son sainct Esperit, du tout[1] en luy ; vous priant que vous et moy oblyons le corps qui perit et tient du viel Adan[*][2], pour recepvoir et revestir celluy de nostre espoux Jesus-Christ. » Ce serviteur religieux fut tant aise et tant contant d'oyr sa saincte volunté, que en pleurant de joye luy fortiffia son oppinion[3] le plus qu'il luy fut possible, luy disant que, puis qu'il ne povoit plus avoir d'elle au monde autre chose que la parolle, il se tenoit bien heureux d'estre en lieu où il auroit toujours moyen de la recouvrer, et qu'elle seroit telle, que l'un et l'aultre n'en pourroit que mieulx valloir, vivans en ung estat d'un amour, d'un cueur et d'un esperit tirez et conduictz de la bonté de Dieu, lequel il supplioit les tenir en sa main, en laquelle nul ne peut perir. Et, en ce disant et pleurant d'amour et de joye, luy baisa les mains ; mais elle abbaissa son visaige jusques à la main, et se donnerent par vraye charité le sainct baiser de dilection[4]. Et, en ce contentement, se partit Poline, et entra en la religion de saincte Claire, où elle fut receue et voillée.

Ce que après elle feit entendre à madame la marquise, qui en fut tant esbahye qu'elle ne le povoit croyre, mais s'en alla le lendemain au monastere, pour la veoir et s'efforcer de la divertir de son propos[5]. A quoy Poline luy feit responce, que, si elle avoit eu puissance de luy oster ung mary de chair, l'homme du

---

1. entièrement.   2. du vieil homme, le pécheur, opposé à l'homme nouveau, le nouvel Adam, régénéré par la foi en Christ. C'est une référence précise au thème paulinien du vieil homme : « Ne mentez pas les uns aux autres, vous étant *dépouillés du vieil homme* et de ses œuvres, et *ayant revêtu* l'homme nouveau » (Épître aux Colossiens 3, 9-10), repris notamment par l'évêque de Meaux Guillaume Briçonnet (v. 1470-1534), dont on sait qu'il a entretenu avec Marguerite une importante correspondance consacrée aux questions de spiritualité.   3. encouragea son dessein. 4. Expression encore calquée sur la formule finale des épîtres de saint Paul (voir note 2, p. 281).   5. détourner de son projet.

---

* *Et tient* est omis dans ms. 1512.

monde qu'elle avoit le plus aymé, elle s'en debvoit contanter, sans chercher de la voulloir separer de Celluy qui estoit immortel et invisible, car il n'estoit pas en sa puissance ni de toutes les creatures[1] du monde. La marquise, voyant son bon vouloir, la baisa, la laissant, non sans grand regret. Et depuis vesquirent Poline et son serviteur si sainctement et devotement en leurs Observances, que l'on ne doibt doubter que Celluy duquel la fin de la loy est charité, ne leur dist, à la fin de leur vie, comme à la Magdelaine[2], que leurs pechez leur estoient pardonnez, veu qu'ilz avoient beaucoup aymé, et qu'il ne les retirast en paix ou lieu[3]* où la recompense passe tous les merites des hommes.

« Vous ne povez icy nyer**, mes dames, que l'amour de l'homme ne se soit monstrée la plus grande ; mais elle luy fut si bien randue, que je vouldrois que tous ceulx qui s'en meslent[4]*** fussent autant recompensez. — Il y auroit doncques, dist Hircan, plus de folz et de folles declarez, qu'il n'y en eut oncques ? — Appelez-vous follie, dist Oisille, d'aymer honnestement en la jeunesse, et puis de convertir cest amour du tout à Dieu ? » Hircan, en riant, luy respondit : « Si melencolie et desespoir sont louables, je diray que Poline et son serviteur sont bien dignes d'être louez. — Si est-ce, dist Geburon, que Dieu a plusieurs moyens pour nous tirer à luy, dont les commencemens semblent estre mauvays, mais la fin en est bonne. — Encores ay-je une opinion, dist Parlamente, que jamais homme n'aymera parfaictement Dieu, qu'il n'ait parfaictement aymé quelque creature en ce monde. — Qu'appelez-vous parfaictement aymer ? dist Saffredent : estimez-vous parfaictz amans ceulx qui

---

1. ni en celle d'aucune créature de ce monde.   **2.** Allusion à l'épisode de la pécheresse pardonnée dans Luc 7, 47-50 : « Ses nombreux péchés ont été pardonnés : car elle a beaucoup aimé ».   **3.** en ce lieu.   **4.** qui ont mêmes préoccupations.

---

* au lieu (2155 S).   ** *ignorer* (G).   *** qui se meslent *d'aymer* (ms. 1511, 1515).

sont transiz et qui adorent les dames de loing, sans oser
monstrer leur volonté ? — J'appelle parfaictz amans, luy
respondit Parlamente, ceulx qui cerchent, en ce qu'ilz
aiment *, quelque parfection, soit beaulté, bonté ou
bonne grace ; tousjours tendans à la vertu, et qui ont le
cueur si hault et si honneste, qu'ilz ne veullent, pour
mourir, mectre leur fin [1] aux choses basses que l'honneur
et la conscience repreuvent ; car l'ame [2], qui n'est creée
que pour retourner à son souverain bien, ne faict, tant
qu'elle est dedans ce corps, que desirer d'y parvenir.
Mais, à cause que les sens, par lesquelz elle en peut avoir
nouvelles, sont obscurs et charnelz par le peché du premier pere [3], ne luy peuvent monstrer que les choses
visibles plus approchantes de la parfection, après quoy
l'ame court, cuydans trouver, en une beaulté exterieure,
en une grace visible et aux vertuz morales, la souveraine
beaulté, grace et vertu. Mais, quant elle les a cerchez et
experimentez, et elle n'y treuve poinct Celluy qu'elle
ayme, elle passe oultre, ainsy que l'enfant, selon sa petitesse [4], ayme les poupines et autres petites choses **, les
plus belles que son œil peult veoir, et estime richesses
d'assembler des petites pierres ; mais, en croissant,
ayme les popines vives [5] et amasse les biens necessaires

---

1. se donner pour but d'avoir.   2. Exposé où s'exprime le platonisme christianisé de la Renaissance ; le néoplatonisme est introduit en Italie par Marcile Ficin. Son *Commentaire* du *Banquet* de
Platon, rédigé en 1468-1476 (texte définitif vers 1482), traduit en
français en 1546 par Sylvius (puis en 1576 par G. Lefèvre de la
Boderie), devient une doctrine « mondaine » de l'amour, un *plato-
nismo per le donne*, relu à la lumière du pétrarquisme comme mys-
tique de l'amour idéal ; prisonnière du corps, l'âme immortelle
ne songe qu'à revoler au ciel des Idées, où repose le souverain
Bien.   3. Adam (rappel de la doctrine du péché originel) ; *ne
luy peuvent* : le sujet est élidé : ils (les sens) ne peuvent.
4. en vertu de son bas âge ; *poupines* : poupées.   5. poupées
vivantes.

---

* Version de la majorité des manuscrits et de G ; qui cerchent
et tres bien ayment (ms. 1512 et 1520).   ** ayme *les pommes,
les poires, les poupées* et autres petites choses (G).

pour la vie humaine. Mais, quant il congnoist, par plus grande experience, que ès choses territoires [1] [*] n'y a perfection ne felicité, desire chercher le facteur [2] et la source d'icelles. Toutefois, si Dieu ne luy ouvre l'œil de foy [3], seroit en danger de devenir, d'un ignorant, ung infidele philosophe ; car foy seullement peult monstrer et faire recevoir le bien que l'homme charnel [4] et animal ne peult entendre. — Ne voyez-vous pas bien, dist Longarine, que la terre non cultivée, portant beaucoup d'herbes et d'arbres, combien qu'ilz soient inutiles, est desirée pour l'esperance qu'elle apportera bon fruict, quant il y sera semé ? Aussy, le cueur de l'homme, qui n'a nul sentiment d'amour aux choses visibles, ne viendra jamais à l'amour de Dieu par la semence de sa parolle, car la terre de son cueur est sterile, froide et damnée. — Voylà pourquoy, dist Saffredent, la plus part des docteurs ne sont spirituelz [5] [**], car ilz n'aymeront jamais que le bon

---

1. terrestres.　　**2.** l'auteur, celui qui les a faites.　　**3.** Par opposition à l'œil charnel ou œil extérieur, qui ne fait voir que les choses du monde, et est l'organe de la maudite curiosité, l'œil de foi est ce regard intérieur qui donne accès à la seule « vraie » et « bonne » connaissance, celle du mystère de la foi. Voir 1re Épître aux Corinthiens 1, 19 : « Aussi est-il écrit : Je détruirai la sagesse des sages, / Et j'anéantirai l'intelligence des intelligents. » La curiosité (y compris la curiosité intellectuelle, la *libido sciendi*) est condamnée ici (comme chez saint Augustin, par exemple) en tant qu'elle risque de conduire le philosophe à *l'infidélité*, c'est-à-dire à l'incroyance.　　**4.** Au sens où l'entend saint Paul, l'homme esclave de la chair ; la chair étant le corps et l'esprit de l'homme soumis au péché (« Mais moi je suis charnel, vendu au péché », Épître aux Romains 7, 14 ; « Marchez selon l'Esprit, et vous n'accomplirez pas les désirs de la chair. Car la chair a des désirs contraires à ceux de l'Esprit... », Épître aux Galates 5, 16).　　**5.** *vs* charnels ; vivant selon l'esprit, non selon la chair, soumise au péché ; la critique des « faux docteurs », faux prophètes, rappelle la Première Épître de Jean (4, 1).

---

[*] transitoires (T).　　[**] la plus part des hommes sont deceuz, lesquels ne s'amusent qu'aux choses extérieures et contemnent le plus precieux qui est dedans (G).

vin et chamberieres laydes et ordes[1], sans experimenter[2] que c'est d'aymer dame honneste. — Si je sçavois
bien parler latin, dist Simontault, je vous allegueroye
que sainct Jehan dict que « celluy qui n'ayme son frere
qu'il voit, comment aymera-il Dieu qu'il ne veoit
poinct[3] ? ». Car, par les choses visibles, on est tiré à
l'amour des invisibles. — Mais, dist Ennasuitte, *quis
est ille et laudabimus eum*[4], ainsy parfaict que vous le
dictes ? — Respondit Dagoucin[*] : il y en a qui ayment
si fort et si parfaictement, qu'ilz aymeroient autant
mourir que de sentir ung desir contre l'honneur et la
conscience de leur maistresse, et si ne veullent qu'elle
ne autres s'en apperçoyvent. — Ceulx-là, dist Saffredent, sont de la nature de la camalercite[5], qui vit de
l'aer. Car il n'y a homme au monde, qui ne desire
declarer son amour et de sçavoir estre aymé, et si croy
qu'il n'est si forte fiebvre d'amitié, qui soubdain ne
passe, quant on congnoist le contraire. Quant à moy,
j'en ay veu des miracles evidentz. — Je vous prie, dist
Ennasuitte, prenez ma place et nous racomptez de quelcun qui soyt suscité[6] de mort à vye, pour congnoistre
en sa dame le contraire de ce qu'il desiroit. — Je crains
tant, dist Saffredent, desplaire aux dames, de qui j'ay
esté et seray toute ma vie serviteur, que, sans exprès
commandement, je n'eusse osé racompter leurs imperfections ; mais, pour obeir, je n'en celeray la verité. »

---

1. sales.	**2.** savoir par expérience.	**3.** Allusion encore à la
parole de Jean dans le latin de la Vulgate : « *Qui enim non diliget
fratrem suum quem videt, Deum quem non videt quomodo potest
diligere ?* » (« Celui qui n'aime pas son frère, qu'il voit, comment
peut-il aimer Dieu qu'il ne voit point ? » Première Épître 4, 20),
citée encore ci-dessous.	**4.** qui est celui-là et nous le louerons...
Reprise malicieuse de l'Ecclésiastique 31, 8-10 : « Bienheureux le
riche qui se garde sans tache / et qui ne court pas après l'or. /
Qui est-il, que nous le félicitons ? »	**5.** le caméléon, censé vivre
d'air, selon Pline l'Ancien.	**6.** ressuscité.

---

* *Qui ?* respondit Dagoucin, *je suis seur qu'*il y en a... (2155 S).

VINGTIESME NOUVELLE

Le sieur de Ryant, fort amoureux d'une dame veuve, ayant congneu en elle le contraire de ce qu'il desiroit et qu'elle luy avoit souvent persuadé, se saisit si fort, qu'en un instant le despit eut puissance d'esteindre le feu que la longueur du temps ny l'occasion n'avoyent sceu amortir.

*

Un gentil homme est inopinement guary du mal d'amours, trouvant sa damoiselle rigoureuse entre les bras de son palefrenier.

*

Dans les *Cent nouvelles nouvelles*, la 54e intitulée « L'heure du berger », raconte l'histoire d'une demoiselle de Maubeuge qui s'abandonna à un « grand vilain charreton » après avoir refusé plusieurs gens de bien (*éd. cit.*, p. 242-245).

*

Ou pays[1] de Daulphiné, y avoit ung gentil homme, nommé le seigneur de Riant[2], de la maison du Roy François premier, autant beau et honneste gentil homme qu'il estoit possible de veoir. Il fut longuement serviteur d'une dame vefve, laquelle il aymoit et reveroit, tant que de la peur qu'il avoit de perdre sa bonne grace, ne l'osoit importuner de ce qu'il desiroit le plus. Et luy, qui se sentoit beau et digne d'estre aymé, croyoit fermement ce qu'elle luy juroit souvent : c'est qu'elle l'aymoit plus que tous les hommes du monde, et que, si elle estoit contraincte de faire quelque chose pour ung gentil homme, ce seroit pour luy seullement, comme le plus parfaict qu'elle avoit jamais congneu, et le prioit de se contanter* de ceste honneste amityé. Et, d'aultre part, l'asseuroit si fort que, si elle congnoissoit qu'il pretendist davantaige, sans se contanter de la raison, que du tout il la perdroit. Le

---

1. Au pays. 2. M. François note qu'un état des officiers du roi porte au nombre des écuyers « Monsieur de Rian » pour l'année 1522, et que le *Catalogue des actes de François Ier* mentionne l'octroi fait par le roi à François de la Forest, seigneur de Rians, d'une charge de capitaine.

---

* se contenter *seulement, sans outrepasser*, de ceste... (add. G).

pauvre gentil homme non seullement se contantoit, mais se tenoit très heureux d'avoir gaingné le cueur de celle où il pensoit tant d'honnesteté *. Il seroit long de vous racompter le discours de son amityé, la longue frequentation qu'il eut avecq elle, les voyages qu'il faisoit pour la venir veoir. Mais pour venir à la conclusion, ce pauvre martir, d'un feu si plaisant, que plus on brusle, plus on veult brusler, cerchoit tousjours le moyen d'augmenter son martire. Ung jour, lui print en fantaisye d'aller veoir en poste [1] celle qu'il aymoit plus que luy-mesmes et qu'il estimoit par dessus toutes les femmes du monde. Luy, arrivé en sa maison, demanda où elle estoit : on luy dist qu'elle ne faisoit que venir de vespres et estoit entrée en sa garenne [2] pour parachever son service [3]. Il descendit de cheval et s'en alla tout droit en ceste garenne où elle estoit, et trouva ses femmes qui luy dirent qu'elle s'en alloit toute seulle pourmener en une grande allée. Il commença à plus que jamais esperer quelque bonne fortune pour luy. Et le plus doulcement qu'il peut, sans faire ung seul bruict, la cherchea le mieulx qu'il luy fut possible, desirant sur toutes choses de la povoir trouver seulle. Mais, quant il fut près d'un pavillon faict d'arbres pliez [4], lieu tant beau et plaisant qu'il n'estoit possible de plus, entra soubdainement là, comme celluy à qui tardoit de veoir ce qu'il aymoit. Mais il trouva en son entrée, la damoiselle couchée dessus l'herbe entre les bras d'un palefronier de sa maison, aussy laid, ord et infame [5] que de Riant estoit beau, fort, honneste et aimable. Je n'entreprendz de vous paindre le despit qu'il eut ; mais il fut si grand, qu'il eut puissance en

---

1. à cheval.   2. Lieu à la campagne planté d'arbres, où vivent des lapins dont la chasse est réservée (à l'origine, *la garenne* désigne l'interdiction de chasser ou de pêcher en des lieux privés réservés au seigneur).   3. achever ses oraisons.   4. de branchages entrelacés pour former un petit pavillon de jardin.   5. grossier.

---

* le cueur de celle qu'il pensoit tant honneste (G).

ung moment d'eteindre le feu que à la longueur du
temps ny à l'occasion n'avoit sceu faire[1]*. Et, autant
remply de despit qu'il avoit eu d'amour, luy dist :
Madame, prou vous face[2] ! Aujourd'huy, par vostre
meschanceté suis guery et delivré de la continuelle
doulleur, dont honnesteté que j'extimois en vous estoit
l'occasion[3]. » Et, sans autre adieu, s'en retourna plus
viste qu'il n'estoit venu. La pauvre femme ne luy feit
autre response, sinon de mectre la main devant son
visaige ; car, puisqu'elle ne povoit couvrir sa honte,
couvrit-elle ses oeilz, pour ne veoir celluy qui la voyoit
trop clairement, nonobstant sa dissimullation.

« Parquoy, mes dames, je vous supplie, si vous
n'avez volunté d'aymer parfaictement, ne vous pensez
poinct dissimuller à ung homme de bien, et luy faire
desplaisir pour votre gloire ; car les ypocrites sont
payez de leurs loyers[4], et Dieu favorise ceulx qui
ayment nayfvement[5]**. — Vrayement, dist Oisille,
vous nous l'avez gardé bonne pour la fin de la Journée ! Et si ce n'estoit que nous avons tous juré de dire
verité, je ne sçauroys croyre que une femme de l'estat[6]
dont elle estoit, sceut estre si meschante de l'ame***,
quant à Dieu, et du corps, laissant ung si honneste[7]
gentil homme pour ung si villain mulletier. — Helas !
Madame, dist Hircan, si vous sçaviez la difference
qu'il y a d'un gentil homme, qui toute sa vie a porté
le harnoys et suivy la guerre, au pris d'un varlet bien
nourry sans bouger d'un lieu, vous excuseriez ceste
pauvre vefve. — Je ne croy pas, Hircan, dist Oisille,

---

1. ce que, malgré la longueur du temps ou quelque motif qu'il
pût avoir, il n'avait pu faire.   **2.** grand bien vous fasse ! *prou* :
beaucoup (*cf. peu ou prou*).   **3.** la cause.   **4.** reçoivent la monnaie de leur pièce.   **5.** sincèrement.   **6.** rang   social.
7. honorable ; *vs* villain (non noble, ignoble).

---

* que la longueur du temps ny l'occasion n'avoient sceu faire
(2155 S) ; esteindre le feu si embrasé de long temps
(G).   ** parfaitement (G).   *** si meschante *de laisser* (G).

quelque chose que vous en dictes, que vous peussiez
recepvoir nulle excuse d'elle. — J'ay bien oy dire, dist
Simontault, qu'il y a des femmes qui veullent avoir des
evangelistes pour prescher leur vertu et leur chasteté,
et leur font la meilleure chere qu'il leur est possible et
la plus privée, les asseurant que, si la conscience et
honneur ne les retenoient, elles leur accorderoient leurs
desirs. Et les pauvres sotz, quant en quelque compaignye parlent d'elles, jurent qu'ilz mectroient leur doigt
au feu sans brusler[1]*, pour soustenir qu'elles sont
femmes de bien ; car ilz ont experimenté leur amour
jusques au bout. Ainsi se font louer par les honnestes
hommes, celles qui à leurs semblables se montrent
telles qu'elles sont, et choisissent ceulx qui ne sçauroient avoir hardiesse de parler ; et, s'ilz en parlent**,
pour leur vile et orde[2] condition, ne seroyent pas creuz.
— Voylà, dist Longarine, une opinion que j'ay autresfois oy dire aux plus jaloux et soupsonneux hommes,
mais c'est painct une chimere[3] ; car, combien qu'il soit
advenu à quelque pauvre malheureuse, si est-ce chose
qui ne se doibt soupsonner en aultre. — Or, leur dist
Parlamente, tant plus avant nous entrons en ce propos,
et plus ces bons seigneurs icy drapperont sur la tissure[4]
de Simontault et tout à noz despens. Parquoy, vault
myeulx aller oyr vespres, à fin que ne soyons tant
actendues que nous fusmes hier. »

---

1. Allusion au « jugement de Dieu » (ordalie), espèce de test de
vérité pratiqué par la Justice au Moyen Age ; le feu est censé ne
pas brûler (comme l'eau est censée ne pas noyer) l'innocent dont
le serment est véritable. D'où l'expression : « J'y mettrais ma main
au feu » — la main étant l'emblème du serment véridique.
2. basse ; condition du vilain (*vs* celle du gentilhomme).   3. c'est peindre une chimère (un monstre qui n'a pas
d'existence réelle).   4. dauberont, dénigreront, diront du mal.
Draper ou *drapper* : faire du drap, de l'étoffe, d'où : étoffer, gros-
sir, *la tissure* : le tissu. *Drapper sur la tissure* : amplifier un propos
(« broder »).

---

* *qu'ilz se mectroient au feu* sans brusler (2155 S).   ** et qui,
en parlant (2155 S).

La compagnye fut de son opinion, et, en allant, Oisille leur dist : « Si quelcun de nous rend graces à Dieu d'avoir, en ceste Journée, dict la verité des histoires que nous avons racomptées, Saffredent luy doibt requerir pardon d'avoir rememoré une si grande villenye contre les dames. — Par ma foy, luy respondit Saffredent, combien que mon compte soit veritable, si est-ce que je l'ay oy dire. Mais, quant je vouldroye faire le rapport du cerf à veue d'œil[1], je vous ferois faire plus de signes de croix, de ce que je sçay des femmes, que l'on n'en faict à sacrer[2] une eglise. — C'est bien loing de se repentir, dist Geburon, quant la confession aggrave le peché. — Puisque vous avez telle opinion des femmes, dist Parlamente, elles vous debvroient priver de leur honneste entretenement et privaultez[3]. » Mais il luy respondit : « Aucunes ont tant usé, en mon endroict, du conseil que vous leur donnez, en m'esloignant et separant des choses justes et honnestes, que si je povois dire pis et pis faire à toutes, je ne m'y espargneroie pas, pour les inciter à me venger de celle qui me tient si grand tort. » En disant[4] ces parolles, Parlamente meit son touret de nez[5], et, avecq les autres, entra dedans l'eglise, où ils trouverent vespres très bien sonnées, mais ilz n'y trouverent pas ung religieux pour les dire, pource qu'ilz avoient entendu que dedans le pré s'assembloit ceste compaignye pour y dire les plus plaisantes choses qu'il estoit possible ; et, comme ceulx qui aymoient mieulx leurs plaisirs que les oraisons, s'estoient allez cacher dedans une fosse, le ventre contre terre, derrière une haye fort espesse. Et là avoient si bien escouté les beaulx comptes, qu'ilz n'avaient poinct oy sonner la

---

1. rapporter ce qu'on a vu de ses propres yeux (Huguet ne donne, pour cette expression, terme de vénerie, que cette référence à *L'Heptaméron*). **2.** consacrer. **3.** entretien, conversation familière ; *privaultez* : relations privées, familières. **4.** Le participe se rapporte à *il* (Saffredent) : « tandis qu'il disait ces paroles, Parlamente... ». **5.** masque ou foulard qui cache une partie du visage.

cloche de leur monastere. Ce qui parut bien, quant ilz
arriverent en telle haste, que quasi l'alaine leur failloit [1]
à commencer vespres. Et quand elles furent dictes,
confesserent à ceulx qui leur demandoient l'occasion
de leur chant tardif et mal entonné [2] *, que ce avoit esté
pour les escouter. Parquoy, voyans leur bonne volunté,
leur fut permis que tous les jours assisteroient derriere
la haye, assiz à leurs ayses. Le soupper se passa joyeusement, en relevant les propos qu'ilz n'avoient pas mis
à fin [3] dans le pré, qui durerent tout le long du soir,
jusques à ce que la dame Oisille les pria de se retirer,
à fin que leur esperit fut plus prompt le lendemain,
après ung bon et long repos, dont elle disoit que une
heure avant minuyct valloit mieux que trois après.
Ainsy, s'en allant chascun en sa chambre, se partit [4]
ceste compaignye, mectant fin à ceste seconde Journée.

FIN DE LA DEUXIESME JOURNÉE

---

1. manquait (ils étaient quasiment hors d'haleine).   **2.** chanté
sur un mauvais ton, mal chanté.   **3.** achevés.   **4.** se sépara.

---

* mal entonné que la haste qu'ilz avoient eue en retournant du
pré où ilz avoient esté oyr ces contes en estoit cause. Parquoy leur
bonne volunté connue, leur fut permis (T).

LA TROISIESME JOURNÉE

En la troisiesme journée, on devise des dames qui en leur amytié n'ont cerché nulle fin que l'honnesteté, et de l'hypocrisye et méchanceté des religieux.

PROLOGUE

Le matin, ne sceut la compaignye si tost venir en la salle, qu'ilz ne trouvassent madame Oisille, qui avoit, plus de demye heure avant, estudié la leçon[1] qu'elle debvoit lire ; et, si le premier et second jour elle les avoit randuz contens[*], elle n'en feyt moins le troisiesme. Et n'eust été que ung des religieux les vint querir pour aller à la grand messe, leur contemplation les empeschant d'oyr la cloche, ils ne l'eussent oye. La messe oye bien devotement, et le disner[2] passé bien sobrement, pour n'empescher, par les viandes[3], leurs memoires à s'acquicter chascun en son reng[4] le mieulx

---

1. le texte de l'Évangile qu'Oisille se propose de lire et de commenter, comme l'indiquaient aussi les prologues précédents.
2. déjeuner.   3. nourriture.   4. chacun à son tour ; rappel de la règle de la circulation de la parole, et de l'obligation de donner un récit, vue comme une dette à l'égard du cercle, dont il convient de s'acquitter. Lorsqu'un conteur commet une « faute », comme Saffredent, il s'agit de la « réparer » (voir ci-dessous le dialogue entre Saffredent et Parlamente).

---

* et si aux precedens propos ilz s'estoient contentez, aux seconds ne le furent pas moins, et n'eust été (G).

que luy seroit possible, se retirerent en leurs chambres à visiter leurs registres[1], actendant l'heure accoustumée d'aller au pré ; laquelle venue, ne faillirent à ce beau voyage. Et ceulx qui avoient deliberé de dire quelque follye avoient desja les visaiges si joyeux, que l'on esperoit d'eulx occasion de bien rire. Quant ilz furent assis, demanderent à Saffredent à qui il donnoit sa voix pour la troisiesme Journée : « Il me semble, dit-il, que, puisque la faulte que je feys hier est si grande que vous dictes, ne sçachant histoire digne de la reparer, que je dois donner ma voix à Parlamente, laquelle, pour son bon sens[2], sçaura si bien louer les dames, qu'elle fera mectre en obly la verité que je vous ay dicte. — Je n'entreprens pas, dist Parlamente, de reparer voz faultes, mais ouy bien de me garder de les ensuivre[3]. Parquoy, je me delibere, usant de la verité promise et jurée, de vous monstrer qu'il y a des dames qui en leurs amityez n'ont cherché nulle fin que l'honnesteté. Et, pour ce que celle dont je vous veulx parler estoit de bonne maison, je ne changeray rien en l'histoire que le nom ; vous priant, mes dames, de penser qu'amour n'a poinct de puissance de changer ung cueur chaste et honneste, comme vous verrez par l'histoire que je vous voys compter. »

VINGT ET UNIESME NOUVELLE

Rolandine, ayant attendu jusqu'à l'age de xxx ans à estre maryée, et cognoissant la negligence de son pere et le peu de faveur que luy portoit sa maistresse, print telle amytié à un gentil homme bastard, qu'elle luy promeit maryage, dont son pere averty luy usa de toutes les rigueurs qui luy furent possibles, pour la faire consentir à la dissolution de ce mariage ; mais elle persista en son amitié jusques

---

1. consulter peut-être les papiers sur lesquels ils avaient pris quelques notes ; mais le mot désigne aussi les registres du cerveau, la mémoire. **2.** par sa sagesse. **3.** imiter.

à la mort du bastard, de laquelle certifiée, fut mariée à un gentil homme, du nom et des armes de sa maison.

*

L'honneste et merveilleuse amitié d'une fille de grande maison et d'un bastard et l'empeschement qu'une royne donna à leur mariage, avec la sage response de la fille à la Royne.

*

Il y avoit en France une Royne[1] qui, en sa compaignie, norrissoit[2] plusieurs filles de grandes et bonnes maisons. Entre autres, y en avoit une nommée Rolandine[3], qui estoit bien proche sa parente[4]. Mais la Royne, pour quelque inimitié qu'elle portoit à son pere[5], ne luy faisoit pas fort bonne chere[6]. Ceste fille, combien qu'elle ne fust des plus belles ny des laydes aussy, estoit tant saige et vertueuse, que plusieurs grands personnaiges la demandoient en mariage, dont ilz avoient froide response ; car le pere aymoit tant son argent,

---

1. La reine Anne de Bretagne, la « duchesse en sabots », « la plus digne et honnorable royne qui ait esté depuis la royne Blanche », au témoignage de Brantôme, épouse en premières noces du roi Charles VIII, en secondes noces du roi Louis XII, avait en effet à sa cour de nombreuses filles d'honneur et dames de compagnie : « Ce fut la première qui commença à dresser la grande court des dames [...], car elle en avait une très grande suite, et de dames et de filles, et n'en refusa jamais aucune » (*Discours I. Sur la Royne Anne de Bretagne*, in *Œuvres*, éd. Prosper Mérimée et Louis Lacour, *Recueil des Dames*, 1ʳᵉ Partie, t. X, 1890, p. 3 et 10). 2. avait la charge éducative de, entretenait. 3. Anne de Rohan, fille aînée du vicomte de Rohan, épousa en 1517 Pierre de Rohan, mort devant Pavie en 1525 ; héritière des Rohan, illustre famille, « elle dut abandonner une partie de cet héritage à son frère, Claude de Rohan, évêque de Quimper » (M.F.). 4. Anne de Bretagne était apparentée à Marie de Bretagne (elles étaient cousines issues de germains), mère de « Rolandine ». 5. Jean II, vicomte de Rohan, avait contesté à la reine la possession de l'héritage de Bretagne ; Anne de Bretagne, selon Brantôme, « estoit fort prompte à la vengeance, et pardonnoit malaisément » : il raconte par exemple comment elle se vengea de Jean de Rohan, maréchal de Gyé, parent du précédent, mort en 1513, père de Pierre de Rohan, baron de Fontenay-l'Abattu, futur époux de Rolandine. 6. ne la traitait pas très bien.

qu'il oblyoit l'advancement[1] de sa fille, et sa maistresse, comme j'ay dict, luy portoit si peu de faveur,
qu'elle n'estoit poinct demandée de ceulx qui se vouloient advancer[2] en la bonne grace de la Royne. Ainsy,
par la negligence du pere et par le desdain de sa maistresse, ceste pauvre fille demeura longtemps sans estre
mariée. Et, comme celle qui[3] se fascha à la longue,
non tant pour envye qu'elle eust d'estre mariée, que
pour la honte qu'elle avoit de ne l'estre poinct, du tout[4]
elle se retira à Dieu, laissant les mondanitez et gorgia-
setez[5] de la court ; son passetemps fut à prier Dieu ou
à faire quelques ouvraiges. Et, en ceste vie ainsy retirée, passa ses jeunes ans, vivant tant honnestement et
sainctement qu'il n'estoit possible de plus. Quant elle
fut approchée des trente ans, il y avoit ung gentil
homme, bastard[6] d'une grande et bonne maison, autant
gentil compaignon et homme de bien qu'il en fut de
son temps ; mais la richesse l'avoit du tout delaissé, et
avoit si peu de beaulté, que une dame, quelle elle fust,
ne l'eust pour son plaisir choisy. Ce pauvre gentil
homme estoit demeuré sans party[7], et, comme souvent
ung malheureux cerche l'autre, vint aborder ceste
damoiselle Rolandine, car leurs fortunes, complexions[8]
et conditions estoient fort pareilles. Et, se complai-
gnans l'un à l'autre de leurs infortunes, prindrent une
très grande amitié[9], et, se trouvans tous deux compaignons de malheur, se cerchoient en tous lieux pour se
consoler l'un l'autre ; et, en ceste longue frequentation,
s'engendra une très grande et longue amityé. Ceulx qui
avoient veu la damoiselle Rolandine si retirée qu'elle

---

1. l'amélioration de la situation (il ne prenait pas soin d'établir sa
fille).   2. ceux qui voulaient gagner les faveurs de la reine.   3. en
femme mécontente, fâchée.   4. entièrement.   5. les plaisirs mondains et le luxe.   6. Il peut s'agir soit d'un bâtard de la maison de
Gonzague, soit de Jean, bâtard d'Angoulême, fils de Charles VII,
soit encore de Louis de Bourbon, bâtard de l'évêque de Liège.
7. sans trouver quelqu'un à épouser (moins, sans doute, à cause
de sa bâtardise qu'en raison de sa pauvreté).   8. tempérament,
caractères.   9. se prirent d'affection mutuellement.

ne parloit à personne et la voyans incessamment[1]
avecq le bastard de bonne maison, en furent incontinant scandalisez, et dirent à sa gouvernante qu'elle ne
debvoit endurer ces longs propos ; ce qu'elle remonstra
à Rolandine, luy disant que chascun estoit scandalizé
dont[2] elle parloit tant à ung homme qui n'estoit assez
riche pour l'espouser, ny assez beau pour estre amy[3].
Rolandine, qui avoit tousjours esté reprinse de ses aus-
teritez plus que de ses mondanitez, dist à sa gouvernante : « Helas, ma mere ! vous voyez que je ne puis
avoir ung mary selon la maison[4] d'où je suis, et que
j'ay tousjours fuy ceulx qui sont beaulx et jeunes, de
paour de tumber aux inconveniens où j'en ay veu d'autres ; et je trouve ce gentil homme icy saige et vertueux
comme vous sçavez, lequel ne me presche que toutes
bonnes choses et vertueuses : quel tort puis-je tenir à
vous et à ceulx qui en parlent, de me consoler avecq
luy de mes ennuyctz ? » La pauvre vielle, qui aymoit
sa maistresse plus qu'elle-mesmes, luy dist : « Ma
damoiselle, je voy bien que vous dictes la verité, et
que vous estes traictée de pere et de maistresse autrement que vous ne le meritez. Si est-ce que, puis que
l'on parle de vostre honneur en ceste sorte, et fust-il
vostre propre frere, vous vous debvez retirer de[5] parler
à luy. » Rolandine luy dist, en pleurant : « Ma mere,
puisque vous le me conseillez, je le feray ; mais c'est
chose estrange de n'avoir en ce monde une seulle
consolation ! » Le bastard, comme il avoit accoustumé,
la voulut venir entretenir, mais elle luy declara tout au
long ce que sa gouvernante luy avoit dict et le pria, en
pleurant, qu'il se contentast pour ung temps de ne luy
parler poinct jusques ad ce que ce bruict[6] fust ung peu
passé ; ce qu'il feyt à sa requeste.

Mais, durant cest esloignement, ayans perdu l'un et
l'autre leur consolation, commencerent à sentir ung

---

1. toujours, constamment.   2. de ce que.   3. amant.
4. un mari digne de la maison (de la grande famille dont je suis
issue).   5. cesser de.   6. ces médisances, cette rumeur.

torment qui jamais de l'un ne l'autre n'avoit esté experimenté. Elle ne cessoit de prier Dieu et d'aller en
voyage, jeusner et faire abstinence. Car cest amour,
encores à elle incongneu, luy donnoit une inquietude
si grande, qu'elle ne la laissoit une seulle heure reposer. Au bastard de bonne maison ne faisoit Amour
moindre effort [1] ; mais luy, qui avoit desjà conclud en
son cueur de l'aymer et de tascher à l'espouser, regardant avecq l'amour l'honneur que ce luy seroit s'il la
povoit avoir, pensa qu'il falloit cercher moyen pour luy
declarer sa volunté et surtout gaingner sa gouvernante.
Ce qu'il feyt, en luy remonstrant la misere où estoit
tenue sa pauvre maistresse, à laquelle on vouloit oster
toute consolation. Dont la bonne vieille, en pleurant,
le remercia de l'honneste affection qu'il portoit à sa
maistresse. Et adviserent ensemble le moyen comme il
pourroit parler à elle : c'estoit que Rolandine fairoit
souvent semblant d'estre malade d'une migraine où
l'on crainct fort le bruict ; et, quand ses compaignes
iroient en la chambre de la Royne, ilz demeureroient
tous deux seulz, et là il la pourroit entretenir. Le bastard en fut fort joyeulx et se gouverna entierement par
le conseil de ceste gouvernante, en sorte que, quant il
vouloit, il parloit à s'amye. Mais ce contentement ne
lui dura gueres, car la Royne, qui ne l'aymoit pas fort,
s'enquist que faisoit [2] tant Rolandine en la chambre. Et,
combien que quelcun dist que c'estoit pour sa maladye,
toutefois ung autre, qui avoit trop de memoire des
absens, luy dist que l'ayse qu'elle avoit d'entretenir le
bastard de bonne maison luy debvoit faire passer sa
migraine. La Royne, qui trouvoit les pechez venielz
des autres mortelz en elle [3], l'envoya querir et luy
defendit de parler jamais au bastard, si ce n'estoit en
sa chambre ou en sa salle. La damoiselle n'en feit nul

---

1. ne donnait pas moins de peine.   **2.** chercha à savoir ce que
faisait.   **3.** lorsqu'il s'agissait de Rolandine ; elle tenait pour
péchés mortels chez elle ce qu'elle considérait comme péchés
véniels chez les autres.

semblant[1], mais luy dist[*] : « Si j'eusse pensé, ma dame, que l'un ou l'autre vous eust despleu, je n'eusse jamais parlé à luy. » Toutesfois, pensa en elle-mesme qu'elle cercheroit quelque autre moyen dont la Royne ne sçauroit rien[**] ; ce qu'elle feyt. Et les mercredy, vendredy et sabmedy qu'elle jeusnoit, demeuroit en sa chambre avecq sa gouvernante, où elle avoit loisir de parler, tandis que les autres souppoient, à celluy qu'elle commençoit à aymer très fort. Et tant plus le temps de leur propos estoit abbregé en contraincte, et plus leurs parolles estoient dictes par grande affection ; car ilz desroboient le temps, comme faict ung larron une chose pretieuse. L'affaire ne sceut estre menée si secrettement, que quelque varlet ne le vist entrer là-dedans au jour de jeusnes, et le redist en lieu où ne fut celé[2] à la Royne, qui s'en courrouça si fort, qu'oncques puys n'osa le bastard aller en la chambre des damoi-selles. Et, pour ne perdre le bien de parler à elle[***] tout entierement, faisoit souvent semblant d'aller en quelque voyaige, et revenoit au soir en l'église ou chappelle du chasteau, habillé en Cordelier ou Jacobin, ou dissimullé si bien que nul ne le congnoissoit[3] ; et là s'en alloit la damoiselle Rolandine avecq sa gouver-nante l'entretenir. Luy, voyant la grande amour qu'elle luy portoit, n'eut craincte de luy dire : « Madamoiselle, vous voyez le hazard[4] où je me metz pour vostre ser-vice, et les deffenses que la Royne vous a faictes de parler à moy. Vous voyez, d'autre part, quel pere vous avez, qui ne pense, en quelque façon que ce soit, de vous marier. Il a tant refusé de bons partiz, que je n'en

---

1. ne manifesta rien.   2. où la chose ne fut cachée.   3. re-connaissait.   4. danger, risques.

---

* mais luy respondit que, si elle eust pensé que luy ou un autre luy eust deplu, elle n'eust jamais parlé à luy (G) ; mais luy dist : « Sy j'eusse pensé, Madame, que *luy* ou autre vous eust despleu, je ne luy eusse jamais parlé » (2155 S).   ** *dont la Royne ne sçauroit rien* est omis dans ms. 1512 : texte de plusieurs autres manuscrits et de G.   *** à elle que tant il aimoit (G).

sçaiche plus, ny près ny loing de luy, qui soit pour
vous avoir. Je sçay bien que je suis pauvre, et que vous
ne sçauriez espouser gentil homme qui ne soit plus
riche que moy. Mais si amour et bonne volunté estoient
estimez ung tresor, je penserois estre le plus riche
homme du monde. Dieu vous a donné de grandz biens,
et estes en dangier [1] [*] d'en avoir encores plus : si j'es-
toys si heureux que vous me voulussiez eslire pour
mary, je vous serois mary, amy et serviteur toute ma
vie ; et si vous en prenez ung esgal à vous, chose difficille à trouver, il vouldra estre maistre et regardera
plus [2] à voz biens que à vostre personne, et à la beaulté
que à la vertu ; et, en joyssant de l'ususfruict de vostre
bien, traictera votre corps autrement qu'il ne le merite.
Le desir que j'ay d'avoir ce contentement, et la paour
que j'ay que vous n'en ayez poinct avecq ung autre,
me font vous supplier que, par un mesme moyen, vous
me rendez heureux et vous la plus satisfaicte et la
mieux traictée femme qui oncques fut. » Rolandine,
escoutant le mesme propos qu'elle avoit deliberé de
luy tenir, luy respondit d'un visaige constant [3] : « Je
suys très aise dont vous avez commencé le propos,
dont, long temps a, j'avois deliberé vous parler, et
auquel [4] [**], depuis deux ans que je vous congnoys, je
n'ay cessé de penser et repenser en moy-mesmes toutes
les raisons pour vous et contre vous que j'ay peu inventer. Mais, à la fin, sçachant que je veulx prendre l'estat
de mariage, il est temps que je commence et que choi-
sisse avecq lequel je penseray mieux vivre au repos de
ma conscience. Je n'en ai sceu trouver un, tant soit-il
beau, riche ou grand seigneur [***], avec lequel mon
cueur et mon esperit se peust accorder, sinon à vous

---

1. risquez ; ici plutôt : vous avez des chances.   2. prendra
plus en considération.   3. serein, sans marque d'altération.   4. à l'occasion duquel.

---

* estes en voye (G).   ** et *onques* depuis (ms. 1512).
*** Le membre de phrase de *avec lequel je penseray mieux...* à
grand seigneur est omis dans ms. 1512.

seul. Je sçay qu'en vous espousant, je n'offenseroye poinct Dieu, mais je faictz ce qu'il commande. Et quant à Monseigneur mon pere, il a si peu pourchassé mon bien[1] et tant refusé, que la loy veult que je me marie, sans qu'il me puisse desheriter. Quant je n'auray que ce qui m'appartient, en espousant ung mary tel envers moy que vous estes, je me tiendray la plus riche du monde. Quant à la Royne ma maistresse, je ne doibtz poinct faire de conscience de[2] luy desplaire pour obeyr à Dieu ; car elle n'en a poinct faict de m'empescher le bien que en ma jeunesse j'eusse peu avoir. Mais, à fin que vous congnoissez que l'amityé que je vous porte est fondée sur la vertu et sur l'honneur, vous me promectrez que, si j'accorde ce mariage, de n'en pourchasser jamais la consommation, que mon pere ne soit mort ou que je n'aye trouvé moyen de le y faire consentir. » Ce que luy promist voluntiers le bastard ; et, sur ces promesses, se donnerent chascun ung anneau[3] en nom de mariaige, et se baiserent en l'eglise devant Dieu, qu'ilz prindrent en tesmoing de leur promesse ; et jamays depuis n'y eut entre eulx plus grande privaulté que de baiser.

Ce peu de contentement donna grande satisfaction au cueur de ces deux parfaictz amans, et furent ung temps sans se veoir, vivans de ceste seureté[4]. Il n'y avoit gueres

---

1. cherché mon bonheur.   **2.** avoir des scrupules à.   **3.** Le mariage secret tel qu'il est ici décrit était reconnu comme valide par le droit canon : l'échange des promesses et des anneaux scellait l'union. Toutefois dès le XIIᵉ siècle, l'Église a tenté de « normaliser » et de contrôler la cérémonie de mariage. Les faits relatés ici se situent dans les dernières années du XVᵉ siècle et les premières du XVIᵉ siècle : les statuts synodaux de 1517 proclament que la publication des bans par le prêtre est nécessaire, et préalable à la célébration notariale des *sponsali de praesenti* ; le concile de Trente (qui commence en 1545), condamnant les mariages secrets, exigera la publication des bans. Voir dans N. 40 et N. 56 deux autres exemples de mariages secrets, et dans les *Histoires tragiques* (1559) de Boaistuau le mariage secret de Violente et de Didaco, « solennisé » par « un prêtre des champs » (*Cinquième histoire*).   **4.** assurance, promesse solennelle.

lieu où l'honneur se peust acquerir, que le bastard de
bonne maison n'y allast avecq ung grand contentement
qu'il ne povoit demeurer pauvre, veu la riche femme que
Dieu luy avoit donnée ; laquelle en son absence conserva
si longuement ceste parfaicte amityé, qu'elle ne tint
compte d'homme du monde. Et, combien que quelques
ungs la demandassent en mariage, ilz n'avoient neantmoins autre response d'elle, sinon que, depuis qu'elle
avoit tant demeuré sans estre mariée, elle ne vouloit
jamais l'estre. Ceste response fut entendue de tant de
gens, que la Royne en oyt parler, et luy demanda pour
quelle occasion elle tenoit ce langaige. Rolandine luy
dist que c'estoit pour luy obeyr, car elle sçavoit bien
qu'elle n'avoit jamais eu envie de la marier au temps
et au lieu où elle eust esté honnorablement pourveue
et à son ayse ; et que l'aage et la patience luy avoient
apprins de se contanter de l'estat où elle estoit. Et,
toutes les fois que l'on luy parloit de mariage, elle faisoit pareille response. Quant les guerres estoient passées et que le bastard estoit retourné à la court, elle ne
parloit poinct à luy devant les gens, mais alloit tousjours en quelque eglise l'entretenir soubz couleur de se
confesser ; car la Royne avoit defendu à luy et à elle,
qu'ilz n'eussent à parler tous deux, sans estre en
grande compaignye, sur peyne de leurs vies[1]. Mais
l'amour honneste, qui ne congnoist nulles deffenses,
estoit plus prest à trouver les moyens pour les faire
parler ensemble, que leurs ennemyz n'estoient promptz
à les guecter ; et, soubz l'habit de toutes les religions
qu'ilz se peurent penser[2]*, continuoient leur honneste
amityé jusques à ce que le Roy s'en alla en une maison
de plaisance près de Tours**, non tant près que les
dames peussent aller à pied à aultre eglise que à celle
du chasteau, qui estoit si mal bastye à propos, qu'il

---

1. sous peine de perdre la vie.   **2.** les ordres religieux auxquels ils pouvaient penser.

---

* qui se peuvent penser (T).   ** *près de Tours* est omis en G.

n'y avoit lieu à se cacher, où le confesseur n'eust esté clairement congneu. Toutesfois, si d'un costé l'occasion leur falloit[1], Amour leur en trouvoit une autre plus aisée. Car il arriva à la court une dame de laquelle le bastard estoit proche parent. Ceste dame avecq son filz furent logez en la maison du Roy ; et estoit la chambre de ce jeune prince advancée toute entiere oultre le corps de la maison où le Roy estoit, tellement que de sa fenestre povoit veoir et parler à Rolandine, car les deux fenestres estoient proprement à l'angle des deux corps de maison. En ceste chambre, qui estoit sur la salle du Roy, là estoient logées toutes les damoiselles de bonne maison en la compaignie de Rolandine. Laquelle, advisant par plusieurs foys ce jeune prince à sa fenestre, en feyt advertir le bastard par sa gouvernante ; lequel, après avoir bien regardé le lieu, feyt semblant de prendre fort grand plaisir de lire ung livre des Chevaliers de la Table ronde, qui estoit en la chambre du prince. Et, quant chacun s'en alloit disner, pryoit ung varlet de chambre le vouloir laisser achever de lire, et l'enfermer dedans la chambre, et qu'il la garderoit bien. L'autre, qui le congnoissoit parent de son maistre, et homme seur, le laissoit lire tant qu'il luy plaisoit. D'autre costé, venoit à sa fenestre Rolandine, qui, pour avoir occasion d'y demeurer plus longuement, faingnit d'avoir mal à une jambe et disnoit et souppoit de si bonne heure, qu'elle n'alloit plus à l'ordinaire des dames[2]. Elle se mist à faire ung lict tout de reseul[3][*] de soye cramoisie, et l'atachoit à la fenestre où elle vouloit demorer seulle ; et, quant elle voyoit qu'il n'y avoit personne, elle entretenoit son mary, qui

---

1. là où un prétexte faisait défaut.   2. au souper ordinaire qui réunissait les dames de la reine.   3. une literie (des draps) en réseau (filet ajouré).

---

[*] *de reseul* est omis en G.

povoient [1] [*] parler si hault que nul ne les eust sceu oyr ;
et quant il s'approchoit quelcun d'elle, elle toussoit et
faisoit signe, par lequel le bastard se povoit bien tost
retirer. Ceulx qui faisoient le guet sur eulx tenoient tout
certain que l'amityé estoit passée ; car elle ne bougeoit
d'une chambre où seurement il ne la povoit veoir,
pource que l'entrée luy en estoit defendue.

Ung jour, la mere de ce jeune prince fut en la
chambre de son filz et se meist à ceste fenestre où
estoit ce gros livre ; et n'y eut gueres demoré que une
des compaignes de Rolandine, qui estoit à celle de leur
chambre, salua ceste dame et parla à elle. La dame luy
demanda comment se portoit Rolandine ; elle luy dist
qu'elle la verroit bien, s'il luy plaisoit, et la feyt venir
à la fenestre en son couvrechef de nuyct ; et, après
avoir parlé de sa malladye, se retirerent chascune de
son costé. La dame, regardant ce gros livre de la Table
ronde, dist au varlet de chambre qui en avoit la garde :
« Je m'esbahys comme les jeunes gens perdent le
temps à lire tant de follyes ! » Le varlet de chambre
luy respondit qu'il s'esmerveilloit encores plus de ce
que les gens estimez bien saiges et aagez y estoient
plus affectionnez que les jeunes ; et, pour une merveille, luy compta comme le bastard son cousin y demeuroit quatre ou cinq heures tous les jours à lire ce beau
livre. Incontinant frappa au cueur de ceste dame l'occasion pourquoy c'estoit [2], et donna charge au varlet de
chambre de se cacher en quelque lieu, et de regarder ce
qu'il feroit ; ce qu'il feyt, et trouva que le livre où il lisoit
estoit la fenestre où Rolandine venoit parler à luy ; et
entendit plusieurs propos de l'amityé qu'ilz cuydoient
tenir bien seure [3]. Le lendemain, le racompta à sa mais-

---

1. Construction libre ; l'antécédent du relatif est *elle* et *son
mary*.　　**2.** la raison d'un tel comportement (comprendre : la raison d'un tel comportement s'imposa immédiatement à l'esprit de
cette dame).　　**3.** sans danger (d'être connue).

---

[*] son mary, *auquel elle povoit* parler (G).

tresse, qui envoya querir le bastard, et, après plusieurs
remonstrances, luy defendit de ne se y trouver plus ; et
le soir, elle parla à Rolandine, la menassant, si elle
continuoit cette folle amityé, de dire à la Royne toutes
ses menées. Rolandine, qui de rien ne s'estonnoit, jura
que, depuis la deffense de sa maistresse, elle n'y avoit
poinct parlé, quelque chose que l'on dist, et qu'elle en
sceut la verité tant de ses compaignes que des varletz
et serviteurs. Et quant à la fenestre dont elle parloit,
elle luy nya d'y avoir parlé au bastard ; lequel, craignant que son affaire fust revelé, s'eslongna du dangier, et fut long temps sans revenir à la court, mais non
sans escripre à Rolandine par si subtilz moyens, que,
quelque guet que la Royne y meist, il n'estoit sepmaine
qu'elle n'eust deux fois de ses nouvelles.

Et quant le moyen des religieux dont il s'aydoit fut
failly, il luy envoyoit ung petit paige habillé des couleurs, puis de l'ung puis de l'autre, qui s'arrestoit aux
portes où toutes les dames passoient, et là bailloit ses
lettres secretement parmy la presse. Ung jour, ainsy
que [1] la Royne alloit aux champs, quelcun qui recongneut le paige, et qui avoit la charge de prendre garde
en ses affaires, courut après ; mais le paige, qui estoit
fin, se doubtant que l'on le cerchoit, entra en la maison
d'une pauvre femme qui faisoit sa potée auprès du feu,
où il brusla incontinant ses lectres. Le gentilhomme,
qui le suyvoit, le despouilla tout nud [2], et cherchea par
tout son habillement, mais il n'y trouva riens ; parquoy
le laissa aller. Et, quant il fut party, la vieille luy
demanda pourquoy il avoit ainsy cherché ce jeune
enfant. Il luy dist* : « Pour trouver quelques lectres
que je pensois qu'il portast. — Vous n'aviez garde,
dist la vieille, de les trouver, car il les avoit bien
cachées. — Je vous prie, dist le gentil homme, dictes-

---

1. tandis que, alors que.   2. déshabilla entièrement.

* luy dist que c'estoit pour trouver quelques lettres qu'il pensoit
qu'il portast (G).

moy en quel endroict c'est ? » esperant bientost les
recouvrer. Mais, quant il entendit que c'estoit dedans
le feu, congneut bien que le paige avoit esté plus fin
que luy ; ce que incontinant alla racompter à la Royne.
Toutesfois, depuis ceste heure-là, ne s'ayda plus le bastard de paige ne d'enfant ; et y envoya ung viel serviteur qu'il avoit, lequel, obliant la craincte de la mort
dont il sçavoit bien que l'on faisoit menasser, de par la
Royne, ceulx qui se mesloient de cest affaire, entreprint de porter lectres à Rolandine. Et, quant il fut entré
au chasteau où elle estoit, s'en alla guetter à une porte
au pied d'un grand degré[1] où toutes les dames passoient ; mais ung varlet, qui autresfoys l'avoit veu, le
recongneut incontinant, et l'ala dire au maistre d'hostel
de la Royne, qui soubdainement le vint chercher pour
le prendre. Le varlet, saige et advisé, voyant que l'on
le regardoit de loing, se retourna vers la muraille,
comme pour faire de l'eaue[2], et là rompit[3] ses lettres
le plus menu qu'il luy fut possible, et les gecta derriere
une porte. Sur l'heure, il fut prins et cherché de tous
costez ; et, quant on ne luy trouva riens, on l'interrogea
par serment s'il avoit apporté nulles lettres, luy gardant
toutes les rigueurs et persuasions qu'il fut possible,
pour luy faire confesser la verité ; mais, pour promesses ne pour menasses qu'on luy feist, jamais n'en
sceurent tirer autre chose. Le rapport en fut faict à la
Royne, et quelcun de la compaignie s'advisa qu'il
estoit bon de regarder derriere la porte auprès de
laquelle on l'avoit prins ; ce qui fut faict et trouva l'on
ce que l'on cerchoit : c'estoient les pieces[4] de la lectre.
On envoya querir le confesseur du Roy, lequel, après
les avoir assemblées sur une table, leut la lectre tout
du long, où la verité du mariage[5] tant dissimulé se
trouva clairement ; car le bastard ne l'appeloit que sa

---

1. escalier.   **2.** uriner.   **3.** déchira en menus morceaux.   **4.** les morceaux déchirés (*cf.* l'expression *mettre en pièces*).   **5.** l'authenticité du mariage.

femme. La Royne*, qui n'avoit deliberé de couvrir la
faulte de son prochain, comme elle debvoit[1], en feyt
ung très grand bruyct, et commanda que, par tous
moyens, on feist confesser au pauvre homme la verité
de ceste lettre, et que, en la luy monstrant, il ne la
pourroit regnier[2], mais, quelque chose qu'on luy dist
ou qu'on luy monstrast, il ne changea son premier propos. Ceulx qui en avoient la garde le menerent au bord
de la riviere[3], et le meirent dedans ung sac, disant qu'il
mentoit à Dieu et à la Royne contre la verité prouvée.
Luy, qui aymoit mieulx perdre sa vie que d'accuser
son maistre, leur demanda ung confesseur, et, après
avoir faict de sa conscience le mieulx qu'il luy estoit
possible, leur dist : « Messieurs, dictes à Monseigneur
le bastard, mon maistre, que je lui recommande la vie
de ma femme et de mes enffans, car de bon cueur je
mectz la mienne[4] pour son service ; et faictes de moy
ce qu'il vous plaira, car vous n'en tirerez jamais
parolle qui soit contre mon maistre. » A l'heure, pour
luy faire plus grand paour, le gecterent dedans le sac
en l'eaue, luy cryans : « Si tu veulx dire verité, tu seras
saulvé ! » Mais, voyans qu'il ne leur respondoit riens,
le retirerent de là et feyrent le rapport de sa constance
à la Royne, qui dist à l'heure que le Roy son mary ny
elle n'estoient poinct si heureux en serviteurs, que ung
qui[5] n'avoit de quoy les recompenser ; et feyt ce
qu'elle peut pour le retirer à son service, mais jamais
ne voulut habandonner son maistre. Toutesfois, à la fin,
par le congé de sondict maistre, il fut mis au service de
la Royne, où il vesquit heureux et content.

La Royne, après avoir congneu la verité du mariage,

------

1. comme elle aurait dû le faire.   2. renier.   3. pour lui
faire subir (ou feindre de lui faire subir) l'épreuve de l'eau.   4. je
donne la mienne (je donne ma vie).   5. n'avaient pas la chance
d'avoir d'aussi bons serviteurs que celui-ci (le bâtard) qui n'avait
pourtant...

------

* et comme le bastard ne l'appeloit que sa femme, la royne
(2155 S).

par la lectre du bastard, envoya querir Rolandine, et, avecq ung visaige tout courroucé, l'appella plusieurs foys *malheureuse*, en lieu de *cousine*, lui remonstrant la honte qu'elle avoit faicte à la maison de son pere et à tous ses parents de s'estre maryée, et à elle qui estoit sa maistresse, sans son commandement ne congé. Rolandine, qui de long temps cognoissoit le peu d'affection que luy portoit sa maistresse, luy rendit la pareille, et pource que l'amour lui defailloit, la craincte n'y avoit plus de lieu ; pensant aussy que ceste correction devant plusieurs personnes ne procedoit pas d'amour qu'elle lui portast, mais pour luy faire une honte, comme celle qu'elle estimoit prendre plus de plaisir à la chastier, que de desplaisir de la veoir faillir, luy respondit, d'un visaige aussi joyeulx et asseuré, que la Royne monstroit le sien troublé et courroucé : « Madame, si vous ne congnoissiez vostre cueur tel qu'il est, je vous mectrois au devant[1] la mauvaise volunté que de long temps vous avez portée à Monsieur mon pere et à moy ; mais vous le sçavez si bien que vous ne trouverez poinct estrange, si tout le monde s'en doubte ; et quant est de moy, Madame, je m'en suis bien apparceue à mon plus grand dommaige. Car, quant il vous eust pleu[2] me favoriser, comme celles qui ne vous sont si proches que moy, je feusse maintenant mariée autant à vostre honneur que au myen ; mais vous m'avez laissée comme une personne du tout oblyée en vostre bonne grace[3], en sorte que tous les bons partiz que j'eusse sceu avoir me sont passez devant les oeilz, par la negligence de Monsieur mon pere et par le peu d'estime que vous avez faict de moy : dont j'estois tumbée en tel desespoir, que, si ma santé eust pu porter[4] l'estat de religion, je l'eusse voluntiers prins pour

---

1. je vous ferais valoir ; le discours de Rolandine se caractérise par une tranquille audace, qui lui fait plaider (« puisque je n'ay advocat qui parle pour moy », dit-elle un peu plus bas), comme l'héroïne de la 15ᵉ nouvelle, en faveur d'une union heureuse et équilibrée, fondée sur l'amour mutuel.　　**2.** s'il vous avait plu de.　　**3.** tout à fait privée de vos faveurs.　　**4.** supporter.

ne veoir les ennuictz continuelz que vostre rigueur me
donnoit. En ce desespoir, m'est venu trouver celluy qui
seroit d'aussy bonne maison que moy, si l'amour de
deux personnes estoit autant estimé que l'anneau [1], car
vous sçavez que son pere passeroit devant le myen [2].
Il m'a longuement entretenue [3] et aymée ; mais vous,
Madame, qui jamais ne me pardonnastes nulle petite
faulte, ne me louastes de nul bon euvre, combien que
vous congnoissez par experience que je n'ai point
accoustumé de parler de propos d'amour ne de mondanité, et que du tout j'estois retirée à mener une vye
plus religieuse que autre, avez incontinant trouvé
estrange que je parlasse à ung gentil homme aussy malheureux en ceste vie que moy, en l'amityé duquel je
ne pensois ny ne cherchois autre chose que la consolation de mon esperit. Et, quant du tout je m'en veidz
frustrée, j'entray en tel desespoir, que je deliberay de
chercher autant mon repos que vous aviez envye de
me l'oster. Et à l'heure eusmes parolles de mariage [4],
lesquelles ont esté consommées par promesse et
anneau [5]. Parquoy, il me semble, Madame, que vouz
me tenez ung grand tort de me nommer *meschante*, veu
que, en une si grande et parfaicte amityé où je povois
trouver les occasions si je voulois, il n'y a jamais eu
entre luy et moy plus grande privaulté que de baiser,
esperant que Dieu me feroit la grace que avant la
consommation du mariage je gaingnerois le cueur de

---

    1. L'anneau qui scelle l'alliance, signe du consentement mutuel,
est ici l'emblème du mariage légitime, de l'union officielle.   2. est d'un rang supérieur à celui de mon père ; voir plus
haut les diverses hypothèses concernant l'identification de l'époux
de Rolandine.   3. il a eu avec moi de longues relations (amoureuses).   4. les mots solennels qui déclarent la volonté de se
prendre pour époux.   5. Ce sont en effet les deux actes qui légiti-
ment un mariage secret ; encore faut-il qu'il y ait consommation
charnelle, faute de quoi l'union peut être annulée. La nécessité de
la liberté du consentement — des époux, et de ceux qui ont autorité
sur eux — était et est encore régulièrement affirmée par l'Église ;
faute de cette liberté, et d'un consentement « éclairé », le mariage
peut être dissous en Cour de Rome.

Monsieur mon pere à se y consentyr. Je n'ay poinct offensé Dieu, ni ma conscience, car j'ai actendu jusques à l'aage de trente ans, pour veoir ce que vous et Monsieur mon pere feriez pour moy, ayant gardé ma jeunesse en telle chasteté et honnesteté, que homme vivant ne m'en sauroit rien reprocher. Et, par le conseil de la raison que Dieu m'a donnée, me voyant vieille et hors d'espoir de trouver party selon ma maison[1], me suis deliberée d'en espouser ung à ma volunté, non poinct pour satisfaire à la concupiscence des oeilz, car vouz sçavez qu'il n'est pas beau, ny à celle de chair, car il n'y a poinct eu de consommation charnelle, ny à l'orgueil, ny à l'ambition de ceste vie, car il est pauvre et peu advancé[2] ; mais j'ay regardé purement et simplement à la vertu[3]* qui est en luy, dont tout le monde est contrainct de luy donner louange ; à la grande amour aussy qu'il m'a portée, qui me faict esperer de trouver avecq luy repoz et bon traictement. Et, après avoir bien pesé tout le bien et le mal qui m'en peut advenir, je me suis arrestée à la partye[4] qui m'a semblé la meilleure, et que j'ay debattue en mon cueur deux ans durans : c'est d'user le demeurant de mes jours en sa compaignye. Et suis deliberée de tenir ce propos si ferme, que tous les tormens que j'en sçaurois endurer, fust la mort, ne me feront departir de ceste forte oppinion[5]. Parquoy, Madame, il vous plaira excuser en moy ce qui est très excusable, comme vous-memes l'entendez très bien, et me laissez** vivre en paix, que j'espere trouver avecq luy. »

La Royne, voyant son visaige si constant[6] et sa parole tant veritable, ne luy peut respondre par raison ; et, en continuant de la reprendre et injurier par collere,

---

1. un parti qui convienne à mon rang.   **2.** peu en faveur, peu avantagé (auprès des grands).   **3.** considéré la vertu.   **4.** au parti, au choix.   **5.** abandonner ce sentiment, cette conviction. **6.** serein (sans marque d'altération).

---

* à la vertu, *honnesteté* et *bonne grace* (G).   ** et me *laisser* (2155 S).

se print à pleurer en disant : « Malheureuse que vous
estes, en lieu de vous humillier devant moy, et de vous
repentir d'une faulte si grande, vous parlez audatieusement, sans en avoir la larme à l'oeil ; par cella monstrez bien l'obstination et la dureté de vostre cueur.
Mais si le Roy et vostre pere me veullent croyre, ilz
vous mectront en lieu où vous serez contraincte de parler autre langaige ! — Madame, ce luy respondit
Rolandine, pource que vous m'accusez de parler trop
audatieusement, je suis deliberée de me taire, s'il ne
vous plaist de me donner congé de vous respondre. »
Et, quant elle eut commandement de parler, luy dist :
« Ce n'est point à moy, Madame, à parler à vous, qui
estes ma maistresse et la plus grande princesse de la
chrestienté, audatieusement et sans la reverence que je
vous doibs : ce que je n'ay voulu ne pensé faire ; mays,
puys que je n'ay advocat qui parle pour moy [1], sinon
la verité, laquelle moy seulle je sçay, je suis tenue de
la declairer sans craincte, esperant que, si elle est bien
congneue de vous, vous ne m'estimerez telle qu'il vous
a pleu me nommer. Je ne crainctz que creature mortelle
entende comme je me suis conduicte en l'affaire dont
l'on me charge [2], puisque je sais que Dieu et mon honneur n'y sont en riens offensez. Et voylà qui me faict
parler sans craincte, estant seure que celluy qui voyt
mon cueur est avecq moy ; et si ung tel juge estoit pour
moy, j'aurois tort de craindre ceulx * qui sont subjectz
à son jugement. Et pourquoy doncques doibs-je pleurer,

---

1. Comme celle de l'héroïne de N. 15, la plaidoirie, savamment
articulée, « met à la balance », pèse les torts et les dommages subis,
et réclame réparation. L'audace est d'autant plus remarquable ici
et là qu'il s'agit de contester les règles sociales des alliances matri-
moniales, et ici, de surcroît, de critiquer à la fois l'autorité paternelle, à laquelle Rolandine oppose celle du « vrai » père, Dieu, et
celle du roi, comme on le voit ci-dessous, lorsque l'ordre royal
s'oppose à la conscience.   2. dont l'on m'accuse (vocabulaire
juridique, comme ci-dessous *juge, jugement, affaire*).

---

* pour moy, *je ne craindrois point* ceulx (ms. 1512).

veu que ma conscience et mon cueur ne me reprennent[1] poinct en cest affaire, et que je suis si loing de
m'en repentir, que, s'il estoit à recommencer, j'en
ferois ce que j'ai faict ? Mais vouz, Madame, avez
grande occasion de pleurer, tant pour le grand tort que,
en toute ma jeunesse, vous m'avez tenu, que pour celluy que maintenant vous me faictes de me reprendre
devant tout le monde d'une faulte qui doibt estre impu-
tée plus à vous que à moy. Quant je aurois offensé
Dieu, le Roy, vous, mes parens et ma conscience, je
serois bien obstinée si, de grande repentance, je ne
pleurois. Mais, d'une chose bonne, juste et saincte,
dont jamais n'eust été bruict que bien honnorable,
sinon que vouz l'avez trop tost esventé, monstrant que
l'envye que vous avez de mon deshonneur estoit plus
grande que de conserver l'honneur de vostre maison et
de voz parens, je ne dois plorer*. Mais, puisque ainsy
il vous plaist, Madame, je ne suis pour vous contredire.
Car, quant vous m'ordonnerez telle peyne qu'il vous
plaira, je ne prandray moins de plaisir de la souffrir
sans raison, que vous ferez à la me donner. Parquoy,
Madame, commandez à Monsieur mon pere quel torment il vous plaist que je porte, car je sçay qu'il n'y
fauldra pas : au moins suis-je bien aise que seullement
pour mon malheur il suyve entierement vostre volunté,
et que, ainsy qu'il a esté negligent à mon bien, suivant
vostre vouloir, il sera prompt à mon mal pour vous
obeyr. Mais j'ay ung pere au ciel, lequel, je suis asseurée, me donnera autant de patience que je me voy par
vous de grands maulx preparez, et en luy seul** j'ai
ma parfaicte confiance. »

   La Royne, si corroucée qu'elle n'en povoit plus,
commanda qu'elle fust emmenée de devant ses oeilz et
mise en une chambre à part où elle ne peust parler à

---

1. m'accusent, me font des reproches.

---

* *je ne dois plorer* (G) est omis dans ms. 1512 et 2155, où la
phrase reste inachevée.   ** ce que en luy (ms. 1512).

personne ; mais on ne luy osta poinct sa gouvernante,
par le moyen de laquelle elle feit savoir au bastard
toute sa fortune [1] et ce qu'il luy sembloit qu'elle devoit
faire. Lequel, estimant que les services qu'il avoit
faictz au Roy lui pourroient servir de quelque chose,
s'en vint en diligence à la court ; et trouva le Roy aux
champs, auquel il compta la verité du faict, le suppliant
que à luy qui estoit pauvre gentil homme, voulust faire
tant de bien d'appaiser la Royne, en sorte que le
mariage peut estre consommé. Le Roy ne luy respondit
riens, sinon : « M'asseurez-vous que vous l'avez
espousée ? — Ouy, sire, dist le bastard, par parolles de
present seulement [2], et s'il vous plaist, la fin y sera
mise. » Le Roy, baissant la teste et sans luy dire autre
chose, s'en retourna droict au chasteau ; et, quant il fut
auprès de là, il appella le cappitaine de ses gardes et
luy donna charge de prendre le bastard prisonnier. Toutesfoys ung sien amy, qui congnoissoit le visaige du
Roy [3], l'advertit de s'absenter et de se retirer en une
sienne maison près de là ; et que si le Roy le faisoit
chercher, comme il soupsonnoit, il luy feroit incontinant sçavoir pour s'en fuyr hors du royaulme ; si aussy
les choses estoient adoulcyes, il le manderoit, pour
retourner. Le bastard le creut et feit si bonne diligence,
que le cappitaine des gardes ne le trouva poinct.

Le Roy et la Royne ensemble regarderent qu'ilz
feroient de ceste pauvre damoiselle qui avoit l'honneur
d'estre leur parente ; et, par le conseil de la Royne, fut
conclud qu'elle seroit renvoyée à son pere, auquel l'on
manda toute la verité du faict. Mais, avant l'envoyer,
feirent parler à elle plusieurs gens d'Église et de

---

1. son sort, ce qui lui arrivait.   **2.** les paroles de présent, terme
de jurisprudence (*verba de praesente*), sont celles qui déclarent
l'engagement de mariage, par opposition aux « paroles de futur »,
qui déclarent le projet d'union, les fiançailles ; *seulement* indique
qu'il n'y a pas eu « la fin », le dernier acte, la consommation charnelle.   **3.** qui savait ce que signifiait l'attitude du roi (« baissant
la teste et sans luy dire autre chose »).

Conseil[1], luy remonstrans, puisqu'il n'y avoit en son
mariage que la parolle, qu'il se povoit facilement deffaire, mais que[2] l'un et l'autre se quictassent, ce que
le Roy vouloit qu'elle feit pour garder l'honneur de la
maison dont elle estoit. Elle leur feit responce que en
toutes choses elle estoit preste d'obeyr au Roy, sinon
à contrevenir à sa conscience[3] ; mais ce que Dieu avoit
assemblé[4], les hommes ne le povoient separer : les
priant de ne la tanter de chose si desraisonnable, car si
amour et bonne volunté fondée sur la craincte de Dieu
sont les vrays et seurs lyens de mariage, elle estoit si
bien lyée, que fer, ne feu, ne eaue, ne povoient rompre
son lien, sinon la mort, à laquelle seulle et non à aultre
rendroit son anneau et son serment, les priant de ne luy
parler du contraire. Car elle estoit si ferme en son propos qu'elle aymoit mieulx mourir, en gardant sa foy,
que vivre après l'avoir nyée[5]. Les deputez de par le
Roy[6] emporterent cette constante[7] responce ; et, quant
ilz veirent qu'il n'y avoit remede de luy faire renoncer
son mary[8], l'envoyerent devers son pere en si piteuse[9]
façon, que par où elle passoit chascun ploiroit. Et
combien qu'elle n'eut failly *, la pugnition fut si grande

---

1. le Conseil du roi, l'organe essentiel du gouvernement, issu de la
Curia regis médiévale, où le monarque prenait conseil de son entourage
et de ses vassaux. Le Conseil a un rôle politique et administratif, mais
aussi des attributions judiciaires, comme on le voit ici.　　2. mais à
condition que...　　3. Cette restriction importante — une clause de
conscience — rappelle certains thèmes de la Réforme, qui oppose à l'autorité civile et aux lois humaines les droits imprescriptibles de la
conscience libre...　　4. Rappel de la formule chrétienne du mariage ;
cf. Matthieu 19, 7 : « Que l'homme donc ne sépare pas ce que Dieu a
joint » ; et Paul, 1re épître aux Corinthiens 7, 10 : « À ceux qui sont
mariés, j'ordonne, non pas moi, mais le Seigneur, que la femme ne se
sépare point de son mari [...] et que le mari ne répudie point sa femme. »
5. reniée.　　6. Les membres du Conseil députés par le roi (formule
officielle de mandat).　　7. ferme.　　8. renoncer à son mari (formule
solennelle de rupture).　　9. pitoyable.

---

* La leçon de Gruget et du ms. 2155 (« Et combien qu'elle eust failly... ») semble meilleure, puisque le texte oppose la faute (reconnue pour
telle) à l'excuse publique, qui tient cette faute pour signe de vertu.

et sa constance telle, qu'elle feit estimer sa faulte estre vertu. Le pere, sçachant ceste piteuse nouvelle, ne la voulut poinct veoir, mais l'envoya à ung chasteau dedans une forest, lequel il avoit autresfoys edifié pour une occasion bien digne d'estre racomptée[1] ; et la tint là longuement en prison, la faisant persuader que, si elle voulloit quicter son mary, il la tiendroit pour sa fille et la mectroit en liberté. Toutesfoys, elle tint ferme et ayma mieulx le lyen de sa prison, en conservant celluy de son mariage, que toute la liberté du monde sans son mary ; et sembloit à veoir son visaige, que toutes ses peynes luy estoient passetemps très plaisans, puisqu'elle les souffroit pour celluy qu'elle aymoit.

Que diray-je icy des hommes ? Ce bastard, tant obligé à elle[2], comme vous avez veu, s'enfuyt en Allemaigne, où il avoit beaucoup d'amys ; et monstra bien, par sa legiereté, que vraye et parfaicte amour ne luy avoit pas tant faict pourchasser Rolandine que l'avarice[3] et l'ambition ; en sorte qu'il devint tant amoureux d'une dame d'Allemaigne, qu'il oblya à visiter par lectre celle qui pour luy soustenoit tant de tribulation. Car jamais la fortune, quelque rigueur qu'elle leur tint, ne leur peut oster le moyen de s'escripre l'un à l'autre, sinon la folle et meschante amour où il se laissa tumber, dont le cueur de Rolandine eut premier ung sentiment tel, qu'elle ne povoit plus reposer. Et voyant après ses escriptures[4] tant changées et refroidyes du langaige accoustumé, qu'elles ne resembloient plus aux passées, soupsonna que nouvelle amityé[5] la separoit de son mary, ce que tous les tormens et peynes qu'on luy avoyt peu donner n'avoient sceu faire. Et, parce que sa parfaicte amour ne vouloit qu'elle asseist jugement sur ung soupson, trouva moyen d'envoyer secretement ung serviteur en qui elle se fyoit, non pour

1. Annonce de N. 40, où apparaît le château que le comte de Jossebelin fait construire au milieu d'une forêt pour y tenir sa sœur prisonnière. **2.** qui avait tant d'obligations envers elle. **3.** cupidité. **4.** ses écrits, ses lettres. **5.** qu'un nouvel amour.

luy escripre et parler à luy, mais pour l'espier et veoir
la verité. Lequel, retourné du voyage, luy dist que, pour
seur, il avoit trouvé le bastard bien fort amoureux
d'une dame d'Allemaigne, et que le bruict estoit qu'il
pourchassoit de [1] l'espouser, car elle estoit fort riche.
Ceste nouvelle apporta une si extreme douleur au cueur
de ceste pauvre Rolandine, que, ne la pouvant porter,
tumba bien griefvement mallade. Ceulx qui entendoient l'occasion [2] luy dirent, de la part de son pere,
que, puisqu'elle voyoit la grande meschanceté du bastard, justement [3] elle le povoit habandonner, et la per-
suaderent de tout leur possible. Mais, nonobstant
qu'elle fust tormentée jusques au bout, si n'y eut-il
jamais remede de luy faire changer son propos [4] ; et
monstra en ceste derniere tentation l'amour qu'elle
avoit et sa très grande vertu. Car, ainsy que l'amour se
diminuoit du costé de luy, ainsy augmentoit du sien ;
et demoura, maulgré qu'il en eust, l'amour entier et
parfaict, car l'amityé, qui defailloit du costé de luy,
tourna en elle. Et, quant elle congneut que en son cueur
seul estoit l'amour entier qui autresfois avoit esté
departy [5] en deux, elle delibera de le soustenir jusques
à la mort de l'un ou de l'autre. Parquoy, la Bonté
divine, qui est parfaicte charité et vraye amour eut pitié
de sa douleur et regarda [6] sa patience, en sorte que,
après peu de jours, le bastard mourut à la poursuicte
d'une autre femme. Dont elle, bien advertye de ceulx
qui l'avoient veu mectre en terre, envoya suplier son
pere, qu'il luy pleust qu'elle parlast à luy. Le pere s'y
en alla incontinant, qui jamais depuis sa prison n'avoit
parlé à elle ; et après avoir bien au long entendu ses
justes raisons, en lieu de reprendre et tuer, comme souvent par parolles il la menassoit, la print entre ses bras,
et, en pleurant très fort, luy dist : « Ma fille, vous estes
plus juste que moy, car s'il y a eu faulte en vostre

---

1. cherchait à.   2. en savaient la cause.   3. qu'il était
juste (qu'elle l'abandonnât).   4. sa résolution.   5. partagé.
6. tint compte de.

affaire, j'en suis la principale cause ; mais, puis que
Dieu l'a ainsy ordonné, je veulx satisfaire au passé[1]. »
Et, après l'avoir admenée en sa maison, il la traictoit
comme sa fille aisnée. Elle fut demandée en mariage
par ung gentil homme, du nom et armes de leur maison[2], qui estoit fort saige et vertueux ; et estimoit tant
Rolandine, laquelle il frequentoit souvent, qu'il luy
donnoit louange de ce dont les autres la blasmoient,
congnoissant que sa fin[3] n'avoit esté que pour la vertu.
Le mariaige fut agreable au pere et à Rolandine et fut
incontinent conclud. Il est vray que ung frere[4] qu'elle
avoit, seul heritier de la maison, ne vouloit s'accorder
qu'elle eust nul partage[5], lui mectant au devant[6]
qu'elle avoit desobey à son pere. Et, après la mort du
bon homme, luy tint de si grandes rigueurs, que son
mary, qui estoit ung puisné, et elle, avoient bien affaire
de vivre[7]. En quoy Dieu pourveut ; car le frere, qui
vouloit tout tenir, laissa en ung jour, par une mort
subite, le bien qu'il tenoit de sa seur et le sien, quant et
quant[8]. Ainsy, elle fut heritiere d'une bonne et grosse
maison, où elle vesquit sainctement et honnorablement
en l'amour de son mary. Et, après avoir eslevé deux
filz que Dieu leur donna, rendit joyeusement son ame
à Celluy où de tout temps[*] elle avoit sa parfaicte
confiance.

« Or, mes dames, je vous prie que les hommes, qui
nous veullent peindre tant inconstantes, viennent maintenant icy et me monstrent l'exemple d'un aussy bon
mari, que ceste-cy fut bonne femme, et d'une telle foy
et perseverance ; je suis seure qu'il leur seroit si diffi-

---

1. réparer les fautes passées.   **2.** Anne de Rohan épousa en
1515 (ou 1517) Pierre de Rohan.   **3.** ses actes n'avaient visé
qu'à la vertu.   **4.** Claude de Rohan, évêque de Quimper.   **5.** ne voulut accepter qu'elle eût quelque part aux biens de
la famille (quelque dot).   **6.** lui faisant valoir.   **7.** bien du
mal à vivre.   **8.** dans le même temps.

---

* de long temps (ms. 1512 et G).

cile que j'ayme mieulx les en quicter[1], que de me
mectre en ceste peyne ; mais, non vous, mesdames, de
vous prier[2], pour continuer* nostre gloire, ou du tout
n'aymer poinct, ou que ce soit aussi parfaictement. Et
gardez-vous bien que nulle ne dye que ceste damoiselle
ait offensé son honneur, veu que par sa fermeté elle
est occasion d'augmenter le nostre. — En bonne foy,
Parlamente, dist Oisille, vous nous avez racompté
l'histoire d'une femme d'un très grand et honneste
cueur ; mais ce qui donne autant de lustre à sa fermeté,
c'est la desloyaulté de son mary qui la voulloit laisser
pour un autre[3]. — Je croy, dist Longarine, que cest
ennuy-là luy fut le plus importable[4], car il n'y a faiz
si pesant, que l'amour de deux personnes bien unyes ne
puisse doulcement supporter ; mais, quant l'un fault[5]
à son debvoir et laisse toute la charge sur l'autre, la
pesanteur[6] est importable. — Vous devriez doncques,
dit Geburon, avoir pitié de nous, qui portons l'amour
entiere, sans que vous y daigniez mectre le bout du
doigt pour la soulager. — Ha, Geburon ! dist Parlamente, souvent sont differenz les fardeaulx de
l'homme et de la femme. Car l'amour de la femme,
bien fondée sur Dieu et sur honneur, est si juste et
raisonnable, que celuy qui se depart de[7] telle amityé
doibt estre estimé lasche et meschant envers Dieu et
les hommes**. Mais l'amour de la plupart des hommes
de bien est tant fondée sur le plaisir, que les femmes,
ignorant leurs mauvaises voluntez, se y mectent
aucunes fois bien avant[8] ; et quant Dieu leur faict
congnoistre la malice du cueur de celuy qu'elles esti-

---

1. les tenir quittes de ce défi.   2. mais je ne renonce pas à
vous prier.   3. une autre.   4. difficile à supporter.   5. manque.   6. le poids.   7. abandonne.   8. les femmes, ignorant
leurs mauvaises intentions, s'y laissent aller (s'abandonnent à cet
amour sans prudence).

---

* mais je vous prierai, mesdames, continuer (T).   ** et les
hommes de bien (G, T).

moient bon, s'en peuvent departir[1] avecq leur honneur
et bonne reputation, car les plus courtes follies sont
tousjours les meilleures. — Voylà doncques une raison, dist Hircan, forgée sur vostre fantaisie, de vouloir
soustenir que les femmes honnestes peuvent laisser
honnestement l'amour des hommes, et non les
hommes, celle des femmes, comme si leurs cueurs
estoient differens ; mais combien que les visaiges et
habitz le soyent, si croy-je que les voluntez[2] sont
toutes pareilles, sinon d'autant[3] que la malice plus couverte est la pire. » Parlamente, avecq ung peu de collere, luy dist : « J'entends bien que vous estimez celles
les moins mauvaises, de qui la malice est descouverte ?
— Or laissons ce propos-là, dist Simontault, car, pour
faire conclusion du cueur de l'homme et de la femme,
le meilleur des deux n'en vault riens. Mais venons à
sçavoir à qui Parlamente donnera sa voix, pour oyr
quelque beau compte. — Je la donne, dist-elle, à Geburon. — Or, puis que j'ay commencé, dist-il, à parler
des Cordeliers[4], je ne veulx oblyer ceulx de Sainct
Benoist[5], et ce qui est advenu d'eulx de mon temps :
combien que je n'entendz, en racomptant une histoire
d'un meschant religieux, empescher la bonne opinion
que vous avez des gens de bien. Mais, veu que le Psalmiste[6] dist que : « Tout homme est menteur » ; et, en
ung autre endroict : « Il n'en est poinct qui face bien,
jusques à ung »[*], il me semble qu'on ne peut faillyr
d'estimer l'homme tel qu'il est ; car s'il y a du bien,
on le doit attribuer à Celluy qui en est la source, et non

---

1. elles peuvent l'abandonner.   2. les désirs (des hommes et
des femmes).   3. sinon en ce que.   4. C'est en effet Geburon
qui a conté la N. 5.   5. les moines de l'ordre de Saint-Benoît,
fondé au VIᵉ siècle, les Bénédictins.   6. « *Omnis homo mendax* »
(Psaume 115, 2), pour la première citation, et « *Qui faciat bonum
non est usque ad unum* » (Psaume 13, 2), pour la seconde.

---

* Var. de la citation : « Et n'est celuy qui face bien aucun, non
jusques à un » (G), et : « Il n'en est point qui face bien, il n'en est
point, jusques à ung » (2155 S).

à la creature, à laquelle par trop donner de gloire et de
louange, on estime de soy[1][*] quelque chose de bon, la
plus part des personnes sont trompées[**]. Et, afin que
vous ne trouvez impossible que soubz extreme austerité soit extreme concupiscence, entendez ce qui advint
du temps du Roy Françoys premier. »

VINGT DEUXIESME NOUVELLE

Sœur Marie Heroet, sollicitée de son honneur par un prieur de
Sainct-Martin des Champs, avec la grace de Dieu, emporta la victoire contre ses fortes tentations, à la grand'confusion du prieur et
à l'exaltation d'elle.

*

*Un prieur reformateur, soubs umbre de son hypocrisie, tente tous
moyens pour seduire une saincte religieuse dont en fin sa malice
est descouverte.*

*

Cette nouvelle donne des indications particulièrement précises, de
noms, de dates, de lieux, et l'auteur s'y met d'ailleurs en scène
comme médiatrice efficace dans le conflit.

*

En la ville de Paris, il y avoit ung prieur de Sainct-
Martin des Champs, duquel je tairay le nom[2] pour
l'amityé que je luy ay portée. Sa vie, jusques en l'aage
de cinquante ans, fut si austere, que le bruict de sa
saincteté[3] courut par tout le royaume, tant qu'il n'y
avoit prince ne princesse qui ne luy feist grand honneur, quant il les venoit veoir. Et ne se faisoit reforma-

---

1. on estime qu'il y a en la créature elle-même quelque chose
de bon, au lieu de renvoyer le bien à Dieu seul.　**2.** Il s'agit
d'Estienne Le Gentil, prieur de Saint-Martin-des-Champs à Paris
de 1508 à 1536.　**3.** sa réputation de sainteté.

---

[*] ou estimer de soy (G).　　[**] Peut-être convient-il, comme
dans le ms. 2155, de mettre un point après « quelque chose de
bon », ou de suivre le texte de G, plus correct syntaxiquement que
celui du ms. 1512.

tion de religion[1], qui ne fust faicte par sa main, car on
le nommoit le *pere de vraye religion*. Il fust esleu visiteur de la grande religion des dames de Fontevrault[2],
desquelles il estoit tant crainct, que, quant il venoit
en quelcun de leurs monasteres, toutes les religieuses
trembloient de la craincte* qu'elles avoient de luy. Et,
pour l'appaiser des grandes rigueurs[3] qu'il leur tenoit,
le traictoient comme elles eussent faict la personne du
Roy ; ce que au commencement** il refusoit, mais, à
la fin, venant sur les cinquante cinq ans, commencea à
trouver fort bon le traictement qu'il avoit au commencement desprisé[4], et s'estimant luy-mesme le bien
public de toute religion, desira de conserver sa santé
mieulx qu'il n'avoit accoustumé. Et, combien que sa
reigle portast de jamais ne manger chair[5], il s'en dis-
pensa luy-mesmes, ce qu'il ne faisoit à nul autre, disant
que sur luy estoit tout le faiz de la religion. Parquoy,
si bien se festoya, que, d'un moyne bien meigre, il en
feyt ung bien gras. Et, à ceste mutation de vivre, se
feyt une mutation de cueur telle, qu'il commencea à
regarder les visaiges, dont paravant avoit faict
conscience[6] ; et en regardant les beaultez que les
voilles rendent plus desirables, commencea à les
convoicter. Doncques, pour satisfaire à ceste convoitise, chercha tant de moyens subtilz que en lieu de faire

---

1. réforme de monastère ; E. Le Gentil fut en effet chargé en
1524 de réformer une abbaye du diocèse de Soissons, et il avait
institué une association de prières avec les religieuses de l'abbaye
de Jouarre (M. F.).   2. Le visiteur est chargé en effet de visiter
les maisons de son ordre et de vérifier l'observance des règles ;
Fontevrault-l'Abbaye (ou Fontevraud), dans l'actuel département
du Maine-et-Loire, près de Saumur, où une abbaye bénédictine
avait été fondée en 1099 (transformée au XIXe siècle en maison de
détention).   3. tenter de le détourner des rigueurs qu'il manifestait.   4. dédaigné.   5. viande, alimentation carnée.   6. fait
un cas de conscience ; ce qu'il avait scrupule à faire auparavant.

---

* Évitant la répétition (*crainct... craincte*), T et G portent : « de
peur ».   ** *au commencement* (texte de G, omis dans ms. 1512).

fin de * pasteur il devint loup [1] ** ; tellement que, en plusieurs bonnes religions [2], s'il s'en trouvoit quelcune
ung peu sotte, il ne falloit à la decepvoir [3]. Mais, après
avoir longuement continué ceste meschante vie, la
Bonté divine, qui print pitié des pauvres brebis esga-
rées, ne voulut plus endurer la gloire de ce malheureux
regner ***, ainsi que vous verrez.

Ung jour, allant visiter ung couvent près de Paris qui
se nomme Gif [4], advint que, en confessant toutes les
religieuses, en trouva une nommée Marie Heroet [5], dont
la parolle estoit si doulce et agreable, qu'elle promectoit le visaige et le cueur estre de mesme. Parquoy,
seullement pour l'ouyr, fut esmeu en une passion
d'amour qui passa toutes celles qu'il avoit eues aux
autres religieuses ; et, en parlant à elle, se baissa fort
pour la regarder, et apperceut la bouche si rouge et si
plaisante, qu'il ne se peut tenir de lui haulser le voile
pour veoir si les oeilz accompagnoient le demorant, ce
qu'il trouva [6] : dont son cueur fut rempli d'une ardeur
si vehemente, qu'il perdit le boire et le manger et toute
contenance [7], combien qu'il la dissimulloit. Et, quant il
fut retourné en son prieuré, il ne povoit trouver repos :
parquoy en grande inquietude passoit les jours et les

---

1. L'image du pasteur devenu loup est autorisée par l'équivoque
du mot *pasteur* : le bon pasteur est un berger, berger des brebis,
ou des âmes assimilées aux brebis, que menace le loup ; rappel de
l'Évangile de Jean (10.11-14) : « Je suis le bon berger. Le bon
berger donne sa vie pour ses brebis. Mais le mercenaire [...] voit
venir le loup, abandonne les brebis, et prend la fuite. »   **2.** couvents.   **3.** il ne se faisait pas faute de, il ne manquait de le tromper.   **4.** Gif-sur-Yvette, en vallée de Chevreuse, où était une
abbaye de Bénédictines.   **5.** La sœur du poète Antoine Heroet
(1492-1568), dit La Maisonneufve, évêque de Digne, un familier
de la reine Marguerite, qui a contribué à diffuser le platonisme,
auteur en particulier de *La parfaicte amye* (1542).   **6.** répon-
daient au reste, ce qu'il constata en effet.   **7.** toute dignité (dans
l'attitude, le comportement).

---

* faire *office* de (G).   ** que, à la parfin, le pasteur devint
loup (2155 S).   *** *resveur* (ms. 1512).

nuictz en cerchant les moyens comme il pourroit parvenir à son desir, et faire d'elle comme il avoit faict
de plusieurs autres. Ce qu'il craingnoit* estre difficille
pource qu'il la trouvoit saige en parolles, et d'un esperit si subtil, qu'il ne povoit avoir grande esperance**,
et, d'autre part, se voyait si laid et si vieulx, qu'il delibera de ne luy en parler poinct, mais de chercher à la
gaingner par craincte. Parquoy, bien tost après, s'en
retourna au dict monastere de Gif ; auquel lieu se
monstra plus austere qu'il n'avoit jamais faict, se cour-
rouçant à toutes les religieuses, reprenant l'une que son
voille n'estoit pas assez bas, l'autre qu'elle haulsoit
trop la teste, et l'autre qu'elle ne faisoit pas bien la
reverence en religieuse. En tous ces petitz cas se monstroit si austere, que l'on le craingnoit comme ung Dieu
painct en jugement[1]. Et luy, qui avoit les gouttes[2], se
travailla tant de visiter les lieux reguliers[3], que, environ l'heure de vespres, heure par luy apostée[4], se
trouva au dortouer[5]. L'abbesse luy dist : « Pere reve-
rend, il est temps de dire vespres. » À quoy il respondit : « Allez, mere, allez, faictes les dire ; car je suys
si las, que je demeureray ici, non pour reposer, mais
pour parler à seur Marie, de laquelle j'ay oy très mauvais rapport ; car l'on m'a dict qu'elle caquette, comme
si c'estoit une mondaine. » L'abbesse, qui estoit tante

---

1. comme le Dieu qu'on représente au Jugement dernier. 2. La goutte, affection articulaire douloureuse (due à
l'excès d'acide urique, conséquence peut-être des trop bons repas
du moine qui si bien se festoya !) ; *se travailla* : se fati-
gua. 3. les lieux qui appartiennent aux ordres religieux (par
opposition à *séculiers*), le cloître, le dortoir, le chapitre et le réfec-
toire. 4. fixée. 5. le dortoir, l'un de ces lieux réguliers.

---

* Ce qu'il cognoissoit (G, qui supprime la répétition *craignoit...
par craincte*). ** *qu'il ne povoit avoir grande esperance* est
omis dans ms. 1512.

de sa mere [1], le pria de la vouloir chapitrer [2], et la luy laissa toute seulle, sinon ung jeune religieux qui estoit avecq luy. Quant il se trouva seul avecq seur Marie, commencea à luy lever le voille, et luy commander qu'elle le regardast. Elle luy respondit que sa reigle luy defendoit de regarder les hommes. « C'est bien dict, ma fille, luy dist-il, mais il ne fault pas que vous estimiez qu'entre nous religieux soyons hommes. » Parquoy, seur Marie, craingnant faillir par desobeissance, le regarda au visaige ; elle le trouva si laid, qu'elle pensa faire plus de penitence que de peché à le regarder. Le beau pere, après luy avoir dict plusieurs propos de la grande amityé qu'il luy portoit, luy voulut mectre la main au tetin : qui fut par elle repoulsé comme elle debvoit ; et fut si courroucé qu'il lui dist : « Faut-il que une religieuse sçaiche qu'elle ait des tetins ? » Elle luy dist : « Je sçay que j'en ay, et certainement, que vous ny autre n'y toucherez poinct ; car je ne suis pas si jeune et ignorante que je n'entende bien ce qui est peché de ce qui ne l'est pas. » Et, quant il veit que ses propos ne la povoient gaingner, luy en vat bailler d'un autre [3], disant : « Helas, ma fille, il fault que je vous declaire mon extreme necessité : c'est que j'ay une malladye que tous les medecins trouvent incurable, sinon que je me resjouisse et me joue avecq quelque femme que j'ayme bien fort. De moy, je ne vouldrois, pour mourir, faire ung peché mortel ; mais, quant l'on viendroit jusques là, je sçay que simple fornication n'est nullement à comparer à pecher d'homicide [4]. Parquoy, si vous aymez ma vie, en saulvant vostre conscience de crudelité [5], vous me la saulverez. » Elle luy demanda quelle façon de jeu il entendoit faire. Il luy dist qu'elle povoit bien reposer sa conscience sur

1. Catherine de Saint-Benoît, prieure du couvent de Gif, est la grand-tante de sœur Marie Heroet ; ce lien de parenté est rappelé plus bas (Marie, « fille de sa niepce »).   2. Au sens précis : réprimander en plein chapitre ; ici au sens familier : adresser de sévères remontrances.   3. donner autre argument.   4. au péché d'homicide.   5. cruauté.

la sienne, et qu'il ne feroit chose dont l'une ne l'austre
fust chargée. Et, pour luy monstrer le commencement
du passe-temps qu'il demandoit, la vint embrasser et
essayer de la gecter sur ung lict. Elle, congnoissant sa
meschante intention, se deffendit si bien de parolles et
de bras, qu'il n'eut povoir de toucher qu'à ses habillemens. A l'heure, quant il veit toutes ses inventions et
effortz estre tournés en riens [1], comme ung homme
furieux et non seullement hors de conscience, mais de
raison naturelle, luy meit la main soubz la robbe, et
tout ce qu'il peut toucher des ongles esgratina en telle
fureur, que la pauvre fille, en cryant bien fort, de tout
son hault tumba à terre, toute esvanouye. Et, à ce cry,
entra l'abbesse dans le dortouer où elle estoit : laquelle,
estant à vespres, se souvint avoir laissé ceste religieuse
avec le beau pere, qui estoit fille de sa niepce ; dont
elle eut ung scrupule en sa conscience, qui luy feit
laisser vespres et aller à la porte du dortouer escouter
que l'on faisoit ; mais, oyant la voix de sa niepce,
poulsa la porte, que le jeune moyne tenoit. Et, quant le
prieur veit venir l'abbesse, en luy monstrant sa niepce
esvanouye, lui dist : « Sans faulte, nostre mere, vous
avez grand tort que vous ne m'avez dict les conditions [2]
de seur Marie ; car, ignorant sa debilité [3], je l'ay faict
tenir debout devant moy, et, en la chapitrant, s'est
esvanouye comme vous voyez. » Ilz la feirent revenir
avecq vin aigre [4] et autres choses propices ; et trouverent que de sa cheute elle estoit blessée à la teste. Et,
quant elle fut revenue [5], le prieur, craingnant qu'elle
comptast à sa tante l'occasion de son mal, luy dist à
part : « Ma fille, je vous commande, sur peyne d'ino-
bedience [6] et d'estre dampnée*, que vous n'aiez jamais

---

1. échouer. 2. l'état physique. 3. fragilité, faiblesse (physique). 4. vinaigre. 5. revenue à elle (quand elle reprit
conscience). 6. sous peine d'être convaincue de désobéissance ;
religieux et religieuses font vœu d'obéissance, et la transgression
est punie sévèrement.

---

* d'estre dampnée *eternellement* (add. G, 2155 S).

à parler de ce que je vous ay faict icy, car entendez
que l'extremité d'amour m'y a contrainct. Et, puisque
je voy que vous ne voulez aymer, je ne vous en parleray jamais que ceste foys, vous asseurant que, si vous
me voulez aymer, je vous feray elire abbesse de l'une
des trois meilleures abbayes de ce royaulme. » Mais
elle lui respondit qu'elle aymoit mieulx mourir en
chartre [1] perpetuelle, que d'avoir jamais autre amy que
Celluy qui estoit mort pour elle en la croix [*], avecq
lequel elle aymoit mieulx souffrir tous les maulx que
le monde pourroit donner, que contre luy avoir tous les
biens ; et qu'il n'eust plus à luy parler de ces propos,
ou elle le diroit à la mere abbesse, mais que en se
taisant elle s'en tairoit [2][**]. Ainsy s'en alla ce mauvais
pasteur, lequel, pour se monstrer tout aultre qu'il n'estoit, et pour encores avoir le plaisir de regarder celle
qu'il aymoit, se retourna vers l'abbesse, luy disant :
« Ma mere, je vous prie, faictes chanter à toutes vos
filles ung *Salve Regina*, en l'honneur de ceste vierge
où j'ay mon esperance. » Ce qui fut faict : durant
lequel ce regnard [3] ne feit que pleurer, non d'autre
devotion que de regret qu'il avoit de n'estre venu au
dessus de la sienne [4]. Et toutes les religieuses, pensans
que ce fust d'amour à la vierge Marie, l'estimoient ung
sainct homme. Seur Marie, qui congnoissoit sa malice,
prioit en son cueur [***] de confondre celluy qui desprisoit tant [5] la virginité.

Ainsy s'en alla cest ypocrite à Sainct-Martin ;
auquel lieu ce meschant feu, qu'il avoit en son cueur,
ne cessa de brusler jour et nuict et de chercher toutes
les inventions possibles pour venir à ses fins. Et, pour
ce que sur toutes choses il craingnoit l'abbesse, qui

---

1. cachot, réclusion.   2. mais que, s'il se taisait, elle se tairait
aussi.   3. renard.   4. ne n'avoir pu surmonter la dévotion de
Marie.   5. faisait si peu de cas de.

---

* en l'arbre de la croix (T).   ** mais que, en se taisant, elle
aussi s'en taiseroit (2155 S).   *** prioit en son cœur la vierge
Marie (2155 S).

estoit femme vertueuse, il pensa le moyen de l'oster de ce monastere. S'en alla vers Madame de Vendosme[1], pour l'heure demeurant à La Fere, où elle avoit ediffié et fondé ung couvent de sainct Benoist, nommé le Mont d'Olivet. Et, comme celluy qui estoit le souverain reformateur, luy donna à entendre que l'abbesse du dict Mont d'Olivet n'estoit pas assez suffisante pour[2] gouverner une telle communauté ; la bonne dame le pria de luy en donner une autre, qui fust digne de cest office. Et luy, qui ne demandoit autre chose, luy conseilla de prendre l'abbesse de Gif pour la plus suffisante qui fust en France. Madame de Vendosme incontinant l'envoya querir, et lui donna la charge de son monastere du Mont d'Olivet. Le prieur de Sainct-Martin, qui avoit en sa main les voix[3] de toute la religion, feit elire à Gif une abbesse à sa devotion. Et, après ceste eslection, il s'en alla au dict lieu de Gif essayer encores une autre fois si, par priere ou par doulceur, il pourroit gaingner seur Marie Heroet. Et, voyant qu'il n'y avoit nul ordre[4], retourna, desespéré, à son prieuré de Sainct-Martin : auquel lieu, pour venir à sa fin et pour se venger de celle qui lui estoit trop cruelle, de paour que son affaire fust esventée, feit desrober secretement les relicques du dict prieuré de Gif, de nuict ; et meit à sus au confesseur de leans[5], fort viel et homme de bien, que c'estoit luy qui les avoit desrobées ; et, pour ceste cause*, le meit en prison à Sainct-Martin. Et, durant qu'il le tenoit prisonnier suscita deux tesmoings, lesquels ignoramment[6] signerent ce que monsieur de Sainct-Martin leur commanda :

---

1. Marie de Luxembourg, épouse de François de Bourbon, comte de Vendôme, retirée au château de La Fère, près de Laon, fonda en 1518 un monastère de Bénédictines, le Calvaire ou Mont-d'Olivet (Mont des Oliviers). 2. n'avait pas les capacités requises pour. 3. disposait de toutes les voix du couvent (pour l'élection d'une abbesse). 4. nul moyen. 5. accusa le confesseur du dit lieu de les avoir dérobées. 6. sans rien savoir.

---

* pour ceste cause (texte de G) ; pour ceste fin (ms. 1512).

c'estoit qu'ilz avoient veu dedans ung jardin le dict
confesseur avecq seur Marie en acte villain et deshonneste ; ce qu'il voulut faire advouer au viel religieux.
Toutefois, luy, qui sçavoit toutes les faultes de son
prieur, le supplia l'envoier en chappitre[1], et que là
devant tous les religieux il diroit la verité de tout ce
qu'il en sçavoit. Le prieur, craingnant que la justification du confesseur fust sa condemnation, ne voulut poinct
enteriner cette requeste. Mais, le trouvant ferme en son
propos, le traicta si mal en prison, que les ungs dient qu'il
y mourut, et les autres, qu'il le contraingnit de laisser son
habit, et de s'en aller hors du royaulme de France ; quoy
qu'il en soit, jamais depuis on ne le veit.

Quant le prieur estima avoir une telle prise sur seur
Marie, s'en alla en la religion[2] où l'abbesse, faicte à
sa poste[3], ne le contredisoit en riens ; et là commencea
de vouloir user de son auctorité de visiteur, et feit venir
toutes les religieuses, l'une après l'autre, en une
chambre pour les oyr en forme de visitation[4]*. Et,
quant ce fut au ranc[5] de seur Marie qui avoit perdu sa
bonne tante, il commencea à luy dire : « Seur Marie,
vous sçavez de quel crime vous estes accusée, et que
la dissimullation, que vous faictes d'estre tant chaste
ne vous a de rien servy, car on congnoist bien que vous
estes tout le contraire. » Seur Marie luy respondit, d'un
visaige asseuré : « Faictes-moy venir celluy qui m'accuse, et vous verrez si devant moy il demeurera en sa
mauvaise opinion. » Il luy dist : « Il ne nous fault autre
preuve, puis que le confesseur a esté convaincu[6]. »
Seur Marie luy dist : « Je le pense si homme de bien,
qu'il n'aura poinct confessé une telle mensonge ; mais,

---

1. devant le chapitre, assemblée du corps des chanoines chargée
en particulier de *chapitrer* (réprimander publiquement) les moines
coupables.   2. couvent.   3. soumise à ses volontés, à ses
désirs.   4. en forme d'examen, de contrôle ; le *visiteur* du couvent (l'inspecteur, « visiteur des âmes ») exerce une autorité de
directeur de conscience.   5. au tour.   6. reconnu coupable.

---

* en forme de *confession* et visitation (G).

quant ainsy seroit, faictes-le venir devant moi et je
prouveray le contraire de son dire. » Le prieur, voyant
que en nulle sorte ne la povoit estonner[1], luy dist : « Je
suis vostre pere, qui desire saulver vostre honneur :
pour ceste cause, je remetcz* ceste verité à vostre
conscience, à laquelle je adjousteray foy. Je vous
demande et vous conjure, sur peyne de peché mortel,
de me dire verité, assavoir-mon[2] si vous estiez vierge,
quant vous fustes mise ceans. » Elle luy respondit :
« Mon pere, l'aage de cinq ans que j'avois doibt estre
seul tesmoing de ma virginité. — Or bien doncques,
ma fille, dist le prieur, depuis cest temps-là avez-vous
poinct perdu ceste fleur** ? » Elle lui jura que non, et
que jamais ny avoit trové empeschement que de luy.
A quoy il dist qu'il ne le povoit croire, et que la chose
gisoit en preuve : « Quelle preuve, dist-elle, vous en
plaist-il faire ? — Comme je faictz aux autres, dist le
prieur ; car, ainsy que je suis visiteur des ames, aussy
suis-je visiteur des corps. Voz abbesses et prieures ont
passé par mes mains ; vous ne devez craindre que je
visite vostre virginité ; parquoy, gectez-vous sur le lict,
et mectez le devant de vostre habillement sur vostre
visaige. » Seur Marie luy respondit, par collere :
« Vous m'avez tant tenu de propos de la folle amour
que vous me portez, que j'estime plustost que vous me
voulez oster ma virginité, que de la visiter : parquoy
entendez que jamais je ne m'y consentiray. » Alors, il
luy dist qu'elle estoit excommuniée de refuser l'obe-
dience de saincte religion, et que si elle ne s'y consentoit, qu'il la deshonoreroit en plain chappitre, et diroit
le mal qu'il sçavoit d'entre elle et le confesseur[3]. Mais,
elle, d'un visaige sans paour, luy respondit : « Celluy
qui congnoist le cœur de ses serviteurs m'en rendra

---

1. ébranler.   **2.** *mon* est une particule affirmative.   **3.** la
faute commise par elle et le confesseur.

---

* je remetcz (texte de G) ; *remectez* (ms. 1512).   ** ceste
belle fleur (G, ms. 2155).

autant d'honneur devant luy, que vous me sçauriez
faire de honte devant les hommes. Parquoy, puisque
vostre malice en est jusques là, j'ayme mieulx qu'elle
paracheve sa cruaulté envers moy, que le desir de son
mauvais voulloir, car je sçay que Dieu est juste
juge[1]. » A l'heure, il s'en alla assembler tout le chappitre et feit venir devant luy à genoulx seur Marie, à
laquelle il dist par ung merveilleux despit : « Seur
Marie, il me desplaist que les bonnes admonitions[2] que
je vous ay données ont esté inutiles en vostre endroict,
et que vous estes tumbée en tel inconvenient[3], que je
suis contrainct de vous imposer penitence contre ma
coustume : c'est que, ayant examiné vostre confesseur
sur aucuns crimes à luy imposez[4], m'a confessé avoir
abbusé de vostre personne ou lieu où les tesmoins
disent l'avoir veu. Parquoy, ainsy que je vous avois
elevée en estat honorable et maistresse des novices, je
ordonne que vous soyez mise non seullement la derniere de toutes, mais mengeant à terre, devant toutes
les seurs, pain et eaue, jusques ad ce que l'on
congnoisse vostre contrition suffisante d'avoir[5] grace. » Seur Marie, estant advertye par une de ses
compaignes qui entendoit toute son affaire, que, si elle
respondoit chose qui despleust au prieur, il la mectroit
in pace[6], c'est-à-dire en chartre perpetuelle, endura
ceste sentence, levant les œilz au ciel, priant Celluy
qui a esté sa resistence contre le peché, vouloir estre
sa patience contre sa tribulation. Encores defendit le
prieur de Sainct-Martin, que quant sa mere ou ses
parens viendroient, que l'on ne la souffrist de trois ans
parler à eulx, ni escripre, sinon lectres faictes en
communauté.

Ainsy s'en alla ce malheureux homme, sans plus y

---

1. Citation de Paul : « Le Seigneur, le juste juge... » (IIᵉ Épître
à Timothée 4, 8).   2. avertissements, conseils.   3. Au sens
étymologique, défaut de convenance, mauvaise conduite.
4. quelques fautes dont il est accusé.   5. suffisante pour obtenir.   6. « en paix ».

revenir ; et fut ceste pauvre fille long temps en la tribulation que vous avez ouye. Mais sa mere, qui sur tous
ses enffans [1] l'aymoit, voyant qu'elle n'avoit plus de
nouvelles d'elle, s'en esmerveilla fort [2], et dist à ung
sien fils [3], saige et honneste gentil homme, qu'elle pensoit que sa fille estoit morte, mais que les religieuses,
pour avoir la pension annuelle, luy dissimulloient ; le
priant en quelque façon que ce fust, de trouver moien
de voir sa dicte seur. Incontinant il s'en alla à la religion, en laquelle on lui feit les excuses accoustumées :
c'est qu'il y avoit trois ans que sa sœur ne bougeoit du
lict. Dont il ne se tint pas contant ; et leur jura que, s'il
ne la voyoit, il passeroit par-dessus les murailles et
forceroit le monastere. De quoy elles eurent si grande
paour, qu'elles lui admenerent sa seur à la grille,
laquelle l'abbesse tenoit de si près, qu'elle ne povoit
dire à son frère chose qu'elle n'entendist. Mais, elle,
qui estoit saige, avoit mis par escript tout ce qui est icy
dessus, avecq mille autres inventions que le dict prieur
avoit trouvées pour la decepvoir [4], que je laisse à compter pour la longueur. Si ne veulx-je oblier à dire que,
durant que sa tante estoit abbesse, pensant qu'il fust
refusé par sa laideur, feit tenter seur Marie par ung
beau et jeune religieux, esperant que, si par amour elle
obeissoit à ce religieux, après il la pourroit avoir par
craincte. Mais, dans ung jardin*, où le dict jeune religieux luy tint propos avecq gestes si deshonnestes que
j'aurois honte de les rememorer, la pauvre fille courut
à l'abbesse qui parloit au prieur, criant : « Ma mere, ce
sont diables en lieu de religieux ceux qui nous viennent
visiter ! » Et, à l'heure, le prieur, qui eut grande paour
d'estre descouvert, commencea à dire en riant : « Sans
faulte, ma mere, seur Marie a raison ! » Et, en prenant

---

1. qui l'aimait plus que ses autres enfants (dont elle était la pré-
férée). 2. en fut fort surprise. 3. sans doute Georges, seigneur de Carrières. 4. tromper.

---

* d'un jardin (2155 S, G).

seur Marie par la main, luy dist devant l'abbesse :
« J'avois entendu que seur Marie parloit fort bien et
avoit le langaige si à main [1], que on l'estimoit mondaine ; et, pour ceste occasion, je me suis contrainct
contre mon naturel luy tenir tous les propos que les
hommes mondains tiennent aux femmes, ainsi que j'ay
trouvé par escript, car d'experience j'en suis ignorant,
comme le jour que je fuz né ; et, en pensant que ma
vieillesse et laideur luy faisoient tenir propos si vertueux, j'ay commandé à mon jeune religieux de luy
en tenir de semblables, à quoy vous voyez qu'elle a
vertueusement resisté. Dont je l'estime si saige et vertueuse, que je veulx que doresnavant elle soit la premiere après vous et maistresse des novices, afin que
son bon vouloir croisse tousjours de plus en plus en
vertu. »

Cest acte icy et plusieurs autres feit ce bon religieux,
durant trois ans qu'il fut amoureux de la religieuse.
Laquelle, comme j'ay dict, bailla par la grille à son
frere tout le discours de sa piteuse histoire. Ce que le
frere porta à sa mere ; laquelle, toute desesperée, vint
à Paris, où elle trouva la Royne de Navarre [2], seur
unicque du Roy, à qui elle monstra ce piteux discours,
en luy disant : « Madame, fiez-vous une autre fois en
vos ypocrites ! Je pensoys avoir mis ma fille aux faulx-
bours et chemyn de paradis, et je l'ay mise en celluy
d'enfer, entre les mains des pires diables qui y puissent
estre ; car les diables ne nous tentent, s'il ne nous
plaist, et ceulx-cy nous veullent avoir par force, où
l'amour default [3]. » La Royne de Navarre fut en grande
peyne ; car entierement elle se confioit en ce prieur
de Sainct-Martin, à qui elle avoit baillé la charge des
abbesses de Montivilliers et de Cahen, ses belles

_____

1. possédait si bien l'usage du langage (*in manu* : en la puissance, au pouvoir).   2. Marguerite elle-même, garante de l'authenticité des faits.   3. lorsqu'il y a faute d'amour (absence de
désir).

sœurs [1]. D'autre costé, le crime si grand luy donna telle horreur et envye de venger l'innocence de ceste pauvre fille, qu'elle communiqua, au chancelier du Roy [2], pour lors legat en France, de l'affaire. Et fut envoyé querir le prieur de Sainct-Martin, lequel ne trova nulle excuse, sinon qu'il avoit soixante-dix ans ; et, parlant à la Royne de Navarre, la pria, sur tous les plaisirs qu'elle luy vouldroit jamais faire, et pour recompense de tous ses services et de tous ceulx qu'il avoit desir de luy faire, qu'il luy pleust de faire cesser ce procès, et qu'il confesseroit que seur Marie Heroet estoit une perle d'honneur et de virginité. La Royne de Navarre, oyant cela, fut tant esmerveillée [3], qu'elle ne sceut que luy respondre, mais le laissa là, et le pauvre homme [*], tout confus, se retira en son monastere, où il ne voulut plus estre veu de personne, et ne vesquit que ung an après. Et seur Marie Heroet, estimée comme elle debvoit par les vertuz que Dieu avoit mises en elle, fut ostée de l'abbaye de Gif, où elle avoit eu tant de mal, et faicte abbesse par le don du Roy, de l'abbaye de Giy [4][**], près de Montargis, laquelle elle reforma et vesquit comme celle qui estoit plaine de l'esperit de Dieu, le louant toute sa vie de ce qu'il luy avoit pleu luy redonner son honneur et son repos.

« Voylà, mes dames, une histoire qui est bien pour monstrer ce que dict l'Évangile : Que Dieu par les choses foybles confond les fortes, et, par les inutiles aux oeilz des hommes, la gloire de ceulx qui cuydent

---

1. Les deux sœurs d'Henri d'Albret, son époux, enfants de Jean d'Albret, roi de Navarre : Catherine d'Albret, abbesse de l'abbaye de Montivilliers, près du Havre, et Madeleine d'Albret, abbesse de la Trinité de Caen ; *Cahen* : Caen.   2. Antoine Duprat, chancelier de France, nommé cardinal et légat du pape en 1530, mort en 1535.   3. étonnée, stupéfaite.   4. aujourd'hui Gy-les-Nonnains dans le Loiret.

---

* le pauvre homme (texte de G) ; le prieur (ms. 1512).   ** Gien (G).

estre quelque chose et ne sont rien[1]. Et pensez, mes
dames, que, sans la grace de Dieu, il n'y a homme où
l'on doibve croire nul bien, ne si forte tentation dont
avecq luy l'on n'emporte victoire, comme vous povez
veoir par la confusion* de celluy qu'on estimoit juste
et par l'exaltation de celle qu'il voulloit faire trouver
pecheresse et meschante. En cela est verisfié le dire de
Nostre Seigneur : *Qui se exaltera sera humilié, et qui
se humilliera sera exalté*[2]. — Hélas ! ce dist Oisille,
hé ! que ce prieur-là a trompé de gens de bien ! Car
j'ay veu qu'on se fyoit en luy plus que en Dieu. — Ce
ne seroit pas moy, dist Nomerfide ; car j'ay une si
grande horreur** quant je voy ung religieux, que seullement je ne m'y sçaurois confesser, estimant qu'ils
sont pires que tous les aultres hommes, et ne hantent[3]
jamais maison qu'ilz n'y laissent quelque honte ou
quelque zizanie. — Il y en a de bons, dist Oisille, et
ne fault pas que pour les mauvais ilz soient jugez[4],
mais les meilleurs, ce sont ceulx qui moins hantent les
maisons seculieres[5] et les femmes. — Vous dictes
vray, dist Ennasuitte, car moins on les voyst, moins
on les congnoist, et plus on les estime, pource que la
frequentation les monstre telz qu'ilz sont. — Or, laissons le moustier là où il est[6], dist Nomerfide, et voyons

---

1. Citation de Paul, Ire Épître aux Corinthiens 1, 27-29 : « Dieu
a choisi les choses faibles du monde pour confondre les fortes ; et
Dieu a choisi les choses viles du monde et celles qu'on méprise,
celles qui ne sont point, pour réduire au néant celles qui sont, afin
que nulle chair ne se glorifie devant Dieu. »   2. Citation empruntée à Luc 14, 11 (discours de Jésus aux hommes conviés à un
repas et qui choisissent les premières places) et 18, 14 (parabole
du pharisien et du publicain).   3. fréquentent.   4. mal jugés (à
cause des mauvais).   5. les demeures privées.   6. restons-en
là (*moustier* : monastère). R. Salminen note une réminiscence du
Testament de Villon : « Laissons le moustier où il est : / Parlons
de chose plus plaisante ! » (str. XXXIV, v. 265-266). L'expression
a pris valeur proverbiale (voir « *Il faut laisser le Moustier où il est*,

---

* confession (ms. 1512, G).   ** Gruget substitue à cette critique acerbe des moines une phrase plus anodine : « car je ne m'arreste point à telles gens ».

à qui Geburon donnera sa voix. » Geburon, pour reparer sa faute, si faute estoit d'avoir dechifré[1] la malheureuse et abominable vie d'un mechant religieux, afin
de se garder de l'ypocrisie de ses semblables, ayant
telle estime de madame Oisille, qu'on doit avoir d'une
dame sage et non moins sobre à dire le mal, que
prompte à exalter et publier le bien qu'elle congnoissoit en autruy, luy donna sa voix* : « Ce sera, dist-il,
à madame Oisille, afin qu'elle dye quelque chose en
faveur de saincte religion. — Nous avons tant juré, dist
Oisille, de dire la verité, que je ne sçaurois soustenir
ceste partye[2]**. Et, aussy, en faisant vostre compte,
vous m'avez remys en memoire une si piteuse histoire,
que je suis contraincte de la dire, pource que je suys
voisine du païs où de mon temps elle est advenue ; et
afin, mes dames, que l'ypocrisye de ceulx qui s'estiment plus religieux que les autres, ne vous enchante
l'entendement, de sorte que vostre foy, divertye de son
droict chemin, estime trouver salut en quelque autre
creature que en Celluy seul qui n'a voulu avoir
compaignon à nostre creation et redemption, lequel est
tout puissant pour nous saulver en la vie eternelle, et,
en ceste temporelle, nous consoler et delivrer de toutes

---

vieux proverbe François, et son explication », in E. Pasquier, *Les
Recherches de la France*, éd. Fragonard et Roudaut, Champion,
1996, t. I, p. 188) mais chez Villon comme chez Marguerite, elle
garde encore son sens littéral, puisque l'un et l'autre viennent de
parler des moines (Villon évoquait, parmi les gracieux galants de
sa jeunesse, ceux qui sont devenus moines, « entrez es cloistres /
De Celestins et de Chartreux, / Bostés, houstés come pescheurs
d'oestres »).
   1. dévoilé, décrypté. L'hypocrisie est comme un langage chiffré,
qu'il faut décoder pour mettre au jour la vérité.   **2.** remplir ce
rôle (celui de défenseur de la religion).

---

   * *Geburon, pour reparer... sa voix* est omis dans le ms. 1512 et
dans G ; la phrase est rétablie en suivant T ; *sa voix* : la priant de
dire quelque chose en l'honneur de saincte religion (T) ; à l'honneur des frères religieux (G).   ** Je n'ouserois soustenir
(2155 S) ; soustenir autre partye (G).

noz tribulations, congnoissant que souvent l'ange Sathan[1] se transforme en ange de lumiere, afin que l'œil exterieur, aveuglé par l'apparence de saincteté et devotion, ne s'arreste ad ce qu'il doibt fuir, il m'a semblé bon la vous racompter, pource qu'elle est advenue de mon temps. »

VINGT TROISIESME NOUVELLE

La trop grande reverence qu'un gentil homme de Perigord portoit à l'ordre de sainct Françoys, fut cause que luy, sa femme et son petit enfant moururent miserablement.

*

Trois meurtres advenuz en une maison, à sçavoir en la personne du seigneur, de sa femme et de leur enfant, par la meschanceté d'un cordelier.

*

Cette nouvelle, la première dans le manuscrit 1513, est à rapprocher d'un conte de Bandello (II, 24). H. Estienne rappelle « és narrations de la roine de Navarre [...] la piteuse mort d'une damoiselle », et résume l'histoire (*Apologie pour Hérodote*, tome I, 1879, p. 400).

*

Au pays de Perigort, il y avoit ung gentil homme qui avoit telle devotion à sainct François, qu'il luy sembloit que tous ceulx qui portoient son habit devoient estre semblables au bon sainct : pour l'honneur duquel il avoit faict faire en sa maison chambre et garderobe pour loger les dicts freres, par le conseil desquelz il conduisoit tous ses affaires, voire jusques aux moindres de son mesnage, s'estimant chemyner seurement en suyvant leur bon conseil. Or, advint, ung jour, que la femme dudict gentil homme, qui estoit belle et non moins saige et vertueuse, avoit faict ung beau filz dont l'amityé que le mary luy portoit aug-

---

1. « Ces hommes-là sont de faux apôtres, des ouvriers trompeurs, déguisés en apôtres du Christ. Et cela n'est pas étonnant, puisque Satan lui-même se déguise en ange de lumière » (2ᵉ Épître aux Corinthiens 11, 13-15).

menta doublement. Et, pour festoyer la commere[1], envoya querir ung sien beau frere. Et, ainsy que l'heure de soupper approchoit, arriva ung Cordelier, duquel je celeray le nom pour l'honneur de la religion[2]. Le gentil homme fut fort aise, quand il veit son pere spirituel, devant lequel il ne cachoit nul secret. Et, après plusieurs propos tenuz entre sa femme, son beau frere et luy, se meirent à table pour soupper. Durant lequel, ce gentil homme, regardant sa femme, qui avoit assez de beaulté et de bonne grace pour estre desirée d'un mary, commencea à demander tout hault une question au beau pere : « Mon pere, est-il vray que ung homme peche mortellement de coucher avecq sa femme pendant qu'elle est en couche[3] ? » Le beau pere, qui avoit la contenance et la parolle toute contraire à son cueur, luy respondit avecq ung visaige collere : « Sans faulte, monsieur, je pense que ce soit ung des grandz pechez qui se facent en mariage, et ne fusse que l'exemple de la benoiste[4] vierge Marie, qui ne voulut entrer au temple jusques après les jours de sa puriffication[5], combien qu'elle n'en eut nul besoing[6], si ne debvriez-vous jamais faillir à vous abstenir d'un petit plaisir, veu que la bonne vierge Marie se abstenoit, pour obeyr à la loy, d'aller au temple où estoit toute sa consolation. Et, oultre cella, messieurs les docteurs en medecine dient qu'il y a grand dangier pour la lignée qui en peult venir. » Quant le gentil homme entendit ces parolles il en fut bien marry, car il esperoit bien que

---

1. la mère (d'ordinaire : la marraine).   2. pour l'honneur dû à son ordre.   3. en couches (la période qui suit immédiatement l'accouchement, durant laquelle elle reste alitée).   4. bénie. 5. L'accouchement, comme les menstrues, était considéré dans l'Ancien Testament comme une souillure, dont la femme devait être purifiée avant d'entrer au temple, ou avant d'avoir des relations sexuelles (*cf.* Lévitique 12, 1-5 : la femme sera impure pendant sept jours si elle enfante un mâle, deux semaines si elle enfante une fille, et elle n'ira point au sanctuaire jusqu'à ce que les jours de sa purification soient accomplis ; et 15, 19-30 sur les flux de sang).   6. parce que, à la différence des autres femmes, elle conçut sans péché.

son beau pere luy bailleroit congé[1], mais il n'en parla
plus avant. Le beau pere, durant ces propos, après avoir
plus beu qu'il n'estoit besoing, regardant la damoiselle,
pensa bien en luy-mesmes que, s'il en estoit le mary,
il ne demanderoit poinct conseil au beau pere* de coucher avecq sa femme. Et, ainsy que le feu peu à peu
s'allume tellement qu'il vient à embraser toute la maison, or, pour ce, le *frater* commencea de brusler par
telle concupiscence, que soubdainement delibera de
venir à fin du desir, que, plus de trois ans durant, avoit
porté couvert en son cueur.

Et, après que les tables furent levées[2], print le gentil
homme par la main, et, le menant auprès du lict de sa
femme, luy dist devant elle : « Monsieur, pour ce que
je congnois la bonne amour qui est entre vous et ma
damoiselle que voicy, laquelle, avecq la grande jeunesse qui est en vous, vous tourmente si fort, que sans
faulte j'en ay grande compassion, j'ay pensé de vous
dire ung secret de nostre saincte theologie[3] : c'est que
la loy, qui pour les abuz des mariz indiscretz est si
rigoureuse, ne veult permectre que ceulx qui sont de
bonne conscience, comme vous, soient frustrez de l'intelligence[4]. Parquoy, Monsieur, si je vous ay dict
devant les gens l'ordonnance de la severité de la loy,
à vous qui estes homme saige, n'en doibz celler la
doulceur. Sachez, mon filz, qu'il y a femmes et
femmes, comme aussy hommes et hommes. Premierement, nous fault sçavoir de Madame que voicy, veu
qu'il y a trois sepmaines qu'elle est accouchée, si elle
est hors du flux du sang[5] ? » A quoy respondit la
damoiselle, qu'elle estoit toute necte[6]**. « Adoncques,

---

1. permission.   **2.** après qu'on eut desservi.   **3.** On croirait
déjà entendre le « bon père » des *Provinciales* !   **4.** soient privés
de la compréhension (de la loi).   **5.** Voir n. 5, p. 343 (le sang
féminin est considéré comme impur, souillant qui le touche).
6. sans aucune souillure.

---

* conseil à personne quelconque (G).   ** que *certainement*
elle estoit toute necte (2155 S, G).

dist le Cordelier, mon filz, je vous donne congé d'y coucher[1], sans en avoir scrupule, mais que[2] vous me promectez deux choses. » Ce que le gentil homme feit voluntiers. « La premiere, dist le beau pere, c'est que vous n'en parlerez à nulluy[3], mais y viendrez secretement ; l'autre, que vous n'y viendrez qu'il ne soit deux heures après minuyct, à fin que la digestion de la bonne dame ne soit empeschée par voz follyes. » Ce que le gentil homme luy promist et jura par telz sermens, que celluy, qui le congnoissoit plus sot que menteur, en fut tout asseuré. Et, après plusieurs propos, se retira le beau pere en sa chambre, leur donnant la bonne nuict[4] avecq une grande benediction. Mais, en se retirant, print le gentil homme par la main, luy disant : « Sans faulte, Monsieur, vous viendrez et ne ferez plus veiller la pauvre commere. » Le gentil homme, en la baisant, luy dist : « M'amye, laissez-moy la porte de vostre chambre ouverte. » Ce que entendit très bien le beau pere. Ainsy se retirerent chacun en sa chambre. Mais, si tost que le pere fut retiré, ne pensa pas à dormir ne reposer ; car, incontinant qu'il n'ouyt plus nul bruict en la maison, environ l'heure qu'il avoit accoustumé d'aller à matines, s'en vat le plus doulcement qu'il peut droict en la chambre, et, là, trouvant la porte ouverte de la chambre où le maistre estoit actendu, vat finement[5] estaindre la chandelle, et, le plus tost qu'il peut, se coucha auprès d'elle, sans jamais luy dire ung seul mot. La damoiselle, cuydant que ce fust son mary, luy dit : « Comment, mon amy ! Vous avez très mal retenu la promesse que feistes hier au soir à nostre confesseur, de ne venir icy jusques à deux heures ! » Le Cordelier, plus actentif à l'heure[6] à la vie active que à la vie contemplative, avecq la craincte qu'il avoit d'estre congneu, pensa plus à satisfaire au meschant desir dont dès long temps avoit eu le cueur empoisonné, que à

---

1. de coucher avec elle.   2. à condition que vous me promettiez.   3. à personne.   4. leur souhaitant bonne nuit.   5. habilement.   6. à ce moment-là.

luy faire nulle response, dont la dame fut fort estonnée.
Et, quant le Cordelier veid approcher l'heure que le
mary devoit venir, se leva d'auprès de la damoiselle,
et, le plus tost qu'il peust, retourna en sa chambre.

Et, tout ainsy que la fureur de la concupiscence luy
avoit osté le dormir, au commencement la craincte [*],
qui tousjours suict la meschancete, ne luy permist de
trouver aucun repos, mais s'en alla au portier de la
maison et luy dict : « Mon amy, Monsieur m'a
commandé de m'en aller incontinant [1] en nostre couvent faire quelques prieres où il a devotion [2] ; parquoy,
mon amy, je vous prie, baillez moy ma monture, et
m'ouvrez la porte, sans que personne en entende rien,
car l'affaire est necessaire et secret. » Le portier, qui
sçavoit bien que obeyr au Cordelier estoit service
agreable à son seigneur, luy ouvrit secretement la porte
et le mist dehors. En cest instant s'esveilla le gentil
homme, lequel, voyant approcher l'heure qui luy estoit
donnée du beau pere, pour aller veoir sa femme, se
leva en sa robbe de nuyct, et s'en alla coucher vistement, où, par l'ordonnance de Dieu, sans congé
d'homme, il povoit aller. Et quant sa femme l'ouyt
parler auprès d'elle, s'en esmerveilla si fort, qu'elle luy
dist, ignorant ce qui estoit passé : « Comment, Monsieur ! Est-ce la promesse que vous avez faicte au beau
pere de garder si bien vostre santé et la myenne, de ce
que non seullement vous estes venu icy avant l'heure,
mais encores y retournez ? Je vous supplie, Monsieur,
pensez-y. » Le gentil homme fut si troublé d'oyr ceste
nouvelle, qu'il ne peut dissimuller son ennuy, et luy
dist : « Quels propos me tenez-vous ? Je sçay, pour

---

1. immédiatement.   **2.** aux saints pour lesquels il a une dévotion particulière.

---

[*] *ainsi* la craincte qui tousjours suit *le péché et* la meschanceté
(T) ; *aussi* la craincte, qui toujours suit la meschanceté (G). Sans
doute est-il préférable d'ôter la virgule entre *dormir* et *au*, et de la
mettre après *au commencement*, pour lire comme dans ms. 2155
(S) : luy avoit osté le dormir au commencement, la craincte, qui...

verité, qu'il y a trois sepmaines que je ne couchay avecq vous, et vous me reprenez d'y venir trop souvent ! Si ces propos continuoient, vous me feriez penser que ma compaignye vous fasche et me contraindriez, contre ma coustume et voulloir, de chercher ailleurs le plaisir que selon Dieu je doibz prendre avecq vous. » La damoiselle, qui pensoit qu'il se moc-quast, luy respondit : « Je vous supplie, Monsieur, en cuydant me tromper, ne vous trompez poinct, car, nonobstant que vous n'ayez parlé à moy, quant vous y estes venu, si ay-je bien congneu que vous y estiez. » A l'heure le gentil homme congneut que eulx deux estoient trompez, et luy feyt grand jurement qu'il n'y estoit poinct venu. Dont la dame print telle tristesse, que avecq pleurs et larmes * elle luy dist qu'il fist dilligence de sçavoir qui ce povoit estre, car en leur maison ne couchoit que le frere et le Cordelier. Incontinant le gentil homme, poulsé de soupçon au Cordelier, s'en alla hastivement en la chambre où il pensoit le trouver **, laquelle il trouva vuyde. Et, pour estre mieulx asseuré s'il s'en estoit fuy, envoya querir l'homme qui gardoit sa porte et luy demanda s'il sçavoit qu'estoit devenu le Cordelier ; lequel luy compta toute la vérité. Le gentil homme, de ceste meschanceté certain, retourna en la chambre de sa femme, et luy dist : « Pour certain, m'amye, cellui qui a couché avecq vous et a faict de tant belles œuvres est nostre pere confesseur ! » La damoiselle, qui toute sa vye avoit aymé son honneur, entra en ung tel desespoir, que, oblyant toute humanité et nature de femme, le supplia à genoux la venger de ceste grande injure[1]. Parquoy, soubdain, sans autre delay, le gentil homme monta à cheval et poursuivit le Cordelier.

---

1. tort subi (contraire au *jus*, au droit).

---

* et larmes *le pria* sçavoir (T) ; *le pria de faire* toute diligence de sçavoir (G) ; *luy redist qu'il feit dilligence* de sçavoir (2155 S). ** où il *avoit logé* (G, T).

La damoyselle demeura seulle en son lict, n'ayant auprès d'elle conseil ne consolation, que son petit enfant de nouveau né. Considerant le cas horrible et merveilleux[1] qui luy estoit advenu, sans excuser son ignorance, se reputa comme coulpable[2] et la plus malheureuse du monde. Et alors, elle, qui n'avoit jamais aprins des Cordeliers, sinon la confiance des bonnes œuvres[3]*, la satisfaction des pechez par austerité de vie, jeusnes et disciplines, qui du tout ignoroit la grace donnée par nostre bon Dieu par le merite de son Filz, la remission des pechez par son sang, la reconsiliation du pere avecq nouz par sa mort, la vie donnée aux pecheurs par sa seulle bonté et misericorde, se trouva si troublée, en l'assault de ce desespoir fondé sur l'enormité et gravité du peché, sur l'amour du mary et l'honneur du lynaige[4], qu'elle estima la mort trop plus heureuse que sa vie. Et, vaincue de sa tristesse, tumba en tel desespoir, qu'elle fut non seullement divertye de l'espoir[5] que tout chrestien doibt avoir en Dieu, mais fut du tout allienée du sens commung[6], obliant sa propre nature. Allors, vaincue de la douleur, poulsée du desespoir, hors de la congnoissance** de Dieu et de soy-mesmes, comme femme enragée et furieuse, print une corde de son lict et de ses propres mains s'estrangla. Et, qui pis est, estant en l'agonye de ceste cruelle mort, le corps qui combatoit contre icelle*** se remua de telle sorte, qu'elle donna du pied sur le visaige de

---

1. extraordinaire.   **2.** sans prendre l'excuse de son ignorance, se tint pour coupable.   **3.** S'oppose ici, dans la glose d'Oisille, aux religieux attribuant le salut aux œuvres et aux mérites personnels, la conception réformée, mettant l'accent sur la grâce seule et la foi.   **4.** lignage, lignée (l'honneur de la famille serait en effet mis à mal par la naissance d'un bâtard).   **5.** éloignée de l'espoir. **6.** hors du bon sens, devenue folle.

---

* Toute la phrase « Et alors, elle [...] par sa seulle bonté et misericorde » est précisément omise dans G, comme sentant trop les idées réformées.   ** hors *la conscience* de Dieu (T).   *** le corps qui combatoit contre icelle : texte de G, omis dans ms. 1512.

son petit enfant, duquel l'innocence ne le peut garentir
qu'il ne suyvist par mort sa doloreuse et dolente mere.
Mais, en mourant, feit ung tel cry, que une femme, qui
couchoit en la chambre, se leva en grand haste pour
allumer la chandelle. Et, à l'heure, voyant sa maistresse
pendue et estranglée à la corde du lict, l'enfant estouffé
et mort dessoubz son pied, s'en courut toute effrayée
en la chambre du frere de sa maistresse, lequel elle
amena pour veoir ce piteux spectacle.

Le frere, ayant mené tel deuil que doibt et peut
mener ung qui aymoit sa seur de tout son cueur,
demanda à la chamberiere qui avoit commis ung tel
crime. La chamberiere luy dist qu'elle ne sçavoit, et
que autre que son maistre n'estoit entré en la chambre,
lequel, n'y avoit gueres, en estoit party. Le frere, allant
en la chambre du gentil homme et ne le trouvant
poinct, creut asseurement qu'il avoit commis le cas[1], et
print[*] son cheval sans aultrement s'en enquerir, courut
après luy, et l'attaignit en ung chemyn là où il retournoit de poursuivre son Cordelier, bien doulent[2] de ne
l'avoir attrappé. Incontinant que le frere de la damoiselle veit son beau frere, commencea à luy crier :
« Meschant et lasche, defendez-vous, car aujourd'huy
j'espere que Dieu me vengera de vous par ceste
espée ! » Le gentil homme, qui se vouloit excuser, veit
l'espée de son beau frere si près de luy, qu'il avoit plus
de besoing de se defendre que de s'enquerir de la cause
de leur debat. Et lors se donnerent tant de coups et à
l'un et à l'autre, que le sang perdu et la lasseté les
contraingnit de se seoir à terre, l'un d'un costé et
l'autre de l'autre. Et, en reprenant leur allayne, le gentil
homme luy demanda : « Quelle occasion, mon frere, a
converty la grande amityé que nous nous sommes toujours portez, en si cruelle bataille ? » Le beau frere luy
respondit : « Mais quelle occasion vous a meu de faire

---

1. le crime.   **2.** peiné.

---

* et prenant (G).

mourir ma seur, la plus femme de bien qui oncques
fut ? Et encores si meschamment, que, soubz couleur
de vouloir coucher avecq elle, l'avez pendue et estranglée à la corde de vostre lict ? » Le gentil homme,
entendant ceste parolle, plus mort que vif, vint à son
frere, et, l'embrassant, luy dist* : « Est-il bien possible
que vouz ayez trouvé vostre seur en l'estat que vous
dictes ? » Et quant le frere l'en asseura : « Je vous prie,
mon frere, dist le gentil homme**, que vous oyez la
cause pour laquelle je me suis party de la maison. » Et,
à l'heure, il lui feit le compte du meschant Cordelier.
Dont le frere fut fort estonné, et encores plus marry
que contre raison il l'avoit assailly. Et, en luy demandant pardon, luy dist : « Je vous ay faict tort, pardonnez-moy ! » Le gentil homme luy respond : « Si je
vous ay faict tort, j'en ay ma pugnicion, car je suis si
blessé, que je n'espere jamais en eschapper. » Le beau
frere essaya de le remonter à cheval le mieulx qu'il put
et le ramena en sa maison, où le lendemain il trespassa,
et dist et confessa, devant tous les parens du dict gentil
homme, que luy-mesmes estoit cause de sa mort ; dont
pour satisfaire à la justice, fut conseillé le beau frere
d'aller demander sa grace au Roy Françoys, premier
de ce nom. Parquoy, après avoir faict enterrer honorablement mary, femme et enfant, s'en alla le jour du
sainct vendredy pourchasser[1] sa rémission à la court.
Et la rapporta maistre Françoys Olivier[2], lequel l'obtint
pour le pauvre beau frere, estant icelluy Olivier chancelier d'Alençon, et depuis, par ses vertuz, esleu du
Roy pour chancellier de France.

---

1. chercher ; le Roi pouvait en effet accorder à certains coupables une lettre de rémission (un non-lieu, arrêtant les poursuites) ;
voir N. 1.   **2.** Conseiller au Parlement de Paris, maître des
requêtes, chancelier d'Alençon, premier président au Parlement et
enfin chancelier de France du 28 avril 1545 à sa mort en 1559
(M. F.).

---

* *et, l'embrassant, luy dist* est omis dans ms. 1512 et G.
** dist le gentil homme : texte de G, omis dans ms. 1512.

« Mes dames, je croys que, après avoir entendu ceste histoire très veritable, il n'y a aucunes de vous qui ne pense deux fois à loger telz pelerins en sa maison ; et sçavez qu'il n'y a plus dangereux venyn que celluy qui est dissimullé. — Pensez, dist Hircan, que ce mary estoit ung bon sot, d'aller mener ung tel gallant soupper auprès d'une si belle et honneste femme. — J'ay veu le temps, dist Geburon, que en nostre pays il n'y avoit maison où il n'y eust chambre dediée[1] pour les beaux peres ; mais maintenant ilz sont tant congneuz, qu'on les crainct plus que advanturiers. — Il me semble, dist Parlamente, qu'une femme estant dans le lict, si ce n'est pour luy administrer les sacremens de l'Église, ne doibt jamais faire entrer prebstre en sa chambre ; et quant je les y appelleray, on me pourra bien juger en danger de mort. — Si tout le monde estoit ainsy que vous austere, dit Ennasuitte, les pauvres prebstres seroient pis que excommuniez, d'estre separez de la veue des femmes. — N'en ayez poinct de paour, dist Saffredent, car ilz n'en auront jamais faulte. — Comment ! dist Simontault ; ce sont ceulx qui par mariage nous lyent aux femmes et qui essayent par leur meschanceté à nous en deslier et faire rompre le serment qu'ilz nous ont faict faire ! — C'est grande pitié, dist Oisille, que ceulx qui ont l'administration des sacremens en jouent ainsy à la pelotte[2] : on les debvroit brusler tout en vye[3]. — Vous feriez mieulx de les honorer que de les blasmer, dist Saffredent, et de les flatter que de les injurier ; car ce sont ceulx qui ont puissance de brusler et deshonorer les autres[*] : parquoy, *sinite eos*[4] ; et sçachons qui aura la voix d'Oisille. » La compaignie trouva l'oppinion de Saffredent

---

1. réservée.   2. s'en jouent ainsi (*la pelote* : balle à jouer).
3. brûler vifs.   4. « Laissez-les », citation empruntée à Matthieu 15, 14 : « Laissez-les : ce sont des aveugles qui conduisent des aveugles ; si un aveugle conduit un aveugle, ils tomberont tous deux dans une fosse. »

---

[*] *car ce sont ceulx [...] les autres* est omis par G.

très bonne*, et, laissant là les prebstres, pour changer
de propos, pria madame Oisille de donner sa voix à
quelqu'un**. « Je la donne, dist-elle, à Dagoucin, car je
le voys entrer en contemplation telle, qu'il me semble
preparé à dire quelque bonne chose. — Puis que je ne
puis ne n'ose***, respondit Dagoucin, dire ce que je
pense, à tout le moins parleray-je d'un à qui telle
cruaulté porta nuysance[1] et puis proffict. Combien que
Amour fort et puissant s'estime tant qu'il veult aller
tout nud[2], et luy est chose très ennuyeuse et à la fin
importable d'estre couvert[3], si est-ce, mes dames, que
bien souvent ceulx qui, pour obeyr à son conseil, se
advanceans trop de le descouvrir, s'en trouvent mauvais marchans[4] : comme il advint à ung gentil homme
de Castille, duquel vous orrez l'histoire. »

VINGT QUATRIESME NOUVELLE

*Elisor, pour s'estre trop advancé de decouvrir son amour à la Royne
de Castille, fut si cruellement traité d'elle, en l'esprouvant, qu'elle
luy apporta nuysance, puis profit.*

*

*Gentile invention d'un gentil homme pour manifester ses amours à
une Royne, et ce qu'il en advint.*

*

En la maison du Roy et Royne de Castille, desquels
les noms ne seront dictz, y avoit ung gentil homme si
parfaict en toutes beaultez et bonnes conditions, qu'il

---

1. tort, dommage.   **2.** Allusion au *Banquet* de Platon (203 d) :
discours de Diotime rapporté par Socrate : l'amour est rude, malpropre, c'est un va-nu-pieds, il est sans domicile fixe.   **3.** insupportable d'être dissimulé.   **4.** se trouvent avoir fait une mauvaise
affaire.

---

* *La compaignie trouva [...] quelqu'un* est omis dans ms. 1512
et 2155 et dans G.   ** *à quelqu'un* : laquelle incontinent se print
à dire (T).   *** ne n'ose respondre, dist Dagoucin, diray ce que
je pense à tout le moins (ms. 1512).

ne trouvoit poinct son pareil en toutes les Espaignes[1]. Chacun avoit ses vertuz en admiration, mais encores plus son estrangeté[2], car l'on ne congneut jamais qu'il aymast ne servit aucune dame. Et si en avoit en la court en très grand nombre qui estoient dignes de faire brusler la glace, mais il n'y en eut poinct qui eust puissance de prendre ce gentil homme, lequel avoit nom Elisor.

La Royne, qui estoit femme de grande vertu, mais non du tout exempte de la flambe[3] laquelle moins est congneue et plus brusle, regardant ce gentil homme qui ne servoit nulles de ses femmes, s'en esmerveilla ; et, ung jour, luy demanda s'il estoit possible qu'il aymast aussy peu qu'il en faisoit le semblant[4]. Il luy respondit que, si elle voyoit son cueur comme sa contenance, elle ne luy feroit poinct ceste question. Elle, desirant sçavoir ce qu'il voulloit dire, le pressa si fort, qu'il confessa qu'il aymoit une dame qu'il pensoit estre la plus vertueuse de toute la chrestienté. Elle feit tous ses effortz, par prieres et commandemens, de vouloir sçavoir qui elle estoit, mais il ne fut poinct possible : dont elle feit semblant d'estre fort courroucée contre luy, et jura qu'elle ne parleroit jamais à luy, s'il ne luy nommoit celle qu'il aymoit tant ; dont il fut si fort ennuyé[5], qu'il fut contrainct de luy dire qu'il aymeroit autant mourir que s'il falloit qu'il luy confessast. Mays, voyant qu'il perdoit sa veue et bonne grace, par faulte de dire une verité tant honneste, qu'elle ne debvoit estre mal prinse de personne, luy dist avecq grande craincte : « Ma dame, je n'ay la force, puissance ne hardiesse de le vous dire, mais la première fois que vous irez à la chasse, je vous la feray veoir ; et suis seur que vous jugerez que c'est la plus belle et parfaicte dame du monde. » Ceste response fut cause que la Royne alla plus tost à la chasse qu'elle n'eust faict.

Elisor, qui en fut adverty, s'appresta pour l'aller servir, comme il avoit accoustumé ; et feit faire un grand mirouer d'acier en façon de hallecret [1], et, le mectant devant son estomac [2], le couvrit très bien d'ung grand manteau de frise [3] noire qui estoit tout bordé de canetille [4] * et d'or frisé [5] bien richement. Il estoit monté sur ung cheval maureau [6], fort bien enarnaché [7] de tout ce qui estoit necessaire au cheval ; et, quelque metal qu'il y eust, estoit tout d'or **, esmaillé de noir, à ouvraige de Moresque [8]. Son chappeau estoit de soye noire, auquel estoit attachée une riche enseigne, où y avoit pour devise ung Amour, couvert par force [9], tout enrichi de pierrerie ; l'espée et le poignart n'estoient moins beaulx et bien faictz, ne de moins bonnes devises. Bref, il estoit fort bien en ordre [10] et encores plus adroict à cheval ; et le sçavoit si bien mener, que tous ceulx qui le voyoient laissoient le passetemps de la chasse pour regarder les cources et les saulx que faisoit faire Elisor à son cheval. Après avoir conduict la Royne jusques au lieu où estoient les thoilles [11], en telles courses et grandz saulx comme je vous ay dict, commença à descendre de son gentil cheval, et vint pour prendre la Royne et la descendre de dessus sa hacquenée [12]. Et, ainsy qu'elle luy tendoit les bras, il ouvrit son manteau de devant son estomac, et la prenant entre les siens, luy monstrant son hallecret de mirouer, luy dist : « Ma dame, je vous supplie regarder icy ! » Et, sans actendre responce, la mist doulcement à terre. La

---

1. pièce d'armure, corselet de fer protégeant la poitrine et le dos.   2. poitrine.   3. tissu fabriqué dans la Frise (en Hollande), grosse étoffe de laine.   4. fil de broderie fine, d'or, d'argent ou de soie.   5. fils d'or tressés.   6. noir, de couleur sombre (comme un Maure).   7. enharnaché.   8. ouvragé à la façon moresque (or sur or).   9. dissimulé par nécessité. 10. fort bien équipé.   11. les filets (de chasse).   12. jument qui va l'amble, monture de dame.

---

* et couvert d'autres enrichissements rares et singuliers (T).   ** le harnays estoit tout doré et esmaillé (T, G).

chasse finée[1], la Royne retourna au chasteau, sans parler à Elisor ; mais, après soupper, elle l'appela, luy
disant qu'il estoit le plus grand menteur qu'elle avoit
jamais veu, car il luy avoit promis de luy monstrer à
la chasse celle qu'il aymoit le plus, ce qu'il n'avoit
faict : parquoy, elle avoit déliberé de jamais ne faire
cas n'estime de luy. Elisor, ayant paour que la Royne
n'eust entendu[2] ce qu'il luy avoit dict, lui respondit
qu'il n'avoit failly à son commandement, car il luy
avoit monstré non la femme seulement, mais la chose
du monde qu'il aymoit le plus. Elle, faisant la mescon-
gneue[3], lui dict qu'elle n'avoit poinct entendu qu'il luy
eust monstré une seulle de ses femmes. « Il est vray,
ma dame, dist Elisor ; mais qui vous ay-je monstré, en
vous descendant de cheval ? — Rien, dist la Royne,
sinon ung mirouer devant vostre estomach. — En ce
mirouer[*], Madame, dist Elisor, qu'est-ce que vous
avez veu ? — Je n'y ay veu que moy seulle ! » respondit la Royne. Elisor luy dist : « Doncques, ma dame,
pour obeyr à vostre commandement, vous ay-je tenu
promesse, car il n'y a ne aura jamais aultre ymaige en
mon cueur, que celle que vous avez veue au dehors de
mon estomach ; et ceste-là seulle veulx-je aymer, reve-
rer et adorer, non comme femme, mais comme mon
Dieu en terre, entre les mains de laquelle je mectz ma
mort et ma vie ; vous suppliant que ma parfaicte et
grande affection, qui a esté ma vie tant que je l'ay
portée couverte, ne soit ma mort en la descouvrant. Et
si ne suis digne de vous regarder ny estre accepté pour
serviteur, au moins souffrez que je vive, comme j'ay
accoustumé, du contentement que j'ay, dont mon cueur
a osé choisir pour le fondement de son amour ung si
parfaict et digne lieu, duquel je ne puis avoir aultre
satisfaction que de sçavoir que mon amour est si
grande et parfaicte, que je me doibve contanter d'ay-

---

1. achevée.   **2.** bien compris.   **3.** feignant l'ignorance.

---

* Et, en ce mirouer (2155 S et autres ms.).

mer seullement, combien que jamais je ne puisse estre
aymé. Et, s'il ne vous plaist, pour la congnoissance de
ceste grande amour, m'avoir plus agreable que vous
n'avez accoustumé, au moins ne m'ostez la vie, qui
consiste au bien [1] que j'ay de vous veoir comme j'ay
accoustumé. Car je n'ay de vous nul bien que autant
qu'il en fault pour mon extreme necessité, et, si j'en
ay moins, vous aurez moins de serviteurs, en perdant
le meilleur et le plus affectionné que vous eustes
oncques ny pourriez jamais avoir. » La Royne, ou pour
se monstrer [2] autre qu'elle n'estoit, ou pour experimenter à la longue l'amour qu'il luy portoit, ou pour en
aymer quelque autre qu'elle ne voulloit laisser pour
luy, ou bien le reservant, quand celluy qu'elle aymoit
feroit quelque faulte, pour luy bailler sa place, dist,
d'un visage ne content ne courroucé : « Elisor, je ne
vous   diray   poinct,   comme   ignorante   l'auctorité
d'amour [3], quelle follye vous a esmeu de prendre une
si grande et difficille [*] opinyon [4] que de m'aymer, car
je sçay que le cueur de l'homme est si peu à son
commandement, qu'il ne le faict pas aymer et hayr où
il veult ; mais, pource que vous avez si bien couvert
vostre oppinion, je desire de sçavoir combien il y a que
vous l'avez prinse ? » Elisor, regardant son visaige tant
beau, et voyant qu'elle s'enqueroit de sa malladye,
espera qu'elle y voulloit donner quelque remede. Mais,
voyant sa contenance si grave et si saige qui l'interro-
geoit, d'autre part tumboit en une craincte, pensant
estre devant le juge dont il doubtoit [5] sentence estre
contre luy donnée. Si est-ce qu'il luy jura que cest

---

1. qui ne tient qu'au bonheur.   2. Quatre hypothèses pour
expliquer le comportement de la reine ! Seule la deuxième sera
retenue par Parlamente, mais le conteur laisse paraître son « soupçon ».   3. comme une personne qui ignorerait l'autorité.   4. d'avoir eu l'idée, d'avoir pris une résolution.   5. qu'il
soupçonnait de vouloir le condamner.

---

* *si haute,* si grande et si difficile (T, G) ; *si haute* et si difficile
(2155 S).

amour print racine à son cueur dès le temps de sa
grande jeunesse, mais qu'il n'en avoit senty nulle
peyne, sinon depuis sept ans ; non peyne, à dire vray,
mais une malladye, donnant tel contantement que la
guarison estoit la mort. « Puis qu'ainsy est, dist la
Royne, que vous avez desja experimenté une si longue
fermeté, je ne doibtz estre moins legiere à vous croire,
que vous avez esté à me dire vostre affection. Parquoy,
s'il est ainsy que vous me dictes, je veulx faire telle
preuve de la vérité que je n'en puisse jamays doubter ;
et, après, la preuve de la peyne faicte, je vous estimeray tel envers moy, que vous mesmes jurez estre ; et,
vous congnoissant tel que vous dictes, vous me trouverez telle que vous desirez. » Elisor* la suplia de faire
de luy telle preuve qu'il luy plairoit, car il n'y avoit
chose si difficille, qui ne luy fust très aisée pour avoir
cest honneur qu'elle peust congnoistre l'affection qu'il
luy portoit, la supliant de rechef de luy commander ce
qu'il luy plairoit qu'il feist. Elle luy dist : « Elisor, si
vous m'aymez autant comme vouz dictes, je suis seure
que, pour avoir ma bonne grace, rien ne vous sera fort
à faire [1]. Parquoy, je vous commande, sur tout le desir
que vous avez de l'avoir et craincte de la perdre, que
dès demain au matin, sans plus me veoir, vous partiez
de ceste compaignye, et vous en alliez en lieu où vous
n'orrez de moy, ne moy de vous, une seulle novelle
jusques d'huy en sept ans [2]. Vous, qui avez passé sept
ans en cest amour, sçavez bien que m'aymez ; mais,
quant j'auray faict ceste experience sept ans durans, je
sçauray à l'heure et croiray ce que vostre parolle ne
me peult faire croyre en entendre. » Elisor, oyant** ce
cruel commandement, d'un cousté doubta [3] qu'elle le
vouloit esloigner de sa presence, et, de l'autre costé,

---

1. trop difficile.   2. durant sept ans à partir d'aujourd'hui.
3. soupçonna, imagina.

---

* Et le soir (ms. 1512).   ** *oyant* (2155 S, G), *voyant*
(ms. 1511).

esperant que la preuve parleroit mieulx pour luy que
sa parolle, accepta son commandement et luy dist : « Si
j'ay vescu sept ans sans nulle esperance, portant ce feu
couvert, à ceste heure qu'il est congneu de vous, passe-
ray ces sept ans en meilleure patience et esperance que
je n'ay faict les autres. Mais, Madame, en obeissant à
vostre commandement, par lequel je suis privé de tout
bien que j'avois en ce monde, quelle esperance me
donnez-vous, au bout des sept ans, de me congnoistre[1]
plus fidelle et loyal serviteur ? » La Royne luy dist,
tirant ung anneau de son doigt : « Voylà ung anneau
que je vous donne ; couppons-le tous deux par la moictyé ; j'en garderay la moictyé et vous, l'autre, à fin
que, si le long temps avoit puissance de m'oster la
memoire de vostre visaige, je vous puisse congnoistre
par ceste moictié d'anneau semblable à la myenne. »
Le gentil homme print l'anneau et le rompit en deux,
et en bailla une moictyé à la Royne et retint l'autre. Et,
en prenant congé d'elle, plus mort que ceulx qui ont
rendu l'ame, s'en alla le pauvre Elisor en son logis
donner ordre à son partement[2]. Ce qu'il feit en telle
sorte, qu'il envoya tout son train en sa maison, et luy
seul avecq ung varlet s'en alla en ung lieu si solitaire,
que nul de ses parens et amys durant les sept ans n'en
peurent avoir nouvelles. De la vie qu'il mena durant ce
temps et de l'ennuy qu'il porta pour ceste absence, ne
s'en peut rien sçavoir, mais ceulx qui ayment ne le peuvent ignorer. Au bout des sept ans, justement ainsy que
la Royne alloit à la messe, vint à elle ung hermite portant
une grande barbe, qui, en luy baisant la main, luy presenta une requeste qu'elle ne regarda soubdainement[3],
combien qu'elle avoit accoustumé de tenir en sa main
toutes les requestes qu'on luy presentoit, quelques
pauvres que ce fussent. Ainsy qu'elle estoit à moictié de
la messe, ouvrit sa requeste, dans laquelle trouva la
moictié de l'anneau qu'elle avoit baillé à Elisor : dont

1. de me reconnaître comme.   2. organiser son départ.
3. sur-le-champ.

elle fut fort esbahye et non moins joyeuse. Et, avant lire
ce qui estoit dedans, commanda soubdain à son aulmosnier qu'il luy fist venir ce grand hermite qui luy avoit
presenté la requeste. L'aumosnier le sercha par tous costez, mais il ne fut possible d'en sçavoir nouvelles, sinon
que quelcun luy dist l'avoir veu monter à cheval ; mais
il ne sçavoit quel chemin il prenoit. En actendant la reponse de l'aumosnier, la Royne leut la requeste qu'elle
trouva estre une epistre aussi bien faicte qu'il estoit possible. Et, si n'estoit le désir que j'ay de la vous faire
entendre, je ne l'eusse jamais osé traduire, vous priant
de penser, mes dames, que le langage castillan est sans
comparaison mieulx declarant ceste passion que ung
autre[*]. Si est-ce que la substance en est telle :

> Le temps m'a faict, par sa force et puissance,
> Avoir d'amour parfaicte cognoissance.
> Le temps après m'a esté ordonné,
> Et tel travail[1] durant ce temps donné,
> Que l'incredule, par le temps, peult bien veoir
> Ce que l'amour ne luy a faict sçavoir.
> Le temps, lequel avoit faict amour maistre
> Dedans mon cueur, l'a monstrée enfin estre[**]
> Tout tel qu'il est : parquoy, en le voyant,
> Ne l'ay trouvé tel[***] comme en le croyant.
> Le temps m'a faict veoir sur quel fondement
> Mon cueur vouloit aymer si fermement.
> Ce fondement estoit vostre beaulté,
> Soubz qui estoit couverte cruaulté.
> Le temps m'a faict veoir beaulté estre rien,
> Et cruaulté cause de tout mon bien,
> Par quoy je fuz de la beaulté chassé,
> Dont le regard j'avois tant pourchassé[****].

---

1. souffrance.

---

[*] ceste passion d'amour que n'est le François (G). [**] l'a fait
enfin cognoistre (T). [***] Ne l'ay congneu tel (T, G).
[****] Dont le regard... (texte de G, vers omis dans ms. 1512).

Ne voyant plus vostre beaulté tant belle,
J'ay mieulx senty vostre rigueur rebelle.
Je n'ay laissé vous obeyr pourtant,
Dont je me tiens très heureux et contant :
Veu que le temps, cause de l'amityé,
A eu de moy par sa longueur pitié,
En me faisant ung si honneste tour,
Que je n'ay eu desir de ce retour,
Fors seullement pour vous dire en ce lieu
Non ung bonjour, mais ung parfaict adieu.
Le temps m'a faict veoir amour pauvre et nud[1]
Tout tel qu'il est et dont[2] *il est venu ;*
Et, par le temps, le temps j'ay regretté
Autant ou plus que l'avois soubhaicté,
Conduict d'amour qui aveugloit mes sens,
Dont rien de luy fors regret je ne sens.
Mais, en voyant cest amour decepvable[3],
Le temps m'a faict veoir l'amour veritable,
Que j'ai congneu en ce lieu solitaire,
Où par sept ans m'a fallu plaindre et taire.
J'ay, par le temps, congneu l'amour d'en hault
Lequel estant congneu, l'autre deffault[4].
Par le temps suis du tout à luy rendu,
Et par le temps de l'autre deffendu.
Mon cueur et corps luy donne en sacrifice,
Pour faire à luy, et non à vous, service.
En vous servant rien m'avez estimé,
*Ce rien il a, en offensant, aymé**.
Mort me donnez pour vous avoir servye :
En le fuyant, il me donne la vie.
Or, par ce temps, amour, plein de bonté,
A l'autre amour si vaincu et dompté,

---

1. Encore une allusion au *Banquet* de Platon : Amour fils d'Ex-
pédient et de Pauvreté, est toujours pauvre (203 c), et va-nu-pieds
(*anupodètos* 203 d). **2.** d'où. **3.** décevant, trompeur.
4. l'autre (l'amour des créatures) disparaît.

---

* *Et j'ay le rien*, en offensant, aimé (G).

Que mis à rien est retourné à vent,
Qui fut pour moy trop doulx et decepvant.
Je le vous quicte et rendz du tout entier,
N'ayant de vous ne de luy nul mestier[1]*,*
Car l'autre amour parfaicte et pardurable
Me joinct à luy d'un lien immuable.
A luy m'en voys, là me veulx asservir.
Sans plus ne vous ne vostre Dieu[2] *servir.*
Je prens congé de cruaulté, de peyne,
Et du torment, du desdaing, de la haine,
Du feu bruslant dont vous estes remplye
Comme en beaulté très parfaicte accomplie.
Je ne puis mieulx dire adieu à tous maulx,
A tous malheurs et douloureux travaulx,
Et à l'enfer de l'amoureuse flamme,
Qu'en ung seul mot vous dire : Adieu, madame !
Sans nul espoir, ou que soys ou soyez,
Que je vous voye ne que plus me voyez.

Ceste epistre ne fut pas leue sans grandes larmes et estonnemens, accompaignez de regretz incroiables. Car la perte qu'elle avoit faicte d'un serviteur remply d'un amour si parfaict, debvoit estre estimée si grande, que nul tresor, ny mesmes son royaulme ne luy povoient oster le tiltre d'estre la plus pauvre et miserable* dame du monde, car elle avoit perdu ce que tous les biens du monde ne povoient recouvrer. Et, après avoir achevé d'oyr la messe et retourné en sa chambre, feint ung tel deuil que sa cruaulté avoit merité. Et n'y eut montaigne, roche, ne forest, où elle n'envoyast chercher cest hermite ; mais Celluy qui l'avoit retiré de ses mains le garda d'y retumber, et le tira plustost en paradis, qu'elle n'en sceut nouvelle en ce monde.

« Par ceste exemple, ne doibt le serviteur confesser

---

1. nul besoin.   2. le petit dieu Amour.

---

* malheureuse (T, 2155 S).

ce qui luy peult nuyre et en rien ayder. Et encores
moins, mes dames, par incredulité, debvez-vous [1]
demander preuves si difficilles que, en ayant la preuve,
vous perdiez le serviteur. — Vrayement, Dagoucin,
dist Geburon, j'avois toute ma vie oye [2] estimer la
dame à qui le cas est advenu, la plus vertueuse du monde ; mais maintenant je la tiens la plus folle* que
oncques fut. — Toutesfoys, dist Parlamente, il me
semble qu'elle ne luy faisoit poinct de tort de vouloir
esprouver sept ans s'il aymoit autant qu'il luy disoit ;
car les hommes ont tant accoustumé de mentir en pareil
cas, que, avant que de s'y fier si fort (si fier il s'y
fault), on n'en peult faire trop longue preuve. — Les
dames, dist Hircan, sont bien plus saiges qu'elles ne
souloient ; car, en sept jours de preuve [3]** elles ont
autant de seureté [4] d'un serviteur, que les autres avoient
par sept ans. — Si en a il, dist Longarine, en ceste
compaignye, que l'on a aymées plus de sept ans à
toutes preuves de harquebuse [5], encores n'a l'on sceu
gaingner leur amityé. — Par Dieu, dist Simontault,
vous dictes vray ; mais aussy les doibt-on mectre au
ranc du viel temps, car, au nouveau, ne seroient-elles
poinct receues [6]***. — Et encores, dist Oisille, fut bien
tenu [7] ce gentil homme à la dame, par le moyen de
laquelle il retourna entierement son cueur à Dieu.
— Ce luy fut grand heur, dist Saffredent, de trouver Dieu
par les chemyns, car, veu l'ennuy où il estoit, je m'esbahis
qu'il ne se donna au diable. » Ennasuitte luy dist : « Et
quant vous avez esté mal traicté de vostre dame, vous estes
vous donné à ung tel maistre ? — Mil et mil fois m'y suys

---

1. et vous devez encore moins.   **2.** ouï (du verbe *ouïr* ou
ouyr).   **3.** (Texte de G) : de mise à l'épreuve.   **4.** elles peuvent s'assurer.   **5.** à toute épreuve d'arquebuse (arme à feu) ;
comprendre : en usant de toutes armes à disposition.   **6.** ne
seraient pas approuvées.   **7.** dut avoir de la reconnaissance pour
la dame.

---

* la plus fole et cruelle (T, G).   ** en *ung* jour (ms. 1512).
*** ne seront (2155 S, G).

donné, dist Saffredent ; mais le diable, voyant que tous les
tormens d'enfer ne m'eussent sceu faire pis que ceulx
qu'elle me donnoit, ne me daigna jamais prendre, sçachant
qu'il n'est poinct de diable plus importable que une dame
bien aymée et qui ne veult poinct aymer. — Si j'estois
comme vous, dist Parlamente à Saffredent, avecq telle
oppinion que vous avez, je ne servirois femme[1].
— Mon affection, dist Saffredent, est tousjours telle et
mon erreur si grande, que là où je ne puis commander,
encores me tiens-je très heureux de servir ; car la
malice des dames ne peult vaincre l'amour que je leur
porte. Mais, je vous prye, dictes-moy, en vostre
conscience, louez-vous ceste dame d'une si grande
rigueur ? — Oy, dist Oysille, car je croy qu'elle ne
vouloit aymer ny estre aymée. — Si elle avoit ceste
volunté, dist Simontault, pourquoy luy donnoit-elle
quelque esperance après les sept ans passez ? — Je suis
de vostre oppinion, dist Longarine ; car ceulx qui ne
veullent poinct aymer ne donnent nulle occasion de
continuer l'amour qu'on leur porte. — Peut estre[2], dist
Nomerfide, qu'elle en aymoit quelque autre qui ne valloit
cest honneste homme-là, et que pour ung pire elle laissa le
meilleur. — Par ma foy, dist Saffredent, je pense qu'elle
faisoit provision de luy[3], pour le prendre à l'heure qu'elle
laisseroit celluy que pour lors elle aymoit le mieulx. »
Madame Oisille[*], voyant que soubz couleur de blasmer et
reprendre en la Royne de Castille ce qu'à la verité[4] n'est à
louer ni en elle ni en autre, les hommes se debordoient[5] si

---

1. ne serais le serviteur d'aucune femme.   **2.** Voir ci-dessus
(devis de N. 13) et ci-dessous (devis de N. 42), d'autres *peut estre* :
la « vérité » de l'histoire, la véridicité de la narration, sont ainsi
mises en doute régulièrement, tandis que gagne le soupçon porté
sur les belles conduites... Dagoucin lui-même avait suggéré plusieurs hypothèses.   **3.** elle le gardait en réserve (*cf.* plus haut
« ou bien le reservant »).   **4.** ce qui à la vérité.   **5.** se lais-
saient aller avec excès, s'emportaient.

---

* La phrase de *Madame Oisille* à *et dist* est omise dans ms. 1512
(et dans 2155 S et G), rétablie en suivant T.

fort à medire des femmes et que les plus saiges et honnestes estoient aussi peu espagnées que les plus folles et
impudiques, ne peut endurer que l'on passat plus outre ;
mais print la parole et dist : « Je voy bien que tant plus
nous mectrons ces propos en avant, et plus ceulx qui ne
veullent estre mal traictez diront de nous le pis qu'il leur
sera possible. Parquoy, je vous prie, Dagoucin, donnez
vostre voix à quelcune. — Je la donne, dist-il, à Longarine,
estant asseuré qu'elle nous en dira quelcune [1][*] qui ne sera
poinct melencolicque, et si n'espargnera homme ne
femme pour dire verité. — Puis que vous m'estimez si
veritable, dist Longarine, je prendray la hardiesse de
racompter ung cas advenu à un bien grand prince, lequel
passe en vertu tous les autres de son temps. Et vous direz
que la chose dont on doibt moins user sans extreme necessité, c'est de mensonge ou dissimulation : qui est ung vice
laid et infame, principallement aux princes et grans seigneurs, en la bouche et contenance desquelz la verité est
mieulx seante que en nul autre. Mais il n'y a si grand
prince en ce monde, combien qu'il eust tous les honneurs
et richesses qu'on sçauroit desirer, qui ne soit subject à
l'empire et tirannye d'Amour. Et semble que plus le prince
est noble et de grand cueur, plus Amour faict son effort
pour l'asservir soubz sa forte main ; car ce glorieux dieu ne
tient compte des choses communes et fidelles, et ne prent
plaisir Sa Majesté que à faire tous les jours miracles,
comme d'affoiblir les fortz, fortifier les foibles, donner
intelligence aux ignorans, oster les sens aux plus sçavans,
favoriser aux passions et destruire raison ; et en telles
mutations prent plaisir l'amoureuse divinité. Et, pource
que les princes n'en sont exemptz, aussy ne sont-ilz de
necessité [2][**]. Or s'ilz ne sont quictes [3] de la necessité en

---

1. quelque histoire.   **2.** par conséquent ils ne sont pas à l'abri
du besoin (de ce besoin que crée le désir amoureux).   **3.** La
phrase semble incorrecte ou inachevée ; lire peut-être : « Or si, ils
ne sont » (Donc ainsi, ils ne sont), ou supprimer *et*.

---

[*] quelque chose de nouveau, et si (G).   [**] aussy ne sont-ils
de la necessité en laquelle les mect (G, T, syntaxe plus correcte).

quoy les mect le desir de la servitude d'amour, et par ceste
necessité leur est non seullement permis mais mandé de
user de mensonge, ypocrisye et fiction[1], qui sont les
moyens de vaincre leurs ennemys, selon la doctrine de
maistre Jehan de Mehun[2]. Or, puis que, en tel acte, est
louable à ung prince la condition qui en tous autres est à
desestimer[3], je vous racompteray les inventions d'un
jeune prince, par lesquelles il trompa ceulx qui ont accoustumé de tromper tout le monde. »

VINGT CINQUIESME NOUVELLE

Un jeune prince, soubz couleur de visiter son advocat, et communiquer de ses affaires avec luy, entretint si paisiblement sa femme,
qu'il eut d'elle ce qu'il en demandoit.

*

*Subtil moyen dont usoit un grand prince pour jouyr de la femme
d'un advocat de Paris.*

*

Anecdote sans doute authentique, mettant en scène le roi François,
amoureux de la femme de l'avocat Jacques Disome ou Dishomme,
Jeanne Le Coq, fille d'un conseiller à la Cour de Parlement. Montaigne
juge sévèrement le jeune prince... et la narratrice : « Je vous laisse à
juger, l'âme pleine de ce beau pensement, à quoy il employoit la faveur
divine : toustesfois elle allegue cela pour un tesmoignage de singulière
devotion. Mais ce n'est pas par cette preuve seulement qu'on pourroit
verifier que les femmes ne sont guières propres à traiter les matieres
de la Theologie » (*Les Essais*, « Des prières », I. LVI, p. 324).

*

En la ville de Paris y avoit ung advocat, plus estimé
que nul autre[4] de son estat ; et, pour estre cherché d'un

---

1. feinte.   **2.** Jean de Meung, qui a continué après Guillaume
Lorris le *Roman de la Rose* (XIIIᵉ siècle), et auquel était empruntée
une citation dans les devis de la N. 12 : Ami, qui conseille l'amoureux, lui dit qu'il est bon de tromper les trompeurs (v. 7253 et
suiv.).   **3.** mépriser.   **4.** Quelques manuscrits et l'édition Gruget portent « plus estimé que neuf hommes » ; ce jeu de mots sur
le nom du mari (Disome, mieux encore Dishomme = dix hommes !)
confirme l'identification des protagonistes.

chascun à cause de sa suffisance[1], estoit devenu le plus riche de tous ceulx de sa robbe[2]. Mais, voyant qu'il n'avoit eu nulz enffans de sa premiere femme, espera d'en avoir d'une seconde. Et, combien que son corps fust vicieux[3]*, son cueur ne son esperance n'estoient poinct morts : parquoy il alla choisir une des plus belles filles qui fust dedans la ville, de l'aage de dix huit à dix neuf ans, fort belle de visaige et de tainct, mais encore plus de taille et d'embonpoint[4]. Laquelle il ayma et traicta le myeulx qu'il luy fut possible ; mais si n'eut-elle de luy non plus d'enfans que la premiere, dont à la longue se fascha**. Mais la jeunesse, qui ne peut souffrir ung ennuy, luy feit chercher recreation ailleurs qu'en sa maison ; et alla aux danses et bancquetz, toutefois si honnestement que son mary n'en povoit prendre mauvaise opinion ; car elle estoit tousjours en la compaignye de celles à qui il avoit fiance[5].

Ung jour qu'elle estoit à une nopce, s'y trouva ung bien grand prince, qui, en me faisant le compte, m'a defendu de le nommer. Si vous puis-je bien dire que c'estoit le plus beau et de la meilleure grace qui ayt esté devant, ne qui, je croy, sera après lui en ce royaulme[6]. Ce prince, voyant ceste jeune et belle dame, de laquelle les oeilz et contenance le convyerent à l'aymer, vint parler à elle d'un tel langaige et d'une telle grace, qu'elle eust voluntiers commencé ceste harangue[7]. Ne luy dissimulla poinct que de long temps elle avoit en son cueur l'amour dont il la prioit, et qu'il ne se donnast poinct de peyne pour la persuader à une chose où par la seulle veue Amour l'avoit faict consentir. Ayant ce jeune prince par la naïfveté d'amour ce qui meritoit

---

1. ses capacités, ses qualités professionnelles.   2. sa profession.   3. en mauvais état.   4. belle apparence, beauté. 5. confiance.   6. Cette louange, et plus bas la mention de la grande affection que portait sa sœur au jeune prince, font évidemment penser qu'il s'agit de François Ier.   7. qu'elle eût volontiers eu l'initiative de ces propos (d'amour).

---

* vieil (G, 2155 S).   ** *elle* se fascha (plusieurs ms.).

bien estre acquis par le temps *, mercia le Dieu qui le
favorisoit. Et, depuis ceste heure-là, pourchassa si bien
son affaire, qu'ilz accorderent ensemble le moyen
comme ilz se pourroient veoir hors de la veue des
autres. Le lieu et le temps accordez, le jeune prince ne
faillit à s'y trouver ; et, pour garder l'honneur de sa
dame, y alla en habit dissimullé[1]. Mais, à cause des
mauvais garsons qui couroient la nuyct par la ville,
ausquelz il ne se vouloit faire congnoistre, print en sa
compaignie quelques gentils hommes ausquelz il se
fyoit. Et, au commencement de la rue où elle se tenoit,
les laissa, disant : « Si vous n'oyez poinct de bruict
dedans[2] ung quart d'heure, retirez-vous en voz logis ;
et, sur les trois ou quatre heures, revenez icy me querir. » Ce qu'ilz feirent, et, n'oyans nul bruict, se retirerent. Le jeune prince s'en alla tout droict chez son
advocat, et trouva la porte ouverte, comme on luy avoit
promis. Mais, en montant le degré[3], rencontra le mary
qui avoit en sa main une bougie, duquel il fut plus tost
veu qu'il ne le peut adviser. Mais, amour qui donne
entendement et hardiesse où il baille les necessitez[4],
feit que le jeune prince s'en vint tout droict à luy, et
luy dist : « Monsieur l'advocat, vous sçavez la fiance
que moy et toux ceulx de ma maison avons eue en
vous, et que je vous tiens de mes meilleurs et fidelles
serviteurs. J'ay bien voullu venir icy vous visiter privement[5], tant pour vous recommander mes affaires, que
pour vous prier de me donner à boyre, car j'en ay grand
besoing ; et de ne dire à personne du monde, que je
soye icy venu, car, de ce lieu, m'en fault aller en ung
aultre où je ne veulx estre congneu. » Le bon homme
advocat fut tant aise de l'honneur que ce prince luy
faisoit de venir ainsy priveement en sa maison, qu'il le
mena en sa chambre, et dist à sa femme qu'elle appres-

---

1. sous un déguisement. 2. d'ici. 3. escalier. 4. dans
les occasions où il donne les besoins. 5. en privé, en secret.

---

* estre reprins quelque temps (1512, 2155 S).

tast la collation des meilleurs fruictz et confitures[1]
qu'elle eut ; ce qu'elle feit très voluntiers et apporta la
collation * la plus honneste qu'il luy fut possible. Et,
nonobstant que l'habillement qu'elle portoit d'un couvrechef et manteau la monstrast plus belle qu'elle
n'avoit accoustumé, si ne feit pas semblant le jeune
prince de la regarder ne congnoistre ; mais parloit tousjours à son mary de ses affaires, comme à celluy qui
les avoit manyées de longue main[2] **. Et, ainsy que[3] la
dame tenoit à genoulx les confitures devant le prince,
et que le mary alla au buffet pour luy donner à boire,
elle luy dist que, au partir de la chambre, il ne faillist
d'entrer en une garderobbe, à main droicte, où bien
tost après elle le yroit veoir. Incontinant après qu'il
eust beu, remercia l'advocat, lequel le voulut à toutes
forces accompaigner ; mais il l'asseura *** que, là où il
alloit, n'avoit que faire de compaignye. Et, en se tournant vers sa femme, luy dist : « Aussy, je ne vous veulx
faire tort de vous oster ce bon mary, lequel est de mes
antiens serviteurs. Vous estes si heureuse de l'avoir,
que vous avez bien l'occasion d'en louer Dieu et de le
bien servir et obeyr ; et, en faisant du contraire[4] ****,
seriez bien malheureuse. » En disant ces honnestes propos, s'en alla le jeune prince, et fermant la porte après
soy, pour n'estre suivy au degré, entra dedans la garde-
robbe où, après que le mary fut endormy, se trouva la
belle dame, qui le mena dedans ung cabynet le mieulx
en ordre qu'il estoit possible, combien que les deux
plus belles ymaiges qui y fussent estoient luy et elle,
en quelques habillemens qu'ils se voulsissent mectre.
Et là je ne faictz doubte qu'elle ne luy tint toutes ses
promesses.

---

1. mets délicats apprêtés pour la conservation.   **2.** traitées de
longue date.   **3.** au moment où.   **4.** en agissant autrement.

---

* et l'appresta la plus honneste (G).   ** *De ses affaires...
longue main* est omis dans ms. 1512.   *** luy dist (ms. 1512).
**** si vous faisiez autrement (2155 S, G).

De là se retira, à l'heure qu'il avoit dict à ses gentilz hommes, lesquelz il trouva au lieu où il leur avoit commandé de l'actendre. Et, pource que ceste vie dura assez longuement, choisit le jeune prince ung plus court chemyn pour y aller, c'est qu'il passoit par ung monastere de religieux. Et, avoit si bien faict envers le prieur, que tousjours environ minuyct le portier luy ouvroit la porte, et pareillement quant il s'en retournoit. Et, pource que la maison où il alloit estoit près de là, ne menoit personne avecq luy. Et, combien qu'il menast la vie que je vous diz, si estoit-il prince craignant et aymant Dieu. Et ne falloit[1] jamais, combien que à l'aller il ne s'arrestast poinct, de demorer, au retour, long temps en oraison en l'eglise ; qui donna grande occasion[2] aux religieux, qui entrans et saillans[3] de matines le voyoient à genoulx, d'estimer que ce fust le plus sainct homme du monde.

Ce prince avoit une seur, qui frequentoit fort ceste religion[4], et comme celle qui[5] aymoit son frere plus que toutes aultres creatures, le recommandoit aux prieres d'un chascun qu'elle povoit congnoistre bon. Et, ung jour qu'elle le recommandoit d'affection[6] au prieur de ce monastere, il luy dist : « Helas, Madame ! qui est-ce que vous me recommandez ? Vous me parlez de[*] l'homme du monde, aux prieres duquel j'ay plus grande envie d'estre recommandé ; car, si cestuy-là n'est sainct et juste (allegant le passaige[7][**] que : « Bien heureux est qui peut mal faire et ne le faict pas »), je n'espere pas d'estre trouvé tel. » La seur, qui eut envie de sçavoir quelle congnoissance ce beau pere

---

1. manquait.   **2.** ce qui donna une bonne raison.   **3.** sortant.   **4.** monastère.   **5.** et en femme qui.   **6.** recommandait au prieur de l'aimer.   **7.** le passage (le verset de la Bible) qui dit que : « Bienheureux [...] Qui a pu pécher et n'a pas péché. Qui a pu faire du mal à autrui et ne l'a pas fait. Ses biens seront consolidés » (Ecclésiastique 31, 8.10).

* *Vous me parlez de* (G) est omis dans ms. 1512 et 2155 S.
** La parenthèse est omise dans ms. 1512.

avoit de la bonté de son frere, l'interrogea si fort que, en luy baillant ce secret, soubz le voile de confession [1] [*], luy dist : « N'est-ce pas une chose admirable, de veoir ung prince jeune et beau laisser ses plaisirs et son repos, pour venir bien souvent oyr noz matines, non comme prince, serchant l'honneur du monde, mais comme ung simple religieux vient tout seul se cacher en une de noz chappelles ? Sans faulte, ceste bonté rend les religieux et moy si confuz, que auprès de luy ne sommes dignes d'estre appellez religieux. » La seur, qui entendit ces parolles, ne sceut que croyre ; car, nonobstant que son frere fust bien mondain, si sçavoit elle qu'il avoit la conscience très bonne, la foy et amour de Dieu bien grande, mais de chercher superstitions ne ceremonyes aultres que ung bon chrestien doibt faire, ne l'en eust jamais soupsonné. Parquoy, elle s'en vint à luy, et luy compta la bonne oppinion que les religieux avoient de luy : dont il ne se peut garder de rire avecq ung visaige tel, qu'elle, qui le congnoissoit comme son propre cueur, congneut qu'il y avoit quelque chose cachée soubz sa devotion ; et ne cessa jamais qu'il ne luy eust dict la verité : ce qu'elle m'a faict mettre icy en escript [2] [**], à fin que vous congnoissiez, mes dames, qu'il n'y a malice d'advocat ne finesse de religieux (qui sont coutumiers de tromper tous autres [***]), que Amour, en cas de necessité, ne decoive [3] et face tromper par ceulx mesmes qui n'ont aultre experience [****] que de bien aymer. Et, puis qu'Amour [*****] sçait tromper les trom-

---

1. sous le secret de. **2.** Petite entorse au pacte de l'oralité ! **3.** n'abuse.

---

* soubs la foe de confession (2155 S). ** la vérité telle que je l'ay mise icy par escrit et qu'elle feit l'honneur de me le compter. C'est afin que vous congnoissiez, mes dames, qu'il n'y a malice d'advocat ny finesse de moine qu'amour... (T, G). Ce qu'elle me fist l'honneur de compter (2155 S). *** *qui sont coustumiers de tromper tous autres* est omis dans G et ms. 2155. **** ceulx qui sont parfaicts en amour (G). ***** Texte du ms. 1512 corrigé par M. F. suivant T.

peurs, nous autres* simples et ignorantes le devons bien craindre.

« Encores, dist Geburon, que je me doubte bien qui c'est, si faut-il que je dye qu'il est louable en ceste chose ; car l'on veoit peu de grans seigneurs qui se soulcient de l'honneur des femmes, ny du scandalle public, mais qu'ilz aient[1] leur plaisir ; et souvent sont contens qu'on pense pis qu'il n'y a. — Vrayement, dist Oisille, je vouldrois que tous les jeunes seigneurs y prinssent exemple, car le scandalle est souvent pire que le peché. — Pensez, dist Nomerfide, que les prieres qu'il faisoit au monastere où il passoit, estoient bien fondées ! — Si n'en debvez-vous poinct juger, dist Parlamente, car peult estre, au retour, que la repentance estoit telle, que le peché luy estoit pardonné. — Il est bien difficille, dist Hircan, de se repentir d'une chose si plaisante. Quant est de moy, je m'en suys souventesfois confessé, mais non pas gueres repenty. — Il vauldroit mieulx, dist Oisille, ne se confesser point, si l'on n'a bonne repentance. — Or, Madame, dist Hircan, le peché me desplaist bien, et suis marry d'offenser Dieu, mais le peché me plaist tousjours. — Vous et vos semblables, dist Parlamente, vouldriez bien qu'il n'y eust esté ne Dieu ne loy, sinon celle que vostre affection ordonneroit. — Je vous confesse, dist Hircan, que je vouldrois que Dieu print aussi grand plaisir à mes plaisirs, comme je faictz, car je luy donnerois souvent matiere de se resjouir. — Si ne ferez-vous pas ung Dieu nouveau, dist Geburon ; parquoy fault obeyr à celluy que nous avons**. Laissons ces disputes aux

---

1. Mais (ne se soucient que) d'avoir, à condition d'avoir.

---

* nous autres : nous *pauvres* (G).   ** T achève ici N. 25, et commence la suivante en résumant les devis : « Les propos precedens meirent la compagnie en telle contrarieté d'opinions que pour en avoir resolution fut à la fin contrainte renvoyer ceste dispute aux theologiens suyvant l'advis de Geburon qui incontinent somma Longarine de donner sa voix à quelcun laquelle lui dist. Je la donne... »

theologiens, à fin que Longarine donne sa voix à quelcun. — Je la donne, dist-elle, à Saffredent. Mais je le
prie qu'il nous fasse le plus beau compte qu'il se
pourra adviser, et qu'il ne regarde poinct tant à dire
mal des femmes, que, là où il y aura du bien, il en
veulle monstrer la vérité. — Vrayement, dist Saffredent, je l'accorde, car j'ay en main l'histoire d'une
folle et d'une saige : vous prendrez l'exemple qu'il
vous plaira le mieulx. Et congnoistrez que, tout ainsy
que amour faict faire aux meschans des meschancetez,
en ung cueur honneste faict faire choses dignes de
louange ; car, amour, de soy[1], est bon, mais la malice
du subgect[2] luy faict souvent prendre ung nouveau surnom de fol[*], legier, cruel, ou villain. Mais à l'histoire
que à present je vous racompteray, pourrez veoir
qu'amour ne change poinct le cueur, mais le monstre
tel qu'il est, fol aux folles, et saige aux saiges. »

VINGT SIXIESME NOUVELLE

Par le conseil et affection fraternelle d'une saige dame, le seigneur
d'Avannes se retira de la folle amour qu'il portoit à une gentille
femme demeurant à Pampelune.

*

*Plaisant discours d'un grand seigneur pour avoir la jouyssance
d'une dame de Pampelune.*

*

Brantôme, dans le *Recueil des Dames* (éd. Prosper Mérinée et Louis
Lacour, 2e Partie, t. XI, 1891, p. 233), fait allusion à cette aventure
en blâmant, comme certains des devisants, l'héroïne trop austère,
mais « de volonté pute », qui, « comme la blanche hermine », aima
mieux mourir que se souiller. Cette nouvelle est à l'origine du
roman de Balzac, *Le Lys dans la vallée*.

*

---

1. en soi.   **2.** la méchanceté de l'individu.

---

[*] fol (G) : *sot* (ms. 1512).

Il y avoit, au temps du Roy Loys douziesme, ung jeune seigneur, nommé monsieur d'Avannes[1], filz du sire d'Albret, frere du Roy Jehan de Navarre, avecq lequel le dict seigneur d'Avannes demoroit ordinairement. Or, estoit le jeune seigneur, de l'aage de quinze ans, tant beau et tant plain de toute bonne grace, qu'il sembloit n'estre faict que pour estre aymé et regardé ; ce qu'il estoit de tous ceulx qui le voyoient, et, plus que de nul autre, d'une dame demorant en la ville de Pampelune en Navarre, laquelle estoit mariée à ung fort riche homme, avecq lequel vivoit si honnestement, que, combien qu'elle ne fust aagée que de vingt trois ans, pour ce que son mary approchoit le cinquantiesme, s'abilloit si honnestement* qu'elle sembloit plus vefve que mariée. Et jamais à nopces ny à festes homme ne la veit[2] aller sans son mary ; duquel elle estimoit tant la bonté et vertu, qu'elle le preferoit à la beaulté de tous aultres. Et le mary l'ayant experimentée si saige, y print telle seureté, qu'il luy commectoit[3] toutes les affaires de sa maison. Ung jour, fut convié ce riche gentil homme avecq sa femme à une nopce de leurs parentes. Auquel lieu, pour honorer les nopces, se trouva le jeune seigneur d'Avannes, qui naturellement aymoit les dances, comme celluy qui en son temps ne trouvoit son pareil. Et, après le disner que les dances commencerent, fut prié le dict seigneur d'Avannes, par le riche homme, de vouloir danser. Le dict seigneur lui demanda qu'il vouloit qu'il menast[4]. Il luy respondit : « Monseigneur, s'il y en avoit une plus belle et plus à mon commandement que ma femme, je vous la presenterois, vous supliant me faire cest honneur de la mener

---

1. Gabriel d'Albret, seigneur d'Avesnes et de Lesparre, vice-roi de Naples, sénéchal de Guyenne, fils d'Alain d'Albret, frère de Jean, roi de Navarre.   2. jamais personne ne la vit aller.   3. lui accorda une telle confiance qu'il lui confiait.   4. qui il voulait qu'il conduisît (*conduire* ou *mener*, ou *mener danser*, être le cavalier de).

---

* si *modestement* (G).

danser. » Ce que feit le jeune prince, duquel la jeunesse
estoit si grande, qu'il prenoit plus de plaisir à saulter et
dancer, que à regarder la beaulté des dames. Et celle
qu'il menoit, au contraire, regardoit plus la grace et
beaulté du dict seigneur d'Avannes, que la dance où elle
estoit, combien que, par sa grande prudence, elle n'en fit
ung seul semblant[1]. L'heure du souppé venue, monseigneur d'Avannes, disant adieu à la compaignye, se retira
au chasteau où le riche homme sur sa mulle l'accompaigna, et, en allant, lui dist : « Monseigneur, vous avez ce
jourd'huy tant faict d'honneur à mes parens et à moy,
que ce me seroit grande ingratitude si je ne m'offrois
avec toutes mes facultez[2] à vous faire service. Je sçay,
Monseigneur, que tel seigneur que vous, qui avez peres[3]
rudes et avaritieux, avez souvent plus faulte d'argent que
nous, qui par petit train et bon mesnaige[4] ne pensons que
d'en amasser. Or est-il ainsy, que Dieu, m'ayant donné
une femme selon mon desir, ne m'a voullu donner en ce
monde totalement mon paradis, m'ostant la joye que les
peres ont des enfans. Je sçay, Monseigneur, qu'il ne
m'appartient pas de vous adopter pour tel, mais, s'il vous
plaist de me recepvoir pour serviteur et me declarer voz
petites affaires, tant que cent mil escuz de mon bien se
pourront estandre[5], je ne fauldray vous secourir en vos
necessitez[6]. » Monseigneur d'Avannes fut fort joieulx
de cest offre, car il avoit ung pere tel que l'autre luy avoit
dechiffré[7], et après l'avoir mercié, le nomma, par
alliance, son pere[8].

De ceste heure-là, le dict riche homme print telle
amour au seigneur d'Avannes, que matin et soir ne
cessoit de s'enquerir s'il luy falloit quelque chose ; et

---

1. elle n'en montrât rien.   2. avec tous les moyens dont je
dispose.   3. des parents.   4. un modeste train de vie et une
bonne administration domestique.   5. dans la mesure où cent
mille écus pourront être mis à votre disposition. L'étrange généro-
sité du mari qui attire en sa maison un beau jeune homme sera
aussi celle du mari de l'héroïne, dans le roman de Balzac.   6. en
vos besoins.   7. décrit.   8. son père d'alliance, son père
adoptif.

ne cella à sa femme la devotion qu'il avoit au dict
seigneur et à son service, dont elle l'ayma doublement ; et, depuis ceste heure, le dict seigneur
d'Avannes n'avoit faulte de chose qu'il desirast. Il
alloit souvent veoir ce riche homme, boire et manger
avecq luy, et, quant il ne le trouvoit poinct, sa femme
bailloit tout ce qu'il demandoit ; et davantaige parloit
à luy si saigement, l'admonestant d'estre saige et vertueux, qu'il la craingnoit et aymoit plus que toutes les
femmes de ce monde. Elle, qui avoit Dieu et honneur
devant les oeilz, se contentoit de sa veue et parolle où
gist la satisfaction d'honnesteté et bon amour. En sorte
que jamais ne luy feit signe pourquoy[1] il peust juger
qu'elle eut autre affection à luy que fraternelle et chrestienne. Durant ceste amitié couverte, monseigneur
d'Avannes, par l'aide des dessus dictz[2], estoit fort gorgias et bien en ordre[3]. Commencea à venir en l'aage
de dix sept ans et de chercher les dames plus qu'il
n'avoit de coustume. Et, combien qu'il eust plus voluntiers aymé la saige dame que nulle, si est-ce que la
paour qu'il avoit de perdre son amityé, si elle entendoit
telz propos, le feit taire et se amuser ailleurs. Et s'alla
addresser à[4] une gentil femme, près de Pampelune, qui
avoit maison en la ville, laquelle avoit espousé ung
jeune homme qui surtout aymoit les chevaulx, chiens
et oiseaulx. Et commencea, pour l'amour d'elle, à
lever[5] mille passe-temps, comme tournoys, courses,
luyttes, masques[6], festins et autres jeuz, en tous lesquels se trouvoit ceste jeune femme ; mais, à cause que
son mary estoit fort fantasticque[7] et ses pere et mere
la congnoissoient* fort legiere et belle, jaloux de son

---

1. par lequel.   2. de ce que nous avons dit ci-dessus.
3. élégant et bien mis.   4. alla s'adresser à, se mit à fréquenter.   5. s'adonner à.   6. luttes, combats, mascarades.
7. prompt à imaginer, à « se faire des idées » (à être jaloux),
ombrageux.

---

* ses pere et mere, la *cognoissant* [...], la tenoient de si près
(2155 S, G).

honneur, la tenoient de si près que le dict seigneur
d'Avannes ne povoit avoir d'elle autre chose que la
parolle bien courte en quelque bal, combien que en peu
de propos le dict seigneur d'Avannes aparceut bien que
autre chose ne defailloit[1] à leur amitié, que le temps et
le lieu. Parquoy il vint à son bon pere le riche homme,
et luy dist qu'il avoit grand devotion d'aller visiter
Nostre Dame de Monserrat[2], le priant de retenir en sa
maison tout son train, parce qu'il voulloit aller seul ;
ce qu'il luy accorda. Mais sa femme, qui avoit en son
cueur ce grand prophete Amour, soupsonna incontinant
la verité du voiage ; et ne se peut tenir de dire à monseigneur d'Avannes : « Monsieur, monsieur, la Nostre
Dame que vous adorez n'est pas hors des murailles de
ceste ville ; parquoy, je vous supplie, sur toutes choses,
regarder à vostre santé. » Luy, qui la craingnoit et
aymoit, rougit si fort à ceste parolle, que, sans parler,
il luy confessa la verité ; et, sur cela, s'en alla.

Et quant il eut achepté une couple de beaulx chevaulx d'Espaigne, s'abilla en pallefrenier et desguisa
tellement son visaige, que nul ne le congnoissoit[3]. Le
gentil homme, mary de la folle dame, qui sur toutes
choses aymoit les chevaulx, veit les deux que menoit
monseigneur d'Avannes : incontinant les vint achepter ; et, après les avoir acheptez, regarda le pallefrenier
qui les menoit fort bien, et luy demanda s'il le voulloit
servir. Le seigneur d'Avannes lui dist que ouy et qu'il
estoit ung pauvre pallefrenier qui ne sçavoit autre mestier que panser les chevaulx ; en quoy il s'acquicteroit
si bien qu'il en seroit contant. Le gentil homme en fut
fort aise, et luy donna la charge de tous ses chevaulx ;
et, entrant en sa maison, dist à sa femme, qu'il luy
recommandoit ses chevaulx et son pallefrenier, et qu'il
s'en alloit au chasteau. La dame, tant pour complaire
à son mary que pour avoir meilleur passetemps, alla
visiter les chevaulx ; et regarda le pallefrenier nouveau,

---

1. manquait.   2. monastère de Catalogne, près de Barcelone.
3. reconnaissait ; plus bas, *congneu* : reconnu.

qui luy sembla de bonne grace ; toutesfois, elle ne le congnoissoit point. Luy, qui veit qu'il n'estoit poinct congneu, luy vint faire la reverence en la façon d'Espaigne et luy baisa la main, et, en la baisant, la serra si fort, qu'elle le recongnent, car, en la dance, luy avoit-il mainte fois faict tel tour ; et, dès l'heure, ne cessa la dame de chercher lieu où elle peust parler à luy à part. Ce que elle feit dès le soir mesmes, car elle, estant conviée en ung festin où son mary la voulloit mener, faingnit estre mallade et n'y povoir aller. Le mary, qui ne vouloit faillir à ses amys, luy dist : « M'amye, puisqu'il ne vous plaist y venir, je vous prie avoir regard sur[1][*] mes chiens et chevaulx, affin qu'il n'y faille rien. » La dame trouva ceste commission très agreable, mais, sans en faire autre semblant[2], luy respondit, puis que en meilleure chose ne la voulloit emploier, elle luy donneroit à congnoistre par les moindres combien elle desiroit luy complaire. Et n'estoit pas encores à peine le mary hors la porte, qu'elle descendit en l'estable, où elle trouva que quelque chose defailloit[3] ; et, pour y donner ordre[4], donna tant de commissions aux varletz de cousté et d'autre, qu'elle demora toute seulle avecq le maistre pallefrenier ; et, de paour que quelcun survint, luy dist : « Allez-vous-en dedans nostre jardin, et m'attendez en ung cabinet qui est au bout de l'alée. » Ce qu'il feit si dilligemment, qu'il n'eust loisir de la mercier[5]. Et, après qu'elle eut donné ordre à toute l'escurie, s'en alla veoir ses chiens, où elle feit pareille dilligence[6] de les faire bien traicter, tant qu'il sembloit que de maistresse elle fust devenue chamberiere ; et, après, retourna en sa chambre où elle se trouva si lasse, qu'elle se meist dedans le lict, disant qu'elle vouloit reposer. Toutes ses femmes la laisserent seulle, fors

---

1. vous occuper de. 2. sans rien manifester. 3. n'était pas comme il fallait. 4. y remédier. 5. remercier. 6. mit pareil soin.

---

* avoir egard à (G).

une à qui elle se fyoit, à laquelle elle dist : « Allez-
vous-en au jardin, et me faictes venir celluy que vous
trouverez au bout de l'allée. » La chamberiere y alla et
trouva le pallefrenier qu'elle amena incontinant à sa
dame, laquelle feit sortir dehors ladicte chamberiere
pour guetter quant son mary viendroit. Monseigneur
d'Avannes, se voyant seul avecq la dame, se despouilla[1] des habillemens de pallefrenier, osta son faulx nez
et sa faulse barbe, et, non comme crainctif pallefrenier,
mais comme bel seigneur qu'il estoit, sans demander
congé à la dame, audatieusement se coucha auprès
d'elle où il fut receu, ainsy que le plus beau filz qui
fust de son temps debvoit estre de la plus belle et folle
dame du pays ; et demoura là jusques ad ce que le
seigneur retournast : à la venue duquel, reprenant son
masque, laissa la place que par finesse et malice il
usurpoit. Le gentil homme, entrant en sa court, entendit
la dilligence qu'avoit faict sa femme de bien luy obeyr,
dont la mercia très fort. « Mon amy, dit la dame, je ne
faictz que mon debvoir. Il est vray, qui ne prandroit
garde sur ces meschans garsons, vous n'auriez chien
qui ne fust galleux, ne cheval qui ne fust bien maigre ;
mais, puis que je congnois leur paresse et vostre bon
voulloir, vous serez myeulx servy que ne fustes oncques. » Le gentil homme, qui pensoit bien avoir choisy
le meilleur pallefrenier de tout le monde, luy demanda
que luy en sembloit : « Je vous confesse, Monsieur,
dist-elle, qu'il faict aussy bien son mestier que serviteur qu'eussiez peu choisir ; mais si a-il besoing d'estre
sollicité, car c'est le plus endormy varlet que je veiz
jamais. »

Ainsy longuement demeurerent le seigneur et la dame
en meilleure amityé que auparavant ; et perdit tout le soupson et la jalouzie qu'il avoit d'elle, pour ce que aultant
qu'elle avoit aymé les festins, dances et compaignies, elle
estoit ententive à son mesnaige[2] ; et se contentoit bien sou-

---

1. se dévêtit.   2. attentive à son ménage (à la bonne marche
de sa maison).

vent de ne porter sur sa chemise que une chamarre[1], en lieu qu'elle avoit accoustumé d'estre quatre heures à s'accoustrer[2] : dont elle estoit louée de son mary et d'un chascun, qui n'entendoient pas que le pire diable chassoit le moindre. Ainsy vesquit ceste jeune dame, soubz l'ypocrisie et habit de femme de bien, en telle volupté, que raison, conscience, ordre ne mesure n'avoient plus de lieu en elle. Ce que ne peut porter[3] longuement la jeunesse et delicate complexion[4] du seigneur d'Avannes, mais commencea à devenir tant pasle et meigre, que, sans porter masque, on le povoit bien descongnoistre[5] ; mais le fol amour qu'il avoit à ceste femme luy rendit tellement les sens hebetez, qu'il presumoit de sa force ce qui eust defailly en celle d'Hercules ; dont, à la fin, contrainct de maladie, et conseillé par la dame, qui ne l'aymoit tant malade que sain, demanda congé à son maistre de se retirer chez ses parens : qui le luy donna à grand regret, luy faisant promectre que, quant il seroit sain, il retourneroit en son service. Ainsy s'en alla le seigneur d'Avannes à beau pied[6], car il n'avoit à traverser que la longueur d'une rue ; et, arrivé en la maison du riche homme son bon pere, n'y trouva que sa femme, de laquelle l'amour vertueuse qu'elle luy portoit n'estoit poinct diminuée pour son voyage. Mais, quant elle le veit si maigre et descoloré[7], ne se peut tenir de luy dire : « Je ne sçay, Monseigneur, comme il vat de vostre conscience, mais vostre corps n'a poinct amendé[8] de ce pellerinaige ; et me doubte fort que le chemin que vous avez faict la nuyct vous ayt plus faict de mal que celluy du jour, car, si vous fussiez allé en Jherusalem à pied, vous en fussiez venu plus haslé, mais non pas si maigre et foyble. Or, comptez ceste-

---

1. simarre, longue robe d'intérieur.   2. se parer.   3. ne put supporter (accord du verbe avec le sujet le plus proche, comme en latin).   4. tempérament.   5. on pouvait bien ne pas le reconnaître.   6. à pied, d'un bon pas.   7. pâle.   8. profité.

cy pour une [1], et ne servez plus telles ymaiges [2], qui, en lieu de resusciter les mortz, font mourir les vivans. Je vous en dirois davantage ; mais, si vostre corps a peché, il en a telle pugnition, que j'ay pitié d'y adjouster quelque fascherie nouvelle. » Quand le seigneur d'Avannes eut entendu tous ces propos, il ne fut pas moins marry que honteux, et luy dist : « Madame, j'ay aultresfois ouy dire que la repentence suyt le peché ; et, maintenant je l'esprouve à mes despens, vous priant excuser ma jeunesse, qui ne se peut chastier que par experimenter [3] du mal qu'elle ne veult croire. »

La dame, changeant ses propos, le feit coucher en ung beau lict, où il y fut quinze jours, ne vivant que de restaurentz [4] ; et luy tindrent le mary et la dame si bonne compaignye, qu'il en avoit tousjours l'un ou l'autre auprès de luy. Et, combien qu'il eust faict les follies que vous avez oyes, contre la volunté et conseil de la saige dame, si ne diminua-elle jamais l'amour vertueuse qu'elle luy portoit, car elle esperoit tousjours que, après avoir passé ses premiers jours en follies, il se retireroit et contraindroit d'aymer honnestement, et, par ce moien, seroit en tout à elle. Et, durant ces quinze jours qu'il fut en sa maison, elle luy tint tant de bons propos tendant à amour de vertu, qu'il commencea avoir horreur de la follye qu'il avoit faicte ; et, regardant la dame, qui en beaulté passoit la folle, congnoissant de plus en plus les graces et vertuz qui estoient en elle, il ne se peut garder, ung jour qu'il faisoit assez obscur, chassant toute craincte dehors, de luy dire : « Madame, je ne voy meilleur moyen pour estre tel et si vertueulx que vous me preschez et desirez, que de mectre mon cueur et estre entierement amoureux de la vertu ; je vous suplie, Madame, me dire s'il ne vous plaist pas m'y donner toute aide et faveur à vous possible. » La dame, fort joyeuse de luy veoir tenir ce lan-

---

gaige, luy dist : « Et je vous promectz, Monseigneur, que, si vous estes amoureux de la vertu comme il appartient à tel seigneur que vous, je vous serviray pour y parvenir de toutes les puissances que Dieu a mises en moy. — Or, Madame, dist monseigneur d'Avannes, souvienne vous[1] de vostre promesse, et entendez que Dieu, incongneu de l'homme, sinon par la foy, a daigné prendre la chair semblable à celle de peché, afin qu'en attirant nostre chair à l'amour de son humanité, tirast aussi notre esprit à l'amour de sa divinité[*] ; et s'est voulu servyr des moyens visibles, pour nous faire aymer par foy les choses invisibles. Aussy, ceste vertu que je desire aymer toute ma vie, est chose invisible, sinon par les effectz du dehors ; parquoy, est besoing qu'elle prenne quelque corps pour se faire congnoistre entre les hommes, ce qu'elle a faict, se revestant du vostre pour le plus parfaict qu'elle a pu trouver ; parquoy, je vous recongnois et confesse non seullement vertueuse, mais la seulle vertu ; et, moy, qui la voys reluire soubz le vele[2] du plus parfaict corps qui oncques fut, la veulx servir et honnorer toute ma vie, laissant pour elle toute autre amour vaine et vicieuse. » La dame, non moins contante que esmerveillée d'oyr ces propos, dissimulla si bien son contentement, qu'elle luy dist : « Monseigneur, je n'entreprendz pas de respondre à vostre theologie ; mais, comme celle qui[3] est plus craignant le mal que croyant le bien, vous vouldrois bien supplier de cesser en mon endroict les propos dont vous estimez si peu celles qui les ont creuz[4]. Je sçay très bien que je suis femme, non seullement comme une aultre, mais imparfaicte ; et que la vertu feroit plus grand acte de me transformer en elle, que de prandre ma forme, sinon quant elle vouldroit

---

1. qu'il vous souvienne.   **2.** voile.   **3.** en femme qui redoute le mal plus qu'elle ne croit le bien.   **4.** les propos qui vous font estimer si peu celles...

---

[*] *afin... divinité* : G ; omis dans ms. 1512.

estre incongneue en ce monde, car, soubz tel habit que le myen, ne pourroit la vertu estre congneue telle qu'elle est. Si est-ce, Monseigneur, que pour mon imperfection, je ne laisse à vous porter telle affection que doibt et deut faire femme craingnant Dieu et son honneur. Mais ceste affection ne sera declarée jusques ad ce que vostre cueur soit susceptible de la patience que l'amour vertueux commande. Et à l'heure, Monseigneur, je sçay quel langaige il fault tenir, mais pensez que vous n'aymez pas tant vostre propre bien, personne et honneur, que je l'ayme. » Le seigneur d'Avannes, crainctif, ayant la larme à l'œil, la suplia très fort, que, pour seureté de ses parolles[1], elle le voulsist baiser ; ce qu'elle refusa, luy disant que pour luy elle ne romproit poinct la coustume du pays. Et, en ce debat, survint le mary, auquel dist monseigneur d'Avannes : « Mon pere, je me sens tant tenu à vous et vostre femme, que je vous supplye pour jamais me reputer votre filz. » Ce que le bon homme feit très voluntiers. « Et, pour seureté de ceste amityé, je vous prie, dist monseigneur d'Avannes, que je vous baise. » Ce qu'il feit. Après, luy dist : « Si ce n'estoit de paour d'offenser la loy, j'en ferois autant à ma mere vostre femme. » Le mary, voyant cela, commanda à sa femme de le baiser ; ce qu'elle feit, sans faire semblant de vouloir ne non voulloir ce que son mary luy commandoit. A l'heure, le feu que la parolle avoyt commencé d'allumer au cueur du pauvre seigneur, commencea à se augmenter par le baiser, tant par estre si fort requis que cruellement refusé.

Ce faict, s'en alla ledit seigneur d'Avannes au chasteau, veoir le Roy son frere, où il feit fort beaulx comptes de son voiage de Monserrat. Et là entendit que le Roy son frere s'en voulloit aller à Oly et Taffares[2] ; et, pensant que le voiage seroit long, entra en une grande tristesse, qui le mist jusques à deliberer d'essayer,

---

1. pour confirmer ses paroles.   2. Olite en Navarre espagnole, résidence du roi de Navarre, et Tafalla, près de Pampelune.

avant partyr, si la saige dame luy portoit poinct meilleure volunté qu'elle n'en faisoit le semblant. Et s'en
alla loger en une maison de la ville, en la rue où elle
estoit, et print ung logis viel, mauvais et faict de boys,
ouquel, environ minuyct, mist le feu : dont le bruyct
fut si grand par toute la ville, qu'il vint à la maison
du riche homme, lequel, demandant par la fenestre où
c'estoit qu'estoit le feu, entendit que c'estoit chez monseigneur d'Avannes, où il alla incontinant avecq tous
les gens de sa maison ; et trouva le jeune seigneur tout
en chemise en la rue, dont il eut si grand pitié, qu'il le
print entre ses bras, et, le couvrant de sa robbe, le mena
en sa maison le plus tost qu'il luy fut possible ; et dist
à sa femme qui estoit dedans le lict : « M'amye, je
vous donne en garde ce prisonnier, traictez-le comme
moy-mesmes [1]. » Et, si tost qu'il fut party, ledict seigneur d'Avannes, qui eust bien voulu estre traicté en
mary, saulta legierement dedans le lict, esperant que
l'occasion et le lieu aussy feroient changer propos à
ceste saige dame ; mais il trouva le contraire, car, ainsy
qu'il saillit d'un costé dedans le lict, elle sortit de l'autre ; et print son chamarre, duquel estant vestue, vint à
luy au chevet du lict, et luy dist : « Monseigneur, avez-
vous pensé que les occasions puissent muer ung chaste
cueur ? Croiez que ainsy que l'or s'esprouve [2] en la
fournaise, aussy ung cueur chaste au milieu des tentations s'y trouve plus fort et vertueux, et se refroidit,
tant plus il est assailly de son contraire. Parquoy, soïez
seur que, si j'avois aultre volunté que celle que je vous
ay dicte, je n'eusse failly à trouver des moyens, desquelz, n'en voulant user, je ne tiens compte, vous
priant que, si vous voulez que je continue l'affection
que je vous porte, ostez non seullement la volunté,
mais la pensée de jamais, pour chose que seussiez

---

1. Singulière parole dans la bouche d'un époux, s'adressant à
une femme « dedans le lict » ! D'où la malicieuse remarque : « ledict seigneur, qui eust bien voulu estre traicté en mary. »
2. se teste.

faire, me treuver aultre que je suis. » Durant ces
parolles, arriverent ses femmes, et elle commanda
qu'on apportast la collation de toutes sortes de confitures ; mais il n'avoit pour l'heure ne faim ne soif, tant
estoit desesperé d'avoir failly à son entreprinse, craingnant que la demonstration qu'il avoit faicte de son
desir luy feit perdre la privaulté qu'il avoit envers elle.

Le mary, ayant donné ordre au feu [1], retourna et pria
tant monseigneur d'Avannes, qu'il demorast pour ceste
nuyct en sa maison. Et fut la dicte nuyct passée en telle
sorte, que ses oeilz furent plus exercez à pleurer que à
dormir ; et, bien matin, leur alla dire adieu dedans le
lict, où, en baisant la dame, congneut bien qu'elle avoit
plus de pitié de son offence, que de mauvaise volunté
contre luy : qui fut ung charbon [2] adjousté davantaige
à son amour. Après disner, s'en alla avecq le Roy à
Taffares, mais, avant partir, s'en alla encores redire
adieu à son bon pere et à sa dame, qui, depuis le premier commandement de son mary, ne feit plus de difficulté de le baiser comme son filz. Mais soyez seur
que plus la vertu empeschoit son œil et contenance de
monstrer la flamme cachée, plus elle se augmentoit et
devenoit importable [3], en sorte que, ne povant porter la
guerre que l'amour et l'honneur faisoient en son cueur,
laquelle toutesfois avoit deliberé de jamays ne monstrer, ayant perdu la consolation de la veue et parolle de
celluy pour qui elle vivoit, tumba en une fievre continue, causée d'un humeur melencolicque [4], tellement
que les extremitez du corps luy vindrent toutes froides,
et au dedans brusloit incessamment. Les medecins, en
la main desquelz ne pend pas la santé des hommes,

---

1. fait ce qu'il fallait faire pour éteindre le feu.   2. une braise.
3. difficile à supporter (*porter* : supporter).   4. Pour la médecine
de la Renaissance qui considère la santé comme l'équilibre des
quatre humeurs, la mélancolie (étymologie : *bile noire*) est un
désordre humoral, un excès d'humeur noire.

commencerent à doubter si fort de sa malladie[1], à cause d'une opilation qui la rendoit melencolicque en extremité, qu'ilz dirent au mary[*] et conseillerent d'advertir sa dicte femme de penser à sa conscience et qu'elle estoit en la main de Dieu, comme si ceulx qui sont en santé n'y estoient poinct. Le mary, qui aymoit sa femme parfaictement, fut si triste de leurs parolles, que pour sa consolation escripvit à monseigneur d'Avannes, le supliant de prendre la peyne de les venir visiter, esperant que sa vue proffiteroit à la mallade. A quoy ne tarda le dict seigneur d'Avannes, incontinant les lettres receues, mais s'en vint en poste[2] en la maison de son bon pere ; et à l'entrée, trouva les femmes et serviteurs de leans menans tel deuil que meritoit leur maistresse ; dont le dict seigneur fut si estonné, qu'il demeura à la porte, comme une personne transy et jusques ad ce qu'il veid son bon pere, lequel, en l'embrassant, se print à pleurer si fort, qu'il ne peut mot dire, et mena le seigneur d'Avannes où estoit la pauvre mallade ; laquelle, tournant ses oeils languissans vers luy, le regarda et luy bailla la main en le tirant de toute sa puissance à elle ; et, en le baisant et embrassant, feit ung merveilleux plainct[3] et luy dist : « O Monseigneur, l'heure est venue qu'il fault que toute dissimulation cesse, et que je confesse la verité que j'ay tant mis de peyne à vous celler : c'est que, si m'avez porté grande affection, croyez que la myenne n'a esté moindre ; mais ma peyne a passé[4] la vostre, d'aultant que j'ay eu la douleur de la celler contre mon cueur et volunté ; car entendez, Monseigneur, que Dieu et mon honneur ne m'ont jamais permis de la vous declarer, craingnant d'adjouster en vous ce que je desiroys de diminuer ;

---

1. craindre une issue fatale à sa maladie à cause d'une *opilation* (occlusion intestinale). 2. à cheval. 3. poussa une grande plainte. 4. surpassé.

---

[*] au mary qu'il pensast de sa conscience et qu'elle estoit en la main... (2155 S).

mais sçachez que le *non* que si souvent je vous ay dict
m'a faict tant de mal au prononcer, qu'il est cause de ma
mort, de laquelle je me contente, puis que Dieu m'a faict
la grace de morir, premier que[1] la viollance de mon
amour ayt mis tache à ma conscience et renommée ; car
de moindre feu que le mien[2] ont esté ruynez plus grandz
et plus fortz edifices. Or, m'en voys-je contante, puis
que, devant morir, je vous ay pu declarer mon affection
esgalle à la vostre, hors mis que l'honneur des hommes
et des femmes n'est pas semblable ; vous supliant, Monseigneur, que doresnavant vous ne craingnez vous
addresser aux plus grandes et vertueuses dames que vous
pourrez, car en telz cueurs habitent les plus grandes passions et plus saigement conduictes ; et la grace, beaulté
et honnesteté qui sont en vous ne permectent que vostre
amour sans fruict[3] travaille. Je ne vous prieray poinct de
prier Dieu pour moy, car je sçay que la porte de paradis
n'est poinct refusée aux vraiz amans, et que amour est
ung feu qui punit si bien les amoureux en ceste vie,
qu'ilz sont exemptz de l'aspre torment de purgatoire[4].
Or, adieu, Monseigneur ; je vous recommande vostre
bon pere mon mary, auquel je vous prie compter à la
verité ce que vous sçavez de moy, affin qu'il congnoisse
combien j'ay aymé Dieu et luy ; et gardez-vous de vous
trouver devant mes oeilz, car doresnavant ne veulx penser que à aller recepvoir les promesses qui me sont promises[*] de Dieu avant la constitution du monde. » Et, en
ce disant, le baisa et l'embrassa de toutes les forces de
ses foibles bras. Le dict seigneur, qui avoit le cueur aussi
mort par compassion qu'elle par douleur, sans avoir
puissance de luy dire ung seul mot, se retira hors de sa

---

1. avant que.　　2. par un feu moins ardent que le mien.
3. sans récompense.　　4. L'opinion hétérodoxe de l'héroïne a
suscité chez Gruget cette version innocente : « Je vous prie vous
recorder de ma constance et n'attribuer point à cruauté ce qui dit
estre imputé à l'honneur, à la conscience et à la vertu, lesquels
nous doivent estre plus chers mille fois que nostre propre vie. »

---

* qui me données (2155 S) ; que Dieu m'a faictes (G).

veue, sur ung lict qui estoit dedans la chambre, où il s'esvanouyt plusieurs foys.

A l'heure, la dame appella son mary, et, après luy avoir faict plusieurs remonstrations [1] honnestes, luy recommanda monseigneur d'Avannes, l'asseurant que, après luy, c'estoit la personne du monde qu'elle avoit le plus aymée. Et, en baisant son mary, lui dist adieu. Et à l'heure, luy fut apporté le sainct Sacrement de l'autel, après l'extreme unction, lesquelz elle receut avecq telle joye comme celle qui est seure de son salut ; et, voiant que la veue luy diminuoit et les forces luy defailloient, commencea à dire bien hault son *In manus* [2]. A ce cry, se leva le seigneur d'Avannes de dessus le lict, et, en la regardant piteusement [3], luy veit rendre avecq ung doulx soupir sa glorieuse ame à Celluy dont elle estoyt venue. Et, quant il s'apperceut qu'elle estoit morte, il courut au corps mort, duquel vivant en craincte il approchoit, et le vint embrasser et baiser de telle sorte, que à grand peyne le luy peult-on oster d'entre les bras ; dont le mary en fut fort estonné, car jamais n'avoit estimé qu'il lui portast telle affection. Et en luy disant : « Monseigneur, c'est trop ! », se retirerent tous deux. Et, après avoir ploré longuement, monseigneur d'Avannes compta tous les discours de son amityé, et comme jusques à sa mort elle ne luy avoit jamais faict ung seul signe où il trouvast autre chose que rigueur, dont le mary, plus contant que jamais, augmenta le regret et la douleur qu'il avoit de l'avoir perdue ; et toute sa vie feit service à monseigneur d'Avannes. Mais, depuis ceste heure, le dict seigneur d'Avannes, qui n'avoit que dix-huict ans, s'en alla à la Court, où il demeura beaucoup d'années, sans vouloir ne veoir ne parler à femme du monde, pour le regret qu'il avoit de sa dame ; et porta plus de dix ans * le noir.

---

1. recommandations, exhortations.   2. Incipit de la prière des mourants (Psaume 31, 6 : « Je remets mon esprit entre tes mains, Seigneur »).   3. avec pitié.

---

* plus de deux ans (2155 S, G).

« Voylà, mes dames, la difference d'une folle et saige dame, auxquelles se monstrent les differentz effectz d'amour, dont l'une en receut mort glorieuse et louable, et l'autre[1], renommée honteuse et infame, qui feit sa vie trop longue, car autant que la mort du sainct est precieuse devant Dieu, la mort du pecheur est très mauvaise. — Vrayement, Saffredent, ce dist Oisille, vous nous avez racompté une histoire autant belle qu'il en soit poinct ; et qui auroit congneu le personnage comme moy, la trouveroit encores meilleure ; car je n'ay poinct veu ung plus beau gentil homme ne de meilleure grace, que le dict seigneur d'Avannes. — Pensez, ce dist Saffredent[2], que voylà une saige femme, qui, pour se monstrer plus vertueuse par dehors qu'elle n'estoit au cueur, et pour dissimuler ung amour que la raison de nature voulloit qu'elle portast à ung si honneste seigneur, s'alla laisser morir, par faulte de se donner le plaisir qu'elle desiroit couvertement[3] ! — Si elle eust eu ce desir, dist Parlamente, elle avoit assez de lieu et occasion pour luy monstrer ; mais sa vertu fut si grande, que jamais son desir ne passa sa raison. — Vous me le paindrez, dist Hircan, comme il vous plaira ; mais je sçay bien que

---

1. La syntaxe inciterait à croire, contrairement à l'intention explicite du récit, que *l'une* est la folle, *l'autre* la sage. Cette lecture étrange (qui attribuerait mort glorieuse à la folle dame de Pampelune, renommée honteuse à la vertueuse épouse) semble pourtant corroborée par la deuxième intervention de Saffredent. Quoi qu'il en soit, tous les devisants s'accordent à reconnaître, comme le font régulièrement Oisille et Parlamente, qu'il n'est pire fou que celui qui prétend être sage ; voir l'Épître aux Romains : « Se vantant d'être sages, ils sont devenus fous » (1, 22). Brantôme lui aussi condamne la dame trop vertueuse, une « sotte », « peu soigneuse du salut de son âme », coupable de s'être donné la mort...
2. Les manuscrits portent bien le nom de Saffredent : celui-ci, admirateur de la vertu rigoureuse en tant que conteur à qui l'on demandait de dire du bien de certaines femmes, retrouve sa verve lorsqu'il redevient devisant, et « démolit » l'exemplarité du récit. Il n'y a pas lieu de corriger le texte. N'en va-t-il pas de même dans *Le Lys dans la vallée*, où, à la fin du roman, la lettre de Nathalie « démolit » de même la vertu de la dame de Mortsauf (mort sauve), transformant un récit idéaliste en récit ironique ? 3. en secret.

toujours ung pire diable mect l'autre dehors, et que
l'orgueil cherche* plus la volupté entre les dames, que
ne faict la craincte, ne l'amour de Dieu. Aussi, que
leurs robbes sont si longues et si bien tissues de dissimulation, que l'on ne peult congnoistre ce qui est dessoubz, car, si leur honneur n'en estoit non plus taché
que le nostre **, vous trouveriez que Nature [1] n'a rien
oblyé en elles non plus que en nous ; et, pour la
contraincte que elles se font de n'oser prendre le plaisir
qu'elles desirent, ont changé ce vice en ung plus grand
qu'elles tiennent plus honneste. C'est une gloire et
cruaulté, par qui elles esperent acquerir nom d'immortalité, et ainsy se gloriffians de resister au vice de la
loy de Nature (si Nature est vicieuse), se font non seullement semblables aux bestes inhumaines et cruelles,
mais aux diables, desquelz elles prenent l'orgueil et la
malice. — C'est dommaige, dist Nomerfide, dont vous
avez [2] une femme de bien, veu que non seullement
vous desestimez [3] la vertu des choses, mais la voulez
monstrer estre vice. — Je suis bien ayse, dist Hircan,
d'avoir une femme qui n'est poinct scandaleuse,
comme aussi je ne veulx poinct estre scandaleux ;
mais, quant à la chasteté de cueur, je croy qu'elle et
moy sommes enfans d'Adam et d'Eve ; parquoy, en
bien nous mirant [4], n'aurons besoing de couvrir nostre
nudité de feulles [5], mais plustost confesser nostre fragilité. — Je sçay bien, ce dist Parlamente, que nous
avons tous besoing de la grace de Dieu, pour ce que

---

1. Hircan en appelle ici à l'instinct, et en particulier à l'instinct
sexuel, pareil dans les deux sexes. **2.** que vous ayez. **3.** méprisez, ne donnez pas sa vraie valeur à. **4.** si nous nous obser-
vons attentivement. **5.** Allusion, bien entendu, à Genèse 3, 7, à
la honte d'Adam et d'Ève après la faute, lorsque, se voyant nus,
ils couvrirent leur sexe de feuilles de figuier.

---

* *chasse* (2155 S), meilleur texte. ** que le *cueur*
(ms. 1512).

nous sommes tous encloz en peché[1] ; si est-ce que noz
tentations ne sont pareilles aux vostres, et si nous
pechons par orgueil, nul tiers n'en a dommage, ny
nostre corps et noz mains n'en demeurent souillées.
Mais vostre plaisir gist à deshonorer les femmes, et
vostre honneur à tuer les hommes en guerre : qui sont
deux poinctz formellement contraires à la loy de Dieu.
— Je vous confesse, ce dist Geburon, ce que vous
dictes, mais Dieu qui a dict[2] : « Quiconques regarde
par concupiscence est deja adultere en son cueur, et
quiconques hayt son prochain est homicide. » A vostre
advis, les femmes en sont-elles exemptes non plus que
nous ? — Dieu, qui juge le cueur, dist Longarine, en
donnera sa sentence ; mais c'est beaucoup que les
hommes ne nous puissent accuser, car la bonté de Dieu
est si grande, que, sans accusateur, il ne nous jugera
poinct ; et congnoist si bien la fragilité de noz cueurs,
que encores nous aymera-il de ne l'avoir poinct mise
à execution[*]. — Or, je vous prie, dist Saffredent, laissons ceste dispute, car elle sent plus sa predication que
son compte ; et je donne ma voix à Ennasuitte, la priant
qu'elle   n'oublye   poinct   à   nous   faire   rire.
— Vrayement, dist-elle, je n'ay garde d'y faillir ; et
vous diray que, en venant icy deliberée pour vous
compter une belle histoire pour ceste Journée, l'on m'a

1. La prédication réformée insiste, dans la tradition de saint
Augustin, sur l'importance du péché originel et sur la nécessité de
la grâce divine.   **2.** Il convient de supprimer *qui*, et de lire : *mais
Dieu a dict* ; référence à Matthieu 5, 28 (Sermon sur la montagne) :
« Mais moi je vous dis que quiconque regarde une femme pour la
convoiter a déjà commis un adultère avec elle dans son cœur » ; et
à la 1ʳᵉ Épître de Jean (3, 15) : « Quiconque hait son frère est un
meurtrier. »

* Fin de la nouvelle en T, qui introduit la suivante en ces
termes : « Saffredant connut à la contenance de la plus part des
assistants que ceste dispute commençoit fort à les ennuyer pour ce
qu'elle sentoit plus sa predication que son conte, ne retenant rien
ou bien peu de la familiarité tant requise és discours et devis
communs. Parquoy, la laissant là, donna sa voix à Ennasuitte... »

faict ung compte de deux serviteurs d'une princesse, si plaisant, que, de force de rire, il m'a faict oblyer la melencolye de la piteuse histoire que je remectray à demain, car mon visaige seroit trop joyeulx pour la vous faire trouver bonne. »

VINGT SEPTIESME NOUVELLE

Ung secretaire, prouchassant, par amour deshonnete et illicite, la femme d'un sien hoste et compaignon, pour ce qu'elle faisoit semblant de luy prester voluntiers l'aureille, se persuada l'avoir gaingnée ; mais elle fut si vertueuse, que souz cette dissimulation le trompa de son esperance et declara son vice à son mary.

*

Temerité d'un sot secretaire qui sollicita d'amour la femme de son compaignon, dont il receut grande honte.

*

En la ville d'Amboize, où demeuroit l'un des serviteurs de ceste princesse*, qui la servoit de varlet de chambre, homme honneste et qui voluntiers festoyoit les gens qui venoient en sa maison et principalement ses compaignons, il n'y a pas long temps que l'un des secretaires de sa maistresse vint loger chez luy et y demoura dix ou douze jours. Le dict secretaire estoit si laid, qu'il sembloit mieulx ung roy de cannibales que chrestien [1] ; et combien que son hoste le traictast en frere et amy et le plus honnestement qui luy estoit pos-

---

1. ressemblait plus à un roi de cannibales qu'à un chrétien ; *cannibale* (mot caraïbe) était le nom donné aux anthropophages des Caraïbes par les premiers Américains que rencontra Christophe Colomb ; par extension *cannibale* désigne le sauvage, le non-chrétien. Au chapitre XXXII du *Quart Livre*, Rabelais cite les Cannibales au nombre des « monstres difformes et contrefaits en dépit de nature ». Le pays des Cannibales, la côte du Brésil, suscitera un vif intérêt après la fameuse expédition de Villegagnon en 1557 ; voir Montaigne, *Les Essais*, I, XXXI, « Des cannibales ».

---

* une princesse (G).

sible, si lui feit-il ung tour d'un homme qui non seullement oblye toute honnesteté, mais qui ne l'eust jamais
en son cueur, c'est de pourchasser [1] par amour deshonneste et illicite la femme de son compaignon qui
n'avoit en elle chose aimable [2] que le contraire de la
volupté : c'est qu'elle estoit autant femme de bien [*],
qu'il y en eust poinct en la ville où elle demouroit. Et,
elle, congnoissant la meschante volunté du secrétaire,
aymant mieulx par une dissimulation declairer son
vice [3] que par ung soubdain refuz le couvrir, feit semblant de trouver bons ses propos : parquoy, luy, qui
cuydoit l'avoir gaingnée, sans regarder à l'aage qu'elle
avoit de cinquante ans, et qu'elle n'estoit des belles,
sans considerer le bon bruyct [4] qu'elle avoit d'estre
femme de bien et d'aymer son mary, la pressoit incessamment.

Ung jour, entre aultres, son mary estant en la maison, et eulx en une salle, elle faingnit qu'il ne tenoit
que [5] à trouver lieu seur pour parler à luy seulle, ainsy
qu'il desiroit, mais incontinant luy dist qu'il ne falloit
que [6] monter au galletas. Soubdain, elle se leva et le
pria d'aller devant et qu'elle iroit après. Luy, en riant
avecq une doulceur de visaige semblable à ung grand
magot, quand il festoye quelcun, s'en monta legierement par les degretz ; et, sur le poinct qu'il attendoit
ce qu'il avoit tant desiré, bruslant d'un feu non cler
comme celuy de genefvre [7], mais comme ung gros
charbon de forge, escoutoit si elle viendroit après luy ;
mais en lieu d'oyr ses piedz, il ouyt sa voix disant :

---

1. chercher à séduire.   2. seule sa vertu était digne d'être
aimée, puisque le texte précise qu'elle était vieille et laide !
3. mettre au jour le vice du secrétaire.   4. la bonne réputation.
5. qu'il ne restait qu'à trouver.   6. qu'il suffisait de.   7. Le
genièvre ou genévrier est en effet réputé donner une flamme claire
(et une odeur agréable). *Cf* Scève, *Délie*, diz. 449 : « Flamme si
saincte en son cler durera [...] Notre Genevre ainsi donques
vivra... »

---

* et vertueuse (2155 S, G).

« Monsieur le secretaire, actendez ung peu, je m'en voys sçavoir à mon mary s'il luy plaist bien que je voise [1] après vous. » Pensez, mes dames, quelle myne peult faire en pleurant celluy qui en riant estoit si layd ! lequel incontinant descendit les larmes aux oeilz, la priant, pour l'amour de Dieu, qu'elle ne voulsist rompre par sa parolle l'amityé de luy et de son compaignon. Elle luy respond : « Je suis seure que vous l'aymez tant, que vous ne me vouldriez dire chose qu'il ne peust entendre. Parquoy, je luy voys dire. » Ce qu'elle feit, quelque priere ou contraincte qu'il voulsist mectre au devant [2]. Dont il fut aussi honteux en s'enfuyant, que le mary fut contant d'entendre l'honneste tromperie dont sa femme avoit usé ; et luy pleut tant la vertu de sa femme, qu'il ne tint compte du vice de son compaignon, lequel estoit assez pugny d'avoir emporté sur luy la honte qu'il vouloit faire en sa maison.

« Il me semble que, par ce compte, les gens de bien doibvent apprendre à ne retenir chez eulx ceulx desquelz la conscience, le cueur et l'entendement ignorent Dieu, l'honneur et le vray amour. — Encores que vostre compte soit court, dist Oisille, si est-il aussi plaisant que j'en ay poinct oy et en l'honneur d'une honneste femme. — Par Dieu, dist Simontault, ce n'est pas grand honneur à une honneste femme de refuser ung si laid homme que vous paingnez ce secretaire ; mais s'il eust esté beau et honneste, en cela se fût monstrée la vertu ; et, pour ce que je me doubte qui il est, si j'estois en mon rang, je vous en ferois ung compte qui est aussi plaisant que cestuy-cy *. — A cella ne tienne,

---

1. que j'aille (*que je voise après vous* que je vous suive).
2. qu'il voulût avancer, mettre en avant.

---

* Achevant ici la nouvelle, T introduit ainsi la suivante : « Enna-suitte, pour ne laisser refroidir la bonne devotion qu'avoit Simontault de leur faire un autre conte de ce mesme secretaire duquel elle avoit faict le precedent, soudain le print au mot et luy dict : "Afin, Symontault, qu'il ne tienne à moy que ne soyons participans

394   *Troisiesme journée*

dist Ennasuitte, car je vous donne ma voix. » Et à l'heure Simontault commencea ainsy : « Ceulx qui ont accoustumé de demeurer en la Court ou en quelques bonnes villes estiment tant le sçavoir, qu'il leur semble que tous autres hommes ne sont rien au prix d'eulx ; mais si ne reste-il pourtant, que en tout pays et de toutes conditions de gens n'y en ayt tousjours assez de fins et malicieux. Toutesfois, à cause de l'orgueil de ceulx qui pensent estre les plus fins, la mocquerie, quant ilz font quelque faulte, en est beaucoup plus agreable, comme je desire vous monstrer par un compte nagueres advenu[1]. »

VINGT HUICTIESME NOUVELLE

Bernard du Ha trompa subtilement un secretaire qui le cuydoit tromper.

*

Un secretaire pensoit affiner [tromper] quelqu'un qui l'affina, et ce qui en advint.

*

Estant le Roy Françoys, premier de ce nom, en la ville de Paris, et sa seur la Royne de Navarre en sa compaignye, laquelle avoit ung secretaire nommé Jehan[2], qui n'estoit pas de ceulx qui laissent[3] tumber le bien en terre sans le recueillir, en sorte qu'il n'y

---

1. par une histoire qui eut lieu récemment.   2. Selon M. F. il s'agit de Jean Frotté, contrôleur général et secrétaire des Finances du roi et de la reine de Navarre.   3. Allusion détournée et ironique à la parabole du semeur : « Un semeur sortit pour semer [...] une partie de la semence tomba le long du chemin [...] ; les uns sont le long du chemin, où la parole est semée ; quand ils l'ont entendue, aussitôt Satan vient et enlève la parole... » (Marc 4, 3-15 ; Matthieu 13, 4-19 ; Luc 8, 5-12). Le secrétaire s'entend à faire fructifier la semence !

---

de l'histoire que dites scavoir de ce gentil secretaire, je vous donne ma voix de bien bon cueur." Alors Simontault commencea... »

avoit president ne conseiller qu'il ne congneust, marchant ne riche homme qu'il ne frequentast et auquel il n'eust intelligence [1]. En ce temps aussy, vint en ladicte ville de Paris ung marchant de Bayonne, nommé Bernard du Ha, lequel, tant pour ses affaires que à cause que le lieutenant-criminel estoit de son païs, s'addressoit à luy pour avoir conseil et secours à ses affaires [*]. Ce secretaire de la Royne de Navarre alloit aussi souvent visiter ce lieutenant, comme bon serviteur de son maistre et maistresse. Ung jour de feste, allant le dit secretaire chez le lieutenant, ne trouva ne luy ne sa femme, mais ouy bien Bernard du Ha, qui, avecq une vielle ou aultre instrument, apprenoit à danser aux chamberieres de léans les bransles [2] de Gascogne. Quant le secretaire le veit, luy voulust faire accroyre qu'il faisoit le plus mal du monde et que, si la lieutenande et son mary le sçavoient, ilz seroient très mal contens de luy. Et, après luy avoir bien painct la craincte devant les oeilz jusques à se faire prier de n'en parler poinct, luy demanda : « Que me donnerez-vous et je n'en parleray poinct ? » Bernard du Ha, qui n'avoit pas si grand paour qu'il en faisoit semblant, voyant que le secretaire le cuydoit tromper, luy promist de luy bailler ung pastey du meilleur jambon de Pasques [**] qu'il mengea jamais. Le secretaire, qui en fut très contant, le pria qu'il peust avoir son pasté [***] le dimanche ensuivant après disner, ce qu'il luy promist. Et asseuré de cette promesse, s'en alla veoir une dame de Paris qu'il desiroit sur toutes choses espouser, et luy dist : « Ma damoiselle, je viendray dimanche soupper avecq vous, s'il vous plaist, mais il ne vous fault soulcier que d'avoir bon pain et bon vin, car j'ay si bien

---

1. Et avec lequel il n'eût de bonnes relations.   **2.** Danses populaires.

---

* *en iceulx* (2155 S) : suppr. de la répétition.   ****** Jambon de *Basque* (T, G 2155) : meilleure leçon, puisque Bernard du Ha vient de Bayonne, réputée pour ses charcuteries et jambons.   ******* son *passetemps* (ms. 1512).

trompé ung sot Bayonnois, que le demeurant sera à ses
despens ; et par ma tromperie, vous feray menger le
meilleur jambon de Pasques qui fut jamais mengé dans
Paris. » La damoiselle, qui le creut, assembla deux ou
trois des plus honnestes de ses voysines, et les asseura
de leur donner une viande[1] nouvelle et dont jamais
elles n'avoient tasté.

Quant le dimanche fut venu, le secretaire, serchant
son marchant, le trouva sur le pont au Change ; et, en
le saluant gratieusement, luy dist : « A tous les diables
soyez-vous donné, veu la peyne que vous m'avez faict
prendre à vous chercher ! » Bernard du Ha luy respondit que assez de gens avoient prins plus de peyne que
luy, qui n'avoient pas à la fin esté recompensez de telz
morceaulx. Et, en disant cela, luy monstra le pasté qu'il
avoit soubz son manteau, assez grand pour nourrir ung
camp. Dont le secretaire fut si joieulx, que, encores
qu'il eust la bouche parfaictement laide et grande, en
faisant le doulx, la rendit si petite, que l'on n'eust pas
cuydé qu'il eust sceu mordre dedans le jambon. Lequel
il print hastivement, et, sans convoyer[2]* le marchant,
s'en alla le porter à la damoiselle, qui avoit grande
envye de sçavoir si les vivres de Guyenne estoient
aussi bons que ceulx de Paris. Et quand le souppé fut
venu, ainsy qu'ilz mangeoient leur potaige, le secretaire leur dist : « Laissez là ces viandes fades, et tastons
de cest esguillon[3]** d'amour de vin. » En disant cela,
ouvre ce grand pastey, et cuydant trouver le jambon,
le trouva si dur qu'il n'y povoit mectre le cousteau ;
et, après s'y estre esforcé plusieurs foys, s'advisa qu'il
estoit trompé et trouva que c'estoit ung sabot de bois,
qui sont des souliers de Gascoigne. Il estoit emmanché
d'un bout de tizon[4], et pouldré pardessus de pouldre de

---

1. une nourriture, un mets.   2. convier.   3. ce qui donne
envie, stimulant.   4. bout de bois brûlé.

---

* et laissa là le marchant, sans le convier (G).   ** de cest
esguillon de vin (T, G).

fer avecq de l'espice qui sentoit fort bon. Qui fut bien
pesneux [1], ce fut le secretaire, tant pour avoir esté trompé
de celluy qu'il cuydoit tromper, que pour avoir trompé
celle à qui il voulloit et pensoit dire verité ; et d'autre
part, luy faschoit fort de se contanter d'un potaige pour
son souper. Les dames, qui en estoient aussi marries que
luy, l'eussent accusé d'avoir faict la tromperie, sinon
qu'elles congneurent bien à son visaige qu'il en estoit
plus marry qu'elles. Et, après ce leger souper, s'en alla
ce secretaire bien collere ; et voyant que Bernard du Ha
luy avoit failly de promesse [2], luy voulut aussi rompre la
sienne. Et s'en alla chez le lieutenant-criminel, deliberé
de luy dire le pis qu'il pourroit du dict Bernard. Mais il
ne peut venir si tost que le dict Bernard n'eust desjà
compté tout le mistere au lieutenant, qui donna sa sentence au secretaire, disant qu'il avoit aprins à ses despens à tromper les Gascons ; et n'en rapporta autre
consolacion que sa honte.

« Cecy advient à plusieurs, lesquelz, cuydans estre
trop fins, se oblient en leurs finesses [3] ; parquoy il n'est
tel que de ne faire à aultruy chose qu'on ne voulsist
estre faicte à soy-mesme. — Je vous asseure, dist
Geburon, que j'ay veu souvent advenir de pareilles
choses, et de ceulx que l'on estimoit sotz de villaiges
tromper bien de fines gens, car il n'est rien plus sot
que celluy qui pense estre fin, ne rien plus saige que
celluy qui congnoist son rien [4]. — Encores, ce dist Parlamente, sçayt-il quelque chose [5], qui congnoist ne se
congnoistre pas *. — Or, dist Simontault, de paour que

---

1. penaud.   2. manqué à sa promesse.   3. se perdent en
leurs ruses.   4. qui sait qu'il ne vaut rien.   5. Remaniement
de la formule célèbre de Socrate : « Je ne sais qu'une chose, c'est
que je ne sais rien. »

---

* qui cognoit ne *le* cognoistre pas (2155 S) : Celuy scait quelque
chose qui connoit ne le connoistre pas (T).

l'heure ne satisfasse à vostre propoz[1]*, je donne ma
voix à Nomerfide, car je suis seur que, par sa rethoricque, elle ne nous tiendra pas longuement. — Or
bien, dist-elle, je vous en voys bailler ung tour tel que
vous l'esperez de moy. Je ne m'esbahys poinct, mes
dames, si amour baille à ung prince ung moien de se
saulver du dangier, car ilz sont nourriz[2] avecq tant de
gens sçavans, que je m'esmerveilleroys beaucoup plus
s'ilz estoient ignorans de quelques choses ; mais l'invention d'amour se monstre plus clairement que
moins[3] il y a d'esperit aux subjectz. Et pour cela, vous
veulx-je racompter ung tour que feit ung prestre, aprins
seullement d'amour, car de toutes aultres choses estoit-
il si ignorant, que à peyne sçavoit-il lire sa messe[4]. »

VINGT NEUFVIESME NOUVELLE

Un curé, surprins par le trop soudain retour d'un laboureur avec la
femme duquel il faisoit bonne chere, trouva promptement moyen de
se sauver aux despens du bon homme, qui jamais ne s'en apperceut.

*

*Un bon Jannin[5] de village, de qui la femme faisoit l'amour
avecques son curé, se laissa aiseement tromper.*

*

H. Estienne conte longuement l'histoire, qu'il dit avoir entendue
« cent et cent fois à Paris », et lue ensuite dans les contes de Marguerite de Navarre (*Apologie pour Hérodote*, chap. XV, t. I, 1879,
p. 266-268).

*

---

1. ne vienne confirmer ce que vous dites.   2. instruits, édu-
qués.   3. d'autant plus clairement qu'il y a moins...   4. lire
son missel.   5. un sot, terme désignant un époux cocu.

---

* à *mon* propoz (2155 S) ; à *vos* propoz (G).

En la conté du Maine, en ung villaige nommé Car-relles[1][*], y avoit ung riche laboureur, qui en sa viellesse espousa une belle jeune femme, et n'eut de luy[2][**] nulz enfans ; mais de ceste perte se reconforta à[3] avoir plusieurs amys. Et, quant les gentilz hommes et gens d'apparance[4] luy faillirent[5], elle retourna à son dernier recours, qui estoit l'eglise, et print pour compaignon de son peche celluy qui l'en povoit absouldre : ce fut son curé, qui souvent venoit visiter sa brebis. Le mary, vieulx et pesant, n'en avoit nulle doubte[6] ; mais à cause qu'il estoit rude et robuste, sa femme jouoit son mistere le plus secretement qu'il luy estoit possible, craingnant que si son mary l'apparcevoit, qu'il ne la tuast. Ung jour, ainsy qu'il estoit dehors, sa femme, pensant qu'il ne revinst si tost, envoya querir monsieur le curé, qui la vint confesser[***]. Et, ainsy qu'ilz faisoient bonne chere ensemble, son mary arriva si soubdainement, qu'il n'eut loisir de se retirer de la maison ; mais, regardant le moien de se cacher, monta par le conseil de sa femme dedans ung grenier et couvrit la trappe, par où il monta, d'un van à vanner. Le mary entra en la maison, et elle, de paour qu'il eust quelque soupson, le festoya si bien à son disner, qu'elle n'espargna poinct le boyre, dont il print si bonne quantité, avecq la lasseté[7] qu'il avoit du labour des champs, qu'il luy print envye de dormir, estant assis en une chaise devant son feu. Le curé, qui s'ennuyoit d'estre si longuement en ce grenier, n'oyant poinct de bruict en la chambre, s'advancea sur la trappe, et, en eslongeant le col[8] le plus qu'il luy fut possible, advisa que le bon homme dormoit ; et, en le regardant, s'appuya, par mesgarde, sur le van si lourdement, que van et

---

1. Village en Mayenne.   **2.** et elle n'eut de lui.   **3.** se réconforta en ayant.   **4.** gens de bonne condition.   **5.** manquèrent, firent défaut.   **6.** nul soupçon.   **7.** fatigue.   **8.** en allongeant le cou.

---

[*] Arcelles (G).   [**] qui n'eut de luy (G).   [***] *qui la vint confesser* (ms. 1511, 1515, 1520) omis dans ms. 1512 (et 2155).

homme tresbucherent à bas auprès du bon homme qui
dormoit, lequel se reveilla à ce bruict ; et le curé, qui
fust plus tost levé que l'autre ne l'eust apperceu, luy
dist : « Mon compere, voylà vostre van, et grand mer-
cis. » Et, ce disant, s'enfouyt. Et le pauvre laboureur,
tout estonné, demanda à sa femme : « Qu'est cela ? »
Elle luy respondit : « Mon amy, c'est vostre van, que
le curé avoit empruncté, lequel il vous est venu randre. » Et luy, tout en grondant, luy dist : « C'est bien
rudement randre ce qu'on a empruncté, car je pensois
que la maison tumbast par terre. » Par ce moïen, se
saulva le curé aux despens du bon homme, qui n'en
trouva rien mauvays que[1] la rudesse dont il avoit usé
en rendant son van.

« Mes dames, le Maistre qu'il servoit le saulva pour
ceste heure là, afin de plus longuement le posseder et
tormenter. — N'estimez pas, dist Geburon, que les
gens simples et de bas estat soient exempts de malice
non plus que nous ; mais en ont bien davantaige, car
regardez-moy larrons, meurdriers, sorciers, faux
monoyers[2], et toutes ces manieres de gens, desquelz
l'esperit n'a jamais repos ; ce sont tous pauvres gens
et mecanicques[3]. — Je ne trouve poinct estrange, dist
Parlamente, que la malice y soit plus que aux autres,
mais ouy bien que l'amour les tormente parmi le travail[4] qu'ilz ont d'autres choses, ny que[*] en ung cueur
villain une passion si gentille se puisse mectre[5] —.
Madame, dist Saffredent, vous sçavez que maistre
Jehan de Mehun a dict que

---

1. qui n'y vit autre mal que.	2. faux-monnayeurs.	3. arti-
sans.	4. la peine, ou le souci, que leur donnent d'autres cho-
ses.	5. L'opposition (cueur *villain* vs passion *gentille*) recouvre
la distinction sociale des états, la condition du vilain, paysan ou du
laboureur, et celle du gentilhomme, seul capable de connaître la
noble *fin'amors*, dite courtoise ; cf. N. 20 : « laissant ung si honneste *gentil* homme pour ung si *villain* mulletier. »

---

* et que (2155 S).

Aussy bien sont amourettes
Soubz bureau que soubz brunettes[1].

Et aussi l'amour de qui le compte parle, n'est pas de
celle qui faict porter les harnoys ; car, tout ainsy que
les pauvres gens n'ont les biens et les honneurs, aussy
ont-ilz leurz commoditez de nature plus à leur ayse que
nous n'avons. Leurs viandes[2] ne sont si friandes, mais
ilz ont meilleur appetit, et se nourrissent myeulx de
gros pain que nous de restorans[3]. Ils n'ont pas les lictz
si beaulx ne si bien faictz que les nostres, mais ilz ont
le sommeil meilleur que nous et le repos plus grand.
Ilz n'ont point les dames painctes[4] et parées dont nous
ydolastrons[5], mais ilz ont la joissance de leurs plaisirs
plus souvent que nous et sans craincte de parolles[6]*,
sinon des bestes et des oiseaulx qui les veoyent. En ce
que nous avons, ilz defaillent[7], et, en ce que nous
n'avons, ilz habondent. — Je vous prie, dist Nomerfide, laissons là ce païsant avecq sa païsante, et, avant
vespres, achevons nostre Journée, à laquelle Hircan
mectra la fin. — Vrayement, dist-il, je vous en garde
une aussy piteuse et estrange que vous en avez poinct
ouy. Et combien qu'il me fasche fort de racompter
chose qui soit à la honte d'une d'entre vous, sçachant
que les hommes, tant plains de malice font tousjours
consequence de la faulte[8] d'une seulle pour blasmer
toutes les aultres, si est-ce que l'estrange cas me fera
oblyer ma craincte ; et aussy, peut estre, que l'igno-

1. Citation, en effet, du *Roman de la Rose* (v. 4.333-4334) de
Jean de Meung, déjà allégué dans les devis de N. 12 et N. 24 ;
bureau : étoffe grossière de bure dont est fait l'habit du moine ;
brunettes : étoffes légères de laine fine.   **2.** nourritures.
3. aliments délicats et nourrissants.   **4.** maquillées, fardées.
5. que nous vénérons comme des idoles.   **6.** sans avoir à
craindre les propos médisants.   **7.** de ce que nous possédons, ils
sont privés ; mais ils ont en abondance ce qui nous manque.
8. tirent argument de la faute.

* sans craindre les parolles (2155 S, G).

rance d'une descouverte[1] fera les autres plus saiges ;
et je diray doncques cestes nouvelle sans craincte. »

TRENTIESME NOUVELLE

Un jeune gentil homme, aagé de XIV à XV ans, pensant coucher avec
l'une des damoyselles de sa mere, coucha avec elle-mesme, qui au
bout de neuf moys accoucha, du faict de son filz, d'une fille, que
XII ou XIII ans après il espousa, ne sachant qu'elle fust sa fille et sa
seur, ny elle, qu'il fut son pere et son frere.

*

*Merveilleuse exemple de la fragilité humaine qui, pour couvrir son
horreur, encourt de mal en pis.*

*

Cette histoire d'inceste redoublé, et même triplé, si l'on compte
l'union du fils avec sa fille-sœur comme un double inceste, n'a
évidemment pas échappé à H. Estienne, stigmatisant les vices de
son époque (voir *Apologie pour Hérodote*, chap. XII, t. I, p. 163).

*

Au temps du Roy Loys douziesme, estant lors legat
d'Avignon ung de la maison d'Amboise[2], nepveu du
legat de France nommé Georges, y avoit au païs de
Languedoc une dame de laquelle je tairay le nom pour
l'amour de sa race[3], qui avoit mieulx de quatre mille
ducatz de rente. Elle demeura vefve fort jeune, mere
d'un seul filz ; et, tant pour le regret qu'elle avoit de
son mary que pour l'amour de son enfant, delibera de
ne se jamais remarier. Et, pour en fuyr l'occasion, ne
voulut point frequenter sinon toutes gens de devotion,
car elle pensoit que l'occasion faisoit le peché, et ne
sçavoit pas que le peché forge l'occasion[4]. La jeune

---

1. le fait de découvrir (de mettre au jour) la sottise d'une femme
(l'ignorance d'une [*femme*] une fois mise au jour).   2. Louis
d'Amboise, évêque d'Albi, neveu du cardinal Georges d'Amboise,
ministre du roi Louis XII, légat en France de 1500 à 1510.
3. famille.   4. Souvenir probable de Paul, Épître aux Romains
7, 8 : « Et le péché, saisissant l'occasion, produisit en moi par le
commandement toutes sortes de convoitises... »

dame vefve se donna du tout[1]* au service divin, fuyant
entierement toutes compaignies de mondanité, tellement qu'elle faisoit conscience[2] d'assister à nopces ou
d'ouyr sonner les orgues en une eglise. Quant son filz
vint à l'aage de sept ans, elle print ung homme de
saincte vie pour son maistre d'escolle, par lequel il
peust estre endoctriné en toute saincteté et devotion.
Quant le filz commencea à venir en l'aage de quatorze
à quinze ans, Nature, qui est maistre d'escolle bien
secret, le trouvant bien nourry et plain d'oisiveté[3], luy
aprint autre leçon que son maistre d'escolle ne faisoit.
Commencea à regarder et desirer les choses qu'il trouvoit belles ; entre autres, une damoiselle qui couchoit
en la chambre de sa mere, dont ne se doubtoit[4], car on
ne se gardoit[5] non plus de luy que d'un enfant ; et
aussy que en toute la maison on n'oyoit parler que
de Dieu. Ce jeune gallant commencea à pourchasser[6]
secrettement ceste fille, laquelle le vint dire à sa maistresse, qui aymoit et estimoit tant[7] de son filz, qu'elle
pensoit que ceste fille luy dist pour le faire hayr ; mais
elle en pressa tant sa dicte maistresse, qu'elle luy dist :
« Je sçauray s'il est vray et le chastieray, si je le
congnois tel que vous dictes ; mais aussy, si vous luy
mectez assus ung tel cas[8] et il ne soit vray, vous en
porterez la peyne[9]. » Et, pour en sçavoir l'experience**, luy commanda de bailler assignation[10] à son filz
de venir à minuyct coucher avecq elle en la chambre
de la dame, en ung lict auprès de la porte, où ceste
fille couchoit toute seulle. La damoiselle obeyt à sa
maistresse ; et quant se vint au soir, la dame se mist en

---

1. se consacra entièrement.   2. avait scrupules.   3. bien
élevé et en grande oisiveté (qui est mère de tous vices !).   4. qui
n'avait nul soupçon.   5. ne se méfiait.   6. poursuivre de ses
assiduités.   7. avait telle estime de.   8. accusez d'une telle
faute.   9. vous en subirez le châtiment.   10. donner rendez-
vous pour.

---

* s'adonna (2155 S, G).   ** *pour en faire l'experience* (2155
S, G).

la place de sa damoiselle, deliberée, s'il estoit vray ce qu'elle disoit, de chastier si bien son filz, qu'il ne coucheroit jamais avecq femme qu'il ne luy en souvynt.

En ceste pensée et collère, son filz s'en vint coucher avecq elle ; et elle, qui encores [1] pour le veoir coucher, ne povoit croyre qu'il voulsist faire chose deshonneste [2], actendit à parler à luy jusques ad ce qu'elle congneust quelque signe de sa mauvaise volunté, ne povant croyre, par choses petites, que son desir peust aller jusques au criminel [3] ; mais sa patience fut si longue et sa nature si fragille, qu'elle convertit [4] sa collere en ung plaisir trop abominable, obliant le nom de mere. Et, tout ainsy que l'eaue par force retenue court avecq plus d'impetuosité quant on la laisse aller, que celle qui court ordinairement, ainsy ceste pauvre dame tourna sa gloire à la contraincte qu'elle donnoit à son corps [5]. Quant elle vint à descendre le premier degré de son honnesteté [6], se trouva soubdainement portée jusques au dernier. Et, en ceste nuict là, engrossa de celluy, lequel elle vouloit garder d'engrossir les autres [*]. Le peché ne fut pas si tost faict, que le remors de conscience l'esmeut à ung si grand torment, que la repentance ne la laissa toute sa vie, qui fut si aspre à ce commencement, qu'elle se leva d'auprès de son filz, lequel avoit tousjours pensé que ce fust sa damoiselle, et entra en ung cabinet, où, rememorant sa bonne deliberation et sa meschante execution, passa toute la nuyct à pleurer et crier toute seulle. Mais, en lieu de

---

1. même.   2. malhonnête, contraire à l'honneur.   3. jusqu'au crime.   4. changea, métamorphosa.   5. perdit sa gloire dans la contrainte (perdit son honneur à cause de la contrainte) ; on peut aussi comprendre : mit toute sa gloire dans la contrainte. 6. honneur.

---

* de faire enfans aux autres (2155 S, G).

se humillier[1] et recongnoistre l'impossibilité de nostre chair[2], qui sans l'ayde de Dieu ne peult faire que peché, voulant par elle-mesmes et par ses larmes satisfaire au passé et par sa prudence eviter le mal de l'advenir, donnant tousjours l'excuse de son peché à l'occasion et non à la malice, à laquelle n'y a remede que la grace de Dieu, pensa de faire chose parquoy à l'advenir ne sçauroit plus tumber en tel inconvenient. Et, comme s'il n'y avoit que une espece de peché[3] à damner la personne, mist toutes ses forces à eviter cestuy-là seul. Mais la racine de l'orgueil que le peché exterieur doibt guerir, croissoit tousjours, en sorte que, en evitant ung mal, elle en feit plusieurs aultres ; car, le lendemain au matin, sitost qu'il fut jour, elle envoya querir le gouverneur de son filz et luy dist : « Mon filz commence à croistre, il est temps de le mectre hors de la maison. J'ay ung mien parent qui est delà les montz avecq monseigneur le grand-maistre de Chaulmont[4], lequel se nomme le cappitaine de Montesson, qui sera très ayse de le prendre en sa compaignye. Et pour ce, dès ceste heure icy, emmenez-le, et, afin que je n'aye nul regret à luy, gardez qu'il ne me vienne dire adieu. » En ce disant, luy bailla argent necessaire pour faire son voiage. Et, dès le matin, feit partir le jeune homme, qui en fut fort ayse, car il ne desiroit autre chose que, après la joyssance de s'amye, s'en aller à la guerre.

La dame demoura longuement en grande tristesse et melencolye ; et n'eust esté la craincte de Dieu, eust maintesfois desiré la fin du malheureux fruict dont elle

---

1. Thème cher à la prédication réformée ; seule l'humilité du pécheur, avouant ses fautes, peut lui valoir le pardon de Dieu. *Cf.* Paul, Épître aux Romains : « Se vantant d'être sages, ils sont devenus fous » (1, 22).   **2.** l'impuissance de notre chair (à vaincre seule le mal).   **3.** Le péché de la chair n'est pas le seul capable de damner ; les œuvres de chair : non seulement l'impudicité et l'impureté, mais l'idolâtrie, la magie, les inimitiés, les querelles, l'envie... (Paul, Épître aux Galates 5, 19).   **4.** Charles d'Amboise, seigneur de Chaumont, neveu du cardinal Georges d'Amboise, déjà cité ci-dessus et dans N. 14.

estoit pleine. Elle faingnyt d'estre mallade, affin
qu'elle vestist son manteau, pour couvrir son imperfection, et quant elle fust preste d'accoucher[1], regarda
qu'il n'y avoit homme au monde en qui elle eust tant
de fiance que en ung sien frere bastard, auquel elle
avoit faict beaucoup de biens* ; et luy compta sa fortune[2], mais elle ne dist pas que ce fust de son filz, le
priant de vouloir donner secours à son honneur, ce
qu'il feit ; et, quelques jours avant qu'elle deust accoucher, la pria de vouloir changer l'air de sa maison et
qu'elle recouvreroit plus tost sa santé en la sienne. Alla
en bien petite compaignye, et trouva là une saige
femme, venue pour la femme de son frere, qui, une
nuyct, sans la congnoistre, receut son enffant, et se
trouva une belle fille. Le gentil homme la bailla à une
nourrisse et la feit nourrir soubz le nom d'estre sienne[3]. La dame, ayant là demeuré ung mois, s'en alla
toute saine en sa maison où elle vesquit plus austere-
ment que jamais, en jeusnes et disciplines. Mais, quant
son filz vint à estre grand, voyant que pour l'heure
n'y avoit guerre en Itallye, envoya suplier sa mere luy
permectre de retourner en sa maison. Elle, craignant
de retomber en tel mal dont[4] elle venoit, ne le voulut
permectre, sinon qu'en la fin il la pressa si fort, qu'elle
n'avoit aucune raison de luy refuser son congé ; mais
elle luy manda qu'il n'eust jamais à se trouver devant
elle, s'il n'estoit marié à quelque femme qu'il aymast
bien fort, et qu'il ne regardast poinct aux biens, mais
qu'elle fut gentille femme[5], c'estoit assez. Durant ce
temps, son frere bastard, voiant la fille qu'il avoit en
charge devenue grande et belle en parfection, pensa de
la mectre en quelque maison bien loing, où elle seroit

---

1. près d'accoucher (confusion entre *prête à*, et *près
de*).   2. ce qui lui arrivait.   3. sous son nom, comme si elle
était sa propre fille.   4. dans le même malheur d'où.   5. fille
de bonne maison.

---

* *l'envoya querir* et luy compta (add. G).

incongneue, et, par le conseil de la mere, la donna à la Royne de Navarre, nommée Catherine[1]. Ceste fille vint à croistre jusques à l'aage de douze à treize ans ; et fut si belle et honneste, que la Royne de Navarre luy portoit grande amityé, et desiroit fort de la marier bien et haultement. Mais, à cause qu'elle estoit pauvre, se trouvoit trop de serviteurs, mais poinct de mary. Ung jour, advint que le gentil homme qui estoit son pere incongneu, retournant delà les montz, vint en la maison de la Royne de Navarre, où, sitost qu'il eust advisé sa fille, il en fut amoureux. Et, pour ce qu'il avoit congé de sa mere d'espouser telle femme qu'il luy plairoit, ne s'enquist, sinon si elle estoit gentille femme ; et sçachant que ouy, la demanda pour femme à la dicte Royne, qui, très voluntiers la luy bailla, car elle sçavoit bien que le gentil homme estoit riche et, avecq la richesse, beau et honneste.

Le mariage consommé, le gentil homme rescripvit à sa mere, disant que doresnavant ne luy povoit nyer[2] la porte de sa maison, veu qu'il luy menoit une belle fille aussi parfaicte que l'on sçauroit desirer. La dame, qui s'enquist quelle alliance il avoit prinse, trouva que c'estoit la propre fille d'eulx deux, dont elle eut ung deuil si desesperé, qu'elle cuyda mourir soubdainement, voyant que tant plus donnoit d'empeschement à son malheur, et plus elle estoit le moïen dont augmentoit. Elle, qui ne sceut aultre chose faire, s'en alla au legat d'Avignon, auquel elle confessa l'enormité de son peché, demandant conseil comme elle se debvoit conduire. Le legat, satisfaisant à sa conscience[3], envoia querir plusieurs docteurs en theologie, auxquels il communicqua l'affaire, sans nommer les personnaiges[4] ; et trouva, par leur conseil, que la dame ne debvoit jamais rien dire de ceste affaire à ses enffans, car,

1. Épouse de Jean d'Albret, roi de Navarre, mère d'Henri d'Albret, roi de Navarre, l'époux de Marguerite. 2. refuser, interdire. 3. pour satisfaire ses scrupules. 4. les personnes concernées.

quant à eulx, veu l'ignorance, ilz n'avoient point
peché, mais qu'elle en debvoit toute sa vie faire penitence, sans leur en faire ung seul semblant[1]. Ainsy s'en
retourna la pauvre dame en sa maison ; où bientost
après arriverent son filz et sa belle fille, lesquelz
s'entre-aymoient si fort que jamais mary ny femme
n'eurent plus d'amitié et semblance[2], car elle estoit sa
fille, sa seur et sa femme, et luy à elle, son pere, frere
et mary[3]. Ilz continuerent tousjours en cestre grande
amityé[4], et la pauvre dame, en son extreme penitence,
ne les voyoit jamais faire bonne chere[5], qu'elle ne se
retirast pour pleurer.

« Voylà, mes dames, comme il en prent à celles qui
cuydent[6] par leurs forces et vertu vaincre amour et
nature avecq toutes les puissances que Dieu y a mises.
Mais le meilleur seroit, congnoissant sa foiblesse, ne
jouster poinct contre tel ennemy, et se retirer au vray

---

1. sans rien manifester à leur égard.   2. ressemblances, affini-
tés.   3. M. F. cite, après Le Roux de Lincy, quelques épitaphes
évoquant un double inceste (celui de la mère et de son fils, celui
du fils, père et époux de sa sœur utérine), inscrites sur la tombe
d'un homme et de sa fille-sœur-femme : « Ci-gît l'enfant, ci-gît le
père, / Ci-gît la sœur, ci-gît le frère, / Ci-gît la femme, et le mari,
/ Et ne sont que deux corps ici » ou sur la tombe de la mère et de
ses enfants incestueux : « Ci-gît le fils, ci-gît la mère, / Ci-gît la
fille avec le père, / Ci-gît la sœur, ci-gît le frère, / Ci-gît la femme
et le mari, / Et ne sont que trois corps ici. » On remarquera le *car*,
qui justifie l'amour exemplaire par l'inceste ; si l'inceste mère-fils
mérite pénitence, l'inceste frère-sœur (ici pourtant redoublé de l'inceste père-fille) ne suscite aucune réserve, mais une espèce d'admiration ou d'envie. Le fantasme incestueux est présent ici et là dans
L'Heptaméron, et on sait que Michelet a fait l'hypothèse d'un attachement incestueux entre François Ier et sa sœur, qu'il appelait sa
mignonne.   4. amour.   5. se témoigner des marques d'amour.
6. croient, s'imaginent ; le thème du « cuider » (de la présomption), le pire des péchés (péché d'orgueil), est une fois encore mis
en évidence par Hircan qui partage la même conception que Parlamente et Oisille.

Amy et luy dire avecq le Psalmiste[1] : « Seigneur, je souffre force, respondez pour moy ! » — Il n'est pas possible, dist Oisille, d'oyr racompter ung plus estrange cas que cestuy-ci. Et me semble que tout homme et femme doibt icy baisser la teste soubz la craincte de Dieu, voyant que, pour cuyder bien faire, tant de mal est advenu. — Sçachez, dist Parlamente, que le premier pas* que l'homme marche en la confiance de soy-mesmes, s'esloigne d'autant de la confiance de Dieu. — Celluy est saige, dist Geburon, qui ne congnoist ennemy que soy-mesmes et qui tient sa volunté et son propre conseil pour suspect[2]. — Quelque apparence de bonté et de saincteté qu'il y ayt, dist Longarine, il n'y a apparence de bien si grand qui doibve faire hazarder une femme de coucher avecq ung homme, quelque parent qu'il luy soit, car le feu auprès des estouppes n'est point seur. — Sans poinct de faulte, dist Ennasuitte, ce debvoit estre quelque glorieuse folle[3], qui, par sa resverie des Cordeliers[4]**, pensoit estre si saincte qu'elle estoit impecable[5], comme plusieurs d'entre eulx veullent persuader à croyre que par nous-mesmes le povons estre, qui est ung erreur trop grand. — Est-il possible, Longarine, dist Oisille, qu'il y en ayt d'assez folz pour croyre ceste opinion ? — Ilz font bien mieulx, dist Longarine,

---

1. En fait Esaïe (dont le texte latin de la Vulgate est exactement traduit en français) : « *Domine, vim patior, responde pro me* » (38, 14).   2. *conseil* (au sens du latin *consilium*) : jugement, sagesse ; *tenir pour suspect* : exercer le soupçon à l'égard de, se défier de.   3. La formule rappelle la condamnation que porte saint Paul contre ceux qui se glorifient comme l'héroïne de la nouvelle : « Où donc est le sujet de se glorifier ? Il est exclu » (Épître aux Romains 3, 27).   4. Par une folie (*resverie*) qui lui était inspirée par les Cordeliers ; ou encore : folle comme elle l'était des Cordeliers (puisqu'elle ne fréquentait que gens de dévotion...).   5. incapable de commettre un péché.

---

* le premier pas que *l'on* marche en la confiance de soy mesmes, *on* s'esloigne d'autant de la confiance de Dieu (2155 S).
** Omis par G ; par *la* resverye des cordeliers 2155 S.

car ilz disent qu'il se fault habituer à la vertu de chasteté, et, pour esprouver leurs forces, parlent avecq les plus belles qui se peuvent trouver et qu'ilz ayment le mieulx ; et, avecq baisers et attouchemens de mains, experimentent si leur chair est en tout morte. Et quant par tel plaisir ilz se sentent esmouvoir, ilz se separent, jeusnent et prennent de grandes disciplines. Et quant ilz ont matté leur chair jusques là, et que pour parler ne baiser, ilz n'ont poinct devotion*, ilz viennent à essayer la forte tentation qui est de coucher ensemble et s'embrasser sans nulle concupiscence. Mais, pour ung qui en est eschappé, en sont venuz tant d'inconveniens, que l'archevesque de Millan, où ceste religion[1] s'exerceoit, fut contrainct de les separer et mectre les femmes au couvent des femmes et les hommes au couvent des hommes**. — Vrayement, dist Geburon, c'est bien l'extremité de la folye de se voulloir randre de soy-mesmes impecable et cercher si fort les occasions de pecher ! » Ce dist Saffredent : « Il y en a qui font au contraire, car ilz fuyent tant qu'ilz peuvent les occasions : encores la concupiscence les suict. Et le bon sainct Jherosme[2], après s'estre bien foueté et s'estre caché dedans les desers, confessa ne povoir eviter le feu qui brusloit dedans ses moelles. Parquoy se fault recommander à Dieu, car, s'il ne nous tient à force, nous prenons grand plaisir à tresbucher[3]. — Mais vous ne regardez pas ce que je voy, dist Hircan : c'est que

---

1. pratique religieuse.   2. saint Jérôme, l'un des Pères de l'Église, propagateur de l'état monastique (IVe-Ve siècle), souvent représenté par les peintres italiens de la Renaissance en sa solitude au désert.   3. Motif constant de la prédication réformée, qui voit dans le *trébucher* la marque du péché originel, une répétition de la première chute.

---

* La leçon *point d'émotion* (T, G et 2155 S) est meilleure, puisqu'il s'agit d'éprouver sa capacité à résister au désir, à l'émotion charnelle, en augmentant à chaque épreuve la difficulté.   ** Ms. 1512 et T portent bizarrement : « mectre les femmes au couvent des hommes et les hommes au couvent des femmes ». Ms. 2155 donne la bonne leçon.

tant que nous avons racompté noz histoires, les
moynes, derriere ceste haye, n'ont poinct ouy la cloche
de leurs vespres, et maintenant, quant nous avons
commencé à parler de Dieu, ilz s'en sont allez et son-
nent à ceste heure le second coup. — Nous ferons bien
de les suyvre, dist Oisille, et d'aller louer Dieu, dont
nous avons passé ceste Journée aussi joyeusement qu'il
est possible. » Et, en ce disant, se leverent et s'en allerent à l'eglise, où ilz oyrent devotement vespres. Et
après, s'en allèrent soupper, debatans des propos passez, et rememorans plusieurs cas advenuz de leur
temps, pour veoir lesquelz seroient dignes d'estre retenuz. Et après avoir passé joyeusement tout le soir, allerent prendre leur doulx repoz, esperans le lendemain
ne faillir à continuer l'entreprinse qui leur estoit si
agreable. Ainsy fut mis fin à la tierce Journée.

FIN DE LA TROISIESME JOURNÉE

e premier Jour de Septembre q̃ les bains des mons Pyrenées
commencent deutrer en leur vertu, se trouuerent a ceus de Cauderes
plusieurs personnes tant de france q̃ d'hespaigne, les vns pour boyre
de leau, les autres pour s'y baigner, & les autres pour prendre de
la fange. Qui sont choses si merueilleuses, q̃ les malades aban-
donnes des medecins s'en retournent tous gueris. Ma fin n'est de
vous declarer la situacion, ne la vertu desdis bains : Mays seulement de raconter ce qui sert a la matiere q̃ ie veus escrire. En
ces bains la demeurerent plus de trois semaines tous les malades,
iusques a ce q̃ par leur amendement ilz connurent qu'ilz s'en
pouuoient retourner. Mays sur le tans de ce retour vindrent les
pluyes si merueilleuses & si grandes, q̃ il sembloit q̃ Dieu eust
oublie la promesse q̃ il auoit faict a Noe de ne destruire plus
le monde par eau. Car toutes les cabanes & loges dudit Cauderes furent si remplies d'eau q̃ il fut impossible d'y demeurer.
Ceus qui estoient venuz du costé d'hespaigne, s'en retournerent
par les montagnes le mieus qu'il leur fut possible : & ceus qui
connoissoient les adresses des chemins furent ceus qui mieus e-
chaperent. Mays les Seigneurs & Dames françois pensans retourner aussi facilement a Tarbes comme ilz estoient venuz
trouuerent les petis ruisseaus si fort crus, q̃ a peine les peurent
ilz gaier. Mays quant se vint a passer le Gaue Bearnois,
qui en allant n'auoit point deus piés de profundeur, le trouuerent tant grand & impetueus, qu'ilz se detournerent pour
chercher les pons. Lesquelz pour n'estre q̃ de bois, furent em-

i a

La première page du Prologue de *L'Heptaméron*
dans le manuscrit B.N. fr. 1520.

LA QUATRIESME JOURNÉE

En la quatriesme journée, on devise principalement de la vertueuse patience et longue
attente des dames pour gaingner leurs marys ;
et de la prudence dont ont usé les hommes
envers les femmes pour conserver l'honneur de
leurs maison et lignage.

PROLOGUE

Madame Oisille, selon sa bonne coustume, se leva
le lendemain beaucoup plus matin que les autres, et,
en meditant son livre de la Saincte Escripture, attendit
la compaignye, qui peu à peu se rassembla. Et les plus
paresseux s'excuserent sur la parolle de Dieu, disans :
« J'ay une femme [1], je n'y puis aller si tost. » Parquoy,
Hircan et sa femme Parlamente trouverent la leçon
bien commancée. Mais Oisille sceut très bien sercher
le passaige où l'Escripture reprent ceulx qui sont negli-
gens d'oyr ceste saincte parolle ; et non seullement leur
lisoit le texte et * leur faisoit tant de bonnes et sainctes
expositions [2] qu'il n'estoit possible de s'ennuyer à

---

1. Plaisante allusion à la parabole de Jésus, rapportant les
excuses données par divers invités à celui qui les conviait : « Un
autre dit : Je viens de me marier, et c'est pourquoi je ne puis aller »
(Luc 14, 20).   2. l'un des termes qui désigne le commentaire,
l'explication de textes, la glose.

---

* non seulement [...] *mais* leur faisoyt (2155 S, G ; meilleure
leçon).

l'oyr. La leçon[1] finye, Parlamente luy dist : « J'estois marrye d'avoir esté paresseuse quand je suis arrivée icy ; mais puisque ma faulte est occasion de vous avoir faict si bien parler à moy, ma paresse m'a doublement proffité, car j'ay eu repos de corps à dormir davantaige et d'esperit à vous oyr si bien dire. » Oisille luy dist : « Or, pour penitence, allons à la messe prier Nostre Seigneur nous donner la volunté et le moïen d'executer ses commandemens ; et puis, qu'il commande ce qu'il luy plaira. » En disant ces parolles, se trouverent à l'eglise, où ils oyrent la messe devotement ; et après se misrent à table, où Hircan n'oblia poinct à se moc-quer de la paresse de sa femme. Après le disner, s'en allerent reposer pour estudier leur rolle[2] ; et quant l'heure fut venue, se trouverent au lieu accoustumé. Oisille demanda à Hircan à qui il donnoit sa voix pour commencer la Journée : « Si ma femme, dist-il, n'eust commencé celle d'hier, je luy eusse donné ma voix, car, combien que j'ay tousjours pensé qu'elle m'ayt aymé plus que tous les hommes du monde, si est-ce que à ce matin elle m'a monstré m'aymer mieulx que Dieu ne sa parolle, laissant vostre bonne leçon pour me tenir compaignye ; mais, puisque je ne la puys bailler à la plus saige de la compaignye, je la bailleray au plus saige d'entre nous, qui est Geburon. Mais je le prie qu'il n'espargne poinct les religieux. » Geburon luy dist : « Il ne m'en falloit poinct prier ; je les avois bien pour recommandez[3], car il n'y a pas long temps que j'en ay oy faire ung compte à Monsieur de Saint Vincent[4],

---

1. lecture accompagnée de son commentaire.   2. réfléchir au récit qu'ils donneraient à leur tour, quand ils seront « en leur rang » ; le *rolle* peut désigner aussi le registre, les notes prises par les devisants pour se remémorer les aventures dont ils parleront ; *cf.* le Prologue de la troisième Journée : « se retirerent en leurs chambres à visiter leurs registres ».   3. je les tenais bien comme sujets d'élection (ils se recommandaient à mon attention). 4. François Bonvalot, abbé de Saint-Vincent de Besançon, ambas-sadeur de Charles Quint à la Cour de France de 1539 à 1541.

ambassadeur de l'Empereur, qui est digne de n'estre mys en obly et je le vous voys racompter. »

TRENTE ET UNIESME NOUVELLE

Un monastere de Cordeliers fut bruslé avec les moynes qui estoyent dedans, en memoire perpetuelle de la cruauté dont usa un cordelier amoureux d'une damoyselle.

*

Exécrable cruauté d'un cordelier pour parvenir à sa detestable paillardise, et la punition qui en fut faicte.

*

Même argument dans un fabliau de Rutebeuf, *Frère Denise*. H. Estienne, dans le chapitre XXIV de son *Apologie pour Hérodote*, « Des homicides des gens d'Église », raconte fort longuement cet « acte beaucoup plus horrible », en suivant de très près le texte de *L'Heptaméron*, cette fois sans citer le nom de la reine de Navarre (t. II, 1879, p. 52-56).

*

Aux terres subjectes à l'empereur Maximilian d'Autriche y avoit ung couvent de Cordeliers fort estimé, auprès duquel ung gentil homme avoit sa maison. Et avoit prins telle amitié aux religieux de leans[1], qu'il n'avoit bien qu'il ne leur donnast pour avoir part en[2] leurs biensfaicts, jeusnes et disciplines. Et, entre autres, y avoit leans ung grand et beau Cordelier que le dict gentil homme avoit prins pour son confesseur, lequel avoit telle puissance de commander en la maison du dict gentil homme, comme luy-mesmes. Ce Cordelier, voyant la femme de ce gentil homme tant belle et saige qu'il n'estoit possible de plus, en devint si fort amoureux, qu'il en perdit boyre, manger et toute raison naturelle. Et, ung jour, deliberant d'executer son entreprinse, s'en alla tout seul en la maison du gentil

---

1. ce lieu, ce couvent (et plus bas *léans* : en ce lieu).   **2.** partager avec eux ; *biensfaicts* : bonnes actions ; *disciplines* : instruments de flagellation, fouets faits de cordelettes ou de chaînes dont se servent les religieux ou les dévots pour se mortifier.

homme, et, ne le trouvant poinct, demanda à la damoiselle où il estoit allé. Elle lui dist qu'il estoit allé en une terre où il debvoit demeurer deux ou trois jours, mais que, s'il avoit affaire à luy, qu'elle lui envoyroit homme exprès. Il dist que non et commencea à aller et venir par la maison, comme homme qui avoit quelque affaire d'importance en son entendement. Et, quant il fut sailly hors de la chambre, elle dist à l'une de ses femmes, dont elle n'avoit que deux : « Allez après le beau pere et sçachez que c'est qu'il veult, car je luy trouve le visaige d'un homme qui n'est pas content. » La chamberiere s'en vat à la court, luy demander s'il voulloit riens[1] ; il luy dist que ouy, et, la tirant en ung coing, print ung poignart qu'il avoit en sa manche, et luy mist dans la gorge. Ainsy qu'il eut achevé, arriva en la court ung serviteur à cheval, lequel venoit de querir la rente[2]* d'une ferme. Incontinant qu'il fut à pied, salua le Cordelier, qui, en l'embrassant, luy mist par derriere le poignart en la gorge et ferma la porte du chasteau sur luy. La damoiselle, voyant que sa chamberiere ne revenoit poinct, s'esbahit pourquoy elle demeuroit tant avecq ce Cordelier ; et dist à l'autre chamberiere : « Allez veoir à quoy il tient que vostre compaigne ne vient. » La chamberiere s'en vat, et, si tost que le beau pere la veit, il la tira à part en ung coing, et feit comme de sa compaigne. Et, quant il se veid seul en la maison, s'en vint à la damoiselle et luy dist qu'il y avoit longtemps qu'il estoit amoureux d'elle et que l'heure estoit venue qu'il falloit qu'elle luy obeist. La damoiselle, qui ne s'en fust jamais doubtée, luy dist : « Mon pere, je croy que si j'avois une volunté si malheureuse, que me vouldriez lapider le premier. » Le religieux luy dist : « Sortez en ceste court, et vous verrez ce que j'ay faict. » Quant elle veid ses deux chamberieres et son varlet mortz, elle fut si

---

1. quelque chose.   2. venait de recueillir la rente.

---

* *apporter* (2155 S) ; *lequel apportoit* (G).

très effroyée de paour, qu'elle demeura comme une
statue sans sonner mot. A l'heure, le meschant, qui ne
vouloit poinct joyr pour une heure, ne la voulut prendre
par force, mais lui dist : « Madamoiselle, n'ayez
paour ; vous estes entre les mains de l'homme du
monde qui plus vous ayme. » Disant cella, il despouilla[1] son grand habit, dessoubz lequel en avoit vestu ung
petit, lequel il presenta à la damoiselle, en luy disant
que, si elle ne le prenoit, il la mectroit au rang des
trespassez qu'elle voyoit devant ses oeilz.

La damoiselle, plus morte que vive, delibera de
faindre luy vouloir obeyr, tant pour saulver sa vye que
pour gaingner le temps qu'elle esperoit* que son mary
reviendroit. Et, par le commandement du dict Cordelier, commencea à se descoueffer[2] le plus longuement
qu'elle peut ; et quant elle fut en cheveulx, le Cordelier
ne regarda à la beaulté qu'ilz avoient, mais les couppa
hastivement ; et ce faict, la feit despouiller tout en chemise et lui vestit le petit habit qu'il portoit, reprenant
le sien accoustumé ; et le plus tost qu'il peut, s'en part
de leans, menant avecq luy son petit Cordelier que si
long temps il avoit desiré. Mais Dieu, qui a pitié de
l'innocent en tribulation, regarda les larmes de ceste
pauvre damoiselle, en sorte que le mary, ayant faict ses
affaires plus tost qu'il ne cuydoit, retourna en sa maison par le mesme chemyn où sa femme s'en alloit.
Mais, quant le Cordelier l'apperceut de loing, il dist à
la damoiselle : « Voici votre mary que je voy venir !
Je sçay que, si vous le regardez, il vous vouldra tirer
hors de mes mains ; parquoy marchez devant moy et
ne tournez la teste nullement du cousté de là où il yra,
car, si vous faictes un seul signe, j'auray plus tost mon
poignart en vostre gorge, qu'il ne vous aura delivrée
de mes mains. » En ce disant, le gentil homme appro-

---

1. ôta (son habit) ; plus bas *la feit despouiller* : la fit déshabiller.
2. ôter sa coiffe (se décoiffer).

---

* qu'elle esperoit en Dieu (2155 S).

cha et luy demanda d'ont[1] il venoit ; il luy dist : « De vostre maison, où j'ay laissé Madamoiselle qui se porte très bien et vous attend. »

Le gentil homme passa oultre, sans apparcevoir sa femme ; mais ung serviteur, qui estoit avecq luy, lequel avoit tousjours accoustumé d'entretenir le compaignon du Cordelier, nommé frere Jehan, commencea à appeler sa maistresse, pensant que ce fut frere Jehan. La pauvre femme, qui n'osoit tourner l'oeil du costé de son mary, ne luy respondit mot ; mais son varlet, pour le veoir au visaige, traversa le chemyn, et, sans respondre rien, la damoiselle luy feit signe de l'oeil, qu'elle avoit tout plain de larmes. Le varlet s'en vat après son maystre et luy dist : « Monsieur, en traversant le chemyn, j'ay advisé[2] le compaignon du Cordelier, qui n'est poinct frere Jehan, mais ressemble tout à faict à Madamoiselle vostre femme, qui avecq un oeil plain de larmes m'a gecté ung piteux regard. » Le gentil homme luy dit qu'il resvoit[3] et n'en tint compte ; mais le varlet, persistant, le supplia luy donner congé d'aller après et qu'il actendist au chemyn veoir si c'estoit ce qu'il pensoit. Le gentil homme luy accorda et demeura pour veoir que son varlet luy apporteroit[4]. Mais quand le Cordelier ouyt derriere luy le varlet qui appeloit frere Jehan, se doubtant que la damoiselle eust esté cogneue[5], vint avecq ung grand baston ferré qu'il tenoit, et en donna ung si grand coup par le cousté au varlet, qu'il l'abbatit du cheval à terre ; incontinant saillit[6] sur son corps et luy couppa la gorge. Le gentil homme, qui de loing veit tresbucher son varlet, pensant qu'il fust tumbé par quelque fortune[7], court après pour le relever. Et, si tost que le Cordelier le veit, il luy donna de son baston ferré, comme il avoit faict à son

---

1. d'où.   2. examiné, regardé attentivement.   3. était fou.
4. pour voir ce que son valet lui rapporterait.   5. reconnue.
6. sauta, se jeta.   7. accidentellement.

varlet, et le gecta par terre *, et se gecta sur luy. Mais
le gentil homme, qui estoit fort et puissant, embrassa [1]
le Cordelier de telle sorte qu'il ne luy donna povoir de
luy faire mal, et luy feit saillir le poingnart des poingz,
lequel sa femme incontinant alla prendre et le bailla à
son mary, et de toute sa force tint le Cordelier par le
chapperon [2]. Et le mary luy donna plusieurs coups de
poingnart, en sorte qu'il luy requit pardon et confessa
sa meschanceté. Le gentil homme ne le voulut poinct
tuer, mais pria sa femme d'aller en sa maison querir
ses gens et quelque charrette pour le mener, ce qu'elle
feit : despouillant son habit, courut tout en chemise, la
teste raze, jusques en sa maison. Incontinant accouru-
rent tous ses gens pour aller à leur maistre luy aider à
admener le loup qu'il avoit prins ; et le trouverent dans
le chemyn, où il fut prins, lyé et mené en la maison du
gentil homme ; lequel après le feit conduire en la justice de l'Empereur en Flandres, où il confessa sa mauvaise volunté. Et fut trouvé, par sa confession et
preuve, qui fut faicte par commissaires sur le lieu, que
en ce monastere y avoit esté mené ung grand nombre
de gentilz femmes et autres belles filles, par les
moyens que ce Cordelier y vouloit mener ceste damoiselle ; ce qu'il eut faict, sans la grace de Nostre Seigneur, qui ayde tousjours à ceulx qui ont esperance en
luy. Et fut le dit monastere spolyé de ses larcins et
des belles filles qui estoient dedans, et les moynes y
enfermez dedans [3] bruslerent avecq le dit monastere,
pour perpetuelle memoire de ce cryme, par lequel se
peult congnoistre qu'il n'y a rien plus dangereux
qu'amour, quant il est fondé sur vice, comme il n'est

---

1. retint dans ses bras.   2. coiffure (d'homme ou de femme)
à bourrelet, avec une bande d'étoffe pendant par-derrière.   3. et
les moines qui y étaient enfermés ; le châtiment collectif n'étonne
personne, car tous supposent que les moines étaient aussi
débauchés que le grand et beau Cordelier.

---

* et *le portant par terre*, se gecta (G).

rien plus humain ne louable, que quant il habite en ung cueur vertueulx.

« Je suis bien marry, mes dames, de quoy la verité ne nous amene des comptes autant à l'advantaige des Cordeliers, comme elle faict à leur desadvantaige, car ce me seroit grand plaisir, pour l'amour que je porte à leur ordre, d'en sçavoir quelcun où je les puisse bien louer ; mais nous avons tant juré de dire verité, que je suis contrainct, après le rapport de gens si dignes de foy, de ne la celler, vous asseurant, quant les religieux feront acte de memoire à leur gloire[1], que je mectray grand peyne à[2] leur faire trouver beaucoup meilleur* que je n'ay faict à dire la verité de ceste-cy. — En bonne foy, Geburon, dit Oisille, voylà ung amour qui se debvoit nommer[3] cruaulté. — Je m'esbahys, dist Simontault, comment il eut la patience, la voyant en chemise et ou lieu où il en povoit estre maistre, qu'il ne la print par force. — Il n'estoit friant[4], dist Saffredent, mais il estoit gourmant, car, pour l'envye qu'il avoit de s'en souller tous les jours, il ne se voulloit poinct amuser[5] d'en taster. — Ce n'est poinct cela, dist Parlamente, mais entendez que tout homme furieux est tousjours paoureux, et la craincte qu'il avoit d'estre surprins et qu'on lui ostast sa proye, lui faisoit emporter son aigneau, comme ung loup sa brebis, pour la menger à son ayse. — Toutesfois, dist Dagoucin, je ne sçaurois croyre qu'il ne luy portast amour[6], et aussy que, en ung cueur si villain que le sien, ce vertueux

---

1. une action digne d'être rappelée pour leur honneur. 2. je n'épargnerai pas ma peine pour. 3. qui devrait être appelé. 4. délicat ; il faut sans doute comprendre : ce n'est point par délicatesse qu'il ne viola pas la dame sur-le-champ, mais par avidité, car il préférait prendre tout son temps, ne voulant pas « joyr pour une heure ». 5. perdre son temps, s'occuper. 6. *ne* est ici explétif ; lire comme dans G : *qu'il luy portast ; et aussy que* : et je crois aussi que.

---

* à *la* faire trouver beaucoup *meilleure* (2155 S).

dieu n'y eust sceu habiter. — Quoy que soit, dist Oisille, il en fut bien pugny. Je prie à Dieu que de pareilles entreprinses puissent saillir telles pugnitions[1]. Mais à qui donnerez-vous vostre voix ? — A vous, Madame, dist Geburon : vous ne fauldrez[2] de nous en dire quelque bonne. — Puis que je suys en mon ranc[3], dist Oisille, je vous en racompteray une bonne, pour ce qu'elle est advenue de mon temps et que celluy-mesmes qui l'a veue me l'a comptée. Je suis seure que vous ne ignorez poinct que la fin de tous noz malheurs est la mort, mays, mectant fin à nostre malheur, elle se peut nommer nostre felicité et seur repos[4]. Le malheur doncques de l'homme, c'est desirer la mort et ne la pouvoir avoir[*]; parquoy la plus grande punicion que l'on puisse donner à ung malfaiteur n'est pas la mort, mais c'est de donner ung tourment continuel si grand, que il la faict desirer, et si petit, qu'il ne la peult advancer, ainsy que ung mary bailla à sa femme comme vous oirez. »

TRENTE DEUXIESME NOUVELLE

Bernage, ayant connu en quelle patience et humilité une damoyselle d'Allemagne recevoit l'estrange penitence que son mary luy faisoit faire pour son incontinence, gaingna ce poinct sur luy, qu'oublyant le passé, eut pitié de sa femme, la reprint avec soy et en eut depuis de fort beaulx enfans.

*

Punition, plus rigoureuse que la mort, d'un mary envers sa femme adultère.

*

Brantôme résume l'argument : « Vous avez, dans les Cent nouvelles de la royne de Navarre, la plus belle et triste histoire que l'on scau-

---

1. sortir, suivre (*pugnitions* : sujet de *puissent*).   **2.** manquerez ; *quelque bonne* : quelque bonne histoire.   **3.** c'est à mon tour.   **4.** repos assuré.

[*] De *et ne la pouvoir avoir* à *n'est pas la mort* (G) : omis dans ms. 1512.

roit voir pour ce sujet, de ceste belle dame d'Allemagne que son mary contraignoit à boire ordinairement dans le test de la teste de son amy qu'il avoit tué... » (*Recueil des Dames*, éd. Prosper Mérimée et Louis Lacour, 2ᵉ Partie, t. XI, p. 50).

*

Le Roy Charles, huictiesme de ce nom, envoya en Allemaigne ung gentil homme, nommé Bernage [1] [*], sieur de Sivray, près Amboise, lequel pour faire bonne dilligence, n'epargnoit jour ne nuyct, pour advancer son chemyn, en sorte que, ung soir, bien tard, arriva en un chasteau d'un gentil homme, où il demanda logis : ce que à grand peyne peut avoir. Toutesfois, quant le gentil homme entendyt qu'il estoit serviteur d'un tel Roy, s'en alla au devant de luy, et le pria de ne se mal contanter [2] de la rudesse de ses gens, car, à cause de quelques parens de sa femme qui luy vouloient mal, il estoit contrainct tenir ainsy la maison fermée. Aussi, le dict Bernage luy dist l'occasion de sa legation [3] : en quoy le gentil homme s'offryt de faire tout service à luy possible au Roy son maistre, et le mena dedans sa maison, où il le logea et festoya honorablement.

Il estoit heure de soupper ; le gentil homme le mena en une belle salle tendue de belle tapisserye. Et, ainsy que la viande [4] fut apportée sur la table, veid sortyr de derriere la tapisserye une femme, la plus belle qu'il estoit possible de regarder, mais elle avoit sa teste toute tondue, le demeurant du corps habillé de noir à l'alemande. Après que le dict seigneur eut lavé [5] avecq le seigneur de Bernaige, l'on porta l'eaue à ceste dame, qui lava et s'alla seoir au bout de la table, sans parler à nulluy [6], ny nul à elle. Le seigneur de Bernaige la regarda bien fort, et luy sembla une des plus belles

---

1. Selon M. F., ce personnage pourrait être Claude Bernage, que Louis XI envoya d'Amboise à Reims en 1475, pour y surveiller les travaux de fortifications dans cette ville. **2.** se montrer mécontent. **3.** ambassade. **4.** les plats. **5.** se fut lavé les mains. **6.** nul, personne.

---

* *Vernage*, puis *Vernaige* (2155 S).

dames qu'il avoit jamais veues, sinon qu'elle avoit le
visaige bien pasle et la contenance bien triste. Après
qu'elle eut mengé ung peu, elle demanda à boyre, ce
que luy apporta ung serviteur de leans[1] dedans ung
esmerveillable vaisseau[2], car c'estoit la teste d'un
mort, dont les oeilz* estoient bouchez d'argent : et
ainsy beut deux ou trois foys. La damoiselle, après
qu'elle eut souppé se feyt laver les mains**, feit une
reverance au seigneur de la maison et s'en retourna
derriere la tapisserye, sans parler à personne. Bernaige
fut tant esbahy de veoir chose si estrange, qu'il en
devint tout triste et pensif. Le gentil homme, qui s'en
apperçeut, luy dist : « Je voy bien que vous vous estonnez de ce que vous avez veu en ceste table[3], mais, veu
l'honnesteté que je treuve en vous, je ne vous veulx
celer que c'est, afin que vous ne pensiez qu'il y ayt en
moy telle cruaulté sans grande occasion[4]. Ceste dame
que vous avez veu est ma femme, laquelle j'ay plus
aymée que jamais homme pourroit aymer femme, tant
que, pour l'espouser, je oubliay toute craincte, en sorte
que je l'amenay icy dedans, maulgré ses parens. Elle
aussy, me monstroit tant de signes d'amour, que
j'eusse hazardé dix mille vyes[5] pour la mectre ceans à
son ayse et à la myenne ; où nous avons vescu ung
temps à tel repos et contentement, que je me tenois le
plus heureux gentil homme de la chrestienté. Mais, en
ung voiage que je feis, où mon honneur me contraingnit d'aller, elle oublia tant son honneur, sa conscience
et l'amour qu'elle avoit en moy, qu'elle fut amoureuse
d'un jeune gentil homme que j'avois nourry ceans ;
dont, à mon retour, je me cuydai apercevoir[6]. Si est-ce

___

1. du lieu, du château.   **2.** un verre (une coupe ou un vase à
boire) fort surprenant.   **3.** lors de ce service de table.   **4.** raison, motif.   **5.** risqué dix mille fois ma vie.   **6.** ce que [...] je
crus remarquer.

___

* *les pertuys* [ouvertures] (T, G).   ** *et lavé ses* mains (2155 S),
lavé les mains (G).

que l'amour que je lui portois estoit si grand, que je ne me povois desfier d'elle jusques à la fin que l'experience me creva les oeilz [1], et veiz ce que je craingnois plus que la mort. Parquoy, l'amour que je luy portois fut convertie [2] en fureur et desespoir, en telle sorte que je la guettay de si près, que, ung jour, faingnant aller dehors, me cachay en la chambre où maintenant elle demeure, où, bientost après mon partement [3], elle se retira et y feit venir ce jeune gentil homme, lequel je veiz entrer avec la privaulté qui [4] n'appartenoyt que à moi avoir à elle. Mais, quant je veiz qu'il vouloit monter sur le lict auprès d'elle, je saillys dehors [5] et le prins entre ses bras, où je le tuay. Et, pour ce que le crime de ma femme me sembla si grand que une telle mort n'estoit suffisante pour la punir, je luy ordonnay une peyne que je pense qu'elle a plus desagreable que la mort : c'est de l'enfermer en la dicte chambre où elle se retiroit pour prandre ses plus grandes delices et en la compaignye de celluy qu'elle aymoit trop mieulx que moy ; auquel lieu je lui ay mis dans une armoyre tous les oz de son amy, tenduz comme chose pretieuse en ung cabinet. Et, affin qu'elle n'en oblye la memoire, en beuvant et mangeant, luy faictz servir à table, au lieu de couppe, la teste de ce meschant, et là, tout devant moy, afin qu'elle voie vivant celluy qu'elle a faict son mortel ennemy par sa faulte, et mort pour l'amour d'elle celluy duquel elle avoit preferé l'amityé à la myenne. Et ainsy elle veoit à disner et à soupper les deux choses qui plus luy doibvent desplaire : l'ennemy vivant et l'amy mort, et tout, par son peché. Au demorant, je la traicte comme moy-mesmes synon qu'elle vat tondue, car l'arraiement [6] des cheveulx

---

1. jusqu'à ce que, enfin, la preuve me dessillât les yeux. 2. se transforma. 3. départ. 4. avec les privautés qu'il n'appartenait qu'à moi d'avoir avec elle. 5. sortis (de ma cachette). 6. arrangement, disposition, coiffure (G *l'ornement*).

n'apartient à l'adultaire, ny le voyle à l'impudicque[1]. Parquoy s'en vat rasée[2], monstrant qu'elle a perdu l'honneur de la virginité[3] et pudicité. S'il vous plaist de prendre la peyne de la veoir, je vous y meneray. »

Ce que feit voluntiers Bernaige : lesquelz descendirent à bas et trouverent qu'elle estoit en une tres belle chambre, assise toute seulle devant ung feu. Le gentil homme tira ung rideau qui estoit devant une grande armoyre, où il veid penduz tous les oz d'un homme mort. Bernaige avoit grande envie de parler à la dame, mais, de paour du mary, il n'osa. Le gentil homme, qui s'en apparceut, luy dist : « S'il vous plaist luy dire quelque chose, vous verrez quelle grace et parolle elle a. » Bernaige luy dist à l'heure : « Madame, vostre patience est egalle au torment. Je vous tiens la plus malheureuse* femme du monde. » La dame, ayant la larme à l'oeil, avecq une grace tant humble qu'il n'estoit possible de plus, luy dist : « Monsieur, je confesse ma faulte estre si grande, que tous les maulx, que le seigneur de ceans (lequel je ne suis digne de nommer mon mary) me sçauroit faire, ne me sont riens au prix du regret que j'ay de l'avoir offensé. » En disant cela, se print fort à pleurer. Le gentil homme tira Bernaige par le bras et l'emmena. Le lendemain au matin, s'en partit pour aller faire la charge[4] que le Roy luy avoit donnée. Toutesfois, disant adieu au gentil homme, ne se peut tenir de luy dire : « Monsieur, l'amour que je vous porte et l'honneur et privaulté[5] que vous m'avez

---

1. Aller tête nue, se montrer « en cheveux », est signe de mauvaise vie.   2. Tel est le signe du déshonneur ; *cf.* Paul, 1re Épître aux Corinthiens 11, 5 : « Toute femme qui prie ou prophétise, la tête non voilée, déshonore son chef : c'est comme si elle était rasée. » Lors de la Libération en France, on a vu raser des femmes accusées d'avoir eu des relations sexuelles avec les soldats allemands.   3. chasteté.   4. accomplir la mission.   5. bienveillance, accueil familier fait à un « privé ami ».

---

* *Si* vostre patience [...], je vous tiens la plus heureuse (ms. 1512, T, G).

faicte en vostre maison, me contraingnent à vous dire qu'il me semble, veu la grande repentance de vostre pauvre femme, que vous luy debvez user de misericorde ; et aussy, vous estes jeune, et n'avez nulz enfans ; et seroit grand dommaige de perdre une si belle maison que la vostre, et que ceulx qui ne vous ayment peut-estre poinct, en fussent heritiers. » Le gentil homme, qui avoit deliberé de ne parler jamais à sa femme, pensa longuement aux propos que luy tint le seigneur de Bernaige ; et enfin congneut qu'il disoit verité, et luy promist que, si elle persevereroit en ceste humilité, il en auroit quelquefois[1] pitié*. Ainsi s'en alla Bernaige faire sa charge. Et quant il fut retourné devant le Roy son maistre, luy feit tout au long le compte[2] que le prince trouva tel comme il disoit ; et, en autres choses, ayant parlé de la beaulté de la dame, envoya son painctre, nommé Jehan de Paris[3], pour luy rapporter ceste dame au vif[4]. Ce qu'il feit après le consentement** de son mary, lequel, après longue penitence, pour le desir qu'il avoit d'avoir enfans et pour la pitié qu'il eut de sa femme, qui en si grande humilité recepvoit ceste penitence, il la reprint avecq soy, et en eut depuis beaucoup de beaulx enfans.

« Mes dames, si toutes celles à qui pareil cas est advenu beuvoient en telz vaisseaulx, j'aurois grand paour que beaucoup de coupes dorées seroient converties en testes de mortz. Dieu nous en veulle garder, car,

---

1. un jour.   2. le récit.   3. Jean Perréal, peintre connu de la fin du xve siècle, venu de Lyon à la cour de Charles VIII, où il était peintre ordinaire et valet de chambre du roi.   4. pour faire un portrait de cette dame qui donne l'illusion du réel. La *vive représentation* désigne une peinture qui donne l'illusion du « vrai », c'est-à-dire du réel.

---

* il en auroit *quelque* pitié (G).   ** Ce qu'il fist, et fut contant le mary qu'il la retirast, lequel... (2155 S) ; le ms. 1513 donne *tirast*, ce qui est la bonne leçon (*tirer un portrait* : peindre). Voir R. Salminen, t. II, p. 118.

si sa bonté ne nous retient, il n'y a aucun d'entre nous *
qui ne puisse faire pis ; mais, ayant confiance en luy,
il [1] gardera celles qui confessent ne se pouvoir par
elles-mesmes garder ; et celles qui se confient en leurs
forces sont en grand dangier d'estre tentées jusques à
confesser leur infirmité [2]. Et en est veu plusieurs ** qui
ont tresbuché [3] en tel cas, dont l'honneur *** saulvoit
celles que l'on estimoit les moins vertueuses ; et dist
le viel proverbe : *Ce que Dieu garde est bien gardé.*
— Je trouve, dist Parlamente, ceste punition autant raisonnable qu'il est possible ; car, tout ainsy que l'offence est pire que la mort, aussy est la pugnition pire
que la mort. » Dist Ennasuitte : « Je ne suis pas de
vostre opinion, car j'aymerois mieulx toute ma vie
veoir les oz de tous mes serviteurs en mon cabinet, que
de mourir pour eulx, veu qu'il n'y a mesfaict qui ne
se puisse amender ; mais, après la mort, n'y a poinct
d'amendement. — Comment sçauriez-vous amender la
honte ? dist Longarine, car vous sçavez que, quelque
chose que puisse faire une femme après ung tel mesfaict, ne sçauroit reparer son honneur ? — Je vous
prye, dist Ennasuitte, dictes-moy si la Magdelaine [4] n'a

---

1. si nous avons confiance en lui, il...   2. faiblesse, incapa-
cité.   3. *tresbuché* : cf. le devis de N. 30, p. 410 et la note 3.
4. Marie-Madeleine, la pécheresse (anonyme dans le récit de l'épisode selon Luc, mais dont il dit ensuite qu'elle était Marie, sœur
de Marthe) qui répandit du parfum de grand prix sur les pieds (Luc
7, 37), ou sur la tête de Jésus, dans la maison de Simon le lépreux
(Marc 14, 3 ; Matthieu 26, 6-9 ; Jean 12, 3), pardonnée « car elle
a beaucoup aimé » (Luc 7, 47) ; confondue dans la tradition avec
Marie de Magdala, qui vit la première le Christ ressuscité (Marc
16, 9) et avec Marie de Béthanie, sœur de Marthe ; l'allusion à « sa
sœur qui estoit vierge » renvoie à l'épisode mettant en scène les
deux sœurs de Lazare, Marthe et Marie, celle « qui oignit de parfum le Seigneur et qui lui essuya les pieds avec ses cheveux » (Jean

---

* *nulle de* nous (2155 S) ; *aucune* d'entre *vous* (G).   ** Et
vous assure, mesdames, que en est veu plusieurs que l'orgueil faict
tresbucher (2155 S) ; et vous assure qu'il s'en sont vues plusieurs
que l'orgueil a faict tresbucher (G) ;   *** l'humilité (2155 S,
G ; meilleure leçon).

pas plus d'honneur entre les hommes maintenant, que sa sœur qui estoit vierge ? — Je vous confesse, dist Longarine, qu'elle est louée entre nous de la grande amour qu'elle a portée à Jesus Christ, et de sa grand penitence ; mais si luy demeure le nom de *Pecheresse*. — Je ne me soulcie, dist Ennasuitte, quel nom les hommes me donnent, mais que Dieu me pardonne* et mon mary aussy. Il n'y a rien pourquoy je voulsisse morir. — Si ceste damoiselle aymoit son amy comme elle debvoit, dist Dagoucin, je m'esbahys comme elle ne mouroit de deuil[1], en regardant les oz de celluy, à qui, par son peché, elle avoit donné la mort. — Cependant, Dagoucin, dist Simontault, estes-vous encores à sçavoir[2] que les femmes n'ont amour ny regret ? — Je suis encores à le sçavoir, dist Dagoucin, car je n'ay jamais osé tenter leur amour, de paour d'en trouver moins que j'en desire. — Vous vivez donc de foy et d'esperance, dist Nomerfide, comme le pluvier[3], du vent ? Vous estes bien aisé à nourrir ! — Je me contente, dist-il, de l'amour que je sens en moy et de l'espoir qu'il y a au cueur des dames, mais, si je le sçavois, comme je l'espere, j'aurois si extresme contentement, que je ne le sçaurois porter[4] sans mourir. — Gardez-vous bien de la peste, dist Geburon, car,

---

11, 2), l'une, occupée aux soins domestiques, l'autre qui, « s'étant assise aux pieds du Seigneur, écoutait sa parole » (Luc 10, 40-42) : Jésus assure que « Marie a choisi la bonne part, qui ne lui sera point ôtée ».
1. je m'étonne de ce qu'elle ne mourût de chagrin... **2.** ignorez-vous encore. **3.** Cet oiseau échassier (ainsi nommé de *pluvia* : pluie, parce qu'il arrive à la saison des pluies), est censé se nourrir de vent, légende rappelée notamment par Rabelais, *Quart Livre*, chap. XLIII (les pluviers de l'île de Ruach) ; l'oiseau de paradis dont parle Boaistuau (suivant Gesner) vit d'air (*Histoires prodigieuses* chap. 35). **4.** supporter.

---

* Construction syntaxique et sens différents dans 2155 S et G : « mais, que Dieu me pardonne et mon mary aussi, il n'y a rien pourquoy je voulusse mourir. »

de ceste malladye là, je vous en asseure[1]. Mais je vouldrois sçavoir à qui madame Oisille donnera sa voix.
— Je la donne, dist-elle, à Symontault, leque je sçay
bien qu'il n'espargnera personne. — Autant vault, dist-
il, que vous mectez à sus que[2] je suis ung peu medi-
sant ? Si ne lairray-je[3] à vous monstrer que ceulx que
l'on disoit mesdisans ont dict verité. Je croy, mes
dames, que vous n'estes pas si sottes que de croyre[4]
en toutes les Nouvelles que l'on vous vient compter,
quelque apparence qu'elles puissent avoir de saincteté,
si la preuve n'y est si grande qu'elle ne puisse estre
remise en doubte. Aussy, sous telles especes de
miracles, y a souvent des abbuz ; et, pour ce, j'ay eu
envie de vous racompter ung miracle, qui ne sera
moins à la louange d'un prince fidelle, que au deshonneur d'un meschant ministre d'eglise. »

TRENTE TROISIESME NOUVELLE

L'ypocrisye et mechanceté d'un curé, qui, sous le manteau de saincteté, avoit engroissié sa sœur, fut descouverte par la sagesse du
comte d'Angoulesme, par le commandement duquel la justice en
feit punition.

*

*Abomination d'un prêtre incestueux, qui engrossa sa sœur sous pre-
texte de saincte vie, et la punition qui en fut faicte.*

*

H. Estienne reproduit fidèlement le récit de cet « inceste superlatif,
commis par un prestre, ainsi qu'il est autentiquement enregistré és
escrits de la roine de Navarre dernière défuncte » (*Apologie pour
Hérodote*, tome II, 1879, chap. XXI, p. 26-27.)

*

---

1. je vous donne à son sujet de quoi vous rassurer (cette mala-
die-là ne tue point).   2. Autant dire que vous m'accusez
d'être...   3. Aussi ne manquerai-je pas de.   4. Simontault met
ainsi hardiment en doute la règle fondamentale des nouvelles, données pour véritables histoires (voir l'Introduction).

Le conte Charles d'Angoulesme, pere du Roy François, prince fidelle et craingnant Dieu, estoit à Coignac,
que l'on luy racompta[1] que, en ung villaige près de là,
nommé Cherves[2]*, y avoit une fille vierge vivant si aus-
terement, que c'estoit chose admirable, laquelle toutesfois estoit trouvée grosse[3]. Ce que elle ne dissimuloit
poinct**, et asseuroit tout le peuple[4] que jamais elle
n'avoit congneu homme et qu'elle ne sçavoit comme le
cas luy estoit advenu, sinon que ce fut œuvre du Sainct
Esperit ; ce que le peuple croyoit facillement, et la
tenoient et reputoient entre eulx comme pour une
seconde Vierge Marie, car chascun congnoissoit que dès
son enfance elle estoit si saige, que jamais n'eut en elle
ung seul signe de mondanité[5]. Elle jeusnoit non seullement les jeusnes commandez de l'Église, mais plusieurs
foys la sepmaine à sa devotion[6], et tant que l'on disoit
quelque service en l'eglise, elle n'en bougeoit ; parquoy
sa vie estoit si estimée de tout le commun, que chascun
par miracle[7] la venoit veoir ; et estoit bien heureux, qui
luy povoit toucher la robbe. Le curé de la parroisse estoit
son frere, homme d'aage et de bien austere vie, aymé et
estimé de ses parroissiens et tenu pour ung sainct
homme, lequel tenoit de si rigoreux propos à sa dicte
seur, qu'il la feit enfermer en une maison, dont tout le
peuple estoit mal contant ; et en fut le bruict si grand,
que, comme je vous ay dict, les nouvelles en vindrent
à l'oreille du Conte. Lequel, voyant l'abbus[8] où tout le
peuple estoit, desirant les en oster, envoya ung maistre

---

1. était à Cognac [en Charente], où on lui raconta (ou : lorsqu'on
lui raconta). **2.** Aujourd'hui Cherves-de-Cognac. **3.** se trouvait enceinte. **4.** affirmait à chacun (à tout le monde) ; plus bas
le peuple : les gens. **5.** attachement au monde et à ses plaisirs. **6.** selon son désir, de son propre gré. **7.** comme si
c'était un miracle ; on touche sa robe comme si elle était le vêtement d'une sainte. **8.** l'erreur, la tromperie (voyant que tous ces
gens étaient abusés).

---

* *Cherbes* (2155 S), *Cherletz* (ms. 1512), *Cherleus* (T).
H. Estienne écrit *Cherves*. ** Omis dans ms. 1512.

des resquestes et ung aulmosnier, deux fort gens de bien [1], pour en sçavoir la verité. Lesquelz allerent sur le lieu et se informerent du cas le plus dilligemment qu'ilz peurent, s'adressans au curé, qui estoit tant ennuyé de cest affaire, qu'il les pria d'assister à la veriffication [2], laquelle il esperoit faire le lendemain.

Ledict curé, dès le matin, chanta la messe où sa seur assista, tousjours à genoulx, bien fort grosse. Et, à la fin de la messe, le curé print le *Corpus Domini* [3], et, en la presence de toute l'assistance dist à sa seur : « Malheureuse que tu es, voicy Celluy qui a souffert mort et passion pour toy, devant lequel je te demande si tu es vierge, comme tu m'as tousjours asseuré ? » Laquelle hardiment luy respondit que ouy. « Et comment doncques est-il possible que tu sois grosse et demeurée vierge ? » Elle respondit : « Je n'en puis randre autre raison, sinon que ce soit la grace du Sainct Esperit, qui faict en moy ce qu'il lui plaist ; mais, si ne puis-je nyer la grace que Dieu m'a faicte, de me conserver vierge ; et n'euz jamais volunté d'estre maryée. » A l'heure, son frere luy dist : « Je te bailleray le corps pretieux de Jesus-Christ, lequel tu prendras à ta damnation [4], s'il est autrement que tu me le dis, dont Messieurs, qui sont icy presens de par Monseigneur le Conte, seront tesmoings. » La fille, aagée de près de trente ans *, jura par tel serment : « Je prendz le corps de Nostre Seigneur, icy present devant vous, à ma damnation, devant vous, Messieurs, et vous, mon frere, si jamais homme m'a

---

1. *fort* porte sur la formule stéréotypée « gens de bien », pour lui apporter une nuance méliorative (deux personnes de fort grande vertu).   2. épreuve, test de vérité.   3. le Corps du Seigneur, l'hostie consacrée, que le prêtre prend en mains au moment solennel de l'élévation.   4. au risque d'être damnée.

---

* de près de *XIII ans* (ms. 1512, G, T). H. Estienne : « la fille (qui estoit aagée d'environ treize ans) ». La leçon des manuscrits (2155 S) qui donnent « trente ans » est préférable, au regard du texte qui insiste sur la virginité et la chasteté exceptionnelles de la jeune femme considérée comme une « sainte ».

touché[1]* non plus que vous ! » Et, en ce disant, receut
le corps de Nostre Seigneur. Le maistre des requestes et
aulmosnier du Conte, ayans veu cella, s'en allerent tous
confuz, croyans que avecq tel serment mensonge ne
sçauroit avoir lieu. Et en feirent le rapport au Conte, le
voulant persuader à croire ce qu'ilz croyoient. Mais luy,
qui estoit sage, après y avoir bien pensé, leur fit derechef
dire les parolles du jurement[2], lesquelles ayant bien pensées : « Elle vous a dict**, que jamais homme ne luy toucha, non plus que son frere ; et je pense, pour verité, que
son frere luy a faict cest enffant, et veult couvrir sa
meschanceté soubz une si grande dissimulation. Mais,
nous, qui croyons ung Jesus-Christ venu[3], n'en debvons
plus attendre d'autre. Parquoy allez-vous-en et mectez
le curé en prison. Je suis seur qu'il confessera la verité. »
Ce qui fut faict selon son commandement, non sans
grandes remontrances pour le scandalle qu'ilz faisoient
à cest homme de bien. Et, si tost que le curé fut prins, il
confessa sa meschanceté, et comme il avoit conseillé à
sa seur de tenir les propos qu'elle tenoit, pour couvrir la
vie qu'ilz avoient menée ensemble, non seullement
d'une excuse legiere, mais d'un faulx[4] donné à entendre,
par lequel ilz demoroient honorez de tout le monde. Et
dist, quand on luy meist au devant[5] qu'il avoit esté si
meschant de prendre le corps de Nostre Seigneur pour la
faire jurer dessus, qu'il n'estoit pas si hardy et qu'il avoit
prins ung pain non sacré[6], ny benist. Le rapport en fut

---

1. L'ambiguïté de la parole rappelle le « jurement » d'Iseut,
attestant solennellement, lors de la séance de jugement, que jamais
homme ne la toucha sinon le roi Marc son époux et celui qui venait
de la porter dans ses bras pour franchir la rive (et qui était Tristan
déguisé en mendiant).   2. serment.   3. qui croyons en la
venue de Jésus Christ comme messie (nous n'attendons d'autre
messie).   4. d'une fausse parole (d'une parole qui donne à
entendre le faux).   5. lui reprocha.   6. une hostie non
consacrée.

---

* *me* toucha (2155 S) ; ne *m'attoucha* (G).   ** *Elle a dict
la vérité et si vous a trompez, car* elle vous a dict que jamais...
(plusieurs ms. sauf 1512 et 1515 qui ont une omission).

faict au conte d'Angoulesme, lequel commanda à la justice de faire ce qu'il appartenoit. L'on attendit que sa seur fust accouchée ; et, après avoir faict ung beau filz, furent bruslez le frere et la seur ensemble, dont tout le peuple eut ung merveilleux esbahissement, ayant veu soubz si sainct manteau [1] ung monstre si horrible, et soubz une vie tant louable et saincte regner ung si detestable vice.

« Voylà, mes dames, comme la foy du bon Conte ne fut vaincue par signes ne miracles exterieurs, sçachant très bien que nous n'avons que ung Saulveur, lequel, en disant : *Consummatum est* [2], a monstré qu'il ne laissoit poinct de lieu à ung aultre successeur pour faire nostre salut. — Je vous promectz [3], dist Oisille, que voylà une grande hardiesse pour une extreme ypocrisye, de couvrir, du manteau de Dieu et des vraiz chrestiens, ung peché si enorme. — J'ay oy dire, dist Hircan, que ceulx qui, soubz couleur d'une commission de Roy [4], font cruaultez et tirannyes, sont puniz doublement pour ce qu'ilz couvrent leur injustice de la justice roialle ; aussi, voyez-vous que les ypocrites, combien qu'ilz prosperent quelque temps soubz le manteau de Dieu et de saincteté, si est-ce que, quant le Seigneur Dieu lieve son manteau, il les descouvre et les mect tous nudz. Et, à l'heure, leur nudité, ordure et villenye, est d'autant trouvée plus layde, que la couverture est dicte honnorable. — Il n'est rien plus plaisant, dist Nomerfide, que de parler naïfvement [5], ainsy que le cueur le pense ! — C'est pour engraisser [6], respondit Longarine, et je croy que vous donnez vostre opinion

---

1. pour le motif du manteau, du voile, de la couverture (de tout ce qui dissimule) voir l'Introduction ; *cf.* ci-dessous « couvrir, du manteau de Dieu », « soubz le manteau de Dieu », et le motif de « la couverture ». 2. Dernières paroles du Christ au moment de sa mort : « Tout est accompli » (Jean 19, 30). 3. Je vous assure. 4. prétextant un mandat donné par le roi. 5. sincèrement. 6. pour en tirer profit (en faire sa graisse). Les éditeurs Le Roux de Lincy et Montaiglon ont choisi de corriger : *pour en gausser.*

selon vostre condition[1]. — Je vous diray, dist Nomerfide, je voy que les folz, si on ne les tue, vivent plus
longuement que les saiges, et n'y entendz que une raison, c'est qu'ilz ne dissimullent point leurs passions.
S'ils sont courroucez, ilz frappent ; s'ilz sont joieulx,
ilz rient ; et ceulx qui cuydent[2] estre saiges dissimullent tant leurs imperfections, qu'ilz en ont tous les
cueurs empoisonnez[*]. — Et je pense, dist Geburon,
que vous dictes verité et que l'ypocrisie, soit envers
Dieu, soit envers les hommes ou la Nature, est cause
de tous les maulx que nous avons. — Ce seroit belle
chose, dist Parlamente, que nostre cueur fust si remply,
par foy, de Celluy qui est toute vertu et toute joye, que
nous le puissions librement monstrer à chascun. — Ce
sera à l'heure, dist Hircan, qu'il n'y aura plus de chair
sur noz os. — Si est-ce, dist Oisille, que l'esperit de
Dieu, qui est plus fort que la mort[3], peult mortiffier
nostre cueur, sans mutation ne ruyne de corps. — Ma
dame, dist Saffredent, vous parlez d'un don de Dieu,
qui n'est encores commung aux hommes. — Il est
commung, dist Oisille, à ceulx qui ont la foy, mais,
pour ce que ceste matiere ne se laisseroit entendre à
ceulx qui sont charnelz[4], sçachons à qui Symontault
donne sa voix. — Je la donne, dist Symontault, à
Nomerfide ; car, puis qu'elle a le cueur joieulx, sa
parolle ne sera poinct triste. — Et vrayement, dist
Nomerfide, puisque vous avez envie de rire, je vous en

---

1. en vous fiant à votre propre nature.   2. s'imaginent.   3. « La loi de l'esprit de vie en Jésus Christ m'a affranchi
de la loi du péché et de la mort » (Paul, Epître aux Romains 8,
2).   4. ceux qui vivent selon la chair, c'est-à-dire dans le péché
(expression biblique) ; *cf.* Paul, Epître aux Romains : « La loi est
spirituelle, mais moi, je suis charnel, vendu au péché [...]. Ainsi
donc, moi-même, je suis par l'entendement esclave de la loi de
Dieu, et je suis par la chair esclave de la loi du péché » (7, 14-25).
La chair : l'ensemble corps-esprit soumis au péché ; les œuvres de
chair : voir p. 405, n. 3. (Paul, Épître aux Galates, 5. 19)

---

* tout leur cœur empoisonné (T).

voys prester l'occasion, et, pour vous monstrer
combien la paour et l'ignorance nuyst, et que faulte
d'entendre un propos est souvent cause de beaucoup
de mal, je vous diray ce qu'il advint à deux Cordeliers
de Nyort, lesquelz, pour mal entendre le langaige d'un
boucher, cuyderent morir*. »

TRENTE QUATRIESME NOUVELLE

Deux Cordeliers, ecoutans le secret où l'on ne les avoit appelez,
pour avoir mal entendu le langage d'un boucher, meirent leur vie
en danger.

*

*Deux cordeliers trop curieux d'escouter, eurent si belles afres qu'ils
en cuiderent mourir.*

*

Il y a ung villaige entre Nyort et Fors, nommé Grip[1],
lequel est au seigneur de Fors. Ung jour, advint que
deux Cordeliers, venans de Nyort, arriverent bien tard
en ce lieu de Grip et logerent en la maison d'un boucher. Et, pour ce que entre leur chambre et celle de
l'hoste n'y avoit que des aiz[2] bien mal joinctz, leur
print envye d'escouter ce que le mary disoit à sa
femme estans dedans le lict ; et vindrent mectre leurs
oreilles tout droict au chevet du lict du mary, lequel,
ne se doubtant[3] de ses hostes, parloit à sa femme privement de son mesnaige, en luy disant : « M'amye, il me
fault demain lever matin pour aller veoir nos Cordeliers, car il y en a ung bien gras, lequel il nous fault
tuer ; nous le sallerons incontinant et en ferons bien

---

1. Dans l'arrondissement de Niort (département des Deux-
Sèvres, aujourd'hui), chef-lieu de la seigneurie appartenant à
Jacques Poussart, qui, en tant que bailli du Berry, était en relations
avec Marguerite de Navarre (M. F.). *Grip* : Gript, près de Beauvoir-
sur-Niort.   2. cloisons de bois.   3. ne se méfiant.

---

* morir de peur (G).

nostre proffict. » Et combien qu'il entendoit de[1] ses
pourceaulx, lesquelz il appeloit *cordeliers*[2], si est-ce
que les deux pauvres freres, qui oyoient ceste conjura-
tion[*], se tindrent tout asseurez que c'estoit pour eulx,
et, en grande paour et craincte, attendoient l'aube du
jour. Il y en avoit ung d'eulx fort gras et l'autre assez
maigre. Le gras se vouloit confesser à son compaignon,
disant que ung boucher, ayant perdu l'amour et
craincte de Dieu, ne feroit non plus de cas de l'assom-
mer, que ung beuf ou autre beste. Et, veu qu'ilz
estoient enfermez en leur chambre, de laquelle ilz ne
povoient sortir sans passer par celle de l'hoste, ilz se
devoient tenir bien seurs de leur mort, et recommander
leurs ames à Dieu. Mais le jeune, qui n'estoit pas si
vaincu de paour que son compaignon, luy dist que,
puys que la porte leur estoit fermée, falloit essayer à
passer par la fenestre, et que aussy bien ilz ne sçauroient avoir pis que la mort. A quoy le gras s'accorda.
Le jeune ouvrit la fenestre, et, voyant qu'elle n'estoit
trop haulte de terre, saulta legierement en bas et s'enfuyt le plus tost et le plus loing qu'il peut, sans attendre
son compaignon, lequel essaya le dangier[3]. Mais la
pesanteur le contraingnit de demeurer en bas ; car au
lieu de saulter, il tumba si lourdement, qu'il se blessa
fort[**] en une jambe.

Et, quant il se veid habandonné de son compaignon
et qu'il ne le povoit suyvre, regarda à l'entour de luy
où il se pourroit cacher, et ne veit rien que ung tect[4] à
pourceaulx où il se trayna le mieulx qu'il peut. Et,
ouvrant la porte pour se cacher dedans, en eschappa
deux grands pourceaulx, en la place desquelz se meist
le pauvre Cordelier et ferma le petit huys[5] sur luy,

---

1. il voulait parler de.   2. parce que les porcs sont gras
comme moines...   3. risqua l'aventure.   4. une soue (étable à
porcs).   5. portillon.

---

* deliberation (G).   ** qu'il se effola (2155 S ; sans doute
pour *eflora* : s'écorcha).

esperant, quant il orroit le bruit des gens passans, qu'il appelleroit et trouveroit secours. Mais, si tost que le matin fut venu, le boucher appresta ses grands cousteaulx et dist à sa femme qu'elle luy tint compaignye pour aller tuer son pourceau gras. Et quant il arriva au tect, auquel le Cordelier s'estoit caché, commencea à cryer bien hault, en ouvrant la petite porte : « Saillez dehors, maistre Cordelier, saillez dehors, car aujourd'-huy j'auray de vos boudins ! » Le pauvre Cordelier, ne se pouvant soustenir sur sa jambe, saillyt à quatre piedz [1] hors du tect, criant tant qu'il povoit misericorde. Et, si le pauvre frere eust grand paour, le boucher et sa femme n'en eurent pas moins ; car ilz pensoient que sainct François fust courroucé contre eulx de ce qu'ilz nommoient une beste *cordelier*, et se mirent à genoulx devant le pauvre frere, demandans pardon à sainct François et à sa religion [2], en sorte que le Cordelier cryoit d'un costé misericorde au boucher, et le boucher, à luy d'aultre, tant que les ungs et les aultres furent ung quart d'heure sans se povoir asseurer [3]. A la fin, le beau pere, congnoissant que le boucher ne lui voulut poinct de mal, luy compta la cause pourquoy il s'estoit caché en ce tect, dont leur paour tourna incontinant en ris, sinon que le pauvre Cordelier, qui avoit mal en la jambe, ne se povoit resjouyr. Mais le boucher le mena en sa maison où il le feit très bien panser. Son compaignon, qui l'avoit laissé au besoing [4], courut toute la nuyct tant, que au matin il vint en la maison du seigneur de Fors, où il se plaingnoit de ce boucher, lequel il soupsonnoit d'avoir tué son compagnon, veu qu'il n'estoit point venu après luy. Ledict seigneur de Fors envoia incontinant au lieu de Grip, pour en sçavoir la verité, laquelle sceue ne se trouva poinct matiere de pleurer, mais ne faillyt à le racompter à sa maistresse, madame la duchesse d'Angoulesme, mere du Roy Françoys, premier de ce nom.

1: à quatre pattes. **2.** ordre monastique. **3.** rassurer. **4.** dans le malheur.

« Voylà, mes dames, comment il ne faut pas bien escouter le secret là où on n'est poinct appellé, et entendre mal les parolles d'aultruy. — Ne sçavois-je pas bien, dist Simontault, que Nomerfide ne nous feroit poinct pleurer, mais bien fort rire ; en quoy il me semble que chascun de nous s'est bien acquicté. — Et qu'est-ce à dire, dist Oisille, que nous sommes plus enclins à rire d'une follye, que d'une chose sagement faicte ? — Pour ce, dist Hircan, qu'elle nous est plus agreable, d'autant qu'elle est plus semblable à nostre nature, qui de soy n'est jamais saige ; et chascun prent plaisir à son semblable : les folz aux folyes, et les saiges à la prudence. Je croy, dist-il, qu'il n'y a ne saiges ne folz, qui se sceussent garder de rire de ceste histoire. — Il y en a, dist Geburon, qui ont le cueur tant adonné à l'amour de sapience [1], que, pour choses que sceussent oyr, on ne les sçauroit faire rire, car ilz ont une joye en leurs cueurs et ung contentement si moderé, que nul accident ne les peut muer. — Où sont ceulx-là ? dit Hircan. — Les philosophes [2] du temps passé, respondit Geburon, dont la tristesse et la joye est quasi poinct [3] sentie ; au moins, n'en monstroient-ilz nul semblant, tant ilz estimoient grand vertu se vaincre eulx-mesmes et leur passion. — Et je trouve aussi bon, comme ilz font, dist Saffredent, de vaincre une passion vicieuse ; mais, d'une passion naturelle qui ne tend à nul mal, ceste victoire-là me semble inutile. — Si est-ce, dist Geburon, que les antiens estimoient ceste vertu grande. — Il n'est pas dict aussy, respondit Saffredent, qu'ilz fussent tous saiges, mais y en avoit plus d'apparence de sens et de vertu, qu'il n'y avoit d'effect [4]. — Toutesfois, vous verrez qu'ilz reprennent toutes choses mauvaises, dict Geburon, et mesmes Diogenes [5] marche sur le lict de Platon qui estoit trop

---

1. sagesse, sérieux.   2. Les sages stoïciens, qui cultivaient l'impassibilité.   3. n'est pour ainsi dire point...   4. de réalité (*vs* l'apparence).   5. L'anecdote vient des *Vies* de Diogène Laërce.

curieux [1] à son grey, pour monstrer qu'il desprisoit [2] et
vouloit mectre soubz le pied la vaine gloire et convoy-
tise de Platon, en disant : « Je conculque [3] * et desprise
l'orgueil de Platon. » — Mais vous ne dictes pas tout,
dist Saffredent, car Platon luy respondit ** que c'estoit
par ung aultre orgueil. — A dire la verité, dist Parlamente, il est impossible que la victoire de nous-
mesmes se face par nous-mesmes, sans ung merveilleux orgueil [4] qui est le vice que chacun doibt le plus
craindre, car il s'engendre de la mort et ruyne de toutes
les aultres vertuz. — Ne vous ay-je pas leu au matin,
dist Oisille, que ceulx qui ont cuydé estre plus saiges
que les aultres hommes, et qui, par une lumiere de raison, sont venuz jusques à congnoistre ung Dieu createur de toutes choses, toutesfois, pour s'attribuer ceste
gloire et non à Celluy dont elle venoit, estimans par
leur labeur avoir gaingné ce sçavoir, ont esté faictz
non seulement plus ignorans et desraisonnables que les
aultres hommes, mais que les bestes brutes ? Car,
ayans erré en leurs esperitz, s'attribuans ce que à Dieu
seul appartient [5], ont monstré leurs erreurs par le
desordre de leurs corps, oblians et pervertissans l'ordre
de leur sexe, comme sainct Pol aujourd'huy nous

---

1. attaché au désir de savoir, cette « vaine gloire » ; la *curiositas*,
ou *libido sciendi*, forme de « convoitise » (de *libido*), est condamnée comme la *libido sentiendi*, notamment dans la tradition augusti-
nienne, et chez Calvin. 2. méprisait. 3. je foule aux
pieds. 4. *merveilleux* : très grand orgueil ; le plus grand vice est
celui de la présomption, lorsque l'homme croit (par *un faux cuider*)
qu'il peut par ses seules forces (sans la grâce de Dieu) vaincre ses
désirs. La seule justification : la foi (Paul, Epître aux Romains 3,
24) ; « Où est donc le sujet de se glorifier ? Il est exclu. » (*ibid*. 3.
27). 5. ce qui n'appartient qu'à Dieu.

---

* je foulle l'orgueil (G).   ** luy respondit soudainement que
vrayement il le foulloit, mais avec une plus grande presumption,
car certes Diogenes usoit d'un tel mespris de netteté par une certaine gloire et arrogance (G).

monstre en l'epistre qu'il escripvoit aux Romains[1].
— Il n'y a nul de nous, dist Parlamente, qui, par ceste
epistre, ne confesse que tous les pechez extérieurs ne
sont que les fruictz de l'infelicité interieure*, laquelle
plus est couverte de vertu[2] et de miracles, plus est dangereuse à arracher. — Entre nous hommes, dist Hircan,
sommes plus près de nostre salut, que vous autres, car,
ne dissimullans poinct noz fruictz[3], congnoissons facillement nostre racine ; mais, vous qui ne les osez mectre
dehors et qui faictes tant de belles œuvres apparantes, à
grand peyne congnoistrez-vous ceste racine d'orgueil,
qui croist soubz si belle couverture. — Je vous confesse,
dist Longarine, que, si la parolle de Dieu ne nous
monstre, par la foy, la lepre d'infidelité cachée en nostre
cueur, Dieu nous faict grand grace quant nous tresbu-
chons en quelque offense visible, par laquelle nostre
peste couverte se puisse clairement veoir. Et bien heureux sont ceulx que la foy a tant humilliez, qu'ilz n'ont
poinct besoing d'experimenter leur nature pecheresse,
par les effectz du dehors. — Mais regardons, dist Simontault, de là où nous sommes venuz : en partant d'une très
grande follye, nous sommes tombez en la philosophie et
theologie. Laissons ces disputes à ceulx qui sçavent

---

1. Référence à l'Epître aux Romains, 1.21 à 32 : « Ils déshono-
rent eux-mêmes leurs propres corps... C'est pourquoi Dieu les a
livrés à des passions infâmes : car leurs femmes ont changé l'usage
naturel en celui qui est contre nature ; et de même les hommes,
abandonnant l'usage naturel de la femme, se sont enflammés les
uns pour les autres... » (*ibid.* 1, 25-27). **2.** Paul oppose à l'incir-
concis qui observe la loi, le Juif circoncis qui transgresse la loi tout
en respectant sa lettre (*ibid.* 2, 27). **3.** La métaphore végétale
est présente chez Paul, opposant, aux fruits produits par l'homme
en état de péché, le fruit produit par l'affranchissement à l'égard
du péché, la sainteté (*ibid.* 6, 20-22).

---

* l'infidélité (G ; leçon plus satisfaisante, qui renvoie à la notion
de transgression de la loi chez saint Paul).

mieulx resver[1] que nous, et sçachons de Nomerfide, à
qui elle donne sa voix. — Je la donne, dist-elle, à Hircan,
mais je luy recommande l'honneur des dames. — Vous
ne le pouvez dire en meilleur endroict, dist Hircan, car
l'histoire que j'ay apprestée est toute telle qu'il la fault
pour vous obeyr ; si est-ce que, par cella, je vous appren-
dray à confesser que la nature des femmes et des
hommes est de soy incline à tout vice[2], si elle n'est pre-
servée de Celluy à qui l'honneur de toute victoire doibt
estre rendu ; et pour vous abbattre* l'audace que vous
prenez, quant on en dit à vostre honneur, je vous en vais
montrer un exemple qui est très veritable. »

TRENTE CINQUIESME NOUVELLE

L'opinion d'une dame de Pampelune, qui, cuydant l'amour spirituelle n'estre point dangereuse, s'estoit efforcée d'entrer en la bonne
grace d'un Cordelier, fut tellement vaincue par la prudence de son
mary, que, sans luy declarer qu'il entendist rien de son affaire, luy
feit mortellement hayr ce que plus elle avoit aymé, et s'addonna
entierement à son mary.

*

*Industrie d'un sage mary pour divertir l'amour que sa femme por-
toit à un cordelier.*

*

En la ville de Pampelune, y avoit une dame estimée
belle et vertueuse, et la plus chaste et devote qui fust au
pays. Elle aymoit son mary et luy obeissoit si bien, que
entierement il se confioit en elle. Ceste dame frequentoit
incessamment[3] le service divin et les sermons, et persua-
doit son mary et ses enffans à y demeurer[4] comme elle.

---

1. se livrer aux folies de l'imagination, divaguer. 2. par elle-
même portée à tout vice (la nature sans la grâce est soumise au
péché) ; c'est encore l'enseignement de saint Paul. 3. sans cesse.
4. y assister.

---

* pour vous abbattre *par une exemple que par ung autre vous
avez prins, je vous en diray un exemple* (G) ; pour vous abbattre
l'orgueil que vous prenez d'un autre exemple.

Laquelle, estant en l'aage de trente ans, que les femmes
ont accoustumé de quicter le nom de belles pour estre
nommées saiges, en ung premier jour de caresme, alla à
l'eglise prendre la memoire de la mort[1], où elle trouva le
sermon que commençoit ung Cordelier, tenu de tout le
peuple ung sainct homme, pour sa très grande austerité
et bonté de vie, qui le randoit maigre et pasle, mais non
tant, qu'il ne fust ung des beaulx hommes du monde. La
dame escouta devotement son sermon, ayant les oeilz
fermes à regarder ceste venerable personne, et l'oreille
et l'esprit prest à l'escouter. Parquoy, la doulceur de ses
parolles penetra les oreilles de ladicte dame jusques au
cueur, et la beaulté et grace de son visaige passa par les
oeilz et blessa si fort l'esprit de la dame, qu'elle fut
comme une personne ravye[2]. Après le sermon, regarda
soingneusement[3] où le prescheur diroit la messe ; et là
assista et print les cendres[4] de sa main, qui estoit aussi
belle et blanche que dame la sçauroit avoir. Ce que
regarda plus la devote, que la cendre qu'il luy bailloit.
Croyant asseurement que un tel amour spirituel et
quelques plaisirs qu'elle en sentoit n'eussent sceu blesser sa conscience, elle ne falloit[5] poinct tous les jours
d'aller au sermon et d'y mener son mary ; et l'un et
l'autre donnoient tant de louange au prescheur, que en
tables et ailleurs ilz ne tenoient aultres propos. Ainsy ce
feu, soubz tiltre de[6] spirituel, fut si charnel, que le cueur
qui en fut si embrasé brusla tout le corps de ceste pauvre
dame ; et, tout ainsy qu'elle estoit tardive à[7] sentyr ceste

---

1. Au lendemain du Mardi gras, la cérémonie des Cendres qui
inaugure le temps de carême — du mercredi des Cendres au jour
de Pâques — revêt une importance particulière (nombreuses références dans la littérature du XVIᵉ siècle, Ronsard, Jamyn...) ; on y
prend « mémoire de la mort » en entendant les paroles solennelles :
« Souviens-toi que tu es poussière, et que tu retourneras en poussière » (Genèse 3, 19).   2. hors de soi, en extase.   3. prit bien
soin de savoir.   4. Avec de la cendre, le prêtre trace une croix
sur le front du fidèle.   5. manquait.   6. sous l'apparence
d'être.   7. elle avait tardé à (elle a trente ans !).

flamme, ainsy elle fut prompte à enflamber[1], et sentyt plus tost le contentement de sa passion, qu'elle ne congneut estre passionnée ; et, comme toute surprinse de son ennemy Amour, ne resista plus à nul de ses commandemens. Mais le plus fort estoit que le medecin de ses doulleurs estoit ignorant de son mal. Parquoy, ayant mys dehors toute la craincte qu'elle debvoit avoir de monstrer sa folye devant ung si saige homme, son vice et sa meschanceté à ung si vertueux et homme de bien, se meist à luy escripre l'amour qu'elle luy portoit le plus doulcement qu'elle peut pour le commencement ; et bailla ses lectres à ung petit paige, luy disant ce qu'il y avoit à faire, et que surtout il se gardast que son mary ne le veit aller aux Cordeliers. Le paige, serchant son plus droict chemyn, passa par la rue où son maistre estoit assis en une bouticque. Le gentil homme, le voyant passer, s'advancea pour regarder où il alloit ; et, quand le page l'apperceut, tout estonné, se cacha dans une maison. Le maistre, voiant ceste contenance, le suivyt, et, en le prenant par le bras, luy demanda où il alloit. Et, voiant ses excuses sans propos[2], et son visaige effroyé, le menassa de le bien battre, s'il ne lui disoit où il alloit. Le pauvre paige luy dist : « Helas, monsieur, si je le vous dis, madame me tuera. » Le gentil homme, doubtant[3] que sa femme feit ung marché[4] sans luy, asseura le paige qu'il n'auroit nul mal s'il luy disoit verité, et qu'il luy feroit tout plain de bien ; aussy, que, s'il mentoit, il le mectroit en prison pour jamais. Le petit paige, pour avoir du bien et pour eviter le mal, luy compta tout le faict et luy monstra les lectres que sa maistresse escripvoit au prescheur ; dont le mary fut autant esmerveillé et marry, comme il avoit esté tout asseuré, toute sa vie, de la loyaulté de sa femme, où jamais n'avoit congneu faulte. Mais luy, qui estoit saige, dissimulla sa collere, et, pour congnoistre du tout[5] l'intention de sa femme, vat faire une response, comme si le prescheur la mercioit de sa

---

1. s'enflammer.   **2.** non fondées.   **3.** se doutant.   **4.** faisait affaire.   **5.** entièrement.

bonne volunté, luy declarant qu'il n'en avoit moins de
son costé. Le paige, ayant juré à son maistre de mener
saigement cest affaire, alla porter à sa maistresse la
lectre contrefaicte [1], qui en eut telle joye que son mary
s'apperçeut bien qu'elle avoit changé son visaige, car,
en lieu d'enmagrir, pour le jeusne du karesme, elle estoit
plus belle et plus fresche que à caresme prenant [2].

Desjà estoit la my karesme, que la dame ne laissa,
ne pour Passion ne pour Sepmaine saincte, sa maniere
accoustumée de mander par lectres au prescheur sa
furieuse fantaisye. Et luy sembloit, quant le prescheur
tournoit les oeilz du costé où elle estoit, ou qu'il parloit
de l'amour de Dieu, que tout estoit pour l'amour d'elle ; et, tant que ses oeilz povoient monstrer ce qu'elle
pensoit, elle ne les espargnoit pas. Le mary ne falloit
poinct à luy faire pareille response. Après Pasques, il
luy rescripvit, au nom du prescheur, qui la prioit luy
enseigner le moyen qu'il la peust veoir secrettement.
Elle, à qui l'heure tardoit, conseilla à son mary d'aller
visiter quelques terres qu'ilz avoient dehors ; ce qu'il
luy promist, et demeura caché en la maison d'un sien
amy. La dame ne faillit poinct d'escripre au prescheur,
qu'il estoit heure de la venir veoir, parce que son mary
estoit dehors. Le gentil homme, voulant experimenter
jusques au bout le cueur de sa femme, s'en alla au
prescheur, le priant pour l'amour de Dieu luy vouloir
prester son habit. Le prescheur, qui estoit homme de
bien, luy dist que leur reigle le defendoit, et que pour
rien ne le presteroit pour servir en masques. Le gentil
homme l'asseura qu'il n'en vouloit poinct abuser et
que c'estoit pour chose necessaire à son bien et salut.
Le Cordelier, qui le congnoissoit homme de bien et
devot, luy presta ; et, avecq cest habit qui couvroit tout
le visaige, en sorte que l'on ne povoit veoir les oeilz,
print le gentil homme une faulse barbe et ung faulz nez
semblables à ceulx du prescheur ; aussy, avec du liege

---

1. imitée.   2. les trois jours qui précèdent le carême.

en ses souliers *, se feit de sa propre grandeur. Ainsy habillé, s'en vint au soir en la chambre de sa femme qui l'attendoit en grand devotion. La pauvre sotte n'attendit pas qu'il vint à elle, mais, comme femme hors du sens [1], le courut embrasser. Luy, qui tenoit le visaige bessé, de paour d'estre congneu, commencea à faire le signe de la croix, faisant semblant de la fuyr, en disant tousjours, sans aultre propos : « Tentation ! tentation ! » La dame luy dist : « Helas, mon pere, vous avez raison ; car il n'en est poinct de plus forte que celle qui vient d'amour, à laquelle vous m'avez promis donner remede, vous priant, maintenant que nous en avons le temps et loisir, avoir pitié de moy. » Et en ce disant, s'esforceoit de l'embrasser, lequel, fuyant par tous les costez de la chambre avecq grands signes de croix, cryoit tousjours : « Tentation ! tentation ! » Mais, quant il veit qu'elle le serchoit de trop près, print ung gros baston qu'il avoit soubz son manteau et la battit si bien, qu'il luy feyt passer sa tentation, sans estre congneu d'elle. S'en alla incontinant rendre les habitz au prescheur, l'asseurant qu'ilz luy avoient porté bonheur.

Le lendemain, faisant semblant de revenir de loing, retourna en sa maison, où il trouva sa femme au lict ; et, comme ignorant sa malladye, luy demanda la cause de son mal, qui luy respondit que estoit ung caterre [2], et qu'elle ne se povoit aider de bras ne de jambes. Le mary, qui avoit belle envie de rire, feit semblant d'en estre bien marry ; et, pour la resjouir, luy dist, sur le soir, qu'il avoit convié à soupper le sainct homme predicateur. Mais elle luy dist soubdain : « Jamais ne vous advienne, mon amy, de convyer telles gens, car ilz portent malheur en toutes les maisons où ilz vont. — Comment, m'amye, dist le mary, vous m'avez tant loué cestuy-cy ! Je pense, quant

---

1. insensée, ayant perdu la raison.   2. catarrhe, rhume.

---

* avec du liege *en ses souliers* : add. à ms. 1512 en suivant G.

à moy, s'il y a ung sainct homme au monde, que c'est
luy. » La dame luy respondit : « Ilz sont bons en l'eglise
et en la predication, mais aux maisons sont Antechrist.
Je vous prie, mon amy, que je ne le voye poinct, car ce
seroit assez, avecq le mal que j'ay, pour me faire mourir. » Le mary luy dist : « Puisque vous ne le voulez
veoir, vous ne le verrez poinct ; mais si luy donneray-je à
soupper ceans. — Faictes, dist-elle, ce qu'il vous plaira,
mais que je ne le voye poinct, car je hay telles gens
comme diables. » Le mary, après avoir baillé à souper au
beau pere, luy dist : « Mon pere, je vous estime tant
aymé de Dieu, qu'il ne vous refusera aucune requeste ;
parquoy je vous supplie avoir pitié de ma pauvre femme,
laquelle depuis huict jours en ça est possedée du malin
esperit, de sorte qu'elle veult mordre et esgratiner tout le
monde. Il n'y a croix ne eaue benoiste[1], dont elle face
cas. J'ay ceste foy, que, si vous mectez la main sur elle,
que le diable s'en ira, dont je vous prie autant que je
puis. » Le beau pere dist : « Mon fils, toute chose est possible au croyant. Croiez-vous pas fermement que la
bonté de Dieu ne refuse nul qui en foy luy demande grace ? — Je le croy, mon pere, dist le gentil homme.
— Asseurez-vous aussy, mon filz, dist le Cordelier, qu'il
peut ce qu'il veut et qu'il n'est moins puissant que bon.
Allons, fortz en foy, pour resister à ce lyon rugissant[2],
et luy arrachons la proye qui est acquise à Dieu par le
sang de son filz Jesus-Christ. » Ainsy le gentil homme
mena cest homme de bien où estoit sa femme couchée
sur ung petit lict ; qui fut si estonnée de le veoir, pensant
que ce fust celuy qui l'avoit battue, qu'elle entra en merveilleuse[3] collere ; mais, pour la presence de son mary,
baissa les oeilz et devint muette. Le mary dist au sainct
homme : « Tant que je suis devant elle, le diable ne la
tormente gueres ; mais, si tost que je m'en iray, vous luy

---

1. eau bénite qui lui convienne, qui suffise à l'apaiser.
2. Allusion à la condamnation des mauvais prophètes de Jérusalem
qui sont, dit l'Éternel, « comme un lion rugissant qui déchire sa
proie », dévorant les âmes (Ezéchiel 22, 25).　　3. très grande.

gecterez de l'eau benoiste, vous verrez à l'heure le malin
esperit faire son office. » Le mary le laissa tout seul
avecq sa femme et demeura à la porte, pour veoir leur
contenance. Quant elle ne veid plus personne que le beau
pere, elle commencea à cryer comme femme hors du
sens en l'apellant meschant, villain, meurtrier, trompeur.
Le beau pere, pensant pour vray qu'elle fust possedée
d'un malin esperit, luy voulut prandre la teste pour dire
dessus les oraisons, mais elle l'esgratina et mordeit de
telle sorte qu'il fut contrainct de parler de plus loing ; et,
en gectant force eaue benoiste, disoit beaucoup de
bonnes oraisons. Quant le mary veid qu'il en avoit bien
faict son debvoir, entra en la chambre et le mercia de la
peyne qu'il en avoit prinse ; et, à son arrivée, sa femme
cessa ses injures et maledictions, et baisa la croix bien
doulcement, pour la craincte qu'elle avoit de son mary.
Mais le sainct homme, qui l'avoit veue tant enragée,
croyoit fermement que, à sa priere, Nostre Seigneur eust
gecté le diable dehors, et s'en alla louant Dieu de ce
grand miracle. Le mary, voyant sa femme bien chastiée
de sa folle fantaisie, ne luy volut poinct declairer ce qu'il
avoit faict, car il se contentoit d'avoir vaincu son opinion[1] par sa prudence et l'avoir mise en telle sorte,
qu'elle hayoit[2] mortellement ce qu'elle avoit aymé. Et,
detestant sa folye, se adonna[*] du tout au mary et au mesnaige mieulx qu'elle n'avoit faict paravant.

« Par cecy, mes dames, povez-vous congnoistre le
bon sens d'un mary et la fragilité d'une femme de bien,
et je pense, quant vous avez bien regardé en ce
mirouer, en lieu de vous fier à voz propres forces[3],
vous aprendrez à vous retourner à Celluy en la main
duquel gist vostre honneur. — Je suys bien ayse, dist

---

1. ses sentiments, son désir.   2. haïssait.   3. Même thème
dans les devis de N. 30, p. 408-409.

---

* Et ayant de là en après délaissé toute superstition, se donna
(G).

Parlamente, de quoy vous estes devenu prescheur des
dames ; et le serois encores plus si vous vouliez continuer ces beaulx sermons à toutes celles à qui vous parlez. — Toutes les foys, dist Hircan, que vous me
vouldrez escouter, je vous asseure que je n'en diray
pas moins. — C'est à dire, dist Simontault, que, quant
vous n'y serez pas, il dira aultrement. — Il en fera ce
qu'il luy plaira, dist Parlamente, mais je veulx croire,
pour mon contentement, qu'il dict tousjours ainsy. A
tout le moings, l'exemple qu'il a alleguée servira à
celles qui cuydent que l'amour spirituelle ne soit poinct
dangereuse. Mais il me semble qu'elle l'est plus que
toutes les aultres. — Si me semble-il, dist Oisille, que
aymer ung homme de bien, vertueux et craingnant
Dieu, n'est poinct chose à despriser, et que l'on n'en
peut que mieulx valloir. — Madame, dist Parlamente,
je vous prie croyre qu'il n'est rien plus sot, ne plus
aysé à tromper, que une femme qui n'a jamais aymé.
Car amour de soy [1] est une passion qui a plus tost saisy
le cueur que l'on ne s'en advise ; et est ceste passion
si plaisante, que, si elle se peut ayder de la vertu, pour
luy servir de manteau, à grand peyne sera-elle
congneue, qu'il n'en vienne [2] quelque inconvenient.
— Quel inconvenient sçauroit-il venir, dist Oisille,
d'aymer ung homme de bien ? — Madame, respondit
Parlamente, il y a assez d'hommes estimez hommes de
bien ; mais estre homme de bien envers les dames, garder leur honneur et conscience, je croy que de ce temps
ne s'en trouveroit point jusques à ung [3] ; et celles qui
se fient, le croyant autrement, s'en trouvent enfin trompées, et entrent en ceste amityé de par Dieu, dont bien
souvent ilz en saillent [4] de par le diable ; car j'en ay
assez veu, qui, soubz couleur de parler de Dieu,
commençoient une amityé, dont à la fin se vouloient
retirer, et ne povoient, pour ce que l'honneste couver-

---

1. amour, en soi.   2. on aura bien du mal à la reconnaître sans
qu'il en vienne...   3. il ne s'en trouverait même pas un seul.
4. dont elles sortent.

ture les tenoit en subjection ; car une amour vitieuse,
de soy-mesmes, se defaict, et ne peut durer en ung bon
cueur ; mais la vertueuse est celle qui a les liens de
soie si desliez, que l'on en est plus tost prinst que l'on
ne les peut veoir. — Ad ce que vous dictes, dist Ennasuitte, jamais femme ne vouldroit aymer homme. Mais
vostre loy est si aspre qu'elle ne durera pas. — Je le
sçay bien, dist Parlamente, mais je ne lairray [1] pas, pour
cella, desirer que chascun se contantast de son mary,
comme je faictz du mien. » Ennasuitte, qui par ce mot
se sentyt touchée, en changeant de couleur, luy dist :
« Vous debvez juger que chascun a le cueur comme
vous, ou vous pensez estre plus parfaicte que toutes les
autres. — Or, ce dist Parlamente, de paour d'entrer en
dispute, sçachons à qui Hircan donnera sa voix. — Je
la donne, dist-il, à Ennasuitte, pour la recompenser
contre ma femme [2]*. — Or, puisque je suis en mon
rang [3], dist Ennasuitte, je n'espargneray homme ne
femme, afin de faire tout esgal, et voy bien que vous
ne povez vaincre vostre cueur à confesser la vertu et
bonté des hommes : qui me faict reprendre le propos
dernier par une semblable histoire. »

TRENTE SIXIESME NOUVELLE

Par le moyen d'une salade, un President de Grenoble se vengea
d'un sien clerc, duquel sa femme s'estoit amourachée, et sauva
l'honneur de sa maison.

*

---

1. cesserai de.   **2.** lui donner compensation du tort que lui a
fait ma femme.   **3.** c'est mon tour.

---

* la rapaiser (G, 2155 S).

Un president de Grenoble, adverty du mauvais gouvernement [mauvaise conduite] de sa femme, y meit si bon ordre que son honneur n'en fut interessé, et si s'en vengea.

*

Cette histoire rappelle la 47e nouvelle, « Les deux mulles noyées », des *Cent nouvelles nouvelles* (p. 222-224), où il s'agit aussi d'une vengeance accomplie de sang-froid par un président (de Provence), mais le moyen diffère (une noyade préméditée au lieu d'un empoisonnement).

*

C'est que en la ville de Grenoble y avoit ung President[1], dont je ne diray le nom, mais il n'estoit pas françois[2]. Il avoit une bien belle femme, et vivoient ensemble en grande paix. Ceste femme, voiant que son mary estoit viel, print en amour ung jeune clerc[3]*, nommé Nicolas. Quant le mary alloit au matin au Palais, Nicolas entroit en sa chambre et tenoit sa place ; de quoy s'apperceut ung serviteur du President, qui l'avoit bien servy trente ans ; et, comme loyal[4] à son maistre, ne se peut garder de luy dire. Le President, qui estoit saige, ne le voulut croyre legierement, mais dist qu'il avoit envie de mectre division entre luy et sa

---

1. Il s'agirait de Geoffroy (ou Jeffroy) Carles (ou Charles), premier président au parlement de Grenoble (l'un des six parlements français au début du XVIe siècle) à partir de 1493, et président du sénat de Turin ; diplomate au service de Louis XII, puis chargé de l'éducation de Renée de France (la future duchesse de Ferrare) ; quand son épouse, Marguerite de Mottet, le trompa, il prit, dit-on, pour cimier à ses armes un ange tenant l'index sur la bouche (notice de J. Roman citée par Montaiglon dans l'éd. Le Roux de Lincy-Montaiglon, t. IV, p. 293-297). **2.** G. Carles (Caroli), né dans le marquisat de Saluces, était en effet d'origine piémontaise ; le duché de Savoie appartenait alors à de vieilles familles féodales italiennes, et correspondait, du côté italien, à une partie du Piémont actuel ; François Ier occupa les territoires à l'ouest des Alpes et la partie nord du Piémont ; l'occupation cessa au traité de Cateau-Cambrésis (1559). **3.** scribe, commis. **4.** en serviteur loyal à l'égard de son maître.

---

* *beau et avenant* (add. G, qui supprime d'abord l'indication du prénom Nicolas, avant de le nommer plus bas : « et vous, Nicolas (ainsi se nommoit son clerc), cachez-vous »).

femme, et que, si la chose estoit vraye comme il disoit, il la luy pourroit bien monstrer, et, s'il ne la luy monstroit, il estimeroit qu'il auroit controuvé[1] ceste mensonge pour separer l'amitié de luy et de sa femme. Le varlet l'asseura qu'il luy feroit veoir ce qu'il luy disoit ; et, ung matin, sitost que le President fut allé à la Court[2] et Nicolas entré en la chambre, le serviteur envoya l'un de ses compaignons mander à son maistre qu'il povoit venir, et se tint tousjours à la porte, pour guetter que Nicolas ne saillist. Le President, sitost qu'il veid le signe que luy feit ung de ses serviteurs, faingnant se trouver mal, laissa la Court et s'en alla hastivement en sa maison où il trouva son viel serviteur à la porte de la chambre, l'asseurant pour vray que Nicolas estoit dedans, qui ne faisoit gueres que d'entrer. Le seigneur luy dist : « Ne bouge de ceste porte, car tu sçays bien qu'il n'y a autre entrée, ne yssue en ma chambre que ceste-cy, si non ung petit cabinet, duquel moy seul porte la clef. » Le President entra dans la chambre et trouva sa femme et Nicolas couchez ensemble, lequel, en chemise, se gecta à genoulx, à ses piedz, et luy demanda pardon : sa femme, de l'autre costé, se print à pleurer. Lors dist le President : « Combien que le cas[3] que vous avez faict soit tel que vous povez estimer, si est-ce que je ne veulx, pour vous, que ma maison soit deshonorée et les filles que j'ay eu de vous desavancées[4]. Parquoy, dist-il, je vous commande que vous ne pleurez poinct, et oyez ce que je feray ; et vous, Nicolas, cachez-vous en mon cabinet, et ne faictes ung seul bruict. » Quant il eut ainsy faict, vat ouvrir la porte et appela son viel serviteur, et luy dist : « Ne m'as-tu pas asseuré que tu me monstrerois Nicolas avecq ma femme ? Et, sur ta parolle, je suys venu icy en dangier de[5] tuer ma pauvre femme ; je n'ay rien

---

1. inventé, imaginé.   2. la cour de justice, au parlement.   3. l'acte que vous avez commis.   4. désavantagées (je ne veux... qu'elles en subissent quelque dommage).   5. au risque de.

trouvé de ce que tu m'as dict. J'ay cherché par toute
ceste chambre, comme je te veulx montrer » ; et, en ce
disant, feit regarder son varlet soubz les lictz et par
tous coustez. Et quant le varlet ne trova rien, tout
estonné, dist à son maistre : « Il fault que le diable l'ait
emporté, car je l'ay veu entrer icy, et si n'est poinct
sailly par la porte, mais je voy bien qu'il n'y est pas. »
A l'heure, le maistre luy dist : « Tu es bien malheureux
serviteur, de vouloir mectre entre ma femme et moy
une telle division : parquoy, je te donne congé de t'en
aller, et, pour tous les services que tu m'as faictz, te
veulx paier ce que je te doibz et davantaige ; mais va
t'en bien tost et te garde d'estre en ceste ville vingt
quatre heures passées. » Le President luy donna cinq
ou six paiemens des années à advenir, et, sçachant qu'il
estoit loyal, esperoit luy faire autre bien. Quant le serviteur s'en fut allé pleurant, le President feit saillyr
Nicolas de son cabinet, et, après avoir dict à sa femme
et à luy ce qu'il luy sembloit de leur meschanceté, leur
defendit d'en faire aucun semblant[1] à personne ; et
commanda à sa femme de s'abiller plus gorgiasement[2]
qu'elle n'avoit accoustumé et se trouver en toutes
compaignies, dances et festes, et à Nicolas, qu'il eust
à faire meilleure chere qu'il n'avoit faict auparavant,
mais que, si tost qu'il luy diroit à l'oreille : *Va t'en !*
qu'il se gardast bien de demeurer à la ville trois heures
après son commandement. Et, ce faict, s'en retourna
au Palais, sans faire semblant de rien. Et durant quinze
jours, contre sa coustume, se meist à festoier ses amys
et voisins. Et, après le banquet, avoit des tabourins[3]
pour faire dancer les dames. Ung jour, il voyoit* que
sa femme ne dansoit poinct, commanda à Nicolas de
la mener dancer, lequel, cuydant qu'il eust oblyé les
faultes passées, la mena dancer joieusement. Mais,

---

1. d'en dire mot, de manifester quoi que ce soit.   2. élégamment.   3. joueurs de tambour.

---

* voiant (ms. 1511, 1515, 1520).

quant la dance fut achevée, le President faingnant luy
commander quelque chose en sa maison, luy dist à
l'oreille : « Va t'en et ne retourne jamays ! » Or, fut
Nicolas bien marry de laisser sa dame, mais non moins
joieulx d'avoir la vie saulve. Après que le President eut
mis, en l'opinion de tous ses parens et amys et de tout le
païs, la grande amour qu'il portoit à sa femme, ung beau
jour du moys de may, alla cuyllir en son jardin une sallade de telles herbes, que, si tost que sa femme en eust
mangé, ne vesquit pas vingt quatre heures : dont il feit si
grand deuil par semblant [1], que nul ne povoit soupsonner
qu'il fut occasion de ceste mort ; et, par ce moien, se
vangea de son ennemy et saulva l'honneur de sa maison.

« Je ne veulx pas, mes dames, par cela, louer la
conscience [2] du President, mais, oy bien, monstrer la
legiereté d'une femme, et la grand patience et prudence
d'un homme ; vous suppliant, mes dames, ne vous courroucer de la verité qui parle quelquefois aussi bien contre
vous que contre les hommes. Et les hommes et les
femmes sont commungs [3] aux vices et vertuz. — Si
toutes celles, dist Parlamente, qui ont aymé leurs varletz estoient contrainctes à manger de telles sallades,
j'en congnois qui n'aymeroient poinct tant leurs jardins
comme elles font, mais en arracheroient les herbes
pour eviter celle qui rend l'honneur à la lignée par la
mort d'une folle mere. » Hircan, qui devinoit bien
pourquoy elle le disoit, respondit en collere : « Une
femme de bien ne doibt jamais juger ung autre* de
ce qu'elle ne vouldroit faire. » Parlamente respondit :
« Sçavoir n'est pas jugement et sottize ; si est-ce que
ceste pauvre femme-là porta la peyne [4] que plusieurs
meritent. Et croy que le mary, puisqu'il s'en voloit

---

1. en apparence.   **2.** juger favorablement les intentions.
3. sont égaux en vice et en vertu, partagent mêmes vices et vertus.
4. subit le châtiment.

---

* une autre (2155 S).

venger, se gouverna avecq une merveilleuse prudence
et sapience. — Et aussy avecques une grande malice,
ce dist Longarine, et longue et cruelle vengeance, qui
monstroit bien n'avoir[1] Dieu ne conscience devant les
oeilz. — Et que eussiez-vous doncq voulu qu'il eust
faict, dist Hircan, pour se venger de la plus grande
injure que la femme peut faire à l'homme ? — J'eusse
voulu, dist elle, qu'il l'eust tuée en sa collere, car les
docteurs dient que le peché est remissible, pour ce que
les premiers mouvemens ne sont pas en la puissance
de l'homme : parquoy il en eust peu avoir grace.
— Oy, dist Geburon ; mais ses filles et sa race[2] eussent
à jamais porté ceste notte[3]. — Il ne la debvoit poinct
tuer, dist Longarine, car, puisque sa grande collere
estoit passée, elle eust vescu avecq luy en femme de
bien et n'en eust jamais esté memoire. — Pensez-vous,
dist Saffredent, qu'il fust appaisé, pour tant qu'il dissi-
mulast[4] sa collere ? Je pense, quant à moy, que, le dernier jour qu'il feit sa sallade, il estoit aussy courroucé
que le premier, car il y en a aucuns, desquelz les premiers mouvemens n'ont jamays intervalle[5] jusques ad
ce qu'ilz ayent mys à effect[6] leur passion ; et me
faictes grand plaisir de dire que les theologiens estiment ces pechez-là faciles à pardonner, car je suis de
leur oppinion. — Il faict bon regarder à ses parolles[7],
dist Parlamente, devant gens si dangereux que vous ;
mais ce que j'ay dict se doibt entendre quant la passion
est si forte, que soubdainement elle occupe tant les
sens, que la raison n'y peut avoir lieu. — Aussy, dist
Saffredent, je m'arreste à vostre parolle et veux par
cela conclure que ung homme bien fort amoureux[*],

---

1. qui montrait bien qu'il n'avait.　　2. famille, lignée.
3. marque d'infamie, tache.　　4. pour avoir dissimulé (dans la
mesure où il avait).　　5. répit.　　6. accompli (ce que leur dicte
leur passion).　　7. il faut bien prendre garde à ce qu'on dit.

---

*　*merite plus aisement pardon qu'un autre qui peche ne l'estant
point ; car, si l'amour le tient parfaitement lié, la raison ne luy
commande pas facilement. Et si nous voulons (G).*

quoy qu'il face, ne peult pecher, sinon de peché
veniel ; car je suis seur que, si l'amour le tient parfaictement lyé, jamais la raison ne sera escoutée ny en son
cueur ny en son entendement. Et, si nous voulons dire
verité, il n'y a nul de nous qui n'ait experimenté ceste
furieuse follye*, que je pense non seullement estre pardonnée facilement, mais encores je croy que Dieu ne
se courrouce poinct de tel peché, veu que c'est ung
degré[1] pour monter à l'amour parfaicte de luy, où
jamais nul ne monta, qu'il n'ait passé par l'eschelle de
l'amour de ce monde. Car saint Jehan[2] dict : Comment
aymerez-vous Dieu, que vous ne voyez poinct, si vous
n'aymez celluy que vous voyez ? — Il n'y a si beau
passaige en l'Escripture, dist Oisille, que vous ne tirez
à vostre propos. Mais gardez-vous de faire comme
l'arignée[3]** qui convertit[4] toute bonne viande en
venyn. Et si vous advisez qu'il est dangereulx d'alleguer l'Escripture sans propos ne necessité !
— Appelez-vous *dire verité* estre sans propos ne
necessité ? dist Saffredent. Vous voulez doncques dire
que quant, en parlant à vous aultres incredules, nous
appellons Dieu à nostre ayde, nous prenons son nom[5]
en vain ; mais, s'il y a peché, vous seules en debvez
porter la peyne, car voz incredulitez nous contraingnent à chercher tous les sermens dont nous pouvons

---

1. Rappel de la théorie platonicienne de l'amour (qui fait s'élever l'amant, de degré en degré, de l'amour des beaux corps à
l'amour de la Beauté), christianisée à la Renaissance, pour décrire
l'ascension du fidèle de l'amour des hommes à l'amour de Dieu.
2. Rappel de la citation déjà faite dans les devis de N. 19 (Ire Épître
de Jean 4, 20-21). 3. l'araignée. 4. change. 5. invoquons
son nom.

---

* *et qui ne s'attende avoir pardon, veu que l'amour vray est un
degré pour monter à l'amour parfaicte de Dieu où nul ne peult
monter facilement qui n'ait passé par l'echelle des tribulations,
angoisses et calamitez de ce monde visible et qui n'aime son prochain et ne luy veule et souhaitte autant de bien comme à soy-
mesme, qui est le lien de perfection.* Car Sainct Jean (G).
** *Longarine* (ms 1512 ; erreur de transcription du copiste).

adviser. Et encores, ne povons-nous allumer le feu de
charité en voz cueurs de glace. — C'est signe, dist
Longarine, que tous vous mentez, car, si la verité estoit
en vostre parolle, elle est si forte, qu'elle vous feroit
croyre. Mais il y a dangier[1] que les filles d'Eve[2]
croyent trop tost ce serpent. — J'entendz bien, Parlamente, dist Saffredent, que les femmes sont invinsibles
aux hommes[3], parquoy je me tairay, afin d'escouter à
qui Ennasuitte donnera sa voix. — Je la donne, dist-
elle, à Dagoucin, car je croy qu'il ne vouldroit poinct
parler contre les dames. — Pleust à Dieu, dist Dagoucin, qu'elles respondissent autant à ma faveur, que je
vouldrois parler pour la leur ! Et, pour vous monstrer
que je me suis estudyé[4] de honorer les vertueuses en
ramentevant[5] leurs bonnes œuvres, je vous en voys
racompter une ; et ne veulx pas nyer, mes dames, que
la patience du gentil homme de Pampelune et du President de Grenoble n'ait esté grande, mais la vengeance
n'en a esté moindre. Et quant il fault louer ung homme
vertueux, il ne fault poinct tant donner de gloire à une
seulle vertu, qu'il faille[6] la faire servir de manteau à
couvrir ung très grand vice ; mais celluy est louable,
qui, pour l'amour de la vertu seulle, faict œuvre vertueuse, comme j'espere vous faire veoir par la patience
de vertu d'une dame, qui ne serchoit aultre fin en toute
sa bonne œuvre, que l'honneur de Dieu et le salut de
son mary. »

---

1. Sans doute faut-il, comme le propose R. Salminen, attribuer
cette réplique à Parlamente, à laquelle répond ensuite Saffredent.
2. Allusion à la tentation d'Ève par le serpent dans le jardin d'Eden
(Genèse 3, 1-6). **3.** ne peuvent être vaincues par les hommes.
4. efforcé. **5.** rappelant. **6.** il ne faut pas donner... au point
de devoir la faire servir.

TRENTE SEPTIESME NOUVELLE

Madame de Loué, par sa grand'patience et longue attente, gaingna si bien son mary, qu'elle le retira de sa mauvaise vie, et vescurent depuis en plus grande amytié qu'auparavant.

*

Prudence d'une femme pour retirer son mary de la folle amour qui le tourmentoit.

*

Il y avoit une dame en la maison de Loué[1], tant saige et vertueuse qu'elle estoit aymée et estimée de tous ses voisins. Son mary, comme il debvoit, se fyoit en elle de tous ses affaires, qu'elle conduisoit si sagement, que sa maison, par son moyen, devint une des plus riches maisons et des mieulx meublées[2] qui fust au pays d'Anjou ne de Touraine. Ayant vescu ainsy longuement avecq son mary, duquel elle porta plusieurs beaulx enfans, la felicité, à laquelle succede tousjours son contraire, commencea à se diminuer, pource que son mary, trouvant l'honneste repos insupportable, l'abandonna pour chercher son travail[3]. Et print une coustume[4], que, aussy tost que sa femme estoit endormye, se levoit d'auprès d'elle et ne retournoit qu'il ne fust près du matin. La dame de Loué trouva ceste façon de faire mauvaise, tellement que, en entrant en une grande jalousie, de laquelle ne vouloit faire semblant[5], oublya les affaires de la maison, sa personne et sa famille, comme celle qui estimoit avoir perdu le fruict de ses labeurs, qui estoit le grand amour de son mary*, pour lequel continuer[6] n'y avoit peyne

---

1. La seigneurie de Loué (grosse bourgade dans la Sarthe, près du Mans) appartenait alors à la famille de Laval, une branche des Montmorency, puissante famille féodale. 2. mieux pourvues (en biens meubles). 3. occupations (*vs* repos), mais aussi fatigue, ennuis. 4. prit l'habitude. 5. donner quelque signe. 6. l'amour pour la continuation duquel il n'y avait... (d'abord au masculin, *amour* est ensuite au féminin : l'ayant *perdue*).

---

* *la grande* amour de son mary (2155S).

qu'elle ne portast[1] voluntiers. Mais, l'ayant perdue, comme elle voyoit, fut si negligente de tout le demeurant de la maison, que bientost l'on congneut le dommaige que son absence y faisoit, car son mary, d'un costé, despendoit sans ordre[2], et elle ne tenoit plus la main au mesnaige, en sorte que la maison fut bien tost rendue si brouillée[3], que l'on commenceoit à coupper les boys* et engaiger[4] les terres. Quelcun de ses parens, qui congnoissoit la malladie, luy remonstra la faulte qu'elle faisoit et que, si l'amour de son mary ne luy faisoit aymer le proffict de sa maison, que au moins elle eust regard à[5] ses pauvres enfans : la pitié desquelz luy feit reprendre ses espritz ; et essaya par tous moyens de regaingner l'amour de son mary. Et, ung jour**, feit le guet, quant il se leveroit d'auprès d'elle, et se leva pareillement avec son manteau de nuyct ; faisoit faire son lict, et, en disant ses Heures[6], attendoit le retour de son mary ; et, quant il entroit, alloit au devant de luy le baiser, et luy portoit ung bassin et de l'eaue pour laver ses mains. Luy, estonné de ceste nouvelle façon, luy dist qu'il ne venoit que du retraict[7], et que, pour cela, n'estoit mestier[8] qu'elle se levast. A quoy elle respondit que, combien que ce n'estoit pas grand chose, si estoit-il honneste de laver ses mains, quand on venoit d'un lieu ord[9] et salle, desirant par là luy faire congnoistre et abhominer sa meschante vie. Mais, pour cela, il ne s'en corrigeoit poinct et continua ladicte dame bien ung an ceste façon de faire. Et quant elle veid que ce moyen ne luy servoit de rien, ung jour,

---

1. supportât.　　2. dépensait sans compter (sans mesure).　　3. en si mauvais état.　　4. mettre en gage (hypothéquer). 5. pensât à, prît en considération.　　6. terme de la liturgie catholique ; les Heures canoniales : les diverses parties du bréviaire, matines, vêpres, qu'on récite aux divers moments de la journée. 7. lieux d'aisances, cabinet.　　8. n'était besoin.　　9. malpropre (plein d'ordure).

---

* les bois de *haulte futaye* (G).　　** *Et le lendemain* (G, 2155 S).

actendant son mari qui demoroit plus qu'il n'avoit de
coustume, lui print envye de l'aler chercher. Et tant
alla de chambre en chambre, qu'elle le trouva couché
en une arriere garderobbe [1] et endormy avec la plus
layde, orde et salle [2] chamberiere qui fut leans. Et lors,
se pensa qu'elle luy apprendroit à laisser une si honneste femme pour une si sale et orde : print de la paille
et l'aluma au milieu de la chambre ; mais, quant elle
veid que la fumee eust aussitost [3] tué son mary que
esveillé, le tira par le bras, en criant : *Au feu ! au feu !*
Si le mary fut honteux et marry estant trouvé par une
si honneste femme avec une telle ordure, ce n'estoit
pas sans grande occasion [4]. Lors, sa femme lui dist :
« Monsieur, j'ay essayé, ung an durant, à vous retirer
de ceste malheurté [5], par doulceur et patience, et vous
monstrer que, en lavant le dehors, vous deviez nectoier
le dedans ; mais, quant j'ay veu que tout ce que je
faisois estoit de nulle valleur, j'ay mis peyne [6] de me
ayder de l'element [7] qui doibt mectre fin à toutes
choses, vous asseurant, monsieur, que si ceste-cy ne
vous courrige, je ne sçay si une seconde fois je vous
pourrois retirer du dangier, comme j'ai faict. Je vous
supplie de penser qu'il n'est plus grand desespoir que
l'amour, et, si je n'eusse eu Dieu devant les oeilz, je
n'eusse poinct enduré ce que j'ai faict. » Le mary, bien
ayse d'en eschapper à si bon compte, luy promist
jamais ne luy donner [8] occasion de se tormenter pour
luy, ce que très voluntiers la dame creut ; et, du
consentement [9] du mary, chassa dehors ce qu'il luy des-

---

1. Petite pièce à l'écart, réservée à l'intimité.   **2.** Telles sont
aussi les « qualités » qui séduisent l'héroïne de N. 20, couchant
avec un palefrenier « laid, ord et infame » ; *leans* : en ce lieu.
3. aussi vite... que (eût plus tôt fait de tuer son mari que de l'éveiller).   **4.** sans bonne raison.   **5.** mauvais pas ; mauvaise situation.   **6.** pris soin.   **7.** le feu, l'un des quatre éléments
auxquels a recours la dame, après l'eau ; la valeur symbolique des
éléments est ici rappelée (l'eau nettoie, le feu purifie).   **8.** de ne
lui donner plus jamais.   **9.** avec l'accord.

plaisoit[1]. Et depuis ceste heure-là, vesquirent ensemble
en si grande amityé, que mesmes les faultes passées,
par le bien qui en estoit advenu, leur estoient augmentation de contentement.

« Je vous supplie, mes dames, si Dieu vous donne
de telz mariz, que ne vous desesperiez poinct jusques
ad ce que vous ayez longuement essaié tous les moiens
pour les reduire[2], car il y a vingt quatre heures au jour,
esquelles l'homme peult changer d'oppinion ; et une
femme se doibt tenir plus heureuse d'avoir gaingné son
mary par patience et longue attente, que si la fortune
et les parens luy en donnoient ung plus parfaict.
— Voylà, dist Oisille, un exemple qui doibt servir à
toutes les femmes maryées. — Il prandra cest exemple,
qui vouldra, dist Parlamente ; mais, quant à moy, il
ne me seroit possible d'avoir si longue patience, car,
combien que en tous estatz patience soit une belle
vertu, j'ay oppinion que en mariage admene enfin inimitié, pour ce que, en souffrant injure[3] de son semblable, on est contrainct de s'en separer le plus que l'on
peult, et, de ceste estrangetté[4]-là, vient ung despris[5] de
la faulte du desloyal ; et, en ce despris, peu à peu
l'amour diminue, car, d'autant ayme-l'on la chose,
que[6] l'on estime la valleur. — Mais il y a dangier, dist
Ennasuitte, que la femme impatiente trouve ung mary
furieulx qui luy donnera douleur en lieu de patience.
— Et que sçauroit faire ung mary, dist Parlamente, que
ce qui a été racompté en ceste histoire ? — Quoy ? dist
Ennasuitte ; battre très bien sa femme, la faire coucher
en la couchette[7], et celle qu'il aymeroit, au grand
lict. — Je croy, dist Parlamente, que une femme de
bien ne seroit poinct si marrie d'estre battue par col-

---

1. ce qui (celle qui) lui causait un tel déplaisir.   2. ramener
dans le droit chemin.   3. tort, préjudice (ce qui est contraire au
jus, au droit).   4. éloignement.   5. mépris.   6. on aime une
chose dans la mesure où...   7. Petit lit sommaire réservé à une
chambrière ou un valet (*vs* le grand lit matrimonial).

lere, que d'estre desprisée pour une qui ne la vault pas ;
et, après avoir porté la peyne de la separation d'une
telle amityé, ne sçauroit faire le mary chose dont elle
se sceust plus soulcier. Et aussy, dit le compte, que la
peyne qu'elle print à le retirer fut pour l'amour qu'elle
avoit à ses enffans, ce que je croy. — Et trouvez-vous
grand patience à elle, dist Nomerfide, d'aller mectre le
feu soubz le lict où son mari dormoit ? — Ouy, dist
Longarine ; car, quant elle veid la fumée, elle l'esveilla, et par aventure, ce fut où elle feit plus de faulte,
car, de telz marys que ceulx-là, les cendres en seroient
bonnes à faire la buée[1]. — Vous estes cruelle, Longarine, ce dist Oisille, mais si n'avez-vous pas ainsy
vescu avecq le vostre ? — Non, dist Longarine, car,
Dieu mercy, ne m'en a pas donné l'occasion, mais de
le regreter toute ma vie, en lieu de m'en plaindre. — Et
si vous eust esté tel, dist Nomerfide, qu'eussiez-vous
faict ? — Je l'aymois tant, dist Longarine, que je croy
que je l'eusse tué et me fusse tuée, car morir après telle
vengeance m'eust esté chose plus agreable, que vivre
loyaulment avec un desloyal. — Ad ce que je voy, dist
Hircan, vous n'aymez vos maris que pour vous. S'ilz
vous sont selon vostre desir, vous les aymez bien, et,
s'ils vous font la moindre faulte du monde, ilz ont
perdu le labeur de leur sepmaine pour ung sabmedy[2].
Par ainsy, voulez-vous estre maistresses ; dont, quant
à moy, j'en suis d'oppinion, mais que[3] tous les mariz
s'y accordent. — C'est raison, dist Parlamente, que
l'homme nous gouverne comme nostre chef[4], mais non

---

1. lessive.   **2.** Formule à allure proverbiale : « perdu le travail
d'une semaine pour un seul jour de loisir ». Sur les occupations et
les loisirs propres au samedi, voir les propos de Néiphile dans *Le
Décaméron*, épilogue de la 2e journée (éd. V. Branca, p. 218) et la
note de V. Branca, p. 998, renvoyant à un article de M. Barbi sur
« La semaine anglaise aux temps des anciens » (*Pan*, III,
1935).   **3.** je partage cet avis, à condition que.   **4.** Rappel de
la célèbre formule de Paul, 1re Épître aux Corinthiens 11, 3, et
Épître aux Colossiens 3, 18 : « L'homme est le chef de la femme » ;
Épître aux Ephésiens 5, 22 : « Femmes, soyez soumises à vos
maris » (et 1re Épître à Timothée 2, 11). Mais l'Apôtre soulignait

pas qu'il nous habandonne ou traicte mal. — Dieu a
mis si bon ordre, dist Oisille, tant à l'homme que à la
femme, que, si l'on n'en abbuse, je tiens mariage le
plus beau et le plus seur estat qui soit au monde ; et
suis seure que tous ceulx qui sont icy, quelque myne
qu'ilz en facent, en pensent autant. Et d'autant que
l'homme se dict plus saige que la femme, il sera plus
reprins [1], si la faulte vient de son cousté [*]. Mais, ayant
assez mené ce propos, sçachons à qui Dagoucin donne
sa voix. — Je la donne, dist-il, à Longarine. — Vous
me faictes grand plaisir, dist-elle, car j'ay ung compte
qui est digne de suyvre le vostre. Or, puisque nous
sommes à louer la vertueuse patience des dames, je
vous en monstreray une plus louable que celle de qui
a esté présentement parlé, et de tant plus est elle à
estimer, qu'elle estoit femme de ville, qui de leur coustume [2] ne sont nourryes [3] si vertueusement que les
autres. »

---

aussi la réciprocité des devoirs : « Que le mari rende à la femme
ce qu'il lui doit, et que la femme agisse de même envers son mari.
La femme n'a pas autorité sur son propre corps, mais c'est le mari ;
et pareillement, le mari n'a pas autorité sur son propre corps, mais
c'est la femme » (Corinthiens 7, 3.4).
1. davantage blâmé.   **2.** Rupture de construction par ellipse ;
comprendre : femme de ville, et celles-ci ne sont habituellement...
3. éduquées, élevées. Le topos de la perversion citadine, par opposition à la pureté des mœurs campagnardes, ouvre la quatrième des
Histoires tragiques de Boaistuau.

---

* T achève ici la nouvelle en ces termes : « Ce propos fut mené
en telle contrariété d'opinions que pour en avoir certaine resolution,
chacun condescendit à l'advis de ma dame Oisille, laquelle trouvant la compaigne plus attentive et preparée à ouyr quelque chose
de nouveau que jamais ne l'avoit veue, pria Dagoucin user de son
commandement ; ce qu'il feit et donna sa voix à Longarine,
laquelle luy dict : Vous me faictes... »

TRENTE HUICTIESME NOUVELLE

Une bourgeoise de Tours, pour tant de mauvais traitemens qu'elle avoit receus de son mary, luy rendit tant de biens, que, quittant sa metaise (qu'il entretenoit paisiblement), s'en retourna vers sa femme.

*

Memorable charité d'une femme de Tours envers son mary, putier [1].

*

H. Estienne résume le conte dans son *Apologie pour Hérodote* (t. I, 1879, p. 268).

*

En la ville de Tours, y avoit une bourgeoise belle et honneste, laquelle pour ses vertuz estoit non seullement aymée, mais craincte et estimée de son mary. Si est-ce que, suyvant la fragilité des hommes qui s'ennuyent de manger bon pain, il fut amoureux d'une mestayere [2] * qu'il avoit. Et souvent s'en partoit de Tours pour aller visiter sa mestayrie **, où il demeuroit tousjours deux ou trois jours ; et, quant il retournoit à Tours, il estoit toujours si morfondu [3] que sa pauvre femme avoit assez à faire [4] à la guarir. Et, si tost qu'il estoit sain [5], ne failloit [6] poinct à retourner au lieu où pour le plaisir oblioit tous ses maulx. Sa femme, qui surtout aymoit sa vie et sa santé, le voiant revenir ordinairement en si mauvais estat, s'en alla à la mestairie, où elle trouva la jeune femme que son mary aymoit, à laquelle, sans collere, mais d'un très gratieux courage ***, dist qu'elle sçavoit bien que son mary la venoit veoir souvent, mais qu'elle estoit mal contante de ce qu'elle le traictoit si mal, qu'il s'en retournoit tousjours morfondu en la maison. La pauvre femme, tant pour la

---

1. débauché, fréquentant les putains. 2. métayère. 3. transi de froid. 4. avait bien du mal. 5. *estoit sain* : recouvrait la santé. 6. *ne failloit* : ne manquait.

---

* *metaise* (T) ; *mestaire* (2155 S). ** sa mestairie, ou, pour myeulx dire, sa mestaire (2155 S). *** d'un tres gracieux visage (G, 2155 S).

reverence[1] de sa dame que pour la force de la verité,
ne luy peut nyer le faict, duquel elle luy requist pardon.
La dame voulut veoir le lict de la chambre où son mary
couchoit, qu'elle trouva si froide et salle et mal en
poinct, qu'elle en eust pitié. Incontinant envoia querir
ung bon lict, garny de linceux, mante et courtepoincte,
selon que son mary l'aymoit ; feit accoustrer et tapisser
la chambre, lui donna de la vaisselle honneste[2] pour le
servir à boyre et à manger, une pippe[3] de bon vin, des
dragées et confitures ; et pria la mestayere qu'elle ne
luy renvoiast plus son mary si morfondu. Le mary ne
tarda gueres qu'il ne retournast, comme il avoit accoustumé, veoir sa mestayere ; et s'esmerveilla fort de trouver son pauvre logis si bien en ordre, et encores plus,
quand elle luy donna à boyre en une couppe d'argent ;
et luy demanda d'ont[4] estoient venuz tous ses biens.
La pauvre femme luy dist, en pleurant, que c'estoit
sa femme, qui avoit eu tant de pitié de son mauvays
traictement, qu'elle avoit ainsy meublé sa maison, et
luy avoit recommandé sa santé. Luy, voiant la grande
bonté de sa femme, que[5]*, pour tant de mauvais tours
qu'il luy avoit faicts, lui rendoit tant de biens, estimant** sa faulte aussy grande que l'honneste tour que
sa femme luy avoit faict, et après avoir donné argent à
sa mestayere, la priant pour l'advenir vouloir vivre en
femme de bien, s'en retourna à sa femme, à laquelle il
confessa la debte ; et que[6], sans le moien de ceste
grande doulceur et bonté, il estoit impossible qu'il eust

---

1. le respect qu'elle avait pour.   2. *linceux* : linceuls, draps ;
mante : couverture ; *accoustrer* : aménager ; *tapisser :* disposer des
tapis ou des tapisseries ; *honneste* : convenable.   3. une futaille
contenant un muid et demi (le muid, mesure de capacité variable
suivant les provinces, vaut plusieurs centaines de litres) ; *dragées* :
friandises ; *confitures* : mets préparés pour la conservation (des
confits).   4. d'où.   5. et voyant que.   6. il avoua sa faute et
confessa (*reconnut*) que...

---

* qui (2155 S) ; et que (G).   ** *estima* (2155 S ; meilleure
leçon).

jamais laissé la vie qu'il menoit ; et depuis vesquirent en bonne paix, laissant entierement la vie passée.

« Croyez, mes dames, qu'il y a bien peu de mariz que patience et amour de la femme ne puisse gaingner à la longue, ou ilz sont plus durs qu'une pierre que l'eaue foible et molle, par longueur de temps, vient à caver[1]. » Ce dist Parlamente : « Voylà une femme sans cueur, sans fiel et sans foie. — Que voullez-vous ? dist Longarine ; elle experimentoit ce que Dieu commande, de faire bien à ceulx qui font mal. — Je pense, dist Hircan, qu'elle estoit amoureuse de quelque Cordelier, qui luy avoit donné en penitence de faire si bien traicter son mary aux champs, que, ce pendant qu'il yroit, elle eut le loisir de le bien traicter en la ville ! » — Or ça, dist Oisille, vous monstrez bien la malice en vostre cueur : d'un bon acte, faictes ung mauvais jugement. Mais je croy plus tost qu'elle estoit si mortiffyée[2] en l'amour de Dieu, qu'elle ne se soulcioit plus que du salut de l'ame de son mary. — Il me semble, dist Simontault, qu'il avoit plus d'occasion de retourner à sa femme quant il avoit froid en sa mestayrie, que quant il y estoit si bien traicté. — A ce que je voy, dist Saffredent, vous n'estes pas de l'opinion d'un riche homme de Paris, qui n'eut sceu laisser son accoustrement[3], quant il estoit couché avecq sa femme, qu'il n'eust esté morfondu[4] ; mais, quant il alloit veoir sa chamberiere en la cave, sans bonnet et sans souliers, au fons de l'yver[5], il ne s'en trouvoit jamais mal ; et si[6] estoit sa femme bien belle et sa chamberiere bien layde. — N'avez-vous pas oy dire, dist Geburon, que Dieu ayde tousjours aux folz, aux amoureux et aux yvroignes ? Peut estre que cestuy-là estoit luy seul tous

---

1. creuser. 2. avait si bien réprimé ses passions (*la mortification* : l'ascèse par laquelle on fait mourir ses passions pour vivre en Dieu). 3. beaux vêtements. 4. qui ne pouvait laisser [...] sans être morfondu (transi de froid). 5. au cœur de l'hiver. 6. et pourtant.

les trois ensemble. — Par cela, vouldriez-vous conclure, dist Parlamente, que Dieu nuyroit aux sages, aux chastes et aux sobres ? Ceulx qui par eulx-mesmes se peuvent ayder n'ont poinct besoing d'ayde. Car Celluy qui a dist qu'il est venu pour les mallades, et non poinct pour les sains [1], est venu par la loy de sa misericorde secourir à noz infirmitez, rompant les arrestz de la rigueur de sa justice. Et qui se cuyde [2] saige est fol devant Dieu. Mais, pour finer nostre sermon, à qui donnera sa voix Longarine ? — Je la donne, dist-elle, à Saffredent. — J'espere doncques, dist Saffredent, vous monstrer, par exemple [3], que Dieu ne favorise pas aux amoureux, car, nonobstant, mes dames, qu'il ayt esté dict par cy devant que le vice est commung aux femmes et aux hommes, si est-ce que l'invention d'une finesse sera trouvée plus promptement et subtillement d'une femme que d'un homme, et je vous en diray une exemple. »

TRENTE NEUFVIESME NOUVELLE

Le seigneur de Grignaulx delivra sa maison d'un esperit qui avoit tant tormenté sa femme, qu'elle s'en estoit absentée l'espace de deux ans.

*

Bonne invention pour chasser le lutin [4].

*

Anecdote reprise dans H. Estienne, *Apologie pour Hérodote* (t. I, 1879, p. 268).

*

---

1. Rappel de la parole du Christ : « Ce ne sont pas ceux qui se portent bien qui ont besoin de médecin, mais les malades. Je ne suis pas venu appeler à la repentance des justes, mais [*à celle*] des pécheurs » (Luc 5, 31-32).   **2.** se croit, s'imagine.   **3.** à l'aide d'un exemple.   **4.** petit démon malicieux, esprit trompeur.

Ung seigneur de Grignaulx[1], qui estoit chevalier d'honneur à la Royne de France Anne, duchesse de Bretagne, retournant en sa maison, dont il avoit esté absent plus de deux ans, trouva sa femme en une autre terre, là auprès ; et, se enquerant de l'occasion[2], luy dist qu'il revenoit ung esperit[3] en sa maison, qui les tormentoit tant, que nul n'y povoit demorer. Monsieur de Grignaulx, qui ne croyoit poinct en bourdes[4], luy dist que quant ce seroit le diable mesmes, qu'il ne le craignoit ; et emmena sa femme en sa maison. La nuict, feit allumer forces chandelles pour veoir plus clairement cest esperit. Et, après avoir veillé longuement sans rien oyr, s'endormyt ; mais incontinant, fut resveillé par ung grand soufflet qu'on luy donna sur la joue, et ouyt une voix criant : *Brenigne, Brenigne*[*], laquelle avoit esté sa grand mere. Lors appella sa femme[5], qui couchoit auprès d'eulx, pour allumer de la chandelle, parce qu'elles estoient toutes estainctes, mais elle ne s'osa lever. Incontinant sentit le seigneur de Grignaulx qu'on luy ostoit la couverture de dessus luy ; et ouyt ung grand bruict de tables, tresteaulx et escabelles[6], qui tomboient en la chambre, lequel dura jusques au jour. Et fut le seigneur de Grignaulx plus fasché de perdre son repos, que de paour de

---

1. Grignols en Dordogne ; le seigneur de Grignaux : Jean de Talleyrand, maire de Bordeaux, puis chambellan de Charles VIII et premier maître d'hôtel et chevalier d'honneur d'Anne de Bretagne. Selon Brantôme (*Recueil des Dames, Discours I, Sur la Royne Anne de Bretagne*, in *Œuvres*, éd. Prosper Mérimée et Louis Lacour, Iʳᵉ Partie, tome X, 1890, p. 13), ce seigneur était « fort galant homme », « et avec cela de fort bonne et plaisante compagnie, et qui rencontrait bien » (qui avait l'esprit de repartie). **2.** comme il lui demandait la raison (de ce déménagement), elle lui dit...   **3.** *revenir* désigne l'action d'un fantôme ou d'un esprit (*esperit*) qui fait « le revenant » (retournant des enfers sur terre) ; *cf.* ci-dessous : « que l'esprit s'en vat et ne retourne plus ». **4.** sottises, extravagances.   **5.** sa femme de chambre.   **6.** escabeaux.

---

* le nom de la grand-mère du seigneur est ailleurs Bernicque (2155 S), ou Revigne (G).

l'esperit, car jamais ne creut que ce fust ung esperit. La nuyct ensuyvant, se delibera de prendre cest esperit. Et, ung peu après qu'il fut couché, feit semblant de ronffler très fort, et meit la main tout ouverte près son visaige. Ainsy qu'il attendoit cet esperit, sentit quelque chose approcher de luy ; parquoy ronfla plus fort qu'il n'avoit accoustumé. Dont l'esperit s'esprivoya [1] si fort, qu'il luy bailla ung grand soufflet. Et tout à l'instant print ledit seigneur de Grignaulx la main dessus son visage, criant à sa femme : « Je tiens l'esperit. » Laquelle incontinant se leva et alluma de la chandelle, et trouverent que c'estoit la chamberiere qui couchoit en leur chambre, laquelle, se mectant à genoulx, leur demanda pardon, et leur promist confesser verité, qui estoit que l'amour qu'elle avoit longuement portée à un serviteur de leans, luy avoit faict entreprendre ce beau mistere, pour chasser hors de la maison maistre et maistresse, afin que, eulx deux, qui en avoient toute la garde, eussent moien de faire grande chere : ce qu'ilz faisoient, quant ilz estoient tous seulz. Monseigneur de Grignaulx, qui estoit homme assez rude, commanda qu'ilz fussent batuz en sorte qu'il leur souvint à jamais de l'esperit ; ce qui fut faict, et puis chassez dehors. Et, par ce moien, fut delivrée la maison du torment des esperitz qui deux ans durant y avoient joué leur roolle [2].

« C'est chose esmerveillable [3], mes dames, de penser aux effectz de ce puissant dieu Amour, qui, ostant toute craincte aux femmes, leur aprend à faire toute peyne aux hommes pour parvenir à leur intention. Mais, autant que est vituperable [4] l'intention de la chamberiere, le bon sens du maistre est louable, qui sçavoit très bien que l'esperit s'en vat et ne retourne plus [5]. — Vrayement, dist Geburon, Amour ne favorisa pas à ceste heure là le varlet

---

1. s'apprivoisa, se fit familier (s'approcha sans se méfier).
2. joué leur comédie.   3. digne d'étonnement.   4. condamnable.   5. Cf. Psaumes 78.39 (« ils n'étaient que chair, /Un souffle qui s'en va et ne revient pas »).

et la chamberiere ; et confesse que le bon sens du maistre luy servyt beaucoup. — Toutefois, dist Ennasuitte, la chamberiere vesquit longtemps, par sa finesse, à son aise. — C'est ung aise bien malheureux, dist Oisille, quant il est fondé sur peché, et prent fin par honte de pugnition. — Il est vray, ma dame, dist Ennasuitte, mais beaucoup de gens ont de la douleur et de la peyne pour vivre justement, qui n'ont pas le sens[1] d'avoir en leur vie tant de plaisir que ceulx icy. — Si suis-je de ceste opinion, dist Oisille, qu'il n'y a nul parfaict plaisir, si la conscience n'est en repos. — Comment ? dist Simontault : l'Italien[2] veult maintenir que tant plus le peché est grand, de tant plus il est plaisant[*]. — Vrayement, celluy qui a inventé ce propos, dist Oisille, est luy-mesmes vray diable ; parquoy laissons-le là, et sçachons à qui Saffredent donnera sa voix. — A qui ? dist-il. Il n'y a plus que Parlamente à tenir son ranc, mais, quant il y en auroit ung cent d'autres, je luy donnerays tousjours ma voix d'estre celle de qui nous debvons aprendre. — Or, puisque je suys pour[3] mectre fin à la Journée, dist Parlamente, et que je vous promeiz hier[4] de vous dire l'occasion pourquoy le pere de Rolandine feit faire le chasteau où il la tint si longtemps prisonniere, je la vois doncques racompter. »

QUARANTIESME NOUVELLE

La sœur du comte de Jossebelin, après avoir epousé, au desceu[5] de son frere, un gentil homme qu'il feit tuer, combien qu'il se l'eut souvent souhaité pour beau frere, s'il eust esté de mesme maison

1. l'idée.   2. Allusion sans doute à un proverbe italien.
3. j'ai à, je dois.   4. en racontant la vingt et unième nouvelle.
5. à l'insu.

* tant plus le plaisir est *diabolicque, et* tant plus il est plaisant (2155 S, ms. 1522). La réplique suivante est attribuée à Geburon dans ces manuscrits.

qu'elle, en grand patience et austerité de vie, usa le reste de ses jours en un ermytage.

*

Un seigneur feit mourir son beau-frère, ignorant l'alliance.

*

Ce seigneur pere de Rolandine, qui s'appelloit le conte de Jossebelin[1]*, eut plusieurs seurs, dont les unes furent mariées bien richement, les aultres religieuses ; et une qui demeura[2] en sa maison, sans estre maryée, plus belle sans comparaison que toutes les autres, laquelle aymoit tant son frere, que luy n'avoit femme ny enfans qu'il preferast à elle. Aussy, fut demandée en mariage de beaucoup de bons lieux[3] ; mais, de paour de l'esloigner et par trop aymer son argent[4], n'y voulut jamays entendre ; qui fut la cause dont elle passa grande partie de son aage sans estre mariée, vivant tres honestement en la maison de son frere, où il y avoit ung jeune et beau gentil homme[5], nourry dès son enfance en la dicte maison, lequel creut en sa croissance tant en beaulté et vertu, qu'il gouvernoit son maistre tout paisiblement, tellement que, quant il mandoit quelque chose à sa seur, estoit toujours par cestuy-là. Et luy donna tant d'auctorité et de privaulté, l'envoyant soir et matin devers sa seur, que, à la longue frequentation, s'engendra une grande amitié entre eulx. Mais, craingnant le gentil homme sa vie[6], s'il offensoit son maistre, et la damoiselle, son honneur, ne prindrent en leur amityé autre contentement** que de la parolle, jusques ad ce que le seigneur de Jossebelin dist souvent à sa seur qu'il vouldroit qu'il luy eust cousté beaucoup

---

1. Sur Jean II, vicomte (*conte*) de Rohan, voir p. 301, n. 5. Gruget ne cite pas le nom.   2. Catherine de Rohan, qui mourut sans avoir été officiellement mariée.   3. bons partis.   4. Il aurait dû alors donner une dot à sa sœur ; *n'y voulut jamays entendre* : ne voulut jamais y consentir.   5. Peut-être René de Keradreux ; il aurait été assassiné en 1478 ; arrêté cette année-là pour ce meurtre, Jean de Rohan fut emprisonné jusqu'en 1484 (M. F.).   6. craignant pour sa vie.

---

* Josselin (T).   ** autre contenance (G).

et que [1] ce gentil homme eust esté de maison de mesme
elle [2], car il n'avoit jamais veu homme qu'il aymast
tant pour son beau frere, que luy. Il luy redist tant de
foys ces propos, que, les ayans debatuz avecq le gentil
homme, estimerent que, s'ilz se marioient ensemble,
on leur pardonneroit aisement. Et Amour, qui croit
voluntiers ce qu'il veult, leur feit entendre qu'il ne leur
en pourroit que bien venir ; et, sur ceste esperance,
conclurent et perfeirent [3] le mariage, sans que personne
en sceut rien que ung prebstre et quelques femmes.

Et après avoir vescu quelques années au plaisir que
homme et femme mariez peuvent prendre ensemble,
comme la plus belle couple qui fut en la chrestienté et
de la plus grande et parfaicte amityé, Fortune,
envyeuse de veoir deux personnes si à leurs ayses, ne
les y voulut souffrir, mais leur suscita ung ennemy,
qui, espiant ceste damoiselle, apperceut sa grande felicité, ignorant toutesfoys le mariage. Et vint dire au seigneur de Jossebelin, que le gentil homme, auquel il se
fyoit tant, alloit trop souvent en la chambre de sa sœur,
et aux heures où les hommes ne doibvent entrer. Ce
qui ne fut creu pour la premiere foys, de la fiance [4]
qu'il avoit à sa seur et au gentil homme. Mais l'autre
rechargea [5] tant de fois, comme celluy qui [6] aymoit
l'honneur de la maison, qu'on y meist ung guet tel,
que les pauvres gens, qui n'y pensoient en nul mal [7],
furent surprins ; car, ung soir que le seigneur de Jossebelin fut adverty que le gentil homme estoit chez sa
seur, s'y en alla incontinant, et trouva les deux pauvres
aveuglez d'amour couchez ensemble. Dont le despit
luy osta la parolle, et, en tirant son espée, courut après
le gentil homme pour le tuer. Mais luy, qui estoit

---

1. qu'il eût donné cher pour que... **2.** de même maison
qu'elle (d'aussi bonne naissance qu'elle). **3.** firent, célébrèrent
(le mariage) ; sur les mariages secrets, voir p. 307, n. 3. Mais à la
différence du mariage célébré entre Rolandine et le bâtard, celui-
ci fut consommé. **4.** à cause de la confiance. **5.** revint à la
charge. **6.** en homme qui. **7.** qui n'y voyaient nul mal, qui
ne se méfiaient point.

aisey [1] de sa personne, s'enfuyt tout en chemise, et, ne povant eschapper par la porte, se gecta par une fenestre dedans ung jardin. La pauvre damoiselle, tout en chemise, se gecta à genoulx devant son frere et luy dist : « Monsieur, saulvez la vie de mon mary, car je l'ay espousé ; et, s'il y a offense, n'en pugnissez que moy, parce que ce qu'il en a faict a esté à ma requeste. » Le frere, oultré de courroux, ne luy respond sinon : « Quant il seroit vostre mary cent mille foys, si le pugniray-je comme un meschant serviteur qui m'a trompé. » En disant cela, se mist à la fenestre et cria tout hault que l'on le tuast, ce qui fut promptement executé par son commandement et devant les oeilz de luy et de sa seur. Laquelle, voyant ce piteux spectacle auquel nulle priere n'avoit seu remedier, parla à son frere comme une femme hors du sens [2] : « Mon frere, je n'ay ne pere ne mere, et suys en tel aage, que je me puis marier à ma volunté ; j'ay choisy celluy que maintesfoys vous m'avez dict que vouldriez que j'eusse espousé. Et, pour avoir faict par vostre conseil ce que je puis selon la loy faire sans vous, vous avez faict mourir l'homme du monde que vous avez le mieulx aymé ! Or, puisque ainsy est que ma priere ne l'a peu garantir de la mort, je vous suplie, pour toute l'amityé que vous m'avez jamais porté, me faire, en ceste mesme heure, compaigne de sa mort, comme j'ay esté de toutes ses fortunes. Par ce moien, en satisfaisant à vostre cruelle et injuste collere, vous mectrez en repos le corps et l'ame de celle qui ne veult ny ne peult vivre sans luy. » Le frere, nonobstant qu'il fust esmeu jusques à perdre la raison, si eut-il tant de pitié de sa seur, que, sans luy accorder ne nyer [3] sa requeste, la laissa. Et, après qu'il eut bien consideré ce qu'il avoit faict et entendu qu'il avoit espousé sa seur, eust bien voulu n'avoir poinct commis ung tel crime. Si est-ce que la craincte qu'il eut que sa seur en demandast jus-

---

1. agile. **2.** hors d'elle-même, ayant perdu la raison.
3. refuser.

tice ou vengeance, luy feit faire ung chasteau au meil-
lieu d'une forest, auquel il la meist, et defendit que
aucun ne parlast à elle.

Après quelque temps, pour satisfaire à sa conscience[1], essaya de la regaingner[2] et luy feit parler de
mariage, mais elle luy manda qu'il luy en avoit donné
ung si mauvais desjeuner[3], qu'elle ne vouloit plus souper de telle viande et qu'elle esperoit vivre de telle
sorte qu'il ne seroit poinct l'homicide du second mary ;
car à peyne penseroit-elle[4] qu'il pardonnast à ung
autre, d'avoir faict[5] ung si meschant tour à l'homme
du monde qu'il aymoit le mieulx. Et que, nonobstant
qu'elle fust foible et impuissante pour s'en venger,
qu'elle esperoit en Celluy qui estoit vray juge et qui
ne laisse mal aucun impugny[6], avecq l'amour duquel
seul elle vouloit user le demorant de sa vie en son
hermitaige. Ce qu'elle feyt, car jusques à la mort, elle
n'en bougea, vivant en telle patience et austerité, que
après sa mort chacun y couroit comme à une saincte[7].
Et, depuis qu'elle fut trespassée, la maison de son frere
alloit tellement en ruyne, que de six filz qu'il avoit
n'en demeura ung seul et morurent touz fort miserablement ; et, à la fin, l'heritaige demoura, comme vous
avez oy en l'autre compte[8], à sa fille Rolandine,
laquelle avoit succedé à la prison[9] faicte pour sa tante.

---

1. aux scrupules de sa conscience.   **2.** se réconcilier avec
elle.   **3.** il lui avait donné un si mauvais avant-goût (du mariage) ; *le desjeuner*, le premier repas (étym. : qui rompt le jeune) par
opposition au souper ; la métaphore alimentaire se poursuit avec
les mots de *souper* et de *viande* (nourriture) ; *cf.* une métaphore
analogue au début du Prologue de la 5e journée (« ung desjuner
spirituel »).   **4.** elle aurait peine à croire.   **5.** puisqu'il avait
fait.   **6.** ne laisse aucun crime impuni.   **7.** courait visiter son
ermitage, comme si elle avait été une sainte.   **8.** Dans N. 21.
9. en la prison.

« Je prie à Dieu, mesdames, que cest exemple vous soit si profitable, que nul de vous ayt envye[1][*] de soy marier, pour son plaisir, sans le consentement de ceulx à qui on doibt porter obeissance ; car mariage est ung estat de si longue durée, qu'il ne doibt estre commencé legierement ne sans l'opinion[2] de noz meilleurs amys et parens. Encores ne le peult-on si bien faire, qu'il n'y ayt pour le moins autant de peyne que de plaisir. — En bonne foy, dist Oisille, quant il n'y auroit poinct de Dieu ne loy pour aprendre les filles à estre saiges, cest exemple est suffisant pour leur donner plus de reverence à[3][**] leurs parens, que de s'adresser à se marier à leur volunté. — Si est-ce, madame, dist Nomerfide, que, qui a ung bon jour en l'an, n'est pas toute sa vie malheureuse. Elle eut le plaisir de voir et de parler longuement à celluy qu'elle aymoit plus qu'elle-mesmes ; et puis, en eut la joissance par mariage, sans scrupule de conscience. J'estime ce contentement si grand, qu'il me semble qu'il passe l'ennuy[4] qu'elle porta. — Vous voulez doncq dire, dist Saffredent, que les femmes ont plus de plaisir de coucher avecq ung mary que de desplaisir de le veoir tuer devant leurs oeilz ? — Ce n'est pas mon intention, dist Nomerfide, car je parlerois contre l'experience que j'ay des femmes, mais je entends que ung plaisir non accoustumé, comme d'espouser l'homme du monde que l'on ayme le mieulx, doibt estre plus grand[5] que de le perdre par mort, qui est chose commune. — Oy, dist Geburon, par mort naturelle, mais ceste-cy estoit trop

---

1. *nul* est souvent pronom neutre, employé tant pour un féminin que pour un masculin. 2. sans l'avis, l'accord. 3. respect envers. 4. surpasse le malheur qu'elle eut à supporter. 5. Phrase elliptique ; comprendre : un plaisir [...] plus grand que le déplaisir de le perdre.

---

[*] *nulle* de vous *n'ayt* envye (2155 S) ; *nulle* de vous ayt envie (G). [**] Le texte de la majorité des manuscrits est moins correct que celui de 2155 : plus de reverence [...] que de *hardiesse* à se marier.

cruelle, car je trouve bien estrange, veu que le seigneur n'estoit son pere ny son mary, mais seullement son frere, et qu'elle estoit en l'aage que les loys permectent aux filles d'eulx marier[1] sans leur volunté, comme il osa exercer une telle cruaulté. — Je ne le trouve poinct estrange, dist Hircan, car il ne tua pas sa seur, qu'il aymoit tant et sur qui il n'avoit poinct de justice[2], mais se print au gentil homme, lequel il avoit nourry comme filz et aymé comme frere ; et, après l'avoir honoré et enrichy à son service, pourchassa[3] le mariage de sa seur, chose qui en rien ne luy apartenoit[4]. — Aussy, dist Nomerfide, le plaisir n'est pas commung ny accoustumé que une femme de si grande maison espouse ung gentil homme serviteur par amour. Si la mort est estrange, le plaisir aussy est nouveau et d'autant plus grand qu'il a pour son contraire[5] l'oppinion de tous les saiges hommes, et pour son ayde[6] le contentement d'un cueur plain d'amour et le repos de l'ame, veu que Dieu n'y est poinct offensé. Et quant à la mort, que vous dictes cruelle, il me semble que, puisqu'elle est necessaire, que la plus briefve est la meilleure, car on sçait bien que ce passaige est indubitable[7], mais je tiens heureux ceulx qui ne demeurent poinct longuement aux faulxbourgs, et qui, de la felicité qui se peult seulle nommer en ce monde *felicité*, volent soubdain à celle qui est éternelle. — Qu'appelez-vous les faulxbourgs de la mort ? dist Simontault. — Ceulx qui ont beaucoup de tribulations en l'esperit, respondit Nomerfide, ceulx aussi qui ont esté longuement malades et qui, par extremité de douleur corporelle ou spirituelle, sont venuz à despriser[8] la mort et trouver son heure trop tardive, je dis que ceulx-là ont passé par les faulxbourgs et vous diront les hos-

---

1. de se marier (*eulx*, neutre, renvoie aussi bien au féminin *elles* qu'au masculin). **2.** point de droits. **3.** changement de sujet grammatical : et après que le frère l'eut honoré, le gentilhomme... **4.** ce qui ne lui était nullement permis. **5.** contre lui. **6.** et en sa faveur. **7.** inévitable (comme dans ms. 2155). **8.** mépriser.

telleriez où ilz ont plus cryé[1] que reposé. Ceste dame
ne povoit faillir de perdre son mary par mort, mais elle
a esté exempte, par la collere de son frere, de veoir son
mary longuement malade ou fasché. Et elle, convertis-
sant l'ayse qu'elle avoit avecq luy au service de Nostre
Seigneur, se povoit dire bien heureuse. — Ne faictes-
vous poinct cas[2] de la honte qu'elle receut, dist Longarine, et de sa prison ? — J'estime, dist Nomerfide, que
la personne qui ayme parfaictement d'un amour joinct
au commandement de son Dieu, ne congnoist honte ni
deshonneur, sinon quant elle default[3] ou diminue de la
perfection de son amour. Car la gloire de bien aymer
ne congnoist nulle honte ; et, quant à la prison de son
corps, je croy que, pour la liberté de son cueur, qui
estoit joinct à Dieu et à son mary, ne la sentoit poinct,
mais estimoit la solitude très grande liberté ; car qui ne
peult veoir ce qu'il ayme[4] n'a nul plus grand bien que
d'y penser incessamment[5] ; et la prison[6] n'est jamais
estroicte où la pensée se peult pourmener à son ayse.
— Il n'est rien plus vray que ce que dist Nomerfide,
dist Simontault, mais celluy qui par fureur feit ceste
separation se devoit dire malheureux[7], car il offensoit
Dieu, l'amour et l'honneur. — En bonne foy, dist
Geburon, je m'esbahys des differentes amours des
femmes, et voy bien que celles qui en ont plus d'amour
ont plus de vertu, mais celles qui en ont moins, se
voulans faindre vertueuses, le dissimullent. — Il est
vray, dist Parlamente, que le cueur honneste envers
Dieu et les hommes, ayme plus fort que celluy qui est

---

1. lamenté (crier de douleur).   2. Ne tenez-vous aucun compte
de.   3. tombe hors de, manque de ; comprendre : quand l'amour par-
fait vient à lui manquer ou à s'affaiblir.   4. qui il aime.   5. sans
cesse.   6. Éloge de la liberté de pensée, de la liberté intérieure de
l'âme, qui ne s'assujettit ni aux lieux ni aux lois humaines ;
la prison de son corps : ici la prison est effective, mais l'expression
rappelle aussi le motif platonicien du corps-prison, *vs* la liberté du
cœur et de la pensée (de l'âme non soumise au corps).   7. aurait
dû se dire malheureux (soit *se considérer comme*, soit *être considéré comme*).

vitieux, et ne crainct poinct que l'on voye le fonds de
son intention. — J'ai tousjours oy dire, dist Simontault,
que les hommes ne doibvent poinct estre reprins[1] de
pourchasser les femmes, car Dieu a mis au cueur de
l'homme l'amour et la hardiesse pour demander, et en
celluy de la femme la crainte et la chasteté pour refuser. Si l'homme, ayant usé des puissances[2] qui lui sont
données, a esté puny, on luy faict tort. — Mais c'est
grand cas[3], dist Longarine, de l'avoir longuement loué
à sa seur ; et me semble que ce soyt folie ou cruaulté
à celluy qui garde une fontaine, de louer la beaulté de
son eaue à ung qui languyt de soif[4] en la regardant, et
puis le tuer, quand il en veult prendre. — Pour vray,
dist Parlamente, le frere fut occasion d'alumer le feu
par si doulses parolles, qu'il ne debvoit poinct
estaindre à coups d'espée. — Je m'esbahys, dist Saffredent, pourquoy[5] l'on trouve mauvais que ung simple
gentil homme, ne usant d'autre force que de service[6],
et non de suppositions[7], vienne à espouser une femme
de grande maison, veu que les saiges philosophes[8]
tiennent que le moindre homme de tous vault myeulx
que la plus grande et vertueuse femme qui soyt.
— Pour ce, dist Dagoucin, que pour entretenir la chose
publique[9] en paix, l'on ne regarde que les degrez des
maisons[10], les aages des personnes et les ordonnances
des loix, sans peser l'amour et les vertuz des hommes,
afin de ne confondre poinct la monarchye[11]. Et de là
vient que les mariages qui sont faictz entre pareils, et

---

1. blâmés.   **2.** des   capacités   innées,   des   privilèges.
3. c'est une grande faute.   **4.** Allusion détournée au topos
médiéval du désir insatisfait, qui avait donné lieu au concours poétique de Blois en 1488, avec dix ballades composées à partir d'un
premier vers donné, celui d'une ballade de Charles d'Orléans (*Je
meurs de soif en couste la fontaine*) ; parmi elles, on se rappelle
celle de Villon : « Je meurs de seuf auprès de la fontaine » (dite
Ballade des contradictions).   **5.** je m'étonne de ce que.
6. service amoureux, cour.   **7.** tromperies.   **8.** Comme Aris-
tote, qui tient la femme pour un être imparfait.   **9.** la société.
10. ne prend en considération que la qualité des familles (de plus
ou moins grande noblesse).   **11.** bouleverser l'état du royaume.

selon le jugement des parens et des hommes, sont bien
souvent si differens de cueur, de complexions et de
conditions, que, en lieu de prendre ung estat pour mener
à salut, ilz entrent aux faulxbourgs d'enfer. — Aussy en
a l'on bien veu, dist Geburon, qui se sont prins par
amour, ayant les cueurs, les conditions et complexions
semblables, sans regarder à la difference des maisons et
de lignaige, qui n'ont pas laissé de s'en repentir ; car
ceste grande amityé indiscrete tourne souvent à jalousie
et en fureur. — Il me semble, dist Parlamente, que l'une
ne l'autre n'est louable, mais que les personnes qui se
submectent à la volunté de Dieu ne regardent ny à la
gloire, ni à l'avarice[1], ny à la volupté, mais par une
amour vertueuse et du consentement des parens, desirent
de vivre en l'estat de mariage, comme Dieu et Nature
l'ordonnent. Et combien que nul estat n'est sans tribulation, si ay-je veu ceulx-là vivre sans repentance[2] ; et
nous ne sommes pas si malheureux en ceste compaignie,
que nul de tous les mariez ne soyt de ce nombre-là. »
Hircan, Geburon, Simontault et Saffredent jurerent
qu'ilz s'estoient mariez en pareille intention et que
jamais ilz ne s'en estoient repentiz ; mais quoy qu'il en
fust de la verité, celles à qui il touchoit en furent si
contantes, que, ne povans ouyr ung meilleur propos à
leur gré, se leverent pour en aller randre graces à Dieu
où les religieux estoient prests à dire vespres. Le service
finy, s'en allerent souper, non sans plusieurs propos de
leurs mariages, qui dura[*] encores tout du long du soir,
racomptans les fortunes qu'ilz avoient eues durant le
pourchas[3] du mariage de leurs femmes. Mais parce que
l'un rompoit la parolle de[4] l'autre, l'on ne peut retenir
les comptes tout du long, qui n'eussent esté moins plaisans à escripre que ceulx qu'ilz disoient dans le pré. Ils
y prindrent si grand plaisir et se amuserent tant, que

---

1. cupidité.   2. sans regrets.   3. poursuite, efforts pour
obtenir.   4. interrompait.

---

* qui durerent (2155 S).

l'heure de coucher fut plus tost venue, qu'ilz ne s'en
apperceurent. La dame Oisille departyt[1] la compaignye, qui s'alla coucher si joyeusement, que je pense
que ceulx qui estoient mariez ne dormirent pas si long
temps que les aultres, racomptans leurs amitiez passées
et demonstrans[2] la presente. Ainsy se passa doulcement la nuyct jusques au matin.

FIN DE LA QUATRIESME JOURNÉE

---

1. sépara (donna le signal de la séparation).   **2.** donnant des
preuves de.

pour pleurer. Voyla, mes dames comment il en prend a celes qui cuident par leurs forces & vertus vincre amour & nature aueq, toutes ses puissances gz dieu a mis, ses Mau le meilleur seroit en conoissance sa foiblesse ne jouer point contre tel ennemi, & se retirer au vrai amy, & lui dire aueq, le psalmiste : Seigneur ie souffre force, respons pour moi. Il n'est pas possible (dit Oisille) d'ouïr racompter vn plus estrange cas q, cetuici : & me semble qz tout homme & femme doit ici baisser sa teste sous la crainte de Dieu, voyant q, pour cuider bien faire tant de mal est aduenu. Sachez (dit Parlamente) qz le premier pas qz l'homme marche en la confiance de soi même, il se longne dauant de sa confiance de dieu. Celui est sage (dit Geburon) qui ne conoit ennemi qz soi même, & qui tient sa volonté & son propre conseil pour suspect, quelq, aparance de bonté & sainteté qu'il ait. No (dit Longarine) il n'a aparance de bien si grand qui doiue faire bazarder vne femme a coucher aueq vn homme, quelq, parent qu'il lui soit. Car le feu auprès des etoupes n'est pas seur, sans point de faute (dit Ennasuite) ce deuoit etre quelq, glorieuse fole, qui par la reuerie des Cordeliers pensoit etre si saincte qu'ele etoit impecable, comme plusieurs d'eux veulent persuader a croire q, par nous mêmes se pouuons etre qui est vn erreur trop grand. Et il possible Longarine (dit Oisille) qu'il y en ait d'assez sots pour croire ceste opinion ? Ils sont bien mieux (dit Longarine) car ils si sentent qu'il se faut habituer a la vertu de chasteté. Et pour eprouuer leurs forces pour sent aueq, les plus beles qu'ils peuuent trouuer & qu'ilz aiment le mieux. Et a uec, baisers & atouchemens de main experimentent si leur chair est du tout morte. Et quant par tel plaisir ilz se sentent emouuoir, ilz se separent, jeûnent, & prenent de tregrandes disciplines. Et quant ilz ont mate leur chair jusques a la q, peuuent passer ne pour baiser ilz n'ont point democion, ils viennent a essaier la forte tentacion qui est de coucher ensemble, & s'ambrasser sans aucune concupiscence. Mais pour vn qui en est échapé en soi venu tant d'inconueniens q, l'Archeuēq, de Milan, ou ceste religion s'exerçoit, fut contraint de les separer, & metre les hommes aux couuens des hommes, & les femmes en cens des femmes. Vraiment (dit Geburon) c'est bien l'extremité de la folie, de se vouloir par soi même rendre impecable, & chercher si fort les occasions de pecher. Ce dit Saffredent, il y en a qui sont au conraire. car ils fuient tant qu'ilz peuuent les occasions. encore la concupiscence les suit. Le bon saint Gerôme après s'être bien fouette, & s'être caché dans les deserts confesse ne pouuoir euiter le feu qui brûloit dedans les moeles. Parquoi se faut recomander a Dieu

LA CINQUIESME JOURNÉE

En la cinquiesme journée, on devise de la vertu des filles et femmes qui ont eu leur honneur en plus grande recommandation que leur plaisir ; de celles aussi qui ont fait le contraire, et de la simplicité de quelques autres.

PROLOGUE

Quant le matin fut venu, ma dame Oisille leur prepara ung desjuner spirituel[1] d'un si bon goust, qu'il estoit suffisant pour fortiffier le corps et l'esperit, où toute la compaignie fut fort attentive, en sorte qu'il leur sembloit bien jamais n'avoir oy sermon qui leur proffitast tant. Et, quant ilz ouyrent sonner le dernier coup de la messe, s'alerent exercer à la contemplation[2] des sainctz propos qu'ilz avoient entenduz. Après la messe oïe et s'estre ung peu pourmenez, se meirent à table, promectans la Journée presente debvoir estre aussi belle que nulle des passées. Et Saffredent leur dist qu'il vouldroit que le pont demorast encore ung mois à faire, pour le plaisir qu'il prenoit à la bonne chere[3] qu'ilz faisoient ; mais l'abbé de leans[4] y faisoit

---

1. Pour la métaphore alimentaire voir N. 40 p. 473, n. 3. **2.** L'exercice spirituel est une méditation sur des thèmes de métaphysique religieuse (*cf.* les *Exercices spirituels* [1548] d'Ignace de Loyola) qui élèvent l'âme du fidèle à la contemplation des mystères de la foi. **3.** aux agréables activités. **4.** le méchant abbé de Serrance, présenté dans le Prologue.

faire bonne diligence, car ce n'estoit pas sa consolation
de vivre entre tant de gens de bien, en la presence desquelz* n'osoit faire venir ses pelerines accoustumées.
Et, quant ils se furent reposez quelque temps après
disné, retournerent à leur passe temps accoustumé.
Après que chascun eut prins son siege au pré, demanderent à Parlamente à qui elle donnoit sa voix. « Il me
semble, dist-elle, que Saffredent sçaura bien commencer ceste Journée, car je luy voys le visaige qui n'a
poinct d'envye de nous faire pleurer. — Vous serez
doncq bien cruelles, mes dames, dist Saffredent, si
vous n'avez pitié d'un Cordelier[1], dont je vous voys
compter l'histoire ; et, encores que, par celles que
aucuns d'entre nous ont cy devant faictes des religieux,
vous pourriez penser que sont cas advenuz aux pauvres
damoiselles, dont la facilité d'execution[2]** a faict sans
craincte commencer l'entreprinse. Mais, affin que vous
congnoissiez que l'aveuglement de leur folle concupiscence leur oste toute craincte et prudente consideration,
je vous en compteray d'un, qui advint en Flandres. »

QUARANTE ET UNIESME NOUVELLE

La nuict de Noel, une damoyselle se presenta à un Cordelier, pour
estre oye en confession, lequel luy bailla une penitence si estrange,
que, ne la voulant recevoir, elle se leva devant luy sans absolution ;
dont sa maistresse avertie feit fouetter le Cordelier en sa cuysine,
puis le renvoya lié et garroté à son gardien.

1. Pour l'ironie du propos, voir ci-dessous le commentaire du
narrateur : « Qui me faict vous prier [...] de tourner vostre mauvaise
estime en compassion. »   2. auprès desquelles la facilité d'agir ;
Saffredent veut dire que les religieux ne s'en prennent pas qu'aux
« pauvres damoiselles » naïves dont ils n'ont rien à redouter.

* desquelz *ses pelerines accoustumées n'alloient si privéement visiter ses saincts lieux* (G).   ** dont la *faulte* de l'exécution a faict *sans
cruaulté* commencer l'entreprise, si est-ce que, pour vous faire
cognoistre (ms. 1512). Le texte suit les autres ms. comme 2155 S.

*

Estrange et nouvelle penitence donnée par un cordelier confesseur à une jeune damoiselle.

*

L'année que madame Marguerite d'Autriche vint à Cambray, de la part de l'Empereur son nepveu, pour traicter la paix [1] entre luy et le Roy Très Chrestien, de la part duquel se trouva sa mere madame Loïse de Savoie ; et estoit en la compaignye de la dicte dame Marguerite la comtesse d'Aiguemont [2] qui emporta en ceste compaignye le bruict [3] d'estre la plus belle de toutes les Flamandes [4]. Au retour de ceste grande assemblée, s'en retourna la contesse d'Aiguemont en sa maison, et, le temps des adventz [5] venu, envoya en ung couvent de Cordeliers demander ung prescheur suffisant [6] et homme de bien tant pour prescher que pour confesser elle et toute sa maison. Le gardien sercha le plus cru digne [7] qu'il eut de faire tel office pour les grands biens qu'ilz [8] recepvoient de la maison d'Aiguemont et de celle de Fiennes [9], dont elle estoit. Comme ceulx qui [10] sur tous autres religieux desiroient

---

1. Le traité de Cambrai en 1529 mit fin à la guerre entre François Ier et Charles Quint ; il est connu sous le nom de paix des Dames, parce qu'il fut négocié par Marguerite d'Autriche, représentant son neveu Charles Quint, et Louise de Savoie, représentant son fils François Ier ; Marguerite de Navarre accompagna sa mère à Cambrai et participa aux négociations préliminaires, et aux discussions sur les conditions de libération des enfants de France (fils du roi), retenus comme otages à Madrid.   **2.** Françoise de Luxembourg, comtesse de Gavre, épouse de Jean IV, comte d'Egmont. (M. F.)   **3.** acquit la réputation.   **4.** Pour rétablir une syntaxe correcte, il faut soit omettre *et* (et estoit en la compaignie) comme le ms. fr. 1520 et G, soit substituer au point une virgule après *les Flamandes*, comme le ms. 2155.   **5.** La période liturgique de l'avent, les quelques semaines durant lesquelles les catholiques préparent la fête de Noël.   **6.** capable, de qualité. **7.** celui qu'il croyait le plus digne parmi ceux dont il disposait [...] en tenant compte des grands biens.   **8.** les Cordeliers de ce couvent.   **9.** La maison de Fiennes était alliée à celle de Luxembourg, par le mariage de Mahaut de Châtillon, fille de Jeanne de Fiennes, avec Guy de Luxembourg, comte de Ligny (M. F.).   **10.** En gens qui plus que tous autres...

gaingner la bonne estime et amityé des grandes maisons, envoyerent ung predicateur, le plus apparent[1] de leur couvent ; lequel, tout le long des adventz, feit très bien son debvoir ; et avoit la contesse grand contentement de luy. La nuyct de Noël, que la contesse vouloit recepvoir son Createur[2], feit venir son confesseur. Et, après s'estre confessée en une chappelle bien fermée, afin que la confession fut plus secrette, laissa le lieu[3] à sa dame d'honneur, laquelle, après soy estre confessée, envoya sa fille passer par les mains de ce bon confesseur. Et, après qu'elle eut tout dict ce qu'elle sçavoit, congneut le beau pere quelque chose de son secret ; qui luy donna envie et hardiesse de luy bailler une penitence non accoustumée. Et luy dist : « Ma fille, voz pechez sont si grandz, que, pour y satisfaire[4], je vous baille en penitence de porter ma corde sur vostre chair toute nue. » La fille, qui ne luy vouloit desobeir, lui dist : « Baillez-la-moy, mon pere, et je ne fauldray de la porter. — Ma fille, dist le beau pere, il ne seroit pas bon de vostre main ; il fault que les myennes propres, dont vous debvez avoir l'absolution, la vous aient premierement seincte[5], puis après, vous serez absoulte de tous voz pechez. » La fille, en pleurant, respond qu'elle n'en feroit rien. « Comment ! dist le confesseur, estes-vous une heretieque[6], qui refusez les penitences selon que Dieu et nostre mere saincte Eglise l'ont ordonné ? — Je use de la confession, dist la fille, comme l'Eglise le commande, et veulx bien recepvoir l'absolution et faire la penitence, mais je ne veulx

---

1. remarquable, en vue.   2. communier ; la confession est nécessaire avant la communion.   3. céda la place.   4. pour que vous puissiez les réparer (en obtenir le pardon).   5. il faut que mes propres mains vous en aient d'abord ceinte (entourée), vous l'aient d'abord passée (autour du corps).   6. Les protestants, tenus pour hérétiques par l'Église catholique, ne reconnaissent que deux sacrements, le baptême et la cène ; la confession, qui n'est pas un sacrement, n'a pas lieu dans le secret du confessionnal, mais en public (*cf.* Montaigne : « En faveur des Huguenots, qui accusent notre confession privée et auriculaire, je me confesse en public... », *Les Essais* III, 5).

poinct que vous y mectiez les mains ; car, en ceste sorte, je refuse vostre penitence. — Par ainsy, dist le confesseur, ne vous puis-je donner l'absolution. » La damoiselle se leva de devant luy, ayant la conscience bien troublée, car elle estoit si jeune, qu'elle avoit paour d'avoir failly au refuz [1] qu'elle avoit faict au pere. Quant ce vint après la messe, que la contesse d'Aiguemont receut le *corpus Domini* [2], sa dame d'honneur, voulant aller après, demanda à sa fille si elle estoit preste. La fille, en pleurant, dist qu'elle n'estoit poinct confessée. « Et qu'avez-vous tant faict avecq ce prescheur ? dist la mere. — Rien, dist la fille, car, refusant la penitence qu'il m'a baillée, m'a refusé aussi l'absolution. » La mere s'enquist saigement, et congneut [*] l'estrange façon [3] de penitence que le beau pere vouloit donner à sa fille ; et, après l'avoir faict confesser à ung aultre, receurent [4] toutes ensemble. Et, retournée la contesse de l'eglise, la dame d'honneur lui feit la plaincte du prescheur [5], dont elle fut bien marrye et estonnée, veue la bonne oppinion qu'elle avoit de luy. Mais son courroux ne la peult garder qu'elle ne rist bien fort, veu la nouvelleté [6] de la penitence. Si est-ce que le rire n'empescha pas aussy qu'elle ne le feit prendre et battre en sa cuisine, où à force de verges, il confessa la verité. Et, après, elle l'envoya pieds et mains lyez à son gardien, le priant que une aultre fois il baillast commission à plus gens de bien [7] de prescher la parolle de Dieu.

« Regardez, mesdames, si en une maison si honorable ilz n'ont poinct de paour de declairer leurs follies, qu'ilz [8] peuvent faire aux pauvres lieux où ordinaire-

---

1. d'avoir commis une faute en refusant.   2. reçut le corps de notre Seigneur, c'est-à-dire communia.   3. l'étrange sorte.   4. entendirent la confession de la jeune fille.   5. se plaignit auprès d'elle du prêcheur.   6. nouveauté, caractère peu ordinaire.   7. donnât mission à des gens plus dignes.   8. ce qu'ils.

---

* La mere s'enquist si saigement qu'elle congneut (G, 2155 S).

ment ilz vont faire leurs questes, où les occasions
leur sont presentées si faciles, que c'est miracle
quant ilz eschappent[1]* sans scandalle. Qui me faict
vous prier, mes dames, de tourner[2] vostre mauvaise
estime en compassion. Et pensez que celluy qui
aveugle[3] les Cordeliers, n'espargne pas les dames,
quant il le trouve à propos**. — Vrayement, dist
Oisille, voylà ung bien meschant Cordelier ! estre
religieux, prestre et predicateur, et user de telle villenye, au jour de Noël, en l'eglise et soubz le manteau
de confession, qui sont toutes circonstances qui
aggravent le peché ! — Il semble à vous oyr parler,
dist Hircan, que les Cordeliers doibvent estre anges
ou plus saiges que les aultres. Mais vous en avez
tant oy d'exemples, que vous les debvez penser beaucoup pires ; et il me semble que cestuy-cy est bien
à excuser, se trouvant tout seul, de nuyct enfermé
avecq une belle fille. — Voyre, dist Oisille, mais
c'estoit la nuict de Noël. — Et voylà qui augmente
son excuse***, dist Simontault, car, tenant la place de
Joseph auprès d'une belle vierge, il voulloit essayer à
faire ung petit enfant, pour jouer au vif[4] le mistere
de la Nativité. — Vrayement, dist Parlamente, s'il
eust pensé à Joseph et à la vierge Marie, il n'eut
pas eu la volunté si meschante. Toutesfois, c'estoit
ung homme de mauvais vouloir, veu que, pour si
peu d'occasion, il faisoit une si meschante entreprinse. — Il me semble, dist Oisille, que la contesse en
feit si bonne punition, que ses compaignons y povoient

------

1. s'en sortent.   2. changer.   3. Le petit dieu Éros, agissant comme un diable.   4. jouer pour de bon.

------

* en eschappent (2155 S, G).   ** Plusieurs versions portent
quant il *lez* trouve, ou *les treuve*, ou *les tient* (G). Il n'y a pas
lieu de corriger.   *** Les propos hardis de Symontault, jugés
blasphématoires, et une partie de la réplique de Parlemente, sont
corrigés par G : « Voire mais, dist Saffredent, vous ne dites pas
qu'il tendoit à l'incarnation avant que de venir à la nativité. Toutesfois c'estoit ung homme plein de mauvais vouloir... »

prendre exemple. — Mais assavoir-mon[1], dist Nomerfide, si elle fit bien de scandaliser ainsy son prochain ; et s'il eut pas myeulx vallu qu'elle luy eust remonstré ses faultes doulcement, que de divulguer[2] ainsy son prochain. — Je croy, dist Geburon, que ce eust esté bien faict ; car il est commandé[3] de corriger nostre prochain entre nous et luy, avant que le dire à personne ny à l'Eglise. Aussy, depuis que ung homme est eshonté[4*], à grand peyne jamais se peut-il amender, parce que la honte retire autant de gens de peché, que la conscience. — Je croy, dist Parlamente, que envers chascun se doibt user le conseil de l'Evangile[5], sinon envers ceulx qui la preschent[6] et font le contraire, car il ne fault poinct craindre à scandalizer ceulx qui scandalisent tout le monde. Et me semble que c'est grand merite de les faire congnoistre telz qu'ils sont, afin que nous ne prenons pas ung doublet[7] pour ung bon rubis**. Mais à qui donnera Saffredent sa voix ? — Puis que vous le demandez, ce sera à vous-mesmes, dist Saffredent, à qui nul d'entendement[8***] ne la doibt refuser. — Or, puis que vous me la donnez, je vous en voys compter une, dont je puis servir de tesmoing. Et j'ay toujours oy dire que tant plus la vertu est en ung subject debille et foible, assaillye de son très fort et puissant contraire[9], c'est à l'heure qu'elle est plus louable et se monstre mieux telle qu'elle est ; car si le

---

1. reste à savoir ; *mon* : particule affirmative.   **2.** mettre au jour (les fautes de) son prochain.   **3.** Rappel de l'Évangile : « Si ton frère a péché, va et reprends-le entre toi et lui seul » (Matthieu 18, 15).   **4.** si un homme n'a plus de honte, il aura grand mal à se corriger.   **5.** L'Évangile de Matthieu, cité par Geburon. **6.** sauf envers ceux qui prêchent l'Évangile (la bonne parole), mot masculin ou féminin au XVIᵉ siècle.   **7.** Faux brillant formé de deux morceaux de cristal (d'où son nom).   **8.** aucun homme sensé.   **9.** son ennemi, ce qui s'oppose à elle (le vice).

---

* deshonté (G, 2155 S).   ** et nous donnons garde de leurs seductions à l'endroit des filles qui ne sont pas toujours bien avisées (add. T, G).   *** nul homme d'entendement (2155 S, G).

fort se defend du fort, ce n'est chose esmerveillable, mais si le foible en a victoire, il en a gloire de tout le monde. Pour congnoistre[1] les personnes dont je veulx parler, il me semble que je ferois tort à la vertu que j'ai veu cachée soubz ung si pauvre vestement, que nul n'en tenoit compte, si je ne parlois de celle par laquelle ont esté faictz des actes si honnestes : qui me contrainct le vous racompter. »

QUARANTE DEUXIESME NOUVELLE

Un jeune prince meit son affection en une fille, de laquelle (combien qu'elle fut de bas et pauvre lieu) ne peut jamais obtenir ce qu'il en avoit esperé, quelque poursuyte qu'il en feit. Parquoy, le prince, congnoissant sa vertu et honnesteté, laissa son entreprinse, l'eut toute sa vie en bonne estime, et luy feit de grands biens, la maryant avec un sien serviteur.

*

Continence d'une jeune fille contre l'opiniastre poursuitte amoureuse d'un des grands seigneurs de France et l'heureux succez qu'en eut la damoiselle.

*

En une des meilleures villes de Touraine, demouroit ung seigneur de grande et bonne maison, lequel y avoit esté nourry de sa grande jeunesse[2]. Des perfections, grace, beaulté et grandes vertuz de ce jeune prince, ne vous en diray aultre chose, sinon que en son temps ne trouva jamays son pareil[3]. Estant en l'aage de quinze ans, il prenoit plus de plaisir à courir et chasser, que non pas à regarder les belles dames. Ung jour, estant en une eglise, regarda une jeune fille, laquelle avoit

---

1. Sens causal : parce que je connais bien.   **2.** élevé dans sa tendre enfance.   **3.** À cet éloge on reconnaît dans le jeune prince François, futur roi, à qui Marguerite adressait le même concert de louanges au début de N. 25. La ville de Touraine est Amboise, où François et Marguerite vécurent avec Louise de Savoie, leur mère, jusqu'en 1508.

aultresfois en son enffance esté nourrye au chasteau où
il demeuroit. Et, après la mort de sa mere, son pere se
remaria ; parquoy, elle se retira en Poictou, avecq son
frere. Ceste fille, qui avoit nom Françoise, avoit une
seur bastarde, que son pere aymoit très fort ; et la maria
en ung sommelier d'eschansonnerye[1] de ce jeune
prince, dont elle tint aussi grand estat[2] que nul* de sa
maison. Le pere vint à morir et laissa pour le partage[3]
de Françoise ce qu'il tenoit[4] auprès de ceste bonne
ville ; parquoy, après qu'il fut mort, elle se retira où
estoit son bien. Et, à cause qu'elle estoit à marier et
jeune de seize ans, ne se vouloit tenir seule en sa maison, mais se mist en pension chez sa seur la somme-
liere. Le jeune prince, voiant ceste fille assez belle pour
une claire brune, et d'une grace qui passoit celle de
son estat[5], car elle sembloit mieulx gentil femme[6] ou
princesse que bourgeoise, il la regarda longuement.
Luy, qui jamais encor n'avoit aymé, sentyt en son
cueur ung plaisir non accoustumé. Et quant il fut
retourné en sa chambre, s'enquist de celle qu'il avoit
veue en l'eglise, et recongneut que aultresfois en sa
jeunesse estoit-elle allée au chasteau jouer aux poupines[7] avecq sa seur[8], à laquelle il la feit recongnoistre.
Sa seur l'envoya querir et luy feit fort bonne chere, la
priant de la venir souvent veoir ; ce qu'elle faisoit
quant il y avoit quelques nopces ou assemblée, où le
jeune prince la voyoit tant voluntiers qu'il pensa à l'aymer bien fort. Et, pour ce qu'il la congnoissoit de bas
et pauvre lieu, espera recouvrer[9] facilement ce qu'il

---

1. Titre porté par un des officiers d'une maison princière ou
royale ; l'échanson goûtait les boissons avant de les faire servir.
2. aussi bonne situation.   3. la part d'héritage.   4. les biens
qu'il possédait.   5. surpassait celle de sa condition.   6. noble
dame.   7. poupées.   8. Marguerite elle-même ; Parlamente-
Marguerite avait assuré au moment de raconter l'histoire qu'elle
connaissait bien les héros.   9. obtenir.

---

* que *nulle* (2155 S).

en demandoit. Mais, n'aient moien de parler à elle, luy envoya ung gentil homme de sa chambre[1], pour faire sa practique[2], auquel, elle, qui estoit saige, craingnant Dieu, dist qu'elle ne croyoit pas que son maistre, qui estoit si beau et honneste prince, se amusast à regarder une chose si layde qu'elle, veu que, au chasteau où il demeuroit, il en avoit de si belles, qu'il ne falloit poinct en chercher par la ville, et qu'elle pensoit qu'il le disoit de luy-mesmes[3] sans le commandement de son maistre. Quant le jeune prince entendit ceste response, Amour, qui se attache plus fort où plus il trouve de resistance, luy faict plus chauldement qu'il n'avoit faict poursuivre son entreprinse. Et luy escripvit une lectre, la priant voulloir entierement croire ce que le gentil homme luy diroit. Elle, qui sçavoit très bien lire et escripre[4], leut sa lettre tout du long, à laquelle, quelque priere que luy en feist le gentil homme, n'y voulust jamais respondre, disant qu'il n'appartenoit pas à si basse personne d'escripre à ung tel prince, mais qu'elle le supplioit ne la penser si sotte qu'elle estimast qu'il eust une telle oppinion d'elle[5], que de luy porter tant d'amityé ; et aussy, que, s'il pensoit, à cause de son pauvre estat, la cuyder avoir à son plaisir[6], il se trompoit, car elle n'avoit le cueur moins honneste que la plus grande princesse de la chrestienté, et n'estimoit tresor au monde au pris de l'honnesteté et de la conscience, le supliant ne la vouloir empescher de toute sa vie garder ce tresor, car, pour mourir, elle ne changeroit d'oppinion. Le jeune prince ne trouva pas ceste responce à son gré ; toutesfois, l'en ayma-il très

---

1. attaché au service de la chambre du prince.   2. mener son intrigue (amoureuse).   3. il tenait ces propos de sa propre initiative.   4. Le fait est assez rare chez une jeune bourgeoise pour qu'il soit digne de remarque ; même observation dans la 5e des *Histoires tragiques* de Boaistuau à propos de la jeune Violante, fille d'orfèvres, qui « par je sais quel particulier destin [...] avait appris à lire et à écrire ».   5. tel sentiment pour elle (et plus bas, *elle ne changeroit d'opinion* : elle ne perdrait cette conviction).   6. s'imaginer qu'il l'aurait selon son bon plaisir.

fort et ne faillyt de faire mectre tousjours son siege à
l'eglise où elle alloit à la messe ; et, durant le service,
addressoit tousjours ses oeilz à ceste ymaige[1]. Mais,
quant elle l'apperceut, changea de lieu et alla en une
aultre chapelle, non pour fuyr de le veoir, car elle n'eut
pas esté creature raisonnable si elle n'eust prins plaisir
à le regarder[2], mais elle craingnoit estre veue de luy,
ne s'estimant digne d'en estre aymée par honneur ou
par mariage, ne voulant aussi d'autre part que ce fust
par folie et plaisir. Et, quant elle veid que, en quelque
lieu de l'eglise qu'elle se peust mettre, le prince se
faisoit dire la messe tout auprès, ne voulut plus aller
en ceste eglise-là, mais alloit tous les jours à la plus
esloignée qu'elle povoit. Et quant quelques nopces
alloient au chasteau, ne s'y vouloit plus retrouver,
combien que la seur du prince l'envoyast querir souvent, s'excusant sur quelque malladye. Le prince,
voyant qu'il ne povoit parler à elle, s'ayda de son sommelier et luy promist de grands biens s'il luy aydoit en
ceste affaire ; ce que le sommelier s'offrit voluntiers,
tant pour plaire à son maistre que pour le fruict[3] qu'il
en esperoit. Et, tous les jours, comptoit[4] au prince ce
qu'elle disoit et faisoit, mais que surtout fuyoit les
occasions qui luy estoient possibles[5] de le veoir. Si est-
ce que la grande envye qu'il avoit de parler à elle à
son aise luy feit chercher ung expedient. C'est que,
ung jour, il alla mener* ses grandz chevaulx, dont il
commençoit bien à sçavoir le mestier[6], en une grand
place de la ville, devant la maison de son sommelier,
où Françoise demeuroit. Et, après avoir faict maintes
courses et saulx qu'elle povoit bien veoir, se laissa
tumber de son cheval dedans une grand'fange, si mol-

---

1. Remarque humoristique ; la jeune Françoise tient lieu d'icône
pour le prince amoureux.   2. Comme au début de la nouvelle,
c'est la sœur très aimante qui s'exprime ici !   3. les avantages.
4. racontait par le menu.   5. les occasions où il lui était possible.   6. avoir une bonne connaissance, une bonne pratique.

---

* *manyer* (2155 S).

lement qu'il ne se feit poinct de mal : si est-ce qu'il se plaignit assez et demanda s'il y avoit poinct de logis pour changer ses habillemens. Chascun presentoit[1] sa maison ; mais quelqu'un dist que celle du sommelier estoit la plus prochaine et la plus honneste[2] ; aussy fut-elle choisie sur toutes. Il trouva la chambre bien accoustrée[3] et se despouilla en chemise[4], car tous ses habillemens estoient souillez de la fange ; et se meist dedans ung lict. Et, quant il veid que chascun fut retiré pour aller querir ses habillemens, excepté le gentil homme, appella son hoste et son hostesse, et leur demanda où estoit Françoise. Ilz eurent bien à faire[5] à la trouver, car, si tost qu'elle avoit veu ce jeune prince entrer en sa maison, s'en estoit allée cacher au plus secret lieu de leans[6]. Toutesfois, sa seur la trouva, qui la pria ne craindre poinct venir parler à ung si honneste et vertueux prince. « Comment, ma sœur, dist Françoise, vous que je tiens ma mere[7], me vouldriez-vous conseiller d'aller parler à ung jeune seigneur, duquel vous sçavez que je ne puis ignorer la volunté[8] ? » Mais sa seur luy feit tant de remonstrances[9] et promesses de ne la laisser seulle, qu'elle alla avecq elle, portant ung visaige si pasle et desfaict, qu'elle estoit plus pour engendrer pitié que concupiscence. Le jeune prince, quant il la veid près de son lict, il la print par la main, qu'elle avoit froide et tremblante, et luy dist : « Françoise, m'estimez-vous si mauvais homme, si estrange et cruel, que je menge les femmes en les regardant ? Pourquoy avez-vous prins une si grande craincte de celluy qui ne cherche que vostre honneur et advantaige ? Vous sçavez que en tous lieux qu'il m'a esté possible, j'ai serché de vous veoir et parler à vous ; ce que

---

1. proposait.   2. proche et la plus honorable (digne de le recevoir).   3. aménagée, décorée.   4. se déshabilla, ne gardant que sa chemise.   5. bien du mal.   6. de la maison.   7. que je considère comme ma mère.   8. les désirs.   9. exhortations.

je n'ai sceu[1][*]. Et, pour me faire plus de despit, avez
fuy les lieux où j'avois accoustumé vous veoir à la
messe, afin que en tout je n'eusse non plus de contentement de la veue, que j'avois de la parolle. Mais tout
cela ne vous a de rien servy, car je n'ay cessé que je
ne soye venu icy par les moiens que vous avez peu
veoir ; et me suis mis au hazard[2] de me rompre le col,
me laissant tumber voluntairement, pour avoir le
contentement de parler à vous à mon aise. Parquoy, je
vous prie, Françoise, puisque j'ai acquis ce loisir icy
avecq ung si grand labeur[3], qu'il ne soit poinct inutille,
et que je puisse par ma grande amour gaingner la vostre. » Et, quant il eut long temps actendu sa response,
et veu qu'elle avoit les larmes aux oeilz, et la veue
contre terre, la tyrant à luy le plus qu'il luy fust possible, la cuyda embrasser[4] et baiser. Mais elle luy dist :
« Non, Monseigneur, non ; ce que vous serchez ne se
peult faire, car, combien que je soye ung ver de terre au
pris de vous, j'ay mon honneur si cher que j'aymerois
mieulx mourir, que de l'avoir diminué, pour quelque
plaisir que ce soit en ce monde. Et la craincte que j'ay
de ceulx qui vous ont veu venir ceans, se doubtans de
ceste verité, me donne la paour et tremblement que
j'ay. Et, puisqu'il vous plaist de me faire cest honneur
de parler à moy, vous me pardonnerez aussy, si je vous
respond selon que mon honneur me le commande. Je
ne suis poinct si sotte, Monseigneur, ne si aveuglée,
que je ne voie et congnoisse bien la beaulté et graces
que Dieu a mises en vous ; et que je ne tienne la plus
heureuse du monde celle qui possedera le corps et
l'amour d'un tel prince. Mais de quoy me sert tout
cela, puisque ce n'est pour moy ne pour femme de ma

---

1. ce que je n'ai pu obtenir.   **2.** et ai pris le risque.   **3.** *loisir* :
occasion favorable ; *labeur* : peine.   **4.** s'apprêta à l'embrasser.

---

[*] ce qui ne m'a esté possible (2155 S).

sorte, et que seullement le desirer[1] seroit à moy parfaicte folye ? Quelle raison puis-je estimer qui vous
faict adresser à moy, sinon que les dames de vostre
maison (lesquelles vous aymez, si la beaulté et la grace
est aymée de vous), sont si vertueuses, que vous n'osez
leur demander ne esperer avoir d'elles ce que la petitesse de mon estat vous faict esperer avoir de moy ? Et
suis seure que, quant de telles personnes que moy
auriez ce que demandez, ce seroit ung moien pour
entretenir vostre maistresse deux heures davantaige, en
luy comptant voz victoires au dommaige[2] des plus
foibles. Mais il vous plaira, Monseigneur, penser que je
ne suis de ceste condition. J'ay esté nourrye en vostre
maison, où j'ay aprins que c'est d'aymer : mon pere et
ma mere ont esté voz bons serviteurs. Parquoy, il vous
plaira, puisque Dieu ne m'a faict princesse pour vous
espouser, ne d'estat pour estre tenue à maistresse et
amye, ne me vouloir mectre en ranc des pauvres malheureuses, veu que je vous desire et estime celluy des
plus heureux princes de la chrestienté. Et, si pour
vostre passe temps vous voulez des femmes de mon
estat, vous en trouverez assez en ceste ville, de plus
belles que moy sans comparaison, qui ne vous donne-
ront la peyne de les prier tant. Arrestez-vous doncques
à celles à qui vous ferez plaisir en acheptant leur honneur, et ne travaillez[3] plus celle qui vous ayme plus
que soy-mesmes. Car, s'il falloit que vostre vie ou la
myenne fust aujourd'huy demandée de Dieu, je me
tiendrois bienheureuse d'offrir la myenne pour saulver
la vostre, car ce n'est faulte d'amour qui me faict fuyr
vostre presence, mais c'est plus tost pour en avoir trop
à vostre conscience et à la myenne ; car j'ay mon honneur plus cher que ma vie. Je demureray, s'il vous
plaist, Monseigneur, en vostre bonne grace, et prieray
toute ma vie Dieu pour vostre prosperité et santé. Il est
bien vray que cest honneur que vous me faictes me

---

1. même le simple désir (de cet amour).   2. victoires rempor-
tées au détriment.   3. tourmentez.

fera entre les gens de ma sorte mieulx estimer, car qui est l'homme de mon estat, après vous avoir veu, que je daignasse regarder ? Par ainsy, demeurera mon cueur en liberté, synon de l'obligation, où je veulx à jamais estre, de prier Dieu pour vous, car aultre service ne vous puis-je jamais faire. » Le jeune prince, voiant ceste honneste response, combien qu'elle ne fust selon son desir, si ne la povoit moins estimer qu'elle estoit. Il feyt ce qu'il luy fut possible pour luy faire croire qu'il n'aymeroit jamais femme qu'elle ; mais elle estoit si saige, que une chose si desraisonnable ne povoit entrer en son entendement. Et, durant ces propos, combien que souvent on dist[1] que ses habillemens estoient venuz du chasteau, avoit tant de plaisir et d'aise, qu'il feit dire qu'il dormoit, jusques ad ce que l'heure du souppé fut venue, où il n'osoit faillir[2] à sa mere, qui estoit une des plus saiges dames du monde. Ainsy s'en alla le jeune homme de la maison de son sommelier, estimant plus que jamais l'honnesteté de ceste fille. Il en parloit souvent au gentil homme qui couchoit en sa chambre, lequel, pensant que argent faisoit plus que amour, lui conseilla de faire offryr à ceste fille quelque honneste somme pour se condescendre à son voulloir. Le jeune prince, duquel la mere estoit le tresorier, n'avoit que peu d'argent pour ses menuz plaisirs, qu'il print avecq tout ce qu'il peut emprunter, et se trouva la somme de cinq cents escuz qu'il envoia à ceste fille par le gentil homme, la priant de voulloir changer d'opinion. Mais quant elle veid le present, dist au gentilhomme : « Je vous prie, dictes à Monseigneur que j'ay le cueur si bon et si honneste, que, s'il falloit obeyr ad ce qu'il me commande, la beaulté et les graces qui sont en luy m'auroient desja vaincue ; mais, là où ilz[3] n'ont eu puissance contre mon honneur, tout l'argent du monde n'y en sçauroit avoir, lequel vous luy ramporterez, car j'ayme mieulx l'honneste pau-

---

1. bien qu'on vînt à plusieurs reprises l'avertir.   **2.** manquer.
3. elles (la beauté et les grâces).

vreté, que tous les biens qu'on sçauroit desirer. » Le
gentil homme, voiant ceste rudesse, pensa qu'il la falloit avoir par cruaulté[*] ; et vint à la menasser de l'auctorité et puissance de son maistre. Mais, elle, en riant,
luy dist : « Faictes paour de luy à celles qui ne le
congnoissent poinct, car je sçay bien qu'il est si saige
et si vertueux, que telz propos ne viennent de luy ;
et suis seure qu'il vous desadvouera, quand vous les
compterez. Mais, quant il seroit ainsy que vous le
dictes, il n'y a torment ne mort qui me sceut faire changer d'opinion ; car, comme je vous ay dict, puis
qu'amour n'a tourné mon cueur, tous les maulx ne tous
les biens que l'on sçauroit donner à personne ne me
sçauroient destourner d'un pas du propos[1] où je suis. »
Ce gentil homme, qui avoit promis à son maistre de la
luy gaingner, luy porta ceste response, avecq un merveilleux[2] despit, et le persuada à poursuyvre[3] par tous
moiens possibles, luy disant que ce n'estoit poinct son
honneur[4] de n'avoir sceu gaingner une telle femme. Le
jeune prince, qui ne voulloit poinct user d'autres
moiens que ceulx que l'honnesteté commande, et
craingnant aussy que, s'il en estoit quelque bruict et
que sa mere le sceut[5], elle auroit occasion de s'en
courroucer bien fort, n'osoit rien entreprendre, jusques
ad ce que son gentil homme lui bailla ung moien si
aisé qu'il pensoit desjà la tenir. Et, pour l'executer,
parleroit au sommelier, lequel, deliberé de servir son
maistre en quelque façon que ce fust, pria ung jour sa
femme et sa belle seur d'aller visiter leurs vendanges[6]
en une maison qu'il avoit auprès de la forest : ce
qu'elles luy promirent. Quant le jour fut venu, il le feit

---

1. résolution.   **2.** fort grand.   **3.** poursuivre son entreprise
(de séduction).   **4.** ce n'était point à son honneur.   **5.** Troisième observation plaisante sur les relations du jeune prince avec
sa mère, vues par la sœur aînée : il n'ose lui désobéir, elle tient
serrés les cordons de la bourse, elle est capable de se courroucer
bien fort !   **6.** voir leurs vignes (au moment des vendanges).

---

[*] par *craincte* (2155 S).

sçavoir au jeune prince, lequel se delibera d'y aller tout
seul avecq ce gentil homme ; et feit tenir sa mulle
preste secretement, pour partir quant il en seroit heure.
Mais Dieu voulut que ce jour-là sa mere accoustroit [1]
ung cabinet le plus beau du monde ; et, pour luy aider,
avoit avecq elle tous ses enfans. Et là s'amusa [2] ce
jeune prince, jusques ad ce que l'heure promise fut
passée. Si ne tint-il [3] à son sommelier, lequel avoit
mené sa seur en sa maison, en crouppe derriere luy, et
feit faire la mallade à sa femme, en sorte que, ainsy
qu'ilz estoient à cheval, luy vint dire qu'elle n'y sçauroit aller. Et, quant il veid que l'heure tardoit que le
prince debvoit venir, dist à sa belle-seur : « Je croy
bien que nous povons retourner à la ville. — Et qui
nous en garde ? dist Françoise. — C'est, ce dist le sommelier, que j'atendois icy Monseigneur, qui m'avoit
promis de venir. » Quant sa seur entendit ceste
meschanceté, luy dist : « Ne l'attendez poinct, mon
frere, car je sçay bien que pour aujourd'huy il ne viendra poinct. » Le frere la creut et la ramena. Et, quant
elle fut en la maison, monstra sa colere extreme, en
disant à son beau frere qu'il estoit le varlet du diable,
qu'il faisoit plus qu'on ne luy commandoit. Car elle
estoit asseurée que c'estoit de son invention et du gentil homme, et non du jeune prince, duquel il aymoit
mieulx gaingner de l'argent, en le confortant en ses
follies, que de faire office de bon serviteur ; mais que,
puis qu'elle le congnoissoit tel, elle ne demeureroit
jamais en sa maison. Et, sur ce, elle envoia querir son
frere pour la mener en son pays et se deslogea incontinent [4] d'avec sa seur. Le sommelier, aiant failly à son
entreprinse, s'en alla au chasteau, pour entendre à quoy
il tenoit que le jeune prince n'estoit venu ; et ce ne fut
gueres là, qu'il ne le trouvast sur sa mulle tout seul
avecq le gentil homme, en qui il se fyoit, et luy
demanda : « Et puis, est-elle encores là ? » Il luy

---

1. s'occupait de la décoration.   2. passa le temps.   3. il ne
tint sa promesse.   4. quitta sur-le-champ le logis de sa sœur.

compta tout ce qu'il avoit faict. Le jeune prince fut
bien marry d'avoir failly à sa deliberation qu'il estimoit estre le moien dernier et extreme qu'il povoit
prendre là. Et, voiant qu'il n'y avoit poinct de remede,
la chercha tant qu'il la trouva en une compaignye où
elle ne povoit fuyr ; qui se courroucea fort à elle des
rigueurs qu'elle luy tenoit et de ce qu'elle vouloit laisser la compaignye de son frere ; laquelle luy dist
qu'elle n'en avoit jamais trouvé une pire ne plus dangereuse pour elle ; et qu'il estoit bien tenu[1] à son sommelier, veu qu'il ne le servoit seullement du corps et
des biens, mais aussy de l'ame et de la conscience.
Quant le prince congnut qu'il n'y avoit aultre remede,
delibera de ne l'en prescher plus et l'eut toute sa vie
en bonne estime. Ung serviteur du dict prince, voiant
l'honnesté de ceste fille, la voulut espouser ; à quoy
jamais ne se voulut accorder sans le commandement et
congé[2] du jeune prince, auquel elle avoit mis toute son
affection ; ce qu'elle luy feit entendre. Et, par son bon
vouloir, fut fait le mariage, où elle a vescu toute sa vie
en bonne reputation. Et luy a fait le jeune prince beaucoup de grands biens.

« Que dirons-nous icy, mes dames ? Avons-nous le
cueur si bas, que nous facions noz serviteurs noz maistres[3], veu que ceste-cy n'a sceu estre vaincue ne
d'amour ne de torment ? Je vous prie que, à son exemple, nous demorions victorieuses de nous-mesmes, car
c'est la plus louable victoire que nous puissions avoir.
— Je ne voy que ung mal, dist Oisille : que les actes
vertueux de ceste fille n'ont esté du temps des histo-
riens, car ceulx qui ont tant loué leur Lucresse[4] l'eussent laissée au bout de la plume, pour escripre bien au

---

1. qu'il devait avoir beaucoup de reconnaissance pour.
2. permission.   3. fassions   de   nos   serviteurs   nos   maî-
tres.   4. L'héroïne romaine Lucrèce, emblème traditionnel de la
chasteté et de la vertu féminines, pour s'être tuée après avoir été
violée par le fils de Tarquin le Superbe.

long les vertuz de ceste-cy. — Pour ce que je les trouve
si grandes que je ne les pourrois croyre, sans le grand
serment que nous avons faict de dire verité, je ne
trouve pas sa vertu telle que vous la peignez, dist Hircan, car vous avez veu assez de mallades desgouttez
de laisser les bonnes et salutaires viandes[1], pour manger les mauvaises et dommageables. Aussy peult estre
que ceste fille avoit quelque gentil homme comme
elle[2], qui luy faisoit despriser[3] toute noblesse. » Mais
Parlamente respondit à ce mot, que la vie et la fin de
ceste fille monstroient que jamais n'avoit eu oppinion
à[4] homme vivant, que à celluy qu'elle aymoit plus que
sa vie, mais non pas plus que son honneur. « Ostez
ceste opinion de vostre fantaisye, dist Saffredent, et
entendez d'où est venu ce terme d'honneur quant aux
femmes[5], car peut estre que celles qui en parlent tant
ne sçavent pas l'invention de ce nom. Sçachez que, au
commencement que la malice n'estoit trop grande entre
les hommes, l'amour y estoit si naifve et forte que
nulle dissimullation n'y avoit lieu. Et estoit plus loué
celluy qui plus parfaictement aymoit. Mais, quant
l'avarice[6] et le peché vindrent saisir le cueur et l'honneur, ilz en chasserent dehors Dieu et l'amour ; et, en
leur lieu, prindrent amour d'eulx-mesmes, hypocrisie
et fiction[7]. Et, voiant les dames[8] nourrir en leur cueur
ceste vertu de vraye amour et que le nom d'*ypocrisye*
estoit tant odieux entre les hommes, luy donnerent le
surnom d'*honneur*, tellement que celles qui ne
povoient avoir en elles ceste honorable amour disoient
que l'honneur le leur deffendoit, et en ont faict une si
cruelle loy, que mesmes celles qui ayment parfaictement dissimullent, estimant vertu estre vice ; mais
celles qui sont de bon entendement et de sain juge-

---

1. nourritures saines.   2. Formule ironique : un homme de
son état (de petite condition).   3. mépriser.   4. n'avait eu de
penchant pour... sinon pour celui.   5. ce terme quand il s'applique aux femmes, quand il désigne celui des femmes.   6. cupidité.   7. feinte, mensonge.   8. comme les dames voyaient que
les hommes nourrissaient...

ment, ne tumbent jamais en telles erreurs, car ilz congnoissent[1] la difference des tenebres et de lumiere ; et que leur vray honneur gist à monstrer la pudicité du cueur, qui ne doibt vivre que d'amour et non poinct se honorer du vice de dissimullation. — Toutesfois, dist Dagoucin, on dit que l'amour la plus secrette est la plus louable. — Ouy, secrette, dist Simontault, aux oeilz de ceulx qui en pourroient mal juger, mais claire et congneue au moins aux deux personnes à qui elle touche. — Je l'entendz ainsy, dist Dagoucin ; encores vauldroit-elle mieulx d'estre ignorée d'un costé que entendue d'un tiers, et je croy que ceste femme-là aymoit d'autant plus fort qu'elle ne le declaroit point. — Quoy qu'il y ait, dist Longarine, il fault estimer la vertu dont la plus grande est à vaincre son cueur. Et, voiant les occasions que ceste fille avoit d'oblier sa conscience et son honneur, et la vertu qu'elle eut de vaincre son cueur et[*] sa volunté et celluy qu'elle aymoit plus qu'elle-mesmes avecq toutes perfections des occasions et moiens qu'elle en avoit, je dictz qu'elle se povoit nommer la forte femme[2]. Puisque vous estimez la grandeur de la vertu par la mortiffication de soy-mesmes, je dictz que ce seigneur estoit plus louable qu'elle, veu l'amour qu'il luy portoit, la puissance, occasion et moien qu'il en avoit ; et toutesfois, ne voulut poinct offenser la reigle de vraye amityé, qui esgalle le prince et le pauvre, mais usa des moiens que l'honnesteté permet. — Il y en a beaucoup, dist Hircan, qui n'eussent pas faict ainsy. — De tant plus est-il à estimer, dist Longarine, qu'il a vaincu la commune

---

1. elles connaissent.   **2.** Allusion à la forte épouse (*mulierem fortem*) de l'Écriture, qui a plus de valeur que les perles, revêtue de force et de gloire (Proverbes 31, 10-31).

---

* et *voyant les occasions et moyens qu'elle avoit, je dy* qu'elle se povoit nommer la forte femme (G). La phrase suivante est attribuée à Saffredant.

malice des hommes, car qui peut faire mal et ne le faict poinct, cestuy-là est bien heureux[1]. — A ce propos, dist Geburon, vous me faictes souvenir d'une qui avoit plus de crainte d'offenser les oeilz des hommes, qu'elle n'avoit Dieu[2], son honneur ne l'amour. — Or, je vous prie, dist Parlamente, que vous nous la comptiez et je vous donne ma voix. — Il y a, dist Geburon, des personnes qui n'ont poinct de Dieu ; ou, s'ilz en croyent quelcun[3], l'estiment quelque chose si loing d'eulx qui ne peult veoir ny entendre les mauvaises œuvres qu'ilz font ; et encores qu'il les voie*, pensent qu'il soit nonchaillant[4], qu'il ne les pugnisse poinct, comme ne se soucyant des choses de ça bas[5]. Et de ceste opinion mesmes estoit une damoiselle, de laquelle, pour l'honneur de la race[6], je changeray le nom, et la nommeray Jambicque**. Elle disoit souvent que la personne qui n'avoit à faire que de Dieu, estoit bien heureuse, si au demeurant elle povoit bien conserver son honneur devant les hommes. Mais vous verrez, mes dames, que sa prudence ne son hypocrisie ne l'a pas garantye que son secret n'ait esté revellé, comme vous verrez par son histoire où la verité sera dicte tout du long, horsmis les noms des personnes et des lieux qui seront changez. »

---

1. Rappel de la parole de l'Ecclésiastique : « Bienheureux [...]/ Qui a pu pécher et n'a pas péché... Qui a pu faire du mal à autrui et ne l'a pas fait. Ses biens seront consolidés » (31, 8.10). 2. qu'elle ne l'avait d'offenser Dieu. 3. s'ils croient en quelque Dieu. 4. insoucieux. 5. choses d'ici-bas. 6. famille, lignée.

---

* *qu'ilz les voient* (ms. 1512). Je corrige en suivant G, T, et ms. 2155. ** et la nommeray *Camille* (G) ; le nom évoque la reine des Volsques qui proposa à Turnus de mener son escadron contre les troupes d'Énée (*Énéide*, livre XI), devenue l'emblème de la guerrière farouche au Moyen Âge et au XVIᵉ siècle (toujours présente dans les listes des femmes illustres) ; *Camelle* dans certains manuscrits.

QUARANTE TROISIESME NOUVELLE

Jambicque, preferant la gloire du monde à sa conscience, se voulut
faire devant les hommes autre qu'elle n'estoit ; mais son amy et
serviteur, descouvrant son hypocrisye par le moyen d'un petit trait
de craye, revela à un chascun la malice qu'elle mectoit si grand
peine de cacher.

*

L'hypocrisie d'une dame de court fut descouverte par le demene-
ment de ses amours, qu'elle pensoit bien celer.

*

Brantôme (*Recueil des Dames*, éd. Prosper Mérimée et Louis
Lacour, 2ᵉ Partie, t. XI, 1891, p. 261-264) rapporte longuement cette
histoire, sans nommer l'héroïne, « dame d'honneur d'une très
grande princesse », avec ses propres commentaires ; l'amant de
Jambicque était, selon la mère du conteur, l'oncle de Brantôme,
François de Vivonne, M. de la Chastaigneraie, « qui estoit brusq,
prompt et un peu vollage », et qui mourut à vingt-six ans en 1547
au cours d'un duel qui l'opposa à M. de Jarnac.

*

En ung très beau chasteau, demoroit une grande
princesse et de grande auctorité ; et avoit en sa compaignye une damoiselle, nommée Jambicque, fort audatieuse, de laquelle la maistresse estoit si fort abusée,
qu'elle ne faisoit rien que par son conseil, l'estimant
la plus saige et vertueuse damoiselle qui fut poinct de
son temps. Ceste Jambicque reprouvoit[1]* tant la folle
amour que, quant elle voyoit quelque gentil homme
amoureux de l'une de ses compaignes, elle les reprenoit fort aigrement et en faisoit si mauvais rapport à sa
maistresse que souvent elle les faisoit tanser[2]** ; dont
elle estoit beaucoup plus craincte que aymée de toute
la compaignie. Et, quant à elle, jamais ne parloit à
homme, sinon tout hault et avecq une grande audace,
tellement qu'elle avoit le bruict[3] d'estre ennemye mortelle de tout amour, combien qu'elle estoit contraire en
son cueur. Car il y avoit ung gentil homme au service

_____

1. condamnait.   **2.** tancer, gronder.   **3.** réputation.

_____

* reprenoit (G).   ** elle les en blasmoit (G).

de sa maistresse[1], dont elle estoit si fort esprinse, qu'elle n'en povoit plus porter[2]. Si est-ce que l'amour qu'elle avoit à sa gloire et reputation la faisoit en tout dissimuller son affection. Mais, après avoir porté ceste passion bien ung an, ne se voulant soulaiger, comme les aultres qui ayment, par le regard et la parolle, brusloit si fort en son cueur, qu'elle vint sercher le dernier remede. Et, pour conclusion, advisa[3] qu'il valloit mieulx satisfaire à son desir et qu'il n'y eust que Dieu seul qui congneut son cueur, que de le dire à ung homme qui le povoit reveler quelquefois[4].

Après ceste conclusion prinse, ung jour qu'elle estoit en la chambre de sa maistresse regardant sur une terrace, veit pourmener[5] celluy qu'elle aymoit tant ; et, après l'avoir regardé si longuement que le jour qui se couchoit en emportoit avec luy la veue, elle appella ung petit paige qu'elle avoit, et, en luy monstrant le gentil homme, luy dist : « Voyez-vous bien cestuy-là, qui a ce pourpoinct de satin cramoisy, et ceste robbe fourrée de loups cerviers[6] ? Allez luy dire qu'il y a quelcun de ses amyz qui veult parler à luy en la gallerie du jardin de ceans. » Et, ainsy que le paige y alla, elle passa par la garderobbe de sa maistresse, et s'en alla en ceste gallerie, ayant mis sa cornette basse[7] et son touret de nez. Quant le gentil homme fut arrivé où elle estoit, elle vat incontinant fermer les deux portes par où on povoit venir sur eulx, et, sans oster son touret de nez, en l'embrassant bien fort, luy vat dire le plus bas qu'il luy fut possible : « Il y a long temps, mon amy,

---

1. « Le conte est desguisé pourtant pour le cacher mieux ; car mon dict oncle ne fut jamais au service de la grand'princesse, maistresse de ceste dame, ouy bien du roy son frère » (Brantôme, p. 263).   2. le supporter.   3. fut d'avis que, se dit que.   4. à l'occasion.   5. se promener.   6. Loups attaquant les cerfs, espèces de lynx, dont la fourrure était fort prisée.   7. abaissé sa cornette (sorte de coiffure en forme de cône) ; *touret de nez* : sorte de petit masque qui couvre en partie le visage. Brantôme (p. 261) dit que la dame s'était « bouchée avec son touret de nez (car les masques n'estoient encore en un usage) ».

que l'amour que je vous porte m'a faict desirer de trouver lieu et occasion de vous povoir veoir ; mais la craincte de mon honneur a esté pour un temps si forte, qu'elle m'a contraincte, malgré ma volunté, de dissimuller ceste passion. Mais, en la fin, la force d'amour a vaincu la craincte ; et, par la congnoissance que j'ai de vostre honnesteté, si vous me voulez promectre de m'aymer et de jamais n'en parler à personne, ne vous vouloir enquerir de moy qui je suys[1], je vous asseureray bien que je vous seray loyalle et bonne amye, et que jamais je n'aymeray autre que vous. Mais j'aymerois mieulx morir, que vous sceussiez qui je suys. » Le gentil homme luy promist ce qu'elle demandoit ; qui la rendit très facile à[2] luy rendre la pareille : c'est de ne luy refuser chose qu'il voulsist prendre. L'heure estoit de cinq et six[*] en yver, qui[3] entierement lui ostoit la veue d'elle. En touchant ses habillemens, trouva qu'ilz estoient de veloux, qui en ce temps-là ne se portoit à tous les jours, sinon par les femmes de grande maison et d'auctorité. En touchant ce qui estoit dessoubz autant qu'il en povoit prendre jugement par la main, ne trouva rien qui ne fust en très bon estat, nect et en bon poinct[4]. Si mist peine de luy faire la meilleure chere qu'il luy fust possible. De son costé, elle n'en feit moins. Et congneut bien le gentil homme qu'elle estoit mariée.

Elle s'en voulut retourner incontinant de là où elle estoit venue, mais le gentil homme luy dist : « J'estime beaucoup le bien que sans mon merite vous m'avez donné, mays j'estimeray plus celluy que j'auray de vous à ma requeste. Je me tiens si satisfaict d'une telle grace, que je vous supplye me dire si je ne doibtz pas esperer encores ung bien semblable, et en quelle sorte

---

1. ni me demander qui je suis.   2. ce qui l'encouragea à.
3. ce qui (empêchait le gentilhomme de la voir).   4. propre et de bonne qualité.

---

* *entre* cinq et six (2155 S) ; de cinq *ou* six (G).

il vous plaira que j'en use, car, veu que je ne vous puys congnoistre, je ne sçay comment le pourchasser[1].
— Ne vous soulciez, dist la dame, mais asseurez-vous que tous les soirs, avant le souper de ma maistresse, je ne fauldray de vous envoier querir, mais que[2] à l'heure vous soiez sur la terrace où vous estiez tantost. Je vous manderay seulement qu'il vous souvienne de ce que vous avez promis : par cela, entendrez-vous que je vous attendz en ceste gallerie. Mais, si vous oyez parler d'aller à la viande[3], vous pourrez bien, pour ce jour, vous retirer ou venir en la chambre de nostre maistresse. Et, sur tout, je vous prye ne serchez jamais de me congnoistre, si vous ne voulez la separation de nostre amityé. » La damoiselle et le gentil homme se retirerent tous deux, chacun en leur lieu. Et continuerent longuement ceste vie, sans ce qu'il s'apperceust[4] jamays qui elle estoit : dont il entra en une grande fantasye, pensant en luy-mesme qui se povoit estre[5] ; car il ne pensoit poinct qu'il y eut femme au monde qui ne voullut estre vue et aymée. Et se doubta[6] que ce fust quelque maling esperit, ayant oy dire à quelque sot prescheur que qui auroit veu le diable au visaige, l'on ne aymeroit jamais. En ceste doubte-là, se delibera de sçavoir qui estoit ceste-là qui luy faisoit si bonne chere ; et, une aultrefois qu'elle le manda, porta avecq luy de la craye, dont, en l'embrassant, luy en feit une marque sur l'espaule, par derriere, sans qu'elle s'en apperceut ; et, incontinant qu'elle fut partye, s'en alla hastivement le gentil homme en la chambre de sa maistresse, et se tint aupres de la porte pour regarder le derriere des espaules de celles qui y entroient. Entre autres, veit entrer ceste Jambicque avecq une telle audace qu'il craingnoit de la regarder comme les aultres, se tenant très asseuré que ce ne povoit estre

---

1. essayer de l'obtenir.   2. pourvu seulement que.   3. passer à table.   4. sans qu'il pût jamais savoir.   5. en grande curiosité, se demandant qui elle pouvait bien être.   6. se prit à soupçonner ; ci-dessous, *ceste doubte* : ce soupçon.

elle. Mais, ainsy qu'elle se tournoit, advisa sa craye
blanche, dont il fut si estonné, qu'à peyne povoit-il
croire ce qu'il voyoit. Toutesfois, ayant bien regardé
sa taille, qui estoit semblable à celle qu'il touchoit,
les façons[1] de son visaige, qui au toucher se peuvent
congnoistre, congneut certainement que c'estoit elle ;
dont il fut très aise de veoir que une femme, qui jamais
n'avoit eu le bruict d'avoir serviteur, mais tant refusé
d'honnestes gentilz hommes, s'estoit arrestée à[2] luy
seul. Amour, qui n'est jamays en ung estat[3], ne peult
endurer qu'il vesquit longuement en ce repos ; et le
meist en telle gloire et esperance, qu'il se delibera de
faire congnoistre son amour, pensant que, quant elle
seroit congneue, elle auroit occasion d'augmenter. Et
ung jour que ceste grande dame alloit au jardin, la
damoiselle Jambicque s'en alla pourmener en une
aultre allée. Le gentil homme, la voïant seulle, s'advancea pour l'entretenir, et, faingnant ne l'avoir poinct
veue ailleurs, luy dist : « Mademoiselle, il y a long
temps que je vous porte une affection sur mon cueur,
laquelle pour paour de vous desplaire ne vous ay osé
reveler ; dont je suys si mal, que je ne puis plus porter
ceste peyne sans morir, car je ne croys pas que jamais
homme vous sceut tant aymer que je faictz. » La
damoiselle Jambicque ne le laissa pas achever son propos, mais luy dist avecq une très grand collere :
« Avez-vous jamais oy dire ne veu que j'aye eu amy
ne serviteur ? Je suis seure que non, et m'esbahys dont
vous vient[4] ceste hardiesse de tenir telz propos à une
femme de bien comme moy, car vous m'avez assez
hantée[5] ceans, pour congnoistre que jamais je n'aymeray autre que mon mary ; et, pour ce, gardez-vous de
plus continuer ces propoz. » Le gentil homme, voyant
une si grande fiction[6], ne se peut tenir de se prendre à
rire et de luy dire : « Madame, vous ne m'estes pas

---

1. les traits.   2. avait fixé son choix sur.   3. qui ne reste
jamais en un seul état.   4. et me demande avec stupeur d'où
vous vient.   5. fréquentée.   6. mensonge.

tousjours si rigoureuse que maintenant. De quoy vous
sert de user envers moy de telle dissimullation ? Ne
vault-il pas mieulx avoir une amityé parfaicte que
imparfaicte ? » Jambicque luy respondit : « Je n'ay
amityé à vous parfaicte ne imparfaicte, sinon comme
aux autres serviteurs de ma maistresse ; mais, si vous
continuez les propos que vous m'avez tenu, je pourray
bien avoir telle hayne qu'elle vous nuyra ! » Le gentil
homme poursuivyt encores son propos et luy dist : « Et
où est la bonne chere que vous me faictes quand je ne
vous puys veoir ? Pourquoy m'en privez-vous maintenant, que le jour me monstre vostre beaulté accompaignée d'une parfaicte et bonne grace ? » Jambicque,
faisant ung grand signe de la croix, luy dist : « Vous
avez perdu vostre entendement [1], ou vous estes le plus
grand menteur du monde, car jamais en ma vie je ne
pensay vous avoir faict meilleure ne pire chere que
je vous faictz ; et vous prye de me dire comme vous
l'entendez [2] ? » Alors le pauvre gentil homme, pensant
la gaingner davantaige, luy alla compter le lieu où il
l'avoit veue et la marque de la craye qu'il avoit faicte
pour la congnoistre ; dont elle fut si oultrée de collere,
qu'elle luy dist qu'il estoit le plus meschant homme du
monde ; qu'il avoit controuvé [3] contre elle une mensonge si villaine, qu'elle mectroit peyne de [4] l'en faire
repentir. Luy, qui sçavoit le credit qu'elle avoit envers
sa maistresse, la voulut appaiser, mais il ne fut possible ; car, en le laissant là furieusement, s'en alla là où
estoit sa maistresse, laquelle laissa là toute la compaignye pour venir entretenir Jambicque, qu'elle aymoit
comme elle-mesmes. Et, la trouvant en si grande collere, luy demanda qu'elle avoit : ce que Jambicque ne
luy voulut celler, et luy compta tous les propos que le
gentil homme luy avoit tenu, si mal à l'advantage du
pauvre homme, que dès le soir sa maistresse luy manda
qu'il eust à se retirer en sa maison tout incontinant,

---

1. perdu la raison.   2. ce que vous voulez dire par là.
3. inventé.   4. qu'elle ferait tout son possible pour.

sans parler à personne et qu'il y demorast jusques ad
ce qu'il fust mandé. Ce qu'il feit hastivement, pour la
craincte qu'il avoit d'avoir pis. Et, tant que Jambicque
demoura avecq sa maistresse, ne retourna le gentil
homme en ceste maison, ne oncques puys n'ouyt nouvelles de celle qui luy avoit bien promis qu'il la perdroit, de l'heure qu'il la chercheroit.

« Parquoy, mes dames, povez veoir comme celle qui
avoit preferé la gloire du monde à sa conscience, a
perdu l'un et l'autre, car aujourd'hui est leu aux oeilz
d'un chascun[1] ce qu'elle vouloit cacher à ceulx de son
amy, et, fuyant la mocquerye d'un, est tumbée en la
mocquerye de tous. Et si ne peut estre excusée de simplicité[2] et amour naifve, de laquelle chascun doibt
avoir pitié, mais accusée doublement d'avoir couvert
sa malice du double manteau d'honneur et de gloire,
et se faire devant Dieu et les hommes aultre qu'elle
n'estoit. Mais Celluy qui ne donne poinct sa gloire à
aultruy, en descouvrant ce manteau, luy en a donné
double infamye. — Voylà, dist Oisille, une vilenye
inexcusable ; car qui peut parler pour[3] celle, quant
Dieu, l'honneur et mesmes l'amour l'accusent ?
— Ouy, dist Hircan, le plaisir et la folie, qui sont deux
grands advocatz pour les dames. — Si nous n'avions
d'autres advocatz, dist Parlamente, que eulx avecq
vous, nostre cause seroit mal soutenue[4], mais celles qui
sont vaincues en plaisir ne se doibvent plus nommer
femmes, mais hommes, desquelz la fureur et la concupiscence augmente leur honneur ; car ung homme qui
se venge de son ennemy et le tue pour ung desmentir[5]
en est estimé plus gentil[6] compagnon ; aussy est-il

---

1. Légère entorse au code de l'oralité ; le conte rapporté est
aussi un récit écrit.   2. avoir l'excuse de la naïveté ; *amour
naifve* : amour sincère.   3. défendre, se faire l'avocat de ; vocabulaire judiciaire, comme ci-dessous *accusent, advocatz, cause...
mal soutenue* ; le récit donne lieu à un mini-procès.   4. défendue, plaidée.   5. une réparation (pour réparer son honneur).
6. noble.

quant il en ayme une douzaine avecq sa femme. Mais l'honneur des femmes a autre fondement : c'est doulceur, patience et chasteté. — Vous parlez des saiges ? dist Hircan. — Pour ce, respondit Parlamente, que je n'en veulx poinct congnoistre d'autres. — S'il n'y en avoit poinct de foles *, dist Nomerfide, ceulx qui veullent estre creuz de tout le monde auroient bien souvent menty ! — Je vous prie, Nomerfide, dist Geburon, que je vous donne ma voix, et n'obliez que vous estes femme, pour sçavoir ** quelques gens estimez veritables, disans de leurs folyes. — Puisque la vertu *** m'y a contrainct et que vous me donnez le ranc, j'en diray ce que j'en sçay. Je n'ay oy nul ny nulle de ceans, qui se soit espargné à [1] parler au desavantaige des Cordeliers ; et, pour la pitié que j'en ay, je suys deliberée, par le compte que je vous voys faire, d'en dire du bien. »

QUARANTE QUATRIESME NOUVELLE

Pour n'avoir dissimulé la verité, le seigneur de Sedan doubla l'aumosne à un Cordelier, qui eut deux pourceaux pour un.

*

Dans l'édition Gruget, cette nouvelle est remplacée par la deuxième de l'Appendice.

*

---

1. qui ait évité de...

---

* S'il n'y en avoit point de folles, dist Nomerfide, ceux qui veulent estre creuz de tout ce qu'ils disent et font pour suborner la simplicité féminine se trouveroient bien loin de leur espoir. — Je vous prie, Nomerfide, dist Guebron, que je vous donne ma voix à fin que nous donniez quelque compte à ce propos. — Je vous en diray un, dist Nomerfide, autant à la louenge d'un amant que le vostre a esté au mespris des folles femmes (G). ** pour savoir *que les* gens estimez veritables *disent* de leurs follies (2155 S). *** La vérité (2155 S et autres manuscrits ; meilleure leçon).

En la maison de Sedan arriva ung Cordelier, pour
demander à madame de Sedan[1], qui estoit de la maison
de Crouy, ung pourceau que tous les ans elle leur donnoit pour aulmosne. Monseigneur de Sedan, qui estoit
homme saige et parlant plaisamment[2], feit manger ce
beau pere à sa table. Et, entre autres propos, luy dist,
pour le mectre aux champs[3] : « Beau pere, vous faictes
bien de faire vos questes tandis[4] qu'on ne vous
congnoist poinct, car j'ay grand paour que, si une fois
vostre ypocrisie est descouverte, vous n'aurez plus le
pain des pauvres enfans, acquis par la sueur des
peres[5]. » Le Cordelier ne s'estonna poinct de ces propos, mais luy dist : « Monseigneur, nostre religion[6] est
si bien fondée, que, tant que le monde sera monde, elle
durera, car nostre fondement ne fauldra[7] jamais, tant
qu'il y aura sur la terre homme et femme. » Monseigneur de Sedan, desirant sçavoir sur quel fondement
estoit leur vie assignée[8], le pria bien fort de luy vouloir
dire. Le Cordelier, après plusieurs excuses[9], luy dist :
« Puisqu'il vous plaist me commander de le dire, vous
le sçaurez : sçachez, monseigneur, que nous sommes
fondez sur la follye des femmes ; et, tant qu'il y aura
en ce monde de femme folle ou sotte, ne morrons
poinct de faim. » Madame de Sedan, qui estoit fort collere, oyant ceste parolle, se courroucea si fort, que, si
son mary n'y eust esté, elle eust faict faire desplaisir
au Cordelier ; et jura bien fermement qu'il n'auroit jà
le pourceau qu'elle luy avoit promis ; mais Monsieur
de Sedan, voiant qu'il n'avoit poinct dissimullé la
verité, jura qu'il en auroit deux, et les feit mener en
son couvent.

---

1. Catherine de Croye (Crouy), fille du comte de Chimay,
épousa en 1491 Robert II de La Marck, duc de Bouillon, Seigneur
de Sedan (Le Roux de Lincy).   2. aimant à plaisanter.   3. provoquer.   4. tant que.   5. Allusion à la Genèse : « C'est à la
sueur de ton visage que tu mangeras du pain » (3, 19).   6. ordre
monastique.   7. ne fera défaut.   8. réglée.   9. plusieurs
échappatoires.

« Voylà, mes dames, comme le Cordelier, estant
seur que le bien des dames ne luy povoit faillir, trouva
façon pour ne dissimuller poinct[1] la verité d'avoir la
grace et aulmosne des hommes. S'il eut esté flateur et
dissimulateur, il eut esté plus plaisant aux dames, mais
non profitable à luy et aux siens. » La Nouvelle ne
fut pas achevée sans faire rire toute la compaignie et
principalement ceulx qui congnoissent le seigneur et la
dame de Sedan. Et Hircan dist : « Les Cordeliers
doncques ne devroient jamais prescher pour faire les
femmes saiges, veu que leur folye leur sert tant. » Ce
dist Parlamente : « Ilz ne les preschent pas d'estre
saiges, mais oy bien pour le cuyder estre[2], car celles
qui sont du tout mondaines[3] et folles ne leur donnent
pas de grandes aulmosnes, mais celles qui, pour frequenter leur couvent et porter les patenostres[4] marquées de teste de mort et leurs cornettes[5] plus basses
que les aultres, cuydent estre les plus saiges, sont celles
que l'on peult dire folles[6]. Car elles constituent[7] leur
salut en la confiance qu'elles ont en la saincteté des
inicques[8], que pour ung petit d'apparance[9]*, elles estiment demy dieux. — Mais qui se garderoit de croire à
eulx, dist Ennasuitte, veu qu'ils sont ordonnez de noz
prelatz pour nous prescher l'Evangille et pour nous
reprendre de noz vices ? — Ceulx, dist Parlamente, qui
ont congneu leur ypocrisie et qui congnoissent la difference de la doctrine de Dieu et de celle du diable.
— Jhesus ! dist Ennasuitte, penserez-vous bien que ces

---

1. trouva le moyen parce qu'il n'avait pas dissimulé.
2. pour qu'elles croient l'être.   3. tout à fait mondaines.   4. chapelets (sur les grains desquels on récite son « *Pater
Noster* »).   5. Voir p. 503, n. 7.   6. Souvenir de Paul, Épître
aux Romains : « Se vantant d'être sages, ils sont devenus fous »
(1, 22).   7. fondent.   8. des moines, qui ne sont pas des justes.   9. pour quelque petite apparence (de sainteté).

---

* Certains manuscrits portent « pour ung petit d'apparence
faincte » (d'autres *faicte*) ; qui, pour un petit d'apparence..., *s'estiment* demy dieux (ms. 1512, T).

gens-là osassent prescher une mauvaise doctrine ?
— Comment penser ? dist Parlamente ; mais suys-je
seure qu'ilz ne croyent riens moins que l'Evangille,
j'entends les mauvais, car j'en congnois beaucoup de
gens de bien, lesquelz preschent purement et simplement l'Escripture [1] et vivent de mesmes sans scandale,
sans ambition ne convoitise, en chasteté, de pureté non
faíncte ne contraincte ; mais de ceulx-là ne sont pas
tant les rues pavées [2], que marquées de leurs
contraires : et au fruict congnoist-on le bon arbre [3].
— En bonne foy, je pensois, dist Ennasuitte, que nous
fussions tenuz, sur peyne de peché mortel, de croire
tout ce qu'ilz nous dient en chaire de verité [4] : c'est
quant ilz ne parlent que de ce qui est en la saincte
Escripture ou qu'ilz alleguent les expositions des
sainctz docteurs [5] divinement inspirez. — Quant est de
moy, dist Parlamente, je ne puis ignorer qu'il n'y en
ait entre eulx de très mauvaise foy, car je sçay bien
que ung d'entre eulx, docteur en theologie, nommé
Colimant [6], grand prescheur et provincial [7] de leur
ordre, voulut persuader à plusieurs de ses freres que
l'Evangille n'estoit non plus croyable que les

---

1. C'est là ce que souhaite le mouvement évangéliste, voulant
retourner à la lettre des saintes Écritures. **2.** ceux-là ne courent
pas les rues, contrairement à ceux qui sont tout autres. **3.** Souvenir de Luc 6, 44 : « Car chaque arbre se connaît à son
fruit. » **4.** La formule est expliquée par ce qui suit : « c'est
quant » (c'est-à-dire quand...). **5.** Commentaires des docteurs
de l'Église (Pères de l'Église). **6.** Il s'agirait, selon G. Tootil
(*Bulletin d'histoire religieuse*, 32, 1971, p. 151-153) cité par
R. Salminen, d'un théologien franciscain d'Orléans, qui se serait
prêté à une supercherie, faisant croire que l'âme d'une femme décédée faisait du tapage, du « tintamarre », pendant les offices.
H. Estienne (*Apologie pour Hérodote*, chap. XXXVIII, t. II, éd.
citée, p. 299) rapporte plusieurs anecdotes de cordeliers « for-
geant » l'esprit (faisant semblant d'évoquer l'âme des morts), les
cordeliers d'Evreux, le novice d'Orléans, « nommé Halecourt qui
estant caché sur la voûte du temple contrefaisoit l'esprit de la
femme du prevost », un cordelier de Bordeaux. **7.** supérieur qui
a le gouvernement de toutes les maisons de son ordre dans une
province (circonscription territoriale ecclésiastique).

Commentaires de Cesar ou autres histoires escriptes par docteurs autenticques[1][*] ; et, depuis l'heure que l'entendis, ne vouluz croire en parolle de prescheur, si je ne la trouve conforme à celle de Dieu, qui est la vraye touche[2] pour sçavoir les parolles vraies ou mensongeres. — Croiez, dist Oisille, que ceulx qui humblement et souvent la lisent, ne seront jamais trompez par fictions ny inventions humaines ; car qui a l'esperit remply de verité ne peut recevoir la mensonge. — Si me semble-il, dist Simontault, que une simple personne est plus aisée à tromper que une autre. — Oy, dist Longarine, si vous estimez sottize estre simplicité. — Je vous dictz, dist Simontault, que une femme bonne, doulce et simple est plus aisée à tromper que une fine et malitieuse. — Je pense, dist Nomerfide, que vous en sçavez quelqu'une[3] trop plaine de telle bonté ; parquoy, je vous donne ma voix pour la dire[4]. — Puisque vous avez si bien deviné, dist Simontault, je ne fauldray à[5] la vous dire, mais que[6] vous me promectiez de ne pleurer poinct. Ceulx qui disent, mes dames, que vostre malice passe[7] celle des hommes auroient bien à faire[8] de mectre ung tel exemple en avant, que celluy que maintenant je vous voys racompter, où non seullement je pretendz vous declarer la très grande malice d'un mary, mais la simplicité et bonté de sa femme. »

---

1. des pères de l'Église reconnus officiellement pour tels. 2. pierre de touche, pierre basaltique sur laquelle on frotte les bijoux en or ou en argent pour en connaître le titre ; au sens métaphorique : ce qui permet de distinguer vérité et mensonge. 3. connaissez quelque femme. 4. pour en dire l'histoire. 5. manquerai de. 6. à condition que. 7. surpasse. 8. bien du mal à.

---

* *autheurs etniques* (païens) [T ; la version T semble meilleure, puisque Parlamente veut opposer à la vérité de l'Évangile les « histoires » auxquelles on n'est point tenu d'ajouter foi].

QUARANTE CINQUIESME NOUVELLE

À la requeste de sa femme, un tapissier bailla les Innocens à sa chamberiere, de laquelle il estoit amoureux, mais ce fut de telle façon qu'il luy donnoit ce qui appartenoit à sa femme seule, qui estoit si simple, qu'elle ne put jamais croire que son mary luy tinst un tel tort, combien qu'elle en fut assez avertye par une sienne voysine.

*

*Un mary, baillant les innocens à sa chambrière, trompoit la simpli-
cité de sa femme.*

*

En la ville de Tours y avoit ung homme de fort subtil et bon esperit, lequel estoit tapissier de feu Monsieur d'Orléans[1], filz du Roy Françoys premier. Et, combien que ce tapissier, par fortune[2] de maladie, fut devenu sourd, si n'avoit-il diminué son entendement[3], car il n'y avoit poinct de plus subtil de son mestier, et aux autres choses : vous verrez comment il s'en sçavoit ayder. Il avoit espousé une honneste et femme de bien, avecq laquelle il vivoit en grande paix et repos. Il craingnoit fort à luy desplaire ; elle, aussi, ne cher-cheoit que à luy obeir en toutes choses. Mais, avecq la bonne amitié[4] qu'il luy portoit, estoit si charitable, que souvent il donnoit à ses voisines ce qui appartenoit à sa femme, combien que ce fut le plus secretement qu'il povoit. Ilz avoient en leur maison une chamberiere fort en bon poinct[5], de laquelle ce tapissier devint amou-reux. Toutesfois, craingnant que sa femme ne le sceut, faisoit semblant souvent de la tanser et reprendre[6], disant que c'estoit la plus paresseuse garse que jamais il avoit veue, et qu'il ne s'en esbahissoit pas, veu que sa maistresse jamais ne la battoit. Et, ung jour qu'ilz

---

1. Charles duc d'Orléans, fils de François Ier et Claude de France, mort en 1545. **2.** hasard, accident. **3.** intelligence. **4.** malgré la bonne amitié (amour). **5.** fort séduisante. **6.** tancer et réprimander.

parloient de donner les Innocens[1], le tapissier dist à sa femme : « Ce seroit belle aulmosne de les donner à ceste paresseuse garse que vous avez, mais il ne fauldroit pas que ce fust de vostre main, car elle est trop foible et vostre cueur trop piteux[2] ; si est ce que, si je y voulois emploier la myenne, nous serions mieulx serviz d'elle que nous ne sommes. » La pauvre femme, qui n'y pensoit en nul mal[3], le pria d'en vouloir faire l'execution, confessant qu'elle n'avoit le cueur ne la force pour la battre. Le mary, qui accepta voluntiers ceste commission, faisant le rigoreux bourreau, feit achepter des verges des plus fines qu'il peut trouver, et, pour monstrer le grand desir qu'il avoit de ne l'espargner poinct, les feit tramper dedans de la saulmure, en sorte que sa pauvre femme eut plus de pitié de sa chamberiere que de doubte de[4] son mary. Le jour des Innocens venu, le tapissier se leva de bon matin, et s'en alla en la chambre haulte, où la chamberiere estoit toute seulle ; et là, luy bailla les Innocens d'autre façon qu'il n'avoit dict à sa femme. La chamberiere se print fort à pleurer, mais rien ne luy vallut[5]. Toutesfois, de paour que sa femme y survint, commencea à frapper des verges qu'il tenoit sur le bois du lict, tant que les escorchea et rompit ; et ainsy rompues les raporta à sa femme, luy disant : « M'amye, je croy qu'il souviendra

1. Selon une vieille coutume, le jour de la fête des Saints Innocents, le 28 décembre, on tentait de surprendre au matin les endormis et les paresseux, et on les fouettait ; la formule *donner* ou *bailler les Innocents* est fréquemment employée au sens libre dans les textes licencieux ou comiques pour désigner le désir des jeunes gens de surprendre des jeunes filles au lit pour les fesser, de les « innocenter » en feignant de les punir du péché de paresse. *Cf.* le motif de la fessée matinale dans la poésie du XVIe siècle : « Ian je vous puniray du peché de paresse » (Ronsard) ; « Je vous fesseray tant, vous donnant tour à tour / Baiser dessus baiser, caresse sur caresse, / Que vous vous leverez, punie de paresse... » (A. de Cotel) ; « Or je vous veux fesser de ceste vergelette / Pour punir à ce coup le vice qui vous suit ! » (P. de Cornu).   2. accessible à la pitié, sensible.   3. n'y voyait aucun mal, n'y voyait pas malice.   4. soupçon à l'égard de.   5. rien n'y fit.

des Innocens à vostre chamberiere. » Après que le
tapissier fut allé hors de la maison, la pauvre chamberiere se vint gecter à deux genoulx devant sa maistresse, luy disant que son mary luy avoit faict le plus
grand tort que jamais on feit à chamberiere. Mais la
maistresse, cuydant que ce fust à cause des verges
qu'elle pensoit luy avoir esté données, ne la laissa pas
achever son propos, mais luy dist : « Nostre mary a
bien faict, car il y a plus d'un mois que je suis après
luy pour l'en prier ; et, si vous avez eu du mal, j'en
suis bien ayse, ne vous en prenez que à moy, et encores
n'en a-il pas tant faict qu'il devoit. » La chamberiere,
voyant que sa maistresse approuvoit ung tel cas, pensa
que ce n'estoit pas ung si grand peché qu'elle cuydoit,
veu que celle que l'on estimoit tant femme de bien en
estoit l'occasion[1], et n'en osa plus parler depuis. Mais
le maistre, voyant que sa femme estoit aussi contante
d'estre trompée que luy de la tromper, delibera de la
contanter souvent, et gaingna si bien ceste chamberiere
qu'elle ne pleuroit plus pour avoir les Innocens[2]. Il
continua ceste vie longuement, sans que sa femme s'en
apperceut, tant que les grandes neiges vindrent ; et tout
ainsy que le tapissier avoit donné les Innocens sur
l'herbe en son jardin, il luy en vouloit autant donner
sur la neige ; et ung matin, avant que personne fut
esveillé en sa maison, la mena toute en chemise faire
le crucifix[3] sur la neige, et, en se jouant tous deux à
se bailler de la neige l'un l'aultre, n'oblierent le jeu
des Innocens. Ce que advisa[4] une de leurs voisines,
qui s'estoit mise à la fenestre qui regardoit tout
droict sur le jardin, pour veoir quel temps il faisoit ;
et, voyant ceste villenye, fut si courroucée qu'elle se
delibera de le dire à sa bonne commere, afin qu'elle
ne se laissast plus tromper d'un si mauvais mary, ny
servir d'une si meschante garse. Le tapissier, après
avoir faict ses beaulx tours, regarda à l'entour de

---

1. en était responsable.   2. Sens causal.   3. L'expression
s'entend au sens libre.   4. Ce dont s'aperçut.

luy si personne ne le povoit veoir ; et advisa sa voisine à sa fenestre, dont il fut fort marry. Mais luy, qui sçavoit donner couleur à toute tapisserie, pensa si bien colorer ce faict, que sa commere seroit aussi bien trompée que sa femme. Et, si tost qu'il fut recouché, feit lever sa femme du lict toute en chemise, et la mena au jardin comme il avoit mené sa chamberiere ; et se joua long temps avecq elle de la neige, comme il avoit faict avecq l'autre, et puis luy bailla les Innocens tout ainsy qu'il avoit faict à sa chamberiere ; et apres s'en allerent tous deux coucher. Quant ceste bonne femme alla à la messe, sa voisine et bonne amye ne faillyt de s'y trouver ; et, du grand zele qu'elle avoit, luy pria, sans luy en vouloir dire davantaige, qu'elle voulsist chasser sa chamberiere, et que c'estoit une très mauvaise et dangereuse garse. Ce qu'elle ne voulut faire sans sçavoir pourquoy sa voisine l'avoit en si mauvaise estime ; qui, à la fin, luy compta comme elle l'avoit veue au matin en son jardin avecq son mary. La bonne femme se print à rire bien fort, en luy disant : « Hélas, ma commere, m'amye, c'estoit moy ! — Comment, ma commere ? Elle estoit toute en chemise, au matin, environ les cinq heures. » La bonne femme luy respondit : « Par ma foy, ma commere, c'estoit moy. » L'autre continuant son propos : « Ilz se bailloient de la neige l'un à l'autre, puis aux tetins, puis en autre lieu, aussy privement qu'il estoit possible. » La bonne femme luy dist : « Hé ! hé ! ma commere, c'estoit moy. — Voire, ma commere, ce dist l'aultre, mais je les ay veu après, sur la neige, faire telle chose qui me semble n'estre belle ne honneste. — Ma commere, dist la bonne femme, je le vous ay dict et le vous diz encores que c'estoit moy et non aultre, qui ay faict tout cela que vous me dictes, mais mon bon mary et moy nous jouons ainsy privement. Je vous prie, ne vous en scandalisez poinct, car vous sçavez que nous debvons complaire à noz mariz. » Ainsy s'en alla la bonne commere, plus desirante d'avoir ung tel mary qu'elle n'estoit à venir demander[1]* celluy de bonne commere. Et, quant le tapissier fut retourné à sa femme, luy feit tout au long le compte de sa commere : « Or regardez, m'amye, ce respondit le tapissier, si vous n'estiez femme de bien et de bon entendement, longtemps a que nous fussions separez l'un de l'autre ; mais j'espere que Dieu nous conservera en nostre bonne amityé, à sa gloire et à nostre bon contentement. — Amen, mon amy, dist la bonne femme ; j'espere que de mon costé vous n'y trouverez jamais faulte. »

« Il seroit bien incredule, mes dames, celluy qui, après avoir veu une telle et veritable histoire, ne jugeroit** que en vous il y ait une telle malice que aux hommes ; combien que, sans faire tort à nul, pour bien louer à la verité l'homme et la femme, l'on ne peult faillir de dire que le meilleur n'en vault rien. — Cest homme-là, dit Parlamente, estoit merveilleusement mauvays[2], car, d'un costé, il trompoit sa chamberiere, et de l'autre, sa femme. — Vous n'avez doncques pas bien entendu le compte, dist Hircan, pour ce qu'il est dict qu'il les contanta toutes deux en une matinée ; que je trouve ung grand acte de vertu, tant au corps que à l'esperit, de sçavoir dire et faire chose qui rend deux contraires[3] contens. — Et cela est doublement mauvais, dist Parlamente, de satisfaire à la simplesse[4] de l'une par sa mensonge, et à la malice de l'autre par son vice. Mais j'entendz que ces pechez là mis devant telz

---

1. L'expression est peu claire ; peut-être au sens juridique : porter une accusation contre (être demandeur ou demanderesse), hypothèse que pourrait corroborer le lexique juridique (*deux contraires, satisfaire à, juges*) ; mais peut-être convient-il de lire *d'amender*. 2. singulièrement mauvais. 3. deux personnes aux intérêts opposés. 4. simplicité, sottise.

---

* qu'elle n'estoit, *à l'aller, d'amender* celuy de *sa* bonne commere (2155 S, ms. 1522). ** celluy qui... *jugeroit* (2155 S et autres ms. : meilleur texte).

juges, qu'ilz vous seront tousjours pardonnez. — Si vous asseuray-je, dist Hircan, que je ne feray jamais si grande ne si difficille entreprinse, car, mais que je vous rende contente [1], je n'auray pas mal employé ma journée [*]. — Si l'amour reciprocque, dist Parlamente, ne contente le cueur, tout aultre chose ne le peult contenter. — De vray, dist Simontault, je croy qu'il n'y a au monde nulle plus grande peyne que d'aymer et n'estre poinct aymé. — Il fauldroit pour estre aymé, dist Parlamente, s'addresser aux lieux [2] qui ayment. Mais bien souvent celles qui sont les bien aymées et ne veulent aymer, sont les plus aymées, et ceulx qui sont le moins aymez, ayment plus fort. — Vous me faictes souvenir, dist Oisille, d'un compte que je n'avois pas deliberé de mectre au rang des bons. — Je vous prye, dist Simontault, que vous nous le dictes. — Et je le feray voluntiers, » dist Oisille.

QUARANTE SIXIESME NOUVELLE

De Valé, Cordelier, convyé pour disner en la maison du juge des exempts d'Angoulesme, advisa que sa femme, dont il estoit amoureux, montoit toute seule en son grainier, où, la cuydant surprendre, ala après, mais elle luy donna ung si grand coup de pié par le ventre, qu'il trebuscha du haut en bas et s'enfuyt hors la ville chez une

---

1. du moment que je vous contente.   **2.** *lieu* se dit « en termes vagues » (Littré) pour désigner celui ou celle qu'on aime ou veut aimer.

---

[*] T achève ici et commence la nouvelle suivante ainsi : « Afin que les paroles d'Hircan ne fussent prises aussi crument qu'il les avoit proferées, Parlamente sa femme voulut bien supleer leur defectuosité, faisant entendre à la compagnie que graces à Dieu, ils avoient tous deux vecu jusques à present en si grande amytié que jamais l'un ne fut plus mal aysé à contenter que l'autre, et que ces paroles bien entendues ne denigroient en rien son honneur, mais confirmoient la bonne opinion qu'elle avoit tousjours eue de luy, inferant de là que si l'amour reciprocque... »

damoiselle, qui aymoit si fort les gens de son ordre, que, par trop sotement croire plus de bien en eulx qu'il n'y en a, luy commeit la correction de sa fille, qu'il print par force, en lieu de la chastyer du peché de paresse, comme il avoit promis à sa mere.

*

Gruget remplace cette nouvelle par celle qui figure à l'appendice III.

*

En la ville d'Angoulesme où se tenoit souvent le conte Charles [1], pere du Roy François, y avoit ung Cordelier, nommé De Valé [2], estimé homme sçavant et grand prescheur, en sorte que ung advent [3] il prescha en la ville devant le Conte : dont il acquist si grand bruict [4], que ceulx qui le congnoissoient * le convyoient à grand requeste [5] à disner en leur maison. Et entre aultres ung, qui estoit juge des exemptz [6] de la conté, lequel avoit espousé une belle et honneste femme, dont le Cordelier fut tant amoureux qu'il en moroit, mais il n'avoit la hardiesse de luy dire, dont elle qui s'en apperceut se mocquoit très fort. Après qu'il eut faict plusieurs contenances [7] de sa folle intention, l'advisa [8] ung jour qu'elle montoit en son grenier, toute seulle, et, cuydant la surprendre, monta après elle ; mais, quant elle ouyt le bruict, elle se retourna et demanda

---

1. Charles comte d'Angoulême (1459-1496), époux de Louise de Savoie.   2. Pour comprendre le jeu de mots (*Devallez, devallez...*), M. F. choisit d'accentuer le *e* final (dans les manuscrits on trouve *De Vale*, ou *De Valley*, ou *De Valle*, et *Valles* chez G, qui substitue à cette nouvelle un autre récit dont le même cordelier est le héros). Il s'agit sans doute d'un nom italien, comme semble l'indiquer la graphie *De Valle*.   3. Lors d'un avent, temps liturgique de préparation à la fête de Noël.   4. si bonne réputation.   5. avec force prières, instamment.   6. Juge appartenant aux tribunaux chargés de connaître des causes dont certains seigneurs ou communautés religieuses directement placés sous l'autorité du roi étaient parties (M. F.).   7. donné plusieurs signes.   8. l'observa, la remarqua.

---

* ceulx qui *ne* le congnoissoient (2155 S) ; les deux versions se comprennent également : soit « ceux qui connaissaient ses talents le conviaient », soit « ceux qui ne connaissaient pas sa malice le conviaient ».

où il alloit : « Je m'en vois, dist-il, après vous, pour vous dire quelque chose de secret. — N'y venez poinct, beau pere, dist la jugesse[1], car je ne veulx poinct parler à telles gens que vous en secret, et, si vous montez plus avant en ce degré, vous vous en repentirez. » Luy, qui la voyoit seulle, ne tint compte de ses parolles, mais se hasta de monter. Elle, qui estoit de bon esperit[2], le voyant au hault du degré, luy donna ung coup de pied par le ventre et, en luy disant : « Devallez, devallez*, monsieur ! », le gecta du hault en bas ; dont le pauvre beau pere fut si honteulx qu'il oblia le mal qu'il s'estoit faict à cheoir, et s'enfouyt le plus tost qu'il peut hors de la ville, car il pensoit bien qu'elle ne le celeroit pas à son mary. Ce qu'elle ne feit, ne au Conte ne à la Contesse ; par quoy le Cordelier ne se osa plus trouver devant eulx. Et, pour parfaire sa malice[3], s'en alla chez une damoiselle qui aymoit les Cordeliers sur toutes gens ; et, après avoir presché ung sermon ou deux devant elle, advisa sa fille qui estoit fort belle ; et, pour ce qu'elle ne se levoit poinct au matin pour venir au sermon, la tansoit[4] souvent devant sa mere, qui lui disoit : « Mon pere, pleust à Dieu qu'elle eust ung peu tasté des disciplines[5] que entre vous religieux prenez ! » Le beau pere luy jura que, si elle estoit plus si paresseuse[6], qu'il luy en bailleroit : dont la mere le pria bien fort. Au bout d'un jour ou de deux, le beau pere entra dans la chambre de la damoiselle, et, ne voiant poinct sa fille, lui demanda où elle estoit. La damoiselle luy dist : « Elle vous crainct si peu que je croy qu'elle est encores au lict. — Sans

---

1. épouse du juge. 2. spirituelle (capable de faire des bons mots, comme on le voit). 3. aller jusqu'au bout de sa malice (de sa méchanceté). 4. tançait, réprimandait. 5. instruments de flagellation, fouets faits de cordelettes ou de chaînes dont se servent les religieux ou les dévots pour se mortifier, ou châtier ceux dont ils ont la charge spirituelle. 6. encore si paresseuse.

---

* Monsieur de Vale, devalez [descendez] (T) ; Monsieur de Valley, devallez ! (2155 S).

faulte, dist le Cordelier, c'est une tres mauvaise coustume à jeunes filles d'estre paresseuses. Peu de gens
font compte [1] du peché de paresse, mais quant à moy,
je l'estime ung des plus dangereux qui soit, tant pour
le corps que pour l'ame : parquoy vous l'en debvez
bien chastier, et, si vous m'en donnez la charge, je la
garderois bien d'estre au lict à l'heure qu'il fault prier
Dieu. » La pauvre damoiselle, croyant qu'il fust
homme de bien, le pria de la vouloir corriger ; ce qu'il
feit incontinant, et, en montant en hault par ung petit
degré de bois, trouva la fille toute seulle dedans le lict,
qui dormoit bien fort ; et, toute endormye, la print par
force. La pauvre fille, en s'esveillant, ne sçavoit si
c'estoit homme ou diable, et se mit à crier tant qu'il
luy fust possible, appellant sa mere à l'ayde ; laquelle,
au bout du degré [2], cryoit au Cordelier : « N'en ayez
poinct de pitié, monsieur, donnez-luy encores et chastiez ceste mauvaise garse. » Et, quant le Cordelier eut
parachevé sa mauvaise volunté, descendit où estoit la
damoiselle et luy dit avecq ung visaige tout enflambé [3] : « Je croy, ma damoiselle, qu'il souviendra à
vostre fille de ma discipline. » La mere, après l'avoir
remercié bien fort, monta en la chambre où estoit sa
fille, qui menoit ung tel deuil que [4] debvoit faire une
femme de bien à qui ung tel crime estoit advenu. Et,
quant elle sceut la verité, feit chercher le Cordelier partout, mais il estoit desja bien loing, et oncques puis ne
fut trouvé au royaulme de France.

« Vous voiez, mes dames, quelle seureté il y a à
bailler telles charges à ceulx qui ne sont pour en bien
user. La correction des hommes appartient aux
hommes et des femmes aux femmes, car les femmes à
corriger les hommes seroient aussi piteuses [5] que les

---

1. tiennent compte de, se soucient de ; *font conscience*
(2155 S).   2. au pied de l'escalier.   3. enflammé.   4. se
lamentait comme.   5. auraient autant de pitié (que les hommes
auraient de cruauté).

hommes à corriger les femmes seroient cruelz.
— Jesus ! ma dame, dist Parlamente, que voylà ung
vilain et meschant Cordelier ! — Mais dictes plustost,
dist Hircan, que c'estoit une sotte et folle mere, qui
soubz couleur d'ypocrisie, donnoit tant de privaulté à
ceux qu'on ne doibt jamais veoir que en l'eglise.
— Vrayement, dist Parlamente, je la confesse [1] une des
sottes meres qui oncques fut, et, si elle eut esté aussi
saige que la jugesse, elle luy eust plustost faict descendre le degré que de monter. Mais que voulez-vous ?
ce diable de midy [2] est le plus dangereux de tous ; car
il se sçait si bien transfigurer en ange de lumiere [3], que
l'on faict conscience [4] de les soupsonner [5] telz qu'ilz
sont, et, me semble, la personne qui n'est poinct soupsonneuse doibt estre louée. — Toutesfois, dist Oisille,
l'on doibt soupsonner le mal qui est à eviter, principalement ceulx qui ont charge [6] ; car il vault mieux soupsonner le mal qui n'est poinct, que de tumber, par
sottement croire [7], en icelluy qui est ; et n'ay jamais
veu femme trompée pour estre tardive à croire [8] la
parolle des hommes, mais oy bien plusieurs, par trop
bien promptement adjouster foy à la mensonge ; par
quoy, je dictz que le mal qui peult advenir ne se peut
trop soupsonner, voire ceulx qui ont charge d'hommes,
de femmes, de villes et d'Estatz ; car, encores quelque
bon guet que l'on face [9], la meschanceté et les trahisons
regnent assez, et le pasteur qui n'est vigilant sera tousjours trompé par les finesses du loup. — Si est-ce, dist
Dagoucin, que la personne soupsonneuse ne peult
entretenir ung parfaict amy ; et assez sont separez par
ung soupson seullement. — Si vous en sçavez quelque

---

1. j'avoue qu'elle est.   **2.** le démon de midi incite à la concupiscence.   **3.** Voir devis de N. 22.   **4.** que l'on a scrupule.
5. sur le motif du soupçon et du doute, ici largement thématisé,
voir l'Introduction.   **6.** ceux qui exercent des charges, des res-
ponsabilités.   **7.** en faisant stupidement confiance.   **8.** tarder à
croire, mettre du temps avant d'ajouter foi à.   **9.** quelque bon
guet que l'on fasse, en dépit de toutes les précautions que l'on peut
prendre.

exemple, dist Oisille, je vous donne ma voix pour la
dire. — J'en sçay ung si veritable, dist Dagoucin, que
vous prendrez plaisir à l'ouyr. Je vous diray ce que[*]
plus facillement rompt une bonne amityé, mes dames :
c'est quant la seureté de l'amityé[1] commence à donner
lieu au soupson. Car, ainsy que croire en amy[**] est le
plus grand honneur que l'on puisse faire, aussy se doubter[2] de luy est le plus grand deshonneur ; car, par cela,
on l'estime aultre que l'on ne veult qu'il soit, qui est
cause de rompre beaucoup de bonnes amityez, et randre
les amys ennemys, comme vous verrez par le compte
que je vous veulx faire. »

QUARANTE SEPTIESME NOUVELLE

Deux gentilz hommes vecurent en si parfaicte amytié, qu'exceptée
la femme, n'eurent long temps à departir jusques à ce que celuy qui
estoit maryé, sans occasion donnée, print soupson sur son compaignon, lequel, par despit de ce qu'il estoit à tort soupsonné, se separa
de son amytié et ne cessa jamais qu'il ne l'eut fait coqu.

*

*Un gentil-homme du Perche, soupçonnant à tort l'amitié de son
amy, le provocque à exécuter contre luy la cause de son soupçon.*

*

Auprès du pays du Perche y avoit deux gentilz
hommes qui, dès le temps de leur enfance, avoient
vescu en si grande et parfaicte amityé, que ce n'estoit
que[3] un cueur, que une maison, ung lict, une table et
une bource. Ilz vesquirent long temps, continuans ceste
parfaicte amityé, sans que jamays il y eust entre eulx
deux une volunté ou parolle[***] où l'on peut veoir difference de personnes, tant ilz vivoient non seulement

---

1. la confiance que l'on a pour un ami.   2. se méfier.
3. ils n'avaient que.

---

[*] ce qui (2155 S).   [**] croire en *l'*amy (2155 S).   [***] une
seulle volunté *ne* parolle (2155 S).

comme deux freres, mais comme ung homme tout seul.
L'un des deux se maria ; toutesfoys, pour cela, ne laissa-
il à [1] continuer sa bonne amityé et tousjours vivre, avecq
son bon compaignon, comme il avoit accoustumé ; et,
quant ilz estoient en quelque logis estroict, ne laissoit à
le faire coucher avecq sa femme et luy : il est vray qu'il
estoit au millieu. Leurs biens estoient tous en commung,
en sorte que, pour le mariage * ne cas qui peut advenir,
rien ne sceut empescher [2] ceste parfaicte amityé ; mais,
au bout de quelque temps, la felicité de ce monde, qui
avecq soy porte une mutabilité [3], ne peut durer en la
maison, qui estoit trop heureuse, car le mary oublia la
seureté [4] ** qu'il avoit à son amy, sans nulle occasion [5]
de luy et de sa femme, à laquelle il ne le peut dissimuller, et luy en tint quelques fascheux propos ; dont elle
fut fort estonnée, car il luy avoit commandé de faire,
en toutes ses choses, hors mys une, aussi bonne chere
à son compaignon comme à luy, et neanmoins luy
defendoit parler à luy, si elle n'estoit en grande
compaignye. Ce qu'elle feit entendre au compaignon
de son mary, lequel ne la creut pas, sçachant très bien
qu'il n'avoit pensé de faire chose dont son compaignon
deust estre marry ; et aussy, qu'il avoit accoustumé [6]
de ne celer rien, luy dist ce qu'il avoit entendu, le
priant de ne luy en celler la verité, car il ne vouldroit,
en cella ne autre chose, luy donner occasion de rompre
l'amityé qu'ilz avoient si longuement entretenue. Le
gentil homme marié l'asseura qu'il n'y avoit jamais
pensé et que ceulx qui avoient faict ce bruict-là [7]
avoient meschantement menty. Son compaignon luy

---

1. ne renonça pas à ; ci-dessous, *ne laissoit à* : ne manquait pas
de.   2. nuire, faire obstacle à.   3. inconstance.   4. confiance.
5. sans que lui (l'ami) ou sa femme lui en aient donné quelque
prétexte.   6. aussi, comme il avoit l'habitude.   7. fait courir
de tels bruits.

---

* en sorte que le mariage, ne cas... ne sceut (2155 S).   ** oubliant la seureté... print un tresgrant souspeçon de luy et de sa
femme, à laquelle (2155 S).

dist : « Je sçay bien que la jalousie est une passion aussi importable comme[1] l'amour ; et, quant vous auriez ceste oppinion[2], fusse de moy-mesmes, je ne vous en donne poinct de tort, car vous ne vous en sçauriez garder ; mais, d'une chose qui est en vostre puissance aurois-je occasion de me plaindre, c'est que me voulussiez celer vostre malladie, veu que jamais pensée, passion ne opinion que vous avez eue ne m'a esté cachée. Pareillement de moy[3], si j'estois amoureux de vostre femme, vous ne me le devriez poinct imputer à meschanceté, car c'est ung feu que je ne tiens pas en ma main[4] pour en faire ce qu'il me plaist ; mais, si je le vous cellois et cherchois de faire congnoistre à vostre femme par demonstrance[5] de mon amityé, je serois le plus meschant compaignon qui oncques fut. De ma part, je vous asseure bien que, combien qu'elle soit honneste et femme de bien, c'est la personne que je veis oncques, encores qu'elle ne fust vostre, où ma fantaisie se donneroit[6] aussy peu. Mais, encores qu'il n'y ait poinct d'occasion, je vous requiers que, si en avez le moindre sentiment de soupson qui puisse estre, que vous le me dictes, à celle fin que je y donne tel ordre que nostre amityé qui a tant duré ne se rompe pour une femme. Car, quant je l'aymerois plus que toutes les choses du monde, si ne parlerois-je jamais à elle, pource que je prefere vostre honneur à tout aultre. » Son compaignon lui jura, par tous les grands sermens qui luy fut possible[*], que jamais n'y avoit pensé, et le pria de faire en sa maison comme il avoit accoustumé. L'autre

---

1. aussi difficile à supporter que.　2. cette idée, ce soupçon.　3. De même en ce qui me concerne.　4. dont je ne dispose pas librement.　5. démonstration, manifestation.　6. même si elle n'était pas votre femme, elle est celle vers laquelle mon désir se porterait le moins (c'est la personne que je désirerais le moins).

---

* *qu'il* fut possible (2155 S) ; *qu'il luy* fut possible (ms, 1511, 1515, 1520, 1522).

luy respondit : « Je le feray*, mais je vous prie que**,
après cella, si vous avez oppinion[1] de moy et que le
me dissimullez ou que le trouvez mauvais, je ne
demeureray jamais en vostre compaignye. »

Au bout de quelque temps qu'ilz vivoient tous deux
comme ilz avoient accoustumé, le gentil homme maryé
rentra en soupson plus que jamais et commanda à sa
femme qu'elle ne lui feit plus le visaige qu'elle luy faisoit*** ; ce qu'elle dist au compaignon de son mary, le
priant de luy-mesmes se vouloir abstenir de parler plus à
elle, car elle avoit commandement d'en faire autant de
luy. Le gentil homme, entendant, par la parolle d'elle et
par quelques contenances[2] qu'il voyoit faire à son
compaignon, qu'il ne luy avoit pas tenu sa promesse, luy
dist en grande collere : « Si vous estes jaloux, mon
compaignon, c'est chose naturelle ; mais, après les sermens que vous avez faictz, je ne me puis contanter de ce
que vous me l'avez tant cellé, car j'ay tousjours pensé
qu'il n'y eust entre vostre cueur et le mien ung seul
moien[3] ny obstacle ; mais, à mon très grand regret et
sans qu'il y ayt de ma faulte, je voy le contraire, pource
que non seulement vous estes bien fort jaloux de vostre
femme et de moy, mais le me voullez couvrir[4], afin que
vostre maladie dure si longuement qu'elle tourne du
tout[5] en hayne ; et ainsy que l'amour a esté la plus
grande que l'on ayt veu de nostre temps, l'inimitié sera
la plus mortelle. J'ay faict ce que j'ay peu pour eviter
cest inconvenient ; mais, puisque vous me soupsonnez
si meschant et le contraire de ce que je vous ay tousjours
esté, je vous jure et promectz ma foy[6] que je seray tel

---

1. si vous avez quelque soupçon à mon sujet.   2. attitudes,
signes.   3. un seul intermédiaire (obstacle).   4. dissimuler.
5. se change entièrement.   6. vous fais le serment.

---

* Puisque vous le voulez, je le feray (G, T, 2155).   ** mais
je vous prie que, apres cella, si vous avez oppinion de moy et que
vous me le dissimulez, *vous ne trouvez mauvais, si je ne demeure*
(2155 S ; meilleure leçon).   *** qu'elle *avoit accoustumé* (G,
ms. 1511, 1515).

que vous m'estimez, et ne cesseray jamais jusques ad ce
que j'ay eu de vostre femme ce que vous cuydez que j'en
pourchasse ; et doresnavant gardez-vous de moy, car,
puisque le soupson vous a separé de mon amityé, le despit me separera de la vostre. » Et, combien que son
compaignon lui voulust faire croyre le contraire, si est-
ce qu'il n'en creut plus rien, et retira sa part de ses
meubles et biens, qui estoient tous en commung ; et
furent avecq leurs cueurs aussi separez, qu'ilz avoient
esté uniz, en sorte que le gentilhomme qui n'estoit poinct
marié ne cessa jamais qu'il n'eust faict [1] son compaignon
coqu, comme il luy avoit promis.

« Et ainsy en puisse-il prendre, mes dames, à ceulx
qui à tort soupsonnent mal de leurs femmes. Car plusieurs sont causes de les faire telles qu'ilz les soupsonnent, pource qu'une femme de bien est plus tost vaincue
par ung desespoir que par tous les plaisirs du monde. Et
qui dict que le soupson est amour, je luy nye [2], car,
combien qu'il en sorte comme la cendre du feu, ainsi le
tue-il. — Je ne pense poinct, dist Hircan, qu'il soit ung
plus grand desplaisir à homme ou à femme que d'estre
soupsonné du contraire de la verité. Et, quant à moy, il
n'y a chose qui tant me feist rompre la compaignye de
mes amys que ce soupson là. — Si n'est-ce pas excuse
raisonnable, dist Oisille, à une femme de soy venger
du soupson de son mary à la honte d'elles-mesmes ;
c'est faict comme celluy qui, ne pouvant tuer son ennemy, se donne un coup d'espée à travers le corps, ou, ne
le povant esgratiner, se mord les doigtz ; mais elle eust
mieulx faict de ne parler jamais à luy, pour monstrer
à son mary le tort qu'il avoit de la soupsonner, car le
temps les eust tous deux appaisez. — Si estoit-ce faict
en femme de cueur, dist Ennasuitte, et, si beaucoup de
femmes faisoient ainsy, leurs maryz ne seroient
pas si oultrageux [3] qu'ilz sont. — Quoy qu'il y ayt, dist

---

1. n'eut de cesse de faire.   2. Et si quelqu'un dit..., je conteste
son opinion.   3. violents, malfaisants.

Longarine, la patience rend enfin la femme victorieuse
et la chasteté louable ; il fault que là nous arrestons[1].
— Toutesfois, dist Ennasuitte[*], une femme peult bien
estre non chaste, sans peché. — Comment l'entendez-
vous ? dist Oisille. — Quant elle en prend ung aultre
pour son mary. — Et qui est la sotte, dist Parlemente,
qui ne congnoist bien la difference de son mary ou
d'un aultre, en quelque habillement que se puisse desguiser ? — Il y en a peu et encores[**], dist Ennasuitte,
qui ont esté trompées, demourans innocentes et incul-
pables[2] du peché. — Si vous en sçavez quelqu'une,
dist Dagoucin, je vous donne ma voix pour la dire, car
je trouve bien estrange que innocence et peché puissent
estre ensemble. — Or escoutez doncques, dist Ennasuitte, si, par les comptes precedans, mes dames, vous
n'estes assez advertyes qu'il faict dangereux loger chez
soy ceulx qui nous appellent *mondains* et qui s'estiment estre quelque chose saincte et plus digne que
nous, j'en ay voulu encores icy mectre ung exemple,
afin que, tout ainsy que j'entends quelque compte des
faultes où sont tombez ceulx qui s'y fient aussy souvent, je les vous veulx mectre devant les oeilz, pour
vous monstrer qu'ils sont non seulement hommes[***]
plus que les aultres, mais qu'ilz ont quelque chose diabolicque en eulx contre[****] la commune malice des
hommes, comme vous orrez par ceste histoire. »

---

1. que nous nous en tenions là.   2. non coupables, ne pouvant
être accusées.

---

* « Ennasuitte feit quelque difficulté sur l'opinion de Longarine
qu'elle trouvoit un peu étrange en ce principalement qu'elle avoit
touché à la chasteté, pource qu'une femme peut bien estre non
chaste sans peché. Dequoy etonnée, madame Oisille luy demanda :
Comment... » (T.).   ** Il y en a eu et y en a encores (2155 S,
G ; meilleure leçon).   *** ils sont hommes comme les autres, et
autant malicieux qu'eux (G ; G atténue l'accusation, et supprime
quelque chose diabolique).   **** *oultre* (2155 S ; meilleure
leçon).

QUARANTE HUICTIESME NOUVELLE

Le plus viel et malicieux de deux Cordeliers, logez en une hostel-
leyre où l'on faisoit les noces de la fille de leans, voyans derober
la maryée, alla tenir la place du nouveau maryé, pendant qu'il
s'amusoit à danser avec la compaignie.

*

*Deux cordeliers, une première nuict de nopces, prindrent l'un après
l'autre la place de l'espousé, dont ils furent bien chastiez.*

*

H. Estienne (*Apologie pour Hérodote*, éd. citée, t. II, p. 12) cite cette
nouvelle au nombre de celles qui montrent bien les méchancetés
des cordeliers, et estime que ce témoignage de « la chasteté de ces
vénérables » est « le plus notable de tous ».

*

Au pais de Perigort, dedans ung villaige, en une hos-
tellerie, fut faicte une nopce d'une fille de leans[1], où
tous les parens et amys s'efforcerent faire la meilleure
chere qu'il estoit possible. Durant le jour des nopces,
arriverent leans deux Cordeliers, ausquelz on donna à
soupper en leur chambre, veu que n'estoit poinct leur
estat d'assister aux nopces. Mais le principal[2] des
deux, qui avoit plus d'auctorité et de malice, pensa,
puisque on le separoit de la table, qu'il auroit part au
lict, et qu'il leur joueroit un tour de son mestier[3]. Et,
quant le soir fut venu et que les dances commencerent,
le Cordelier, par une fenestre, regarda long temps la
maryée, qu'il trouvoit fort belle et à son gré[4]. Et, s'enquerant soigneusement aux chamberieres de la chambre
où elle debvoit coucher, trouva[5] que c'estoit auprès de
la syenne : dont il fut fort aise, faisant si bien le guet
pour parvenir à son intention, qu'il veit desrober[6] la

---

1. du pays ; plus bas *léans* : là, en ce lieu.   **2.** plus important.
3. un tour de sa façon.   **4.** à son goût.   **5.** apprit.   **6.** enle-
ver (on peut comprendre aussi : il vit la mariée partir à la dérobée) ;
selon une ancienne coutume, rappelée ici allusivement, la mariée
est enlevée par des matrones avant la fin de la fête, et conduite
par elles jusqu'à la chambre nuptiale, où elle est préparée pour
la nuit de noces ; l'époux ne doit la rejoindre qu'un peu plus
tard.

mariée, que les vielles amenerent, comme ilz* ont de
coustume. Et, pource qu'il estoit de fort bonne heure,
le marié ne voulut laisser la dance, mais y estoit tant
affectionné, qu'il sembloit qu'il eust oblyé sa femme ;
ce que n'avoit pas faict le Cordelier, car, incontinant
qu'il entendit que la maryée fut couchée, se despouilla
de son habit gris, et s'en alla tenir la place de son
mary ; mais, de paour d'y estre trouvé, n'y arresta que
bien peu ; et s'en alla jusques au bout d'une allée où
estoit son compaignon qui faisoit le guet pour luy,
lequel luy feit signe que le marié dansoit encores. Le
Cordelier, qui n'avoit pas achevé** sa meschante
concupiscence, s'en retourna encores coucher avecq la
maryée jusques ad ce que son compaignon luy feit
signe qu'il estoit temps de s'en aller. Le marié se vint
coucher ; et sa femme, qui avoit esté tant tormentée du
Cordelier, qu'elle ne demandoit que le repos, ne se
peut tenir de luy dire : « Avez-vous deliberé de ne dormir jamays et ne faire que me tormenter ? » Le pauvre
mary qui ne faisoit que de venir, fut bien estonné, et
luy demanda quel torment il luy avoit faict, veu qu'il
n'avoit party de la danse[1]***. « C'est bien dansé ! dist
la pauvre fille ; voicy la troisiesme fois que vous estes
venu coucher ; il me semble que vous feriez mieulx de
dormir. » Le mary oyant ce propos, fut bien fort
estonné, et oublia toutes choses pour entendre la verité
de ce faict[2]. Mais, quant elle luy eut compté, soupsonna que c'estoient les Cordeliers qui estoient logez
leans. Et se leva incontinant et alla en leur chambre,
qui estoit tout auprès de la sienne. Et, quand il ne les
trouva poinct, se print à cryer à l'ayde si fort, qu'il
assembla tous ses amys, lesquels, après avoir entendu
le faict, luy ayderent, avecq chandelles, lanternes, et
tous les chiens du villaige, à chercher ces Cordeliers.

---

1. quitté la danse.   2. ce qu'il en était en réalité.

---

* *elles* (2155 S).   ** *satisfaict à* (G) ; *satisfaict sa* (2155 S).
*** bougé de la dance (2155 S).

Et, quant ilz ne les trouverent poinct en leur maison, feirent si bonne dilligence qu'ils les attraperent dedans les vignes. Et là furent traictez comme il leur appartenoit[1] ; car, après les avoir bien battuz, leur couperent les bras et les jambes, et les laisserent dedans les vignes à la garde du dieu Bacchus et Venus[2], dont ilz estoient meilleurs disciples que de sainct François[3].

« Ne vous esbahissez poinct, mes dames, si telles gens separez de nostre commune façon de vivre font des choses que les advanturiers auroient honte de faire. Mais esmerveillez-vous qu'ilz ne font pis quant Dieu retire sa main d'eulx, car l'abit est si loing de faire le moyne, que bien souvent par orgueil il le deffaict. Et, quant à moy, je me arreste à la religion que dict sainct Jacques[4], avoir le cueur envers Dieu pur et nect, et se exercer de tout son povoir à faire charité à son prochain[*]. — Mon Dieu, dist Oisille, ne serons-nous jamays hors des comptes[5] de ces fascheux Cordeliers ? » Ennasuitte dist : « Si les dames, princes et gentilz hommes ne sont poinct espargnez, il me semble que les Cordeliers ont grand honneur dont on daigne parler d'eulx ; car ilz sont si très inutiles, que, s'ilz ne font quelque mal digne de memoire, on n'en parleroit jamais ; et on dict qu'il vault mieulx mal faire, que ne faire rien. Et nostre boucquet sera plus beau, tant plus

---

1. comme ils le méritaient.   2. *Cf.* N. 11, qui porte contre les cordeliers la même accusation de sacrifier au dieu du vin et à la déesse de la volupté, d'être ivrognes et débauchés.   3. Saint François d'Assise est le fondateur, au début du XIIIe siècle, de l'ordre mendiant des Cordeliers, appelés ensuite Franciscains.   4. « La religion pure et sans tache, devant Dieu notre Père, consiste à visiter les orphelins et les veuves dans leurs afflictions, et à se préserver des souillures du monde » (*Epître de Jacques* 1, 27).   5. n'en aurons-nous jamais fini avec les histoires de cordeliers ?

---

* *Et quant à moy [...] prochain* est omis chez G.

il sera remply de differentes choses[1]*. — Si vous me
voullez promectre, dist Hircan, de ne vous courroucer
poinct à moy, je vous en racompteray ung d'une
grande dame si infame, que vous excuserez le pauvre
Cordelier d'avoir prins sa necessité[2] où il l'a peu trouver, veu que celle qui avoit assez à manger cherchoit
sa friandise trop meschantement. — Puis que nous
avons juré de dire la verité, dist Oisille, aussy avons-
nous de l'escouter. Par quoy vous povez parler en
liberté, car les maulx que nous disons des hommes et
des femmes ne sont poinct pour la honte particulliere
de ceulx dont est faict le compte, mais pour oster l'estime de la confiance des creatures, en monstrant les
miseres où ilz sont subgectz, afin que nostre espoir
s'arreste et s'appuye à Celluy seul qui est parfaict et
sans lequel tout homme n'est que imperfection. — Or
doncques, dist Hircan, sans craincte je racompteray
mon histoire. »

QUARANTE NEUFVIESME NOUVELLE

Quelques gentilz hommes françoys, voyans que le Roy leur maistre
estoit fort bien traité d'une Comtesse estrangere qu'il aymoit, se
hazarderent de parler à elle, et la poursuyvirent, de sorte qu'ilz
eurent l'ung après l'aultre ce qu'ilz en demandoyent, pensant chascun avoir seul le bien où tous les autres avoyent part. Ce qu'estant
decouvert par l'un d'entre eux, prindrent tous ensemble complot de
se venger d'elle ; mais, à force de faire bonne mine et ne leur porter

---

1. Cet éloge de la variété et ce souhait de prendre en compte les
contraires sont conformes à la poétique de la nouvelle et à l'idéolo-
gie humaniste, soucieuse de mettre en évidence toutes les facettes
du comportement humain. **2.** pris ce dont il avait besoin.

---

* T achevant ici la nouvelle, commence ainsi la suivante : « Afin
que les dames qui par le conte precedent pensoient bien avoir barre
sur les hommes ne s'en alassent sans leur change, Hircan se print
à dire que si elles luy vouloient promettre de ne se courroucer
poinct contre luy, qu'il leur feroit un conte d'une grande dame... »

pire visage qu'auparavant, rapporterent en leur sein la honte qu'ilz luy cuydoient faire.

*

Subtilité d'une comtesse pour tirer secretement son plaisir des hommes, et comme elle fut descouverte.

*

En la cour du Roy Charles[1], je ne diray poinct le quantiesme pour l'honneur de celle dont je veulx parler, laquelle je ne veulx nommer par son nom propre[2], y avoit une Contesse de fort bonne maison, mais estrangiere. Et, pource que toutes choses nouvelles[3] plaisent, ceste dame, à sa venue, tant pour la nouveauté de son habillement que pour la richesse dont il estoit plain, estoit regardée de chascun ; et combien qu'elle ne fust des plus belles, si avoit-elle une grace avecq une audace tant bonne qu'il n'estoit possible de plus, la parolle et la gravité de mesme, de sorte qu'il n'y avoit nul qui n'eust craincte à l'aborder, sinon le Roy, qui l'ayma très fort. Et, pour parler à elle plus priveement, donna quelque commission[4] au conte son mary, en laquelle il demeura longuement ; et, durant ce temps, le Roy feit grand chere avec sa femme. Plusieurs gentilz hommes du Roy, qui congnurent que leur maistre en estoit bien traicté, prindrent hardiesse de parler à elle ; et entre autres ung nommé Astillon[5], qui estoit fort audatieux et homme de bonne grace. Au commencement, elle luy tint une si grande gravité, le menassant

---

1. Charles VIII (né en 1470, roi de 1483 à 1498) avait parmi ses familiers les trois gentilshommes du conte.   2. Brantôme qui évoque cette aventure (*Discours IV*) ne nomme pas non plus la comtesse.   3. *nouvelles* : inhabituelles, inaccoutumées ; *nouveauté* : caractère non ordinaire, étrangeté.   4. mandat officiel, mission.   5. Les noms étaient transparents pour les auditeurs et les lecteurs des nouvelles ; Astillon serait Jacques de Chastillon, chambellan de Charles VIII, tué lors du siège de Ravenne en 1512. Valnebon (anagramme de Bonneval), Germain de Bonneval, chambellan du roi lui aussi, mort devant Pavie en 1525 ; et Durassier, Jacques Galliot de Genouillac, seigneur d'Acier, plus tard grand maître de l'artillerie, et gouverneur du Languedoc, mort en 1546 (note de M. F., suivant les recherches de Le Roux de Lincy et P. Lacroix).

de le dire au Roy son maistre, qu'il en cuyda avoir
paour ; mais, luy, qui n'avoit poinct accoustumé de
craindre les menasses d'un bien hardy capitaine, s'asseura des siennes [1], et il la poursuivyt de si près, qu'elle
luy accorda de parler à luy seulle, luy enseignant la
maniere comme il devoit venir en sa chambre. A quoy
il ne faillyt ; et, afin que le Roy n'en eut nul soupson,
luy demanda congé d'aller en quelque voiage. Et s'en
partit de la court ; mais, la premiere journée, laissa tout
son train [2], et s'en revint de nuict recepvoir les promesses que la contesse luy avoit faictes ; ce qu'elle luy
tint ; dont il demeura si satisfaict, qu'il fut content de
demeurer cinq ou six jours * enfermé en une garde-
robbe, sans saillyr dehors ; et là ne vivoit que de restaurens [3]. Durant les huict jours qu'il estoit caché, vint ung
de ses compaignons faire l'amour à la contesse, lequel
avoit nom Durassier. Elle tint telz termes [4] à ce serviteur, qu'elle avoit faict au premier : au commencement,
en rudes et audatieux propos, qui tous les jours s'adou-
cissoient ; et, quand c'estoit le jour qu'elle donnoit
congé au premier prisonnier, elle mectoit ung serviteur
en sa place. Et, durant qu'il y estoit, ung autre sien
compaignon, nommé Valnebon, feit pareille office [5]
que les deux premiers ; et, après eulx, en vindrent deux
ou trois aultres, qui avoient part à la doulse prison.

Ceste vie dura assez longuement, et conduicte si
finement [6], que les ungs ne sçavoient riens des aultres.
Et combien qu'ilz entendissent assez l'amour que chascun luy portoit, si n'y avoit-il nul qui ne pensast en
avoir eu seul ce qu'il en demandoit, et se mocquoit
chascun de son compaignon, qu'il pensoit avoir failly

---

1. conserva son assurance devant ses menaces, ne craignit pas
ses menaces.   2. tout son équipage.   3. nourriture fine et déli-
cate, mais qui restaure, fortifie.   4. Elle imposa à ce serviteur le
même contrat qu'au premier (*termes* : clauses d'un contrat) ; elle
se comporta avec lui comme avec l'autre.   5. remplit le même
rôle que (*pareil que* : pareil à).   6. avec telle habileté.

---

* content *d'estre sept ou huit* jours (G, T).

à[1] ung si grand bien. Ung jour que les gentilz hommes dessus nommez estoient en ung bancquet, où ilz faisoient fort grand chere, ilz commencerent à parler de leurs fortunes[2] et prisons qu'ilz avoient eues durant les guerres. Mais Valnebon, à qui il faisoit mal de celer si longuement une si bonne fortune que celle qu'il avoit eue, vat dire à ses compagnons : « Je ne sçay quelles prisons vous avez eu, mais quant à moy, pour l'amour d'une où j'ay esté, je diray toute ma vie louange et bien des autres ; car je pense qu'il n'y a plaisir en ce monde qui approche de celluy que l'on a d'estre prisonnier. » Astillon, qui avoit esté le premier prisonnier, se doubta de la prison qu'il vouloit dire, et luy respondit : « Valnebon, soubz quel geolier ou geoliere avezvous esté si bien traicté, que vous aymez tant vostre prison ? » Valnebon luy dist : « Quel que soit le geollier, la prison m'a esté si agreable que j'eusse bien voulu qu'elle eust duré plus longuement, car je ne fuz jamais mieulx traicté ne plus contant. » Durassier, qui estoit homme peu parlant, congnoissant très bien que l'on se debatoit de la prison où il avoit part comme les autres, dist à Valnebon : « De quelles viandes estiezvous nourry en ceste prison, dont vous vous louez si fort ? — De quelles viandes ? dist Valnebon : le Roy n'en a poinct de meilleures ne plus norrissantes. — Mais encores faut-il que je sçache, dist Durassier, si celluy qui vous tenoit prisonnier vous faisoit bien gaingner vostre pain ? » Valnebon, qui se doubta d'estre entendu[3], ne se peut tenir de jurer : « Ha, vertu Dieu*, aurois-je bien des compaignons, où je pense**

---

1. avoir manqué un, ne pas bénéficier d'un (si grand avantage). 2. aventures (heureuses ou malheureuses). 3. qui se douta qu'il avait été bien compris.

---

* Ha, vertu *bieu* ! *j'avois bien* (G). Pour atténuer le blasphème, *bieu* ou *bleu* remplace *Dieu* (cf. *parbleu !*) ; même correction cidessous : Par le sang Dieu ! : par le sang *bieu* ! [*parsambleu*] (G.).   ** où je *pensois* (2155 S ; meilleure leçon).

estre tout seul ? » Astillon voiant ce different[1], où il avoit part comme les aultres, dist en riant : « Nous sommes tous à ung maistre, compaignons et amys dès nostre jeunesse ; parquoy, si nous sommes compaignons d'une bonne fortune, nous avons occasion d'en rire. Mais, pour sçavoir si ce que je pense est vray, je vous prie que je vous interroge[2] et que vous tous* me confessiez la verité, car, s'il est advenu ainsy de nous comme je pense, ce seroit une advanture aussi plaisante que l'on en sçauroit trouver en mil lieues**. » Ilz jurerent tous de dire verité, s'il estoit ainsy qu'ilz ne la peussent denyer[3]***. Il leur dist : « Je vous diray ma fortune, et vous me respondrez ouy ou nenny, si la vostre est pareille. » Ilz se accorderent tous, et alors**** il dist : « Je demanday congé***** au Roy d'aller en quelque voiage. » Ilz respondirent : « Et nous aussy. — Quant je fuz à deux lieues de la court, je laissay tout mon train et m'allay rendre prisonnier. » Ils respondirent : « Nous en fismes autant. — Je demouray, dist Astillon******, sept ou huict jours, et couchay en une garderobbe, où l'on ne me fit manger que restaurens et les meilleures viandes******* que je mangey jamais ; et, au bout de huict jours, ceulx qui me tenoient me laisserent aller beaucoup plus foible que je n'estois arrivé. » Ilz jurerent tous que ainsy leur estoit advenu. « Ma prison, dist Astillon, commencea tel jour et fina tel jour. — La myenne, dist Durassier, commencea le propre jour que la vostre fina[4], et dura jusques à ung tel jour. » Valnebon, qui perdoit patience,

---

1. ce différend, ce débat.   2. je vous prie de me laisser vous interroger, et de me confesser...   3. s'il se trouvait qu'ils ne puissent la nier.   4. le jour même où la vôtre prit fin.

---

* et que vous *deux* (2155 S).   ** en nul livre (2155 S) ; en nul lieu (G).   *** s'il en était ainsi qu'il la peust devyner (2155 S).   **** et à l'heure (2155 S).   ***** *Premierement* je demanday (2155).   ****** Je demeuray, dist Astillon, *en prison* (2155 S).   ******* et des viandes les meilleures que je goustay jamais (2155 S).

commencea à jurer et dire : « Par le sang Dieu ! à ce
que je voy, je suis le tiers qui pensois estre le premier
et le seul, car je y entray tel jour et en saillis tel jour. »
Les aultres trois, qui estoient à la table, jurerent qu'ilz
avoient bien gardé ce rang. « Or, puisque ainsy est, dist
Astillon, je diray l'estat de nostre geoliere : elle est
mariée et son mary est bien loing. — C'est ceste-là
propre [1], respondirent-ilz tous. — Or, pour nous mectre
hors de peyne, dist Astillon, moy qui suis le premier
en roolle [2], la nommeray aussy le premier : c'est
madame la contesse, qui estoit si audatieuse que, en
gaingnant son amityé, je pensois avoir gaingné * Cesar.
— Que à tous les diables soit la villaine qui nous a
faict d'une chose tant travailler [3] **, et nous reputer si
heureux de l'avoir acquise ! Il ne fut oncques une telle
meschante, car, quant elle en tenoit ung en cache [4] ***,
elle praticquoit l'autre, pour n'estre jamais sans passetemps ; et aymerois-je mieulx estre mort, qu'elle demorast sans pugnition ! » Ilz demanderent **** chascun
qu'il leur sembloit quelle debvoit avoir [5], et qu'ilz
estoient tous prestz de la luy donner. « Il me semble,
dist-il, que nous le debvons dire au Roy nostre maistre,
lequel en faict ung cas comme d'une deesse, — Nous
ne ferons poinct ainsi, dist Astillon ***** ; nous avons
assez de moien pour nous venger d'elle, sans y appeler
nostre maistre. Trouvons nous demain, quand elle ira
à la messe ; et que chascun de nous porte une chayne

---

1. celle-là même.   2. ai joué le premier rôle (« Astillon, qui
avoit esté le premier prisonnier »).   3. donné tant de peine pour
obtenir quelque chose.   4. au cachot, en prison.   5. Ils deman-
dèrent... quelle punition elle leur sembloit mériter.

---

* vaincu (G, 2155 S).   ** d'une chose *commune* (2155 S).
*** une telle meschante... en cache : une telle *meschancetté*, car,
quant elle en tenoit ung en *caige*... (2155 S).   **** Ils demanderent *à Astillon* (G), chascun *quelle il luy* sembloit (2155).
***** Point ainsi, dit Duracier, car, puis qu'elle ne nous a point
faict de desplaisir envers le roy, nous ne luy en devons point faire
aussi. Nous avons... (2155 S, ms. 1522).

de fer au col, et, quand elle entrera en l'eglise, nous la saluerons comme il appartient[1]. »

Ce conseil fut trouvé très bon de toute la compaignye, et feirent provision de chascun une chayne de fer. Le matin venu, tous habillez* de noir, leurs choynes de fer tournées à l'entour de leur col, en façon de collier, vindrent trouver la contesse, qui alloit à l'eglise. Et, si tost qu'elle les veid ainsy habillez, se print à rire et leur dist : « Où vont ces gens si douloureux ? — Madame, dist Astillon, nous vous venons accompaigner comme pauvres esclaves prisonniers qui sont tenuz à vous faire service. » La contesse, faisant semblant de n'y entendre rien, leur dist : « Vous n'estes poinct mes prisonniers, ne je n'entendz poinct que vous ayez occasion de me faire service plus que les aultres. » Valnebon s'advancea et luy dist : « Si nous avons mangé de vostre pain si longuement, nous serions bien ingratz si nous ne vous faisions service. » Elle feit si bonne myne[2] de n'y rien entendre, qu'elle cuydoit par ceste gravité les estonner[3]. Mais ilz poursuyvoient si bien leurs propos, qu'elle entendit que la chose estoit descouverte. Parquoy, trouva incontinant moien de les tromper**, car elle, qui avoit perdu l'honneur et la conscience, ne voulut poinct recepvoir la honte qu'ilz lui cuydoient faire ; mais, comme celle qui[4] preferoit son plaisir à tout l'honneur du monde, ne leur en feit pire visaige, ny n'en changea de contenance : dont ilz furent tant estonnez, qu'ilz rapporterent en leur saing[5] *** la honte qu'ilz luy avoient voulu faire.

« Si vous ne trovez, mes dames, ce compte digne de faire congnoistre les femmes aussi mauvaises que les

---

1. comme il convient. **2.** si bien semblant. **3.** croyait par cette attitude sévère les effrayer, les frapper de stupeur. **4.** en femme qui... **5.** reportèrent sur eux (en leur sein).

---

* tous *six*, habillez (2155 S) ; voir ci-dessus « et après eulx, en vindrent deux ou trois autres ».   ** Mais elle les trompa bien (2155 S).   *** en leur fin (G).

hommes, j'en chercheray d'aultres pour vous compter ;
toutesfois, il me semble que cestuy-la suffise pour vous
monstrer que une femme qui a perdu la honte est cent
foys plus hardye à faire mal que n'est ung homme. »
Il n'y eut femme en la compaignye, oyant racompter
ceste histoire, qui ne fist tant de signes de croix qu'il
sembloit qu'elles voyoient tous les diables d'enfer
devant leurs oeilz. Mais Oisille leur dist : « Mes
dames, humilions-nous, quand nous oyons cest horrible
cas, d'autant que la personne delaissée de Dieu se rend
pareille à celluy avecq lequel elle est joincte ; car, puis
que ceulx qui adherent à Dieu ont son esperit avec
eulx*, aussi sont ceulx qui adherent à son contraire [1] ;
et n'est rien si bestial [2] que la personne destituée [3] de
l'esperit de Dieu. — Quoy que ait faict ceste pauvre
dame, dist Ennasuitte, si ne sçaurois-je louer ceulx qui
se vantent de leur prison. — J'ay opinion, dist Longarine, que la peyne n'est moindre à ung homme de celler
sa bonne fortune, que de la pourchasser, car il n'y a
veneur [4] qui ne prenne plaisir à corner sa prise [5], ny
amoureulx, d'avoir la gloire de sa victoire. — Voilà
une opinion, dist Simontault, que, devant tous les
Inquisiteurs de la foy [6], je soutiendray hereticque, car
il y a plus d'hommes secretz que de femmes ; et sçay
bien que l'on en trouveroit qui aymeroient mieulx n'en
avoir bonne chere, que s'il falloit que creature du
monde l'entendist. Et par ce, a l'Eglise, comme bonne
mere, ordonné les prestres confesseurs et non pas les
femmes, parce qu'elles ne peuvent rien celer. — Ce

---

1. *son contraire* : le diable.   **2.** semblable à une bête.   **3.** privée.   **4.** chasseur.   **5.** sonner du cor au moment de la prise.
6. Le tribunal de l'Inquisition, juridiction ecclésiastique érigée par
le Saint-Siège aux XIIe-XIIIe siècles en Italie, en Espagne, au Portugal, jugeait les hérétiques et les condamnait.

---

* sont ung esprit avecques Luy (2155 et d'autres manuscrits).
R. Salminen note la réminiscence biblique (« Mais celui qui s'at-
tache au Seigneur est avec lui un seul esprit », Paul, 1re Épître aux
Corinthiens 6, 17).

n'est pas pour ceste occasion[1], dist Oisille, mais c'est
parce que les femmes sont tant ennemyes du vice,
qu'elles ne donneroient pas si facillement absolution
que les hommes, et seroient trop austeres en leurs penitences[2]. — Si elles l'estoient autant, dist Dagoucin,
qu'elles sont en leurs responces, elles feroient desesperer plus de pecheurs qu'elles n'en attireroient à salut ;
parquoy l'Eglise, en toute sorte, y a bien pourveu. Mais
si ne veulx-je pas, pour cela, excuser les gentilz
hommes qui se vanterent ainsy de leur prison, car
jamais homme n'eut honneur à dire mal des femmes.
— Puis que le faict estoit commun[3], dist Hircan, il me
semble qu'ilz faisoient bien de se consoler les ungs
aux aultres. — Mais, dist Geburon, ilz ne le devoient
jamais confesser pour leur honneur mesme. Car les
livres de la Table Ronde[4] nous apprennent que ce n'est
poinct honneur à ung bon chevalier d'en abatre ung
qui ne vault rien. — Je m'esbahys, dist Longarine, que
ceste pauvre femme ne moroit de honte devant ses prisonniers. — Celles qui l'ont perdue, dist Oisille, à
grand peyne la peuvent-elles jamais reprendre, sinon
celle que fort amour a faict oblier. De telles en ay-je
veu beaucoup revenir. — Je croy, dist Hircan, que vous
en avez veu revenir celles qui y sont allées, car forte
amour qui est en une femme, est malaisée à trouver[*].
— Je ne suis pas de vostre opinion, dist Longarine, car

---

1. pour cette raison.   2. useraient d'une sévérité excessive
dans les pénitences qu'elles donneraient (aux pécheurs).   3. Puisqu'ils partageaient le même sort.   4. Les romans dits « courtois »
du XIIᵉ siècle appartenant au cycle arthurien comme *Le Chevalier
à la Charrette*, *Le Conte du Graal*, ou *Perceval* de Chrétien
de Troyes, qui mettent en scène les légendaires Chevaliers de la
Table Ronde, l'ordre de chevalerie institué par le roi Arthur (ou
Artus).

---

* T achève ici la nouvelle et commence la suivante ainsi :
« Longarine ne se peut accorder à l'opinion d'Hircan pour ce
qu'elle disoit y en avoir et en sçavoir qui avoient aymé jusques à
la mort. Hircan eut si grande envye d'oyr ceste nouvelle qu'il luy
donna sa voix pour cognoistre... »

je croy qu'il y en a qui ont aymé jusques à la mort.
— J'ay tant d'envye d'oyr ceste nouvelle, dist Hircan,
que je vous donne ma voix pour congnoistre aux
femmes l'amour[1] que je n'ay jamais estimé y estre.
— Or, mays que vous l'oyez[2], dist Longarine, vous le
croyrez, et qu'il n'est nulle plus forte passion que celle
d'amour[3]. Mais, tout ainsy qu'elle faict entreprendre
choses quasi impossibles, pour acquerir quelque
contentement en ceste vie, aussy mene-elle, plus que
autre passion, à desespoir celluy ou celle qui pert l'esperance de son desir, comme vous verrez par ceste histoire. »

CINQUANTIESME NOUVELLE

Messire Jean Pierre poursuyvit longuement en vain une sienne voysine, de laquelle il estoit fort feru. Et, pour en divertir sa fantaysie,
s'esloingna quelques jours de sa veue : qui luy causa une melanco-
lye si grande, que les medecins lui ordonnerent la saignée. La dame,
qui sçavoit d'ond procedoit son mal, cuydant sauver sa vie, advança
sa mort, luy accordant ce que tousjours luy avoit refusé ; puis, considerant qu'elle estoit cause de la perte d'un si perfait amy, par un
coup d'espée, se feit compaigne de sa fortune.

*

*Un amoureux, apres la saignée, reçoit le don de mercy dont il
meurt, et sa dame pour l'amour de luy.*

*

En la ville de Cremonne[4], n'y a pas longtemps*
qu'il y avoit ung gentil homme nommé messire Jehan
Pietre**, lequel avoit aymé longuement une dame qui
demoroit près de sa maison ; mais, pour pourchatz

---

1. apprendre à connaître chez les femmes l'amour...
2. à condition que vous l'entendiez.   **3.** De l'Antiquité jusqu'à
Descartes, qui modifiera la hiérarchie (*Traité des passions*, 1649),
l'amour est en effet considéré comme la passion la plus forte.
4. Crémone, ville italienne de Lombardie.

---

* il n'y a pas encore un an (2155).   ** Petri (2155 S).

qu'il sceut faire[1], ne povoit avoir d'elle la responce qu'il desiroit, combien qu'elle l'aymoit de tout son cueur. Dont le pauvre gentil homme fut si ennuyé[2] et fasché, qu'il se retira en son logis, deliberé de ne poursuyvre plus en vain le bien dont la poursuicte consumoit sa vie. Et, pour en cuyder[3] divertir sa fantaisie, fut quelques jours sans la veoir ; dont il tumba en telle tristesse, que l'on mescongnoissoit[4] son visaige. Ses parens feirent venir les medecins, qui, voyans que le visaige luy devenoit jaulne, estimerent que c'estoit une oppilation de foye[5], et luy ordonnerent la seignée. Ceste dame, qui avoit tant faict la rigoureuse, sçachant très bien que la malladie ne luy venoit que par son refuz, envoia devers luy une vielle en qui elle se fyoit, et luy manda que, puis qu'elle congnoissoit que son amour estoit veritable et non faincte, elle estoit deliberée de tout luy accorder ce que si long temps luy avoit refusé. Elle avoit trouvé moien de saillir de son logis en ung lieu où privement[6] il la povoit veoir. Le gentil homme, qui au matin avoit esté seigné au bras, se trouva par ceste parolle mieulx guery qu'il ne faisoit par medecine ne seignée qu'il sceut prendre : luy manda qu'il n'y auroit poinct de faulte qu'il ne se trouvast à l'heure qu'elle luy mandoit ; et qu'elle avoit faict ung miracle evident, car, par une seulle parolle, elle avoit guery ung homme d'une malladye où tous les medecins ne povoient trouver remede. Le soir venu qu'il avoit tant desiré, s'en alla le gentil homme au lieu qui luy avoit esté ordonné, avecq ung si extresme contentement qu'il falloit que bien tost il print fin, ne povant augmenter. Et ne demeura gueres, après qu'il fut arrivé, que celle qu'il aymoit plus que son ame le vint trouver. Il ne s'amusa pas[7] à luy faire grande

---

1. en dépit de toutes ses tentatives de séduction. **2.** affligé. **3.** Sens causal : pour croire (pensant en détourner son désir). **4.** ne reconnaissait plus. **5.** obstruction des voies biliaires (un ictère, familièrement : une jaunisse). **6.** en privé, en toute discrétion. **7.** Il ne perdit pas de temps.

harangue, car le feu qui le brusloit le faisoit hastivement pourchasser ce que à peyne povoit-il croire avoir en sa puissance[1]. Et, plus yvre d'amour et de plaisir qu'il ne luy estoit besoing, cuydant sercher par un cousté le remede de sa vie, se donnoit par ung aultre l'advancement de sa mort ; car, ayant pour s'amye mys en obly soy mesmes, ne s'apperceut pas de son bras qui se desbanda[2], et la playe nouvelle, qui se vint à ouvrir, rendit tant de sang que le pauvre gentil homme en estoit tout baigné. Mais, estimant que sa lasseté[3] venoit à cause de ses excès, s'en cuyda[4] retourner à son logis. Lors, Amour, qui les avoit trop unys ensemble, feit en sorte que, en departant d'avecq[5] s'amye, son ame departyt de son corps ; et, pour la grande effusion de sang[6]*, tumba tout mort aux piedz de sa dame, qui demoura si hors d'elle-mesmes par son estonnement[7], en considerant la perte qu'elle avoit faicte d'un si parfaict amy, de la mort duquel elle estoit la seulle cause. Regardant d'aultre costé**, avecq le regret et la honte en quoy elle demoroit, si on trouvoit ce corps mort en sa maison, afin de faire ignorer la chose, elle et une chamberiere en qui elle se fioit, porterent le corps mort dedans la rue, où elle ne le voulut laisser seul, mais, en prenant l'espée du trepassé, se voulut joindre à sa fortune[8], et, en punissant son cueur, cause de tout le mal, la passa tout au travers, et tomba son corps mort sur celluy de son amy. Le pere et la mere de ceste fille, en sortans au matin de leur maison, trouverent ce piteulx spectacle ; et, après en avoir faict tel deuil que le cas meritoit, les enterrerent tous deux ensemble.

---

1. ce qu'il avait peine à croire qu'il pourrait posséder.   2. perdit la bande (qui fermait la plaie). 3. fatigue.   4. s'apprêta à... 5. quittant. 6. à cause de la grande hémorragie.   7. stupéfaction, violente émotion.   8. partager son sort.

---

* *par* grande effusion (2155 S).   ** D'autre costé, avecques le regret, la honte en quoy elle demoureroit (2155 S ; texte plus correct).

« Ainsy voyt-on, mes dames, que une extremité
d'amour ameine * ung autre malheur. — Voylà qui me
plaist bien, dist Symontault, quant l'amour est si egalle,
que, luy morant, l'autre ne vouloit plus vivre. Et si
Dieu m'eust faict la grace d'en trouver une telle, je
croy que jamais n'eust [1] ** aymé plus parfaictement.
— Si ay-je ceste opinion, dist Parlamente, qu'amour
ne vous a pas tant aveuglé, que vous n'eussiez mieulx
lyé vostre bras qu'il ne feit ; car le temps est passé que
les hommes oblient leurs vies pour les dames. — Mais
il n'est pas passé, dist Simontault, que les dames
oblient la vie de leurs serviteurs pour leurs plaisirs.
— Je croy, dist Ennasuitte, qu'il n'y a femme au
monde qui prenne plaisir à la mort d'un homme,
encores qu'il fust son ennemy. Toutesfois, si les
hommes se veulent tuer eulx-mesmes, les dames ne les
en peuvent pas garder [2]. — Si est-ce, dist Saffredent,
que celle qui refuse son pain au pauvre mourant de
faim, est estimée le meurtrier. — Si vos requestes, dist
Oisille, estoient si raisonnables que celles du pauvre
demandant sa necessité [3], les dames seroient trop
cruelles de vous refuser ; mais, Dieu mercy ! ceste
maladie ne tue que ceulx qui doyvent morir dans l'année. — Je ne treuve poinct, Madame, dist Saffredent,
qu'il soit une plus grande necessité que celle qui faict
oblier toutes les aultres ; car, quant l'amour est forte,
on ne congnoist autre pain ne aultre viande que le
regard et la parolle *** de celle que l'on ayme. — Qui
vous laisseroit [4] **** jeusner, dist Oisille, sans vous bailler aultre viande, on vous feroit bien changer de propos ? — Je vous confesse, dist-il, que le corps pourroit
defaillir, mais le cueur et la volunté non. — Doncques,

---

1. on n'eût jamais.   2. empêcher.   3. ce qu'il lui faut, le
strict nécessaire.   4. Si on vous laissait.

* *avance* (ms. 1512) ; *amene l'autre de malheur* (2155 S).
** *jamais homme n'eust* (G, 2155 S).   *** Le texte fautif du
ms. 1512 (*le regard de la pareille*) est corrigé par M. F. en suivant
les autres leçons.   **** *longuement* jeusner (2155 S).

dist Parlamente, Dieu vous a faict grand grace de vous
faire addresser en lieu[1] où avez si peu de contentement, qu'il vous fault reconforter à boire et à manger,
dont il me semble que vous vous acquitez si bien que
vous devez louer Dieu d'une si doulce cruaulté. — Je
suis tant nourry au torment, dist-il, que je commence à
me louer des maulx dont les autres se plaignent ! —
Peut-estre que c'est, dist Longarine, que vostre plaincte
vous recule de[2] la compaignie où vostre contentement
vous faict estre le bien venu ; car il n'est rien si
fascheux, que ung amoureux importun. — Mectez, dist
Simontault, que une dame cruelle ! — J'entendz bien,
dist Oisille, que, si nous voulons entendre la fin des
raisons de Symontault, veu que le cas luy touche, nous
pourrions trouver complies[3] au lieu de vespres ; parquoy, allons-nous en louer Dieu, dont ceste Journée
est passée sans plus grand debat. » Elle commencea la
premiere à se lever, et tous les aultres la suyvirent.
Mais Simontault et Longarine ne cesserent de debatre
leur querelle si doulcement, que, sans tirer espée,
Simontault gaingna, monstrant que de la passion la
plus forte estoit la necessité[4] la plus grande. Et, sur ce
mot, entrerent en l'eglise, où les moynes les attendoient. Vespres oyes, s'en allerent soupper autant de
parolles que de viandes, car leurs questions durerent
tant qu'ilz furent à table[*], et du soir jusques ad ce que
Oisille leur dist qu'ilz pouvoient bien aller reposer
leurs esperitz, et que les cinq Journées estoient accom-
plies de si belles histoires, qu'elle avoit grand paour
que la sixiesme ne fust pareille ; car il n'estoit possible,
encores qu'on les voulut inventer, de dire de meilleurs[**] comptes que veritablement ilz en avoient

---

1. L'expression désigne en termes vagues celui ou celle qu'on
aime. 2. vous fait mettre à l'écart de. 3. Dernière partie de
l'office religieux de la journée (après les vêpres). 4. le besoin.

---

* tout le long du soupper et du soir, jusques (2155 S) ; tant
qu'ilz furent à table, et encores le soir (G.) ** plus beaulx
(2155 S).

racomptez en leur compaignye. Mais Geburon luy dist que, tant que le monde dureroit, il se feroit cas[1]* dignes de memoire. « Car la malice des hommes mauvais est toujours telle qu'elle a esté, comme la bonté des bons. Tant que malice et bonté regneront sur la terre, ilz la rempliront tousjours de nouveaulx actes, combien qu'il est escript qu'il n'y a rien nouveau soubz le soleil[2]. Mais, à nous, qui n'avons esté appellez au conseil privé de Dieu[3], ignorans les premieres causes, trouvons toutes choses nouvelles tant plus admirables**, que moins nous les vouldrions ou pourrions faire : parquoy n'ayez poinct de paour que les Journées qui viendront ne suyvent bien celles qui sont passées, et pensez de vostre part de bien faire vostre debvoir. » Oisille dist qu'elle se rendoit à Dieu***, au nom duquel elle leur donnoit le bonsoir. Ainsy se retira toute la compaignye, mectant fin à la cinquiesme Journée.

FIN DE LA CINQUIESME JOURNÉE

---

1. on trouverait des aventures (latin *casus* : accident, événement). **2.** Écho à la célèbre sentence de l'Ecclésiaste : *Nil novi sub sole* (1, 10). Voir G. Mathieu-Castellani, « Rien nouveau sous le soleil », in *Marguerite de Navarre*, ouvr. cité, p. 719-729.   **3.** L'assemblée des justes, comparée en quelque sorte au Conseil privé du roi. L'expression signifie : nous qui ignorons les desseins (*consilia*) de Dieu ; *premières causes* : causes premières, ou principes des choses.

* se feroient tous les jours cas (G) ; il se feroit tous les jours cas (2155 S).   ** nouvelles et tant plus admirables (G, 2155 S).   *** qu'elle se recommanderoit (G, 2155 S).

Inueni vnam preciosam
margaritam quam inti
mo corde collegi :

Portrait d'Henri d'Albret, roi de Navarre, second époux de Marguerite.

LA SIXIESME JOURNÉE

EN LA SIXIESME JOURNÉE, ON DEVISE DES TROMPE-
RYES QUI SE SONT FAITES D'HOMME À FEMME, DE
FEMME À HOMME, OU DE FEMME À FEMME, PAR AVA-
RICE, VENGEANCE ET MALICE.

PROLOGUE

Le matin, plus tost que de coustume, madame Oisille
alla preparer sa leçon¹ en la salle ; mais la compaignye,
qui en fut advertye, pour le desir qu'elle avoit d'oyr sa
bonne instruction, se dilligenta² tant de se habiller,
qu'ilz ne la feirent gueres actendre. Et elle, congnoissant
la ferveur *, leur vat lire l'epistre de Sainct Jehan l'evan-
geliste³, qui n'est plaine que d'amour, pour ce que
les jours passez elle leur avoir declaré celle de Sainct
Pol aux Romains⁴ **. La compaignye trouva ceste viande⁵
si doulce, que, combien qu'ilz y fussent demye heure
plus qu'ilz n'avoient esté les aultres jours, si leur sem-
bloit-il n'y avoir pas esté ung quart. Au partir de là, s'en
allerent à la contemplation de la messe, où chacun se

---

1. lecture et méditation (de l'Écriture Sainte). 2. se dépê-
cha. 3. la Première Épître de saint Jean, déjà alléguée plusieurs fois
par les devisants (N. 19, 26, 36), consacrée en effet à l'amour fraternel
(2, 9-11) et à l'amour que Dieu porte aux hommes (3, 1 ; 4, 7-
13). 4. L'Épître de Paul aux Romains a été également souvent alléguée (N. 26, 30, 33, 34). 5. nourriture (matérielle ou spirituelle).

---

* *leur* ferveur (2155 S) ; leur *cueur* (G). ** *pource que [...]*
Sainct Pol aux Romains est omis dans G.

recommanda au Sainct Esperit, pour satisfaire ce jour-là
à leur plaisante audience. Et, après qu'ilz eurent disné,
et prins ung peu de repos, s'en allerent continuer le passetemps accoustumé. Et madame Oisille leur demanda
qui commenceroit ceste Journée. Longarine leur* respondit : « Je donne ma voix à Madame Oisille ; elle nous
a ce jourd'huy faict une si belle leçon, qu'il est impossible qu'elle ne die quelque histoyre digne de parachever
la gloire [1] qu'elle a merité à ce matin. — Il me desplaist,
dist Oisille, que je ne vous puis dire, à ceste après disnée,
chose aussy proffitable que j'ay faict à ce matin ; mais,
à tout le moins, l'intention de mon histoire ne sortira
poinct hors de la doctrine de la saincte Escripture, où il
est dict : « Ne vous confiez poinct aux princes, ne aux
filz des hommes, auxquelz n'est nostre salut [2]. » Et, afin
que, par faulte d'exemple, ne mectez en obly ceste
verité, je vous en voys dire ung très veritable et dont la
memoire est si fresche, que à peyne en sont essuyez les
oeilz de ceulx qui ont veu ce piteulx spectacle. »

CINQUANTE ET UNIESME NOUVELLE

Le duc d'Urbin, contre la promesse faite à sa femme, feit pendre
une siene damoyselle, par le moyen de laquelle son filz (qu'il ne
vouloit maryer pauvrement) faisoit entendre à s'amye l'affection
qu'il luy portoit.

*

Perfidie et cruauté d'un duc italien.

*

Le duc d'Urbin [3] **, nommé le Prefect, lequel espousa

---

1. parfaire l'honneur. **2.** « Ne vous confiez pas aux grands, / Aux
fils de l'homme, qui ne peuvent sauver » (Psaume 146, 3). **3.** Le duc
d'Urbino, en Italie : François-Marie della Rovere (1491-1538), préfet
de Rome, neveu du pape Jules II, époux d'Éléonore de Gonzague, fille
du marquis de Mantoue et sœur du duc Frédéric de Mantoue.

---

* *luy* respondit (autres ms., meilleure leçon). ** Un duc d'Italie,
duquel je tairay le nom, avoit un filz (G) ; nommé le *Parfaict* (2155 S).

la seur du premier duc de Mantoue, avoit ung filz[1] de l'aage de diz huict à vingt ans, qui fut amoureux d'une fille d'une bonne et honneste maison, seur de l'abbé de Farse[2]*. Et, pour ce qu'il n'avoit pas la liberté de parler à elle comme il vouloit, selon la coustume du pays, se ayda du moien d'un gentil homme qui estoit à son service, lequel estoit amoureux d'une jeune damoiselle servant sa mere, fort belle et honneste, par laquelle faisoit declarer à s'amye la grande affection qu'il luy portoit. Et la pauvre fille n'y pensoit en nul mal[3], prenant plaisir à luy faire service, estimant sa volunté si bonne et honneste, qu'il n'avoit intention[4] dont elle ne peut avecq honneur faire le message. Mais le duc, qui avoit plus de regard[5] au proffict de sa maison que à toute honneste amityé, eut si grand paour que les propos menassent son filz jusques au mariage, qu'il y feyt mectre ung grand guet[6]. Et luy fut rapporté que ceste pauvre damoiselle s'estoit meslée de bailler quelques lettres de la part de son filz à celle que plus il aymoit : dont il fut tant courroucé, qu'il se delibera d'y donner ordre[7]. Mais il ne peut si bien dissimuler son courroux, que la damoiselle n'en fut advertye, laquelle, congnoissant la malice[8] du duc, qu'elle estimoit aussi grande que sa conscience petite, eut une merveilleuse[9] craincte. Et s'en vint à la duchesse, la suppliant luy donner congé de se retirer** en quelque lieu hors de la veue de luy, jusques à ce que sa fureur fust passée. Mais sa maistresse luy dist qu'elle essaieroit d'entendre la volunté de son mary, avant que de luy donner congé. Toutesfois, elle entendit bien tost le

---

1. Guidubaldo della Rovere, né en 1514. 2. Personnage non identifié. 3. n'y voyait aucun mal. 4. désir. 5. pensait davantage à, se souciait plus de. 6. une grande surveillance. 7. de mettre fin à ce commerce. 8. méchanceté. 9. très grande.

---

* *Farfe* (2155 S) ; *Forli* dans d'autres ms. ; omis en G. ** *luy donner congé... congé* est omis en ms. 1512, rétabli suivant G et autres ms.

mauvais propos[1] que le duc en tenoit ; et, congnoissant
sa complexion[2], non seullement donna congé, mais
conseilla à ceste damoiselle de s'en aller en ung
monastere jusques ad ce que ceste tempeste fust passée. Ce qu'elle feit le plus secretement qu'il luy fut
possible, mais non tant que le duc n'en fust adverty,
qui, d'un visaige fainct[3] et joyeux, demanda à sa
femme où estoit cette damoiselle, laquelle, pensant
qu'il en sçeut bien la verité, la luy confessa ; dont il
faingnyt estre marry, luy disant qu'il n'estoit besoing
qu'elle fist ces contenances-là[4] ; et que de sa part il ne
luy vouloit poinct de mal et qu'elle la fist retourner,
car le bruict[5] de telles choses n'estoit poinct bon. La
duchesse luy dist que, si ceste pauvre fille estoit si
malheureuse d'estre hors de sa bonne grace, il valloit
mieulx, pour quelque temps, qu'elle ne se trouvast
poinct en sa presence ; mais il ne voulut poinct recepvoir toutes ses raisons, luy commandant qu'elle la feist
revenir. La duchesse ne faillyt à declarer à la pauvre
damoiselle la volunté du duc : dont elle ne se peut
asseurer[6], la supliant qu'elle ne tentast poinct ceste fortune ; et qu'elle sçavoit bien que le duc n'estoit pas si
aisé à pardonner comme il en faisoit la myne. Toutesfois, la duchesse l'asseura qu'elle n'auroit nul mal, et
la print[7]* sur sa vie et son honneur. La fille, qui sçavoit
bien que sa maistresse l'aymoit et ne la vouldroit point
tromper pour ung rien, print sa fiance[8]** en sa promesse, estimant que le duc ne vouldroit jamais aller
contre telle seureté[9] où l'honneur de sa femme estoit
engaigé ; et ainsy s'en retourna avecques la duchesse.
Mais, si tost que le duc le sceut, ne faillyt à venir en
la chambre de sa femme, où si tost qu'il eut apperceu

---

1. elle comprit [...] les mauvaises intentions.　2. caractère,
tempérament.　3. hypocrite.　4. qu'elle eût cette attitude.
5. les rumeurs.　6. ne put se rassurer.　7. s'engagea auprès
d'elle.　8. et ne l'eût voulu tromper pour rien au monde, prit
confiance.　9. assurance.

---

* le print (2155 S).　　** *print confiance* (2155 S, G).

ceste fille, disant à sa femme : « Voylà une telle qui
est revenue ! » se retourna devers ses gentilz hommes,
leur commandant la prendre et la mener en prison.
Dont la pauvre duchesse, qui sur sa parolle l'avoit tirée
hors de sa franchise[1], fut si desesperée*, se mectant à
genoulx devant luy, luy supplia que, pour l'amour de
luy et de sa maison, il luy pleust ne faire ung tel acte,
veu que, pour luy obeyr, elle l'avoit tirée du lieu où
elle estoit en seuretté. Si est-ce que, quelque priere
qu'elle sceut faire ne raison qu'elle sceut alleguer, ne
sceut amolir le dur cueur, ne vaincre la forte opinion[2]
qu'il avoit prinse de se venger d'elle ; mais, sans respondre à sa femme ung seul mot, se retira incontinant[3]
le plus tost qu'il peut, et, sans forme de justice[4],
obliant Dieu et l'honneur de sa maison, feit cruellement pendre ceste pauvre damoiselle. Je ne puis entreprendre de vous racompter l'ennuy[5] de la duchesse,
car il estoit tel que doibt avoir une dame d'honneur et
de cueur, qui sur sa foy voyoit mourir celle qu'elle
desiroit de saulver. Mais encores moins se peult dire
l'extreme deuil du pauvre gentil homme qui estoit son
serviteur, qui ne faillit de se mectre en tout debvoir
qu'il luy fut possible de saulver la vie de s'amye,
offrant mectre la sienne en lieu[6]. Mais nulle pitié ne
sceut toucher le cueur de ce duc, qui ne cognoissoit
aultre felicité que de se venger de ceulx qu'il hayoit[7].
Ainsy fut ceste damoiselle innocente mise à mort par
ce cruel duc contre toute la loy d'honnesteté[8], au très
grand regret de tous ceulx qui la congnoissoient.

« Regardez, mes dames, quelz sont les effectz de la
malice quant elle est joincte à la puissance ! — J'avois

---

1. lui avait fait quitter son lieu d'asile (le monastère).   2. résolution.   3. sur-le-champ.   4. sans autre forme de procès.
5. affliction, douleur.   6. donner la sienne en échange.
7. haïssait.   8. tous les codes de l'honneur.

---

* si desespérée *que*, se mectant... (2155) ; si desesperée *qu'elle
se mit* (G).

bien ouy dire, ce dist Longarine, que les Italiens estoient subgects à trois vices [1] par excellence ; mais je n'eusse pas pensé que la vengeance et cruaulté fut allée si avant, que, pour une si petite occasion [2], elle eut donné si cruelle mort. » Saffredent, en riant, luy dist : « Longarine, vous nous avez bien dict l'un des trois vices ; mais il faut sçavoir qui sont les deux autres ? — Si vous ne les sçaviez, ce dist-elle, je les vous apprendrois, mais je suys seure que vous les sçavez tous. — Par ces parolles, dist Saffredent, vous m'estimez bien vitieux ? — Non faiz, dist Longarine, mais si bien congnoissez la laydeur du vice, que vous le povez mieulx que ung aultre eviter. — Ne vous esbahissez, dist Simontault, de ceste cruaulté ; car ceulx qui ont passé par Italie en ont vu de si très incroyables, que ceste-cy n'est au pris qu'un petit pecadille [3]. — Vrayement, dist Geburon, quant Rivolte [4] fut prins des François, il y avoit ung cappitaine Italien, que l'on estimoit gentil compaignon, lequel, voiant mort ung qui ne luy estoit ennemy que de tenir sa part contraire de Guelfe à Gibelin [5], luy arracha le cueur du ventre, et, le rotissant sur les charbons à grand haste, le mangea, et, respondant à quelques ungs qui luy demandoient quel goust il y trouvoit, dist que jamais n'avoit mengé si savoureux [*] ne si plaisant morceau que de cestuy-là ; et, non content de ce bel acte, tua la femme du mort, et, en arrachant de son ventre le fruict dont

---

1. Comme le montre la réplique de Saffredent, cette leçon (G, 2155 S) est meilleure que celle du ms. 1512 et de T qui donnent « tous vices ». 2. pour un si petit motif, sous un si léger prétexte. 3. légère faute (de l'italien *peccadiglio*, diminutif de *peccato* : péché, faute). 4. Rivolta, près de Milan, ville prise sur les Vénitiens par les troupes françaises sous la conduite de Louis XII en 1509. 5. Allusion aux guerres cruelles qui opposèrent les deux partis, celui des Guelfes, partisans de la suprématie du pape, et celui des Gibelins, partisans de l'autorité impériale, et qui ensanglantèrent l'Italie du XIIe au XIVe siècle.

---

* si *amoureux* (G).

elle estoit grosse, le froissa[1] contre les murailles, et emplist d'avoyne les deux corps du mary et de la femme, dedans lesquelz il feit manger ses chevaulx. Pensez si cestuy-là n'eust bien faict mourir une fille qu'il eut soupçonnée luy faire quelque desplaisir ? — Il faut bien dire, dist Ennasuitte, que ce duc Urbin avoit plus de paour que son filz fut marié pauvrement, qu'il ne desiroit luy bailler femme à son gré. — Je croy que vous ne debvez poinct, respondit Simontault, doubter que la nature de l'Italien est d'aymer plus que nature ce qui est créé seulement pour le service d'icelle. — C'est bien pis, dist Hircan[*], car ilz font leur Dieu des choses qui sont contre nature[2]. — Et voylà, ce dist Longarine, les pechez que je voulois dire, car on sçait bien que aymer l'argent, sinon pour s'en ayder, c'est servir les idolles. » Parlemente dist que sainct Pol[3] n'avoit poinct oblyé les vices des Italiens, et de tous ceulx qui cuydent passer et surmonter les aultres en honneur, prudence et raison humaine, en laquelle ilz se fondent si fort, qu'ilz ne rendent poinct à Dieu la gloire qui luy appartient : parquoy, le Tout Puissant, jaloux de son honneur, rend plus insensez que les bestes[4] enragées ceulx qui ont cuydé avoir plus de sens que tous les aultres hommes, leur faisant monstrer par

---

1. fracassa.   2. Le « vice italien » le plus couramment cité au XVIe siècle dans les textes satiriques et critiques est la sodomie. 3. Notamment 1re Épître aux Corinthiens 5, 1-11, lorsque l'Apôtre s'en prend aux désordres de l'Église de Corinthe, l'impudicité, la cupidité, l'idolâtrie. Voir aussi Épître aux Romains 1, 18-32, contre ceux qui n'ont point glorifié Dieu, et que Dieu a livrés à l'impureté et rendus insensés, « arrogants, hautains, fanfarons », et Épître aux Éphésiens 5, 3-7.   4. « L'homme qui est en honneur, et qui n'a pas d'intelligence,/ Est semblable aux bêtes que l'on égorge » (Psaume 49, 21).

---

* La réplique d'Hircan a été omise par Gruget, soucieux de ménager les Italiens présents à la Cour de la France. De même, après la dénonciation des trois vices italiens, il avait ajouté : « Je dy la plus part, car il y en a d'autant gens de bien qu'en toutes autres nations. »

œuvres contre nature [1] qu'ilz sont en sens reprouvez.
Longarine luy rompit la parolle [2], pour dire que c'est
le troisiesme peché en quoy ilz sont subgectz. — Par
ma foy, dist Nomerfide, je prenoys grand plaisir à ce
propos, car, puis que les esperitz que l'on estime les
plus subgectz et grands discoureux [3] ont telle pugnition
de devenir plus sotz que les bestes, il faut doncques
conclure que ceulx qui sont humbles [4] et bas et de petite
portée, comme le myen, sont rempliz de la sapience
des anges [*]. — Je vous asseure, dist Oisille, que je ne
suis pas loing de vostre opinion ; car nul n'est plus
ignorant que celluy qui cuyde sçavoir. — Je n'ai
jamais veu, dist Geburon, mocqueur qui ne fust mocqué,
trompeur qui ne fust trompé, et glorieulx qui ne fust
humillyé. — Vous me faictes souvenir, dist Simontault, d'une tromperie, que, si elle estoit honneste, je
l'eusse voluntiers comptée. — Or, puisque nous
sommes icy pour dire verité, dist Oisille, soit de telle
qualité que vouldrez, je vous donne ma voix pour la
dire. — Puis que la place m'est donnée, dist Simontault, je la vous diray. »

---

1. Notamment l'homosexualité masculine et féminine, condamnée par Paul, Épître aux Romains 1, 26-27 : « C'est pourquoi Dieu
les a livrés à des passions infâmes : car leurs femmes ont changé
l'usage naturel en celui qui est contre nature ; et de même les
hommes, abandonnant l'usage naturel de la femme, se sont
enflammés les uns pour les autres, commettant hommes avec
hommes des choses infâmes. »   **2.** l'interrompit.   **3.** discou-
reurs, beaux parleurs.   **4.** Rappel de la parole du Christ lors du
Sermon sur la montagne (Matthieu 5, 3) : « Heureux les pauvres
en esprit, car le royaume des cieux est à eux ! »

---

* T commence ici N. 52 : « Madame Oisille se trouva de l'opinion de Longarine ou peu s'en faloit, assurant que nul n'estoit plus
ignorant que celuy qui cuydoit sçavoir. Ce que confirma Geburon,
combien qu'il semblat en approcher d'assez loin et dit : "Je n'ay
jamais veu..." »

CINQUANTE DEUXIESME NOUVELLE

Un valet d'apothicaire, voyant venir derriere soy un avocat qui luy menoit tousjours la guerre, et duquel il avoit envye de se venger, laissa tomber de sa manche un etron gelé enveloppé dans du papyer, en guise d'un pain de sucre, que l'avocat leva de terre et le cacha en son sein ; puis, s'en alla avec un sien compagnon desjeuner en une taverne, dont il ne sortit qu'avec la despense et honte qu'il pensoit faire au pauvre valet.

*

Du sale desjeuner préparé par un varlet d'apoticaire à un advocat et à un gentil-homme.

*

De ce texte (celui du ms. 1512 transcrit par L.R. de L. et M.F.), d'autres manuscrits et l'édition Gruget donnent une autre version, reproduite dans l'appendice (IV).

*

Auprès de la ville d'Alençon y avoit ung gentil homme, nommé le seigneur de la Tireliere[1], qui vint, à ung matin, de sa maison jusques à la ville, à pied, tant pour ce qu'elle estoit près, que pour ce qu'il gelloit à pierre fendant[2] ; et n'avoit oblié au logis sa grosse robe fourrée de renardz[*][3]. Quant il eut faict ses affaires, trouva ung sien compere advocat, nommé Anthoine Bacheré ; et, après luy avoir parlé de ses affaires, luy dist qu'il avoit envie de trouver quelque bon desjeuner, mais que ce fust[4] aux despens d'aultruy. En parlant à ses propos, se asseyerent devant l'ouvrouer[5] d'ung appothicaire, où estoit ung varlet[**] qui les escoutoit, et pensa incontinant de leur donner à desjeuner. Il saillyt de sa bouticque dans une rue où chascun alloit faire ses

---

1. Lieu-dit sur le territoire de la commune de Saint-Germain-du-Corbeis, près d'Alençon, siège d'une petite seigneurie dépendant du duché d'Alençon.   **2.** à pierre fendre.   **3.** Comme le note R. Salminen (t. II, p. 134), la fourrure de renard pourrait emblématiser la fourberie du gentilhomme.   **4.** à condition que ce fût.   **5.** boutique.

---

[*] et n'avoit... renardz : omis en 1512.   [**] Le ms. 2155 motive le mauvais tour du valet : « le varlet [...] auquel cest advocat menoit tousjours la guerre... »

necessitez [1], et trouva ung grand estronc tout debout, si gellé, qu'il sembloit ung petit pain de sucre fin ; incontinant l'envelopa dedans ung beau papier blanc, en la façon qu'il avoit accoustumé, pour en faire envye aux gens ; et le cacha en sa manche, et s'en vint passer par devant ce gentil homme et cest advocat, laissant tumber assez près d'eulx, comme par mesgarde *, ce beau pain de sucre ; et entre dans une maison où il faingnoit de le porter. Le seigneur de la Tireliere se hasta de relever [2] vistement ce qu'il cuydoit estre ung pain de sucre ; et, ainsy qu'il le levoit [3], le varlet de l'appothicaire retourna, serchant et demandant son pain de sucre partout. Le gentil homme, qui le pensoit avoir bien trompé, s'en alla hastivement avecq son compere en une taverne, en luy disant : « Nostre desjeuné est payé aux despens de ce varlet. » Quant il fut en la maison, il demanda bon pain, bon vin et bonnes viandes [4], car il pensoit bien avoir de quoy paier. Ainsy qu'il commencea à se chaulfer en mangeant, son pain de sucre commencea aussy à desgeller, qui remplit toute la chambre de telle senteur que le pain estoit [5]. Dont celluy qui le portoit en son saing [6], se commencea à courroucer à la chamberiere, luy disant : « Vous estes les plus villennes gens en ceste ville que je veis oncques, car vous ou voz petitz enfans ont jonché toute ceste chambre de merde. » La chamberiere respondit : « Par sainct Pierre ! il n'y a ordure ceans, si vous ne l'y avez apportée. » Et, sur ce regard, se leverent, pour la grand puanteur qu'ilz sentoient. Et s'en vont auprès du feu, où le gentil homme tira ung mouchouer de son saing qui estoit tainct de sucre qui estoit gelée. Et en ouvrant sa robbe fourrée de regnardz, la trouva toute

---

1. faire ses besoins.   2. ramasser.   3. comme il le ramassait.   4. nourriture.   5. de l'odeur qui était celle du pain-étron.
6. sur son sein.

---

* À partir de là, le texte de G et du ms. 2155 (S) est sensiblement différent : voir l'appendice IV, p. 718-720.

gastée ; et ne sceut que dire à son compere, sinon que :
« Le mauvais garson, que nous cuydions tromper, le
nous a bien randu ! » Et, en payant leur escot, s'en
partirent aussi marriz qu'ilz estoient venuz joyeulx,
pensans avoir trompé le varlet de l'appothicaire.

« Nous voions bien souvent, mes dames, cela advenir autant à ceulx qui prennent plaisir de user de telles
finesses [1]. Si le gentil homme n'eust voulu manger aux
despens d'aultruy, il n'eust pas beu aux siens ung si
villain breuvaige. Il est vray, mes dames, que mon
compte n'est pas très nect [2], mais vous m'avez donné
congé de dire la verité, laquelle j'ay dicte pour monstrer que, si ung trompeur est trompé, il n'y a nul qui
en soit marry. — L'on dist voluntiers, dist Hircan, que
les parolles ne sont jamais puantes ; mais ceulx pour
qui elles sont dictes n'en estoient pas quictes à si bon
marché, qu'ilz ne les sentissent bien. — Il est vray,
dist Oisille, que telles parolles ne puent poinct ; mais
il y en a d'autres que l'on appelle *villaines*, qui sont
de mauvaise odeur, quant l'ame est plus faschée que
le corps n'est de sentir ung tel pain de sucre que vous
avez dict. — Je vous prie, dist Hircan, dictes-moy
quelles parolles sont que vous savez si ordes [3], qu'elles
font mal au cueur et à l'ame d'une honneste femme ?
— Il seroit bon, dist Oisille, que je vous disse ce que
je ne conseille à nulle femme de dire ! — Par ce mot-
là, dit Saffredent, j'entens bien quelz termes ce sont,
dont les femmes qui se veullent faire reputer saiges
ne usent poinct communement ; mais je demanderois
voluntiers à toutes celles qui sont icy, pourquoy c'est,
puis qu'elles n'en osent parler, qu'elles rient si voluntiers, quant on en parle devant elles [*] ? » Ce dist Parlamente : « Nous ne ryons pas pour oyr dire ces beaulx

---

1. ruses.   **2.** propre, convenable.   **3.** sales.

---

* elles, *que je ne puis entendre que une chose qui desplaist tant,*
face rire. (add. 2155 S).

motz ; mais il est vray que toute personne est encline
à rire, ou quant elle veoit quelcun tresbucher, ou quant
on dict quelque mot sans propos, comme souvent
advient [que] la langue fourche en parlant et faict dire
ung mot pour l'autre, ce qui advient aux plus saiges et
mieulx parlantes. Mais, quant entre vous, hommes, parlez villainement pour vostre malice, sans nulle ignorance, je ne sçaiche telle femme de bien, qui n'en ayt
horreur, que non seullement ne les veulle escouter,
mais fuyr la compaignye d'icelles gens. — Il est bien
vray, dist Geburon, que j'ai veu des femmes faire le
signe de la croix en oyant dire des parolles, qui ne
cessoient après qu'on ne les eust redictes. — Mais, dist
Simontault, combien de foys ont-elles mis leur touret
de nez[1] pour rire en liberté autant qu'elles s'estoient
courroucées en painctes[2] ? — Encore valloit-il mieulx
faire ainsy, dist Parlamente, que de donner à
congnoistre que l'on trouvast le propos plaisant*.
— Vous louez doncques, dist Dagoucin, l'hypocrisie
des dames autant que la vertu ? — La vertu seroit bien
meilleure, dist Longarine ; mais, où elle default[3], se
fault ayder de l'hypocrisie, comme nous faisons de
pantoufles[4] pour faire oblier nostre petitesse[5]. Encores
est-ce beaucoup, que nous puissions couvrir noz imperfections. — Par ma foy, dist Hircan, il vauldroit mieulx
quelque foys monstrer quelque petite imperfection, que
la couvrir si fort du manteau de vertu. — Il est vray,
dist Ennasuitte, que ung accoustrement empruncté
deshonore autant celluy qui est contrainct de le rendre,
comme il luy a faict d'honneur en le portant ; et y a
telle dame sur la terre qui, par trop dissimuller une
petite faulte, est tumbée en une plus grande. — Je me

---

1. Sorte de masque couvrant une partie du visage.   **2.** hypo-
critement.   **3.** elle fait défaut.   **4.** Sandales à plusieurs
semelles et à haut talon, sorte de cothurnes.   **5.** petite taille.

---

* T commence ainsi N. 53 : « Dagoucin trouva mauvais que Parlamente louoit autant l'hypocrisie des dames que la vertu. Mais Longarine
l'adoucit un peu, luy remontrant que veritablement la vertu seroit... »

doubte, dist Hircan, de qui vous voulez parler, mais, au moins, ne la nommez poinct. — Ho, dist Geburon, je vous donne ma voix par tel si[1] que, après avoir faict le compte, vous nous direz les noms, et nous jurerons de n'en parler jamais. — Je le vous promectz, dist Ennasuitte, car il n'y a rien qui ne se puisse dire avecq honneur. »

CINQUANTE TROISIESME NOUVELLE

Madame de Neufchastel, par sa dissimulation, meit le prince de Belhoste jusques à faire telle preuve d'elle, qu'elle tourna à son deshonneur.

*

Diligence personnelle d'un prince pour estranger[2] un importun amoureux.

*

Le Roy François premier estoit en ung beau chasteau et plaisant, où il estoit allé avec petite compaignye, tant pour la chasse que pour y prendre quelque repos. Il avoit en sa compagnie ung nommé le prince de Belhoste[3]*, autant honneste, vertueulx, saige et beau prince qu'il y en avoit poinct en la court ; et avoit espousé une femme qui n'estoit pas de grande maison. Mais si l'aymoit-il autant et la traictoit autant bien que mary peult faire sa femme, et se fyoit tant en elle que quant il en aymoit quelqu'une, il ne luy celloit poinct, sçachant qu'elle n'avoit volunté que la sienne. Ce seigneur print trop grande amityé en une dame vefve, qui s'appelloit madame de Neufchastel[4], et qui avoit la reputation

---

1. à cette condition. 2. éloigner. 3. Personnage non identifié, sans doute l'un des princes italiens (Bellosta ?) qui vivaient à la cour de François Ier. G ne cite aucun nom. 4. Sans doute Jeanne de Hochberg, fille de Philippe comte de Neuchâtel et veuve de Louis d'Orléans, duc de Longueville (M. F.).

---

* Behoste (2155 S).

d'estre la plus belle que l'on eust sceu regarder. Et si le prince de Belhoste l'aymoit bien, sa femme ne l'aymoit pas moins, mais l'envoyoit souvent querir[1] pour manger avecq elle, la trouvant si saige et honneste, que, en lieu d'estre marrye que son mary l'aymast, se resjouyssoit de le veoir addresser en si honneste lieu[2] remply d'honneur et de vertu. Ceste amityé dura longuement, en sorte que en tous les affaires de la dicte Neufchastel le prince de Belhoste s'employoit comme pour les siens propres, et la princesse sa femme n'en faisoit pas moins. Mais, à cause de sa beaulté, plusieurs grands seigneurs et gentilz hommes cherchoient fort sa bonne grace, les ungs pour l'amour seullement, les autres pour l'anneau[3] ; car oultre la beaulté, elle estoit fort riche. Entre aultres, il y avoit ung jeune gentil homme, nommé le seigneur des Cheriotz[4]*, qui la poursuivoit de si près, qu'il ne falloit[5] d'estre à son habiller et son deshabiller[6], et tout le long du jour, tant qu'il povoit estre auprès d'elle. Ce qui ne pleut pas au prince de Belhoste, pource qu'il luy sembloit que ung homme de si pauvre lieu[7] et de si mauvaise grace ne meritoit poinct avoir si honneste et gratieux recueil[8] : dont souvent il faisoit des remonstrances à ceste dame. Mais, elle, qui estoit fille de duc**, s'excusoit, disant qu'elle parloit à tout le monde generallement[9] et que pour cela leur amityé en estoit d'autant mieulx couverte, qu'elle ne parloit poinct plus aux ungs que aux

---

1. Encore un cas de complaisance conjugale que l'on pourra trouver étrange, analogue à celui du mari de N. 26, qui sollicite un jeune seigneur et l'invite à partager le lit de sa femme !   2. Le *lieu* désigne en termes vagues l'homme ou la femme que l'on aime.   3. pour l'anneau de mariage, l'alliance (pour l'épouser). 4. Personnage non identifié. Montaiglon suggère le nom d'Escars. 5. manquait.   6. Les deux moments de la journée où un grand seigneur ou une grande dame recevaient l'hommage des familiers.   7. de si pauvre famille.   8. accueil.   9. à tous sans exception.

* Chariotz (2155 S) ; omis en G.   ** fille de *Eve* (2155 S et autres ms.).

aultres. Mais, au bout de quelque temps, ce sieur des Cheriotz feit telle poursuicte *, plus par importunité que par amour, qu'elle luy promist de l'espouser, le priant ne la presser poinct de declarer le mariage jusques ad ce que ses filles fussent maryées. A l'heure, sans craincte de conscience [1], alloit le gentil homme à toutes heures qu'il vouloit à sa chambre ; et n'y avoit que une femme de chambre et ung homme qui sceussent leurs affaires. Le prince, voyant que de plus en plus le gentil homme se apprivoyoit [2]** en la maison de celle qu'il aymoit tant, le trouva si mauvais, qu'il ne se peut tenir de dire à la dame : « J'ay toujours aymé vostre honneur, comme celluy de ma propre seur ; et sçavez les honnestes propos que je vous ay tenuz et le contantement que j'ay d'aymer une dame tant saige et vertueuse que vous estes ; mais, si je pensois que ung aultre, qui ne le merite pas, gaingnast par importunité ce que je ne veulx demander contre vostre vouloir, ce me seroit chose importable [3] et non moins deshonorable pour vous. Je le vous dictz, pour ce que vous estes belle et jeune, et que jusques icy vous avez esté en si bonne reputation : et vous commancez à acquerir ung très mauvays bruict [4], car, nonobstant qu'il ne soit pareil *** ny de maison ny de biens, et moins [5] d'aucto-rité, sçavoir ou bonne grace, si est-ce qu'il vauldroit mieulx que vous l'eussiez espousé, que d'en mectre tout le monde en soupson [6]. Parquoy, je vous prie, dictes-moy si vous estes deliberée de l'aymer, car je ne le veulx poinct avoir pour compaignon ; et le vous lerrai [7] tout entier et me retireray [8] de la bonne volunté que je vous ay portée. » La pauvre dame se print à pleurer, craignant de perdre son amityé ; et luy jura

---

1. sans scrupules.   2. devenait familier.   3. insupportable.
4. réputation.   5. et encore moins en.   6. donner à tout le monde des soupçons.   7. laisserai.   8. abandonnerai, mettrai fin à.

---

* telle poursuicte que, *plus par...* (2155 S).   ** se apprivoy-soit (G, 2155 S).   *** pareil à moy (2155 S).

qu'elle aymeroit mieulx mourir que d'espouser le gentilhomme dont il luy parloit ; mais il estoit tant importun, qu'elle ne le povoit garder d'entrer en sa chambre, à l'heure que tous les aultres y entroient. « De ces heures-là, dist le prince, je ne parle poinct, car je y puis aussy bien aller que luy, et chascun voyt ce que vous faictes ; mais on m'a dict qu'il y vat après que vous estes couchée, chose que je trouve si estrange, que, si vous continuez ceste vie et vous ne le declairez pour mary, vous estes la plus deshonnorée femme qui oncques fust. » Elle luy feit tous les sermens qu'elle peut, qu'elle ne le tenoit pour mary ne pour amy, mais pour ung aussy importun gentil homme qu'il n'en fut poinct. « Puisque ainsy est, dist le prince, qu'il vous fasche, je vous asseure que je vous en defferay. — Comment ! dist-elle ; le vouldriez vous bien faire morir ? — Non, non, dist le prince, mais je luy donneray à congnoistre que ce n'est poinct en tel lieu ny en telle maison que celle du Roy, où il fault faire honte aux dames ; et vous jure, foy de tel amy que je vous suys, que, si après avoir parlé à luy, il ne se chastie, je le chastieray si bien, que les aultres y prendront exemples. » Sur ces parolles, s'en alla et ne faillit pas, au partir de la chambre, de trouver le seigneur des Cheriotz qui y venoit, auquel il tint tous les propos que vous avez oyz, l'asseurant que, la premiere fois qu'il se trouveroit hors de l'heure que les gentilz hommes doyvent aller veoir les dames, il luy feroit une telle paour, que à jamais il lui en souviendroit ; et qu'elle estoit trop bien apparentée [1] pour se jouer ainsy à elle. Le gentil homme l'asseura qu'il n'y avoit jamais esté, sinon comme les aultres, et que il luy donnoit congé, s'il l'y trouvoit, de luy faire du pis [*] qu'il pourroit.

Quelque jour après que le gentil homme cuydoit les parolles du prince estre mises en obly, s'en alla veoir

---

1. de trop bonne famille pour qu'on pût ainsi se jouer d'elle.

---

* le pis (2155 S).

au soir sa dame et y demeura assez tard. Le prince dist
à sa femme comme la dame de Neufchastel avoit ung
grand rugme[1] ; parquoy sa bonne femme le pria de
l'aller visiter pour tous deux, et de luy faire ses excuses
dont elle n'y povoit aller, car elle avoit quelque affaire
necessaire en sa chambre. Le prince attendit que le Roy
fust couché ; et, après, s'en alla pour donner le bon
soir à sa dame. Mais, en cuydant montrer ung degré[2],
trouva ung varlet de chambre qui descendoit, auquel il
demanda que faisoit sa maistresse ; qui luy jura qu'elle
estoit couchée et endormye. Le prince descendit le
degré et soupsonna qu'il mentoit ; parquoi il regarda
derriere luy et veid le varlet qui retournoit en grande
diligence. Il se promena en la court devant ceste porte,
pour veoir si le varlet retourneroit poinct. Mais, ung
quart d'heure après, le veid encores descendre et regarder de tous coustez pour veoir qui estoit en la court. A
l'heure, pensa le prince que le seigneur des Cheriotz
estoit en la chambre de sa dame, et que, pour craincte
de luy, n'osoit descendre ; qui le feit encores promener
longtemps. Se advisa[3] que en la chambre de la dame
y avoit une fenestre, qui n'estoit gueres haulte et regardoit dans[4] ung petit jardin ; il luy souvint du proverbe
qui dict : *Qui ne peut passer par la porte saille par
la fenestre* ; dont soubdain appella ung sien varlet de
chambre et luy dist : « Allez-vous-en en ce jardin là
derriere, et si vous voyez ung gentil homme descendre
par la fenestre, si tost qu'il aura mis le pied à terre,
tirez vostre espée, et, en la frotant contre la muraille,
cryez : « *Tue, tue !* Mais gardez que vous ne le tou-
chez[5]. » Le varlet de chambre s'en alla où son maistre
l'avoit envoyé, et le prince se promena jusques environ
trois heures après minuyct. Quant le seigneur des Cheriotz entendit que le prince estoit tousjours en la court,
delibera descendre par la fenestre ; et, après avoir gecté

---

1. rhume.   **2.** en étant sur le point de, en s'apprêtant à monter
un escalier.   **3.** Remarqua.   **4.** donnait sur.   **5.** prenez
garde à ne pas le toucher.

sa cappe la premiere, avecq l'ayde de ses bons amys,
saulta dans le jardin. Et, sitost que le varlet de chambre
l'advisa, il ne faillyt à faire bruict de son espée, et cria :
Tue, tue ! dont le pauvre gentil homme, cuydant que ce
fust son maistre, eut si grand paour, que, sans adviser à
prendre sa cappe, s'enfuyt en la plus grande haste qu'il
luy fut possible. Il trouva les archers qui faisoient le
guet, qui furent fort estonnez de le veoir ainsy courir ;
mais il ne leur osa rien dire, sinon qu'il les pria bien
fort de luy vouloir ouvrir la porte, ou de le loger avecq
eulx jusques au matin, ce qu'ils feirent, car ilz n'en
avoient pas les clefz.

A ceste heure-là, vint le prince pour se coucher et
trouva sa femme dormant ; la resveilla, luy disant :
« Devinez*, ma femme, quelle heure il est ? » Elle luy
dist : « Depuis au soir[1]** que je me couchay, je n'ay
poinct ouy sonner l'orloge. » Il luy dist : « Ilz sont trois
heures après minuict passées. — Jésus, Monsieur, dist
sa femme, et où avez-vous tant esté ? J'ay grand paour
que vostre santé en vauldra pis[2]. — M'amye, dist le
prince, je ne seray jamais mallade de veiller, quant je
garde de dormir ceulx qui me cuydent tromper. » Et,
en disant ces parolles, se print tant à rire, qu'elle le
suplia luy vouloir compter ce que c'estoit, ce qu'il feit
tout du long, en luy monstrant la peau du loup[3] que
son varlet de chambre avoit apportée. Et, après qu'ilz
eurent passé le temps aux despens des pauvres gens,
s'en allerent dormyr d'aussi gratieux repos que les
deux autres travaillerent[4] la nuyct en paour et craincte
que leur affaire fust revelé. Toutesfois, le gentil
homme, sçachant bien qu'il ne povoit dissimuller
devant le prince, vint au matin à son lever luy suplier

---

1. hier soir.　　**2.** en souffre dommage.　　**3.** la cape que le
gentilhomme avait abandonnée dans sa fuite.　　**4.** se tourmentè-
rent toute la nuit.　　**5.** trahir (révéler son aventure).

---

* *Dormez-vous* (G).　　** *arsoir* (2155 S) ; *hersoir* (ms. 1516,
1522).

qu'il ne le voullust poinct deceler[5] et qu'il luy feist
randre sa cappe. Le prince feit semblant d'ignorer tout
le faict et tint si bonne contenance[1], que le gentil
homme ne sçavoit où il en estoit. Si est-ce que à la fin
il oyt aultre leçon qu'il ne le pensoit, car le prince
l'asseura, que, s'il y retournoit jamais, qu'il le diroit
au Roy et le feroit bannyr de la court.

« Je vous prie, mes dames, juger s'il n'eut pas
mieulx vallu à ceste pauvre dame d'avoir parlé franchement à celluy qui luy faisoit tant d'honneur de l'aymer et estimer, que de le mectre par dissimullation
jusques à faire une preuve qui luy fut si honteuse !
— Elle sçavoit, dist Geburon, que, si elle luy confes-
soit la verité, elle perdroit entierement sa bonne grace,
ce qu'elle ne vouloit pour rien perdre. — Il me semble,
dist Longarine, puis qu'elle avoit choisy un mary à sa
fantaisye, qu'elle ne debvoit craindre de perdre l'amityé de tous les autres ? — Je croy bien, ce dist Parlamente, que, si elle eust osé declairer son mariage, elle
se fut contantée du mary ; mais, puis qu'elle le vouloit
dissimuller jusques ad ce que ses filles fussent
maryées, elle ne vouloit poinct laisser une si honneste
couverture. — Ce n'est pas cela, dist Saffredent, mais
c'est que l'ambition des femmes est si grande, qu'elle
ne se peut contanter d'en avoir ung seul. Mais j'ay oy
dire que celles qui sont les plus saiges en ont voluntiers
trois, c'est assavoir ung pour l'honneur, ung pour le
proffict et ung pour le plaisir ; et chascun des trois
pense estre le mieulx aymé. Mais les deux premiers
servent au dernier. — Vous parlez de celles, dist
Oisille, qui n'ont ny amour ny honneur. — Madame,
dist Saffredent, il y en a telles de la condition que je
vous painCts et que vous estimez bien des plus honnestes femmes du païs. — Croiez, dist Hircan, que une
femme fine[2] sçaura vivre où[3] toutes les autres mour-

---

1. fit si bon visage.   2. rusée, habile.   3. dans une situation
où.

ront de faim. — Aussy, ce dist Longarine, quant leur finesse est congneue, c'est bien la mort. — Mais la vie[1], dist Simontault, car elles n'estiment pas petite gloire d'estre reputées plus fines que leurs compaignes. Et ce nom-là de *fines*, qu'elles ont acquis à leurs despens, faict plus hardiment venir les serviteurs à leur obeissance, que la beaulté. Car ung des plus grands plaisirs qui sont entre ceulx qui ayment, c'est de conduire leur amityé finement. — Vous parlez, dist Ennasuitte, d'ung amour meschant, car la bonne amour n'a besoing de couverture. — Ha, dist Dagoucin, je vous supplie oster ceste opinion de vostre teste, pour ce que tant plus la drogue est pretieuse et moins se doibt eventer, pour la malice de ceulx qui ne se prennent que aux signes exterieurs, lesquelz en bonne et loialle amitié sont tous pareilz ; parquoy les fault aussy bien cacher quant l'amour est vertueuse, que si elle estoit au contraire, pour ne tomber au mauvais jugement de ceulx qui ne peuvent croire que ung homme puisse aymer une dame par honneur ; et leur semble que, s'ils sont subgectz à leur plaisir, que chascun est semblable à eulx. Mais, si nous estions tous de bonne foy, le regard et la parolle n'y seroient poinct dissimullez, au moins à ceulx qui aymeroient mieulx mourir que d'y penser quelque mal. — Je vous asseure, Dagoucin, dist Hircan, que vous avez une si haulte philosophie qu'il n'y a homme icy qui l'entende ne la croye ; car vous nous vouldriez faire acroyre que les hommes sont anges, ou pierres, ou diables. — Je sçay bien, dist Dagoucin, que les hommes sont hommes et subgectz à toutes passions ; mais si est-ce qu'il y en a qui aymeroient myeulx mourir, que pour leur plaisir leur dame feist chose contre sa conscience. — C'est beaucoup que mourir, dist Geburon ; je ne croiray ceste parolle, quant elle seroit dicte de la bouche du plus austere religieux qui soit. — Mais je croy, dist Hircan, qu'il n'y en a poinct qui ne desire le contraire. Toutes-

---

1. Dites plutôt la vie... (figure de correction).

fois, ilz font semblant de n'aymer poinct les raisins [1]
quand ilz sont si haults qu'ilz ne les peuvent cueillir.
— Mais, dist Nomerfide, je croy que la femme de ce
prince fut bien aise, dont [2] son mary apprenoit à
congnoistre les femmes. — Je vous asseure que non
fut, dist Ennasuitte, mais en fut très marrye pour
l'amour qu'elle luy portoit. — J'aymerois autant, dist
Saffredent, celle qui ryoit quant son mary baisoit sa
chamberiere *. Vrayement, dist Ennasuitte, vous en
ferez le compte ; je vous donne ma place. — Combien
que ce compte soit court, dist Saffredent, je le vous
vois dire, car j'ayme mieulx vous faire rire que parler
longuement. »

CINQUANTE QUATRIESME NOUVELLE

La femme de Thogas, pensant que son mary n'eut amytié à autre
qu'à elle, trouvoit bon que sa servante luy feit passer le temps, et
rioit quand, à son veu et sceu, il la baisoit devant elle.

*

D'une damoiselle de si bonne nature que, voyant son mary qui

---

1. Allusion à une fable d'Ésope (qui sera reprise par La Fontaine), mettant en scène un renard « qui regardoit les raysins sus
une treille de vigne, lesquels il desiroit tresfort à menger. Et quant
il vit que nullement il n'en povoit avoir, il tourna sa tristesse en
joye en disant : Ces raysins sont aigres et se j'en tenoye je n'en
vouldroye point menger » (trad. — de la version latine — de frère
Julien des Augustins de Lyon, 1489). Au XVIe siècle, les fables
d'Ésope ont été traduites du grec en latin, et « mises en rithme
françoise » par G. Corrozet en 1542, par G. Haudent en
1547. **2.** de ce que.

---

* Il sembla bien à Ennasuitte que Saffredan n'avoit point mise
ceste chamberiere en avant sans occasion et qu'il falloit necessaire-
ment qu'il en sceut quelque plaisant conte. Par quoy luy donna sa
place, le priant de leur en dire ce qu'il en sçavoit. Saffredan feit
response qu'il en etoit content ; et combien que le conte qu'il leur
aloit dire fut fort court, si aymoit-il mieus les faire un peu rire...
(T).

*baisoit sa chambriere, ne s'en feit que rire et, pour n'en dire autre
chose, dist qu'elle rioit à son ombre.*

*

Entre les montz Pirenées et les Alpes, y avoit ung
gentil homme, nommé Thogas[1], lequel avoit femme et
enfans, et une fort belle maison, et tant de biens et de
plaisirs, qu'il avoit occasion de vivre content, sinon
qu'il estoit subject à une grande douleur au dessoubz
de la racine des cheveulx ; tellement que les medecins
luy conseillerent de descoucher[2] d'avecques sa
femme : à quoy elle se consentit très voluntiers, n'aiant
regard comme[3]* à la vie et à la santé de son mary. Et
feit mectre son lict en l'autre coing de la chambre, viz
à viz de celluy de son mary, en ligne si droicte**, que
l'un ne l'autre n'eust sceu mectre la teste dehors sans
se veoir tous deux. Ceste damoiselle tenoit avecq elle
deux chamberieres ; et souvent que le seigneur et la
damoiselle estoient couchez, prenoit chacun d'eulx
quelque livre de passetemps pour lire en son lict ; et
leurs chamberieres tenoient la chandelle, c'est assavoir
la jeune au sieur et l'autre à la damoiselle. Ce gentil
homme, voiant sa chamberiere plus jeune et plus belle
que sa femme, prenoit si grand plaisir à la regarder,
qu'il interrompoit sa lecture pour l'entretenir. Ce que
très bien oyoit sa femme et trouvoit bon que ses serviteurs et servantes feissent passer le temps à son mary,
pensant qu'il n'eust amityé à aultre que à elle. Mais,
ung soir qu'ilz eurent leu plus longuement que de coustume, regardant la damoiselle de loing du costé du lict
de son mary où estoit la jeune chamberiere qui tenoit
la chandelle, laquelle elle ne voyoit que par derriere et
ne povoit veoir son mary, sinon que du costé de la

---

1. Personnage non identifié. 2. ne plus coucher.
3. n'ayant pas de plus grand souci que celui.

---

* n'ayant regard *que* (G, 2155 S). ** si *directe* (2155 S et
autres ms.).

cheminée qui retournoit devant son lict*, et estoit d'une muraille blanche où reluisoit la clairté de la chandelle, et contre la dicte muraille voyoit très bien le pourtraict du visaige de son mary et de celluy de sa chamberiere, s'ilz s'esloignoient, s'ilz s'approchoient, ou s'ilz ryoient, elle en avoit bonne congnoissance, comme si elle les eust veu. Le gentil homme, qui ne se donnoit de garde[1], estant seur que sa femme ne les povoit veoir, baisa sa chamberiere : ce que pour une foys sa femme endura sans dire mot, mais quant elle veit que les umbres retournoient soubvent à ceste union, elle eut paour que la verité fut couverte dessoubz ; parquoy elle se print tout hault à rire, en sorte que les umbres eurent paour de son ris, et se separerent. Et le gentil homme luy demanda pourquoy elle ryoit si fort, et qu'elle luy donnast part de sa joieuseté. Elle luy respondit : « Mon amy, je suis si sotte, que je rys à mon umbre. » Jamais, quelque enqueste qu'il en peut faire, ne luy en confessa autre chose ; si est-ce qu'il laissa** ceste face[2]*** umbrageuse.

« Et voilà de quoy il m'est souvenu quant vous avez parlé de la dame qui aymoit l'amye de son mary. — Par ma foy, dist Ennasuitte, si ma chamberiere m'en eut faict aultant, je me fusse levée et luy eusse tué la chandelle[3]**** sur le nez ! — Vous estes bien terrible, dist Hircan, mais ce eust esté bien emploié[4], si vostre

---

1. qui ne se tenait pas sur ses gardes.   **2.** cette face d'ombre, ou donnant de l'ombre.   **3.** éteint la chandelle.   **4.** c'eût été bien fait pour vous.

---

* Cette phrase à la syntaxe complexe a plusieurs variantes : son lict, elle le veid contre une muraille blanche où reverberoit la clarté de la chandelle et recogneut très bien le pourtraict (G) ; son lict estoit d'une muraille blanche où reverberoit la clarté de la chandelle. Et contre la ladicte muraille voyoit tresbien le prophir *[le profil]* du visaige de son mary (2155 S).   ** Les variantes donnent de moins bonnes leçons : *baisa* (G).   *** ceste *façon* (2155 S).   **** thué *sa* chandelle (2155 S).

mary et la chamberiere se fussent mis contre vous, et
vous eussent très bien battue ; car, pour ung baiser, ne
fault pas faire si grand cas[1]. Encores eut bien faict sa
femme de ne luy en dire mot et luy laisser prendre sa
recreation, qui eut peu garir sa maladie. — Mais, dist
Parlamente, elle avoit paour que la fin du passetemps
le feit plus mallade. — Elle n'est pas, dist Oisille, de
ceulx contre qui parle Nostre Seigneur[2] : « Nous vous
avons lamenté et vous n'avez point pleuré ; nous vous
avons chanté et vous n'avez dancé » ; car, quant son
mary estoit mallade, elle ploroit, et quand il estoit
joieulx, elle ryoit. Ainsy toutes femmes de bien deussent[3]* avoir la moictié du bien, du mal, de la joye et
de la tristesse de son mary, et l'aymer, servir et obeyr
comme l'Eglise à Jesus-Christ[4]. — Il fauldroit
doncques, mes dames, dist Parlamente, que noz mariz
fussent envers nous, comme Christ et son Eglise[5].
— Aussy faisons-nous, dist Saffredent, et, si possible
estoit, nous le passerions[6], car Christ ne morut que une
foys pour son Eglise ; nous morons tous les jours pour
noz femmes. — Morir ! dist Longarine ; il me semble
que vous et les aultres qui sont icy, vallez mieulx escuz
que ne valliez grands blancs[7] quant vous fustes mariez.
— Je sçay bien pourquoy, dist Saffredent : c'est pour
ce que souvent nostre valeur est esprouvée, mais si se

---

1. faire tant d'histoires.   2. Citation de Luc 7, 32, où Jésus
compare les hommes de cette génération à des enfants assis sur la
place publique et se disant les uns aux autres : « Nous vous avons
joué de la flûte, et vous n'avez pas dansé ; nous vous avons chanté
des complaintes, et vous n'avez pas pleuré. »   3. devraient bien
(partager avec leur mari le bien...).   4. Rappel de Paul, Épître
aux Éphésiens : « Femmes, soyez soumises à vos maris, comme au
Seigneur ; car le mari est le chef de la femme, comme le Christ est le
chef de l'Église » (5, 22-23).   5. envers son Église.   6. surpas-
serions (le Christ).   7. ou gros deniers blancs, pièces de monnaie
qui valaient dix deniers tournois ; l'écu valait trois livres
(720 deniers). Les maris valent plus après quelques années de
mariage qu'au moment de l'union : le mariage leur fait du bien !

---

* *toute femme de bien doit* avoir (2155 S ; syntaxe plus correcte).

sentent[1] bien nos espaules d'avoir longement porté la cuyrasse. — Si vous aviez esté contrainctz, dist Ennasuitte, de porter, ung mois durant, le harnoys et coucher sur la dure, vous auriez grand desir de recouvrer le lict de vostre bonne femme, et porter la cuyrasse dont vous vous plaingnez maintenant. Mais l'on dict que toutes choses se peuvent endurer, sinon l'aise, et ne congnoist-on le repos, sinon quant on l'a perdu. Ceste vaine[2]* femme, qui ryoit quant son mary estoit joieulx, avoit bien appris à trouver son repos partout. — Je croy, dist Longarine, qu'elle aymoit mieulx son repos que son mary, veu qu'elle ne prenoit bien à cueur chose qu'il feist. — Elle prenoit bien à cueur, dist Parlamente, ce qui povoit nuyre à sa conscience et sa santé, mais aussy ne se vouloit poinct arrester à petite chose. — Quant vous parlez de la conscience**, vous me faictes rire, dist Simontault ; c'est une chose dont je ne vouldrois jamays que une femme eust soulcy. — Il seroit bien employé[3], dist Nomerfide, que vous eussiez une telle femme que celle qui monstra bien, après la mort de son mary, d'aymer mieulx son argent que sa conscience. — Je vous prie, dist Saffredent, dictes-nous ceste nouvelle, et vous donne ma voix. — Je n'avois pas deliberé, dist Nomerfide, de racompter une si courte histoire ; mais, puis qu'elle vient à propos, je la diray. »

---

1. se ressentent ; même motif dans la bouche d'Hircan, lors du débat qui suit N. 20.   **2.** sotte.   **3.** Ce serait bien fait pour vous, si vous aviez...

---

* Ceste bonne femme, dist Oysille (G, 2155 S).   ** « Quand Simontault entendit que cette bonne damoiselle n'etoit en rien scrupuleuse qu'en la conscience de son mary, ne se peut garder de rire comme il faisoit toutes et quantes fois que en telle matière principalement on parloit de la conscience, qu'il disoit estre une chose dont il ne voudroit jamais que sa femme eut soucy. A quoy Longarine luy respondit : Il seroit bien employé... » (T).

CINQUANTE CINQUIESME NOUVELLE

La veuve d'un marchand accomplit le testament de son mary, inter-pretant son intention au proffict d'elle et de ses enfans.

*

Finesse d'une Espaignole pour frauder les cordeliers du laiz testa-mentaire de son mary.

*

En la ville de Sarragoce y avoit ung riche marchant, lequel, voyant sa mort approcher, et qu'il ne povoit plus tenir ses biens, que peut estre avoit acquis avecq mauvaise foy[1]*, pensa que, en faisant quelque petit present à Dieu, il satisferoit, après sa mort, en partye à ses pechez : comme si Dieu donnoit sa grace pour argent ! Et, quant il eut ordonné du faict de sa maison[2], dist qu'il voloit que ung beau cheval d'Espagne** qu'il avoit fust vendu le plus que l'on pourroit, et que l'argent en fust distribué aux pauvres, priant sa femme qu'elle ne voulust faillir[3], incontinant qu'il seroit tres-passé, de vendre son cheval et distribuer cet argent selon son ordonnance[4]. Quant l'enterrement fut faict et les premieres larmes gectées, la femme, qui n'estoit non plus sotte que les Espagnolles ont accoustumé d'estre, s'en vint au serviteur qui avoit comme elle entendu la volunté de son maistre : « Il me semble que j'ay assez faict de pertes de la personne du mary que j'ay tant aymé, sans maintenant perdre les biens. Si est-ce que je ne vouldrois desobeyr à sa parolle, mais oy bien faire meilleure son intention ; car le pauvre

---

1. acquis frauduleusement.   2. mis en ordre les affaires de sa maison (en faisant son testament).   3. manquer.   4. conformément à ses volontés.

---

* La fin de la phrase, à partir de *pensa*, qui paraît critiquer les abus financiers de l'Église et la pratique des Indulgences, a été remplacée chez Gruget par : « pensa de satisfaire à son peché s'il donnoit tout aux mendians, sans avoir esgard que sa femme et ses enfans mourroient de faim après son decez. »   ** qui estoit presque tout ce qu'il avoit de bien (add. G).

homme, seduict par l'avarice des prebstres[1]*, a pensé
faire grand sacrifice à Dieu de donner après sa mort
une somme dont en sa vie n'eust pas voulu donner
ung escu en extreme necessité, comme vous sçavez.
Parquoy, j'ay advisé que nous ferons ce qu'il a
ordonné par sa mort**, et encores mieulx ce qu'il eust
faict, s'il eut vescu quinze jours davantaige***, mais il
fault que personne du monde n'en sçache rien. » Et,
quant elle eut promesse du serviteur de le tenir secret,
elle luy dist : « Vous irez vendre son cheval, et à ceulx
qui vous diront combien, vous leur direz ung ducat ;
mais j'ay ung fort bon chat que je veulx aussy mectre
en vente, que vous vendrez quant et quant[2] pour quatre
vingt dix neuf ducatz : et ainsy le chat et le cheval
feront tous deux les cent ducatz que mon mary vouloit
vendre son cheval seul. » Le serviteur promptement
accomplit le commandement de sa maistresse. Et ainsy
qu'il promenoit son cheval par la place, tenant son chat
entre ses bras, quelque gentil homme qui autrefois
avoit veu le cheval et desiré l'avoir, luy demanda
combien il en vouloit avoir**** ; il luy respondit : « Ung
ducat ». Le gentil homme luy dist : « Je te prie, ne te
mocque poinct de moy. — Je vous asseure, monsieur,
dist le serviteur, qu'il ne vous coustera que ung ducat.
Il est vray qu'il faut achepter le chat quant et quant,
duquel il faut que j'en aye quatre vingt et dix neuf
ducatz. » À l'heure, le gentil homme, qui estimoit avoir
raisonnable marché, luy paia promptement***** ung
ducat pour le cheval et quatre vingt dix neuf pour le
chat, comme il luy avoit demandé, et emmena sa marchandise. Le serviteur, d'autre costé, emporta son

---

1. abusé par la cupidité des religieux.   2. en même temps (en
un seul lot).

---

* Omis   dans   G.   ** ordonné   par   son   testament
(2155 S).   *** car je surviendrai à la necessité de mes enfans
(add. G).   **** combien il *le faisoit* (2155 S) ; le faisoit *en ung
mot* (G).   ***** *premierement* ung ducat pour le cheval et *le
demeurant* comme il le luy... (2155 S).

argent, dont sa maistresse fut fort joieuse ; et ne faillyt pas de donner le ducat, que le cheval avoit esté vendu, aux pauvres mendians, comme son mary avoit ordonné, et retint le demorant[1] pour subvenir à elle et à ses enfans.

« A vostre advis, si[2] celle-là n'estoit pas bien plus saige que son mary, et si elle se soulcyoit tant de sa conscience comme du proffict de son mesnaige ? — Je pense, dist Parlamente, qu'elle aymoit bien son mary, mais, voiant que à la mort la plus part des hommes resvent[3], elle, qui congnoissoit son intention, l'avoit voulu interpreter au proffict des enfans : dont je l'estime très saige. — Comment, dist Geburon, n'estimez-vous pas une grande faulte de faillir d'accomplir les testamens des amyz trespassez ! — Si faictz, dea, dist Parlamente, par ainsy que[4] le testateur soit en bon sens et qu'il ne resve point. — Appellez-vous resverye de donner son bien à l'Eglise et aux pauvres mendians ? — Je n'appelle poinct resverie, dist Parlamente, quant l'homme distribue aux pauvres ce que Dieu a mis en sa puissance, mais de faire aulmosne du bien d'aultruy*, je ne l'estime pas à grand sapience, car vous

---

1. et garda le reste de la somme. 2. Ne pensez-vous pas que celle-ci était... (et qu'elle ne se souciait tant...) 3. divaguent, délirent ; ci-dessous *resverie* : folie. 4. à condition que. Le testament n'est en effet valable que si le testateur l'a fait étant sain d'esprit.

---

* Le texte de Gruget, plus prudent, diffère sensiblement, atténuant la critique de la cupidité de l'Église : « de donner tout ce qu'on a à sa mort et de faire languir sa famille puis après, je n'approuve pas cela ; et me semble que Dieu auroit aussi acceptable qu'on eust la sollicitude des pauvres orphelins qu'on a laissez sur terre, lesquels, n'ayant moyen de se nourrir et accablez de pauvreté, quelquefois au lieu de bénir leurs peres, les maudissent quand ils se sentent pressez de faim, car celuy qui congnoist les cueurs ne peult estre trompé et ne jugera pas seulement selon les œuvres, mais selon la foy et charité qu'on a eue à luy. — Pourquoy est-ce donc, dist Guebron, que l'avarice est aujourd'huy si enracinée en tous les estats du monde que la pluspart des hommes s'attendent à

verrez ordinairement les plus grands usuriers qui soient
poinct, faire les plus belles et triomphantes chappelles
que l'on sçauroit veoir, voulans appaiser Dieu, pour
cent mille ducatz de larcin, de dix mille ducatz de edifices, comme si Dieu ne sçavoit compter.
— Vrayement, je m'en suis maintesfoys esbahye, dist
Oisille, comment ilz cuydent apaiser Dieu par les
choses que luy-mesmes estant sur terre a reprouvées,
comme grands bastimens, dorures, fars [1] et painctures ?
Mais, s'ilz entendoient bien que Dieu a dict, à ung
passaige [2*], que pour toute oblation il nous demande le
cueur contrict et humilié, et, en ung aultre, sainct
Pol [3] dist que nous sommes le temple de Dieu où il
veult habiter, ilz eussent mys peyne d'aorner leur

---

1. fards, ornements.   2. « Si tu eusses voulu des sacrifices, je
t'en aurais offert ; / Mais tu ne prends point plaisir aux holocaustes.
/ Les sacrifices qui sont agréables à Dieu, c'est un cœur brisé : / Ô
Dieu, tu ne dédaignes pas un cœur brisé et contrit » (*Psaume 51*,
18-19).   3. « Nous sommes le temple du Dieu vivant, comme
Dieu l'a dit » (2ᵉ *Épître aux Corinthiens* 6, 16) et « Ne savez-vous
pas que vous êtes le temple de Dieu ?... » (1ʳᵉ *Épître aux Corinthiens* 3, 16).

---

faire des biens lors qu'ilz se sentent assailliz de la mort et qu'il
leur fault rendre compte à Dieu ? Je crois qu'ils mettent si bien
leurs affections en leurs richesses que s'ils les povoient emporter
avecques eux, ils le feroient volontiers [*Cf.* « Ne sois pas dans la
crainte parce qu'un homme s'enrichit, / Car il n'emporte rien en
mourant, / Ses trésors ne descendent point après lui », Psaume 49,
17-18]. Mais c'est l'heure où le Seigneur leur faict sentir plus griefvement son jugement que à l'heure de la mort, car tout ce qu'ils
ont faict, tout le temps de leur vie, bien ou mal, en un instant se
represente devant eux. C'est l'heure où les livres de noz
consciences sont ouverts et où chacun peult y veoir le bien et le
mal qu'il a faict : car les esprits malings ne laissent rien qu'ils ne
proposent au pecheur ou pour l'induire à une praesumption d'avoir
bien vescu ou à une deffiance de la misericorde de Dieu, à fin de
les faire trebucher du droict chemin.

* en un passage, par la bouche du Psalmiste, parlant des obla-
tions humaines que / *Le sacrifice agreable et bien pris / De l'Éternel c'est une ame dolente / Un cueur soumis, une ame penitente /
Ceus là, Seigneur ne te sont à mespris / Et en un autre...* » (T).

conscience[1] durant leur vye, et n'atendre pas à l'heure
que l'homme ne peult plus faire bien ne mal, et
encores, qui pis est, charger ceulx qui demeurent à
faire leurs aulmosnes à ceulx qu'ilz n'eussent pas
daigné regarder leur vie durant. Mais Celluy qui
congnoist le cueur ne peut estre trompé ; et les jugera
non seullement selon les œuvres[2], mais selon la foy et
charité qu'ilz ont eues à luy. — Pourquoy doncques
est-ce, dist Geburon, que ces Cordeliers et Mendians[3]
ne nous chantent, à la mort, que de faire beaucoup de
biens à leurs monasteres, nous asseurans qu'ilz nous
mectront en paradis, veullons ou non[4] ? — Comment,
Geburon ! dist Hircan, avez-vous oblyé la malice que
vous nous avez comptée des Cordeliers, pour demander comment il est possible que telles gens puissent
mentir ? Je vous declare que je ne pense poinct qu'il y
ayt au monde plus grands mensonges que les leurs. Et
encores ceulx-ci ne peuvent estre reprins[5], qui parlent
pour le bien de toute la communaulté ensemble ; mais
il y en a qui oblient leur veu de pauvreté, pour satisfaire à leur avarice[6]. — Il me semble*, Hircan, dist
Nomerfide, que vous en sçavez quelqu'un ? Je vous
prie, s'il est digne de ceste compaignye, que vous nous
le veuilliez dire ? — Je le veulx bien, dist Hircan,
combien qu'il me fasche de parler de ces gens là, car
il me semble qu'ilz sont du rang de ceulx que Virgille

---

1. d'embellir leur conscience.   2. Paul, Épître aux Romains
3, 28 (« l'homme est justifié par la foi, sans les œuvres de la loi »)
et Épître aux Galates 2, 16.   3. Frères des ordres mendiants
(notamment les Franciscains ou Cordeliers), vivant de la charité
publique ; la critique précise des ordres mendiants est omise en G.
4. que nous le voulions ou pas.   5. blâmés.   6. cupidité.

---

* Nomerfide jugea incontinent qu'Hircan ne fust entré si avant
à depecher la vie des Cordeliers, s'il n'eust esté bien asseuré de
son baton et qu'il n'eust en main quelque exemple pour eclaircir
et confirmer son dire, qui fut cause qu'elle le pria de leur vouloir
faire entendre s'il en sçavoit quelcun digne de la compaignie (T).

dict à Dante[1]. « Passe oultre, et n'en tiens compte. »
Toutesfois, pour vous monstrer qu'ilz n'ont pas laissé
leurs passions avecq leurs habitz mondains, je vous
diray ce qui advint. »

CINQUANTE SIXIESME NOUVELLE

Une devote dame s'addressa a ung Cordelier, pour, par son conseil,
pourvoir sa fille d'un bon mary, auquel elle faisoit si honneste party,
que le beau pere, soubz l'esperance d'avoir l'argent qu'elle bailleroit à son gendre, feit le maryage de sa fille avec un sien jeune
compaignon, qui tous les soirs venoit souper et coucher avec sa
femme, et le matin, en habit d'escolier, s'en retournoit en son couvent ; où sa femme l'apperceut et le monstra, un jour qu'il chantoit
la messe, à sa mere, qui ne put croire que ce fut luy, jusqu'à ce
qu'estant dedans le lyt elle luy osta sa coiffe de la teste, et congneut
à sa coronne la verité et tromperye de son pere confesseur.

*

*Un cordelier marie frauduleusement un autre cordelier, son compa-
gnon, à une belle jeune damoiselle, dont ils sont puis après tous
deux puniz.*

*

Anecdote reprise jusque dans le détail par H. Estienne. (*Apologie
pour Hérodote*, chap. XXI, « De la lubricité et paillardise des gens
d'Église », t. II, *éd. cit.*, p. 12-15).

*

En la ville de Padoue, passa une dame françoise, à
laquelle fut rapporté que, dans les prisons de l'evesque,
il y avoit ung Cordelier ; et, s'enquerant de l'occasion[2],
pource qu'elle voyoit que chascun en parloit par mocquerie, luy fut asseuré que ce Cordelier, homme
antien[3], estoit confesseur d'une fort honneste dame et
devote, demorée vefve, qui n'avoit que une seulle fille
qu'elle aymoit tant, qu'il n'y avoit peyne qu'elle ne

---

1. de ceux à propos desquels Virgile... ; avertissement de Virgile
au poète qu'il guide dans sa descente aux Enfers : *Non ragioniam
di lor, ma guarda e passa* (« Ne parlons plus d'eux, mais regarde,
et passe », *L'Enfer*, chant III, v. 51).   2. motif.   3. âgé.

print pour luy amasser du bien et luy trouver ung bon
party. Or, voiant sa fille devenir grande, estoit continuellement en soucy de luy trouver party qui peut vivre
avec elles deux en paix et en repos, c'est à dire qui fust
homme de conscience, comme elle s'estimoit estre. Et,
pource qu'elle avoit oy dire à quelque sot prescheur
qu'il valloit mieulx faire mal par le conseil des docteurs [1] que faire bien, croyant l'inspiration du Sainct
Esperit, s'adressa à son beau pere [2] confesseur, homme
desja antien, docteur en theologie, estimé bien vivant [3]
de toute la ville, se asseurant, par son conseil et bonnes
prieres, ne povoir faillir [4] de trouver le repos d'elle et
de sa fille. Et, quant elle l'eut bien fort prié de choisir
ung mary pour sa fille tel qu'il congnoissoit que une
femme aymant Dieu et son honneur debvoit soubhais-
ter, il luy respondit que premierement falloit implorer
la grace du Sainct Esperit par oraisons et jeusnes, et
puis, ainsy que Dieu conduiroit son entendement, il
esperoit de trouver ce qu'elle demandoit. Et ainsy s'en
alla le Cordelier, d'un costé, penser à son affaire.

Et, pour ce qu'il entendoit [5] * de la dame qu'elle avoit
amassé cinq cens ducatz ** pour donner au mary de sa
fille, et prenoit sur sa charge [6] la nourriture des deux,
les fournissans de maison, meubles et accoustremens [7],
il s'advisa qu'il avoit ung jeune compaignon de belle
taille et agreable visaige, auquel il donneroit la belle
fille, la maison, les meubles et sa vie et nourriture
asseurée, et que les cinq cens ducatz luy demeureroient

---

1. les docteurs en théologie, docteurs de la foi.   2. le « beau
père » (formule fréquemment utilisée pour désigner un cordelier)
qui était son confesseur.   3. estimé homme de bonnes vie et
mœurs.   4. manquer.   5. comme il avait entendu dire que la
dame.   6. à sa charge.   7. Tout ce qui sert à la décoration
(d'une maison, d'une personne).

---

* *avoit entendu* (2155 S).   ** ducats *tous prestz* (G, 2155 S).

pour soullager son ardente avarice[1]* ; et, après qu'il
eut parlé à son compaignon, se trouverent tous deux
d'accord. Il retourna devant la dame et luy dist : « Je
croy sans faulte que Dieu m'a envoyé son ange
Raphaël, comme il feit à Thobie[2], pour trouver ung
parfaict espoux à vostre fille, car je vous asseure que
j'ai en ma maison le plus honneste gentil homme qui
soit en Italie, lequel quelquefois veit vostre fille, et en
est si bien prins[3], que aujourd'huy, ainsy que j'estois
en oraison, Dieu le m'a envoyé, et m'a declaré l'affection qu'il avoit au mariage[4]** ; et moy, qui congnois
sa maison et ses parens, et qu'il est d'une race notable[5], luy ay promis de vous en parler. Vray est qu'il y
a ung inconvenient que seul je congnois en luy : c'est
que, en voulant saulver ung de ses amys que ung aultre
vouloit tuer, tira son espée, pensant les despartir[6] ;
mais la fortune advint[7] que son amy tua l'autre ; parquoy luy, combien qu'il n'ait frappé nul coup, est fugitif de sa ville, pource qu'il assista au meurtre et avoit
tiré l'espée ; et, par le conseil de ses parens, s'est retiré
en ceste ville en habit d'escolier[8], où il demeure incongneu, jusques ad ce que ses parens ayent mis fin à son
affaire, ce qu'il espere estre de brief[9]. Et, par ce
moyen[10], fauldroit le mariage estre faict secretement[11],
et que vous fussiez contante[12] qu'il allast le jour aux
lectures[13] publicques, et tous les soirs venir souper et
coucher ceans. A l'heure, la bonne femme luy dist :

---

1. satisfaire sa cupidité.   2. Tobie, cherchant un guide pour
aller en Médie reprendre l'argent que son père avait mis en dépôt,
rencontra l'ange Raphaël, sans savoir qu'il était un ange, et partit
avec lui (Tobie 5, 4-5).   3. épris.   4. le désir qu'il avait de se
marier.   5. d'une famille honorablement connue.   6. séparer.   7. la malchance voulut.   8. étudiant.   9. ce qu'il
espère être fait sous peu.   10. à cause de cela.   11. Sur la pratique du mariage secret, *cf.* N. 21 et 40.   12. vous acceptiez.
13. cours, conférences.

---

* pour *ung peu* soulager (2155 S).   ** *à ce* mariage (2155 S
et autres ms.).

« Monsieur, je trouve que ce que vous me dictes m'est
grand advantaige[1], car au moins j'auray auprès de moy
ce que je desire le plus en ce monde. » Ce que le Cordelier feit, et luy admena bien en ordre[2], avecq ung
beau pourpoinct de satin cramoisy, dont elle fut bien
aise. Et, après qu'il fut venu, feirent les fiançailles, et
incontinant que minuyct fut passé, feirent dire une
messe et espouserent[3][*] ; puis, allerent coucher
ensemble jusques au poinct du jour, que le marié dist
à sa femme, que, pour n'estre congneu, il estoit
contrainct d'aller au college. Ayant prins son pourpoinct de satin cramoisy et sa robbe longue, sans oblier
sa coiffe de soye noire, vint dire adieu à sa femme, qui
encores estoit au lict, et l'asseura que tous les soirs il
viendroit souper[4] avecq elle, mais que pour le disner
ne le falloit atandre. Ainsy s'en partyt et laissa sa
femme, qui s'estimoit la plus heureuse du monde
d'avoir trouvé ung si très bon party. Et ainsy s'en
retourna le jeune Cordelier marié à son viel pere,
auquel il porta les cinq cens ducatz, dont ilz avoient
convenu ensemble par l'accord du mariage. Et au soir
ne faillyt de retourner souper avec celle qui le cuydoit
estre son mary ; et s'entretint si bien en l'amour d'elle
et de sa belle mere, qu'ils[5] n'eussent pas voulu avoir
change au[6] plus grand prince du monde.

Ceste vie continua quelque temps ; mais, ainsy que
la bonté de Dieu a pitié de ceulx qui sont trompez par
bonne foy, par sa grace et bonté il advint que ung matin
il print grand devotion à ceste dame et à sa fille d'aller
oyr la messe à Sainct-François, et visiter leur bon pere
confesseur, par le moyen duquel elles pensoient estre
si bien pourvues l'une de beau filz et l'autre de mary.
Et, de fortune, ne trouvant le dict confesseur, ne aultre

---

1. les conditions que vous posez me sont très avantageuses.
2. bien mis.   3. firent le mariage.   4. dîner (*disner* : le déjeu-.
ner actuel).   5. qu'elles.   6. l'échanger contre.

---

* l'epouserent [le marièrent] avecques la fille (2155 S).

de leur congnoissance, furent constantes[1][*] d'oyr la
grande messe qui se commenceoit, attendant s'il viendroit[2] poinct. Et ainsy que la jeune femme regardoit
ententivement[3] au service divin et au mistere d'icelluy,
quant le prestre se retourna pour dire *Dominus vobis-
cum*, ceste jeune mariée fut toute surprinse d'estonnement, car il luy sembla que c'estoit son mary ou pareil
de luy[4] ; mais, pour cela, ne voulut sonner mot, et
attendit encores qu'il se retournast encores une aultre
foys, où elle l'advisa[5] beaucoup mieulx : ne doubta
poinct que ce fust luy ; parquoy elle tira sa mere, qui
estoit en grande contemplation, en luy disant : « Helas,
ma dame, qui est-ce que je voy ? » La mere luy
demanda quoy. « C'est celluy, mon mary, qui dict la
messe, ou la personne du monde qui mieulx luy ressemble. » La mere, qui ne l'avoit poinct bien regardé,
luy dist : « Je vous prie, ma fille, ne mectez poinct
ceste opinion dedans vostre teste, car c'est une chose
totallement impossible que ceulx qui sont si sainctes
gens eussent faict une telle tromperie ; vous pescheriez
grandement contre Dieu d'adjouster foy à une telle opinion. » Toutesfoys, ne laissa pas la mere d'y regarder,
et, quant ce vint à dire[6] *Ite missa est*, congneut veritablement que jamais deux freres d'une ventrée[7] ne fussent si semblables. Toutesfoys elle estoit si simple,
qu'elle eust volontiers dict : « Mon Dieu, gardez-moy
de croyre ce que je voy ! » Mais, pource qu'il touchoit
à[8] sa fille, ne voulut pas laisser la chose ainsi incongneue, et se delibera d'en sçavoir la verité. Et, quant
ce vint le soir que le mary debvoit retourner, lequel ne
les avoit aucunement aperceues, la mere vint à dire à
sa fille : « Nous sçaurons, si vous voulez, maintenant

---

1. se contentèrent.   2. en attendant qu'il vienne éventuelle-
ment.   3. suivait attentivement.   4. quelqu'un pareil à lui (son
sosie).   5. examina attentivement.   6. quand il fut au moment
de dire : *Ite missa est* (Allez, la messe est dite), la formule qui
marque la fin de l'office.   7. des jumeaux.   8. cela concernait.

---

[*] *contantes* (G, 2155 S), *contrainctes* (ms. 1522).

la verité de vostre mary[1], car, ainsy qu'il sera dedans
le lict, je l'iray trouver*, et, sans qu'il y pense, par
derriere, vous luy arracherez sa coiffe ; et nous verrons
s'il a telle couronne[2] que celluy qui a dict la messe. »
Ainsy qu'il fut deliberé, il fut faict, car, si tost que le
meschant mary fut couché, arriva la vieille dame, en
luy prenant les deux mains comme par jeu ; sa fille luy
osta sa coiffe, et demeura avecq sa belle couronne,
dont mere et fille furent tant estonnées qu'il n'estoit
possible de plus. Et, à l'heure, appellerent des serviteurs de leans, pour le faire prendre et lyer jusques au
matin ; et ne servit nulle excuse ne beau parler. Le jour
venu, la dame envoya querir son confesseur, feignant
avoir quelque grand secret à luy dire, lequel y vint
hastivement ; et elle le feit prendre comme le jeune,
luy reprochant la tromperie qu'il luy avoit faicte ; et,
sur cella, envoia querir la Justice, entre les mains de
laquelle elle les mist tous deux. Il est à presumer que,
s'il y eut gens de bien pour juges, ilz ne laisserent pas
la chose impugnye.

« Voylà, mes dames, pour vous monstrer que ceulx
qui ont voué pauvreté ne sont pas exemptz d'estre ten-
tez d'avarice[3], qui est l'occasion de faire tant de
maulx. — Mais tant de biens[4] ! dist Saffredent ; car,
des cinq centz ducatz dont la vieille vouloit faire tresor,
il en fut faict beaucoup de bonnes cheres, et la pauvre
fille qui avoit tant actendu ung mary, par ce moien, en
povoit avoir deux et sçavoit mieulx parler, à la verité**,
de toutes hierarchies. — Vous avez tousjours les plus
faulses opinions, dist Oisille, que je vis jamais ; car il
vous semble que toutes les femmes soient de vostre

---

1. la vérité sur votre mari.   **2.** tonsure.   **3.** cupidité.
4. figure de correction (comme ci-dessus N. 53, p. 568) : « Dites
plutôt tant de biens ! »

---

* le lerrez tourner (ms. 1512).   ** mieux parler de la vertu
de (2155 S).

complexion. — Ma dame, sauf vostre grace, dist Saffredent, car je vouldrois qu'il m'eust cousté beaucoup,
qu'elles fussent[1] ainsy aisées à contanter que nous.
— Voylà une mauvaise parolle *, dist Oisille, car il n'y
a nul icy qui ne sçache bien le contraire de vostre dire ;
et, qu'il ne soit vray, le compte qui est faict maintenant
monstre bien l'ignorance des pauvres femmes et la
malice de ceulx que nous tenons bien meilleurs que
vous aultres hommes ; car ny elle, ny sa fille, ne vouloient rien faire à leur fantaisie, mais soubzmectoient
le desir à bon conseil. — Il y a des femmes si difficiles,
dist Longarine, qu'il leur semble qu'elles doibvent
avoir des anges. — Et voylà pourquoy, dist Simontault,
elles trouvent souvent des diables, principallement
celles qui, ne se confians en la grace de Dieu, cuydent,
par leur bon sens ou celluy d'autruy, povoir trouver en
ce monde quelque felicité qui n'est donnée ny ne peut
venir que de Dieu. — Comment, Simontault ? dist
Oisille ; je ne pensois que vous sceussiez tant de bien !
— Ma dame, dist Simontault, c'est dommaige que je
ne suys bien experimenté[2], car, par faulte de me
congnoistre, je voy que vous avez desja mauvais jugement de moy ; mais si puis-je bien faire le mestier d'un
Cordelier, puisque le Cordelier s'est meslé du myen.
— Vous appellez doncques vostre mestier, dist Parlemente, de tromper les femmes ? Par ainsy, de vostre
bouche mesmes vous vous jugez. — Quant j'en aurois
trompé cent mille, dist Simontault, je ne serois pas
encores vengé des peynes que j'ay eues pour une
seulle. — Je sçay, dist Parlamente, combien de foys
vous vous plaingnez des dames ; et toutesfoys, nous
vous voyons si joyeulx et en bon poinct[3], qu'il n'est

---

1. j'eusse donné cher pour qu'elles fussent aussi.   2. que je
ne sois bien connu effectivement.   3. bien portant.

---

* une faulse oppinion (2155 S).

pas à croyre[1] que vous avez eu tous les maulx que vous dictes. Mais la *Belle Dame sans mercy*[2] respond qu'*il siet bien que l'on le die, pour en tirer quelque confort*[3]. — Vous alleguez ung notable docteur*, dist Simontault, qui non seullement est facheux, mais le faict estre toutes celles qui ont leu et suivy sa doctrine. — Si est sa doctrine, dist Parlamente, autant proffitable aux jeunes dames que nulle que je sçache. — S'il estoit ainsy, dist Simontault, que les dames fussent sans mercy, nous pourrions bien faire reposer nos chevaulx et faire rouller[4] noz harnoys jusques à la premiere guerre, et ne faire que penser du mesnaige[5]. Et, je vous prie, dictes-moy si c'est chose honneste à une dame d'avoir le nom d'estre sans pitié, sans charité, sans amour et sans mercy ? — Sans charité et amour, dist Parlamente, ne faut-il pas qu'elles soient ; mais ce mot de *mercy*[6] sonne si mal entre les femmes, qu'elles n'en peuvent user sans offenser leur honneur ; car proprement *mercy* est accorder la grace que l'on demande, et l'on sçait bien celle que les hommes desirent. — Ne vous desplaise, ma dame, dist Simontault, il y en a de si raisonnables, qu'ilz ne demandent rien que la parolle. — Vous me faictes souvenir, dist Parlamente, de celluy qui se contantoit d'un gand. — Il fault que nous sçachions qui est ce gratieux serviteur, dist Hircan, et, pour ceste occasion, je vous donne ma voix.

---

1. qu'on ne saurait croire.   2. Citation du célèbre poème d'Alain Chartier : « Si gracieuse maladie / Ne met guères de gens à mort / Mais il sied bien que l'on le die / Pour plus tost attraire confort » (strophe XXXIV, v. 267-270). Les deux premiers vers de la strophe ont déjà été cités dans les devis de N. 12.   3. réconfort.   4. rouiller.   5. ne nous soucier que de l'économie domestique.   6. Le don de merci, dans la doctrine de la *fine amors*, est en effet l'octroi de la jouissance charnelle.

---

* La *Dame sans mercy* alleguée par Parlemente ne fut receue de Simontault pour notable docteur, sinon en ce que non seulement elle est facheuse, mais le faict... (T).

— Ce me sera plaisir de la dire, dist Parlamente, car elle est plaine d'honnesteté. »

CINQUANTE SEPTIESME NOUVELLE

Un milhor d'Angleterre fut sept ans amoureux d'une dame, sans jamais luy en auser faire semblant, jusques à ce qu'un jour, la regardant dans un pré, il perdit toute couleur et contenance, par ung soudain batement de cueur qui le print ; lors, elle, se monstrant avoir pitié de luy, à sa requeste, meit sa main gantée sur son cueur, qu'il serra si fort (en luy declarant l'amour que si long temps luy avoit portée) que son gant demeura en la place de sa main ; que depuis il enrichit de pierreryes et l'attacha sur son saye, à costé du cueur ; et fut si gracieux et honneste serviteur, qu'il n'en demanda oncques plus grand privauté.

*

Compte ridicule d'un Milhort d'Angleterre qui portoit un gand de femme, par parade, sur son habillement.

*

Le Roy Lois unzeiesme envoia en Angleterre le seigneur de Montmorency[1] pour son ambassadeur, lequel y fut tant bien venu[2], que le Roy et tous les princes* l'estimoient et aymoient fort et mesmes luy communicquoient plusieurs de leurs affaires secretz pour avoir son conseil. Ung jour, estant en ung bancquet que le Roy luy feit, fut assis auprès de luy ung millort[3] de grande maison, qui avoit sur son saye[4] attaché un petit gand comme pour femme, à crochetz d'or, et dessus

---

1. Louis XI régna de 1461 à 1483. Guillaume de Montmorency (père du connétable Anne de Montmorency) fut envoyé par Louis XI à la tête d'une importante mission française en Angleterre de mai à juin 1482, pour confirmer les traités de trêve passés avec le roi Édouard IV. (M. F.)   2. y eut un tel succès (accomplit sa mission avec tant de bonheur).   3. *millort* ou *milhor* : milord. 4. casaque de laine portée par les gens de guerre (comme *sayon*).

---

* *à son retour* (add. 2155 S).

les joinctures [1] * des doigs y avoit force diamans, rubiz,
aymeraules et perles, tant que ce gand estoit estimé
à ung grand argent [2]. Le seigneur de Montmorency le
regarda si souvent que le millort s'apperceut qu'il avoit
vouloir ** de luy demander la raison pourquoy il estoit
si bien en ordre [3]. Et, pour ce qu'il estimoit le compte
estre bien fort à sa louange, il commencea à dire : « Je
voy bien que vous trouvez estrange de ce que si gorgiasement [4] j'ay accoustré ung pauvre gand ; ce que j'ay
encores plus d'envye de vous dire, car je vous tiens
tant homme de bien et congnoissant quelle passion
c'est que amour, que, si j'ay bien faict, vous m'en
louerez, ou sinon vous excuserez l'amour qui
commande à tous honnestes cueurs. Il fault que vous
entendez que j'ay aymé toute ma vie une dame, ayme
et aymeray encores après sa mort ; et, pource que mon
cueur eut plus de hardiesse de s'adresser en ung bon
lieu que ma bouche n'eut de parler, je demoray sept
ans sans luy en oser faire semblant [5], craingnant que,
si elle s'en apparcevoit, je perdrois le moien [6] que
j'avois de souvent la frequenter, dont j'avois plus de
paour que de ma mort. Mais ung jour, estant dedans
ung pré, la regardant, me print ung si grand batement
de cueur que je perdis toute couleur et contenance,
dont elle s'apperceut très bien, et en demandant que
j'avois, je luy dictz que c'estoit une douleur de cueur
importable [7]. Et elle, qui pensoit que ce fut de maladie
d'autre sorte que d'amour, me monstra avoir pitié de
moy ; qui me feit luy suplier vouloir mectre la main
sur mon cueur pour veoir comme il debatoit [8] : ce
qu'elle feit plus par charité que par autre amityé ; et,
quant je luy tins la main dessus mon cueur, laquelle
estoit gantée, il se print à debatre et tormenter si fort,

---

1. phalanges.   2. estimé de grand prix.   3. si richement
orné.   4. si élégamment j'ai orné.   5. manifester.   6. la
possibilité.   7. impossible à supporter.   8. battait fort.

---

* *oynces* (2155 S).   ** envye (2155 S, G).

qu'elle sentyt que je disois verité. Et, à l'heure, luy serray la main contre mon esthomac[1], en luy disant : « Helas, ma dame, recepvez le cueur qui veult rompre mon esthomac pour saillir[2] en la main de celle dont j'espere grace, vie et misericorde ; lequel me contrainct maintenant de vous declairer l'amour que tant long temps ay cellée, car luy ne moy ne sommes maistres de ce puissant dieu. » Quant elle entendit ce propos que luy tenois, le trouva fort estrange. Elle voulut retirer sa main ; je la tins si ferme que le gant demeura en la place de sa cruelle main. Et, pource que jamais je n'avois eu ny ay eu depuis plus grande privaulté d'elle, j'ai attaché ce gand comme l'emplastre[3] la plus propre que je puis donner à mon cueur, et l'ay aorné de toutes les plus riches bagues que j'avois, combien que les richesses viennent du gand que je ne donnerois pour le royaulme d'Angleterre, car je n'ay bien en ce monde que j'estime tant, que le sentyr sur mon esthomac. » Le seigneur de Montmorency, qui eut mieulx aymé la main que le gand d'une dame, luy loua fort sa grande honnesteté, luy disant qu'il estoit le plus vray amoureux que jamais il avoit veu, et digne de meilleur traictement, puis que de si peu il faisoit tant de cas[4], combien que, veu sa grand amour, s'il eust eu mieulx que le gand, peut estre qu'il fust mort de joye. Ce qu'il accorda[5] au seigneur de Montmorancy, ne soupsonnant poinct qu'il le dist par mocquerye.

« Si tous les humains du monde estoient de telle honnesteté, les dames se y pourroient bien fyer, quant il ne leur en cousteroit que le gand. — J'ay bien

---

1. poitrine. **2.** se jeter sur, bondir sur. **3.** la préparation pharmaceutique que l'on applique sur une blessure pour la cicatriser (masculin ou féminin aux XVIe et XVIIe siècles). **4.** à si petite chose il accordait tant d'importance. **5.** ce sur quoi il tomba d'accord avec.

congneu* le seigneur de Montmorency, dist Geburon, que je suis seur qu'il n'eust poinct voulu vivre à l'angloise[1]** ; et, s'il se fust contanté de si peu, il n'eust pas eu les bonnes fortunes qu'il a eues en amour, car la vieille chanson dit :

> Jamais d'amoureux couard
> N'oyez bien dire[2]***.

— Pensés que ceste povre dame, dist Saffredent, retira sa main bien hatifvement quant elle sentit que le cueur luy batoit**** ; car elle cuydoit qu'il peust trespasser, et l'on dist qu'il n'est rien que les femmes ayent[3] plus que de toucher les mortz. — Si vous aviez autant hanté les hospitaulx que les tavernes, ce luy dist Ennasuitte, vous ne tiendriez pas ce langaige, car vous verriez celles qui ensepvelissent les trespassez, dont souvent les hommes, quelque hardiz qu'ilz soient, craingnent à toucher. — Il est vray, dist Saffredent*****, qu'il n'y a nul à qui l'on ne donne penitence, qui ne faict le rebours de[4] ce à quoy ilz ont prins plus de plaisir ; comme une damoiselle que je veiz en une bonne maison, qui, pour satisfaire au plaisir qu'elle avoit eu au baiser[5] quelqu'un qu'elle aymoit, fut trouvée, au matin, à quatre heures, baisant le corps mort d'un gentil homme qui avoit esté tué le jour de devant, lequel elle n'avoit poinct plus aymé que ung aultre ; et

---

1. à la façon de cet Anglais. **2.** vous n'entendez dire du bien. **3.** haïssent. **4.** qui ne fasse le contraire de. **5.** Infinitif substantivé : plaisir eu en baisant, *ou* de baiser quelqu'un.

---

* J'ay *si bien* congnu le seigneur de Montmorency *dont vous parlez* (2155 S, G). ** Texte de plusieurs ms. et de G ; *en la gloire* (ms. 1522), *en angoisse* (T). *** n'orray (2155 S). **** *car la vieille chanson [...] luy batoit* est omis du ms. 1512 (texte des autres manuscrits et de G). ***** Réplique attribuée à Simontault par G et plusieurs ms. ; à qui l'on *ne* donne penitence : ms. 2155 et quelques autres manuscrits portent *à qui l'on donne penitence*, meilleure leçon.

à l'heure, chascun congneut que c'estoit penitence des plaisirs passez. Comme* toutes les bonnes œuvres que les femmes font sont estimées mal entre les hommes, je suis d'opinion que, mortz ou vivans, on ne les doibt jamais baiser, si ce n'est ainsy que Dieu le commande.

— Quant à moy, dist Hircan, je me soucye si peu de baiser les femmes, hors mys la mienne, que je m'accorde à toutes loix que l'on vouldra ; mais j'ay pitié des jeunes gens à qui vous voulez oster ung si petit contentement, et faire nul le commandement de sainct Pol, qui veult que l'on baise *in osculo sancto*[1] ! — Si sainct Pol eut esté tel homme que vous, dist Nomerfide, nous eussions bien demandé l'experience de l'esperit de Dieu, qui parloit en luy. — A la fin, dist Geburon, vous aymerez mieulx doubter de la saincte Escripture que de faillir à l'une de voz petites serymonies[2]. — Jà, à Dieu ne plaise, dist Oisille, que nous doubtions de la saincte Escripture, veu que si peu nous croyons à voz mensonges, car il n'y a nulle qui ne sçache bien ce qu'elle doibt croire ; c'est de jamais ne mectre en doubte la parolle de Dieu et moins ne adjouster foy à celle des hommes**. — Si croy-je, dist Simontault***, qu'il y a eu plus d'hommes trompez par les femmes, que par les hommes. Car la petite amour qu'elles ont à nous les garde de croyre nos veritez, et la très grande amour que nous leur portons nous faict tellement fier en leurs mensonges, que plus tost nous

---

1. Reprise malicieuse de la formule finale des épîtres de Paul, « Saluez-vous les uns les autres par un saint baiser » (aux Romains 6, 16 ; 1re aux Corinthiens 16, 20 ; 2e aux Corinthiens 13, 12). 2. cérémonies (simagrées).

---

* *Voilà* (ou *Vela*), *dist Oisille*, comme toutes les bonnes œuvres (G, 2155 S et autres ms. ; la réplique convient mieux, en effet, à la sage Oisille). ** *des hommes se detournans de la verité* (T, G). *** Les ms. qui portent *Dagoucin* donnent une meilleure leçon, puisque c'est bien le tour de celui-ci, et non celui de Simontault, qui a raconté la 52e nouvelle ; de même, à la fin, *Dagoucin* remplace normalement *Simontault* donné par G.

sommes trompez, que soupsonneux de le povoir estre.
— Il semble, dist Parlamente, que vous ayez oy la
plaincte de quelque sot deçu par une folle, car vostre
propos est de si petite auctorité qu'il a besoing d'estre
fortifié d'exemple ; parquoy, si vous en sçavez quelcun, je vous donne ma place pour le racompter. Et si
ne dis pas que, pour ung mot, nous soyons subgectes
de[1] vous croyre, mais pour vous escouter dire mal de
nous, noz oreilles n'en sentiront poinct de douleur, car
nous sçavons ce qui en est. — Or, puisque j'ay le lieu[2],
dist Dagoucin, je la diray. »

CINQUANTE HUICTIESME NOUVELLE

Un gentil homme, par trop croire de verité en une dame qu'il avoit
offensée, la laissant pour d'autres, à l'heure qu'elle l'aymoit plus
fort, fut, sous une faulse assignation, trompé d'elle et mocqué de
toute la cour.

*

*Une dame de court se venge plaisamment d'un sien serviteur
d'amourettes.*

*

Dans son édition, Le Roux de Lincy fait l'hypothèse que Marguerite
est l'héroïne de cette nouvelle et de la suivante (*éd. cit.*, t. IV,
p. 325).

*

En la court du Roy François premier, y avoit une
dame, de fort bon esperit[3], laquelle pour sa bonne
grace, honnesteté et parolle agreable, avoit gaigné le
cueur de plusieurs serviteurs, dont elle sçavoit fort bien
passer son temps, l'honneur saufve[4], les entretenant si
plaisamment qu'ils ne sçavoient à quoy se tenir d'elle[5] ; car les plus asseurez estoient desesperez et les

---

1. obligées de.   2. c'est à mon tour de parler.   3. fort spirituelle.   4. en gardant son honneur sauf (*saufve* n'est pas un féminin — *honneur* est régulièrement masculin —, mais la transcription
du latin *salvus*).   5. à quoy s'en tenir à son sujet.

plus desesperez en prenoient asseurance *. Toutesfoys,
en se mocquant de la plus grande partye, ne se peut
garder d'en aymer bien fort ung, qu'elle nommoit son
cousin, lequel nom donnoit couleur [1] à plus long entendement **. Et, comme nulle chose n'est stable, souvent
leur amityé tournoit en courroux, et puis se revenoit ***
plus fort que jamays, en sorte que toute la court ne le
povoit ignorer. Ung jour, la dame tant pour donner à
congnoistre qu'elle n'avoit affection en rien ****, aussy
pour [2] donner peyne à celluy pour l'amour duquel elle
avoit beaucoup porté de fascherye [3] *****, luy vat faire
meilleur semblant [4] que jamais n'avoit faict. Parquoy,
le gentil homme ******, qui n'avoit ny en armes ny en
amours nulle faulte de hardiesse, commencea à pourchasser vivement celle dont maintesfoys l'avoit
priée [5] *******; laquelle, feignant ne povoir soustenir tant
de pitié [6], lui accorda sa demande, et lui dist que, pour
ceste occasion, elle s'en alloit en sa chambre, qui estoit
en galletas [7], où elle sçavoit bien qu'il n'y avoit personne, et que, si tost qu'elle la verroit partye, il ne faillit
d'aller après, car il la trouveroit seule ********. De la
bonne volunté qu'elle luy portoit, le gentil homme, qui
creut à sa parolle, fut si content qu'il se mist à jouer

---

1. donnait prétexte honorable.   **2.** *tant pour [...] aussy pour* :
autant pour [...] que pour ; *en rien* : qu'elle n'avait d'amour pour personne.   **3.** mécontentement.   **4.** meilleur visage.   **5.** celle
qu'il avait suppliée.   **6.** supporter si pitoyable état   **7.** logement sous les combles.

---

* *et les plus desesperez [...] asseurance* (texte de G et des autres
ms.) est omis dans ms. 1512.   ** *entretenement* (entretien) (G,
T, 2155 S).   *** se renouveloit (G, T), se renovoit
(2155 S).   **** *en rien* : à *rien* (2155 S).   ***** pour
l'amour duquel elle en avoit beaucoup porté [*supporté*] (G,
2155 S).   ****** *Luy* qui n'avoit ny en armes ny en *hardiesse*
faulte de *sagesse* (T).   ******* *ce* dont... l'avoit priée
(2155 S).   ******** ne la trouveroit qu'accompagnée de la
bonne volunté qu'elle luy portoit (T) ; seule, sinon de la bonne
volunté (2155 S) ; seule, de la bonne volunté qu'elle luy portoit
(G).

avecq les aultres dames, actendant qu'il la veit partye,
pour bien tost aller après. Et, elle, qui n'avoit faulte de
nulle finesse[1] de femme, s'en alla à[2] Madame Marguerite, fille du Roy, et à la duchesse de Montpensier[*] et
leur dist : « Si vous voulez, je vous monstreray le plus
beau passe-temps que vous veistes oncques. » Elles qui
ne serchoient poinct de melencolye, la prierent de luy
dire que c'estoit. « C'est, ce dist-elle, ung tel que vous
congnoissez autant homme de bien qu'il en soit poinct,
et non moins audatieux. Vous sçavez combien de mauvays tours il m'a faict, et que, à l'heure que je l'aymois
le plus fort, il en a aymé d'aultres, dont j'en ay porté
plus d'ennuy que je n'en ay fait de semblant[3]. Or,
maintenant Dieu m'a donné le moien pour m'en venger : c'est que je m'en voys en ma chambre, qui est
sur ceste-cy[4] ; incontinant, s'il vous plaist y faire le
guet, vous le verrez venir après moy ; et quant il aura
passé les galleries, qu'il vouldra monter le degré, je
vous prie vous mectre toutes deux à la fenestre et
m'ayder à cryer au larron ; et vous verrez sa collere :
à quoy je croy qu'il n'aura pas mauvaise grace ; et, s'il
ne me dict des injures tout hault, je m'atends bien qu'il
n'en pensera moins en son cueur. » Ceste conclusion
ne se feit pas sans rire, car il n'y avoit gentil homme
qui menast plus la guerre aux dames que cestuy-là ; et
estoit tant aymé et estimé d'un chascun, que l'on n'eust
pour rien voulu[5] tumber au danger de sa mocquerye,
et sembla bien aux dames qu'elles avoient part à la
gloire que une seulle esperoit d'emporter sur ce gentil

---

1. à qui ne manquait aucune ruse.   2. elle alla trouver (Marguerite de France, nièce de la reine de Navarre, fille de François Ier) ; *la duchesse de Montpensier* : Jacqueline de Longvic (ou Longwic), épouse de Louis de Bourbon, duc de Montpensier.   3. que je ne l'ai montré.   4. qui donne sur celle-ci.   5. que l'on n'eût voulu pour rien au monde risquer ses moqueries.

---

* Ces deux noms sont omis par Gruget : « s'en alla à deux grandes princesses, desquelles elle estoit familière ».

homme. Parquoy, si tost qu'elles veirent partir celle qui avoit faict l'entreprinse, commencerent à regarder la contenance du gentil homme, qui ne demoura gueres sans changer de place ; et, quant il eut passé la porte, les dames sortirent à la gallerye pour ne le perdre poinct de veue. Et, luy, qui ne s'en doubtoit pas, vat mettre sa cappe à l'entour de son col pour se cacher le visaige ; et descendit le degré jusques à la court, puis remonta ; mais, trouvant quelcun qu'il ne vouloit poinct pour tesmoing, redescendit encores en la court et retourna par ung aultre costé. Les dames veirent tout, et ne s'en aparceut oncques * ; et, quant il parvint au degré où il povoit seurement[1] aller en la chambre de sa dame, les deux dames se vont mectre à la fenestre, et incontinant elles aparceurent la dame qui estoit en hault, qui commencea à crier au larron, tant que sa teste en povoit porter ; et les deux dames du bas luy respondirent si fort, que leurs voix furent oyes de tout le chasteau. Je vous laisse à penser en quel despit le gentilhomme s'enfuyt en son logis, non si bien couvert[2] qu'il ne fut congneu de celles qui sçavoient ce mistere, lesquelles luy ont souvent reproché, mesmes celle qui luy avoit faict ce mauvais tour, luy disant qu'elle s'estoit bien vengée de luy. Mais il avoit ses responces et defaictes[3] ** si propres[4] ***, qu'il leur feit accroire qu'il se doubtoit bien de l'entreprinse, et qu'il avoit accordé à la dame de l'aller veoir pour leur donner quelque passetemps, car, pour l'amour d'elle n'eust-il prins ceste peyne, pour ce qu'il y avoit long temps que l'amour en estoit dehors. Mais les dames ne voulurent recepvoir ceste verité, dont encores en est la matiere en doubte ; mais si ainsy estoit qu'il eust creu

---

1. en toute sécurité.   2. caché (par sa cape).   3. excuses, échappatoires.   4. Appropriées.

---

* Ce que tout entierement les dames voyoient, dont ne s'aperceut oncques (G).   ** deffenses (G).   *** si promptes (2155 S).

ceste dame, comme il est vraisemblable, veu qu'il estoit tant saige et hardy, que de son aage et de son temps a eu peu de pareilz, et poinct qui le passast [1], comme le nous a faict veoir sa très hardye et chevaleureuse [2] mort, il me semble qu'il fault que vous confessiez que l'amour des hommes vertueux est telle, que, par trop croyre de verité [3] aux dames, sont souvent trompez.

« En bonne foy, dist Ennasuitte, j'advoue ceste dame du tort [4]* qu'elle a faict ; car, puisque ung homme est aymé d'une dame et la laisse pour une aultre, ne s'en peut trop venger. — Voyre, dist Parlamente, si elle en est aymée ; mais il y en a qui ayment des hommes, sans estre asseurées de leur amityé ; et, quant elles congnoissent qu'ilz ayment ailleurs, elles disent qu'ils sont muables. Parquoy, celles qui sont saiges ne sont jamays trompées de ces propos, car elles ne s'arrestent et ne croyent jamais qu'à ceulx qui sont veritables [5], afin de ne tumber au dangier des menteurs, pource que le vray et le faulx [6] n'ont que ung mesme langaige. — Si toutes estoient de vostre opinion, dist Simontault, les gentilz hommes pourroient bien mectre leurs oraisons [7] dedans leurs coffres ; mais que vous ne voz semblables en sceussent dire [8]**, nous ne croyrons jamais que les femmes soient aussy incredules comme elles sont belles. Et ceste opinion nous fera vivre aussi contentz, que vous vouldriez par voz raisons*** nous mectre en peyne. — Et vrayement, dist Longarine, sçachant très bien qui est la dame qui a faict ce bon tour au gentil homme, je ne

---

1. qui le surpassât.   2. chevaleresque.   3. pour ajouter trop de foi à ce que disent les dames.   4. j'excuse cette dame d'avoir fait tort.   5. qui disent vérité.   6. Même motif chez Montaigne : « La vérité et le mensonge ont leurs visages conformes, le port, le goût et les allures pareilles : nous les regardons de même œil. » (*Les Essais*, III, XI).   7. prières (ici : requêtes amoureuses).   8. quoi que vous [...] en puissiez dire.

---

* du *tour* (T, G, 2155 S).   ** *quoy que* vous [...] en sceussiez dire (2155 S, G).   *** par vos *oraisons* (G).

treuve impossible nulle finesse à croyre d'elle, car, puis qu'elle n'a pas espargné son mary, elle n'a pas espargné son serviteur. — Comment son mary ? dist Simontault ; vous en sçavez doncques plus que moy ? Parquoy, je vous donne ma place pour en dire vostre opinion. — Puisque le voulez, et moy aussy, dist Longarine. »

CINQUANTE NEUFVIESME NOUVELLE

Cette mesme dame, voyant que son mary trouvoit mauvais qu'elle avoit des serviteurs, desquelz elle passoit le temps (son honneur sauve), l'espia si bien, qu'elle s'apperceut de la bonne chere qu'il faisoit à une sienne femme de chambre, qu'elle gaingna, de sorte qu'accordant à son mary ce qu'il en pretendoit, le surprint finement en telle faute, que, pour la reparer, fut contraint lui confesser qu'il meritoit plus grande punition qu'elle ; et, par ce moyen, vecut depuis à sa fantasye.

*

Un gentil homme pensant acoler en secret une des demoiselles de sa femme, est par elle surprins.

*

La dame de qui vous avez faict le compte, avoit espousé ung mary de bonne et antienne maison et riche gentil homme, et par grande amityé de l'ung et de l'autre, se feit le mariage. Elle, qui estoit une des femmes du monde parlant aussi plaisamment[1], ne dissimulloit poinct à son mary qu'elle avoit des serviteurs, desquelz elle se mocquoit et passoit son temps, dont son mary avoit sa part du plaisir ; mais, à la longue, cette vie luy fascha, car, d'un costé, il trouvoit mauvais qu'elle entretenoit longuement ceulx qu'il ne tenoit pour ses parens et amys, et d'aultre costé, luy faschoit fort la despence qu'il estoit contrainct de faire pour entretenir sa gorgiaseté[2] et pour suyvre la court[3]. Par-

---

1. spirituellement (sachant plaisanter) ; qui était une des femmes les plus spirituelles du monde. 2. élégance. 3. suivre la cour en ses déplacements.

quoy, le plus souvent qu'il povoit, se retiroit en sa maison, où tant de compaignies l'alloient veoir que sa
despence n'amoindrissoit gueres en son mesnage ; car
sa femme, en quelque lieu qu'elle fust, trouvoit toujours moyens de passer son temps à quelques jeuz, à
dances et à toutes choses ausquelles honnestement les
jeunes dames se peuvent exercer. Et quelquefoys que
son mary [1] luy disoit, en riant, que leur despence estoit
trop grande, elle luy faisoit responce qu'elle l'asseuroit
de ne le faire jamais coqu, mais ouy bien coquin [2], car
elle aymoit si très fort les acoutremens [3] qu'il falloit
qu'elle en eust des plus beaulx et riches qui fussent en
la court : où son mary la menoit le moins qu'il povoit,
et où elle faisoit tout son possible d'aller ; et, pour
ceste occasion [4], se rendoit toute complaisante à son
mary, qui d'une chose plus difficille ne la vouloit pas
refuser.

Or ung jour, voyant que toutes ses inventions [5] ne le
povoient gaingner à faire ce voiage de la court, s'apperceut qu'il faisoit fort bonne chere à une femme de
chambre à chapperon [6] qu'elle avoit, dont elle pensoit
bien faire son proffict. Et retira à part ceste fille de
chambre et l'interrogea si finement, tant par finesses [7]*
que par menasses, que la fille luy confessa que, depuis
qu'elle estoit en sa maison, il n'estoit jour que son
maistre ne la sollicitast de l'aymer ; mais qu'elle aymeroit mieulx mourir que de faire rien contre Dieu et son
honneur, et encores veu l'honneur** qu'elle luy avoit
faict de la retirer en son service, qui [8] seroit double
meschanceté. Ceste dame, entendant la desloyauté de

---

1. quand à l'occasion son mari. **2.** gueux (misérable) ;
coqu/coquin : un trait d'esprit (par calembour) de la dame qui par-
lait « plaisamment ». **3.** parures. **4.** pour cette raison, ce
motif. **5.** ses trouvailles, ses prétextes ne pouvaient le persuader
de. **6.** Coiffure à bourrelet et à queue. **7.** *finement* : habilement ; *finesses* : ruses. **8.** ce qui.

---

* tant par *promesses* que par menasses (2155 S,
G). ** contre la faveur (T).

son mary, fut soubdain esmeue de despit et de joye,
voiant que son mary, qui faisoit tant semblant de l'aymer, luy pourchassoit[1] secretement telle honte en sa
compaignye, combien qu'elle s'estimoit plus belle et
de trop meilleure grace que celle pour laquelle il la
vouloit changer. Mais la joie estoit qu'elle esperoit
prendre son mary en si grande faulte qu'il ne luy repro-
cheroit plus ses serviteurs ny le demeure[2] de la court ;
et, pour y parvenir, pria ceste fille d'accorder petit à
petit à son mary ce qu'il luy demandoit, avecq les
conditions qu'elle lui dist. La fille en cuyda faire[3] difficulté, mais, estant asseurée par sa maistresse de sa
vie et de son honneur, accorda de faire tout ce qu'il
luy plairoit.

Le gentil homme, continuant sa poursuicte, trouva
ceste fille d'œil et de contenance[4] toute changée. Parquoy, la pressa plus vifvement qu'il n'avoit accoustumé ; mais elle, qui sçavoit son roolle par cueur, lui
remonstra sa pauvreté, et que, en luy obeissant, perdroit le service de sa maistresse, auquel[5] elle s'attendoit bien de gaingner ung bon mary. A quoy luy fut
bientost respondu par le gentil homme qu'elle n'eust
soulcy de toutes ces choses, car il la marieroit mieulx
et plus richement que sa maistresse ne sçauroit faire ;
et qu'il conduiroit son affaire si secretement, que nul
n'en pourroit parler. Sur ces propos, feirent leur
accord, et, en regardant le lieu le plus propre pour faire
ceste belle œuvre, elle vat dire qu'elle n'en sçavoit
poinct de meilleur ne plus loing de tout soupson, que
une petite maison qui estoit dedans le parc, où il y
avoit chambre et lict tout à propos. Le gentil homme,
qui n'eust trouvé nul lieu mauvais, se contenta de cestuy-là ; et luy tarda bien que le jour et heure n'estoient
venuz. Ceste fille ne faillit pas de promesse[6] à sa maistresse ; et luy compta tout le discours de son entre-

---

1. cherchait à lui faire.   **2.** les séjours à la cour.   **3.** pensa
faire.   **4.** attitude.   **5.** grâce auquel.   **6.** ne manqua pas à la
promesse faite à.

prinse bien au long, et comme ce debvoit estre le
lendemain après disner, et qu'elle ne fauldroit poinct[1],
à l'heure qu'il y fauldroit aller*, de luy faire signe. A
quoy elle la suplioit prendre bien garde et ne faillir
poinct de se trouver à l'heure, pour la garder du danger
où elle se mectoit en luy obeissant. Ce que la maistresse luy jura, la priant n'avoir nulle craincte et que
jamais ne l'abandonneroit, et si la deffenderoit de la
fureur de son mary. Le lendemain venu, après qu'ilz
eurent disné, le gentil homme faisoit meilleure chere à
sa femme qu'il n'avoit poinct encores faict, qu'elle
n'avoit pas trop agreable[2], mais elle feignoit si bien
qu'il ne s'en apparcevoit**. Après disner, elle luy
demanda à quoy il passeroit le temps. Il luy dist qu'il
n'en sçavoit poinct de meilleur que de jouer au cent[3].
Et à l'heure feirent dresser le jeu ; mais elle faingnyt
qu'elle ne vouloit poinct jouer et qu'elle avoit assez de
plaisir à les regarder. Et, ainsy qu'il se vouloit mectre
au jeu, il ne faillit de demander à ceste fille qu'elle
n'obliast sa promesse. Et, quant il fut au jeu, elle passa
par la salle, faisant signe à sa maistresse du pelerinage
qu'elle avoit à faire ; qui l'advisa[4] très bien, mais le
gentil homme ne congneut rien[5]. Toutesfois, au bout
d'une heure que ung de ses varletz luy feit signe de
loing, dist à sa femme que la teste luy faisoit ung peu
de mal et qu'il estoit contrainct de s'aller reposer et
prendre l'air. Elle, qui sçavoit aussi bien sa malladie
que luy, luy demanda s'il vouloit qu'elle jouast son
jeu[6]. Il luy dist que ouy et qu'il reviendroit bien tost.
Toutesfois, elle l'asseura que pour deux heures elle ne
s'ennuyroit poinct de tenir sa place. Ainsy s'en alla le

---

1. qu'elle ne manquerait point.　　2. ce qui ne lui était guère
agréable.　　3. jouer au piquet (jeu de cartes qui se joue en cent
points).　　4. le vit [*le signe*] parfaitement.　　5. ne s'aperçut de
rien.　　6. qu'elle jouât à sa place.

---

* à l'heure *de l'assignation* (du rendez-vous) [T].　　** elle le
sçavoit si bien faindre qu'elle luy rendoit la monnoye qu'il luy
prestoit (2155 S ; elle lui rendait la monnaie de sa pièce).

gentil homme en sa chambre, et de là par une allée, en son parc. La damoiselle, qui sçavoit bien autre chemyn plus court, actendit ung petit[1], puis soubdain feit semblant d'avoir une tranchée[2] et bailla son jeu à ung autre ; et, si tost qu'elle fut saillye de la salle, laissa ses haultz patins[3] et s'en courut le plus tost qu'elle peut au lieu où elle ne vouloit que le marché se feist sans elle. Et y arriva à si bonne heure qu'elle entra par une aultre porte en la chambre où son mary ne faisoit que arriver, et, se cachant derriere l'huys, escouta les beaulx et honnestes propos que son mary tenoit à sa chamberiere. Mais quant elle veid qu'il approchoit du criminel[4], le print par derriere, en luy disant : « Je suis trop près de vous, pour en prendre une aultre[5]. » Si le gentil homme fut courroucé jusques à l'extremité, il ne le fault demander, tant pour la joye qu'il esperoit recepvoir et s'en veoir frustré, que de veoir sa femme le congnoistre plus qu'il ne le vouloit : de laquelle il avoit grande paour perdre pour jamais l'amityé. Mais, pensant que ceste menée venoit de la fille, sans parler à sa femme, courut après elle de telle fureur que, si sa femme ne la luy eut ostée des mains, il l'eust tuée, disant que c'estoit la plus meschante garse qu'il avoit jamais veue, et que, si sa femme eut actendu à veoir la fin, elle eut bien congneu que ce n'estoit que mocquerye, car, en lieu de luy faire ce qu'elle pensoit, il luy eust baillé des verges pour la chastier. Mais, elle, qui se congnoissoit en tel metail, ne le prenoit pas pour bon[6] ; et luy feit là de telles remonstrances, qu'il eut grand paour qu'elle le voulut habandonner. Il luy feyt toutes les promesses qu'elle voulut, et confessa, voyant les belles remonstrances de sa femme, qu'il avoit tort de trouver mauvais qu'elle eust des serviteurs ; car une

---

1. un peu.   2. une colique.   3. Chaussures de femme à semelle épaisse et hauts talons.   4. du crime.   5. pour que vous en preniez une autre.   6. qui savait ce que valait un tel métal (qui s'y connaissait en fausse monnaie) ne le tenait pas pour argent de bon aloi.

femme belle et honneste n'est poinct moins vertueuse pour estre aymée, par ainsy qu'elle[1] ne face ne dye chose qui soit contre son honneur ; mais ung homme merite bien grande punition, qui prent la peyne de pourchasser une qui ne l'ayme poinct pour faire tort à sa femme et à sa conscience. Parquoy jamais ne l'empescheroit d'aller à la court, ny ne trouveroit maulvays qu'elle eust des serviteurs, car il sçavoit bien qu'elle parloit plus à eulx par mocquerie, que par affection[*]. Ce propos-là ne desplaisoit pas à la dame, car il luy sembloit bien avoir gaingné ung grand poinct ; si estce qu'elle dist tout au contraire, feingnant de prendre desplaisir d'aller à la court, veu qu'elle pensoit n'estre plus en son amityé, sans laquelle toutes compagnies luy faschoient, disant que une femme, estant bien aymée de son mary et l'aymant de son costé comme elle faisoit, portoit ung saufconduict[2] de parler à tout le monde et n'estre mocquée de nul. Le pauvre gentil homme meit si grande peyne à l'asseurer de l'amityé qu'il luy portoit, que enfin ilz partirent de ce lieu là bons amys ; mais, pour ne retourner plus en telz inconveniens, il la pria de chasser ceste fille, à l'occasion de laquelle il avoit eu tant d'ennuy. Ce qu'elle feit, mais ce fut en la mariant très bien et honnestement, aux despens[3] toutefois de son mary. Et, pour faire oblier entierement à la damoiselle ceste follye, la mena bientost à la court en tel ordre et si gorgiase[4], qu'elle avoit occasion de s'en contanter.

« Voylà, mes dames, qui m'a faict dire que je ne trouve poinct estrange le tour qu'elle avoit faict à l'un de ses serviteurs, veu celluy que je sçavois de son

---

1. à condition qu'elle, pourvu qu'elle.	2. avait la permission de, était autorisée à ; le sauf-conduit est une autorisation officielle d'aller en quelque lieu et d'en revenir, sans crainte d'être arrêté. 3. Terme juridique : en en faisant supporter la dépense à son mari.	4. élégamment vêtue, qu'elle avait tout lieu d'être satisfaite.

---

* car il sçavoit [...] affection est omis dans ms. 1512.

mary. — Vous nous avez painct une femme bien fyne et ung mary bien sot, dist Hircan, car, puisqu'il en estoit venu tant que là [1], il ne debvoit pas demeurer en si beau chemyn. — Et que eust-il faict ? dist Longarine. — Ce qu'il avoit entreprins, dist Hircan ; car autant estoit courroucée sa femme contre luy pour sçavoir qu'il vouloit mal faire, comme s'il eust mis le mal à execution ; et peut estre que sa femme l'eust mieulx estimé, si elle l'eust congneu plus hardy et gentil compaignon. — C'est bien, dist Ennasuitte ; mais où trouverez-vous ung homme qui force deux femmes à la foys ? Car sa femme eust defendu son droict, et la fille sa virginité. — Il est vray, dist Hircan, mais ung homme fort et hardy ne crainct poinct d'en assaillir deux foibles, et ne fault [2] poinct d'en venir à bout. — J'entends bien, dist Ennasuitte, que, s'il eust tiré son espée, il les eust bien tuées toutes deux, mais autrement ne voy-je pas qu'il en eust sceu eschapper. Parquoy je vous prie nous dire que vous eussiez faict ? — J'eusse embrassé ma femme, dist Hircan, et l'eusse emportée dehors ; et puis, eusse faict de sa chamberiere ce qu'il m'eust pleu par amour ou par force. — Hircan, dist Parlamente, il suffit assez que vous sçachiez [3] faire mal. — Je suys seur, Parlamente, dist Hircan, que je ne scandalize poinct l'innocent [4] devant qui je parle, et si ne veulx, par cela, soustenir ung mauvais faict [5]. Mais je m'estonne de l'entreprinse * qui de soy ne vault rien, et je ne loue l'entreprenant, qui ne l'a mise à fin [5], plus par craincte de sa femme que par amour. Je loue que ung homme ayme sa femme comme Dieu le commande, mais quant il ne l'ayme poinct, je n'estime

---

1. il s'était autant avancé.   2. ne manque.   3. Comprendre : il suffit [...], sans qu'il soit besoin de le dire, ou de vous en vanter.   4. Rappel de la condamnation portée dans l'Évangile contre ceux qui scandalisent les petits (Luc 17, 1-3).   5. approuver une mauvaise action.   6. menée à bonne fin.

---

* je *mesloue* [critique] l'entreprise [...] et *l'entrepreneur* (2155 S) ; je ne loue l'entreprise [...] et *l'entrepreneur* (G).

gueres de la craindre. — A la verité, luy respondit Parlamente, si l'amour ne vous rendoit bon mary, j'estimerois bien peu ce que vous feriez par craincte. — Vous n'avez garde[1], Parlamente, dist Hircan, car l'amour que je vous porte me rend plus obeissant à vous que la craincte de mort ny d'enfer. — Vous en direz ce qu'il vous plaira, dist Parlamente, mais j'ay occasion de me contanter de ce que j'ay veu et congneu de vous ; et de ce que je n'ay poinct sceu, n'en ay-je poinct voulu doubter ny encores moins m'en enquerir[2]. — Je trouve une grande folie, dist Nomerfide, à celles qui s'enquierent de si près de leurs mariz, et les mariz aussy, des femmes ; car il suffise au jour de sa malice[3], sans avoir tant de soulcy du lendemain. — Si est-il aucunes foys necessaires, dist Oisille, de s'enquerir des choses qui peuvent toucher l'honneur d'une maison pour y donner ordre[4], mais non pour faire mauvais jugement des personnes, car il n'y a nul qui ne faille[5]. — Aucunes foys, dist Geburon, il est advenu des inconveniens à plusieurs, par faulte de bien et soingneusement s'enquerir de la faulte de leurs femmes. — Je vous prie, dist Longarine, si vous en sçavez quelque exemple, que vous ne nous le vueillez celler. — J'en sçay bien ung, dist Geburon ; puis que vous le voulez, je le diray. »

---

1. Vous n'avez rien à craindre.　　2. chercher à le savoir.
3. qu'à chaque jour suffise son malheur ; rappel de la parole du Christ lors du Sermon sur la Montagne : « A chaque jour suffit sa peine » (Matthieu 6, 34).　　4. y mettre bon ordre.　　5. qui ne commette une faute.

SOIXANTIESME NOUVELLE

Un Parisien, faute de s'estre bien enquis de sa femme (qu'il pensoit estre morte), combien qu'elle feit bonne chere avec un chantre [1] du Roy, espousa en secondes noces une autre femme qu'il fut contraint laisser, après en avoir eu plusieurs enfants et demeuré ensemble XIIII ou XV ans, pour reprendre sa premiere femme.

*

Une Parisienne abandonne son mary pour suivre un chantre, puis, contrefaisant la morte, se feit enterrer.

*

En la ville de Paris, y avoit ung homme de si bonne nature qu'il eut faict conscience de [2] croyre ung homme estre couché avecq sa femme, quant encores [3] il l'eust veu. Ce pauvre homme-là espousa une femme de si mauvays gouvernement [4] qu'il n'estoit possible de plus, dont jamais il ne s'aperceut, mais la traictoit comme la plus femme de bien [5] du monde. Un jour que le Roy Loys XIIe alla à Paris, sa femme s'alla habandonner à ung des chantres dudit seigneur. Et quant elle veit que le Roy s'en alloit de la ville de Paris et ne povoit [6][*] plus veoir le chantre, se delibera [7] d'habandonner son mary et de le suyvre. A quoy le chantre s'accorda et la mena en une maison qu'il avoit auprès de Bloys, où ilz vesquirent ensemble long temps. Le pauvre mary trouvant sa femme adirée [8], la chercha de tous costez ; mais en fin luy fut dict qu'elle s'en estoit allée avecq le chantre. Luy, qui vouloit recouvrer sa brebis perdue [9], dont il avoit faict très mauvaise garde, luy rescripvit force lettres, la priant

---

1. maître du chœur dans une église, par extension : homme d'Église.   2. eût fait scrupule de (hésité à).   3. quand bien même.   4. conduite.   5. la femme la plus vertueuse.   6. et qu'elle ne pouvait.   7. prit la résolution.   8. perdue, enlevée.   9. Allusion ironique à la parabole de Jésus : « Quel homme [...], s'il a cent brebis, et qu'il en perde une, ne laisse les quatre-vingt-dix-neuf autres [...] pour aller chercher celle qui est perdue ? » (Luc 15, 4-5), où la brebis perdue représente le pécheur.

---

* qu'elle ne pouvoit (2155 S et plusieurs ms.).

retourner à luy et qu'il la reprendroit si elle vouloit
estre femme de bien. Mais elle, qui prenoit si grand
plaisir d'oyr le chant du chantre avecq lequel elle
estoit, qu'elle avoit oblyé la voix de son mary, ne tint
compte de toutes ses bonnes parolles, mais s'en mocqua ; dont le mary courroucé luy feit sçavoir qu'il la
demanderoit par justice[1] à l'Eglise, puis que autrement
ne vouloit retourner avecq luy. Ceste femme, craingnant que si la justice y mectoit la main, elle et son
chantre en pourroient avoir à faire[2], pensa une cautelle[3] digne d'une telle main. Et, feignant d'estre malade,
envoia querir quelques femmes de bien de la ville pour
la venir visiter ; ce que voluntiers elles feirent, esperans par ceste malladie la retirer de sa mauvaise vie ;
et, pour ceste fin, chascun[4] luy faisoit les plus belles
remonstrances[5]. Lors elle, qui faingnoit estre griefvement malade, feit semblant de plourer et de congnoistre
son peché[6], en sorte qu'elle faisoit pitié à toute la
compaignye, qui cuydoit fermement qu'elle parlast du
fonds de son cueur. Et, la voiant ainsy reduicte[7] et
repentante, se meirent à la consoler, en luy disant que
Dieu n'estoit pas si terrible comme beaucoup de
prescheurs[*] le peignoient, et que jamais il ne luy refu-
seroit sa misericorde. Sur ce bon propos, envoyerent
querir ung homme de bien pour la confesser ; et le
lendemain vint le curé du lieu pour luy administrer le
sainct Sacrement, qu'elle receut avecq tant de bonnes
mynes[8], que toutes les femmes de bien de ceste ville
qui estoient presentes pleuroient de veoir sa devotion,
louans Dieu qui par sa bonté avoit eu pitié de ceste
pauvre creature ; après, faingnant de ne povoir plus
menger[**], l'extreme unction par le curé luy fut appor-

---

1. par les voies judiciaires.   2. avoir des ennuis.   3. imagina une ruse.   4. chacune.   5. exhortations, recommandations.   6. reconnaître sa faute.   7. amendée, venue à rési-
piscence.   8. avec une si bonne attitude.

---

* prescheurs *indiscrets* (G).   ** menger, *demanda* l'Extreme
Unction, *qui* par le curé luy fut apportée, et par elle (2155 S).

tée, par elle receue avec plusieurs bons signes, car à
peyne povoit-elle avoir sa parolle[1], comme l'on estimoit. Et demora ainsy bien long temps, et sembloit que
peu à peu elle perdist la veue, l'ouye et les autres sens ;
dont chascun se print à crier *Jesus !* A cause de la
nuyct qui estoit prochaine, et que les dames estoient de
loing, se retirerent toutes. Et ainsy qu'elles sortoient de
la maison, on leur dist qu'elle estoit trespassée, et, en
disant leur *de profundis*[2] pour elle, s'en retournerent
en leurs maisons. Le curé demanda au chantre où il
voulloit qu'elle fust enterrée, lequel luy dist qu'elle
avoit ordonné d'estre enterrée au cimetiere, et qu'il
seroit bon de la y porter la nuyct. Ainsy fut ensepvelye
ceste pauvre malheureuse, par une chamberiere qui se
gardoit bien de luy faire mal. Et depuis avecq belles
torches fut portée jusques à la fosse que le chantre
avoit faict faire. Et quant le corps passa devant celles
qui avoient assisté à la mectre en unction[3][*], elles saillirent[4] toutes de leurs maisons et accompaignerent
jusques à la terre[5] ; et bientost la laisserent femmes et
prebstres. Mais le chantre ne s'en alla pas, car incontinant qu'il veid la compaignye ung peu loing, avec sa
chamberiere desfouyrent[6] sa fosse où il avoit s'amye
plus vive[7] que jamais ; et l'envoya secretement en sa
maison, où il la tint longuement cachée.

Le mary qui la poursuivoit vint jusques à Bloys
demander justice ; et trouva qu'elle estoit morte et
enterrée, par l'estimation de[8] toutes les dames de
Bloys, qui luy compterent la belle fin qu'elle avoit
faicte. Dont le bon homme fut bien joieulx de croire

---

1. parler.   **2.** Premiers mots du sixième des Psaumes péniten-
tiels que l'on chante lors des services funèbres (Psaume 130 : « De
fond de l'abîme je t'invoque, ô Éternel... »).   **3.** lui avaient vu
administrer l'extrême onction.   **4.** sortirent.   **5.** jusqu'à l'ensevelissement.   **6.** ouvrirent en creusant.   **7.** vivante, pleine
de vie.   **8.** apprit [...] d'après le témoignage (*par l'attestacion*,
2155).

---

* à la voir mectre à l'unction (T, G).

que l'ame de sa femme estoit en paradis, et luy despeché[1] d'un si meschant corps. Et avecq ce contentement, retourna à Paris, où il se maria avecq une belle honneste jeune femme de bien et bonne mesnagiere, de laquelle il eut plusieurs enfants. Et demeurerent ensemble quatorze ou quinze ans ; mais à la fin la renommée, qui ne peut rien celler, le vint advertir que sa femme n'estoit pas morte, mais demouroit avecq ce meschant chantre *, chose que le pauvre homme dissimulla tant qu'il peut, faingnant de rien sçavoir ** et desirant que ce fust ung mensonge. Mais sa femme, qui estoit saige, en fut advertye ; dont elle portoit une si grande angoisse, qu'elle en cuyda mourir d'ennuy. Et, s'il eut esté possible, sa conscience saulve, eust voluntiers dissimulé sa fortune[2], mais il luy fut impossible, car incontinant l'Eglise y voulut mectre ordre ; et, pour le premier[3], les separa tous deux jusques ad ce que l'on sceut la verité de ce faict. Allors fut contrainct ce pauvre homme laisser la bonne, pour pourchasser la mauvaise ; et vint à Bloys[4], ung peu après que le Roy François Ier fut Roy, auquel lieu il trouva la Royne Claude[5] et Madame la Regente, devant lesquelles vint la plaincte[6], demandant celle qu'il eust bien voulu ne trouver poinct, mais force luy estoit, dont il faisoit grande pitié à toute la compaignye. Et, quant sa femme luy fut presentée, elle voulut soustenir longuement que ce n'estoit poinct son mary ***, ce qu'il eust voluntiers creu s'il eust peu. Elle,

---

1. délivré.   2. tenu secret ce qui lui arrivait (le sujet sous-entendu est *il*, le mari).   3. d'abord.   4. En octobre 1515, tandis que le roi était en Italie, la régente Louise de Savoie fit un séjour dans cette ville.   5. L'épouse du roi François Ier.   6. Au sens juridique du terme : devant lesquelles il porta plainte.

---

* prestre (T, G, 2155 S).   ** de n'en rien savoir (2155 S, G).
*** *mais que c'estoit chose apostée* [qu'il s'agissait d'une imposture] (G) ; l'épisode rappelle l'histoire de Martin Guerre, revenu dans son village — à moins qu'il ne s'agît d'un imposteur — alors que sa femme le croyait mort.

plus marrye que honteuse, lui dist qu'elle aymoit mieulx mourir que retourner avecq luy ; dont il estoit très contant. Mais les dames, devant qui elle parloit si deshonnestement, la condamnerent qu'elle retourne-roit[1], et prescherent si bien ce chantre par force menasses, qu'il fut contrainct de dire à sa layde amye qu'elle s'en retournast avec son mary et qu'il ne la vouloit plus veoir. Ainsy chassée de tous costez, se retira la pauvre malheureuse où elle debvoit mieulx estre traictée de son mary qu'elle n'avoit merité.

« Voylà, mes dames, pourquoy je dis que, si le pauvre mary eust esté bien vigilant après sa femme, il ne l'eust pas ainsy perdue, car la chose bien gardée est difficile-ment perdue, et l'habandon faict le larron. — C'est chose estrange, dist Hircan, comme l'amour est fort, où il semble moins raisonnable ! — J'ay ouy dire, dist Simontault, que l'on auroit plus tost faict rompre deux mariages*, que separer l'amour d'un prebstre et de sa chamberiere. — Je croy bien, dist Ennasuitte ; car ceulx qui lyent les autres par mariage sçavent si bien faire le neu[2], que rien que la mort n'y peut mectre fin ; et tien-nent les docteurs[3] que le langaige spirituel est plus grand que nul autre ; par consequent aussi l'amour spirituelle passe toutes les autres. — C'est une chose, dist Dagou-cin, que je ne sçaurois pardonner aux dames d'haban-donner ung mary honneste ou ung amy, pour un prebstre, quelque beau et honneste que sceut estre. — Je vous prye, Dagoucin, dist Hircan, ne vous meslez poinct de parler de nostre mere saincte Eglise ; mais croyez que c'est grand plaisir aux pauvres femmes crainctifves et secrettes de pecher avecq ceulx qui les peuvent absouldre, car il y en a qui ont plus de honte de confesser une chose que de la faire. — Vous parlez, dist Oisille,

---

1. la condamnèrent à retourner avec lui.   2. nœud.
3. théologiens.

---

* cent mariages (T, G, 2155 S).

de celles qui n'ont poinct congnoissance de Dieu, et qui cuydent que les choses secretes ne soient pas une foys [1] revelées devant la Compaignye celeste ; mais je croy que ce n'est pas pour chercher la confession qu'ilz [2] cherchent les confesseurs, car l'Ennemy [3] les a tellement aveuglez qu'elles regardent * à s'arrester au lieu qu'il leur semble le plus couvert et le plus seur, que de se soucyer d'avoir absolution du mal dont elles ne se repentent poinct. — Comment repentir ? dist Saffredent, mais s'estiment plus sainctes que les autres femmes ; et suis seur qu'il en y a qui se tiennent honorées de perseverer en leur amityé. — Vous en parlez de sorte, dist Oisille à Saffredent, qu'il semble que vous en sçachiez quelcune. Parquoy je vous prie que demain, pour commancer la journée, vous nous en veullez dire ce que vous en sçavez, car voylà desjà le dernier coup de vespres qui sonne, pour ce que noz religieux sont partiz, incontinant qu'ils ont oy la dixiesme nouvelle, et nous ont laissé parachever nos debatz. » En ce disant, se leva la compaignye ; et arriverent à l'eglise, où ils trouverent qu'on les avoit actenduz. Et, après avoir oy leurs vespres, souppa la compaignye toute ensemble, parlant de plusieurs beaulx comptes **. Après soupper, selon leurs coustumes, s'en allerent ung peu esbattre au pré, et reposerent, pour avoir le lendemain meilleure memoire.

FIN DE LA SIXIESME JOURNÉE

---

1. un jour. 2. qu'elles. 3. Satan.

---

* regardent *plus* à... que (autres ms.). ** qui n'eussent esté moings plaisans à mectre par escript que ceulx qu'ilz avoient dictz dans le pré. N'eust esté que aucunesfoiz ilz parloient tous ensemble, interrompans leurs propoz, de sorte qu'il eust esté tres-difficile à les recuillir. Mais nous nous contanterons de ceulx qu'ilz ont dictz à si bon loysir que facillement ont esté retenuz (2155 S) ; *cf.* la fin de la 4e journée.

LA SEPTIESME JOURNÉE

En la septiesme journée, on devise de ceulx qui ont fait tout le contraire de ce qu'ilz devoient ou vouloient.

PROLOGUE

Au matin, ne faillit madame Oisille de leur administrer la salutaire pasture [1] qu'elle print en la lecture des Actes [2] et vertueux faictz des glorieux chevaliers et apostres de Jesus-Christ, selon sainct Luc, leur disant que ces comptes-là debvoient estre suffisans pour desirer veoir ung tel temps et pleurer la difformité [3] de cestuy-cy envers cestuy-là. Et, quant elle eut suffisamment leu et exposé le commencement de ce digne livre, elle les pria d'aller à l'eglise, en l'unyon que [4] les apostres faisoient leur oraison, demandans à Dieu sa grace, laquelle n'est jamais refusée à ceulx qui en foy la requierent [5]. Ceste opinion [6] fut trouvée d'un chascun très bonne. Et arriverent à l'eglise, ainsy que l'on commenceoit la messe du Sainct Esperit, qui sembloit chose venir à leur propos, qui leur feit oyr le service en grand devotion. Et, après, allerent disner, ramentevans [7]* ceste vie apostolicque ; en quoy ils prindrent tel plaisir, que quasi leur entreprinse estoit oblyée ; de quoy s'advisa Nomerfide, comme la plus jeune, et leur

---

1. une nourriture qui apporte le salut de l'âme ; la métaphore alimentaire est fréquemment employée pour désigner la nourriture spirituelle qu'apporte la méditation des saintes Écritures (*cf.* le Prologue de la 5e journée). 2. des Actes des Apôtres. 3. vice de conformation, différence monstrueuse (qui distingue notre époque des temps anciens). 4. unis comme les apôtres lorsqu'ils faisaient. 5. demandent avec foi. 6. conseil, avis. 7. se remémorant, rappelant la vie des Apôtres.

---

* et apres, *à leur disner, ramenteverent* (G).

dist : « Madame Oisille nous a tant boutez[1] en devotion, que nous passons l'heure accoustumée de nous
retirer, pour nous preparer à racompter noz nouvelles. » Sa parolle fut occasion de faire lever toute la
compaignye ; et, après avoir bien demeuré* en leurs
chambres, ne faillirent poinct de se trouver au pré,
comme ilz avoient faict le jour de devant. Et, quant
ilz furent bien à leurs ayses, madame Oisille dist à
Saffredent : « Encores que je suis asseurée que vous
ne direz rien à l'advantaige des femmes, si est-ce qu'il
fault que je vous advise[2] de dire la Nouvelle que dès
hier soir vous aviez preste. — Je proteste[3], madame,
respondit Saffredent, que je n'acquerray poinct l'honneur** de mesdisant, pour dire verité ; ny ne perdray
poinct la grace des dames vertueuses, pour racompter
ce que les folles ont faict ; car j'ay experimenté que
c'est que d'estre seulement eslongné de leur veue ; et
si je l'eusse esté autant de leur bonne grace, je ne fusse
pas à ceste heure en vie. » Et, en ce disant, tourna les
oeilz au contraire de[4] celle qui estoit cause de son bien
et de son mal ; mais, en regardant Ennasuitte, la feit
aussi bien rougir, comme si ce eust esté à elle à qui le
propos se fust addressé ; si est-ce qu'il n'en fut moins
entendu du lieu où[5] il desiroit estre oy. Madame Oisille
l'asseura qu'il povoit dire verité librement, aux despens de qui il appartiendroit[6]. A l'heure, commencea
Saffredent, et dist.

---

1. engagés, mis sur le chemin de (la dévotion).   2. je vous
demande.   3. je témoigne, j'atteste.   4. détourna les yeux de
(*au contraire de* : en sens inverse) *celle qui estoit cause* : allusion
à l'amour de Saffredent pour Longarine (voir le Prologue).
5. de celle dont.   6. aux dépens de la personne concernée.

---

* bien *peu* demeuré (T, G, 2155 S ; meilleure leçon).   ** le
déshonneur (T, G).

SOIXANTE ET UNIESME NOUVELLE

Un mary se reconcilye avec sa femme, après qu'elle eust vescu XIIII
ou XV ans avec un chanoyne d'Authun.

*

Merveilleuse pertinacité[1] *d'amour effrontée d'une Bourguignonne
envers un chanoine d'Authun.*

*

Auprès de la ville d'Authun, y avoit une fort belle
femme, grande, blanche et d'autant belle façon de
visaige que j'en aye poinct veu. Et avoit espousé ung
très honneste homme, qui sembloit estre plus jeune
qu'elle, lequel l'aymoit et traictoit tant bien qu'elle
avoit cause* de s'en contanter. Peu de temps après
qu'ilz furent mariez, la mena en la ville d'Authun pour
quelques affaires ; et, durant le temps que le mary
pourchassoit la justice[2]**, sa femme alloit à l'eglise
prier Dieu pour luy. Et tant frequenta ce lieu sainct,
que ung chanoine fort riche fut amoureux d'elle, et la
poursuivyt si fort, que en fin la pauvre malheureuse
s'accorda à luy[3], dont le mary n'avoit nul soupson et
pensoit plus à garder son bien que sa femme. Mais
quant ce vint au departir[4] et qu'il fallut retourner en la
maison qui estoit loing de la dicte ville sept grandes
lieues[5], ce ne fut sans ung trop grand regret. Mais le
chanoyne luy promist que souvent la iroit visiter : ce
qu'il feit, feingnant aller en quelque voiage, où son
chemyn s'addressoit[6] tousjours par la maison de cest
homme ; qui ne fut pas si sot qu'il ne s'en apperceut, et
y donna si bon ordre, que quant le chanoyne y venoit, il
n'y trouvoit plus sa femme, et la faisoit si bien cacher,

---

1. extraordinaire obstination. 2. estait au tribunal, poursuivait une action en justice. 3. lui céda, consentit à ce qu'il
demandait. 4. quand vint le moment du départ. 5. Mesure
itinéraire variable selon les provinces, approximativement une tren-
taine de kilomètres. 6. passait.

---

* qu'elle avoit *occasion de l'aymer de mesmes et* s'en contenter
(add. T). ** pour quelque procès qu'il avoit (add. 2155 S).

qu'il ne povoit parler à elle. La femme, congnoissant la jalousie de son mary, ne feit semblant qu'il luy despleust[1]. Toutesfois, se pensea qu'elle y donneroit ordre[2], car elle estimoit ung enfer perdre la vision de son Dieu. Ung jour que son mary estoit allé dehors de sa maison, empescha si bien[3] les chamberieres et varletz qu'elle demeura seulle en sa maison. Incontinant, prend ce qui luy estoit necessaire et sans autre compaignye que de sa folle amour qui la portoit, s'en alla de pied à Authun, où elle n'arriva pas si tard, qu'elle ne fut recongneue de son chanoine, qui la tint enfermée et cachée plus d'un an, quelques monitions et excommunications[4] qu'en fit gecter son mary, lequel, ne trouvant aultre remede, en feit la plaincte à l'evesque, qui avoit ung archediacre autant homme de bien qu'il en fust poinct en France. Et luy-mesmes cherchea si diligemment en toutes les maisons des chanoines, qu'il trouva celle que l'on tenoit perdue, laquelle il mist en prison, et condamna le chanoyne en grosse penitence. Le mary, sçachant que sa femme estoit retournée par l'admonition[5] du bon archediacre et de plusieurs gens de bien, fut contant de la reprandre, avecq les sermens qu'elle luy feit de vivre, en temps advenir, en femme de bien ; ce que le bon homme creut volontiers, pour la grande amour qu'il luy portoit. Et la ramena en sa maison, la traictant aussi honnestement que paravant, sinon qu'il luy bailla deux vieilles chamberieres qui jamais ne la laissoient seule, que l'une des deux ne fust[6] avecq elle. Mais, quelque bonne chere[7] que luy fist son mary, la meschante amour qu'elle portoit au chanoyne luy faisoit estimer tout son repos en tourment[8] ; et, combien qu'elle fust très belle femme, et, et,

---

1. ne marqua aucun signe de déplaisir.   2. s'arrangerait de cette situation.   3. donna tant d'occupations à.   4. quelques mises en garde et avertissements solennels donnés au prône.   5. conseil, exhortation.   6. sans que l'une des deux restât.   7. bon traitement.   8. lui faisait considérer son repos comme une torture.

luy, homme de bonne complexion[1], fort et puissant, si
est-ce qu'elle n'eut jamais enfans de luy[*], car son
cueur estoit tousjours à sept lieues de son corps, ce
qu'elle dissimulloit si bien qu'il sembloit à son mary
qu'elle eust oblyé tout le passé comme il avoit faict de
son costé. Mais la malice d'elle n'avoit pas ceste opinion, car, à l'heure qu'elle veid son mary mieulx l'aymant et moins la soupsonnant, vat feindre d'estre
malade ; et continua si bien ceste faincte, que son
pauvre mary estoit en merveilleuse[2] peyne, n'espar-
gnant bien ne chose qu'il eust pour la secourir. Toutesfoys, elle joua si bien son roolle, que luy et tous ceulx
de la maison la pensoient malade à l'extremité, et que
peu à peu elle s'affoiblissoit ; et, voyant que son mary
en estoit aussi marry qu'il en debvoit[3] estre joieulx, le
pria qu'il luy pleust l'auctorizer de faire son testament ;
ce qu'il feit voluntiers en pleurant. Et elle, ayant puissance de tester, combien qu'elle n'eust enfans, donna
à son mary ce qu'elle luy povoit donner, luy requerant
pardon des faultes qu'elle luy avoit faictes ; après,
envoya querir le curé, se confessa, receut le sainct
Sacrement de l'autel tant devotement que chascun ploroit de veoir une si glorieuse fin. Et, quant ce vint le
soir, elle pria son mary de luy envoier querir l'extreme
unction, et qu'elle s'affoiblissoit[4] tant, qu'elle avoit
paour de ne la povoir recepvoir vive[5]. Son mary, en
grande dilligence, la luy feit apporter par le curé ; et elle,
qui la receut en grande humilité, incitoit chascun à
la louer. Quant elle eut faict tous ses beaulx misteres[6],
elle dist à son mary que, puisque Dieu luy avoit faict la
grace d'avoir prins tout ce que l'Eglise commande, elle
sentoit sa conscience en si très grande paix, qu'il luy

1. bon température (en particulier, vigueur sexuelle).
2. fort grande.   3. aurait dû.   4. suppléer : et disait qu'elle...
5. étant encore en vie.   6. *misteres* : cérémonies hypocrites ; *faire
des mystères* : faire des manières, faire des façons.

* de luy, *quelque bien complexionné qu'il fut* (T).

prenoit envye de soy reposer ung petit[1], priant son mary de faire le semblable, qui en avoit bon besoing, pour avoir tant pleuré et veillé avecq elle. Quant son mary s'en fut allé et tous ses varletz avec luy, deux pauvres vieilles, qui en sa santé l'avoient si longuement gardée, ne se doubtans plus de[2] la perdre, sinon par mort, se vont très bien coucher à leur aise. Et quant elle les ouyt dormyr et ronfler bien hault, se leva toute en chemise et saillist hors de sa chambre, escoutant si personne de leans faisoit poinct de bruict. Mais, quant elle fut asseurée de son baston[3], elle sceut très bien passer par ung petit huys[4] d'un jardin qui ne fermoit poinct ; et, tant que la nuyct dura, toute en chemise et nudz piedz, feist son voiage à Authun devers le sainct qui l'avoit gardée de morir. Mais, pour ce que le chemin estoit long, n'y peut aller tout d'une traicte, que le jour ne la surprint. A l'heure, regardant par tout le chemyn, advisa deux chevaulcheurs[5] qui couroient bien fort ; et, pensant que ce fust son mary qui la chercheast, se cacha tout le corps dedans ung maraiz et la teste entre les jongs ; et son mary, passant près d'elle, disoit à ung sien serviteur, comme un homme desesperé : « Ho ! la meschante ! Qui eust pensé que, soubz le manteau des sainctz sacremens de l'Eglise, l'on eust peu couvrir ung si villain et abhominable cas ! » Le serviteur luy respondit : « Puis que Judas, prenant ung tel mourceau[6], ne craingnit à trahir son maistre, ne trouvez point estrange la trahison d'une femme ! » En ce disant, passa oultre[7] le mary ; et la femme demoura plus joyeuse, entre les jongs, de l'avoir trompé, qu'elle n'estoit en sa maison, en ung bon lict, en servitude. Le pauvre mary la curchea par toute la ville d'Authun ;

---

1. un peu.   2. n'ayant plus crainte de la perdre.   3. quand elle eut pris toutes les précautions possibles.   4. portillon.   5. cavaliers.   6. Image tirée sans doute de la pêche, où le *morceau* désigne une sorte de hameçon ou d'appât : « mordant à un tel appât », ou « se laissant séduire ». La formule n'a pas paru explicite puisqu'on trouve en T « un tel manteau ».   7. continua son chemin.

mais il sceut certainement[1] qu'elle n'y estoit poinct
entrée ; parquoy s'en retourna sur ses brisées, ne faisant que se complaindre d'elle et de sa grande perte ;
ne la menassant poinct moins que de la mort, s'il la
trovoit, dont elle n'avoit paour en son esperit, non plus
qu'elle sentoit* de froid en son corps, combien que le
lieu et la saison meritoient de la faire repentir de son
damnable voiage. Et qui ne sçauroit comment le feu
d'enfer eschauffe ceulx qui en sont rempliz, l'on debvroit estimer à merveille comme ceste pauvre femme,
saillant d'un lict bien chault, peut demorer tout ung
jour en si extreme froidure. Si ne perdit-elle poinct le
cueur ny l'aller[2], car, incontinant que la nuyct fut
venue, reprint son chemyn ; et, ainsy que l'on vouloit
fermer la porte d'Authun, y arriva ceste pelerine, et ne
faillit d'aller tout droict où demoroit son corps sainct,
qui fut tant esmerveillé de sa venue, que à peyne
povoit-il croyre que ce fust elle. Mais, quant il l'eut
bien regardée et visitée de tous costez, trouva qu'elle
avoit oz et chair, ce que ung esperit n'a poinct ; et
ainsy se asseura que ce n'estoit fantosme, et dès
l'heure, furent si bien d'accord qu'elle demoura avecq
luy quatorze ou quinze ans. Et, si quelque temps elle
fut cachée, à la fin elle perdit toute craincte, et, qui pis
est, print une telle gloire d'avoir un tel amy, qu'elle se
mectoit à l'eglise devant la plus part des femmes de
bien de la ville**, tant d'officiers que aultres. Elle eut
des enfans du chanoyne, et entre autres une fille qui
fut mariée à un riche marchant ; et si gorgiase[3] à ses
nopces que toutes les femmes de la ville en murmu-
roient très fort, mais n'avoient pas la puissance d'y
mectre ordre[4]. Or, advint que en ce temps-là, la Royne

---

1. de façon certaine. 2. l'allant (cf. *perdre son allant* : perdre
son ardeur), la force de marcher (elle ne renonça pas à continuer
son chemin). 3. élégante. 4. de mettre fin à cette situation.

---

* *qu'elle ne* sentoit (2155 S) ** de quelque estat qu'elles
fussent (add. T) ; tant *femmes* d'officiers que autres (2155 S, G).

Claude, femme du Roy François, passa par la ville
d'Authun[1], ayant en sa compaignye madame la
Regente, mere du dict Roy et la duchesse d'Alençon,
sa fille*. Vint une femme de chambre de la Royne,
nommée Perrette, qui trouva la dicte duchesse et luy
dist : « Madame, je vous supplye, escoutez-moy, et
vous ferez œuvre plus grande que d'aller oyr tout le
service du jour. » La duchesse s'arresta[2] voluntiers,
sçachant que d'elle ne povoit venir que tout bon
conseil. Perrette luy alla racompter incontinant comme
elle avoit prins une petite fille, pour luy ayder à savon-
ner le linge de la Royne ; et, en luy demandant des
nouvelles de la ville, luy compta la peyne que les
femmes de bien avoient de veoir ainsy aller devant
elles[3] la femme de ce chanoyne, de laquelle luy
compta une partie** de sa vie. Tout soubdain, s'en alla
la duchesse à la Royne et à madame la Regente, leur
compter ceste histoire ; qui, sans autre forme de procès,
envoierent querir ceste pauvre malheureuse, laquelle
ne se cachoit poinct, car elle avoit changé sa honte en
gloire d'estre dame de la maison d'ung si riche
homme. Et, sans estre estonnée ny honteuse, se vint
presenter devant les dictes dames, lesquelles avoient si
grande honte de sa hardiesse, que soubdain[4] elles ne
luy sceurent que dire. Mais après, luy feit madame la
Regente telles remonstrances qui deussent avoir faict
pleurer une femme de bon entendement. Ce que poinct
ne feit ceste pauvre femme, mais, d'une audace très
grande, leur dist : « Je vous supplie, mes dames, que

---

1. Cette visite put avoir lieu soit en novembre 1515, soit durant
l'été de 1522, lors du séjour que firent Marguerite de Navarre,
duchesse d'Alençon, la reine Claude et Louise de Savoie à Autun,
en accompagnant le roi (M. F.) ; Louise de Savoie exerça la
régence pendant que François Ier guerroyait en Italie.   2. prit le
temps de l'écouter.   3. avoir préséance sur elles.   4. sur le
coup (*de prime face* [T] : de prime abord).

---

* sa fille, *à laquelle une femme de chambre, nommée Perrette,
dit* (T).   ** *en luy dechifrant* une partie (T).

voulez garder que l'on ne touche poinct à mon honneur, car, Dieu mercy ! j'ay vescu avec monsieur le
chanoine si bien et si vertueusement, qu'il n'y a personne vivant qui m'en sceut reprendre. Et s'il ne fault
point[1] que l'on pense que je vive contre la volunté de
Dieu, car il y a trois ans qu'il ne me fut riens[2], et
vivons aussy chastement et en aussy grande amour que
deux beaulx petitz anges, sans que jamais entre nous
deux y eut eu parolle ne volunté au contraire[3]. Et qui
nous separera fera grand peché, car le bon homme, qui
a bien près de quatre vingtz ans, ne vivra pas longuement sans moy, qui en ay quarante cinq. » Vous povez
penser comme à l'heure les dames se peurent tenir[*] ;
et les remonstrances que chascun[4][**] luy feit, voiant
l'obstination qui n'estoit amollye pour parolles que
l'on luy dist, pour l'aage qu'elle eut, ne pour l'honnorable compaignye. Et, pour l'humillier plus fort,
envoierent querir le bon archediacre d'Authun, qui la
comdemna d'estre en prison ung an, au pain et à l'eaue.
Et les dames envoyerent querir son mary, lequel par
leur bon exhortement[5], fut contant de la reprendre,
après qu'elle auroit faict sa penitence. Mais, se voiant
prisonniere et le chanoyne deliberé de jamais ne la
reprendre, mercyant les dames de ce qu'elles luy
avoient gecté ung diable de dessus les espaulles[6], eut
une si grande et si parfaicte contriction, que son mary,
en lieu d'actendre le bout de l'an, l'alla reprendre, et
n'atendit pas quinze jours, qu'il ne la vint demander à
l'archediacre ; et depuis ont vescu en bonne paix et
amityé.

---

1. Et aussi il ne faut point.   2. depuis trois ans nous n'avons
plus eu de relations sexuelles.   3. paroles ou désirs différents.   4. chacune.   5. exhortation.   6. ôté un diable de ses
épaules (*cf.* l'expression : *avoir le diable au corps*).

* se peurent *taire* (2155 S) ; tenir *de bien parler à ces bestes* (T).
** chacune (2155 S).

« Voylà, mes dames, comment les chaisnes de sainct Pierre [1] sont converties par les maulvais ministres en celles de Sathan, et si fortes à rompre, que les sacremens qui chassent les diables des corps sont à ceulx-cy les moiens de les faire plus longuement demeurer en leur conscience. Car les meilleures choses sont celles, quant l'on en abuse, dont l'on faict plus de maulx. — Vrayement, dist Oisille, ceste femme estoit bien malheureuse, mais aussy fut-elle bien pugnye de venir devant telz juges que les dames que vous avez nommées, car le regard seul de madame la Regente estoit de telle vertu, qu'il n'y avoit si femme de bien qui ne craingnist de se trouver devant ses oeilz indigne de sa veue. Celle qui en estoit regardée doulcement s'estimoit meriter grand honneur, sçachant que femmes autres que vertueuses ne povoit ceste dame veoir de bon cueur. — Il seroit bon, dist Hircan, que l'on eust plus de craincte des œilz d'une femme, que du sainct Sacrement, lequel s'il n'est receu en foy et charité, est en dannation eternelle *. — Je vous prometz [2], dist Parlamente, que ceulx qui ne sont poinct inspirez de Dieu craingnent plus les puissances temporelles que les spirituelles. Encores je croy que la pauvre creature se chastia plus par la prison et l'opinion [3] de ne plus veoir son chanoyne, qu'elle ne feit pour remonstrance qu'on luy eust sceu faire. — Mais, dist Simontault, vous avez oblyé la principale cause qui la feit retourner à son mary. C'est que le chanoyne avoit quatre vingtz ans, et son mary estoit plus jeune qu'elle. Ainsy gaingna ceste bonne dame en tous ses marchez ; mais, si le chanoyne eust esté jeune, elle ne l'eust poinct voulu habandonner. Les enseignemens des dames n'y eussent

---

1. Allusion à l'épisode des Actes des Apôtres où saint Pierre, emprisonné par Hérode, reçoit de nuit la visite d'un ange qui fait tomber ses chaînes (12, 8). 2. Je vous assure. 3. l'idée.

---

* lequel [...] *l'est* en dampnation eternelle (2155 S) ; recevoir le saint sacrement en état de péché mortel, comme ce fut le cas de l'héroïne, assure, non le salut, mais la damnation.

pas eu plus de valleur[1] que les sacremens qu'elle avoit
prins. — Encores, ce dist Nomerfide, me semble
qu'elle faisoit bien de ne confesser poinct son peché si
aisement, car ceste offense se doibt dire à Dieu humblement*, et la nyer[2] fort et ferme devant les hommes,
car, encores qu'il fust vray, à force de mentir et jurer,
on engendre quelque doubte à la verité. — Si est-ce,
dist Longarine, qu'ung peché à grand peine peult estre
si secret qu'il ne soit revellé, sinon quant Dieu par sa
misericorde le couvre de ceulx qui pour l'amour de
luy en ont vraye repentance. — Et que direz-vous, dist
Hircan, de celles qui n'ont pas plus tost faict une folye,
qu'elles ne la racomptent à quelcun ? — Je treuve bien
estrange, respondist Longarine ; et est bien signe que
le peché ne leur desplaist pas ; et, comme je vous ay
dict, celluy qui n'est couvert[3] de la grace de Dieu ne
se sçauroit nyer devant les hommes, et y en a maintes
qui, prenans plaisir à parler de telz propos**, se font
gloire de publier leurs vices, et aultres, qui, en se cou-
pant[4], s'accusent. — Je vous prie, dist Saffredent, si
vous en sçavez quelcune, je vous donne ma place, et
que nous la dictes. — Or escoutez doncques, dist Longarine. »

---

1. efficacité.   2. qu'elle faisait bien de ne confesser [...] et de
nier l'offense.   3. le péché qui n'est pas couvert.   4. en s'accusant sans le vouloir, par mégarde (en commettant un lapsus, en
trébuchant verbalement) ; *cf. se couper la gorge* : se réfuter soi-
même, se contredire (*de son propre couteau* : avec ses propres
arguments).

* seulement (G).   ** *à telz propos, se sont bien lourdement
coupées* (add. T) ; *de telz propos, se sont lourdement couppées*
(2155 S).

SOIXANTE DEUXIESME NOUVELLE

Une damoyselle, faisant, soubz le nom d'une autre, un compte à quelque grande dame, se coupa si lourdement, que son honneur en demora tellement taché, que jamais elle ne le peut reparer.

*

Une damoiselle faisant un compte de l'amour d'elle-mesme, parlant en tierce personne, se declara par megarde.

*

Au temps du Roy François premier, y avoit une dame du sang roial[1], accompaignée d'honneur, de vertu et de beaulté, et qui sçavoit bien dire ung compte et de bonne grace, et en rire aussy, quant on luy en disoit quelcun. Ceste dame, estant en l'une de ses maisons, tous ses subgects et voisins la vindrent veoir, pour ce qu'elle estoit autant aymée que femme pourroit estre. Entre aultres, vint une damoiselle, qui escoutoit que chascun luy disoit tous les comptes qu'ilz pensoient, pour luy faire passer le temps. Elle s'advisa qu'elle n'en feroit moins que les aultres et luy dist : « Madame, je voys faire ung beau compte, mais vous me promectez que vous n'en parlerez poinct. » À l'heure, luy dist : « Madame, le compte est très veritable, je le prens sur ma conscience[2]. C'est qu'il y avoit une damoiselle maryée, qui vivoit avec son mary très honnestement, combien qu'il fust vieil et elle jeune. Ung gentil homme, son voisin, voyant qu'elle avoit espouzé ce vieillard, fut amoureux d'elle et la pressa par plusieurs années, mais jamais il n'eut responce d'elle, sinon telle que une femme de bien doibt faire. Ung jour, se pensa le gentil homme, que, s'il la povoit trouver à son advantaige, que par adventure elle ne luy seroit si rigoureuse ; et, après avoir longuement

---

1. Est-ce Marguerite elle-même, comme le suggère M. F., ou Louise de Savoie, comme le croit Le Roux de Lincy ? R. Salminen (t. II, p. 141), observant que le conte est identique à celui d'une nouvelle de Philippe de Vigneulles (la 64ᵉ), estime que les deux conteurs ont puisé dans la tradition orale. **2.** je m'en porte garant(e), formule de serment solennel.

debattu avecq la craincte[1] du danger où il se mectoit,
l'amour qu'il avoit à la damoiselle luy osta tellement
la craincte, qu'il se delibera de trouver le lieu et l'occasion. Et feit si bon guet, que ung matin, ainsi que le
gentil homme, mary de ceste damoiselle, s'en alloit en
quelque aultre de ses maisons, et partoit dès le poinct
du jour pour le chault[2]*, le jeune folastre vint à la maison de ceste jeune damoiselle, laquelle il trouva dormant en son lict ; et advisa que les chamberieres s'en
estoient allées dehors de la chambre. A l'heure, sans
avoir le sens[3] de fermer la porte, s'en vint coucher tout
houzé et esperonné[4] dedans le lict de la damoiselle ;
et quant elle s'esveilla, fut autant marrye qu'il estoit
possible. Mais, quelques remonstrances qu'elle luy
sceut faire, il la print par force, luy disant que, si elle
reveloit ceste affaire, il diroit à tout le monde qu'elle
l'avoit envoyé querir ; dont la damoiselle eut si grand,
paour qu'elle n'osa crier. Après, arrivant quelques**
des chamberieres, se leva hastivement. Et ne s'en fust
personne aperceu, sinon[5]*** l'esperon qui s'estoit
attaché au linceul[6] de dessus l'emporta tout entier ; et
demeura la damoiselle toute nue sur son lict. » Et
combien qu'elle feit le compte d'une aultre ne se peut
garder de dire à la fin : « Jamais femme ne fust si
estonnée que moy, quant je me trouvay toute nue. »
Alors, la dame, qui avoit oy le compte sans rire, ne
s'en peut tenir à ce dernier mot, en luy disant : « Ad
ce que je voy, vous en povez bien racompter l'histoire. » La pauvre damoiselle chercha ce qu'elle peut pour

---

1. après avoir pesé les risques.   2. à cause de la chaleur (pour
éviter la chaleur).   3. avoir eu le bon sens, avoir pris soin.
4. chaussé de ses houseaux (de ses bottes, ou guêtres) et muni de
ses éperons.   5. si l'éperon... n'avait pas emporté.   6. drap.

---

* pour la chaleur (G).   ** quelcune (2155 S ; meilleur texte).
*** sinon *que* (2155 S, G).

cuyder reparer[1] son honneur, mais il estoit vollé desjà si loing, qu'elle ne le povoit plus rappeller.

« Je vous asseure, mes dames, que, si elle eut grand desplaisir à faire ung tel acte, elle en eust voullu avoir perdu la memoire. Mais, comme je vous ay dict, le peché seroit plus tost descouvert par elle-mesme, qu'il ne pourroit estre sceu, quant il n'est poinct couvert de la couverture[*] que David[2] dict rendre l'homme bien heureux. — En bonne foy, dist Ennasuitte, voylà la plus grande sotte dont je oy jamais parler, qui faisoit rire les autres à ses despens. — Je ne trouve poinct estrange, dist Parlamente, de quoy la parolle ensuict[3] le faict, car il est plus aisé à dire que à faire. — Dea, dist Geburon, quel peché avoit-elle faict ? Elle estoit endormye en son lict ; il la menassoit de mort et de honte : Lucresse[4], qui estoit tant louée, en feit bien autant[5]. — Il est vray, dist Parlamente ; je confesse qu'il n'y a si juste à qui il ne puisse mescheoir[6], mais, quand on a prins grand desplaisir à l'œuvre[7], l'on en prent aussi à la memoire[8], pour laquelle effacer Lucresse se tua ; et ceste sotte a voullu faire rire les aultres. — Si[9] semble-il, dist Nomerfide, qu'elle fut femme de bien, veu que par plusieurs fois elle avoit esté priée et elle ne se voulut jamais consentir ; tellement qu'il fallut que le gentil homme s'aydast de trom-

---

1. pour chercher à réparer.   2. « Heureux celui à qui la transgression est remise, / À qui le péché est pardonné ! » (Psaume 32, 1). 3. suit.   4. La vertueuse héroïne a déjà été alléguée dans les devis de N. 42.   5. Comme l'observe Parlamente, la remarque est inexacte, puisque Lucrèce se tua après le viol commis par un fils de Tarquin le Superbe.   6. à qui il ne puisse arriver de chuter, de commettre une faute.   7. l'acte (sexuel).   8. on a aussi grand déplaisir au souvenir de l'acte.   9. et pourtant il semble.

---

* de la couverture *qui rend l'homme bien heureux, de sorte qu'asseurement nous pouvons dire avec David : O bien heureux celuy dont les commises / Transgressions sont par grace remises ; / Duquel aussi les iniques pechez / Devant son Dieu sont couvertz et cachez. / En bonne foy...* (add. T).

perie et de force pour la decepvoir[1]. — Comment !
dist Parlamente ; tenez-vous une femme quicte de son
honneur, quant elle se laisse aller, mais qu'elle[2] ait
usé deux ou trois foys de refuz ? Il y auroit doncques
beaucoup de femmes de bien, qui sont estimées le
contraire, car l'on en a assez veu qui ont longuement
reffusé celluy où leur cueur s'estoit adonné, les unes
pour craincte de leur honneur, les aultres pour plus
ardemment se faire aymer et estimer. Parquoy l'on ne
doibt poinct faire cas[3] d'une femme si elle ne tient
ferme jusques au bout[*]. — Et si ung homme refuse
une belle fille, dist Dagoucin, estimerez-vous grande
vertu ? — Vrayement, dist Oisille, si ung homme jeune
et sain usoit de ce reffuz, je le trouverois fort louable,
mais non moins dificile à croyre. — Si en congnois-je,
dist Dagoucin, qui ont refusé des adventures que tous
les compaignons cherchoient. — Je vous prie, dist
Longarine, que vous prenez ma place pour le nous
racompter, mais souvenez-vous qu'il fault icy dire
verité. — Je vous prometz, dist Dagoucin, que je la
vous diray si purement, qu'il n'y aura nulle coulleur
pour la desguiser. »

SOIXANTE TROISIESME NOUVELLE

*Le refuz qu'un gentilhomme feit d'une avanture que tous ses
compaignons cerchoyent, luy fut imputé à bien grande vertu ; et sa
femme l'en ayma et estima beaucoup plus qu'elle n'avoit fait.*

---

1. la tromper, abuser d'elle.   **2.** à la seule condition qu'elle...
3. estimer.

---

* *Apres que Parlamente eut conclu qu'une femme pressée de
son honneur n'estoit digne d'estre estimée vertueuse pour deux ou
troys refus qu'elle auroit faictz, si elle ne persistoit, Dagoucin voulut sçavoir si le semblable pouvoit se dire de l'homme, pource que,
quant à luy, son opinion estoit que si un homme refusoit une fois
seulement une belle fille, on ne luy pouvoit imputer ce refuz à trop
grande vertu. A quoy Oisille respondit ainsi :* Vrayement... (T).

*

Notable chasteté d'un seigneur françois.

*

En la ville de Paris, se trouverent quatre filles, dont
les deux estoient sœurs, de si grande beaulté, jeunesse
et frescheur, qu'elles avoient la presse[1] de tous les
amoureux. Mais ung gentil homme[2], qui pour lors
avoit esté faict prevost de Paris par le Roy, voyant son
maistre jeune et de l'aage pour desirer telle compaignye, practiqua[3] si bien toutes les quatre, que, pensant
chascune estre pour le Roy, s'accorderent à ce que le
dist prevost voulut, qui estoit de se trouver ensemble
en ung festin où il convya son maistre, auquel il
compta l'entreprinse, qui fut trouvée bonne du dict seigneur et de deux aultres bons personnages de la court ;
et s'accorderent tous troys d'avoir part au marché.
Mais, en cherchant le quatriesme compaignon, vat arriver un seigneur beau et honneste, plus jeune de dix ans
que tous les autres*, lequel fut convié en ce bancquet :
lequel l'accepta de bon visaige, combien que en son
cueur il n'en eut aucune volunté ; car, d'un costé, il
avoit une femme qui luy portoit de beaulx enfans, dont
il se contentoit très fort, et vivoient en telle paix que
pour rien il n'eust voulu qu'elle eust prins mauvais
soupson de luy ; d'autre part, il estoit serviteur d'une
des plus belles dames qui fut de son temps en France,
laquelle il aymoit, estimoit tant, que toutes les aultres
luy sembloient laydes auprès d'elle ; en sorte que, au
commencement de sa jeunesse, et avant qu'il fust
marié, n'estoit possible de luy faire veoir ne hanter
aultres femmes, quelque beaulté qu'elles eussent ; et

---

1. la foule ; comprendre : que tous les amoureux se pressaient
en foule autour d'elles.   2. Jean de la Barre, déjà mentionné dans
la première nouvelle, homme de confiance de François Ier, nommé
par lui prévôt de Paris le 18 avril 1526, qui va jouer ici le rôle
d'intendant des plaisirs du roi.   3. sut si bien disposer.

---

* *plus jeune [...] tous les autres* est omis dans ms. 1512 ; *plus
jeune [...] que tous les trois* (2155 S) ; *que les trois* autres (G).

prenoit plus de plaisir à veoir s'amye et de l'aymer parfaictement que de tout ce qu'il sceut avoir d'une aultre. Ce seigneur s'en vint à sa femme et luy dist en secretz l'entreprinse que son maistre faisoit : et que de luy[1], il aymoit autant morir que d'accomplir ce qu'il avoit promis ; car, tout ainsy que, par collere, n'y avoit homme vivant qu'il n'osast bien assaillir, aussy, sans occasion, par ung guet à pens, aymeroit mieulx morir que de faire ung meurdre, si l'honneur ne le y contraingnoit ; et pareillement, sans une extresme force d'amour, qui est l'aveuglement des hommes vertueux, il aymeroit myeulx mourir que rompre son mariage à l'apetit d'aultruy[2], dont sa femme l'ayma et estima plus que jamais n'avoit faict, voiant en une si grande jeunesse habiter tant d'honnesteté ; et en luy demandant[*] comme il se pourroit excuser, veu que les princes trouvent souvent mauvais ceulx qui ne louent ce qu'ilz ayment. Mais il luy respondit : « J'ay tousjours oy dire que le saige a le voiage ou une malladie en la manche[3], pour s'en ayder à sa necessité[4]. Parquoy, j'ay deliberé de faindre, quatre ou cinq jours devant, estre fort malade : à quoy vostre contenance[5] me pourra bien fort servir. — Voylà, dist sa femme, une bonne et saincte ypocrisie ; à quoy je ne fauldray de vous servir de myne la plus triste dont je me pourray adviser ; car qui peut eviter l'offense de Dieu et l'ire du prince est bien heureux. » Ainsy qu'ilz delibererent ils feirent ; et fut le Roy fort marry d'entendre, par la femme, la malladye de son mary, laquelle ne dura gueres, car, pour quelques affaires qui vindrent, le Roy oblia son plaisir pour regarder à[6] son debvoir, et partyt de Paris. Or, ung jour, ayant memoire de leur entreprinse qui n'avoit

---

1. pour sa part.   2. par désir d'une autre (ou d'un autre ?).   3. à sa disposition.   4. en cas de besoin.   5. attitude.   6. prendre en considération.

---

* et luy demanda (ms. 1511 et 1515).

esté mise à fin[1], dist à ce jeune seigneur : « Nous sommes bien sotz d'estre ainsy partiz si soubdain, sans avoir veu les quatre filles que l'on nous avoit promises estre les plus belles de mon royaulme. » Le jeune seigneur luy respondit : « Je suis bien aise dont vous y avez failly, car j'avois grand paour, veu ma maladie, que moy seul eusse failly à une si bonne advanture. » A ces parolles ne s'aperceut jamais le Roy de la dissimullation de ce jeune seigneur, lequel depuis fut plus aymé de sa femme, qu'il n'avoit jamais esté.

A l'heure se print à rire Parlamente et ne se peut tenir de dire : « Encores il eust mieulx aymé sa femme, si ce eut esté pour l'amour d'elle seulle. En quelque sorte que ce soit, il est très louable. — Il me semble, dist Hircan, que ce n'est pas grand louange à ung homme de garder chasteté pour l'amour de sa femme ; car il y a tant de raisons, que quasi il est contrainct : premierement Dieu luy commande, son serment le y oblige, et puis Nature qui est soulle[2], n'est point subjecte à tentation ou desir, comme la necessité[3] ; mais l'amour libre[4] que l'on porte à s'amye, de laquelle on n'a poinct la joïssance ne autre contentement que le veoir et parler et bien souvent mauvaise response, quant elle est si loyalle et ferme, que, pour nulle adventure qui puisse advenir, on ne la peut changer, je diz que c'est une chasteté non seulement louable, mais miraculeuse. — Ce n'est poinct de miracle, dist Oisille, car où le cueur s'adonne, il n'est rien impossible au corps. — Non aux corps, dist Hircan, qui sont desjà angelisez[5]. » Oisille luy respondit : « Je n'entens poinct seullement parler de ceulx qui sont par la grace

---

1. menée à bonne fin.   2. la nature (l'instinct sexuel), quand elle est rassasiée, n'est point sujette à la tentation.   3. comme l'est le besoin (sexuel).   4. Par opposition à l'amour conjugal, « contraint » par serment de fidélité ; comprendre : mais lorsqu'il s'agit de l'amour libre, une conduite comme celle-là montre une chasteté...   5. du moins aux corps qui sont déjà des corps d'anges (Hircan corrige l'affirmation d'Oisille par une restriction).

de Dieu tout transmuez [1] en luy, mais des plus grossiers esperitz que l'on voye ça-bas entre les hommes. Et, si vous y prenez garde, vous trouverez ceulx qui ont mys leur cueur et affection à chercher la perfection des sciences [2], non seulement avoir oblyé la volupté de la chair, mais les choses les plus necessaires, comme le boire et le manger ; car, tant que l'ame est par affection dedans son corps, la chair demeure comme insensible ; et de là vient que ceulx qui ayment femmes belles, honnestes et vertueuses, ont tel contentement à les veoir et à les oyr parler et ont l'esperit si contant, que la chair est appaisée de tous ses desirs. Et ceulx qui ne peuvent experimenter ce contentement sont les charnelz [3], qui, trop enveloppez de leur graisse, ne congnoissent s'ilz ont ame ou non. Mais, quant le corps est subgect à l'esperit, il est quasi insensible aux imperfections de la chair, tellement que leur forte opinion [4] les peult randre insensibles [5]. Et j'ai congneu ung gentil homme qui, pour monstrer avoir plus fort aymé sa dame que nul autre, avoit faict preuve à tenir [6] une chandelle avecq les doigtz tout nudz*, contre tous ses compaignons ; et, regardant sa femme, tint si ferme, qu'il se brusla jusques à l'oz ; encores, disoit-il n'avoir

---

1. tout changés.   2. l'ensemble du savoir et des doctrines.   3. Les charnels désigne chez saint Paul ceux qui sont soumis au péché, qui « marchent » selon la chair, non selon l'esprit (Épître aux Romains 7, 14-18 et 8, 2-12), et s'affectionnent aux choses de la chair ; R. Salminen (t. II, p. 142) voit dans la tripartition établie par Oisille (les hommes vivant entièrement en la grâce de Dieu, selon l'esprit, les chastes qui ont su soumettre la chair à l'esprit et l'apaiser, les charnels qui vivent uniquement selon la chair) un écho des doctrines spirituelles, et de l'enseignement de Briçonnet, inspiré de la *Hiérarchie céleste* du pseudo-Denys l'Aréopagite.   4. les fermes convictions qui animent les « spirituels ».   5. ne sentant plus, non soumis aux appels et aux exigences des sens, comme le montre l'exemple suivant.   6. en avait apporté la preuve en tenant.

---

* les doigtz tout nudz : les doigtz tout nudz, *l'espace de troys nuytz* (add. T) ; les *dentz* trois nuyctz (ms. 1512).

poinct senty de mal. — Il me semble, dist Geburon, que le diable, dont il estoit martire[1], en debvoit faire ung sainct Laurent[2] ; car il y en a peu de qui le feu d'amour soit si grand, qu'il ne craingne celluy de la moindre bougye ; et, si une damoiselle m'avoit laissé tant endurer pour elle, je demanderois grande recompence, ou j'en retirerois ma fantaisye[3]. — Vous vouldriez doncques, dist Parlamente, avoir vostre heure, après que vostre dame auroit eu la sienne, comme feit ung gentil homme d'auprès de Valence en Espaigne, duquel ung commandeur, fort homme de bien, m'a faict le compte ? — Je vous prie, ma dame, dist Dagoucin, prenez ma place et le nous dictes, car je croy qu'il doibt estre bon. — Par ce compte, dist Parlamente, mes dames, vous regarderez deux fois ce que vous vouldrez refuser, et ne vous fier au temps present, qu'il soit tousjours ung[4][*] ; parquoy, congnoissans sa mutation[5], donnerez ordre à[6] l'advenir. »

SOIXANTE QUATRIESME NOUVELLE

Après qu'une damoyselle eut, l'espace de cinq ou six ans, experimenté l'amour que luy portoit ung gentil homme, desirant en avoir plus grande preuve, le meit en tel desespoir que, s'estant rendu religieux, ne le peut recouvrer quand elle voulut.

*

Un gentil-homme, desdaigné pour mary, se rend cordelier, de quoy s'amye porte pareille penitence.

*

---

1. martyrisé.   **2.** Allusion au martyre du saint, diacre à Rome, brûlé vif sur un gril ardent en 258.   **3.** je cesserais de la désirer.
4. et (prendrez garde) de croire que la situation actuelle reste toujours immuable.   **5.** changement.   **6.** préparerez comme il faut.

---

[*] et ne vous *fierez* au temps, pensans qu'il soit (2155 S).

En la cité[*] de Valence, y avoit ung gentil homme, qui, par l'espace de[1] cinq ou six ans, avoit aymé une dame si parfaictement, que l'honneur et la conscience de l'un et de l'autre n'y estoient poinct blessé[2], car son intention estoit de l'avoir pour femme ; ce qui estoit chose fort raisonnable, car il estoit beau, riche et de bonne maison. Et si ne s'estoit poinct mys en son service sans premierement avoir sceu son intention[3], qui estoit de s'accorder à mariage par la volunté de ses amys[4], lesquelz, estans assemblez pour cest effect, trouverent le mariage fort raisonnable, par ainsy que[5][**] la fille y eut bonne volunté ; mais elle, ou cuydant trouver mieulx, ou voulant dissimuler l'amour qu'elle luy avoit portée, trouva quelque difficulté[6] ; tellement que la compagnye assemblée se departyt[7][***], non sans regret, et qu'elle n'y avoit peu mectre quelque bonne conclusion, congnoissant le party, d'un costé et d'autre, fort raisonnable ; mais sur tout fut ennuyé[****] le pauvre gentil homme, qui eust porté son mal patiemment, s'il eust pensé que la faulte fut venue des parens, et non d'elle. Et congnoissant la verité, dont la creance[8] luy causoit plus de mal que la mort, sans parler à s'amye ne à aultre, se retira en sa maison. Et, après avoir donné quelque ordre à ses affaires[9], s'en alla en ung lieu sollitaire, où il mist peyne[10] d'oblier ceste

---

1. durant.   **2.** accord avec le premier sujet (l'honneur). **3.** sans avoir d'abord appris l'intention de la dame.   **4.** en suivant l'avis de ses amis.   **5.** pourveu que.   **6.** y fit quelque difficulté, marqua quelques réticences.   **7.** se sépara ; deux motifs de regrets et parce qu'elle..., et aussi parce que le gentilhomme...   **8.** croyance.   **9.** mis ses affaires en ordre. **10.** s'efforça.

---

[*] en la conté (2155 S).   [**] pourveu que la fille en fut bien d'accord (T) ; pourveu que la fille y eust bonne volonté (G).   [***] se departit non sans regret, que l'on n'y avoit peu mectre [...]. Mais surtout fut ennuyé le pauvre gentilhomme (2155 S).   [****] courroucé (G).

amityé [1], et la convertit entierement en celle de Nostre
Seigneur, à laquelle il estoit plus obligé. Et, durant ce
temps-là, il n'eut aucunes nouvelles de sa dame ne de
ses parens ; parquoy print resolution, puis qu'il avoit
failly à [2] la vie la plus heureuse qu'il pourroit esperer,
de prendre et choisir la plus austere et desagreable qu'il
pourroit ymaginer. Et, avecq ceste triste pensée qui se
povoit nommer desespoir, s'en alla randre religieux en
ung monastere de sainct Françoys, non loing de plusieurs de ses parens, lesquelz, entendans sa desespe-
rance, feirent tout leur effort d'empescher sa
deliberation ; mais elle estoit si très fermement fondée
en son cueur, qu'il n'y eut ordre [3] de l'en divertir. Toutesfois, congnoissans d'ond [4] son mal estoit venu, penserent de chercher la medecine [5] et allerent devers celle
qui estoit cause de ceste soubdaine devotion. Laquelle,
fort estonnée et marrye de cest inconvenient, ne pensant que [6] son refuz pour quelque temps [7] luy servist
seullement d'experimenter sa bonne volunté et non de
le perdre pour jamais, dont elle veoyoit le dangier evident, luy envoya une epistre, laquelle, mal traduicte [8],
dict ainsy :

> Pour ce qu'amour, s'il n'est bien esprouvé
> Ferme et loial, ne peut estre approuvé,
> J'ay bien voulu par le temps esprouver
> Ce que j'ay tant desiré de trouver :
> C'est ung mary remply d'amour parfaict,
> Qui par le temps ne peut estre desfaict.
> Cela me feit requerir mes parens
> De retarder, pour ung ou pour deux ans,
> Ce grand lien *, qui jusqu'à la mort dure,

---

1. amour.   2. n'avait pu avoir la vie.   3. moyen.
4. d'où.   5. remède.   6. Il faut corriger la syntaxe, et supprimer la négation *ne* ; comprendre : pensant que son refus... lui servi-
rait seulement à..., et non à...   7. son refus temporaire.   8. de
l'espagnol ; topos de modestie du traducteur...

---

* ce long lien (T).

Qui à plusieurs engendre peyne dure.
Je ne feis pas[1] de vous avoir refuz ;
Certes jamais de tel vouloir ne fuz,
Car oncques nul que vous ne sceuz aymer,
Ny pour mary et seigneur estimer.
O quel malheur ! Amy, j'ay entendu
Que, sans parler à nulluy[2] t'es rendu
En ung couvent et vie trop austere,
Dont le regret me garde* de me taire,
Et me contrainct de changer mon office[3],
Faisant celluy dont as usé sans vice :
C'est requerir celluy dont fuz recquise,
Et d'acquerir celluy dont fuz acquise.
Or doncques, amy, la vie de ma vie,
Lequel perdant, n'ay plus de vivre envye,
Las ! plaise-toy[4] vers moi tes oeilz tourner,
Et, du chemyn, où tu es, retourner.
Laisse le gris[5] et son austerité ;
Viens recepvoir cette felicité
Qui tant de foys par toy fut desirée.
Le temps ne l'a deffaicte ou emportée :
C'est pour toy seul, que gardée me suis,
Et sans lequel plus vivre je ne puys.
Retourne doncq et veulle[6] t'amye croire,
Resfreichissant la plaisante memoire
Du temps passé, par ung sainct mariage.
Croy moy, amy, et non poinct ton courage[7],
Et soys bien seur que oncques ne pensay
De faire rien où tu fusse offensé,
Mais esperois te randre contanté
Après t'avoir bien experimenté.
Or ay-je faict de toy l'experience :
Ta fermeté, ta foy, ta patience

---

1. je ne refusai pas de vous avoir.   2. personne.   3. changer
de rôle.   4. qu'il te plaise.   5. l'habit gris de l'ordre franciscain.   6. veuille (accepte de croire ton amie).   7. ton cœur.

---

* *eu* garde (T) ; *faict que ne m'en puis* taire (G).

Et ton amour, sont cogneuz clairement,
Qui m'ont acquise à toy entierement.
Viens doncques, amy, prendre ce qui est tien :
Je suis à toy, sois doncques du tout mien.

Ceste epistre, portée par ung sien amy, avecq toutes les remonstrances[1] qu'il fut possible de faire, fut receue et leue du gentil homme Cordelier, avecq une contenance tant triste, accompaignée de souspirs et de larmes, qu'il sembloit qu'il vouloit noyer et brusler ceste pauvre epistre, à laquelle ne feit nulle responce, sinon dire au messaigier que la mortification de sa passion extresme luy avoit cousté si cher, qu'elle luy avoit osté la volunté de vivre et la craincte de morir ; parquoy requereroit celle qui en estoit l'occasion, puis qu'elle ne l'avoit pas voulu contanter en la passion de ses grans desirs, qu'elle ne le voulust tormenter à l'heure qu'il en estoit dehors, mais se contanter du mal passé, auquel il ne peut trouver remede que de choisir une vie si aspre, que la continuelle penitence luy faict oblier sa douleur ; et, à force de jeusnes et disciplines, affoiblir tant son corps, que la memoire de la mort luy soit pour souveraine consolation, et que surtout il la prioit qu'il n'eust jamais nouvelle d'elle, car la memoire de son nom seullement luy estoit ung importable[2] purgatoire. Le gentil homme retourna avecq ceste triste responce et en feit le rapport à celle qui ne le peut entendre sans l'importable regret. Mais amour, qui ne veult permettre l'esperit faillir[3] jusques à l'extremité, luy meist en fantaisie[4] que, si elle le povoit veoir, que la veue et la parolle auroient plus de force que n'avoit eu l'escripture[5]. Parquoy, avecq son pere

---

1. exhortations.   2. insupportable.   3. permettre que l'esprit fasse défaut même à toute extrémité (selon le topos, Amour donne de l'esprit aux filles !).   4. lui fit s'imaginer.   5. Motif de la lyrique amoureuse ; *cf.* Sponde : « Quelque beau trait d'amour que notre main écrive, / Ce sont témoins muets qui n'ont pas le pouvoir / Ni le semblable poids que l'oeil pourrait avoir / Et de nos vives voix la vertu plus naïve » (*Les Amours*, éd. posth. 1599, s. VI).

et ses plus proches parens, s'en allerent[1] * au monastere
où il demeuroit, n'aiant rien laissé en sa boueste[2] qui
peust servir à sa beaulté, se confiant[3] que, s'il la povoit
une foys regarder et ouyr, que impossible estoit que le
feu, tant longuement continué en leurs cueurs, ne se
ralumast plus fort que devant. Ainsy, entrant au monastere, sur la fin de vespres, le feit appeller en une chappelle dedans le cloistre. Luy, qui ne sçavoit qui le
demandoit, s'en alla ignoramment à la plus forte
bataille où jamais avoit esté. Et, à l'heure qu'elle le
veid tant palle et desfaict, que à peyne le peut-elle
recongnoistre, neantmoins remply d'une grace non
moins amyable que auparavant, l'amour la contraignit
d'avancer ses bras pour le cuyder embrasser ; et la pitié
de le veoir en tel estat luy feit tellement affoiblir le
cueur, qu'elle tomba esvanouye. Mais le pauvre religieux, qui n'estoit destitué de[4] la charité fraternelle, la
releva et assist dedans ung siege de la chappelle. Et,
luy, qui n'avoit moins de besoing de secours, faignit
ignorer sa passion, en fortiffiant son cueur en l'amour
de son Dieu contre les occasions qu'il voyoit presentes,
tellement qu'il sembloit à sa contenance ignorer ce
qu'il[5] voyoit. Elle, revenue de sa foiblesse, tournant
ses oeilz tant beaulx et piteulx[6] vers luy, qui estoient
suffisans de faire amolir un rochier, commencea à luy
dire tous les propos qu'elle pensoit dignes de le retirer
du lieu où il estoit. A quoy respondit le plus vertueusement qu'il luy estoit possible ; mais, à la fin, feit tant **
le pauvre religieux, que son cueur s'amolissoit par
l'abondance des larmes de s'amye, comme celluy qui
voyoit Amour, ce dur archer ***, dont tant longuement
il avoit porté la douleur, ayant sa fleische dorée preste

---

1. Le pluriel donné par plusieurs ms. est incorrect.   2. boîte,
coffret à parfums, à bijoux, ou à maquillage.   3. se donnant assurance.   4. n'avait rien perdu de.   5. qui il, quelle personne il
voyait.   6. dignes de pitié.

---

* s'en alla (2155 S).   ** sentant (G).   *** *sur dur rocher*,
mauvaise transcription du ms. 1512.

à luy faire nouvelle et plus mortelle playe, s'enfuyt de
devant l'Amour et l'amye, comme n'aiant autre povoir
que parfouyr[1]. Et, quant il fut en sa chambre enfermé,
ne la voullant laisser aller sans quelque resolution[2], luy
vat escripre trois motz en espaignol, que j'ay trouvé de
si bonne substance que je ne les ay voulu traduire pour
en diminuer leur grace ; lesquels luy envoia par ung
petit novice, qui la trouva encores à la chapelle, si
desesperée que, s'il eust esté licite de se rendre Corde-
liere, elle y fut demourée ; mais, en voiant l'escripture[3] :

> *Volvete don venesti, anima mia,*
> *Que en las tristas vidas es la mia[4],*

pensa bien que toute esperance luy estoit faillye[5] ; et
se delibera de croyre le conseil de luy et de ses amys,
et s'en retourna en sa maison mener une vie aussi
melancolicque, comme son amy la mena austere en la
religion.

« Vous voyez, mes dames, quelle vengeance le gentil homme feit à sa rude amye, qui, en le pensant experimenter[6], le desespera, de sorte que, quant elle le
voulut, elle ne le peut recouvrer. — J'ay regret, dist
Nomerfide, qu'il ne laissa son habit pour l'aller espouser ; je croy que ce eut esté ung parfaict mariage. — En
bonne foy, dist Simontault, je l'estime bien sage ; car
qui a bien pensé le faict de mariage, il ne l'estimera
moins fascheulx que une austere religion ; et luy, qui
estoit tant affoibly de jeusnes et d'abstinences, craignoit de prendre une telle charge qui dure toute la vie.
— Il me semble, dist Hircan, qu'elle faisoit tort à ung
homme si foible, de le tanter de mariage ; car c'est trop

---

1. s'enfuir. 2. sans quelque conclusion. 3. le texte
écrit. 4. « Retournez là d'où vous êtes partie, ô mon âme, les
épreuves de ma vie sont si pénibles » (trad. M. F.). 5. faisait
défaut. 6. mettre à l'épreuve.

pour le plus fort homme du monde. Mais, si elle luy eust tenu propos d'amityé, sans l'obligation que de volunté[1], il n'y a corde qui n'eust esté desnouée. Et, veu que pour l'oster de purgatoire, elle luy offroit ung enfer, je dis qu'il eut grande raison de la refuser et luy faire sentir l'ennuy qu'il avoit porté de son refuz. — Par ma foy, dit Ennasuitte, il y en a beaucoup qui, pour cuyder mieulx faire que les aultres, font pis ou bien le rebours de ce qu'ilz veullent. — Vrayement, dist Geburon, combien que ce ne soit à propos, vous me faictes souvenir d'une qui faisoit le contraire de ce qu'elle vouloit ; dont il vint ung grand tumulte à l'eglise Sainct-Jehan de Lyon. — Je vous prie, dist Parlamente, prenez ma place et le nous racomptez. — Mon compte, dist Geburon, ne sera pas long ne si piteux[2] que celluy de Parlamente. »

SOIXANTE CINQUIESME NOUVELLE

La faulseté d'un miracle que les prestres Sainct-Jean de Lyon vouloyent cacher, fut decouverte par la congnoissance de la sotye d'une vieille.

*

Simplicité d'une vieille qui presenta une chandelle ardente à Sainct Jean de Lyon, et l'attacha contre le front d'un soldat qui dormoit sur un sepulcre ; et de ce qui en advint.

*

En l'eglise Sainct-Jehan de Lyon, y a une chappelle fort obscure, et dedans ung Sepulcre[3] faict de pierre à grans personnages eslevez comme le vif[4] ; et sont à l'entour du sepulcre plusieurs hommes d'armes cou-

---

1. sans autre lien que le désir (sans l'obliger à l'épouser).
2. triste.   3. Il s'agirait d'un tombeau situé dans la chapelle du Saint-Sépulchre ou du Vendredi-Saint, fondée au début du XVe siècle par l'archevêque de Lyon et son frère. Le Sépulchre et le crucifix auraient été détruits dès les troubles des guerres civiles de 1562 (voir M. F., *éd. citée*, p. 493, n. 787 ; et R. Salminen, t. II, p. 143).
4. grandeur nature.

chez. Ung jour, ung souldart[1] se pourmenant dans
l'eglise, au temps d'esté qu'il faict grand chault, luy
print envye de dormyr. Et, regardant ceste chappelle
obscure et fresche, pensa d'aller garder le Sepulcre, en
dormant comme les aultres, auprès desquels il se coucha. Or advint il que une bonne vieille fort devote
arriva au plus fort de son sommeil, et, après qu'elle eut
dict ses devotions, tenant une chandelle ardante en sa
main, la voulut attacher au Sepulcre. Et, trouvant le
plus près d'icelluy cest homme endormy, la luy voulut
mectre au front, pensant qu'il fust de pierre. Mais la
cire ne peut tenir contre la pierre[*] ; la bonne dame, qui
pensoit que ce fust à cause de la froideure de l'ymage[2],
luy vat mectre le feu contre le front, pour y faire tenir
sa bougye. Mais l'ymage, qui n'estoit insensible,
commencea à crier[**], dont la bonne femme eut si grand
paour, que, comme toute hors du sens[3], se print à cryer
miracle, tant que tous ceulx qui estoient dedans l'eglise
coururent, les ungs à sonner les cloches, les aultres à
veoir le miracle. Et la bonne femme les mena veoir
l'ymaige qui estoit remuée[4] ; qui donna occasion à plusieurs de rire, mais les plusieurs[***] ne s'en povoient
contanter, car ilz avoient bien deliberé de faire valloir
ce Sepulcre et en tirer autant d'argent que du crucifix
qui est sur leur pupiltre[5], lequel on dict avoir parlé,
mais la comedie print fin pour la congnoissance[6] de la
sottise d'une femme.

« Si chascun congnoissoit quelles sont leurs sottises,
elles ne seroient pas estimées sainctes ny leurs miracles

---

1. soldat.   2. statue.   3. que, comme folle, se mit à crier au
miracle.   4. avait bougé.   5. jubé, lieu élevé entre la nef et le
chœur.   6. parce qu'on reconnut la sottise.

---

* contre la peau (2155 S).   ** à se remuer (2155 S).
*** *quelques prestres* (G, pour une fois moins prudent) ; les
prestres (2155 S) ; G omet la mention du riche crucifix qui aurait
parlé.

verité*. Vous priant, mes dames, doresnavant regarder
à quelz sainctz vous baillerez vos chandelles. — C'est
grande chose, dist Hircan, que, en quelque sorte que
ce soit, il fault tousjours que les femmes facent mal.
— Est-ce mal faict, dist Nomerfide, de porter des chandelles au Sepulcre ? — Ouy, dist Hircan, quant on
mect le feu contre le front aux hommes, car nul bien
ne se doibt dire bien, s'il est faict avecq mal. — Pensez
que la pauvre femme cuydoit avoir faict ung beau present à Dieu d'une petite chandelle ! ce dist madame
Oisille. Je ne regarde poinct la valleur du present, mais
le cueur qui le presente. Peut estre que ceste bonne
femme avoit plus d'amour à Dieu, que ceulx qui donnent les grandz torches, car, comme dict l'Evangile [1],
elle donnoit de sa necessité. — Si ne croy-je pas [2], dist
Saffredent, que Dieu, qui est souveraine sapience,
sceut avoir agreable [3] la sottise des femmes ; car,
nonobstant que la simplicité luy plaist, je voy, par l'Escripture, qu'il desprise [4] l'ignorant ; et, s'il commande
d'estre simple comme la coulombe [5], il ne commande
moins d'estre prudent comme le serpent. — Quant est
de moy, dit Oisille, je n'estime poinct ignorante celle
qui porte devant Dieu sa chandelle, ou cierge ardant,

---

1. Allusion à la parole de Jésus voyant des riches mettre leurs
offrandes dans un tronc, et une pauvre veuve y mettre deux petites
pièces : « Je vous le dis en vérité, cette pauvre veuve a mis plus
que tous les autres ; car c'est de leur superflu que tous ceux-là ont
mis des offrandes [...] mais elle a mis de son nécessaire, tout ce
qu'elle avait pour vivre » (Luc 21, 2-4) ; *donner de sa nécessité*
calque l'expression biblique, c'est prendre (de quoi offrir) sur des
ressources tout juste suffisantes pour vivre (le nécessaire *vs* le
superflu). **2.** Pourtant, je ne crois pas... **3.** puisse agréer la
sottise. **4.** méprise. **5.** Allusion aux instructions données par
Jésus aux douze apôtres : « Voilà, je vous envoie comme des brebis
au milieu des loups. Soyez donc prudents comme les serpents, et
simples comme les colombes » (Matthieu 10, 16).

---

* *Si chascun [...] vérité* est omis dans G ; Si chacun les
congnoissoit telles qu'elles sont, leur sotye ne seroit pas estimée
saincteté ne leur malice vérité (T, 2155 S).

comme faisant amende honorable, les genoulx en terre
et la torche au poing devant son souverain Seigneur,
auquel confesse sa dannacion[1], demandant en ferme
esperance la misericorde et salut. — Pleut à Dieu, dist
Dagoucin, que chascun l'entendist aussy bien que
vous, mais je croy que ces pauvres sottes ne le font pas
à ceste intention. » Oisille leur respondit : « Celles qui
moins en sçavent parler sont celles qui ont plus de sentiment de l'amour et volunté de Dieu ; parquoy ne fault
juger que soy-mesmes[2]. » Ennasuitte, en riant, luy
dist : « Ce n'est pas chose estrange que d'avoir faict
paour à ung varlet qui dormoit, car aussy basses
femmes qu'elle ont bien faict paour à de bien grands
princes, sans leur mectre le feu au front. — Je suis
seur, dist Geburon, que vous en sçavez quelque histoire
que vous voulez racompter. Parquoy, vous tiendrez
mon lieu, s'il vous plaist. — Le compte ne sera pas
long, dist Ennasuitte, mais, si je le povois representer
tel que advint, vous n'auriez poinct envye de pleurer. »

SOIXANTE SIXIESME NOUVELLE

Monsieur de Vendosme et ma dame la princesse de Navarre, repo-
sans ensemble, furent une apres disnée surpris, par une vieille chambriere, pour un prothonotaire et une damoyselle qu'elle doubtoit se
porter quelque amytié. Et, par ceste belle justice, fut declaré aux
estrangers ce que les plus privez de la maison ignoroient.

*

Compte risible advenu au Roy et Royne de Navarre.

*

---

1. sa damnation (confesse des péchés damnables).   2. Rappel
de l'Évangile : « Ne jugez point, et vous ne serez point jugés »
(Luc 6, 37) ; et Paul : « Ô homme, qui que tu sois, toi qui juges,
tu es inexcusable ; car en jugeant les autres, tu te condamnes toi-
même » (Épître aux Romains 2, 1).

L'annee que[1] monsieur de Vendosme espousa la princesse de Navarre, après avoir festoyé à Vendosme, les Roy et Royne, leur pere et mere[2], s'en allerent en Guyenne avecq eulx, et, passans par la maison d'un gentil homme où il y avoit beaucoup d'honnestes et belles dames, danserent si longuement avecq la bonne compagnye que les deux nouveaulx mariez se trouverent lassez ; qui les feit retirer en leur chambre et, tous vestuz, se mirent sur leur lict, où ilz s'endormirent, les portes et fenestres fermées, sans que nul demourast avecq eulx. Mais, au plus fort de leur sommeil, ouyrent ouvryr leur porte par dehors, et, en tirant le rideau, regarda le dict seigneur qui ce povoit estre, doubtant[3] que ce fust quelqu'un de ses amys qui le voulsist surprandre. Mais il veid entrer une grande vieille chamberiere, qui alla tout droict à leur lict ; et, pour l'obscurité de la chambre, ne les povoit congnoistre[4] ; mais, les entrevoyant bien près de l'autre, se print à cryer : « Meschante, villaine, infame que tu es ! il y a long temps que je t'ay soupçonnée telle, mais, ne le povant prouver, ne l'ay esté* dire à ma maistresse ! A ceste heure, est ta villenye[5] si congneue, que je ne suis poinct deliberée de la dissimuller. Et toy, villain appostat[6], qui as pourchassé en ceste maison une telle honte, de mectre à mal ceste pauvre garse[7], si ce n'estoit pour

---

1. La princesse de Navarre, la fille de Marguerite de Navarre, Jeanne d'Albret, née en 1528, mariée en 1541 contre son gré à Guillaume de la Marck, duc de Clèves, épousa le 20 octobre 1548 Antoine de Bourbon, duc de Vendôme, la première union ayant été annulée en 1545 ; de ce mariage naîtra Henri de Navarre, futur Henri IV. La nouvelle étant ainsi précisément datée, elle est nécessairement l'une des dernières qu'ait composées la reine, morte en décembre 1549.   **2.** Henri d'Albret, roi de Navarre, et son épouse, Marguerite elle-même.   **3.** pensant.   **4.** reconnaître.   **5.** caractère de ce qui est vil, ou vilain, action vile et basse.   **6.** traître, renégat.   **7.** jeune fille ou jeune femme (sans nuance péjorative).

---

* ne l'ay *ousé* dire (2155 S) ; *osté* (ms. 1512) est une faute de transcription pour *osé* ou pour *esté*.

la craincte de Dieu, je t'assommerois de coups là où tu
es ! Lyeve-toy, de par le diable* ! lieve-toy, car
encores semble-il que tu n'as poinct de honte ! » Monsieur de Vendosme et madame la princesse, pour faire
durer le propos plus longuement, se cachoient le
visaige l'un contre l'autre, rians si très fort que l'on ne
povoit dire mot**. Mais la chamberiere, voyant que
pour ses menasses ne se vouloient lever***, s'approcha
plus près pour les tirer par les bras. A l'heure, elle
congneut tant aux visaiges qu'aux habillemens, que
ce n'estoit poinct ce qu'elle[1] cherchoit. Et, en les
recongnoissant, se gecta à genoulx, les supliant luy
pardonner la faulte**** qu'elle avoit faicte de leur oster
leur repos. Mais monsieur de Vendosme, non contant
d'en sçavoir si peu, se leva incontinant, et pria la vieille
de luy dire pour qui elle les avoit prins ; ce que soubdain[2] ne voulut dire, mais, en fin, après avoir prins son
serment[3] de ne jamais le reveler, luy declara que c'estoit une damoiselle de leans, dont ung prothonotaire[4]
estoit amoureux ; et que long temps elle y avoit faict
le guet, pour ce qu'il lui desplaisoit que sa maistresse
se confiast en ung homme qui luy pourchassoit[5] ceste
honte. Et ainsy les prince et princesse enfermez,
comme elle les avoit trouvez, furent long temps à rire
de leur adventure. Et combien qu'ilz ayent racompté

---

1. ceux qu'elle. **2.** d'abord. **3.** avoir reçu de lui le serment qu'il ne révélerait... **4.** Protonotaire apostolique, titre porté
par certains dignitaires de l'Église en dehors de la hiérarchie proprement dite ; les premiers protonotaires apostoliques, au nombre
de douze, avaient été institués par le pape Clément Ier pour écrire
les vies des saints et les autres actes apostoliques. Leur nombre
s'accrut progressivement, et dès le XVe siècle la dignité devient un
titre honorifique accordé aux docteurs en théologie de quelque
importance (Le Roux de Lincy). **5.** préparait.

---

* Sus-debout, de par tous les diables ! sus debout ! (G).
** qu'ilz ne pouvoient dire ung seul mot (2155 S).   *** ils ne
faisoient semblant de s'en emouvoir ny se lever du lict, s'en approcha (G).   **** la follie (2155 S).

l'histoire, si est-ce que jamais ne voulurent nommer personne à qui elle touchast [1].

« Voylà, mes dames, comme la bonne dame, cuydant faire une belle justice, declara aux princes estrangiers ce que jamais les varletz privez de la maison n'avoient entendu. — Je me doubtois bien, dist Parlamente, quelle maison c'est, et qui est le prothonotaire, car il a gouverné desja assez de maisons de dames que, quant il ne peult avoir la grace de la maistresse, il ne fault [2] poinct de l'avoir de l'une des damoiselles ; mais, au demorant, il est honneste et homme de bien. — Pourquoy dictes-vous *au demorant*, dist Hircan, veu que c'est l'acte qu'il face dont je l'estime aultant homme de bien ? » Parlamente luy respondit : « Je voy bien que vous congnoissez la malladye et le patient, et que, s'il avoit besoing d'excuse, vous ne luy fauldriez d'advocat [3] ; mais si est-ce que je ne me vouldrois fier en la maniere d'un homme qui n'a sceu conduire la sienne, sans que les chamberieres en eussent congnoissance. — Et pensez-vous, dist Nomerfide, que les hommes se soulcient que l'on le sçache, mais qu'ilz [4] viennent à leur fin ? Croiez, quant nul n'en parleroit que eulx-mesmes, encores fauldroit il qu'il fust sceu. » Hircan leur dist en collere : « Il n'est pas besoing que les hommes aient dict tout ce qu'ilz sçavent. » Mais elle, rougissant, luy respondit : « Peut estre qu'ilz ne diroient chose à leur advantage. — Il semble, à vous oyr parler, dist Simontault, que les hommes prennent plaisir à oyr mal dire des femmes, et suis seur que vous me tenez de ce nombre-là. Parquoy, j'ay grande envye d'en dire bien d'une [5], afin de n'estre de tous les autres* tenu pour mesdisant. — Je vous donne ma

---

1. la personne qu'elle concernait.   **2.** manque.   **3.** manqueriez d'être son avocat.   **4.** du moment qu'ils.   **5.** dire du bien de l'une d'entre elles.

---

* de *toutes* les autres (2155 S).

place, dist Ennasuitte, vous priant de contraindre vostre
naturel, pour faire vostre debvoir à nostre honneur. »
A l'heure, Simontault commencea : « Ce n'est chose
si nouvelle, mes dames, d'oyr dire de vous quelque
acte vertueulx qui me semble ne debvoir estre celé,
mais plus tost escript en lettres d'or, afin de servir aux
femmes d'exemple et aux hommes d'admiration *.
Voyant en sexe fragille ce que la fragillité refuse, c'est
l'occasion qui me fera racompter ce que j'ay ouy dire
au cappitaine Robertval [1] et à plusieurs de sa compaignye. »

SOIXANTE SEPTIESME NOUVELLE

Une pauvre femme, pour saubver la vie de son mary, hasarda la
sienne, et ne l'abandonna jusques à la mort.

*

Extreme amour et austerité de femme en pays estrange [2].

*

Sur le contexte historique, voir le cosmographe A. Thévet qui, dans
La cosmographie universelle (1575) et *Grand Insulaire* (1586), rapporte la même aventure (M. F.).

*

---

1. Jean-François de la Roque, sieur de Robertval, adjoint de
Jacques Cartier (dont le premier voyage au Canada eut lieu en
1534, le deuxième en 1536), comme chef de la troisième expédition
en 1542, fit un établissement dans l'île Royale.   2. étranger.

---

* Ce *m'est* chose si nouvelle [...] quelque acte vertueux *que,
s'en offrant quelcun, ne me* semble [...] (T, G, 2155 ; cette version
est en effet plus conforme à la psychologie de Simontault, qui voit
dans le récit d'une action féminine vertueuse une notable exception ; *s'en offrant quelcun* : lorsqu'il s'en présente un).

C'est que faisant[*] le dict Robertval ung voiage sur la mer, duquel il estoit chef par le commandement du Roy son maistre, en l'isle de Canadas[1], auquel lieu avoit deliberé, si l'air du païs eust esté commode, de domourer et faire villes et chasteaulx[2], en quoy il fit tel commencement, que chacun peut sçavoir. Et, pour habiter[3] le pays de chrestiens, mena avecq luy de toutes sortes d'artisans[4], entre lesquelz y avoit ung homme qui fut si malheureux[5], qu'il trahit son maistre et le mist en danger d'estre prins des gens du pays. Mais Dieu voulut que son entreprinse fut si tost congneue, qu'elle ne peut nuyre au cappitaine Robertval, lequel feit prendre ce meschant traistre, le voulant pugnyr comme il l'avoit merité ; ce qui eust esté faict, sans sa femme qui avoit suivy son mary par les perilz de la mer, et ne le voulut habandonner à la mort, mais, avecq force larmes, feit tant, avecq le cappitaine et toute la compaignie, que, tant pour la pitié d'icelle que pour le service qu'elle leur avoit faict, luy accorda sa requeste, qui fut telle que le mary et la femme furent laissez en une petite isle, sur la mer, où il n'abitoit que bestes sauvaiges ; et leur fut permis de porter avecq eulx ce dont ilz avoient necessité. Les

---

1. Selon les cosmographes de l'époque, Terre-Neuve était un archipel.   2. Les lettres patentes de 1541 commandaient à Robertval de construire des villes et des forts, et d'y bâtir des églises (M. F.)   3. pour peupler le pays ; pour établir dans le pays des chrétiens.   4. Comme l'indique M. F., suivant M. Biggar et R. Marichal, Robertval reçut l'autorisation d'emmener des prisonniers, déjà jugés pour des délits de droit commun et condamnés, représentent en effet « toutes sortes » de métiers.   5. misérable.

---

* La phrase est syntaxiquement incorrecte ici et dans plusieurs manuscrits. La version du ms. 2155 transcrit par R. Salminen, différente des autres, est correcte à condition de mettre une virgule avant *Mena* : « Au voyaige que le cappitaine Robertval, comme chef et conducteur de quelque armée, fist en l'isle de Canadas, en laquelle il avoit deliberé, si l'aer du pais eust esté comode, de demeurer et faire villes, où toustefoiz il fist tel commancement que chacun peult savoir. Mena... [lire : *savoir, mena...*]. »

pauvres gens, se trouvans tous seulz en la compaignye
des bestes saulvaiges et cruelles, n'eurent recours que
à Dieu seul, qui avoit esté toujours le ferme espoir de
ceste pauvre femme. Et, comme celle qui avoit toute
consolation en Dieu, porta pour sa saulve garde, norriture et consolation, le Nouveau Testament, lequel elle
lisoit incessamment[1]. Et, au demourant, avecq son
mary, mectoit peine d'accoustrer[2] ung petit logis le
mieulx qu'il leur estoit possible ; et, quant les lyons[3]
et aultres bestes en aprochoient pour les devorer, le
mary avecq sa harquebuze, et elle avecq des pierres[*],
se defendoient si bien, que non seullement les bestes
ne les osoient approcher, mais bien souvent en tuerent
de très bonnes à manger ; ainsy, avecq telles chairs et
les herbes du païs, vesquirent quelque temps. Et quant
le pain leur fut failly[4], à la longue, le mary ne peut
porter[5] telle norriture ; et, à cause des eaues qu'ilz
buvoient, devint si enflé, que en peu de temps il morut,
n'aiant service ne consolation que de sa femme,
laquelle le servoit de medecin et de confesseur ; en
sorte qu'il passa joieusement de ce desert en la celeste
patrie. Et la pauvre femme, demeurée seulle, l'enterra
le plus profond en terre qu'il fut possible ; si est-ce
que les bestes en eurent incontinant le sentyment[6], qui
vindrent pour manger la charogne. Mais la pauvre
femme, en sa petite maisonnette, de coups de harquebuze, defendoit que la chair de son mary n'eust tel
sepulcre. Ainsy vivant, quant au corps de vie bestiale,
et, quant à l'esperit, de vie angelicque, passoit son
temps en lectures, contemplations, prieres et oraisons,
ayant ung esperit joieulx et content dedans ung corps
emmaigry et demy mort. Mais Celluy qui n'haban-

---

1. continuellement.   2. aménager.   3. Les lions, dont la
présence est ici évidemment déplacée, représentent l'emblème de
l'animal sauvage.   4. leur manqua.   5. supporter.   6. le
sentirent (sentirent l'odeur du cadavre).

---

* avecques ses *prieres* (autres ms.).

donne jamais les siens, et qui, au desespoir des autres [1], monstre sa puissance, ne permist que la vertu qu'il avoit mise en ceste femme fut ignorée des hommes, mais voulut qu'elle fust congneue à sa gloire ; et feit que, au bout de quelque temps, ung des navires de ceste armée passant devant ceste isle, les gens qui estoient dedans adviserent quelque fumée qui leur feit souvenir de ceulx qui y avoient esté laissez, et delibererent d'aller veoir ce que Dieu en avoit faict. La pauvre femme, voiant approcher le navire, se tira au bord de la mer, auquel lieu la trouverent à leur arrivée. Et, après en avoir rendu louange à Dieu, les mena en sa pauvre maisonnette, et leur monstra de quoy elle vivoit durant sa demeure ; ce que [2] leur eust esté incroïable, sans la congnoissance qu'ilz avoient que Dieu est puissant de nourrir en ung desert [3] ses serviteurs, comme aux plus grands festins du monde. Et, ne povans demeurer en tel lieu, emmenerent la pauvre femme avecq eulx droict à la Rochelle [4], où, après ung navigage [5]*, ilz arriverent. Et quant ilz eurent faict entendre aux habitans la fidelité et perseverance de ceste femme, elle fut receue à grand honneur de toutes les dames, qui voluntiers luy baillerent leurs filles pour aprendre [6] à lire et à escriere. Et, à cest honneste mestier-là, gaingna le surplus de sa vie [7], n'aiant autre desir que d'exhorter ung chascun à l'amour et confiance de Nostre Seigneur, se proposant pour exemple par la grande misericorde dont il avoit usé envers elle.

---

1. des infidèles.   2. ce qui.   3. Allusion à l'épisode narré dans l'Exode (16, 1-16), où les enfants d'Israël, arrivés dans le désert de Sin, reçoivent la promesse de l'Éternel, faite à Moïse leur guide, de les nourrir en faisant pleuvoir du pain (de la manne et des cailles).   4. Le port d'où partaient et où revenaient les bateaux de l'expédition canadienne ; c'est là qu'aborda en 1544 la flottille partie en 1542.   5. navigation.   6. pour qu'elle leur apprenne.   7. elle assura sa subsistance pour le reste de sa vie.

---

* après long navigaige (2155 S).

« A ceste heure, mes dames, ne povez-vous pas dire
que je ne loue bien les vertuz que Dieu a mises en vous,
lesquelles se monstrent plus grandes [1] que le subgect est
plus infirme. — Mais ne sommes pas marries, dist
Oisille, dont vous louez les graces de Nostre Seigneur en
nous, car, à dire vray, toute vertu vient de luy ; mais il
fault passer condemnation [2] que aussy peu favorise
l'homme à l'ouvrage [3] de Dieu, que la femme, car l'ung
et l'autre, par son cueur et son vouloir * ne faict rien que
planter, et Dieu seul donne l'accroissement [4]. — Si vous
avez bien veu l'Escripture, dist Saffredent, sainct Pol [5]
dist que : « Apollo a planté, et qu'il a arrousé » ; mais
il ne parle poinct que les femmes ayent mis les mains à
l'ouvraige de Dieu. — Vous vouldriez suyvre, dist Parlamente, l'opinion des mauvais hommes qui prennent
ung passaige de l'Escripture pour eulx et laissent celluy
qui leur est contraire. Si vous avez leu sainct Pol jusques
au bout, vous trouverez qu'il se recommande aux
dames [6] qui ont beaucoup labouré [7] avecq luy en l'Evangille [8]. — Quoy qu'il y ait, dist Longarine, ceste femme
est bien digne de louange, tant pour l'amour qu'elle a
porté à son mary, pour lequel elle a hazardé sa vie [9], que
pour la foy qu'elle a eue à Dieu, lequel, comme nous

---

1. d'autant plus grandes que le sujet (l'individu) est plus petit,
de basse condition (*infirme*).   2. juger, estimer.   3. Inversion
du sujet : l'homme contribue aussi peu à l'œuvre de Dieu
que la femme ; thème constant de la prédication réformée : les
œuvres de · l'homme ne sont rien sans la grâce de Dieu.
4. fait croître la plante.   5. Rappel de la 1ʳᵉ Épître aux Corinthiens : « J'ai planté, Apollos a arrosé, mais Dieu a fait croître, en
sorte que ce n'est pas celui qui plante qui est quelque chose, ni
celui qui arrose, mais Dieu qui fait croître » (3, 6).   6. fait cas,
tient compte des dames.   7. travaillé, pris de la peine.
8. Paul, Épître aux Philippiens : « Et toi aussi, fidèle collègue, je
te prie de les aider, elles qui ont combattu pour l'Évangile avec
moi » (4, 3).   9. risqué sa vie.

---

* par son *courir* ne son vouloir (2155 S, G ; meilleure leçon,
plus proche du texte de Paul : « Ainsi donc cela [*la miséricorde de
Dieu*] ne dépend ni de celui qui court ni de celui qui veut, mais de
Dieu qui fait miséricorde », Épître aux Romains 9, 16).

voyons, ne l'a pas habandonnée. — Je croy, dist Ennasuitte, quant au premier, il n'y a femme icy qui n'en voulust faire autant pour saulver la vie de son mary. — Je
croy, dist Parlamente, qu'il y a des mariz qui sont si bestes [1], que celles qui vivent avecq eulx ne doibvent poinct
trouver estrange de vivre avecq leurs semblables [2]. »
Ennasuitte ne se peut tenir de dire, comme prenant le
propos pour elle : « Mais que [3] les bestes ne me mordent
poinct, leur compaignye m'est plus plaisante que des
hommes [4] qui sont colleres et insupportables. Mais je
suyvrai mon propos, que, si mon mary estoit en tel dangier, je ne l'habandonnerois pour morir. — Gardez-
vous, dist Nomerfide, de l'aymer tant : trop d'amour
trompe et luy et vous, car partout il y a le moien [5] ; et, par
faulte d'estre bien entendu [6], souvent engendre * hayne
par amour. — Il me semble, dist Simontault, que vous
n'avez poinct mené ce propos si avant, sans le confirmer
de quelque exemple. Parquoy, si vous en sçavez, je vous
donne ma place pour le dire. — Or doncques, dist
Nomerfide, selon ma coustume [7], je vous le diray court
et joieulx. »

SOIXANTE HUICTIESME NOUVELLE

La femme d'un apothicaire, voyant que son mary ne faisoit pas
grand compte d'elle, pour en estre mieulx aymée, pratiqua le conseil
qu'il avoit donné à une sienne commere, malade de mesme maladye

---

1. si semblables à des bêtes.   2. avec les bêtes sauvages,
comme le fit l'héroïne.   3. pourvu que, à condition que.
4. que celle des hommes.   5. en tout il y a une juste mesure.
6. faute de bien comprendre cela.   7. Nomerfide a en effet narré
de joyeux contes (N. 11, 29, 34, 44), et, comme le dit Simontault,
ayant « le cœur joyeux », elle n'a point parole « triste » ; se sou-
ciant à la fois de faire varier les éclairages et d'assurer la cohérence
de chaque personnage, la Narratrice confie régulièrement à Nomerfide le soin de faire rire, après l'audition d'histoires affligeantes.

---

* souvent l'on engendre (2155 S), s'engendre (G).

qu'elle, dont elle ne se trouva si bien qu'elle ; et s'engendra hayne pour amour.

*

Une femme faict manger des cantarrides à son mary pour avoir un traict de l'amour, et il en cuida mourir.

*

En la ville de Pau en Bearn, eust ung appothicaire que l'on nommoit maistre Estienne, lequel avoit espousé une femme bonne mesnagiere et de bien et assez belle pour le contenter. Mais, ainsy qu'il goustoit de differentes drogues, aussy faisoit-il de differentes femmes, pour sçavoir mieulx parler de toutes complexions[1], dont sa femme estoit tant tormentée, qu'elle perdoit toute patience, car il ne tenoit compte d'elle, sinon la sepmaine saincte par penitence. Ung jour, estant l'apothicaire en sa bouticque, et sa femme cachée derrière luy, escoutant ce qu'il disoit, vint une femme, commere[2] de cest appothicaire, frappée de mesme malladye comme[3] sa femme, laquelle en soupirant dist à l'apothicaire : « Helas, mon compere, mon amy, je suis la plus malheureuse femme du monde, car j'ayme mon mary plus que moy-mesme, et ne faictz que penser à le servir et obeyr ; mais tout mon labeur[4] est perdu, pour ce qu'il ayme mieulx la plus meschante, plus orde[5] et salle de la ville que moy[6]. Et je vous prie, mon compere, si vous sçavez poinct quelque drogue qui luy peut changer sa complexion, m'en vouloir bailler ; car, si je suys bien traictée de luy, je vous asseure de le vous randre de tout mon povoir. » L'appoticaire, pour la consoller, luy dist qu'il

---

1. tempéraments.   **2.** Qui avait tenu un enfant sur les fonts baptismaux avec l'apothicaire, son compère (*commère et compère* : parrain et marraine) ;   **3.** de la même maladie que ; négligée de son mari, qui ne couche pas plus avec elle que l'apothicaire avec sa femme.   **4.** ma peine (« je perds ma peine »).   **5.** sale, dégoûtante (synonyme de *salle* : sale).   **6.** La phrase combine deux constructions, un superlatif : *la plus méchante* de la ville, et un comparatif : une femme *plus méchante* que moi.

sçavoit d'une pouldre[1] que, si elle en donnoit avecq
ung bouillon ou une rostie[2], comme pouldre de duc, à
son mary, il luy feroit la plus grande chere[3] du monde.
La pauvre femme, desirant veoir ce miracle, lui
demanda que c'estoit et si elle en pourroit recouvrer[4].
Il luy declara qu'il n'y avoit rien que de la pouldre de
cantarides[5], dont il avoit bonne provision ; et, avant
que partir d'ensemble, le contraingnit d'accoustrer[6]
ceste pouldre ; et en print ce qu'il luy faisoit de mestier[7], dont depuis elle le mercia plusieurs foys, car son
mary, qui estoit fort et puissant et qui n'en print pas
trop, ne s'en trouva poinct pis. La femme de l'appothicaire entendit tout ce discours ; et pensa en elle-
mesmes qu'elle avoit necessité de ceste recepte aussy
bien que sa commere. Et, regardant au lieu où son mary
mectoit le demourant de la pouldre, pensa qu'elle en
useroit quant elle en verroit l'occasion ; ce qu'elle feit
avant trois ou quatre jours, que son mary sentyt une
froideur d'esthomac, la priant luy faire quelque bon
potaige ; mais elle luy dict que une rottie à la pouldre
de duc luy seroit plus profitable. Et luy commanda de
luy en aller bientost faire une et prendre de la synam-
mome[8] et du sucre en la bouticque ; ce qu'elle feit et
n'oblia le demourant de la pouldre qu'il avoit baillée à
sa commere, sans regarder doze, poix ne mesure. Le
mary mengea la rostie, et la trouva très bonne ; mais
bientost s'apperceut de l'effet, qu'il cuyda appaiser

---

1. qu'il connaissait une poudre telle que.   2. une tranche de
pain (sucrée et aromatisée) rôtie devant le feu, en guise de poudre
de duc, mélange de poudre aromatisée et de sucre.   3. le meilleur traitement (sens érotique).   4. obtenir.   5. poudre préparée à partir de cantharides, insectes coléoptères, avec laquelle on
faisait les vésicatoires, et qui a la réputation (usurpée selon Littré !)
d'être un aphrodisiaque. On se rappelle l'un des crimes de Sade,
accusé d'avoir fait prendre des cantharides à certaines de ses victimes, des prostituées marseillaises...   6. elle lui fit préparer.
7. quantité nécessaire selon ses indications.   8. le cinnamome,
substance aromatique confondue soit avec la myrrhe, soit avec la
cannelle, et désignant ici plutôt la cannelle, qui entre dans la
composition de la poudre de duc.

avecq sa femme ; ce qu'il ne fut possible, car le feu le
brusloit si très fort, qu'il ne sçavoit de quel costé se
tourner, et dist à sa femme qu'elle l'avoit empoisonné
et qu'il vouloit sçavoir qu'elle [1] avoit mys en sa rostye.
Elle luy confessa la verité et qu'elle avoit aussy bon
mestier [2] de ceste recette que sa commere. Le pauvre
apothicaire ne la sceut batre que d'injures, pour le mal
en quoy il estoit ; mais la chassa de devant luy et
envoya prier l'appothicaire de la Royne de Navarre de
le venir visiter. Lequel luy bailla tous les remedes
propres pour le guerir ; ce qu'il feit en peu de temps,
le reprenant très aprement, dont il estoit si sot de
conseiller à aultruy de user des drogues qu'il ne vouloit
prendre pour luy ; et que sa femme avoit faict ce
qu'elle debvoit, veu le desir qu'elle avoit de se faire
aymer de luy. Ainsy fallut que le pauvre homme print
patience de sa follye et qu'il recongneust avoir esté
justement pugny de faire tumber sur luy la mocquerie
qu'il preparoit à aultruy.

« Il me semble, mes dames, que l'amour de ceste
femme n'estoit moins indiscrete [3] que grande.
— Appellez-vous aymer son mary, dist Hircan, de luy
faire sentyr du mal, pour le plaisir qu'elle esperoit
avoir ? — Je croy, dict Longarine, qu'elle n'avoit
intention que de recouvrer l'amour de son mary,
qu'elle pensoit bien esgarée. Pour ung tel bien, il n'y
a rien que les femmes ne facent. — Si est-ce, dist
Geburon, que une femme ne doibt donner à boyre et à
manger à son mary, pour quelque occasion que ce soyt,
qu'elle ne sçaiche, tant par experience que par gens
sçavans, qu'il ne lui puisse nuyre ; mais il fault excuser
l'ignorance. Ceste-là est excusable, car la passion plus
aveuglante, c'est l'amour, et la personne la plus aveuglée, c'est la femme qui n'a pas la force de conduire
saigement ung si grand faiz. — Geburon, dist Oisille,

_____

1. ce qu'elle.   2. autant besoin.   3. déraisonnable.

vous saillez hors[1] de vostre bonne coustume, pour vous rendre de l'opinion de voz compaignons. Mais si a-il des femmes qui ont porté l'amour et la jalousie patiemment. — Ouy, dist Hircan, et plaisamment, car les plus saiges sont celles qui prennent autant de passetemps à se mocquer des œuvres[2] de leurs mariz, comme les mariz de les tromper secretement, et, si vous me voulez donner le rang, afin que madame Oisille ferme le pas à ceste Journée, je vous en diray une dont toute la compaignye a congneu la femme et le mary. — Or commencez doncques, dist Nomerfide. » Et Hircan, en riant, leur dist :

SOIXANTE NEUFVIESME NOUVELLE

Une damoyselle fut si saige, qu'ayant trouvé son mary blutant[3] en l'habit de sa chambriere, qu'il attendoit soubz espoir d'en obtenir ce qu'il en prouchassoit, ne s'en feit que rire et passa joyeusement son temps de sa folye.

*

Un Italien se laisse affiner[4] par sa chambrière qui faict que la femme trouva son mary blutant au lieu de sa servante.

*

Cette nouvelle récrit la 17e nouvelle des *Cent nouvelles nouvelles*, intitulée « Le Conseiller au bluteau » (p. 92-95) : un conseiller, président à la Chambre des Comptes de Paris, homme déjà âgé mais « très joyeux et plaisant », surpris comme l'écuyer en train de « beluter », aux questions courroucées de son épouse : « Où sont vos lettres, vos grands honneurs, vos sciences et discrétions ? », répond grossièrement : « Au bout de mon vit, Madame, là ai-je tout amassé aujourd'hui ! »

*

Au chasteau d'Odoz[5] en Bigorre, demoroit ung

---

1. quittez, abandonnez.   2. actes.   3. sassant, tamisant.
4. prendre par ruse, tromper.   5. Odos, près de Tarbes, sur la route de Cauterets. C'est dans ce château que mourut Marguerite de Navarre.

escuier d'escuyrie du Roy, nommé Charles[1], Italien, lequel avoit espousé une damoiselle, fort femme de bien et honneste ; mais elle estoit devenue vieille, après luy avoir porté plusieurs enfans. Luy aussy n'estoit pas jeune ; et vivoit avecq elle en bonne paix et amityé. Quelques foys, il parloit à ses chamberieres, dont sa bonne femme ne faisoit nul semblant[2] ; mais doulcement leur donnoit congé quant elle les congnoissoit trop privées[3]* en la maison. Elle en print ung jour une qui estoit saige et bonne fille, à laquelle elle dist les complexions[4] de son mary et les siennes, qui les chassoit aussitost qu'elle les congnoissoit folles. Ceste chamberiere, pour demourer au service de sa maistresse en bonne estime, se delibera d'estre femme de bien. Et, combien que souvent son maistre luy tint quelques propos au contraire[5], n'en voulut tenir compte, et le racompta tout à sa maistresse ; et toutes deux passoient le temps[6] de la follye de luy. Un jour que la chamberiere beluttoit[7] en la chambre de derriere, ayant son sarot[8]** sur la teste, à la mode du pays (qui est faict comme ung cresmeau[9], mais il couvre tout le corps et les espaulles par derriere), son maistre, la trouvant en cest habillement, la vint bien fort presser. Elle, qui, pour mourir n'eust faict ung tel tour, feit

---

1. Sans doute Charles de Saint-Séverin (ou Sainct-Sevrin), écuyer de l'écurie du roi, appartenant à l'illustre famille des Sanseverino de Naples, attachée au service du roi de France depuis l'expédition italienne de Charles VIII (M. F.). 2. ne faisait pas mine de s'apercevoir. 3. avoir trop de privautés. 4. les façons de se comporter, la conduite habituelle. 5. opposés (au bien). 6. se divertissaient de. 7. blutait (tamisait, sassait). Le mot est employé souvent au sens libre : voir Rabelais, *Le Quart Livre*, chap. XLIV (le dizain de Panurge). 8. sarreau, blouse ample en toile à l'usage des paysans ou des artisans, tablier de travail. 9. chremeau : petit bonnet blanc de linge fin dont on coiffe l'enfant baptisé après l'onction (d'où le nom *chremeau*, de *chrême*, huile servant à l'onction).

---

* trop privées *avec son mary* (T). ** ayant son *surcot* (T, G ; vêtement porté sur la cotte).

semblant de s'accorder à luy ; toutesfoys, luy demanda congé d'aller veoir, premier, si sa maistresse s'estoit poinct amusée à quelque chose[1], afin de n'estre tous deux surprins ; ce qu'il accorda. Alors, elle le pria de mectre son sarot en sa teste et de beluter en son absence, afin que sa maistresse ouyt tousjours le son de son beluteau[2]. Ce qu'il feit fort joieusement, aiant esperance d'avoir ce qu'il demandoit. La chamberiere, qui n'estoit poinct melencolicque[3], s'en courut à sa maistresse, lui disant : « Venez veoir vostre bon mary, que j'ay aprins[4] à beluter pour me deffaire de luy. » La femme feit bonne dilligence pour trouver ceste nouvelle chamberiere. En voiant son mary le sarot en la teste et le belluteau entre ses mains, se print si fort à rire, en frappant des mains, que à peine luy peut-elle dire : « Goujate, combien veulx-tu par moys de ton labeur ? » Le mary, oiant ceste voix et congnoissant qu'il estoit trompé, gecta par terre ce qu'il portoit et tenoit, pour courir sus à la chamberiere, l'appelant mille fois meschante, et si sa femme ne se fust mise au devant, il l'eust payée de son quartier[5]. Toutesfois, le tout s'appaisa au contentement des partyes[6], et puis vesquirent ensemble sans querelles.

« Que dictes-vous, mes dames, de ceste femme ? N'estoit-elle pas bien saige de passer tout son temps du passetemps[7] de son mary ? — Ce n'est pas passe-temps, dist Saffredent, pour le mary d'avoir failly à son entreprinse. — Je croy, dist Ennasuitte, qu'il eut plus de plaisir de rire avecq sa femme, que de se aller tuer, en l'aage où il estoit, avecq sa chamberiere. — Si me fascheroit-il bien fort, dist Simontault, que l'on me trouvast avecq ce beau cresmeau. — J'ay oy dire, dist

---

1. n'avait pas quelque occupation.   2. blutoir (tamis).
3. qui n'était pas triste (que l'aventure amusait).   4. à qui j'ai appris.   5. il lui eût payé ses gages (*quartier* : les gages dus pour un trimestre), il l'eût renvoyée.   6. terme du vocabulaire juridique (les parties en présence : le demandeur-plaignant, et l'accusé).   7. se divertir du divertissement.

Parlamente, qu'il n'a pas tenu à vostre femme [1] qu'elle
ne vous ayt trouvé bien près de cest habillement,
quelque finesse que vous ayez, dont oncques puis elle
n'eut repos. — Contentez-vous des fortunes [2] de vostre
maison, dist Simontault, sans venir chercher les
myennes. Combien que ma femme n'ayt cause de se
plaindre de moy, et encores que ce fust tel que vous
dictes, elle ne s'en sçauroit apparcevoir, pour necessité
de chose dont elle ayt besoing [3]. — Les femmes de
bien, dist Longarine, n'ont besoing d'autre chose que
de l'amour de leurs mariz, qui seullement les peuvent
contenter ; mais celles qui cherchent ung contentement
bestial, ne le trouveront jamais où honnesteté le
commande. — Appelez-vous contentement bestial, dit
Geburon, si la femme veult avoir de son mary ce qui
luy appartient ? » Longarine luy respondit : « Je dis que
la femme chaste, qui a le cueur remply de vray amour,
est plus satisfaicte d'estre aymée parfaitement, que de
tous les plaisirs que le corps peult desirer*. — Je suis
de vostre opinion, dist Dagoucin, mais ces seigneurs
icy ne le veullent entendre ne confesser. Je pense que,
si l'amour reciprocque ne contente pas une femme, le
mary seul ne la contentera pas ; car, en vivant de l'honneste amour des femmes, fault qu'elle soyt tentée de
l'infernale cupidité des bestes [4]. — Vrayement, dist
Oisille, vous me faictes souvenir d'une dame belle et
bien maryée, qui, par faulte de vivre de ceste honneste
amityé, devint plus charnelle que les pourceaulx et plus
cruelle que les lyons. — Je vous requiers, ma dame, ce
dist Simontault, pour mectre fin à ceste Journée, la

---

1. que votre femme a bien failli vous trouver...   2. affaires,
accidents (*des fortunes de vostre maison* : occupez-vous de vos
affaires personnelles).   3. n'ayant rien à désirer de ce qui lui est
nécessaire.   4. désir sexuel bestial.

---

* Dagoucin se rangea de l'opinion de Longarine, combien que
tous ses compagnons n'y voulussent entendre, l'improuvant en tout
et partout, et dit : Je pense... (T).

nous vouloir compter. — Je ne puys [1], dist Oisille, pour
deux raisons : l'une pour sa grande longueur ; l'autre,
pour ce que n'est pas de nostre temps ; et si a esté
escripte par ung autheur qui est bien croyable [2], et nous
avons juré de ne rien mectre icy qui ayt esté escript.
— Il est vray, dit Parlamente, mais, me doubtant du
compte que c'est, il a esté escript en si viel langaige,
que je croys que, hors mis nous deux, il n'y a icy
homme ne femme qui en ayt ouy parler ; parquoy sera
tenu pour nouveau [3]. » Et, à sa parolle, toute la compaignye la pria de le voloir dire, et qu'elle ne craingnist
la longueur, car encores une bonne heure pouvoient
demorer avant vespres. Madame Oisille à leur requeste
commencea ainsy :

SOIXANTE DIXIESME NOUVELLE

La duchesse de Bourgongne, ne se contentant de l'amour que son
mary lui portoit, print en telle amytié un jeune gentil homme, que,
ne luy ayant peu faire entendre par mines et œillades son affection,
luy declara par paroles : dont elle eut mauvaise issue.

*

*L'incontinence furieuse d'une Duchesse fut cause de sa mort et de
celle de deux parfaicts amants.*

*

Cette nouvelle reprend en effet, comme le laissent entendre Parlamente et Oisille, l'argument et l'intrigue d'un fabliau du XIIIᵉ siècle,
La chastelaine de Vergi (ou de Vergy), dont Bandello s'inspirera
également (*Novelle* IV, V) et après lui F. de Belleforest (*Histoires
tragiques*). La duchesse perverse est Béatrice (ou Béatrix) de Cham-
pagne, épouse du duc de Bourgogne, Hugues IV (1212-1272) ; la
dame de Vergy est Laure de Lorraine, épouse en secondes noces

---

1. Rappel de quelques règles de la nouvelle, sa brièveté, son
actualité récente, et le caractère oral de la transmission.
2. digne de foi ; c'est encore une règle de la nouvelle, l'authenticité
des faits rapportés. **3.** Une nouvelle doit être nouvelle, non
encore ouïe (ni lue) ; l'exception à la règle est justifiée par l'argument du « viel langaige » (la langue ancienne, l'ancien français du
poème médiéval).

de Guillaume de Vergy, sénéchal de Bourgogne, neveu du duc de Bourgogne (voir G. Raynaud, qui édita le poème, et en précisa les données historiques in *Romania*, XXI, 1892).

*

En la duché de Bourgoingne, y avoit ung duc, très honneste et beau prince, aiant espouzé une femme dont la beaulté le contentoit si fort, qu'elle luy faisoit ignorer ses conditions[1], tant, qu'il ne regardoit que à luy complaire ; ce qu'elle faingnoit très bien luy rendre. Or avoit le duc en sa maison ung gentil homme, tant accomply de toutes les perfections que l'on peult demander à l'homme, qu'il estoit de tous aymé, et principallement du duc, qui dès son enffance l'avoit nourry[2] près sa personne ; et, le voiant si bien conditionné[3], l'aymoit parfaictement et se confyoit en luy[4] de toutes les affaires que selon son aage il povoit entendre. La duchesse, qui n'avoit pas le cueur de femme et princesse vertueuse, ne se contantant de l'amour que son mary lui portoit, et du bon traictement qu'elle avoit de luy, regardoit souvent ce gentil homme, et le trouvoit tant à son gré qu'elle l'aymoit oultre raison ; ce que à toute heure mectoit peyne de[5] luy faire entendre, tant par regardz piteulx[6] et doulx, que par souspirs et contenances[7] passionnés. Mais le gentil homme, qui jamais n'avoit estudyé que à la vertu, ne povoit congnoistre le vice en une dame qui en avait si peu d'occasion[8], tellement que oeillades et mynes de ceste pauvre folle n'apportoient aultre fruict que ung furieux desespoir ; lequel, ung jour, la poussa tant, que, oubliant qu'elle estoit femme qui debvoit estre priée et refuser, princesse qui debvoit estre adorée, desdaignant telz serviteurs, print le cueur d'un homme[9] transporté pour

---

1. son rang, inférieur au sien.   2. élevé.   3. doué de si grandes qualités.   4. lui faisait confidence de, lui confiait.   5. s'efforçait par tous moyens de lui donner à comprendre.   6. inspirant pitié, ou pleins de pitié.   7. attitudes, gestes.   8. si peu de motifs. 9. imita le cœur d'un homme (se comporta comme un homme transporté de passion).

descharger le feu qui estoit importable[1]. Et, ainsy que
son mary alloit au conseil, où le gentil homme, pour
sa jeunesse, n'estoit poinct*, luy fit signe qu'il vint
devers elle ; ce qu'il feit pensant qu'elle eust à luy
commander quelque chose. Mais, en soupirant** sur
son bras, comme femme lassée de trop de repos, le
mena pourmener en une gallerie, où elle luy dist : « Je
m'esbahys de vous, qui estes tant beau, jeune et tant
plain de toute bonne grace, comme[2] vous avez vescu
en ceste compaignye, où il y a si grand nombre de
belles dames, sans que jamais vous ayez esté amoureux
ou serviteur d'aucune. » Et, en le regardant du meilleur
oeil qu'elle povoit, se teut pour luy donner lieu de
dire : « Madame, si j'estois digne que votre haultesse
se peust abbaisser à penser à moy, ce vous seroit plus
d'occasion d'esbahissement de veoir ung homme, si
indigne d'estre aymé que moy, presenter son service
pour en avoir refuz ou mocquerie. » La duchesse, ayant
oy ceste saige response, l'ayma plus fort que paravant,
et luy jura qu'il n'y avoit dame en sa court, qui ne fust
trop heureuse d'avoir ung tel serviteur, et qu'il se
povoit bien essayer à telle advanture, car, sans peril,
il en sortiroit à son honneur. Le gentil homme tenoit
tousjours les oeilz baissez, n'osant regarder ses contenances qui estoient assez ardantes pour faire brusler
une glace ; et ainsy qu'il se vouloit excuser, le duc
demanda la duchesse pour quelque affaire au conseil
qui luy touchoit, où avec grand regret elle alla. Mais le
gentil homme ne feit jamais ung seul semblant[3] d'avoir
entendu parolle qu'elle luy eust dicte ; dont elle estoit
si troublée et faschée, qu'elle n'en sçavoit à qui donner
le tort de son ennuy, sinon à la sotte craincte dont elle
estimoit le gentil homme trop plain. Peu de jours après,

---

1. impossible à supporter. **2.** je m'étonne que vous [...] ayez
pu vivre. **3.** ne montra [...] rien qui pût laisser croire qu'il avait
compris.

---

* *n'entroit* point (2155 S, G). ** en s'appuyant (2155 S).

voiant qu'il n'entendoit poinct son langaige, se delibera de ne regarder craincte ny honte, mais luy declarer
sa fantaisie[1], se tenant seure que une telle beaulté que
la sienne ne pourroit estre que bien receue ; mais elle
eust bien desiré d'avoir eu l'honneur d'estre priée.
Toutesfois, laissa l'honneur à part, pour le plaisir ; et,
après avoir tenté par plusieurs foys de luy tenir semblables propos que le premier, et n'y trouvant nulle
response à son grey, le tira ung jour par la manche et
luy dist qu'elle avoit à parler à luy d'affaires d'importance. Le gentil homme, avec l'humilité et reverance
qu'il luy debvoit, s'en vat devers elle en une profonde
fenestre[2] où elle s'estoit retirée. Et, quant elle veid que
nul de la chambre ne la povoit veoir, avecq une voix
tremblante, contraincte entre le desir et la craincte, luy
vat continuer les premiers propos, le reprenant de ce
qu'il n'avoit encores choisy quelque dame en sa
compaignye, l'asseurant que, en quelque lieu que ce
fust, luy ayderoit d'avoir bon traictement[3]. Le gentil
homme, non moins fasché que estonné de ses parolles,
luy respondit : « Ma dame, j'ay le cueur si bon, que,
si j'estois une foys refusé, je n'aurois jamais joye en
ce monde ; et je me sens tel, qu'il n'y a dame en ceste
court qui daignast accepter mon service. » La
duchesse, rougissant, pensant qu'il ne tenoit plus à rien
qu'il ne fust vaincu, luy jura que, s'il voulloit, elle
sçavoit la plus belle dame de sa compaignye qui le
recepvroit à grand joye et dont il auroit parfaict contentement. « Helas, ma dame, dist-il, je ne croy pas qu'il
y ait si malheureuse et aveugle femme en ceste
compaignye, qui me ait trouvé à son gré ! » La
duchesse, voiant qu'il n'y voulloit entendre, luy vat
entreouvrir le voille de sa passion ; et, pour la craincte
que lui donnoit la vertu du gentil homme, parla par

---

1. son désir.   2. Les murailles des châteaux étaient fort épais-
ses ; la baie de la fenêtre forme comme une petite pièce, où l'on
peut se tenir, ou se retirer à l'écart.   3. elle l'aiderait à recevoir
un bon accueil.

maniere d'interrogation, luy disant : « Si Fortune vous
avoit tant favorisé que ce fust moy qui vous portast
ceste bonne volunté, que diriez-vous ? » Le gentil
homme, qui pensoit songer[1] d'oyr une telle parolle, luy
dist, le genoulx à terre : « Madame, quant Dieu me fera
la grace d'avoir celle du duc mon maistre et de vous,
je me tiendray le plus heureux du monde, car c'est la
recompense que je demande de mon loial service,
comme celluy qui[2] plus que nul autre est obligé à[3]
mectre la vie pour le service de vouz deux ; estant seur,
ma dame, que l'amour que vous portez à mon dict seigneur est accompagnée de telle chasteté et grandeur,
que non pas moy, qui ne suys que ung ver de terre,
mais le plus grand prince et parfaict homme que l'on
sçauroit trouver ne sçauroit empescher l'unyon de vous
et de mon dict seigneur. Et quant à moy, il m'a nourry
dès mon enfance et m'a faict tel que je suys ; parquoy
il ne sçauroit avoir fille, femme, seur ou mere, desquelles, pour mourir, je voulsisse avoir autre pensée
que doibt à son maistre un loial et fidelle serviteur. »
La duchesse ne le laissa pas passer oultre[4], et, voyant
qu'elle estoit en dangier d'un refuz deshonorable, luy
rompit[5] soubdain son propos, en lui disant : « O
meschant, glorieux et fol, et qui est-ce qui vous en
prie ? Cuydez-vous, par vostre beaulté, estre aymé des
mouches qui vollent ? Mais, si vous estiez si oultrecuy-
dé[6] de vous addresser à moy, je vous monstrerois que
je n'ayme et ne veulx aymer autre que mon mary ; et
les propos que je vous ay tenu n'ont esté que pour
passer mon temps à sçavoir de voz nouvelles, et m'en
mocquer comme je faictz des sotz amoureux. — Ma
dame, dist le gentil homme, je l'ay creu et croys
comme vous le dictes. » Lors, sans l'escouter plus
avant, s'en alla hastivement en sa chambre, et voiant
qu'elle estoit suivye de ses dames, entra en son cabinet

---

1. rêver. 2. en homme qui. 3. est tenu de. 4. continuer. 5. interrompit. 6. présomptueux, audacieux.

où elle feit ung deuil[1] qui ne se peut racompter ; car, d'un costé, l'amour où elle avoit failly luy donna une tristesse mortelle ; d'autre costé, le despit, tant contre elle d'avoir commencé ung si sot propos, que contre luy d'avoir si saigement respondu, la mectoit en une telle furie, que une heure se voulloit deffaire, l'autre[2] elle vouloit vivre pour se venger de celluy qu'elle tenoit son mortel ennemy[3].

Après qu'elle eut longuement pleuré, faingnit d'estre mallade, pour n'aller poinct au souper du duc, auquel ordinairement le gentil homme servoit. Le duc, qui plus aymoit sa femme que luy-mesmes, la vint visiter ; mais, pour mieulx venir à la fin[4] qu'elle pretendoit, lui dist qu'elle pensoit estre grosse et que sa grossesse luy avoit faict tomber ung rugme[5] dessus les oeilz, dont elle estoit en fort grand peyne. Ainsy passerent deux ou trois jours, que la duchesse garda le lict, tant triste et melencolicque, que le duc pensa bien qu'il y avoit autre chose que la grossesse. Et vint coucher la nuyct avecq elle, et luy faisant toutes les bonnes cheres[6] qu'il luy estoit possible, congnoissant qu'il n'empeschoit en riens ses continuelz souspirs, luy dist : « M'amye, vous sçavez que je vous porte autant d'amityé que à ma propre vie ; et que, defaillant la vostre[7], la myenne ne peult durer ; par quoy, si vous voulez conserver ma santé, je vous prie, dictes-moy la cause qui vous faict ainsy souspirer, car je ne puis croire que tel mal vous vienne seullement de la grossesse. » La duchesse, voiant son mary tel envers elle qu'elle l'eust sceu demander, pensa qu'il estoit temps de se venger de son despit, et, en embrassant son mary, se print à pleurer, luy disant : « Helas, monsieur, le plus grand mal que j'aye, c'est de vous veoir trompé de ceulx qui sont

---

1. manifesta une douleur.   2. tantôt elle voulait se donner la mort, tantôt...   3. tenait pour son ennemi mortel. 4. pour mieux parvenir à ses fins.   5. rhume.   6. lui montrant toutes les marques d'amour.   7. Participe absolu : si la vie vous abandonne.

tant obligez à garder vostre bien et honneur. » Le duc,
entendant ceste parolle, eut grand desir de sçavoir
pourquoy elle lui disoit ce propos ; et la pria fort de
luy declarer sans craincte la verité. Et, après en avoir
faict plusieurs refuz, luy dist : « Je ne m'esbahiray
jamais, monsieur, si les estrangiers font guerre aux
princes, quant ceulx qui sont les plus obligez l'osent
entreprendre si cruelle, que la perte des biens n'est rien
au pris[1]. Je le dis, monsieur, pour ung tel gentil homme
(nommant celluy qu'elle hayssoit), lequel, estant
nourry de vostre main, et traicté plus en parent et en
filz que en serviteur, a osé entreprendre chose si cruelle
et miserable que de pourchasser à faire perdre l'honneur de vostre femme où gist celluy de vostre maison
et de vos enfanz. Et, combien que longuement m'ait
faict des mynes tendant à sa meschante intention, si
est-ce que mon cueur, qui n'a regard[2] que à vous, n'y
povoit rien entendre ; dont à la fin s'est declaré par
parolle. A quoy je lui ay faict telle responce que mon
estat et ma chasteté devoient. Ce neantmoins, je luy
porte telle hayne que je ne le puis regarder : qui est la
cause de m'avoir faict demorer en ma chambre et
perdre le bien de vostre compaignye, vous supliant,
monseigneur, de ne tenir une telle peste auprès de
vostre personne ; car, après ung tel crime, craingnant
que je vous le dye, pourroit bien entreprendre pis.
Voylà, monsieur, la cause de ma douleur, qui me
semble estre très juste et digne que promptement y
donniez ordre[3]. » Le duc, qui d'un costé aymoit sa
femme et se sentoit fort injurié[4], d'austre costé aymant
son serviteur, duquel il avoit tant experimenté la fidelité, que à peine povoit-il croyre ceste mensonge estre
verité, fut en grand peyne et remply de colere : s'en
alla en sa chambre, et manda au gentil homme qu'il
n'eust plus à se trouver devant luy, mais qu'il se reti-

---

1. en comparaison.   **2.** ne se soucie.   **3.** lui donniez la
réparation requise.   **4.** lésé, à qui on a fait tort, qui a été traité
injustement ; ci-dessous *injure* : tort, dommage.

rast en son logis pour quelque temps. Le gentil homme, ignorant de ce l'occasion[1], fut tant ennuyé[2] qu'il n'estoit possible de plus, sçachant avoir merité le contraire d'un si mauvays traictement. Et, comme celluy qui estoit asseuré de son cueur et de ses œuvres[3], envoya ung sien compaignon parler au duc et porter une lettre, le supliant très humblement que, si par mauvais rapport[4], il estoit esloigné de sa presence, il lui pleut suspendre son jugement jusques après avoir entendu de lui la verité du faict, et qu'il troveroit que, en nulle sorte, il ne l'avoit offensé. Voiant ceste lettre, le duc rapaisa ung peu sa collere et secretement l'envoia querir en sa chambre, auquel il dist d'un visaige furieux : « Je n'eusse jamais pensé que la peyne que j'ay prins de vous nourrir, comme enfant, se deut convertir en repentance de vous avoir tant advancé[5], veu que vous m'avez pourchassé[6] ce qui m'a esté plus dommageable que la perte de la vie et des biens, d'avoir voulu[7] toucher à l'honneur de celle qui est la moictyé de moy, pour rendre ma maison et ma lignée infame[8] à jamais. Vous pouvez penser que telle injure me touche si avant au cueur, que, si ce n'estoit le doubte que je faictz s'il est vray ou non, vous fussiez desja au fond de l'eaue, pour vous rendre[9] en secret la pugnition du mal que en secret m'avez pourchassé. » Le gentil homme ne fut poinct estonné[10] de ces propos, car son ignorance * le faisoit constamment parler[11] ; et luy suplia luy vouloir dire qui estoit son accusateur, car telles parolles se doibvent plus justifier avecq la lance que avec la langue. « Vostre accusateur, dist le duc, ne porte autres armes que la chasteté ; vous asseurant que nul autre que ma femme mesmes ne me l'a declaré, me priant la

---

1. la cause, le motif.   2. tourmenté, affligé.   3. actes.
4. à çause de médisances.   5. favorisé.   6. essayé d'obtenir.
7. en ayant voulu.   8. déshonorée.   9. pour que je vous
rende.   10. frappé d'une stupeur qui interdirait de parler,
paralysé.   11. parler avec fermeté.

---

* son innocence (2155 S).

venger de vous. » Le pauvre gentil homme, voyant la
très grande malice de la dame, ne la voulut toutesfoys
accuser, mais respondit : « Monseigneur, ma dame
peult dire ce qui lui plaist. Vous la congnoissez mieulx
que moy ; et sçavez si jamais je l'ay veue hors de vostre
compaignie, sinon une foys qu'elle parla bien peu à
moy. Vous avez aussy bon jugement que prince qui
soit[*] ; parquoy je vous suplye, monseigneur, juger si
jamais vous avez veu en moy contenance qui vous ait
peu engendrer quelque soupson. Si est-ce ung feu qui
ne se peut si longuement couvrir, que quelquefoys ne
soit congneu de ceulx qui ont pareille maladye. Vous
supliant, monseigneur, croyre deux choses de moy :
l'une que je vous suis si loial, que, quant madame
vostre femme seroit la plus belle creature du monde, si
n'auroit amour la puissance de mectre tache à mon
honneur et fidelité ; l'autre est que, quant elle ne seroit
poinct vostre femme, c'est celle que je veis oncques
dont je serois aussy peu amoureux ; et y en a assez
d'aultres, où je mectrois plus tost ma fiance[1]. » Le duc
commencea à s'adoulcir, oyant ce veritable propos, et
luy dist : « Je vous asseure aussy que je ne l'ay pas
creue ; parquoy faictes comme vous aviez accoustumé,
vous asseurant que, si je congnois la verité de vostre
costé, je vous aymeray mieulx que je ne feiz oncques ;
aussy, par le contraire[2], vostre vie est en ma main. »
Dont le gentil homme le mercia, se soubmectant à
toute peyne et punition, s'il estoit trouvé coulpable.

La duchesse, voiant le gentil homme servir comme
il avoit accoustumé, ne le peut porter en patience, mais
dist à son mary : « Ce seroit bien employé[3], monseigneur, si vous estiez empoisonné, veu que vous avez
plus de fiance en vos ennemys mortelz, que en voz
amys. — Je vous prie, m'amye, ne vous tormentez

---

1. foi, confiance.   2. au cas contraire.   3. ce serait bien fait
pour vous.

---

[*] qui soit *en la chrétienté* (T, G, 2155 S).

poinct de ceste affaire ; car, si je congnois que ce que vous m'avez dict soit vray, je vous asseure qu'il ne demeurera pas en vie vingt-quatre heures ; mais il m'a tant juré le contraire, veu aussy que jamais ne m'en suis aparceu, que je ne le puis croyre sans grand preuve. — En bonne foy, monseigneur, lui dist-elle, vostre bonté rend sa meschanceté plus grande. Voulez-vous plus grande preuve, que de veoir ung homme tel que luy, sans jamais avoir bruict d'estre d'amoureux [1] ? Croiez, monsieur, que sans la grande entreprinse qu'il avoit mise en sa teste de me servir [2], il n'eust tant demouré à trouver maistresse, car oncques jeune homme ne vesquit en si bonne compaignye, ainsy solitaire, comme il faict, sinon qu'il ait le cueur en si hault lieu [3], qu'il se contante de sa vaine esperance. Et, puisque vous pensez qu'il ne vous celle [4] verité, je vous supplye, mectez-le à serment de son amour [5], car, s'il en aymoit une aultre, je suis contente que [6] vous le croyez ; et sinon, pensez que je vous dictz verité. » Le duc trouva les raisons de sa femme très bonnes, et mena le gentil homme aux champs, auquel il dist : « Ma femme me continue tousjours ceste opinion [7] et m'alegue une raison qui me cause ung grand soupson contre vous ; c'est que l'on s'esbahit que, vous estant si honneste et jeune, n'avez jamais aymé, que l'on ayt sceu : qui me faict penser que vous avez l'opinion [8] qu'elle dict, de laquelle l'esperance vous rend si content, que vous ne povez penser en une autre femme. Parquoy, je vous prie, comme amy, et vous commande, comme maistre, que vous aiez à me dire, si vous estes serviteur de nulle dame de ce monde. » Le pauvre gentil homme, combien qu'il eust bien voulu dissimuler son affection autant qu'il tenoit chere sa vie, fut

---

1. sans qu'on ait jamais entendu dire qu'il était amoureux.
2. le projet d'être mon serviteur, mon amant.   3. qu'il aime si hautement, qu'il soit épris d'une dame de si grande naissance.
4. cache.   5. faites-lui dire par serment qui il aime.   6. je me satisfais de (votre croyance).   7. idée, intuition.   8. le sentiment (l'amour).

contrainct, voiant la jalousie de son maistre, lui jurer que veritablement il en aymoit une, de laquelle la beaulté estoit telle, que celle de la duchesse ne toute sa compaignye n'estoit que laydeur auprès, le supliant ne le contraindre jamais de la nommer ; car l'accord de luy et de s'amye estoit de telle sorte qu'il ne se povoit rompre, sinon par celluy qui premier le declareroit. Le duc luy promit de ne l'en presser poinct, et fut tant content de luy, qu'il luy feit meilleure chere qu'il n'avoit poinct encores faict. Dont la duchesse s'aperceut très bien, et, usant de finesse accoustumée, mist peyne d'entendre l'occasion. Ce que le duc ne lui cella : d'où avecques sa vengeance s'engendra une forte jalousie, qui la feit supplier le duc de commander au gentil homme de luy nommer ceste amye, l'asseurant que c'estoit ung mensonge et le meilleur moien que l'on pourroit trouver pour l'asseurer de son dire, mais que, s'il ne luy nommoit celle qu'il estimoit tant belle, il estoit le plus sot prince du monde, s'il adjoustoit foy à sa parolle. Le pauvre seigneur, duquel la femme tournoit l'opinion comme il luy plaisoit, s'en alla promener tout seul avecq ce gentil homme, luy disant qu'il estoit encores en plus grande peyne qu'il n'avoit esté, car il se doubtoit fort qu'il luy avoit baillé une excuse pour le garder de soupsonner la verité, qui le tormentoit plus que jamais ; pourquoy lui pria autant qu'il estoit possible de luy declarer celle qu'il aymoit si fort. Le pauvre gentil homme le suplia de ne luy faire faire une telle faulte envers celle qu'il aymoit, que de luy faire rompre la promesse qu'il luy avoit faicte et tenue si long temps, et de luy faire perdre ung jour[1][*] ce qu'il avoit conservé plus de sept ans ; et qu'il aymoit mieulx endurer la mort, que de faire ung tel tort à celle qui luy estoit si loialle. Le duc, voiant qu'il ne luy voulloit dire, entra en une si forte jalousye, que

---

1. en un jour.

---

* en ung jour (2155 S et autres ms.).

avec ung visaige furieux luy dist : « Or, choisissez de
deux choses l'une : ou de me dire celle que vous aymez
plus que toutes, ou de vous en aller banny des terres
où j'ay auctorité, à la charge que [1], si je vous y trouve
huict jours passez, je vous feray morir de cruelle
mort. » Si jamais douleur saisit cueur de loial serviteur,
elle print celluy de ce pauvre gentil homme, lequel
povoit bien dire : *Angustiae sunt mihi undique* [2], car
d'un costé il voyoit que en disant verité il perdroit
s'amye, si elle sçavoit que par sa faulte luy failloit de
promesse ; aussy, en ne la confessant, il estoit banny
du pays où elle demoroit et n'avoit plus de moien de
la veoir. Ainsy, pressé des deux costez, luy vint une
sueur froide comme celle qui * par tristesse approchoit
de la mort. Le duc, voiant sa contenance, jugea qu'il
n'aymoit nulle dame, fors que la sienne, et que, pour
n'en povoir nommer d'aultre, il enduroit telle passion ;
parquoi luy dist assez rudement : « Si vostre dire estoit
veritable, vous n'auriez tant de peyne à la me declarer,
mais je croy que vostre offence vous tourmente. » Le
gentil homme, picqué de ceste parolle et poulsé de
l'amour qu'il luy portoit, se delibera de luy dire verité,
se confiant [3] que son maistre estoit tant homme de bien,
que pour rien ne le vouldroit reveler. Se mectant à
genoulx, devant luy, et les mains joinctes, luy dist :
« Mon seigneur, l'obligation que j'ay à vous et le grand
amour que je vous porte me force plus que la paour de
nulle mort, car je vous voy telle fantaisie [4] et faulse
oppinion de moy, que, pour vous oster d'une si grande
peyne, je suis deliberé de faire ce que pour nulle torment je n'eusse faict ; vous supliant, mon seigneur, en
l'honneur de Dieu, me jurer et promectre en foy de

---

1. sous peine que.   2. « Me voici prise et traquée de toutes
parts », plainte de Suzanne poursuivie par les deux vieillards libidi-
neux (Daniel 13, 22).   3. se donnant l'assurance que, ayant
confiance dans le fait que.   4. folle imagination, idée fausse.

---

* comme *celluy* qui (2155 S) ; comme *à celuy* qui (ms. 1520).

prince et de chrestien, que jamais vous ne revelerez le secret que, puisqu'il vous plaist, je suis contrainct de dire. » A l'heure, le duc luy jura tous les sermens qu'il se peut adviser, de jamais à creature du monde n'en reveler riens, ne par parolles, ne par escript, ne par contenance[1]. Le jeune homme, se tenant asseuré d'un si vertueux prince, comme il le congnoissoit, alla bastir le commencement de son malheur, en luy disant : « Il y a sept ans passez, mon seigneur, que, aiant congneu vostre niepce[2], la dame du Vergier*, estre vefve et sans party, mys peyne d'acquerir sa bonne grace. Et, pour ce que n'estois de maison pour[3] l'espouser, je me contentois d'estre receu pour serviteur ; ce que j'ay esté. Et a voulu Dieu que notre affaire jusques icy fust conduict si saigement, que jamais homme ou femme qu'elle et moy n'en a rien entendu ; sinon maintenant vous, monseigneur, entre les mains duquel je mectz ma vye et mon honneur ; vous supliant le tenir secret et n'en avoir en moindre estime madame vostre niepce, car je ne pense soubz le ciel une plus parfaicte creature. » Qui fut bien aise, ce fut le duc ; car, congnoissant la très grande beaulté de sa niepce, ne doubtant plus qu'elle ne fust plus agreable que sa femme, mais ne povant entendre que ung tel mistere se peust conduire sans moien[4], luy pria de luy dire comment il le pourroit veoir**. Le gentil homme luy compta comme la chambre de sa dame salloit[5] dans ung jardin ; et que, le jour qu'il y debvoit aller, on laissoit une petite porte ouverte, par où il entroit à pied, jusques ad ce qu'il ouyt japper ung petit chien que sa dame laissoit aller au jardin, quant toutes ses femmes estoient retirées. A l'heure, il s'en alloit parler à elle toute la nuyct ; et, au

---

1. signe extérieur, attitude.   2. Laure de Lorraine, nièce par alliance du duc.   3. de rang suffisant pour pouvoir.   4. sans intermédiaire, sans aide.   5. verbe *saillir* : donnait sur.

---

* la dame du Vergier : le nom est omis par Boaistuau et Gruget ; Madame du Vergy (2155 S).   ** il *la* pouvoit veoir (2155 S, G).

partir luy assignoit le jour qu'il debvoit retourner ; où, sans trop grande excuse[1], n'avoit encores failly[2].

Le duc, qui estoit le plus curieux homme du monde, et qui en son temps avoit fort bien mené l'amour[3], tant pour satisfaire à son soupson que pour entendre une si estrange histoire, le pria de le vouloir mener avecq luy la premiere foys qu'il iroit, non comme maistre, mais comme compaignon. Le gentil homme, pour en estre si avant[4], luy accorda et luy dist comme ce soir-là mesmes estoit son assignation[5] ; dont le duc fut plus aise que s'il eust gaingné ung royaulme. Et, faingnant s'en aller reposer en sa garderobbe[6], feit venir deux chevaulx pour luy et le gentil homme, et toute la nuyct se myrent en chemyn pour aller depuis Argilly[7] où le duc demoroit, jusques au Vergier[8]. Et laissans leurs chevaulx hors l'enclosture[9], le gentil homme feit entrer le duc au jardin par le petit huys[10], le priant demorer derriere ung noyer, duquel lieu il povoit veoir s'il disoit vray ou non. Il n'eut gueres demeuré au jardin, que le petit chien commencea à japper, et le gentil homme marcha devers la tour où sa dame ne falloit à venir au devant de luy, et, le saluant et embrassant, luy dist qu'il luy sembloit avoir esté mille ans sans le veoir, et à l'heure entrerent dans la chambre et fermerent la porte sur eulx. Le duc, ayant veu tout ce mistere[11], se tint pour plus que satisfaict et attendit là non trop longuement, car le gentil homme dist à sa dame qu'il estoit contrainct de retourner plus tost qu'il n'avoit accoustumé, pour ce que le duc devboit aller dès quatre heures à la chasse, où il n'osoit faillir. La dame, qui aymoit plus son honneur que son plaisir, ne

---

1. à moins d'un très important motif.   2. manqué (d'aller au rendez-vous).   3. avait su fort bien conduire ses intrigues amoureuses.   4. puisqu'il s'était tant avancé auprès de lui.   5. rendez-vous.   6. Pièce intime, petite chambre à écart.   7. Dans l'actuel département de la Côte-d'Or, près de Beaune, canton de Nuits-Saint-Georges.   8. *Le Vergier* ou *Vergy*, canton de Gevrey-Chambertin.   9. l'enclos.   10. portillon.   11. cérémonie rituelle, spectacle bien réglé.

le voulloit retarder de faire son debvoir, car la chose
que plus elle estimoit en leur honneste amityé estoit
qu'elle estoit secrette devant tous les hommes. Ainsy
partit ce gentil homme, à une heure après minuyct ; et
sa dame, en manteau et en couvre-chef, le conduisit,
non si loing qu'elle vouloit, car il la contraingnoit de
retourner, de paour qu'elle ne trouvast le duc ; avecq
lequel il monta à cheval et s'en retourna au chasteau
d'Argilly. Et, par les chemyns, le duc juroit incessamment[1] au gentil homme myeulx aymer morir que de
reveler son secret ; et print telle fiance et amour en luy,
qu'il n'y avoit nul en sa court qui fust plus en sa bonne
grace ; dont la duchesse devint toute enragée. Mais le
duc luy defendit de jamais plus luy en parler ; et qu'il
en sçavoit la verité, dont il se tenoit contant, car la
dame qu'il aymoit estoit plus amyable[2] qu'elle.

Ceste parolle navra si avant le cueur de la duchesse,
qu'elle en print une malladye pire que la fiebvre. Le
duc l'alla veoir pour la consoler, mais il n'y avoit
ordre[3] s'il ne luy disoit qui estoit ceste belle dame tant
aymée ; dont elle luy faisoit une importunée presse*,
tant que le duc s'en alla hors de sa chambre, en luy
disant : « Si vous me tenez plus[4] de telz propos, nous
nous separerons d'ensemble. » Ces parolles augmente-
rent la malladie de la duchesse, qu'elle faingnyt sentir
bouger** son enfant : dont le duc fut si joieulx, qu'il
s'en alla coucher auprès d'elle. Mais, à l'heure qu'elle
le veid plus amoureux d'elle, se tornoit de l'autre costé,
luy disant : « Je vous suplye, monsieur, puisque vous
n'avez amour ne à femme ne à enfant, laissez-nous
morir tous deux. » Et, avecq ces parolles, gecta tant de
larmes et de criz, que le duc eut grand paour qu'elle

---

1. ne cessait de jurer.   2. aimable, digne d'être
aimée.   3. il n'y avait pas moyen (de la consoler).   4. Si vous
me tenez encore.

---

* dont elle *l'importuna si fort* que (T) ; dont elle luy *faisoit une
vie importune et le pressa* tant que (G).   ** de la duchesse, *qui*
faignit sentir bouger (2155 S).

perdist son fruict. Parquoy, la prenant entre ses bras,
la pria de luy dire que c'estoit qu'elle vouloit, et qu'il
n'avoit rien que ce ne fust pour elle[1][*]. « Ha, monsieur,
ce luy respondit-elle en pleurant, quelle esperance
puis-je avoir que vous fassiez pour moy une chose difficille, quant la plus facile et raisonnable du monde,
vous ne la voulez pas faire, qui est de me dire l'amye
du plus meschant serviteur que vous eustes oncques ?
Je pensois que vous et moy n'eussions que ung cueur,
une ame et une chair. Mais maintenant je congnois
bien que vous me tenez pour une estrangiere, veu que
vos secretz qui ne me doibvent estre cellez, vous les
cachez, comme à personne estrange[2]. Helas, monsieur,
vous m'avez dict tant de choses grandes et secrettes,
desquelles jamais n'avez entendu que j'en aye parlé ;
vous avez tant experimenté ma volunté estre esgalle à
la vostre, que vous ne povez doubter que je ne soys
plus vous-mesme que moy. Et, si vous avez juré de ne
dire à aultruy le secret du gentilhomme, en le me
disant, ne faillez à vostre serment[3], car je ne suis ny
ne puis estre aultre que vous : je vous ay en mon cueur,
je vous tiens entre mes bras, j'ay ung enfant en mon
ventre, auquel vous vivez, et ne puis avoir vostre
cueur, comme vous avez le mien ! Mais tant plus je
vous suys loialle et fidelle, plus vous m'estes cruel et
austere : qui me faict mille foys le jour desirer, par une
soubdaine mort, delivrer vostre enfant d'un tel pere, et
moy, d'un tel mary : ce que j'espere bien tost, puisque
vous preferez ung serviteur infidelle à vostre femme
telle que je vous suys, et à la vie de la mere d'ung
fruict qui est vostre, lequel s'en vat perir, ne povant[4]
obtenir de vous ce que plus desire de sçavoir. » En ce
disant, embrassa et baisa son mary, arrousant son

---

1. qu'il n'avait rien qui ne fût pour elle.   2. à une étrangère.
3. vous ne trahissez pas votre serment.   4. si je ne peux.

---

* *n'y* avoit rien qui ne fust pour elle (2155 S) ; rien qu'il ne feit
pour elle (ms. 1515, 1520).

visaige de ses larmes, avec telz criz et souspirs que le bon prince, craingnant de perdre sa femme et son enfant ensemble, se delibera de luy dire vray du tout ; mais, avant, luy jura que, si jamays elle le reveloit à creature du monde, elle ne mourroit d'autre main que de la sienne : à quoy elle se condanna et accepta la pugnition. A l'heure, le pauvre deceu[1] mary luy racompta tout ce qu'il avoit veu depuis ung bout jusques à l'autre : dont elle feit semblant d'estre contente ; mais en son cueur pensoit bien le contraire. Toutesfois, pour la crainte du duc, dissimulla le plus qu'elle peut sa passion.

Et le jour d'une grande feste, que le duc tenoit sa court, où il avoit mandé toutes les dames du pays, et entre aultres sa niepce, après le festin les dances commencerent, où chacun feit son debvoir. Mais la duchesse, qui estoit tormentée, voiant la beaulté et bonne grace de sa niepce du Vergier, ne se povoit resjoyr ny moins garder son despit d'aparoistre. Car, ayant appellé toutes les dames qu'elle feit asseoir à l'entour d'elle, commencea à relever propos d'amour[2]*, et, voyant que madame du Vergier n'en parloit poinct, luy dist, avecq ung cueur creu[3] de jalousie : « Et vous, belle niepce, est-il possible que vostre beauté soit sans amy ou serviteur ? — Ma dame, ce luy respondit la dame du Vergier, ma beaulté ne m'a poinct faict de tel acquest[4], car, depuis la mort de mon mary, n'ay voulu autres amys que ses enfans, dont je me tiens pour contante. — Belle niepce, belle niepce, ce luy respondit madame la duchesse par ung execrable despit, il n'y a amour si secrette, qu'il ne soit sceue**, ne petit chien si affaité et faict à la main[5], duquel on

----

1. abusé.   2. soulever une conversation sur l'amour.
3. gonflé.   4. fait acquérir un tel avantage.   5. bien dressé et apprivoisé.

----

* reveiller propos (T).   ** qui ne soit sceue (2155 S).

n'entende le japper[1]. » Je vous laisse penser, mes
dames, quelle doulleur sentyt au cueur ceste pauvre
dame du Vergier, voiant une chose tant longuement
couverte estre à son grand deshonneur declarée ; l'honneur, si soingneusement gardé et si malheureusement
perdu, la tormentoit, mais encore plus le soupson
qu'elle avoit que son amy luy eust failly de promesse ;
ce qu'elle ne pensoit jamais qu'il peust faire, sinon par
aymer quelque dame plus belle qu'elle, à laquelle la
force d'amour auroit faict declarer tout son faict. Toutesfois, sa vertu[2] fut si grande qu'elle n'en feit ung
seul semblant[3], et respondit, en riant, à la duchesse
qu'elle ne se congnoissoit poinct au langaige des
bestes. Et, soubz ceste saige dissimullation, son cueur
fut si plein de tristesse qu'elle se leva, et, passant par
la chambre de la duchesse, entra en une garde-robbe
où le duc qui se pourmenoit la veid entrer. Et, quant la
pauvre dame se trouva au lieu où elle pensoit estre
seulle, se laissa tumber sur ung lict avecq si grande
foiblesse, que une damoiselle, qui estoit assise en la
ruelle pour dormir, se leva, regardant par à travers le
rideau qui ce povoit estre ; mais, voiant que c'estoit
madame du Vergier, laquelle pensoit estre seulle, n'osa
luy dire riens, et escouta le plus paisiblement qu'elle
peut. Et la pauvre dame, avecq une voix demye morte,
commencea à se plaindre et dire : « O malheureuse,
quelle parolle est-ce que j'ay oye ? Quel arrest de ma
mort ay-je entendu ? Quelle sentence de ma fin ai-je
receue ? O le plus aymé qui oncques fut, est-ce la
recompense de ma chaste, honneste et vertueuse
amour ! O mon cueur, avez-vous faict une si perilleuse
election[4] et choisy pour le plus loial le plus infidelle,
pour le plus veritable, le plus fainct[5], et pour le plus
secret, le plus mesdisant ? Helas ! est-il possible que
une chose cachée aux oeilz de tous les humains ait esté
revelée à madame la duchesse ? Helas ! mon petit

---

1. l'aboiement.   2. force d'âme.   3. n'en manifesta rien.
4. choix dangereux.   5. hypocrite.

chien tant bien aprins[1], le seul moien de ma longue
et vertueuse amityé, ce n'a pas esté vous qui m'avez
decellée, mais celluy qui a la voix plus criante que le
chien abbayant[2], et le cueur plus ingrat que nulle beste.
C'est luy qui, contre son serment et sa promesse, a
descouvert l'heureuse vie, sans tenir tort à personne,
que nous avons longuement menée ! O mon amy,
l'amour duquel seul est entrée dedans mon cueur,
avecq lequel ma vie a esté conservée, fault-il maintenant que, en vous declarant mon mortel ennemy, mon
honneur soit mis au vent, mon corps en la terre, et mon
âme où éternellement elle demorera ! La beaulté de la
duchesse est-elle si extresme, qu'elle vous a transmué[3]
comme faisoit celle de Circée[4] ? Vous a-elle faict venir
de[5] vertueulx vicieux, de bon mauvays, et d'homme
beste cruelle ? O mon amy, combien que vous me faillez de promesse[6], si vous tiendray de la myenne, c'est
de jamais ne vous veoir, après la divulgation de nostre
amityé ; mais aussy, ne povant vivre sans vostre veue,
je m'accorde voluntiers à l'extreme douleur que je
sens, à laquelle ne veulx chercher remede ne par raison
ne par medecine ; car la mort seulle mectra la fin, qui
me sera trop plus plaisante que demorer au monde sans
amy, sans honneur et sans contentement. La guerre ne
la mort ne m'ont pas osté mon amy ; mon peché ne ma
coulpe[7] ne m'ont pas osté mon honneur ; ma faulte et
mon demerite ne m'ont poinct faict perdre mon contentement ; mais c'est l'Infortune cruelle, qui rendant
ingrat le plus obligé[8] de tous les hommes, me faict

---

1. si   bien   dressé. **2.** aboyant. **3.** métamorphosé.
4. Allusion aux métamorphoses pratiquées par la magicienne
Circé, qui, dans l'*Odyssée* (chant X), transforme en animaux les
compagnons d'Ulysse. **5.** changés (de vertueux en vicieux).
6. manquiez à la promesse que vous m'avez faite.
7. Du latin *culpa*, faute. **8.** celui à qui l'on a fait quelque bien,
qui doit être reconnaissant (vs *ingrat :* qui ne rend pas grâce pour
grâce, bienfait pour bienfait).

recepvoir le contraire de ce que j'ay deservy[1]. Ha !
madame la duchesse, quel plaisir ce vous a esté, quant
par mocquerye, m'avez allegué mon petit chien ! Or
joyssez-vous du bien qui à moy seulle appartient. Or
vous mocquez de celle qui pense par bien celer et vertueusement aymer estre exempte de toute mocquerye !
O ! que ce mot m'a serré le cueur, qui m'a faict rougir
de honte et pallyr de jalousye ! Helas ! mon cueur, je
sens bien que vous n'en povez plus : l'amour qui m'a
recongneue* vous brusle ; la jalousie et le tort que l'on
vous tient vous glace et admortit, et le despit et le
regret ne me permectent de vous donner consolation.
Helas ! ma pauvre ame, qui, par trop avoir adoré la
creature, avez oblié le Createur**, il fault retourner
entre les mains de Celluy duquel l'amour vaine vous
avoit ravie. Prenez confiance, mon ame, de le trouver
meilleur pere que n'avez trouvé amy celluy pour lequel
l'avez souvent oblyé. O mon Dieu, mon createur, qui
estes le vray et parfaict amour, par la grace duquel
l'amour que j'ay portée à mon amy n'a esté tachée de
nul vice, sinon de trop aymer, je suplye vostre misericorde de recepvoir l'ame et l'esperit de celle qui se
repent avoir failly à vostre premier et très juste
commandement[2], et, par le merite de Celluy duquel
l'amour est incomprehensible, excusez la faulte que
trop d'amour m'a faict faire ; car en vous seul j'ay ma
parfaicte confiance. Et adieu, amy, duquel le nom sans
effect[3] me creve le cueur ! » A ceste parolle, se laissa
tumber tout à l'envers[4], et lui devint la couleur blesme,
les levres bleues et les extremitez froides.

En cest instant, arriva en la salle le gentil homme
qu'elle aymoit ; et, voyant la duchesse qui dansoit

---

1. mérité.　　2. « Un seul Dieu honoreras/ Et aimeras parfaitement ».　　3. Le nom d'ami qui ne correspond pas à la réalité (*l'effect* : la réalité du fait).　　4. à la renverse.

---

* l'amour mal recongneue (2155 S, G ; meilleur texte).
** « *avez oblié le Createur* » est omis dans ms. 1512.

avecq les dames, regarda partout où estoit s'amye ;
mais, ne la voiant poinct, entra en la chambre de la
duchesse, et trouva le duc qui se pourmenoit, lequel
devinant sa pensée, luy dist en l'oreille : « Elle est allée
en ceste garderobbe, et sembloit qu'elle se trouvoit
mal. » Le gentil homme luy demanda s'il lui plaisoit
bien qu'il y allast ; le duc l'en pria. Ainsy qu'il entra
dedans la garderobbe, trouva madame du Vergier qui
estoit au dernier pas de sa mortelle vye, laquelle il
embrassa, luy disant : « Qu'est-cecy, m'amye ? Me
voulez vous laisser ? » La pauvre dame, oyant la voix
que tant bien elle congnoissoit, print ung peu de
vigueur, et ouvrit l'œil, regardant celluy qui estoit
cause de sa mort ; mais, en ce regard, l'amour et le
despit creurent si fort, que avec ung piteulx souspir
rendit son ame à Dieu. Le gentil homme, plus mort
que la morte, demanda à la damoiselle comme ceste
maladie luy estoit prinse. Elle luy compta du long les
parolles qu'elle luy avoit oy dire. A l'heure, il
congneut que le duc avoit revelé son secret à sa femme ; dont il sentit une telle fureur, que, embrassant le
corps de s'amye, l'arrousa longuement de ses larmes,
en disant : « O moy, traistre, meschant et malheureux
amy, pourquoy est-ce que la pugnition de ma trahison
n'est tumbée sur moy, et non sur elle, qui est innocente ? Pourquoy le ciel ne me fouldroya-il pas le jour que
ma langue revela la secrette et vertueuse amityé de
nouz deux ? Pourquoy la terre ne s'ouvrit[1] pour
engloutir ce faulseur de foy[2] ? O ma langue, pugnye
sois-tu comme celle du mauvais riche[3] en enfer ! O
mon cueur, trop crainctif de mort et de bannissement,
deschiré soys-tu des aigles perpetuellement comme
celluy de Ixion[4] ! Helas ! m'amye, le malheur des mal-

---

1. Comme ce fut le cas pour confirmer la parole de Moïse
(*Nombres* 16, 31-32). 2. celui qui n'a pas tenu sa promesse.
3. Allusion à la parabole du mauvais riche, brûlant dans les
flammes de l'enfer, et du pauvre Lazare, accueilli dans le sein
d'Abraham (Luc 16, 19-24). 4. Contamination de deux mythes,
celui d'Ixion supplicié sur la roue pour avoir tenté de violer Junon,

heurs, le plus malheureux qui oncques fut, m'est advenu ! Vous cuydant garder, je vous ay perdue ; vous
cuydant veoir longuement vivre avec honneste et plaisant contentement, je vous embrasse morte, mal
contant de moy, de mon cueur et de ma langue jusques
à l'extremité ! O la plus loyalle et fidelle femme qui
oncques fut, je passe condamnation[1] d'estre le plus
desloyal, muable[2] et infidelle de tous les hommes ! Je
me vouldrois voluntiers plaindre du duc, soubz la promesse duquel me suys confié, esperant par là faire
durer nostre heureuse vie ; mais, helas ! je debvois[3]
sçavoir que nul ne povoit garder mon secret myeulx
que moy-mesmes. Le duc a plus de raison de dire le
sien à sa femme que moy à luy. Je n'accuse que moy
seul de la plus grande meschanceté qui oncques fut
commise entre amys[4]. Je debvois endurer estre gecté
en la riviere, comme il me menassoit ; au moins,
m'amye, vous fussiez demorée vefve et moy glorieuse-
ment mort, observant la loy que vraye amityé commande ; mais, l'ayant rompue, je demeure vif[5], et vous, par
aymer[6] parfaictement, estes morte, car vostre cueur
tant pur et nect n'a sceu porter[7], sans mort, de sçavoir
le vice qui estoit en vostre amy. O mon Dieu ! pourquoy me creastes-vous homme, aiant l'amour si legiere
et cueur tant ignorant ? Pourquoy ne me creastes-vous
le petit chien qui a fidellement servy sa maistresse ?
Helas, mon petit amy, la joye que me donnoit vostre
japper est tournée en mortelle tristesse, puisque aultre
que nous deux a oye vostre voix ! Si est-ce, m'amye,
que l'amour de la duchesse ne de femme vivant ne m'a
faict varier, combien que par plusieurs foys la

---

et celui de Prométhée, cloué sur un rocher où un aigle dévorait sans
cesse son foie toujours renaissant, pour avoir volé les étincelles du
feu aux dieux.

1. je m'accuse. **2.** inconstant. **3.** j'aurais dû ; et, ci-dessous, *je debvois endurer* : j'aurais dû supporter. **4.** amants ; et,
ci-dessous, *vraye amytié* : le véritable amour. **5.** en vie.
6. pour avoir aimé (sens causal). **7.** supporter ; et, ci-dessous,
importable : insupportable.

meschante m'en ait requis et pryé ; mais ignorance m'a vaincu, pensant à jamais asseurer nostre amityé. Toutesfois, pour estre ignorant, je ne laisse d'estre coulpable, car j'ay revelé le secret de m'amye ; j'ai faulsé ma promesse, qui est la seulle cause dont je la voy morte devant mes oeilz. Helas ! m'amye, me sera la mort moins cruelle que à vous, qui par amour a mis fin à vostre innocente vie. Je croy qu'elle ne daigneroit toucher à mon infidelle et miserable cueur, car la vie deshonorée et la memoire de ma perte, par ma faulte, est plus importable que dix mille mortz. Helas, m'amye, si quelcun par malheur ou malice, vous eust osé tuer, promptement j'eusse mis la main à l'espée pour vous venger. C'est doncques raison que je ne pardonne à ce meurtrier, qui est cause de vostre mort par ung acte plus meschant que de vous donner[1] ung coup d'espée. Si je sçavois un plus infame bourreau que moy-mesmes, je le prierois d'executer vostre traistre amy. O amour ! par ignoramment aymer[2], je vous ay offensé : aussy vous ne me voulez secourir, comme vous avez faict celle qui a gardé toutes vos loix. Ce n'est pas raison que, par ung si honneste moyen, je define[3], mais raisonnable que ce soyt par ma propre main. Puisque avecq mes larmes j'ay lavé vostre visaige et avecq ma langue vous ay requis pardon, il ne reste plus que avecq ma main je rende mon corps semblable au vostre et laisse aller mon ame où la vostre ira, sçachant que ung amour vertueux et honneste n'a jamays fin en ce monde ne en l'aultre. » Et, à l'heure, se levant de dessus le corps, comme ung homme forcené et hors du sens[4], tira son poignard[*], et, par grande violance, s'en donna au travers du cueur ; et de rechef

---

1. que s'il vous avait donné.   2. pour avoir aimé naïvement, sans rien savoir (sens causal).   3. que je meure honnêtement comme elle (de mort naturelle, par opposition au suicide). 4. devenu fou.

---

[*] son *espée* (2155 S) ; dans le poème médiéval, l'amant prend une épée suspendue à un mur pour s'en frapper le cœur.

print s'amye entre ses bras, la baisant par telle affection qu'il sembloit plus estre attainct d'amour que de la mort.

La damoiselle, voiant ce coup, s'en courut à la porte cryer à l'ayde. Le duc, oyant ce cry, doubtant le mal[1] de ceulx qu'il aymoit, entra le premier dedans la garderobe ; et, voiant ce piteux couple, s'essaya de les separer, pour saulver, s'il eust été possible, le gentil homme. Mais il tenoit s'amye si fortement qu'il ne fut possible de la luy oster jusques ad ce qu'il fut trespassé. Toutesfoys, entendant le duc qui parloit à luy, disant : « Hélas ! qui est cause de cecy ? » avecq ung regard furieux, luy respondit : « Ma langue et la vostre, monseigneur. » Et, en ce disant, trespassa, son visaige joinct à celluy de s'amye. Le duc, desirant d'entendre plus avant*, contraingnit la damoiselle de luy dire ce qu'elle en avoit veu et entendu ; ce qu'elle feit tout du long, sans en espargner rien. A l'heure, le duc, congnoissant qu'il estoit cause de tout le mal, se gecta sur les deux amans mortz ; et, avecq grands criz et pleurz, leur demanda pardon de sa faulte, en les baisant tous deux par plusieurs foys. Et puys, tout furieux, se leva, tira le poignard du corps du gentil homme, et, tout ainsy que ung sanglier, estant navré[2] d'un espieu, court d'une impetuosité[3] contre celluy qui a faict le coup, ainsy s'en alla le duc chercher celle qui l'avoit navré jusques au fondz de son ame ; laquelle il trouva dansant dans la salle, plus joieuse qu'elle n'avoit accoustumé, comme celle qui pensoit estre bien vengée de la dame du Vergier. Le duc la print au milieu de la dance et luy dist : « Vous avez prins le secret sur vostre vie[4], et sur vostre vie tombera la pugnition. » En ce disant, la print par la coeffure et luy donna du poignard

---

1. redoutant un malheur pour. 2. mortellement blessé. 3. d'un mouvement impétueux. 4. reçu le secret en jurant sur votre vie de ne pas le révéler.

---

* en sçavoir davantage (T).

dedans la gorge, dont toute la compaignie fut si estonnée que l'on pensoit que le duc fut hors du sens. Mais, après qu'il eut parachevé ce qu'il vouloit, assembla en la salle tous ses serviteurs et leur compta l'honneste et piteuse histoire de sa niepce et le meschant tour que luy avoit faict sa femme, qui ne fut sans faire pleurer les assistans. Après, le duc ordonna que sa femme fust enterrée en une abbaye qu'il fonda en partye pour satisfaire au peché qu'il avoit faict de tuer sa femme ; et feit faire une belle sepulture où les corps de sa niepce et du gentil homme furent mys ensemble, avec une epitaphe declarant la tragedie de leur histoire. Et le duc entreprint ung voiage sur les Turcs, où Dieu le favorisa tant, qu'il en rapporta honneur et proffict, et trouva à son retour son filz aisné suffisant[1] de gouverner son bien, luy laissa tout, et s'en alla rendre religieux en l'abbaye où estoit enterrée sa femme et les deux amans, et là passa sa vieillesse heureusement avecq Dieu.

« Voilà, mes dames, l'histoire que vous m'avez priée de vous racompter, que je congnois bien à voz oeilz n'avoir esté entendue sans compassion. Il me semble que vous debvez tirer exemple de cecy, pour vous garder de mectre vostre affection aux hommes, car, quelque honneste ou vertueuse qu'elle soyt, elle a tousjours à la fin quelque mauvays desboire. Et vous voiez que sainct Pol[2], encores aux gens mariez, ne veult qu'ilz aient ceste grande amour ensemble. Car, d'autant que nostre cueur est affectionné à quelque chose terrienne[3], d'autant s'esloigne-il de l'affection celeste ; et plus l'amour est honneste et vertueuse et

---

1. capable. **2.** 1re Épître aux Corinthiens (questions sur le mariage) ; *Épître aux Romains* 8, 5-8 : « Ceux qui vivent selon la chair s'affectionnent aux choses de la chair [...], car l'affection de la chair est inimitié contre Dieu [...] Ceux qui vivent selon la chair ne sauraient plaire à Dieu. » ; *Épître aux Hébreux* 13, 4 : « Que [...] le lit conjugal soit exempt de souillure, car Dieu jugera les impudiques et les adultères » ; *encores* : même. **3.** quelque objet terrestre.

plus difficile en est à rompre le lien, qui me faict vous prier, mes dames, de demander à Dieu son Sainct Esperit, par lequel vostre amour soyt tant enflambée[1] en l'amour de Dieu, que vous n'aiez poinct de peyne, à la mort, de laisser ce que vous aymez trop en ce monde. — Puisque l'amour estoit si honneste, dist Geburon[*] comme vous nous la paignez, pourquoy la falloit-il tenir si secrette ? — Pour ce, dist Parlamente, que la malice des hommes est telle, que jamais ne pensent que grande amour soyt joincte à honnesteté ; car ilz jugent les hommes et les femmes vitieux[**] selon leurs passions. Et, pour ceste occasion, il est besoing, si une femme a quelque bon amy, oultre[2] ses plus grands prochains parents, qu'elle parle à luy secretement, si elle y veult parler longuement ; car l'honneur d'une femme est aussi bien mys en dispute[3], pour aymer par vertu, comme par vice, veu que l'on ne se prent[4] que ad ce que l'on voyt. — Mais, ce dist Geburon, quant ce secret-là est decellé, l'on y pense beaucoup pis. — Je le vous confesse, dist Longarine ; parquoy, c'est le meilleur du tout de n'aymer poinct. — Nous appellons de ceste sentence[5], dist Dagoucin, car, si nous pensions les dames sans amour, nous vouldrions estre sans vie. J'entends de ceux qui ne vivent que pour l'acquerir ; et, encores qu'ilz n'y adviennent, l'esperance les soustient et leur faict faire mille choses honnorables jusques ad ce que la vieillesse change ces honnestes passions en autres peynes[***]. Mais qui penseroit que les dames n'aymassent poinct, il fauldroit, en lieu d'hommes d'armes, faire des marchans ; et, en lieu d'acquerir honneur, ne penser que à amasser du bien. — Doncques, dist Hircan, s'il n'y avoit poinct de

---

1. enflammée. 2. en dehors de. 3. mis en accusation.
4. l'on ne s'en prend, l'on ne blâme. 5. Nous faisons appel contre ce jugement (*appeler d'un jugement* : vocabulaire juridique).

---

* réplique attribuée à Hircan dans certains manuscrits.
** vertueux (T, G, 2155 S). *** en autres *pires* (2155 S) ; et aultres *pires* (ms. 1512).

femmes, vous vouldriez dire que nous serions tous meschans * ? Comme si nous n'avions cueur[1] que celluy qu'elles nous donnent! Mais je suis bien de contraire opinion, qu'il n'est rien qui plus abbate le cueur d'un homme que de hanter[2] ou trop aymer les femmes. Et, pour ceste occasion, defendoient les Hebrieux[3], que, l'année que l'homme estoit marié, il n'allast poinct[4] à la guerre, de paour que l'amour de sa femme ne le retirast des hazardz[5] que l'on y doibt sercher. — Je trouve, dist Saffredent, ceste loy sans grande raison, car il n'y a rien qui face plustost sortir l'homme hors de sa maison, que d'estre marié, pource que la guerre de dehors n'est pas plus importable que celle de dedans, et croy que, pour donner envye aux hommes d'aller en pays estranges et ne se amuser[6] en leurs fouyers, il les fauldroit marier. — Il est vray, dist Ennasuitte, que le mariage leur oste le soing de leur maison ; car ilz s'en fyent à leurs femmes et ne pensent que à acquerir honneur, estans seurs que leurs femmes auront assez de soing du proffict. » Saffredent luy respondist : « En quelque sorte que ce soit, je suis bien ayse que vous estes de mon opinion. — Mais, ce dist Parlamente, vous ne debatez de ce qui est le plus à considerer : c'est pourquoy le gentil homme qui estoit cause de tout le mal ne mourut aussy tost de desplaisir, comme celle qui estoit innocente. — Nomerfide luy dist : « C'est pource que les femmes ayment mieulx que les hommes. — Mais c'est, ce dist Simontault, pource que la jalousie des femmes et le despit les faict crever, sans sçavoir pourquoy ; et la prudence des

---

1. courage. **2.** fréquenter. **3.** Deutéronome 24, 5. Le motif donné par Hircan (*de paour que...*) est un commentaire personnel : la Bible dit que le jeune marié doit profiter de cette année de dispense pour réjouir sa femme... **4.** La négation est incorrecte ; comprendre : les Hébreux lui défendaient d'aller à la guerre. **5.** risques, dangers. **6.** ne point perdre du temps.

---

* tous *marchans* (T).

hommes les faict enquerir de la verité[1] : laquelle
congneue, par bon sens, monstrent leur grand cueur,
comme feit ce gentil homme, et, après avoir entendu
qu'il estoit l'occasion du mal de s'amye, monstra
combien il l'aymoit, sans espargner sa propre vie.
— Toutesfoys, dist Ennasuitte, elle morut par vraye
amour, car son ferme et loial cueur ne povoit endurer
d'estre si villainement trompée. — Ce fut sa jalousie,
dist Simontault, qui ne donna lieu[2] à la raison ; et creut
le mal qui n'estoit poinct en son amy, tel comme elle le
pensoit ; et fut sa mort contraincte, car elle n'y povoit
remedier ; mais celle de son amy fut voluntaire, après
avoir congneu son tort. — Si fault-il[3], dist Nomerfide,
que l'amour soyt grand, qui cause une telle douleur.
— N'en ayez poinct de paour, dist Hircan, car vous
ne morrez poinct d'une telle fiebvre. — Non plus, dit
Nomerfide, que vous ne vous tuerez, après avoir
congneu vostre offence[4]. » Parlamente, qui se doubtoit
le debat estre à ses despens, leur dist, en riant : « C'est
assez que deux soient mortz d'amour, sans que l'amour
en face battre deux autres, car voilà le dernier son de
vespres qui nous departira[5], veullez ou non. » Par son
conseil, la compaignie se leva, et allerent oyr vespres,
n'oblians en leurs bonnes prieres les ames des vraiz
amans, pour lesquelz les religieux, de leur bonne
volunté, dirent ung *de Profundis*. Et, tant que le soupé
dura, n'eurent aultres propos que de madame du Vergier ; et, après avoir ung peu passé leur temps
ensemble, chascun se retira en sa chambre, et ainsy
mirent fin à la septiesme Journée.

FIN DE LA SEPTIESME JOURNÉE.

---

1. chercher à savoir la vérité.   2. qui ne laissa pas place
à.   3. encore faut-il.   4. connu le tort que vous avez fait.
5. nous fera nous séparer, que vous le vouliez ou non.

LA HUICTIESME JOURNÉE

En la huictiesme journée on devise des plus grandes et plus véritables folyes dont chacun se peut aviser[1].

PROLOGUE

Le matin venu, s'enquirent si leur pont s'advançoit[2] fort, et trouverent[3] que, dedans deux ou trois jours, il pourroit estre achevé, ce qui despleut à quelques ungs[4] de la compaignie, car ilz eussent bien desiré que l'ouvrage eust duré plus longuement, pour faire durer le contantement qu'ilz avoient de leur heureuse vie ; mais, voians qu'ilz n'avoient plus que deux ou trois jours de bon temps, se delibererent de ne le perdre pas, et prierent madame Oisille de leur donner la pasture spirituelle, comme elle avoit accoustumé ; ce qu'elle feit. Mais elle les tint plus long temps que auparavant ; car elle vouloit, avant partir, avoir mis fin à la Cano-

---

1. Plutôt que « d'où chacun peut devenir plus sage » (M. F., d'après une note de Montaiglon), il faut comprendre : « dont chacun peut avoir l'idée ». *Cf.* devis de N. 25 : « qu'il nous fasse le plus beau compte qu'il se pourra adviser » ; et ici même : « les plus grandes follyes... que nous pourrions adviser ». 2. les travaux du pont avançaient. 3. *trouverent* : apprirent ; *dedans* : d'ici. 4. *Cf.* le Prologue, qui indique que deux gentilhommes « estoient allez aux bains plus pour accompaigner les dames dont ilz estoient serviteurs que pour faulte [...] de santé ».

nicque de sainct Jehan [1]. A quoy elle s'acquicta si très
bien [2], qu'il sembloit que le Sainct Esperit, plain
d'amour et de doulceur, parlast par sa bouche. Et, tous
enflambez [3] de ce feu, s'en allerent oyr la grand messe,
et, après, disner ensemble, parlans encores de la Journée passée, se defians [4] d'en povoir faire une aussy
belle. Et, pour y donner ordre [5], se retirerent chascun
en son logis * jusques à l'heure qu'ilz allerent en leur
chambre des comptes [6], sur le bureau de l'herbe verte,
où desjà trouverent les moynes arrivez, qui avoient
prins leurs places. Quant chascun fut assis, l'on
demanda qui commenceroit ; Saffredent dist : « Vous
m'avez faict l'honneur d'avoir commencé deux Journées [7] ; il me semble que nous ferions tort aux dames,
si une seulle n'en commençoit deux. — Il fauldra
doncques, dist madame Oisille, que nous demeurions
icy longuement, ou que ung de vous et une de nous
soit sans avoir commancé une Journée. — Quant à
moy, dist Dagoucin, si j'eusse esté esleu, j'eusse donné
ma place à Saffredent. — Et moy, dist Nomerfide,
j'eusse donné la myenne à Parlamente [8], car j'ay tant
accoustumé de servir, que je ne sçaurois commander. »
À quoy toute la compaignye s'accorda, et Parlamente
commencea ainsy : « Mes dames, nos Journées passées
ont esté plaines de tant de saiges comptes, que je vous

---

1. lu et médité jusqu'au bout la première Épître de saint Jean,
déjà souvent alléguée (N. 19, 26, 36).   2. ce dont elle s'acquitta
si parfaitement.   3. enflammés.   4. craignant.   5. organiser
cette Journée.   6. Le mot *compte*, à la fois *compte* et *conte*, permet le jeu de mots, assimilant *la chambre des contes* à la *Chambre
des comptes* de Paris, chargée de reviser la comptabilité publique ;
la métaphore administrative se poursuit avec *le bureau* de l'herbe.
7. Comme on l'a vu plus haut, et comme c'est encore le cas dans
les colloques et congrès, « ouvrir » une journée est réservé à celui
que l'on veut honorer ; la règle de l'égalité des rôles masculin et
féminin est ici rappelée.   8. Elle a déjà commencé la 3e journée ;
comme à la fin du Prologue, *commencer* et *commander* sont mis
sur un plan d'équivalence.

---

* chacun se retira chez soy (T).

vouldrois prier que ceste-cy le soit de toutes les plus grandes follyes[1], et les plus veritables, que nous nous pourrions adviser. Et, pour vous mectre en train, je voys commencer. »

SOIXANTE ONZIESME NOUVELLE

La femme d'un scellier, griefvement malade, se guerit et recouvra la parole (qu'elle avoit perdue l'espace de deux jours), voyant que son mary tenoit sur un lyt trop privement sa chambriere, pendant qu'elle tiroit à la fin[2].

*

Une femme, estant aux abboiz de la mort, se courrouça en sorte, voyant que son mary accoloit sa chambriere, qu'elle revint en santé.

*

Même anecdote chez Noël du Fail, citant en exemple la femme de Glaume Truant de Tremerel, « laquelle, sur le point de mourir, voiant le bon homme Glaume monté à la bonne foy sur sa chambrière, reprint ses esprits, en disant : "Ha meschant ! je ne suis pas encore si bas comme tu pensois, mercy-Dieu. Madame la truande, vous irez dehors à ceste heure." » (*Contes et discours d'Eutrapel*, chap. V, « De la goutte », éd. C. Hippeau, Librairie des bibliophiles, 1875, t. I, p. 80).

*

En la ville d'Amboise, il y avoit ung scellier, nommé Brimbaudier, lequel estoit sellier* de la Royne de

---

1. *Le Décaméron* indiquait pour chaque journée le thème retenu, ainsi en la huitième journée « on devise soubz le gouvernement de Dame Laurette, des tromperies qui se font jour de femmes à homme, ou d'homme à femme... » (trad. A. Le Maçon, t. IV, p. 83). **2.** était sur le point de mourir.

---

* *un scellier [...] lequel estoit sellier* : répétition omise dans ms. 2155 : « avoit ung homme nommé Brimbaulde, lequel estoit sellier... » ; *Brimbaudier* : Brimbaut (T), Bourrihaudier (G), Brimbaulde (2155 S).

Navarre, homme duquel on povoit juger la nature[1] à veoir la coulleur du visaige, estre plus serviteur de Bachus que des prestres de Diane[2]. Il avoit espouzé une femme de bien, qui gouvernoit son mesnaige * très saigement : dont il se contentoit. Ung jour, on luy dist que sa bonne femme estoit mallade et en grand dangier, dont il monstra estre autant courroucé[3] qu'il estoit possible. Il s'en alla en grande dilligence, pour la secourir. Et trouva sa pauvre femme si bas, qu'elle avoit plus de besoing de confesseur que de medecin ; dont il feit ung deuil[4] le plus piteux du monde. Mais pour bien le representer, fauldroit parler gras[5] comme luy, et encores seroit-ce plus qui pourroit paindre[6] son visaige et sa contenance. Après qu'il luy eut faict tous les services qu'il luy fut possible, elle demanda la croix, que on luy feit apporter. Quoy voiant, le bon homme ** s'alla gecter sur ung lict, tout desesperé, criant et disant avecq sa langue grasse[7] : « Helas ! mon Dieu, je perdz ma pauvre femme ! Que feray-je,

---

1. deviner le tempérament ; proposition infinitive : homme duquel on pouvait juger que la nature le faisait être plus serviteur de Bacchus que l'un des prêtres... 2. Les servants du culte de Diane respectaient la chasteté. 3. affligé. 4. manifestations de douleur. 5. grasseyer. « Le véritable grasseyement consiste en ce que, dans les mots où la lettre *r* se trouve seule ou jointe à une autre consonne, on fait entendre une sorte de roulement guttural. Le grasseyement affecté consiste à ne prononcer nullement la lettre *r* en disant *paole* pour parole » (Littré). 6. Si l'on pouvait peindre. 7. Le texte, à la différence de celui que donnent d'autres manuscrits, ne marque pas les défauts de prononciation du sellier. Dans 2155 S, les *r* sont presque tous supprimés, ou transcrits *z*, et les *j* transcrits *z* (ex. : « ze suis pis que tepassé »). R. Salminen note que les manuscrits ont rendu différemment la langue grasse : voir les exemples qu'elle donne (t. II, p. 151).

---

* *et ses enfans* (add. 2155 S).   ** le *pouvre* homme (2155 S).

moy malheureux * ! » et plusieurs telles complainctes. A la fin, regardant qu'il n'y avoit personne en la chambre que une jeune chamberiere assez belle et en bon poinct [1], l'appella tout bas à luy, en luy disant : « M'amye, je me meurs, je suis pis que trespassé de veoir ainsy morir ta maistresse ! Je ne sçay que faire, ne que dire, sinon que je me recommande à toy ; et te prie prendre le soing de ma maison et de mes enfans. Tiens les clefz, que j'ay à mon costé. Donne ordre au mesnaige, car je n'y sçaurois plus entendre **. » La pauvre fille, qui en eut pitié, le reconforta, le priant ne se vouloir desesperer, et que, si elle perdoit sa maistresse, elle ne perdist son bon maistre. Il luy respondist : « M'amye, il n'est possible, car je me meurs. Regarde comme j'ay le visaige froid, approche tes joues des myennes, pour les me rechaulfer ***. » Et, en ce faisant, il luy mist la main au tetin, dont elle cuyda faire quelque difficulté [2], mais la pria n'avoir poinct de craincte, car il fauldroit bien qu'ilz se veissent de plus près. Et, sur ces mots, la print entre ses bras, et la gecta sur le lict. Sa femme, qui n'avoit compaignye que de la croix et l'eau benoiste [3], et n'avoit parlé depuis deux jours, commencea, avecq sa faible voix, de crier le plus hault qu'elle peut : « Ha !

---

1. avenante, séduisante.   2. ce dont elle voulut se défendre.   3. eau bénite.

---

* Helias, mon Dieu, ze pelz ma pauvle fliemme ; que flieze, moy pauvle malheulieus ! (T) ; Hela, mon Dieu, ze pers ma pouvre femme ! Que feray ze, moy malheuzeux ! (2155 S).   ** M'amye, ze me meuilz et suy pis que tlepassé de voil ainsi moulir ta maiteliesse ; ze ne zai que faille ne que dille, si non que ze me liecommande à toy et te plie de plendle le soin de ma maison et de mes enfans ; tien les cliez que z'ai à mon coté et donne odle au menaze cal ze n'y saulai plus entendle (T) ; M'amye ze me meurs, ze suis pis que que tepassé de veoir ainsi mouzi ta maitesse ! Ze ne scay que faize, ne que dize, sinon que ze me lecommande à toy... (2155 S).   *** M'amye, il n'est possiblie, cal ze me meuils ; legalde comme z'ai le vizaize floid, aplosse tes zoues des mienes poul me les lessaufer (T) ; M'amye, il n'est possible, cal ze me meurs. Legalde comme z'ai le visaige floit, apploche tes joues des myennes, pour les me lechauffer (2155 S).

ha ! ha ! je ne suis pas encore morte ! » Et, en les
menassant de la main, disoit : « Meschant, villain, je
ne suis pas morte ! » Le mary et la chamberiere, oyans
sa voix, se leverent ; mais elle estoit si despite [1] contre
eulx, que la collere [2] consuma l'humidité du caterre qui
la gardoit [3] de parler, en sorte qu'elle leur dist toutes
les injures dont elle se povoit adviser. Et, depuis ceste
heure-là, commencea de guerir, qui ne fust sans souvent reprocher à son mary le peu d'amour qu'il lui
portoit.

« Vous voiez, mes dames, l'ypocrisye des hommes :
comme pour ung peu de consolation ilz oblyent le
regret de leurs femmes ! — Que sçavez-vous, dist Hircan, s'il avoit oy dire que ce fust le meilleur remede
que sa femme povoit avoir ? Car, puisque par son bon
traictement il ne la povoit guerir, il vouloit essaier si
le contraire lui seroit meilleur : ce que très bien il expe-
rimenta [4]. Et m'esbahys comme vous qui estes femmes [*], avez declairé la condition de vostre sexe [5], qui
plus amende [6] par despit que par doulceur. — Sans
point de faulte, dist Longarine, cella [**] me feroit bien,
non seullement saillir du lict, mais d'un sepulcre tel
que celluy-là. — Et quel tort luy faisoit-il, dist Saffredent, puisqu'il la pensoit morte, de se consoler ? Car
l'on sçaict bien que le lien de mariage ne peut durer
sinon autant que la vie ; et puis après, on est deslié [7].

---

1. fâchée, irritée.   2. La colère, de la nature du feu, chaude et
sèche, comme l'indique Ambroise Paré, permet d'assécher l'écou-
lement humoral qui caractérise le *caterre*, catarrhe ou gros rhume,
affection multiforme — catarrhe pulmonaire, vésical, ou utérin —
produisant un flux morbide.   3. l'empêchait.   4. ce dont il fit
l'essai avec succès.   5. avez mis au jour les caractéristiques du
sexe féminin.   6. s'améliore, se corrige.   7. Encore un rappel
de Paul, Épître aux Romains 7, 2-3 : « Si le mari meurt, la femme
est dégagée de la loi qui la liait à son mari. »

---

* vous qui estes *femme* (2155 S et autres ms. ; meilleur texte).
** un despit (G, 2155 S).

— Oui, deslié, dist Oisille, du serment et de l'obligation ; mais ung bon cœur n'est jamais deslyé de l'amour. Et estoit bien tost oblié[1] son deuil, de ne povoir actendre que sa femme eust poussé le dernier souspir. — Mais ce que je trouve le plus estrange, dist Nomerfide, c'est que, voiant la mort et la croix devant ses oeilz, il ne perdoit la volunté d'offenser Dieu. — Voylà une belle raison ! dist Symontault ; vous ne vous esbahiriez doncques pas de veoir faire une folie, mais que[2] on soit loing de l'eglise et du cymetiere ? — Mocquez-vous tant de moy que vous vouldrez, dist Nomerfide ; si est-ce que la meditation de la mort rafroidyt bien fort ung cueur, quelque jeune qu'il soit. — Je serois de vostre opinion, dist Dagoucin, si je n'avois oy dire le contraire à une princesse. — C'est doncques à dire[3], dist Parlamente, qu'elle en racompta quelque histoire. Parquoy, s'il est ainsy, je vous donne ma place pour la dire. » Dagoucin commencea ainsy :

SOIXANTE DOUZIESME NOUVELLE

En exerçant le dernier œuvre de misericorde et ensevelissant un corps mort, ung religieux exerça les œuvres de la chair avec une religieuse et l'engrossa.

*

Continuelle repentance d'une religieuse pour avoir perdu sa virginité sans force ny par amour.

*

En une des meilleures villes de France, après Paris, y avoit ung hospital richement fondé[4], assavoir d'une prieure et quinze ou seize religieuses, et, en ung autre corps de maison devant, y avoit ung prieur et sept ou huict religieux, lesquelz tous les jours disoient le ser-

---

1. c'était bien vite oublier son deuil, que de ne pouvoir...
2. à la seule condition que, pourvu seulement que.
3. Cela signifie donc. 4. où l'on a établi par fondation ; qui bénéficiait d'un riche fonds pour établir.

vice, et les religieuses, seulement leurs patenostres et heures de Nostre Dame [1], pour ce qu'elles estoient occuppées au service des mallades. Ung jour, vint à mourir ung pauvre homme, où [2] toutes les religieuses s'assemblerent. Et, après luy avoit faict tous les remedes pour sa santé, envoierent querir ung de leurs religieux pour le confesser. Puys, voiant qu'il s'affoiblissoit, luy baillerent l'unction [3], et peu à peu perdit la parolle. Mais, pour ce qu'il demeura longuement à passer, faisant semblant d'oyr [4], chascune se mirent à luy dire les meilleures parolles qu'elles peurent *, dont à la longue elles se fascherent [5] ; car, voyans la nuyct venue et qu'il faisoit tard, s'en allerent coucher l'une après l'autre ; et ne demoura, pour ensepvelir le corps, que une des plus jeunes avecq ung religieux qu'elle craignoit plus que le prieur ny aultre, pour la grande austerité dont il usoit tant en parolles que en vie. Et, quant ilz eurent bien cryé *Jesus* à l'oreille du pauvre homme, congneurent qu'il estoit trespassé. Parquoy tous deux l'ensevelirent. Et, en exerceant ceste derniere œuvre de misericorde, commencea le religieux à parler de la misere de la vie et de la bienheureuseté [6] ** de la mort ; en ces propos passerent la minuyct ***. La pauvre fille ententivement [7] escoutoit ces devotz propos, et le regardant **** les larmes aux oeilz : où il print si grant plaisir, que, parlant de la vie advenir, commencea à l'ambrasser, comme s'il eust eu envye de la porter entre ses bras en paradis. La pauvre fille, escoutant ces propos, et l'estimant le plus devost de la compaignie, ne l'osa

---

1. patenostres : prières, et en particulier le *Pater noster* et les prières adressées à la Vierge Marie aux heures fixées par la liturgie. 2. auprès duquel. 3. l'extrême onction, le sacrement administré aux mourants. 4. à agoniser, donnant signe qu'il entendait. 5. elles se lassèrent. 6. bonheur au sens fort, qualité de ce qui est bienheureux. 7. attentivement.

---

* chascune se mist... qu'elle povoit (2155 S). ** bienheuretté (2155 S, G). *** la nuit (T, 2155 S). **** et le regardoit (2155 S).

refuser [1]. Quoy voiant, ce meschant moyne, en parlant tousjours de Dieu, paracheva [2] avecq elle l'oeuvre que soubdain le diable leur mit au cueur, car paravant n'en avoit jamais été question ; l'asseurant que ung peché secret n'estoit poinct imputé [3] devant Dieu, et que deux personnes non liez [4]* ne peuvent offencer en tel cas, quant il n'en vient poinct de scandalle [5] ; et que, pour l'eviter, elle se gardast bien de le confesser à aultre que à luy. Ainsy se departirent [6] d'ensemble, elle la premiere, qui, en passant par une chappelle de Nostre Dame, voulut faire son oraison, comme elle avoit de coustume. Et quant elle commencea à dire : « Vierge Marie ! » il luy souvint qu'elle avoit perdu ce tiltre de virginité, sans force [7] ny amour, mais par une sotte craincte ; dont elle se print tant à pleurer, qu'il sembloit que le cueur luy deust fandre. Le religieux, qui de loing ouyt ces souspirs, se doubta de sa conversion [8], par laquelle il povoit perdre son plaisir ; dont, pour l'empescher, la vint trouver prosternée devant ceste ymaige, la reprint [9] aygrement, et luy dist que, si elle en faisoit conscience [10], qu'elle se confessast à luy et qu'elle n'y retournast plus, si elle ne vouloit, car l'un et l'aultre sans peché estoit en sa liberté.

La sotte religieuse, cuydant satisfaire [11] envers Dieu, s'alla confesser à luy, mais, pour penitence, il luy jura qu'elle ne pechoit poinct de l'aymer, et que l'eaue benoiste povoit effacer ung tel peccadille [12]. Elle, croyant plus en luy que en Dieu, retourna [13] au bout de quelque temps à luy obeyr ; en sorte qu'elle devint grosse, dont elle print ung si grand regret, qu'elle

---

1. éconduire.   2. acheva, accomplit jusqu'au bout l'acte.
3. tenu pour crime.   4. non liées par le mariage.   5. On croirait entendre déjà la rhétorique de Tartuffe !   6. se séparèrent.
7. sans   contrainte.   8. changement.   9. la   réprimanda.
10. en faisait un cas de conscience, avait des scrupules.   11. réparer sa faute.   12. mot masculin ou féminin au XVIe siècle : légère faute.   13. recommença à.

---

* non *lyées* (2155 S).

suplia la prieure de faire chasser hors du monastere ce
religieux, sçachant qu'il estoit si fin[1]*, qu'il ne fauldroit[2] poinct à la seduire. L'abbesse et le prieur, qui
s'accordoient fort bien ensemble, se mocquerent d'elle,
disans qu'elle estoit assez grande pour se defendre
d'un homme, et que celluy dont elle parloit estoit trop
homme de bien. A la fin, à force d'impétuosité**, pressée du remords de la conscience, leur demanda congé
d'aller à Romme, car elle pensoit, en confessant son
peché aux piedz du pape, recouvrer sa virginité[3]***. Ce
que très voluntiers le prieur et la prieure luy accorderent, car ilz aymoient myeulx qu'elle fust pelerine
contre sa reigle[4], que renfermée et devenir si scrupuleuse comme elle estoit, craignans que son desespoir
luy feit renoncer à la vye[5]**** que l'on mene là dedans ;
lui baillant de l'argent pour faire son voiage. Mais
Dieu voulut que*****, elle estant à Lyon, ung soir, après
vespres, sur le pupiltre[6] de l'eglise de Sainct Jehan, où
madame la duchesse d'Alençon, qui depuis fut royne
de Navarre, alloit secretement faire quelque neufvaine
avecq trois ou quatre de ses femmes, estant à genoulx
devant le crucifix, ouyt monter en hault quelque personne, et, à la lueur de la lampe, congneut que c'estoit
une religieuse. Et, afin d'entendre ses devotions, se
retira la duchesse au coing de l'autel. Et la religieuse,
qui pensoit estre seulle, se agenouilla ; et, en frappant

---

1. rusé.   2. manquerait.   3. Si la naïveté de la « sotte religieuse » est soulignée, l'ironie vise aussi la crédulité de certains
catholiques !   4. contre la règle de son ordre, qui exige l'enfer-
mement à l'intérieur du couvent, ou de l'hôpital religieux.
5. Nouvelle pointe satirique contre la vie débauchée des couvents.   6. jubé.

---

* si fin *et cauteleux* (2155 S, G).   ** à force d'importunité
(2155 S ; meilleur texte).   *** sa virginité *perdue*,
(2155 S).   **** *reveller* la vye (2155 S, G).   ***** que cette
pauvre religieuse arriva à Lyon, y étant madame la duchesse
d'Alençon qui depuis fut Royne de Navarre ; et un soir apres
veppres, etant ladicte dame sur le pupitre de l'eglise... (T).

sa coulpe [1], se print à pleurer tant, que c'estoit pityé de l'oyr, ne criant sinon : « Helas ! mon Dieu, ayez pitié de ceste pauvre pecheresse ! » La duchesse, pour entendre que c'estoit, s'approcha d'elle, en luy disant : « M'amye, qu'avez-vous, et d'où estes-vous ? Qui vous amene en ce lieu cy ? » La pauvre religieuse, qui ne la congnoissoit poinct, luy dist : « Helas ! m'amye, mon malheur est tel que je n'ay recours que à Dieu, lequel je suplie me donner moien de parler à madame la duchesse d'Alençon, car, à elle seule je conterai mon affaire, estant asseurée que, s'il y a ordre [2], elle le trouvera. — M'amye, ce luy dist la duchesse, vous povez parler à moy comme à elle, car je suis de ses grandes amyes. — Pardonnez-moy, dist la religieuse, car jamais aultre qu'elle ne saura mon secret. » Alors la duchesse luy dist qu'elle povoit parler franchement et qu'elle avoit trouvé ce qu'elle [3] demandoit. La pauvre femme se gecta à ses piedz, et, après avoir * pleuré et cryé, luy racompta ce que vous avez ouy de sa pauvreté [4]. La duchesse la reconforta si bien que, sans lui oster la repentance continuelle de son peché, luy mist hors de l'entendement [5] le voiage de Romme, et la renvoya en son prieuré, avecq des lettres à l'evesque du lieu, pour donner ordre de faire chasser ce religieux scandaleux.

« Je tiens ce compte de la duchesse mesme, par lequel vous povez veoir, mes dames, que la recepte de Nomerfide ne sert pas à toutes personnes. Car ceulx-ci, touchans et ensevelissans le mort, ne furent moins [6] tachez de leur lubricité. — Voylà une intention [7], dist Hircan, de laquelle je croy que homme jamais ne usa :

---

1. en battant sa coulpe, en se frappant la poitrine en disant *mea culpa* (c'est ma faute), en signe de repentir.   2. moyen (d'arranger une affaire).   3. la personne qu'elle.   4. sa misère (spirituelle).   5. lui fit sortir de l'esprit, lui fit abandonner son projet de voyage.   6. n'en furent pas moins.   7. une idée, un dessein.

---

* après avoir *longuement* (2155 S, G).

de parler de la mort et faire les oeuvres* de la vie.
— Ce n'est poinct oeuvre de vie, dist Oisille, de
pecher ; car on sçaict bien que peché engendre la
mort[1]. — Croyez, dist Saffredent, que ces pauvres gens
ne pensoient poinct à toute ceste theologie. Mais,
comme les filles de Lot enyvroient leur pere, pensans
conserver nature humaine[2], aussy, ces pauvres gens
vouloient reparer ce que la mort avoit gasté en ce
corps, pour en refaire ung tout nouveau ; parquoy, je
n'y voy nul mal, que les larmes de la pauvre religieuse,
qui tousjours pleuroit et tousjours retournoit à la cause
de son pleur[3]. — J'en ay veu assez de telles, dist Hircan, qui pleurent leurs pechés et rient leur plaisir[4] tout
ensemble. — Je me doubte, dist Parlamente, pour qui
vous le dictes, dont le rire a assez duré, et seroit temps
que les larmes commenceassent. — Taisez-vous, dist
Hircan ; encores n'est pas finée[5] la tragédie qui a
commencé par rire. — Pour changer mon propos, dist
Parlamente, il me semble que Dagoucin est sailly
dehors de nostre deliberation[6], qui estoit de ne dire
compte que pour rire, car le sien est trop piteux[7].
— Vous avez dict, dist Dagoucin, que vous ne racompterez que de follyes, et il me semble que je n'y ai pas
failly ; mais, pour en oyr ung plus plaisant, je donne
ma voix à Nomerfide, esperant qu'elle rabillera[8] ma
faulte. — Aussy ay-je ung compte tout prest, respon-

---

1. Thème constant notamment chez saint Paul (Épître aux
Romains 5, 12 : par le péché la mort est entrée dans le monde).
2. Référence à l'épisode de la Genèse (19, 31-38), rappelant la
ruse des filles de Lot, qui enivrèrent leur père pour coucher avec
lui et en avoir des enfants ; *conserver nature humaine* : « afin que
nous conservions la race de notre père » (19, 32).   3. à ce qui
motivait ses pleurs (les plaisirs de la chair).   4. La construction
transitive du verbe permet le parallélisme rigoureux entre *pleurer*
et *rire*, comme dans ce sonnet de P. de Brach : « Tu ris une naissance et je pleure un trespas. »   5. terminée.   6. n'a pas
observé la règle que nous avions fixée.   7. affligeant.   8. cor-
rigera.

---

* *pour* faire les œuvres (2155 S).

dit-elle, digne de suyvre le vostre, car je parle de religieux et de mort. Or, escoutez le bien, s'il vous plaist. »

CY FINENT LES COMPTES ET NOUVELLES
DE LA FEUE ROYNE DE NAVARRE,
QUI EST CE QUE L'ON A PEU RECOUVRER[1].

Portrait de Boccace, l'auteur du *Décaméron* (voir le Prologue).

---

1. Cette phrase, qui termine l'édition de Gruget, laisse entendre que d'autres contes avaient été écrits pour composer une centaine de nouvelles, un nouveau *Décaméron*.

✺ Iehan le Lorrain ouyt de nuict

HEVRTER A SON HVYS: PARQVOY
il esueilla sa femme: & elle luy faisant acroire que cestoit ung esperit, ilz sen allerent tous deux le coniurer auec une oraison, & depuis ne ouyrent heurter.

Nouuelle premiere.

Ire ce m'eust esté chose tresagreable que quelque autre que moy eust donné, s'il vous eust pleu, commencement à vne si belle matiere comme est celle dont nous deuons parler : Mais puis qu'il vous plaist que ie asseure toutes les autres, ie le feray voulétiers : & me parforceray (mes cheres dames) de dire chose qui vous puisse estre vtile à l'aduenir. Par ce que si les autres femmes sont aussi poureuses comme moy & mesmement des esperitz : desquelz toutes nous autres generalemét auons peur (combien que ie ne sçay sur mon dieu que cest. & si ne

La « Nouvelle première » du *Décaméron* dans la traduction française d'Antoine Le Maçon, commandée par Marguerite.

APPENDICE

I

Propos facétieux d'un Cordelier en ses sermons.

*

Cette nouvelle remplace N. 11 dans l'éd. Gruget. Mêmes anecdotes dans H. Estienne, *Apologie pour Hérodote*, (tome II, p. 16, et p. 264-267), qui transcrit certains des propos du cordelier en disant : « Voilà ce que raconte ladicte roine de Navarre », et qui ajoute, pour confirmer l'authenticité du « sale propos duquel usa ce cordelier » quelques autres paroles équivoques prêtées à un cordelier de l'église Saint-Étienne à Paris.

*

Près la ville de Bleré en Touraine, y a un village nommé Sainct-Martin le Beau[1], où fut appelé un Cordelier du couvent de Tours, pour prescher les avents[2], et le caresme ensuyvant. Ce Cordelier, plus enlangagé[3] que docte, n'ayant quelquefois de quoy parler[4] pour achever son heure, s'amusoit à faire des comptes qui satisfaisoient aucunement à ces bonnes gens de village. Un jour de jeudi absolut[5], preschant de l'aigneau pascal, quant ce vint[6] à parler de le manger de nuict, et qu'il veit, à sa predication, de belles jeunes dames d'Amboise, qui estoient là freschement aornées[7] pour y faire leurs Pasques, et y sejourner quelques jours

---

1. Près d'Amboise.   **2.** La période précédant Noël, où les fidèles se préparent à célébrer cette fête.   **3.** habile à discourir, beau parleur.   **4.** ne sachant que dire pour achever son temps de prêche ; ensuite, *comptes* : anecdotes ; *aucunement* : en quelque façon.   **5.** jeudi saint.   **6.** il en vint à.   **7.** ornées, parées.

après, il se voulut mettre sur le beau bout[1]. Et demanda
à toute l'assistence des femmes, si elles ne sçavoient
que c'estoit de manger de la chair crue de nuict : « Je
le vous veux apprendre, mes dames ! » ce dist-il. Les
jeunes hommes d'Amboise là presens, qui ne faisoient
que d'y arriver avec leurs femmes, sœurs et niepces, et
qui ne cognoissoient l'humeur du pelerin, commencerent à s'en scandaliser. Mais, après qu'ils l'eurent
escouté davantage, ils convertirent le scandale en risée,
mesmement[2] quand il dist que, pour manger l'aigneau,
il falloit avoir les reins ceints, des pieds en ses souliers,
et une main à son baston. Le Cordelier les voyant rire,
et se doutant pourquoy, se reprint incontinent : « Eh
bien, dit-il, des souliers en ses pieds et un baston en sa
main : blanc chapeau, et chapeau blanc[3], est-ce pas
tout un ? » Si ce fut lors à rire[4], je croy que vous n'en
doubtez point. Les dames mesmes ne s'en peurent garder, auxquelles il s'attacha[5] d'autres propos recreatifs.
Et, se sentant près de son heure, ne voulant pas que
ces dames s'en allassent mal contentes de luy, il leur
dist : « Or ça, mes belles dames, mais que vous soyez[6]
tantost à cacqueter parmy les commeres, vous deman-
derez : Mais qui est ce maistre frere, qui parle si hardiment ? C'est quelque bon compaignon ! Je vous diray,
mes dames, je vous diray, ne vous en estonnez pas,
non, si je parle hardiment ; car je suis d'Anjou[7], à
vostre commandement. » Et, en disant ces mots, mit
fin à sa predication, par laquelle il laissa ses auditeurs
plus prompts à rire de ses sots propos, qu'à pleurer en
la memoire de la passion de Nostre Seigneur, dont la
commemoration se faisoit en ces jours-là. Ses autres
sermons, durant les festes, furent quasi de pareille effi-

---

1. se montrer à son avantage.   2. changèrent en rires, surtout.   3. *Cf.* l'expression courante « bonnet blanc et blanc bonnet » pour signifier qu'une simple inversion ne marque pas de
différence quant au sens.   4. Si ce fut alors l'occasion de
rire...   5. il s'adressa par d'autres propos.   6. quand il vous
arrivera d'être.   7. Sans doute un calembour : *Anjou*-enjoué.

cace [1]. Et comme vous sçavez que tels freres n'oublient pas à se faire quester [2], pour avoir leurs oeufs de Pasques, en quoy faisant on leur donne, non seulement des oeufs, mais plusieurs autres choses, comme du linge, de la filace [3], des andouilles, des jambons, des eschinées [4], et autres menues chosettes, quand ce vint le mardy d'après Pasques, en faisant ses recommandations, dont telles gens ne sont point chiches, il dist : « Mes dames, je suis tenu à vous rendre graces de la liberalité dont vous avez usé envers nostre pauvre convent, mais si faut-il que je vous die, que vous n'avez pas consideré les necessitez [5] que nous avons ; car la plus part de ce que nous avez donné, ce sont andouilles, et nous n'en avons point de faulte, Dieu mercy : nostre convent en est tout farcy. Qu'en ferons-nous donc de tant ? Sçavez-vous quoy ? mes dames, je suis d'avis que vous mestiez vos jambons parmy nos andouilles, vous ferez belle aumosne ! » Puis, en continuant son sermon, il feit venir le scandale à propos, et en discourant assez brusquement par dessus, avec quelques exemples, il se meit en grande admiration [6], disant : « Eh dea, messieurs et mesdames de Sainct-Martin, je m'estonne fort de vous, qui vous scandalisez pour moins que rien, et sans propos, et tenez vos comptes de moy partout, en disant : « C'est un grand cas [7] ! mais qui l'eust cuydé, que le beau pere eust engrossy [8] la fille de son hostesse ? » Vrayement, dist-il, voilà bien de quoy s'esbahir qu'un moyne ait engrossy une fille ! Mais venez çà, belles dames : ne devriez-vous pas bien vous estonner davantage, si la fille avoit engrossy le moyne ? »

---

1. de même effet. **2.** à se mettre à quêter, se faire quêteurs ; les cordeliers appartiennent à un ordre mendiant. **3.** filasse, filaments de lin ou de chanvre avec lesquels on faisait le fil de la quenouille. **4.** échines de porc. **5.** besoins. **6.** joua l'étonné, feignit un grand étonnement. **7.** Voici un cas étonnant ! Équivoque sur *cas*, qui désigne aussi le sexe. **8.** engrossé.

« Voylà, mes dames, les belles viandes[1] de quoy ce gentil pasteur nourrissoit le troupeau de Dieu. Encores estoit-il si effronté, que, après son peché, il en tenoit ses comptes[2] en pleine chaire, où ne se doit tenir propos qui ne soit totalement à l'erudition[3] de son prochain, et à l'honneur de Dieu premierement. — Vrayment, dist Saffredent, voilà un maistre moyne. J'aimerois quasi autant frere Anjibaut, sur le dos duquel on mettoit tous les propos facetieux qui se peuvent rencontrer en bonne compagnie. — Si ne trouvai-je point de risées en telles dérisions, dit Oisille, principalement en tel endroict[4]. — Vous ne dictes pas, ma dame, dist Nomerfide, qu'en ce temps-là, encore qu'il n'y ait pas fort longtemps, les bonnes gens de village, voire la plus part de ceux des bonnes villes, qui se pensent bien plus habiles que les autres, avoient tels predicateurs en plus grande reverence, que ceux qui les preschoient purement et simplement le sainct Evangile[5]. — En quelque sorte que ce fust, dist lors Hircan, si n'avoit-il pas tort de demander des jambons pour des andouilles ; car il y a plus à manger. Voire, et, si quelque dévotieuse[6] creature l'eust entendu par amphibologie, comme je croirois bien que lui-mesme l'entendit, luy ny ses compagnons ne s'en feussent point mal trouvez, non plus que la jeune garse[7] qui en eut plein son sac[8]. — Mais voyez-vous quel effronté c'estoit, dist Oisille, qui renversoit le sens du texte à son plaisir, pensant avoir affaire à bestes comme luy, et, en ce faisant, chercher impudemment à suborner les pauvres femmelettes, à fin de leur apprendre à manger de la chair crue de nuict ? — Voire, mais vous ne dictes pas, dist Simontault, qu'il voyoit devant luy ces jeunes tripieres d'Amboise, dans le baquet desquelles il

---

1. nourritures. 2. en faisait le récit. 3. destiné à l'édification. 4. Je n'ai point trouvé à rire de telles dérisions, surtout lorsqu'il s'agit des saintes Écritures. 5. leur prêchaient ; prêcher purement et simplement le saint Évangile, tel est le but que se proposaient l'Évangélisme et la Réforme. 6. dévote ; *par amphibologie* : par équivoque. 7. fille, sans nuance péjorative. 8. Par équivoque, allusion à celle que le moine avait « engrossi ».

eust volontiers lavé son... nommeray-je ? Non, mais vous m'entendez bien : et leur en faire gouster, non pas roty, ains tout groulant[1] et fretillant pour leur donner plus de plaisir. — Tout beau, tout beau, seigneur Simontault, dist Parlamente, vous vous obliez : avez-vous mis en reserve vostre accoustumée modestie, pour ne vous en plus servir qu'au besoing[2] ? — Non, ma dame, non, dist-il ; mais le moyne peu honneste m'a ainsi faict esgarer. Parquoy, à fin que nous rentrions en noz premieres erres[3], je prie Nomerfide, qui est cause de mon esgarement, donner sa voix à quelqu'un, qui face oublier à la compaignie nostre commune faulte. — Puis que me faictes participer à vostre coulpe[4], dist Nomerfide, je m'adresseray à tel qui reparera nostre imperfection presente. Ce sera Dagoucin, qui est si sage, que, pour mourir, ne vouldroit dire une follie. »

II

De deux amans qui ont subtillement jouy
de leurs amours, et de l'heureuse issue d'icelles.

*

Nouvelle substituée par Gruget à N. 44.

*

En la ville de Paris, y avoit deux citoyens de mediocre estat, l'un politic[5], et l'autre marchand de draps de soye ; lesquels de toute ancienneté se portoient fort bonne affection, et se hantoient[6] familierement. Au moyen de quoy, le fils du politic, nommé Jaques, jeune homme assez mettable[7] en bonne compaignie, frequentoit souvent, soubz la faveur de

---

1. frétillant, remuant. **2.** n'y avoir recours qu'en cas de nécessité. **3.** reprenions notre chemin, revenions à nos premiers propos. **4.** faute, péché. **5.** employé dans l'administration de la cité, « sorte d'officier de police » (Huguet). **6.** se fréquentaient. **7.** présentable, fréquentable.

son pere, au logis du marchand ; mais c'estoit à cause
d'une belle fille qu'il aymoit, nommée Françoise. Et
feit Jaques si bien ses menées envers Françoise, qu'il
congneut qu'elle n'estoit moins aymante qu'aymée.
Mais, sur ces entrefaictes, se dressa le camp de Provence[1] contre la descente de Charles d'Autriche, et fut
force à Jacques de suyvre le camp, pour l'estat auquel
il estoit appellé. Durant lequel camp, et dès le
commencement, son pere alla de vie à trespas : dont la
nouvelle luy apporta double ennuy, l'un, pour la perte
de son pere, l'autre, pour l'incommodité de reveoir si
souvent sa bien aymée, comme il esperoit à son retour.
Toutefois, avecques le temps, l'un fut oublié et l'autre
s'augmenta ; car, comme la mort est chose naturelle,
principalement au pere plustost qu'aux enfans, aussi la
tristesse s'en escoule peu à peu. Mais l'amour, au lieu
de nous apporter mort, nous rapporte vie en nous
communiquant la propagation des enfans[2], qui nous
rendent immortels ; et cela est une des principales
causes d'augmenter noz desirs. Jaques donc, estant de
retour à Paris, n'avoit aucun autre soing ny pensement[3], que de se remettre au train de la frequentation
vulgaire[4] du marchand, pour, sous ombre de pure amitié, faire trafic de[5] sa plus chere marchandise. D'autre
part, Françoise, pendant son absence, avoit esté fort
sollicitée d'ailleurs, tant à cause de sa beauté que de
son esprit, et aussi qu'elle estoit[6], long temps y avoit,
mariable, combien que le pere ne s'en mist pas fort en
son devoir, fust ou pour son avarice, ou par trop grand

---

1. En 1536 les troupes de Charles Quint pénètrent en Provence
pour attaquer Marseille. **2.** Même thème chez Rabelais : « Entre
les dons, graces et prerogatives desquelles le souverain plasmateur
[...] a aorné l'humaine nature à son commencement, celle me
semble singulière et excellente, par laquelle elle peut en estat mortel acquerir espece de immortalité [...]. Ce que est fait par lignée
yssue de nous... » (*Pantagruel*, chap. VIII). **3.** pensée, préoccu-
pation. **4.** ordinaire, commune. **5.** faire commerce de, ache-
ter. **6.** et aussi parce qu'elle était depuis longtemps nubile.

desir de la bien colloquer[1], comme fille unique. Ce
qui ne faisoit rien à l'honneur[2] de la fille : pour
ce que les personnes de maintenant se scandalisent
beaucoup plustost que l'occasion ne leur en est donnée, et principalement quand c'est en quelque point
qui touche la pudicité de belle fille ou femme. Cela
fut cause que le pere ne feit point le sourd ny
l'aveugle au vulgaire caquet[3] et ne voulut ressembler
beaucoup d'autres, qui, au lieu de censurer les vices,
semblent y provoquer leurs femmes et enfans ; car
il la tenoit de si court que ceux mesmes qui n'y
tendoient[4] que sous voile de mariage n'avoient point
ce moyen de la voir que bien peu, encore estoit-ce
toujours avecques sa mere.

Il ne fault pas demander si cela fut fort aigre à supporter à Jaques, ne pouvant resoudre en son entendement[5] que telle austerité se gardast sans quelque
grande occasion[6], tellement qu'il vacilloit fort entre
amour et jalousie. Si est-ce qu'il se resolut d'en avoir
la raison à quelque peril que ce fust ; mais premierement, pour congnoistre si elle estoit encore de mesmes
affection que auparavant, il alla tant et vint, qu'un
matin à l'eglise, oyant la messe près d'elle, il apparceut
à sa contenance qu'elle n'estoit moins aise de le veoir
que luy elle ; aussi, luy, cognoissant la mere n'estre si
severe que le pere, print quelques fois, comme inopinement, la hardiesse, en les voyant aller de leur logis
jusques à l'eglise, de les acoster[7] avecques une fami-
liere et vulgaire reverence, et sans se trop avantager, le
tout expressement, et à fin de mieux parvenir à ses
attentes. Bref, en approchant le bout de l'an[8] de son
pere, il se delibera, au changement du deuil, de se
mettre sur le bon bout, et faire honneur à ses ancestres.

---

1. bien placer (lui trouver un bon parti).   2. Ce qui n'était pas
à l'honneur de sa fille (ce qui nuisait à sa réputation).   3. au
bruit commun, aux propos courants.   4. ne prétendaient à elle
(que pour l'épouser).   5. raisonnablement penser.   6. motif.
7. aborder.   8. le bout de l'an : le service funèbre célébré un an
après le décès ; on passe alors du « grand deuil » au « demi-deuil »

Et en tint propos à sa mere, qu'il le trouva [1] bon, desirant fort de le veoir bien marié, pource qu'elle n'avoit
pour tous enfans que luy et une fille ja mariée bien et
honnestement. Et, de faict, comme damoiselle d'honneur qu'elle estoit, luy poussoit encor le cueur à la
vertu par infinité d'exemples d'autres jeunes gens de
son aage, qui s'avançoient d'eux-mesmes [2], au moins
qui se monstroient dignes du lieu [3] d'où ils estoient
descenduz. Ne restoit plus que d'adviser où ils se four-
niroient. Mais la mere dist : « Je suis d'advis, Jaques,
d'aller chez le compere sire Pierre (c'estoit le pere de
Françoise) ; il est de noz amis : il ne nous voudroit
pas tromper. » Sa mere le chatouilloit bien où il se
demangeoit ; neantmoins il tint bon, disant : « Nous en
prendrons là où nous trouverons nostre meilleur et à
meilleur marché. Toutesfois », dit-il, « à cause de la
congnoissance de feu mon pere, je suis bien content
que nous y allions premier qu'ailleurs [4]. » Ainsi fut
prins le complot, pour un matin, que la mere et le fils
allerent veoir le sire Pierre, qui les recueillit [5] fort bien,
comme vous sçavez que les marchans ne manquent
point de telles drogues [6]. Si feirent desployer grandes
quantitez de draps de soye de toutes sortes, et choisy-
rent ce qui leur en falloit. Mais ils ne peurent tomber
d'accord : ce que Jaques faisoit à propos, pource qu'il
ne voyoit point la mere de s'amie ; et fallut à la fin
qu'ils s'en allassent, sans rien faire, voir ailleurs quel
il y faisoit [7]. Mais Jaques n'y trouvoit rien si beau que
chez s'amie, où ils retournerent quelque temps après.
Lors s'y trouva la dame, qui leur feit le meilleur recueil
du monde. Et, après les menées qui se font en telles
boutiques, la femme du sire Pierre tenant encor plus

(en égayant sa tenue vestimentaire) ; *se mettre sur le bon bout* :
mener une vie agréable, se donner du bon temps (se vêtir élégamment).
    1. qui le trouva.   **2.** progressaient, amélioraient leur carrière, leur
situation.   **3.** de la famille.   **4.** en premier lieu.   **5.** accueillit ;
et plus bas *recueil* : accueil.   **6.** la flatterie, les compliments
(image traditionnelle du marchand).   **7.** ce qu'il en était.

roide¹ que son mary, Jaques luy dist : « Et dea, madame, vous estes bien rigoureuse ! Voilà que c'est : nous avons perdu nostre pere, on ne nous congnoist plus. » Et feit semblant de plorer et de s'essuyer les yeux, pour la souvenance paternelle ; mais c'estoit à fin de faire sa menée. La bonne femme vefve, mere de Jaques, y allant à la bonne foy, dist aussi : « Depuis sa mort, nous ne nous sommes plus frequentez que² si jamais ne nous fussions veuz. Voilà le compte que l'on tient³ des pauvres femmes vefves ! » Alors se racointerent-elles⁴ de nouvelles caresses, se promettans de se revisiter plus souvent que jamais. Et, comme ils estoient en ces termes, vindrent d'autres marchans que le maistre mena luy-mesmes en son arriere boutique. Et le jeune homme, voyant son apoinct⁵, dist à sa mere : « Mais, ma damoiselle, j'ay veu que ma dame venoit bien souvent, les festes, visiter les saincts lieux qui sont en noz quartiers, et principalement les religions⁶. Si quelques fois elle daignoit, en passant, prendre son vin⁷, elle nous feroit plaisir et honneur. » La marchande, qui n'y pensoit en nul mal⁸, luy respondit qu'il y avoit plus de quinze jours qu'elle avoit deliberé d'y faire un voyage, et que, si le prochain dimanche en suyvant il faisoit beau, elle pourroit bien y aller, qui ne seroit sans passer par le logis de la damoiselle, et la revisiter. Cette conclusion prinse, aussi fut celle du marché des draps de soye, car il ne falloit pas pour quelque peu d'argent laisser fuyr si belle occasion.

Le complot prins et la marchandise emportée, Jaques, congnoissant ne pouvoir bien luy seul faire une telle entreprinse, fut contrainct se declarer à un sien fidele amy. Si se conseillerent⁹ si bien ensemble qu'il

---

1. qui avait une attitude encore plus raide (au cours du marchandage). 2. pas plus fréquentés, que si nous ne nous connaissions pas. 3. le cas que l'on fait. 4. elles se réconcilièrent. 5. voyant les circonstances favorables. 6. monastères. 7. venir boire un verre de vin. 8. n'y voyait pas malice. 9. se concertèrent.

ne restoit que l'execution. Parquoy, le dimanche venu, la marchande et sa fille ne faillirent, au retour de leurs devotions, de passer par le logis de la damoiselle vefve, où elles la trouverent avec une sienne voisine, devisans en une gallerie de jardin, et la fille de la vefve, qui se promenoit par les allées du jardin avecques Jaques et Olivier. Luy, aussi tost qu'il veid s'amie, se forma[1] en sorte qu'il ne changea nullement de contenance. Si alla en ce bon visaige recevoir la mere et la fille, et, comme c'est l'ordinaire que les vieux cherchent les vieux, ces trois dames s'assemblerent sur un banc qui leur faisoit tourner le dos vers le jardin : dans lequel, peu à peu, les deux amans entrerent, se promenans jusques au lieu où estoient les deux autres. Et ainsi, de compaignie, s'entre-caresserent quelque peu, puis se remirent au promenoir, où le jeune homme compta si bien son piteux cas à Françoise, qu'elle ne pouvoit accorder et si n'osoit refuser ce que son amy demandoit, tellement qu'il congneut qu'elle estoit bien fort aux alteres[2]. Mais il fault entendre que, pendant qu'ils tenoient ces propos, ils passoient et repassoient souvent au long de l'abry où estoient assises les bonnes femmes, à fin de leur oster tout soupçon : parlans, toutesfois, de propos vulgaires[3] et familiers, et quelque fois un peu rageans[4] folastrement parmy le jardin. Et y furent ces bonnes femmes si accoustumées, par l'espace d'une demie heure, qu'à la fin Jaques feit le signe à Olivier, qui joua son personnage envers l'autre fille qu'il tenoit, en sorte qu'elle ne s'apperceut point que les deux amans entrerent dans un preau[5] couvert de cerisaye, et bien cloz de hayes, de rosiers et de groiseliers[6] fort haults ; là où ils feirent semblant d'aller abbattre[7] des amendes

---

1. se composa une attitude, un air. 2. dans l'angoisse, dans une grande émotion. 3. ordinaires. 4. s'ébattant. 5. prairie. 6. groseilliers. 7. faire tomber des amandes (pour les ramasser).

à un coing du preau, mais ce fut pour abbattre prunes [1].
Aussi, Jaques, au lieu de bailler la cotte verte à s'amye,
luy bailla la cotte rouge [2], en sorte que la couleur luy
en vint au visaige pour s'estre trouvée surprise un peu
plus tost qu'elle ne pensoit. Si eurent-ils si habilement
cueilly leurs prunes, pour ce qu'elles estoient meures,
que Olivier mesme ne le pouvoit croire, n'eust esté
qu'il veid la fille tirant la veuë contre bas [3], et monstrant visaige honteux : qui luy donna marque de la
verité, pource qu'auparavant elle alloit la teste levée,
sans crainte qu'on veist en l'oeil la veine, qui doit être
rouge, avoir pris couleur azurée ; de quoy Jaques
s'appercevant, la remeit en son naturel, par remonstrances à ce necessaires. Toutesfois, en faisant encor
deux ou trois tours de jardin, ce ne fut point sans
larmes et soupirs, et sans dire maintesfois : « Hélas !
estoit-ce pour cela que vous m'aymiez ? Si je l'eusse
pensé ! Mon Dieu, que feray-je ? Me voilà perdue pour
toute ma vie ! En quelle estime m'aurez-vous doresnavant ? Je me tiens asseurée que vous ne tiendrez plus
compte de moy, au moins si vous estes du nombre de
ceux qui n'ayment que pour leur plaisir. Helas ! que
ne suis-je plus tost morte que de tumber en ceste faulte ? » Ce n'estoit pas sans verser forces larmes qu'elle
tenoit ce propos. Mais Jacques la reconforta si bien,
avec tant de promesses et sermens, qu'avant qu'ils eussent parfourny [4] trois autres tours de jardin, et qu'il eust
faict le signe à son compaignon, ils rentrerent encores
au preau par ung autre chemin, où elle ne sceut si bien
faire, qu'elle ne receust plus de plaisir à la seconde
cotte verte qu'à la première : voire et si s'en trouva
si bien dès l'heure, qu'ils prindrent deliberation pour
adviser comment ils se pourroient reveoir plus souvent
et plus à leur aise, en attendant le bon loisir du pere.

---

1. Au sens libre : faire l'amour.   **2.** lui donna une cotte rouge,
lui ravit sa virginité ; *bailler la cotte verte* : jeter une fille sur
l'herbe en folâtrant avec elle (Littré).   **3.** regardant à terre.
4. accompli.

A quoy leur ayda grandement une jeune femme, voisine du sire Pierre, qui estoit aucunement[1] parente du jeune homme et bien amye de Françoise. En quoy ils ont continué sans scandale (à ce que je puis entendre) jusques à la consommation du mariage, qui s'est trouvé bien riche pour une fille de marchand, car elle estoit seule. Vray est que Jaques a attendu le meilleur du temporel[2] jusques au decès du pere, qui estoit si serrant[3], qu'il luy sembloit que ce qu'il tenoit en une main l'autre luy desrobboit.

« Voilà, mes dames, une amitié bien commencée, bien continuée, et mieulx finie ; car, encores que ce soit le commun d'entre vous hommes de desdaigner une fille ou femme, depuis qu'elle vous a esté liberale de[4] ce que vous cherchez le plus en elle, si est-ce que ce jeune homme, estant poulsé de bonne et sincere amour, et ayant cogneu en s'amie ce que tout mary desire en la fille qu'il espouse, et aussi la congnoissant de bonne lignée et saige, au reste de[5] la faulte que luy-mesme avoit commise, ne voulut point adulterer[6] ny estre cause ailleurs d'un mauvais mariage : en quoy je le trouve grandement louable. — Si est-ce, dist Oisille, qu'ils sont tous deux dignes de blasme, voire le tiers aussi, qui se faisoit ministre ou du moins adherant à un tel violement[7]. — M'appellez-vous cela *violement*, dist Saffredent, quand les deux parties en sont bien d'accord ? Est-il meilleur mariage que cestuy-là, qui se fait ainsi d'amourettes ? C'est pourquoy on dict, en proverbe, que les mariages se font au ciel. Mais cela ne s'entend pas des mariages forcez, ny qui se font à prix d'argent, et qui sont tenuz pour très approuvez, depuis que[8] le pere et la mere y ont donné consente-

---

1. un peu. **2.** héritage. **3.** avare. **4.** a donné libéralement ce que. **5.** en dehors de. **6.** *vivre en adultère* (sans se marier), mais aussi au sens général de *vivre dans l'impudicité*. **7.** aide (agent d'exécution) ou au moins complice d'un tel viol. **8.** du moment que.

ment. — Vous en direz ce que vous vouldrez, repliqua Oisille, si fault-il que nous recongnoissions l'obeissance paternelle, et, par desfault d'icelle, avoir recours aux autres parents. Autrement, s'il estoit permis à tous et à toutes de se marier à volunté, quants[1] mariages cornuz trouveroit l'on ? Est-il à presupposer qu'un jeune homme et une fille de douze ou quinze ans sçachent ce que leur est propre[2] ? Qui regarderoit bien le contennement[3] de tous les mariages, on trouveroit qu'il y en a pour le moins autant de ceux qui se sont faits par amourettes dont les yssues en sont mauvaises, que de ceux qui ont esté faicts forcement[4] ; pour ce que les jeunes gens, qui ne sçavent ce qui leur est propre, se prennent au premier qu'ils trouvent, sans consideration, puis peu à peu ils descouvrent leurs erreurs, qui les faict entrer en de plus grandes ; là où, au contraire, la plus part de ceux qui se font forcement, procedent du discours[5] de ceux qui ont plus veu et ont plus de jugement que ceux à qui plus il touche : en sorte que, quand ils viennent à sentir le bien qu'ils ne congnoissoient, ils le savourent et embrassent beaucoup plus avidement et de plus grande affection. — Voire, mais vous ne dictes pas, ma dame, dist Hircan, que la fille estoit en hault aage[6], nubile, congnoissant l'iniquité du pere, qui laissoit moisir son pucelage, de peur de desmoisir[7] ses escuz. Et ne sçavez-vous pas que nature est coquine[8] ? Elle aimoit, elle estoit aimée, elle trouvoit son bien prest, et si se pouvoit souvenir du proverbe que : « Tel refuse, qui après muse[9] ». Toutes ces choses, avecques la prompte execution du poursuivant, ne luy donnerent pas loisir de se rebeller. Aussi, avez-vous oy qu'incontinent après on congneut bien à sa face qu'il y avoit en elle quelque mutation notable.

---

1. combien de.   2. ce qui leur convient.   3. le comportement, la façon de vivre.   4. sous la contrainte, par obligation.   5. de la raison, des bons conseils.   6. d'âge mûr.   7. cesser de laisser moisir.   8. Cette sentence résume assez bien la « moralité » des histoires facétieuses.   9. reste en plan.

C'estoit (peult-estre) l'ennuy du peu de loisir qu'elle avoit eu pour juger si telle chose estoit bonne ou mauvaise ; car elle ne se feit pas grandement tirer l'aureille pour en faire le second essay. — Or, de ma part, dist Longarine, je n'y trouverois point d'excuse, si ce n'estoit l'approbation de la foy du jeune homme, qui, se gouvernant en homme de bien, ne l'a point abandonnée, ains l'a bien voulue telle qu'il l'avoit faicte[1]. En quoy il me semble grandement louable, veu la corruption depravée de la jeunesse du temps present. Non pas que, pour cela, je vueille excuser la premiere faulte qui l'accuse tacitement, d'un rapt pour le regard de[2] la fille et de subornation en l'endroit de la mere. — Et point, point, dist Dagoucin ; il n'y a rapt ny subornation : tout s'est fait de pur consentement, tant du costé des deux meres, pour ne l'avoir empesché, bien qu'elles ayent esté deceues[3], que du costé de la fille, qui s'en est bien trouvée : aussi, ne s'en est-elle jamais plaincte. — Tout cela n'est procedé, dist Parlamente, que de la grande bonté et simplicité de la marchande, qui, sous tiltre de bonne foy, mena, sans y penser, sa fille à la boucherie. — Mais aux nopces[4], dist Simontault : tellement que ceste simplicité ne fut moins profitable à la fille, que dommageable à celle qui se laissoit aisement tromper par son mary. — Puis que vous en sçavez le compte, dist Nomerfide, je vous donne ma voix, pour nous le reciter. — Et je n'y ferai faulte, dist Simontault, mais que vous promettiez de ne pleurer point. Ceux qui disent, mes dames, que vostre malice passe[5] celle des hommes auroient bien à faire de mettre un tel exemple en avant, que celui que maintenant je vous voys racompter, où je pretens non seulement vous declarer la grande malice d'un mary, mais aussi la très grande simplicité et bonté de sa femme. »

1. dans l'état où il l'avait mise (ayant perdu sa virginité).
2. viol en ce qui concerne.   3. trompées.   4. Formule de correction : « Dites plutôt aux noces ».   5. dépasse.

III

D'un Cordelier qui faict grand crime envers les marys de battre leurs femmes.

*

Nouvelle substituée par Gruget à la quarante-sixième. Les premières lignes sont à peu près semblables à celles qui ouvrent N. 46.

*

En la ville d'Angoulesme, où se tenoit souvent le comte Charles, pere du Roy François, y avoit ung Cordelier, nommé de Vallés[1], homme sçavant et fort grand prescheur, en sorte que les advents il prescha[2] en la ville devant le comte : dont sa reputation augmenta encores davantage. Si advint que, durant les advents, un jeune estourdy de la ville, ayant espousé une assez belle jeune femme, ne laissoit pour cela de courir par tout, autant et plus dissolument[3] que les non mariez. De quoy la jeune femme, advertie, ne se pouvoit taire, tellement que bien souvent elle en recevoit ses gages[4], plus tost et d'autre façon qu'elle n'eust voulu, et toutesfois, elle ne laissoit, pour cela, de continuer en ses lamentations, et quelques fois jusques à injures ; parquoy le jeune homme s'irrita, en sorte qu'il la battit à sang et marque[5] : dont elle se print à crier plus que devant. Et pareillement ses voisines, qui sçavoient l'occasion[6], ne se pouvoient taire, ains crioyent publiquement par les rues, disans : « Et fy, fy de telz marys ! au diable, au diable ! » De bonne encontre[7], le Cordelier de Vallés passoit lors par là, qui en entendit le bruit et l'occasion ; si se delibera d'en toucher un mot le lendemain à sa predication, comme il n'y faillit pas ; car, faisant venir à propos le mariage et l'amitié que

---

1. le cordelier nommé *De Vale* dans N. 46.   **2.** lors des advents, il prêcha.   **3.** de façon plus dissolue.   **4.** elle était payée en retour (ironique : elle était punie).   **5.** jusqu'au sang, et en laissant des marques de ses coups.   **6.** la raison.   **7.** par un heureux hasard.

nous y devons garder, il le collauda[1] grandement, blas-
mant les infracteurs d'iceluy, et faisant comparaison de
l'amour conjugale à l'amour paternelle. Et si dist, entre
autres choses, qu'il y avoit plus de danger et plus
griefve punition à un mary de battre sa femme, que de
battre son pere ou sa mere : « Car, dist-il, si vous battez
vostre pere ou vostre mere, on vous envoyra pour penitence à Rome ; mais, si vous battez vostre femme, elle
et toutes ses voisines vous envoyront à tous les diables,
c'est à dire en enfer. Or, regardez quelle difference il
y a entre ces deux penitences ; car, de Rome, on en
revient ordinairement ; mais d'enfer, oh ! on n'en
revient point : *nulla est redemptio*[2]. » Depuis cette predication, il fut adverty que les femmes faisoient leur
Achilles[3] de ce qu'il avoit dict, et que les marys ne
pouvoient plus chevir[4] d'elles : à quoy il s'advisa de
mettre ordre, comme à l'inconvenient[5] des femmes. Et,
pour ce faire, en l'un de ses sermons, il accompara les
femmes aux diables, disant que ce sont les deux plus
grands ennemis de l'homme, et qui le tentent sans
cesse, et desquels il ne se peut despestrer, et par espe-
cial[6] de la femme : « Car, dist-il, quant aux diables, en
leur monstrant la croix, ils s'enfuyent ; et les femmes,
tout au rebours, c'est cela qui les aprivoise[7], qui les
faict aller et courir, et qui faict qu'elles donnent à leurs
mariz infinité de passions. Mais sçavez-vous que vous
y ferez, bonnes gens ? Quand vous verrez que vos
femmes vous tourmenteront ainsi sans cesse, comme
elles ont accoustumé, demanchez[8] la croix, et du
manche chassez-les au loing : vous n'aurez point faict
trois ou quatre fois ceste experience vivement, que
vous ne vous en trouviez bien ; et verrez que, tout ainsi

---

1. loua (le mariage), blâmant ceux qui faisaient infraction à la
loi (d'amour conjugal). 2. il n'y a aucune rémission. 3. se
faisaient fortes (Achille, le héros homérique, est emblème de la
vaillance). 4. venir à bout. 5. comme il l'avait fait pour les
torts subis par les femmes. 6. tout spécialement. 7. Sur les
équivoques de la croix et du crucifix, cf. N 45. 8. ôtez le
manche (du crucifix).

que l'on chasse le diable en la vertu de la croix, aussi chasserez-vous et ferez taire voz femmes en la vertu du manche de ladicte croix, pourveu qu'elle n'y soit plus attachée. »

« Voilà une partie des predications de ce venerable de Vallés, de la vie duquel je ne vous feray autre recit, et pour cause ; mais bien vous diray-je, quelque bonne mine qu'il feist (car je l'ay congneu), qu'il tenoit beaucoup plus le party des femmes[1] que celuy des hommes. — Si est-ce, ma dame, dist Parlamente, qu'il ne le monstra pas à ce dernier sermon, donnant instruction aux hommes de les mal traicter. — Or, vous n'entendez pas sa ruze, dist Hircan ; aussi, n'estes-vous pas exercitée[2] à la guerre pour user des stratagemes y requis[3], entre lesquels cestuy-cy est un des plus grands, sçavoir est[4] mettre sedition civile dans le camp de son ennemy : pource que lors il est trop plus aisé à vaincre. Aussi, ce maistre moyne cognoissoit bien que la hayne et courroux de entre le mary et la femme sont le plus souvent cause de faire lascher la bride à l'honnesteté des femmes, laquelle honnesteté, s'emancipant de la garde de la vertu, se trouve plus tost entre les mains des loups qu'elle ne pense estre esgarée. — Quelque chose qu'il en soit, dist Parlamente, je ne pourrois aimer celuy qui auroit mis divorce entre mon mary et moy, mesmement jusques à venir à coups[5], car, au battre, fault[6] l'amour. Et toutesfois (à ce que j'en ay ouy dire) ils font si bien les chatemites[7], quand ils veullent avoir quelque avantage sur quelqu'une, et sont de si attrayante maniere en leur propos, que je croirois bien qu'il y auroit plus de danger de les escouter en secret, que de recevoir publiquement des coups d'un

---

1. qu'il était bien davantage du côté des femmes.   2. exercée, expérimentée.   3. requis en pareille activité.   4. c'est-à-dire.
5. surtout si l'on en vient aux coups.   6. défaille, manque ; si l'on est battu, on cesse d'aimer.   7. sont si habilement hypocrites ; *chattemite* : personne qui affecte des manières humbles et flatteuses, « de si attrayante manière ».

mary, qui, au reste de cela[1], seroit bon. — A la verité,
dist Dagoucin, ils ont tellement descouvert leurs
menées de toutes parts que ce n'est point sans cause
que l'on les doit craindre, combien qu'à mon opinion
la personne qui n'est point soupsonneuse est digne de
louange. — Toutesfois, dist Oisille[2], on doit soupçonner le mal qui est à éviter, car il vaut mieux soupçonner
le mal qui n'est point que de tomber, par sotement
croire, en celuy qui est. »

IV

Du sale desjeuner, preparé par un varlet
d'apoticaire à un advocat et à un gentil homme.

*

Version de N. 52 dans l'édition de C. Gruget. Texte conforme au
ms. de Thou.

*

En la ville d'Alençon, au tems du duc Charles dernier, y avoit un avocat nommé Maistre Anthoynne
Bacheré, bon compagnon et bien aymant à dejeuner au
matin. Un jour etant à sa porte, vid passer un gentilhomme devant soy qui se nommoit Mons. de la Tire-
lyere, lequel à cause du très grand froid qu'il faisoit
etoit venu à pied de sa maison en la ville et n'avoit pas
oublié sa grosse robe fourrée de renars. Et quand il vid
l'avocat qui etoit de sa complexion, luy dit comme il
avoit faitz ses affaires et qu'il ne restoit que de trouver
quelque bon dejeuner. L'avocat luy repondit qu'ilz
trouveroient assez de dejeuners, mes qu'ilz eussent un
defrayeur[3] et en le prenant par de souz le braz luy
dit : « Alons mon compere, nous trouverons peut ettre
quelque sot qui payera l'ecot pour nous deus. » Il y avoit

---

1. en dehors de cela.   **2.** Mêmes propos dans les devis de
N. 46.   **3.** à condition d'avoir quelqu'un qui paie pour eux ;
« mais que ce fust aux despens d'autruy » (N. 52, p. 557).

derrière eus le valet d'un apothicaire fin et inventif auquel cet avocat menoit tousjours la guerre. Mais le valet pensa à l'heure qu'il s'en vengeroit, et sans aler plus loin de dys pas, trouva derriere une maison un bel etron tout gelé, lequel il meit dedans un papier et l'envelopa si bien qu'il sembloit un petit pain de sucre. Il regarda ou etoient les deux comperes et, en passant par devant eus, fort hativement entra en une maison et laissa tomber de sa manche le pain de sucre comme par megarde, ce que l'avocat leva de terre en grand'joye et dit au seigneur de la Tyrelyere : « Ce fin valet payera aujourd'huy notre ecot. Mais alons vitement afin qu'il ne nous trouve sur notre larcin. » Et entrant en une taverne, dit à la chambriere : « Faites-nous beau foeu et nous donnez bon pain et bon vin avec quelque morceau fryand, nous aurons bien de quoy payer. » La chambriere les servit à leur volonté. Mais en s'echauffant à boire et à manger, le pain de sucre que l'avocat avoit en son sin commença à degeler, et la puanteur en etoit si grande que ne pensant jamais qu'elle deut saillir d'un tel lieu, dit à la chambriere : « Vous avez le plus puant et le plus ord menage que je vi jamais. Je croi que vous laissez chier les enfans par la place. » Le seigneur de la Tyrelyere qui avoit sa part de ce bon parfum ne luy en dit pas moins, mais la chambriere, courroucée de ce qu'ilz l'appeloient ainsi vilaine leur dit en colere : « Par saint Pierre, la maison est si honnette qu'il n'y a merde si vous ne luy avez apportée. » Les deux compagnons se leverent de la table en crachant et se vont mettre devant le feu pour se chauffer, et en se chauffant, l'avocat tira son mouchoir de son sin tout plein de cyrop du pain de sucre fondu, lequel à la fin il meit en lumiere.

Vous pouvez penser quelle moquerie leur feit la chambriere à laquelle ilz avoient dit tant d'injures et quelle honte avoit l'avocat de se voir surmonter par un valet d'apothicaire au metier de tromperie dont toute sa vie il s'etoit melé. Mais n'en eut point la chambriere tant de pitié qu'elle ne leur feit aussi bien payer leur ecot comme ilz s'etoient bien fait servir, en leur disant qu'ilz devoient ettre bien yvres, car ilz avoient bu par la bouche et par le nez.

Les pauvres gens s'en alerent avec leur honte et leur depense, mais ilz ne furent pas plus tot en la rue qu'ilz veirent le valet de l'apothicaire qui demandoit à tout le monde si quelcun avoit point trouvé un pain de sucre enveloppé dedans du papier. Et ne se sceurent si bien detourner de luy qu'il ne cryat à l'avocat : « Monsieur, si vous avez mon pain de sucre, je vous prie, rendez-le moy, car les larcins ne sont pas fort profitables à un pauvre serviteur. » À ce cry saillirent tout plein de gens de la ville pour ouyr leur debat. Et fut la chose si bien veriffiée que le valet d'apothicaire fut aussi content d'avoir été derobé que les autres furent marrys d'avoir fait un si vilain larcin ; mais esperans de luy rendre[1] une autre fois, s'appaiserent.

V

Histoire d'un curé auvergnat.

*

Nouvelle publiée pour la première fois par Michel François, qui a retrouvé le texte dans un recueil factice de pièces manuscrites du XVIe siècle, dans le manuscrit 1513, et dans le manuscrit de la Bibliothèque Pierpont Morgan de New York. M. F. estime qu'il s'agit là d'« épaves » de l'œuvre incomplète.

*

Il y a des gens qui ne sont jamais sans responce ou expedient de peur que l'on les estime ignorans et ayment mieulx parler sans propos ne raison que soy taire[2], comme feit celuy dont je vous veil faire le compte.

En Auvergne, près la ville de Rion[3], y avoit ung curé qui n'estoit moins glorieux que ignorant, et voulloit parler de touttes choses encores qu'il ne les entendict[4]

---

1. lui rendre la pareille. **2.** se taire. **3.** Riom.
4. comprît.

point. Un dimanche que l'on a acoustumé de sonner des haulx bois[1] quant on leve le *Corpus Domini*[2], le curé, après avoir dit ce qu'il savoit par usaige jusques à l'elevation de l'hostie, tourna la teste du costé du peuple, faisant signe que l'on sonast des instrumens ; mais, après avoir attendu quelque temps et que son clerc luy dist qu'ilz n'estoient point venuz, s'aresta sur la coustume[3], pensant qu'il ne seroit poinct honneste d'eslever en hault le Sainct Sacrement sans trompette, et pour donner à la faulte[4] de ce qu'il n'y en avoit poinct, en levant les mains haultes avec le Sacrement, chanta le plus hault qu'il luy fut possible le son que les trompettes ont acoustumé de dire en tel acte, contrefaisant ceste armonie avec sa langue et gorge, commença à crier : « Tarantan tan tant, Tarantan ta », dont le peuple fut si estonné qu'il ne se peult contenir[5] de rire. Et quant, après la messe, il sceut que l'on s'estoit mocqué de luy, il leur dit : « Bestes que vous estes, il faut que vous entendiez que l'on ne peult crier trop hault en l'honneur du Saint-Sacrement ».

Quelques ungs qui le voioient sy glorieux que d'une chose mal faicte il vouloit avoir louange, cherchant de là en avant[6] à oyr sa bonne doctrine et le voyant quelque jour disputer avec quelques prebstres aussy sçavantz que luy, s'aprocherent et entendirent que l'un des prebstres luy disoit qu'il estoit en ung scrupulle[7], lequel il valloit mieux dire : *Hoc est corpus meus* ou *Hoc est corpum meum*[8]. L'un des prebstres soustenoit l'un, et l'autre l'autre, et comme ceulx qui estimoient

---

1. hautbois, instruments à corde. 2. Au moment dit de l'élévation, quand le prêtre élève le calice contenant l'hostie consacrée
représentant le *corpus Domini*, le corps du Seigneur. 3. fut gêné
de ne pas respecter l'usage. 4. pour réparer la faute, à savoir
qu'il   n'y   ait   point   d'accompagnement   d'instruments.
5. tenir (qu'il ne put s'empêcher de rire). 6. tâchant d'aller plus
loin pour ouïr. 7. avait scrupule de conscience, ne sachant s'il
valait... 8. Deux barbarismes du « savant » prêtre ; *Hoc est corpus meum* : « Ceci est mon corps », paroles du Christ au moment
où il institue la sainte Cène (Matthieu 26, 26-27), et que rappelle
le prêtre au moment de la communion des fidèles.

leur curé en sçavoir et praticque, ceulx qui escoutoient
leur propos luy dirent : « Monsieur, pensez bien à ceste
matiere, car elle est de grande importance ». Il leur
respondit : « Il n'est ja besoin d'y penser si fort, car
comme homme experimenté, je vous y responderay
promptement : entendez, que j'ay autresfois esté en ce
scrupulle, mais quant ces petites resveries[1] me viennent en l'entendement, je laisse tout cela et ne dictz ne
l'un ne l'autre, mais en leur lieu, je diz mon *Ave Maria*
et voula[2] comme j'en eschappe au grand repos de ma
conscience. »

Combien que le compte soit fort brief, mes Dames,
je l'ay voulu mettre icy afin que, par cela, congnoissiez
tousjours que ainsy que l'homme sçavant se juge ordinairement ignorant, aussy l'ignorant, en deffendant son
ignorance, veult estre estimé sçavant. »

« Mes dames, après vous avoir compté, durant neuf
jours neuf histoires que j'estime très veritables, j'ay
esté en peine de vous racompter la dixieme, pour ce
que ung nombre infini de beaulx comptes de toutes
sortes differantes me sont venuz au devant, en façon
que ne pouvois cheoisir le plus digne de tenir ce lieu,
estant en deliberation de n'en dire plus. Et en ceste
pencée, m'en allay pourmener en ung jardin où je
trouvé l'ung de mes anciens amys, auquel je comptay
la peine en quoy j'estois de trouver compte digne de
fermer le pas aux autres. Alors luy, qui estoit homme
d'entendement, qui avoit esté nourry toute sa jeunesse
en Italie durant que le grand maistre de Chaulmont
gouvernoit Milan, me pria, pour la fin de ce dixiesme,
que j'en voulsisse escripre ung qu'il tenoit aussy veritable que l'evangile, lequel estoit advenu au plus grand
amy qu'il eust en ce monde. Et, pour la promesse que
luy ay faicte de l'escripre, n'ay eu crainte de la longueur, mais l'ay mis icy pour celles qui auront plus de
loisir de le veoir que les autres. Et combien que ne le

---

1. folies, sottises.   2. voilà.

trouvez aux cronicques du pays dont je le racompte, si est-ce que je vous asseure estre vray, mais l'amour que je porte aux trespassez m'a contrainct de changer le nom, ne cherchant autre chose, en le racomptant, que satisfere à celuy qui m'en a prié. »

Le roi François Ier.

ANNEXES

REPÈRES CHRONOLOGIQUES [1]

---

1. Simples repères en effet, choisis pour éclairer quelques allusions et références de *L'Heptaméron*, non pour dresser un tableau de la période 1500-1550 ; pour un tableau synoptique, se reporter, par exemple, au *Précis de littérature française du XVIᵉ siècle*, PUF, 1991, p. 401-427 (en corrigeant le lapsus typographique qui fait mourir Marguerite en 1544, p. 402 !).

François Ier et sa sœur (?).

1483 : avènement de Charles VIII (né en 1470) (*cf.* N. 49).

1488 : mariage de Charles d'Angoulême, chef de la branche de Valois-Angoulême, et de Louise de Savoie.

1492 (avril) : naissance au château d'Angoulême de Marguerite d'Angoulême, future duchesse d'Alençon et de Berry, future reine de Navarre, fille des précédents.

1494 : naissance à Cognac de François comte d'Angoulême, duc de Valois, futur François Ier, frère de Marguerite. — Début des guerres d'Italie.

1496 : mort de Charles d'Angoulême.

1498 : mort de Charles VIII ; avènement de Louis XII.

1499 : mariage de Louis XII et Anne de Bretagne (à propos de cette reine *cf.* N. 21).

1505 : aux états généraux de Tours, Louis XII, qui n'a pas d'héritier mâle, présente François d'Angoulême comme son successeur et le fiance à sa fille Claude (1499-1524).

1509 : Louis XII donne pour époux à Marguerite d'Angoulême Charles d'Alençon ; les époux vivent au château d'Alençon, mais Marguerite fait plusieurs séjours à la cour.

1514 : mort de la reine Anne de Bretagne. Mariage de François d'Angoulême et de Claude de France.

1515 : à la mort de Louis XII, avènement de François Ier. Victoire de Marignan et conquête du Milanais. Marguerite suit la cour dans ses déplacements et participe à la vie brillante des premières années du règne de François Ier, père des lettres et des arts.

1516 : avènement de Charles Quint.

1517 : affichage des thèses de Luther contre les Indulgences. Luther sera excommunié en 1521.

1521-1525 : à la fin de l'année 1521, alors que les guerres contre Charles Quint mettent le royaume en péril, Marguerite se lie avec Guillaume Briçonnet, évêque de Meaux, animateur avec Jacques Lefèvre d'Etaples du groupe évangélique (le cercle de Meaux) qui entend réformer l'Église en faisant retour à l'Écriture sainte ; elle entretiendra avec Briçonnet une importante correspondance traitant de questions de spiritualité. Elle écrit des poèmes chrétiens, *Dialogue en forme de vision nocturne*, *Le Miroir de l'âme pécheresse*, *Oraison de l'âme fidèle*.

1522 : repli des Français de l'Italie du Nord ; invasion de la Provence par Charles Quint.

1524 : mort de la reine Claude.

1525 (24 février) : lors de la campagne d'Italie, défaite de Pavie. François Iᵉʳ est fait prisonnier par les troupes impériales et emmené en captivité à Madrid. Louise de Savoie exerce la régence. Marguerite, dont l'époux meurt en avril 1525, s'embarque au mois d'août à Aigues-Mortes pour gagner l'Espagne, où elle négocie sans grand succès avec Charles Quint la libération du roi son frère ; elle rentre en France en novembre.

1526 : traité de Madrid ; retour de François Iᵉʳ en France (ses fils restent otages).

1527 : Marguerite épouse en secondes noces Henri d'Albret, roi de Navarre (la Navarre appartient à la maison d'Albret depuis 1484) ; voyage en Navarre.

1528 : naissance de Jeanne d'Albret, premier enfant du couple.

1529 : Marguerite de Navarre participe aux négociations préliminaires et à la signature du traité de paix de Cambrai avec Charles Quint (la paix des dames), aux côtés de sa mère Louise de Savoie et de Marguerite d'Autriche, tante de Charles Quint (*cf.* N. 41).

1530 : naissance de Jean, deuxième enfant de Marguerite, qui ne vivra que quelques mois. Veuf de la reine Claude, François Ier épouse Eléonore de Habsbourg (1498-1558), fille de Philippe Ier d'Espagne. — Fondation par François Ier du Collège des Lecteurs Royaux (Collège de France).

1531 : mort de Louise de Savoie. Publication du poème de Marguerite, *Miroir de l'âme pécheresse*, suivi du *Discord estant en l'homme par la contrariété entre l'esprit et chair et paix par vie spirituelle*.

1533 : la Sorbonne met à l'index le *Miroir de l'âme pécheresse*, mais François Ier fait annuler le verdict. Publication du *Dialogue en forme de vision nocturne*, inspiré à Marguerite par la mort de sa nièce. — Catherine de Médicis épouse Henri, fils de François Ier, qui deviendra le dauphin à la mort de son frère aîné, François, en 1536, puis le roi Henri II à la mort de François Ier.

1534 (octobre) : affaire dite des Placards (affiches contre les messes à Paris, Orléans, Amboise) ; débuts de répression de la Réforme. La reine Marguerite quitte la cour et gagne ses États dans le Midi de la France. — Premier voyage de Jacques Cartier au Canada (second voyage en 1536) [*cf.* N. 67].

1536 : mort du dauphin François, fils de François Ier. Les troupes de Charles Quint pénètrent en Provence pour s'emparer de Marseille (*cf.* N. II de l'Appendice). La France occupe la Savoie et le Piémont. — Calvin publie en latin l'*Institution de la religion chrétienne*, traduite en français en 1541. — Marguerite prend à son service Bonaventure des Périers.

1538 : Marguerite participe aux conférences de Nice puis d'Aigues-Mortes, pour tenter une conciliation avec l'empereur Charles Quint, qui possède une partie du royaume de Navarre.

1539 : ordonnance de Villers-Cotterêts (imposant le français comme langue administrative, au lieu du latin). Composition de *La Coche* et de poèmes.

1541 : mariage de la fille de Marguerite et d'Henri de Navarre, Jeanne, âgée de quatorze ans, avec Guillaume de la Marck, duc de Clèves ; l'union sera annulée en 1545.

1542-1543 : Marguerite réside à Nérac, puis à Mont-de-Marsan, et à Pau, et commence sans doute à écrire les nouvelles qui composeront un *Décaméron* français.

1544 : invasion de la France par les Impériaux, campagne d'Italie, et traité de Crépy (*cf.* Prologue, p. 90).

1545 : la reine rejoint la cour à Fontainebleau. Mort du troisième fils de François Ier, le dauphin Charles, duc d'Orléans (*cf.* N. 45). Première édition d'une nouvelle traduction française du *Décaméron* de Boccace, due à Antoine Le Maçon, faite à la demande de Marguerite, et à elle dédiée.

1546 : Marguerite retourne en Navarre et fait un séjour dans la région de Cauterets. François Ier et Henry VIII signent le traité d'Ardres (*cf.* Prologue, p. 90).

1547 : en Navarre, Marguerite apprend la mort de François Ier. Avènement de Henri II. Marguerite fait un séjour au monastère de Tusson ; composition de quelques-unes des *Chansons spirituelles*, de *La Navire*, d'une partie des *Prisons*. — Publication des *Marguerites de la Marguerite des Princesses*.

1548 : elle rejoint la cour à Lyon et assiste au mariage de sa fille Jeanne avec Antoine de Bourbon (*cf.* N. 66) ; de cette union naîtra Henri, futur Henri IV. Marguerite séjourne à Pau, puis à Cauterets ; publication de sa *Comédie jouée au Mont-de-Marsan*. — Henri II crée la Chambre ardente pour réprimer l'hérésie [1].

1549 : retirée au château d'Odos, près de Tarbes, elle meurt en décembre 1549.

---

1. Les prudences de l'éditeur Claude Gruget, supprimant toutes les remarques qui « sentent » l'hérésie dans *L'Heptaméron*, tout ce qui « sent » les idées réformées, et critique l'Église catholique et ses religieux, s'éclairent à la lumière de cette répression, alors à ses débuts.

1553 : transcription des nouvelles de Marguerite de Navarre par Adrien de Thou, conseiller au Parlement de Paris, *Le Décaméron de très haute et très illustre princesse, Madame Marguerite de France, sœur unique du Roi François premier, Reine de Navarre, duchesse d'Alençon et de Berry.*

1558 : Pierre Boaistuau, auteur des *Histoires tragiques* (1559) et des *Histoires prodigieuses* (1560), publie 67 nouvelles de la reine de Navarre, sous le titre *Histoires des Amans fortunez.*

1559 : Claude Gruget publie *L'Heptaméron des Nouvelles* de la reine, « remis en son vray ordre, confus auparavant en sa première impression ».

BIBLIOGRAPHIE

On consultera avec profit l'excellente bibliographie procurée par H. P. Clive, *Marguerite de Navarre. An Annoted Bibliography*, Grant and Cutler Ltd, 1983 (170 p.) ; on la complétera pour les travaux postérieurs à 1980 par la bibliographie exhaustive que donne R. Salminen, *Heptaméron*, éd. critique, Helsinki, Suomalainen Akatemia, t. II, 1997, p. 295-314.

En rappelant l'ouvrage classique de P. Jourda, *Marguerite d'Angoulême, duchesse d'Alençon, reine de Navarre (1492-1549). Étude biographique et littéraire*, Champion, 2 vol., 1930 (réimpr. Slatkine, 1978), on indique seulement ici quelques livres et articles parus sur *L'Heptaméron* après 1965.

1. OUVRAGES COLLECTIFS

— *L'Heptaméron de Marguerite de Navarre*, actes de la journée d'étude d'octobre 1991, Université Paris-VII réunis et présentés par Simone Perrier, Cahiers *Textuel*, n° 10, 1992.
— *Colloque Marguerite de Navarre (1992)*, premières journées d'études du XVIe siècle, Faculté des lettres de Nice, 1993.
— *Critical Tales. New Studies of the* Heptaméron *and early modern culture*, ed. by J. D. Lyons and M. McKinley, University of Pennsylvania Press, 1993.
— *Marguerite de Navarre 1492-1992*, actes du

colloque international de Pau (1992), textes réunis par Nicole Cazauran et James Dauphiné, Éditions InterUniversitaires, 1995.

— *Les visages et les voix de Marguerite de Navarre*, Colloque de Duke University (avril 1992), textes réunis et présentés par Marcel Tetel, Klincksieck, 1995.

— *International Colloquium Celebrating the 500th Anniversary of the Birth of Marguerite de Navarre*, colloque de Agnes Scott College (avril 1992), ed. by Régine Reynolds-Cornell, Birmingham, Alabama, Summa Publications, 1995.

2. OUVRAGES RÉCENTS SUR *L'Heptaméron*

Michel BIDEAUX, *L'Heptaméron de Marguerite de Navarre. De l'enquête au débat*, Éditions InterUniversitaires, 1992.

Nicole CAZAURAN, *L'Heptaméron de Marguerite de Navarre*, SEDES/ CDU, 1977 (nouvelle édition revue et corrigée, 1991).

Jamil CHAKER, *Origines et formes de la nouvelle de Marguerite de Navarre*, Publications de l'Université Tunis-I, 1999.

Patricia CHOLAKIAN, « *Les devisants de l'*Heptaméron. Étude psychologique et littéraire », thèse, Université Paris-Sorbonne, 1974.

— *Rape and Writing in the Heptaméron*, Carbondale and Edwardsville, Southern University Press, 1991.

Marie-Madeleine DE LA GARANDERIE, *Le dialogue des romanciers*, Minard, 1976.

Jules GELERNT, *World of many loves. The Heptaméron of M. de Navarre*, Chapel Hill, University of North Carolina Press, 1966.

Gisèle MATHIEU-CASTELLANI, *La conversation conteuse. Les Nouvelles de Marguerite de Navarre*, PUF, coll. « Écrivains », 1992.

Regine REYNOLDS, *Les devisants de l'Heptaméron*,

Washington D. C., University Press of America, 1977.

Marcel TETEL, *Marguerite de Navarre's Heptaméron : Themes, language and structures*, Durham University Press, 1973 ; trad. fr. B. Beaulieu, Klincksieck, 1991.

3. ARTICLES

Félix R. ATANCE, « Les Religieux de l'*Heptaméron* : Marguerite de Navarre et les novateurs », *Archiv für Reformationgeschichte*, LXV, 1974 (p. 185-210).

Robert AULOTTE, « Sur les devisants de l'*Heptaméron* », *Cahiers de l'UER Froissart*, Valenciennes, n° 3-1978 (p. 152-165).

—, « Note sur la 42ᵉ nouvelle de l'*Heptaméron* », in *La nouvelle française à la Renaissance*, Slatkine, 1981 (p. 355-359).

—, « L'inspiration satirique dans l'*Heptaméron* et dans le *Théâtre profane* », in *Marguerite de Navarre 1492-1992,* ouvr. cité (p. 235-243).

—, « Figures de "femmes fortes" dans l'*Heptaméron* », in *Narrations brèves, Mélanges K. Kasprzyk*, Institut de philologie romane, Université de Varsovie, 1993 (p. 159-164).

Mary BAKER, « The Role of the Moral Lesson in *Heptaméron* (30) », *French Studies*, XXXI, 1977 (p. 18-25).

—, « Mapping the moral domain in the *Heptaméron* », in *Les visages et les voix...,* ouvr. cité (p. 9-18).

Nicole CAZAURAN, « La 30ᵉ nouvelle de l'*Heptaméron*, ou la méditation d'un exemple », in *Mélanges offerts à J. Lods*, ENS, 1978 (p. 617-652).

—, « *Honneste, honnesteté et honnestement* dans le langage de M. de Navarre », in *La Catégorie de l'honneste dans la culture du XVIᵉ s.*, Publications de l'Université de Saint-Étienne, 1985 (p. 149-164).

—, « Les citations bibliques dans l'*Heptaméron* », in

Prose et prosateurs à la Renaissance, Mélanges R. Aulotte, SEDES, 1988 (p. 153-163).

—, « Post-scriptum à propos d'un manuscrit : New York, Pierpont Morgan Library », in *Marguerite de Navarre 1492-1992,* ouvr. cité (p. 483-490).

—, « Un nouveau genre d'écrire : les débuts du dialogue mondain », *ibid.* (p. 537-591).

—, « Sur l'élaboration de l'*Heptaméron* », in *Les visages et les voix...,* ouvr. cité (p. 19-40).

—, « La Nouvelle exemplaire ou le roman tenu en échec », in *L'Heptaméron de Marguerite de Navarre,* ouvr. cité (p. 11-26).

Françoise CHARPENTIER, « À l'épreuve du miroir : Narcisse, mélancolie et honnête amour dans la 24e nouvelle », *Esprit créateur*, XXX-4, winter 1990 (p. 23-37).

—, « La guérison par la parole. À propos de la 32e nouvelle », in *Marguerite de Navarre 1492-1992,* ouvr. cité (p. 645-655).

—, « Désir et parole dans les devis », in *Les visages et les voix...,* ouvr. cité (p. 41-50).

Robert D. COTTRELL, « Inmost cravings. The logic of desire in the *Heptaméron* », in *Critical Tales,* ouvr. cité (p. 3-24).

Yves DELEGUE, « Autour de deux prologues : l'*Heptaméron* est-il un anti-Boccace ? », in *Travaux de linguistique et littérature de l'Université de Strasbourg*, IV-2, 1966 (p. 23-37).

—, « La présence et ses doubles dans l'*Heptaméron* », *Bulletin d'histoire religieuse*, n° 52-1990 (p. 269-291).

—, « La signification du rire dans l'*Heptaméron* », in *L'Heptaméron de Marguerite de Navarre,* ouvr. cité (p. 35-50).

Claude-Gilbert DUBOIS, « Fonds mythique et jeu des sens dans le Prologue de l'*Heptaméron* », in *Études seiziémistes*, Droz, 1980 (p. 151-168).

Edwin M. DUVAL, « Et puis, quelles nouvelles ? The

project of Marguerite de Navarre's unfinished *Decameron* », in *Critical Tales,* ouvr. cité (p. 241-262).

Giancarlo FASANO, « La vérité de l'histoire », in *Lo scrittore e la città*, Slatkine, 1983 (p. 21-41).

Marie-Madeleine FONTAINE, « L'espace fictif dans l'*Heptaméron* », in *Motifs et figures*, Publications de l'Université de Rouen, XXIII, PUF, 1974 (p. 233-248).

—, « Les enjeux de pouvoir dans l'*Heptaméron* », in *L'Heptaméron de Marguerite de Navarre,* ouvr. cité (p. 133-160).

Hope H. GLIDDEN, « Gender, essence and the feminine (*Heptaméron* 43) », *Critical Tales,* ouvr. cité (p. 25-40).

Pierre JOURDA, « La première nouvelle de l'*Heptaméron* », in *Mélanges R. Lebègue*, Nizet, 1969 (p. 45-50).

Krystyna KASPRZYK, « La matière traditionnelle et sa fonction dans l'*Heptaméron* », in *Mélanges M. Brahmer*, Varsovie, 1967 (p. 257-264).

—, « L'amour dans l'*Heptaméron*, de l'idéal à la réalité », in *Mélanges R. Lebègue,* ouvr. cité (p. 51-57).

A. J. KRAILSHEIMER, « The *Heptaméron* reconsidered. The French Renaissance and its heritage », in *Essays presentend to Alan Boase*, Londres, 1968 (p. 75-92).

Lawrence KRITZMAN, « *Verba erotica* : Marguerite de Navarre and the Rhetoric of Silence », in *The Rhetoric of Sexuality and the Literature of the French Renaissance*, Cambridge U. P., 1991 (p. 45-56).

Philippe DE LAJARTE, « L'*Heptaméron* et le ficinisme », *Revue des sciences humaines*, juill.-sept. 1972 (p. 339-352).

—, « L'*Heptaméron* et la naissance du récit moderne », *Littérature*, n° 17-1975 (p. 31-42).

—, « Le prologue de l'*Heptaméron* et le processus de production de l'œuvre », in *La nouvelle française à la Renaissance*, Slatkine, 1981 (p. 397-423).

—, « Modes du discours et formes d'altérité dans les

Nouvelles de Marguerite de Navarre », *Littérature*,
n° 55-1984 (p. 65-73).

—, « La liberté de pensée dans l'*Heptaméron* », in *La
liberté de conscience au XVIᵉ siècle*, Droz, 1991
(p. 55-63).

—, « La structure vocale des psychorécits dans les
Nouvelles », in *Les visages et les voix...*, ouvr. cité
(p. 79-96).

—, « D'une fonction l'autre : pragmatique et philoso-
phie du récit dans les Nouvelles de Marguerite de
Navarre », in *L'Heptaméron de Marguerite de
Navarre,* ouvr. cité (p. 93-112).

Raymond LEBEGUE, « L'*Heptaméron*, un attrape-mon-
dain », in *De Ronsard à Breton, Hommage à
M. Raymond*, Corti, 1967 (p. 35-41).

—, « La fidélité conjugale dans l'*Heptaméron* », in *La
Nouvelle française à la Renaissance*, Slatkine, 1981
(p. 425-433).

John D. LYONS, « The *Heptaméron* and the Foundation
of Critical Narrative », *Yale French Studies*, 70-
1986 (p. 150-163).

—, « The *Heptaméron* and Unlearning from Example », in *Exemplum. The Rhetoric of Example in
Early modern France and Italy*, Princeton University Press, 1989 (p. 72-117).

—, « The "Cueur" in the *Heptaméron*. The Ideology
of Concealment », in *Les visages et les voix...*, ouvr.
cité (p. 107-121).

Gisèle MATHIEU-CASTELLANI, « La 18ᵉ nouvelle de
l'*Heptaméron* et le schéma de l'épreuve », *Réforme,
Humanisme, Renaissance* [*R.H.R.*], n° 3-1976 (p. 2-
16).

—, « Le jeu de l'histoire et du discours dans l'*Heptaméron* », *Cahiers de l'UER Froissart*, Valenciennes,
1978 (p. 58-72).

—, « *Le Lys dans la vallée* et la 26ᵉ nouvelle de l'*Heptaméron* », *L'année balzacienne*, 1980 (p. 285-296).

—, « Pour une poétique de la scatographie : la 11ᵉ nouvelle de l'*Heptaméron* », in *Poétique et narration,*

Mélanges offerts à Guy Demerson, Champion, 1992 (p. 359-369).

—, « Donnant donnant : la loi de l'échange dans les devis et les récits de l'*Heptaméron* », in *L'Heptaméron de Marguerite de Navarre,* ouvr. cité (p. 51-72).

—, « Rien nouveau sous le soleil... », in *Marguerite de Navarre 1492-1992,* ouvr. cité (p. 719-729).

—, « L'*Heptaméron* : l'ère du soupçon », in *Les visages et les voix...,* ouvr. cité (p. 123-134).

—, « La guerre des sexes dans l'*Heptaméron* », in *La Quenouille et la Lyre,* Corti, 1998 (p. 80-98).

Mary M. MCKINLEY, « Telling secrets. Sacramental confession and narrative authority in the *Heptaméron* », in *Critical Tales,* ouvr. cité (p. 146-171).

Jerry C. NASH, « *Heptaméron* 71 and its Intertextuality », *French Forum*, XIX-1994 (p. 5-16).

Simone PERRIER, « Des "choses qui sont si plaisantes à la chair" : l'art de l'allusion dans *L'Heptaméron* », in *Marguerite de Navarre 1492-1992,* ouvr. cité (p. 527-536).

Marie-Françoise PIEJUS, « Marguerite de Navarre et Bandello. Une même histoire tragique, deux leçons morales, deux poétiques », in *Du Pô à la Garonne,* colloque d'Agen (1986), Centre M. Bandello, 1990 (p. 209-229).

Simone de REYFF, « Rolandine, ou il n'y a pas d'amour heureux », *R.H.R.*, 1990 (p. 23-35).

François RIGOLOT, « Magdalen skull. Allegory and Iconography in Heptameron 32 », Renaissance Quaterly, XVII, 1994 (p. 57-73)

Daniel RUSSELL, « Conception of self, conception of space and generic convention : an example from the *Heptaméron* », *Sociocriticism,* Montpellier-Pittsburgh, n° 4-5-1986 (p. 159-183).

—, « Some ways of structuring character in the *Heptaméron* », in *Critical Tales,* ouvr. cité (p. 203-217).

Paula SOMMERS, « Marguerite de Navarre's *Heptaméron* : the case for the *cornice* », *French Review*, LVII 6-1984 (p. 786-793).

—, « Writing the body. Androgynous strategies in the *Heptaméron* », *Critical Tales,* ouvr. cité (p. 232-240).

Donald STONE, « Narrative technique in *L'Heptaméron* », *Studi francesi,* 1967 (p. 473-483).

Marcel TETEL, « *L'Heptaméron,* Première nouvelle et fonction des devisants », in *La nouvelle française à la Renaissance,* ouvr. cité (p. 449-458).

—, « Au seuil de l'*Heptaméron* et du *Décaméron* », in *Prose et prosateurs à la Renaissance,* ouvr. cité (p. 135-142).

—, « Commentaire et réécriture dans l'*Heptaméron* », in G. Mathieu-Castellani et M. Plaisance, *Les Commentaires et la naissance de la critique,* Aux amateurs de livres, 1990 (p. 91-100).

André TOURNON, « "Amour de lonh". Thème et variations dans un groupe de quatre nouvelles de l'*Heptaméron* », *R.H.R.* 5-1977 (p. 2-4).

—, « "Ignorant les premières causes"... La nouvelle énigmatique », in *L'Heptaméron de Marguerite de Navarre,* ouvr. cité (p. 73-92).

—, « Rules of the game », in *Critical Tales,* ouvr. cité (p. 188-189).

4. SUR LES MANUSCRITS DE *L'Heptaméron*

Michel FRANÇOIS, *Marguerite de Navarre, L'Heptaméron,* Classiques Garnier, 1996, p. XXI-XXV.

—, « Adrien de Thou et *L'Heptaméron* de Marguerite de Navarre », *Humanisme et Renaissance,* V-1938 (p. 16-36).

Yves LE HIR, « Le texte de l'*Heptaméron* », *Comptes rendus de l'Académie des Inscriptions et Belles Lettres,* 1967 (p. 82-89).

Renja SALMINEN, éd. critique de l'*Heptaméron,* Helsinki, Suomalainen Tiedeakatemia, t. I, texte, 1991 ; t. II, commentaire et apparat critique, 1997.

—, « Une nouvelle lecture de l'*Heptaméron* : le

manuscrit 2155 de la Bibliothèque nationale de Paris », in *Marguerite de Navarre 1492-1992*, ouvr. cité (p. 425-436). — Dans ce volume, on consultera également : Lucia FONTANELLA, « Petites considérations à propos des Nouvelles » (p. 437-444) ; Sylvie LEFÈVRE, « *L'Heptaméron* entre éditions et manuscrits » (p. 445-482).

Voir aussi :

Marie-Paule HAZERA-RIHAOUI, « Une version des *Nouvelles...* : édition du manuscrit fr. 1513 », thèse de 3ᵉ cycle soutenue à l'univ. Lyon-II (dactylographiée), 1979.

Deborah N. LOSSE, « Underestimating the Reader : The de Thou Manuscript of the *Heptaméron* », *Renaissance and Reformation*, 1983 (p. 42-47).

Nicole CAZAURAN, « En marge du texte de l'*Heptaméron* : du ms. B. N. fr. 1512 au ms. B. N. fr. 2155 : choix de variantes », in *L'Information littéraire*, nᵒ 4-1991 (p. 45-47) et nᵒ 1-1992 (p. 44-47).

5. INDEX DE *L'Heptaméron*

VOCABULAIRE : (Ms. 1512, références à l'éd. M. François, Classiques Garnier), composé par l'équipe EQuIL XVI, C.N.R.S. et Université de Clermont-Ferrand, déc. 1991.

S. HANON, *Le vocabulaire de L'Heptaméron : Index et concordance (ms. 1524)*, Champion-Slatkine, 1990.

GLOSSAIRE

accointer : fréquenter ; *s'accointer de* : se lier avec.

accoustrement (ou *acoutrement*) : ornement, décoration (d'une maison) ; parures (d'une personne).

accoustrer : orner, embellir, décorer.

adiré : perdu.

adresser (s') : passer par (en parlant d'un itinéraire).

adviser et *s'adviser (que)* : voir, apercevoir, remarquer.

affeté, ou *affaité* : apprivoisé, dressé (terme de fauconnerie).

affection : amour, passion.

affiner : tromper.

ains : mais.

ainsi que : pendant que ; aussitôt que ; au moment où.

ais : cloisons de bois.

amendement : amélioration.

amuser (s') : perdre du temps à ; ou s'occuper de.

amitié ou *amityé* : à côté du sens actuel, amour, ou affection.

ancien ou *antien* : âgé.

aposté : fixé.

arraiement : arrangement, disposition.

avarice : à côté du sens actuel, a aussi le sens de *cupidité*.

bandouiller : brigand.

beau père : désignation (plaisante) d'un moine.

benoist : béni ; *eau benoiste* : eau bénite.

borde : métairie, maison de campagne.

bref (de) : sous peu, bien vite.

bruict : réputation (bonne ou mauvaise) ; rumeur.
buée : lessive.
bureau : étoffe de laine grossière, bure.

camp (donner) : donner prétexte, donner occasion ; laisser du champ libre à.
cas : < lat. *casus* : ce qui peut arriver, accident, aventure ; *faire cas de* : tenir compte de.
caterre : rhume, catarrhe.
cautelle : ruse.
caver : creuser.
celer ou *celler* : cacher, taire ; *le celer* (subst.) : le fait de cacher, la dissimulation.
chaloir : importer (*cf. peu me chaut* : peu m'importe).
chamarre : simarre, longue robe d'intérieur.
chartre : prison, cachot.
chere (faire bonne chere) : montrer bon visage, faire bon accueil ; au sens érot. : accepter les propositions, accorder ses faveurs à un amant (s'il s'agit d'une femme) ; se montrer bon amant (s'il s'agit d'un homme), satisfaire une femme.
chevir : venir à bout.
combien que : quoique.
commettre : confier.
complexion : tempérament, caractère ; habitudes, comportement habituel.
compte : conte, récit, narration ; ou compte au sens actuel (ex. dans l'expression *faire compte de*, ou *tenir compte de*) ; *compter* : conter, raconter.
confesser : avouer ; reconnaître.
confitures : aliments préparés en vue de la conservation.
confort : réconfort ; *conforter* : encourager.
congé : permission.
conte : comte.
contemner : mépriser.
contenement : contenance, attitude, comportement.
coulpe : faute.
coureil, coroil : verrou.

couvertement : en secret ; *couvrir* : dissimuler.

cueur : courage, audace.

cuider ou *cuyder* : croire, s'imaginer ; ou : s'apprêter à, être sur le point de.

dea : interjection (certes !), oui-da !

decevoir : tromper, abuser.

déclairer (se) : se montrer tel qu'on est ; manifester ses sentiments, se trahir.

defaictes : excuses, échappatoires.

defaillir : manquer de ; faire défaut.

definer : approcher de la fin, être sur le point de mourir.

degré : marche, escalier ; mais *degrez des maisons* : les titres nobiliaires, la qualité d'une famille.

délibérer (se) : décider, prendre la résolution de.

demeure : séjour.

désavancer : désavantager (*vs avancer* : avantager, favoriser).

despartir (se) : se séparer de, quitter.

despouiller : déshabiller, dévêtir.

despris : mépris ; *despriser* : mépriser.

desservir : mériter.

deuil : souffrance, manifestations de chagrin.

diligent : soigneux ; *diligemment* : avec soin.

disner : déjeuner.

du tout : entièrement.

ebahir (s') : s'étonner.

emerveiller (s') : s'étonner.

en bon point (être) : (être) beau, avenant, séduisant.

embonpoint : beauté, belle apparence.

encourtiner : garnir de courtines, de tentures ou de tapisseries.

engarder : empêcher.

enlangagé : beau parleur ; bavard.

ennuy : tourment, peine.

entretenement : entretien.

esperit : esprit.

espies : espions.

estomac (esthomac) : cœur, poitrine.

estrange : étranger, ou incompréhensible, bizarre, ou rigoureux ; *s'estranger* : partir, s'éloigner.

etnique ou *ethnique* : païen.

expositions : commentaires, explications.

facheux ou *fascheux* : triste, chagrin, ennemi des plaisirs, ou désagréable.

faillir : manquer.

falloir : manquer, faire faute.

fantaisie : terme polysémique ; désigne l'humeur, l'imagination qui porte à rêver ou à délirer, mais aussi le désir amoureux, on dirait familièrement « la tocade ».

fantastique : bizarre, fantasque, ombrageux.

fiance : confiance.

fin : but, projet.

finer : terminer, finir.

finesse : ruse (*finement* : habilement, de façon rusée ou malicieuse).

fortune (au sg ou au pl.) : sort, aventure, accident (heureux ou malheureux), hasard.

fouyr : s'enfuir.

franchise : asile, lieu de liberté (où l'on bénéficie du droit d'asile).

fruition : jouissance.

galetas : pièce mansardée, logement sous les combles.

garde-robbe : dressoir, petite pièce proche de la chambre à coucher, réservée à l'intimité, lieu privé.

garder : empêcher ; prendre garde à.

gehenne (gêne) : torture.

gentil : noble, bien né (*vs vilain* : de basse extraction).

gorgias : élégant, bien vêtu, luxueux. L'adjectif viendrait du nom propre Gorgias, célèbre rhéteur grec, dont le luxe était connu ; *gorgiasement* : élégamment, avec recherche, richement ; *gorgiaseté* : élégance, luxe.

grief, griefve : douloureux, douloureuse.

hanter : fréquenter (des lieux, des personnes).
hazard ou *hasard* : danger, risques.
honneste : honorable.
huys : porte ; portail.

importable : insupportable, difficile à supporter.
incessamment : continuellement, sans cesse.
incontinant : tout de suite, immédiatement ; *inconti-nant que* : dès que.
inquisition : enquête.
ire : colère, courroux.

leans : adv. : ici, ou là, en ce lieu ; *de leans* : du lieu, de cette maison.
leçon : lecture des Saintes Écritures.
lieu : outre le sens actuel, se dit « en termes vagues » (Littré) pour désigner celui ou celle qu'on aime ou veut aimer.
loyer : récompense.

mais que : pourvu que, à condition que.
maison : famille, extraction.
malheurté : méchanceté, vice.
malicieux : méchant.
marri (ou *marry*) : désolé, attristé, affligé.
mecanicque : artisan.
mectre (mettre) à sus : accuser.
mensonge : masculin ou féminin au XVIᵉ s.
mercier : remercier.
mercy : pitié, miséricorde.
merveilleux : au sens fort : miraculeux, extraordinaire, singulier ; au sens affaibli : étonnant, très grand.
mescongnoistre : ne pas reconnaître.
mesnaige ou *mesnage* : occupations domestiques ; administration d'un domaine.
monition : avertissement.
moustier : monastère.

naïf, naifve : naturel(le), inné(e), qui ne doit rien à l'artifice ou à l'art.
navrer : blesser.
nouer : nager.
nourrir : élever, éduquer ; *nourriture* : éducation.

occasion : motif, cause, raison ; circonstances.
oncques (ne... oncques) : ne jamais.
ond : où.
opiner : donner son avis.
ord : sale, malpropre, repoussant.
ouvré : travaillé.
ouvrouer : lieu où travaille l'ouvrier, ouvroir, boutique.

parfaire : achever, mener à son terme.
parfouyr : s'enfuir.
partement : départ.
patenostres (les), *pater noster* : les grains du chapelet, le chapelet ; les prières.
pesneux : affligé ; penaud.
piteux : plein de pitié, ou affligeant ; pitoyable (aux deux sens du terme).
poste (à sa) : à sa disposition ; *en poste* : à cheval.
poupine : poupée.
pourchas : préliminaires, tentatives ; poursuite ; *pourchasser* : courtiser, chercher à séduire ; *pourchasser une entreprise* : mener une entreprise.
pourmener : se promener.
premier que : avant que.
privaulté : familiarité, intimité.
privé : familier, intime.
prou : beaucoup (*cf. peu* ou *prou*).

quant et quant : en même temps.
quelqu'un : masculin ou féminin.

rabiller ou *rhabiller* : réparer (une faute).
race : famille.
ramentevoir : rappeler, remémorer, remettre en l'esprit

(*cf.* le latin *mens*). (*cf.* l'italien *dimenticare* : faire sortir de l'esprit, oublier).

recordation : mémoire, souvenir (*recorder* : rappeler).

recouvrir : retrouver.

recueil : accueil.

religion : monastère, couvent, église ; ordre religieux ; pratique religieuse.

remonstrances : exhortations, recommandations.

restorans : mets délicats mais fortifiants (restaurant la santé).

resver : divaguer, être fou, délirer.

resveries : folies ; sottises.

retraict : cabinets d'aisances.

robe : à côté du sens actuel, chose, marchandise (ital. : *roba*).

sacrer : consacrer.

saillir : sortir ; sauter, se jeter sur.

scofion : coiffure de femme.

semblant (*faire*) : manifester quelque signe.

sercher : chercher ; rechercher ; poursuivre de ses assiduités.

serviteur : soit le sens actuel, soit le sens ancien : celui qui rend le service d'amour, qui courtise une dame ; amant déclaré (avec ou sans relations sexuelles).

seurement : en toute sécurité.

seureté : assurance, confiance.

si (et si) : pourtant, néanmoins ; *par tel si* : de telle manière.

suffisance : capacités, talent ; *suffisant* : plein de talent, capable.

territoire (adj.) : terrestre.

thoilles : filets ou nasses pour prendre le gibier.

travail : peine, souffrance.

vaisseau : vase, coupe à boire.

varlet : valet.

vele : voile.

vertu : efficacité ; ou ensemble des qualités ; *vertueusement* : avec bravoure.

viandes : nourritures (pas nécessairement carnées), aliments ; *aller à la viande* : passer à table.

vif : vivant.

vilain : de basse extraction, de basse condition (paysan, laboureur, artisan) *vs* noble, ou gentil.

violement : viol.

vitupérable : blâmable.

vollerye : chasse avec un oiseau de proie.

volunté ou *volonté* : à côté du sens actuel (plutôt représenté par *le vouloir*), vœu, désir.

vulgaire (adj.) : ordinaire.

ymaige : image ; portrait, parfois statue ou statuette.

Calvin en chaire.

Table des illustrations

Table

L'HEPTAMÉRON

Table 765

ANNEXES

Composition réalisée par NORD COMPO

Achevé d'imprimer en octobre 2011 en France par
CPI BRODARD ET TAUPIN
La Flèche (Sarthe)
N° d'impression : 65751
Dépôt légal 1re publication : septembre 1999
Édition 04 – octobre 2011
LIBRAIRIE GÉNÉRALE FRANÇAISE
31, rue de Fleurus – 75278 Paris Cedex 06